纳兰揆叙与红楼梦

率秋玲 著

岳麓書社·长沙

作者简介

率秋玲，山东济宁人，建筑工程师，自学生时代即酷爱《红楼梦》和纳兰词，是多年的红迷和纳兰迷。随着对《红楼梦》的深读和理解，越来越发现，贾家和纳兰家，实在过于相似。这种相似，根本无法用巧合来解释。何况又有乾隆皇帝的“明珠家事”说，以及各种资料记载的《红楼梦》为明珠之子所作。经过八年努力，作者将自己的观点归纳整理成《纳兰揆叙与红楼梦》一书。

内容简介

红学研究者中，索隐派一直都是一个大群体，所持的观点种种不一。索隐派研究者率秋玲，其观点，是对流传已久的明珠家事说的一个独特阐释。即通过作者归纳出来的十三种隐写手法，进而分析《红楼梦》中的时间背景、神仙的隐喻、贾家的家庭成员、人物的年龄属相、发生了何种事件以及《红楼梦》作者的感情经历、人生走向等，将之和历史上的纳兰家进行对比，最终得出结论：《红楼梦》的确写的是“明珠家事”，但宝玉不是明珠长子纳兰性德，而是其次子纳兰揆叙，也即《红楼梦》的作者，曹雪芹是后来的整理者。因为，依据作者的推理，纳兰揆叙少年时期的人生经历和贾宝玉是完全重合的。

该书虽为个人爱好之作，但其逻辑较为严谨，论证也很充分，文字颇为生动活泼，对比上也力求全面准确，加之其写作方法能自成一体，实是红学索隐派中一部较有独创性的著作，为解开《红楼梦》之谜打开了一扇崭新的窗户，开启了一片新的天地，具有一定的学术价值和文学价值。

目录

前言

研究《红楼梦》，最先要面对的问题是，《红楼梦》到底是自传、他传还是虚构的小说?

作者一再声明是自己的人生实录。

甲戌本凡例:“当此时，则自欲将已往所赖：上赖天恩、下承祖德；锦衣纨绔之时、饫甘餍美之日；背父母教育之恩，负师兄规训之德，已致今日一事无成、半生潦倒之罪，编述一记，以告普天下人。”第一回又有:“竟不如我半世亲睹亲闻的这几个女子，虽不敢说强似前代书中所有之人，但事迹原委，亦可以消愁破闷；也有几首歪诗熟话，可以喷饭供酒。至若离合悲欢，兴衰际遇，则又追踪蹑迹，不敢稍加穿凿，徒为供人之目，而反失其真传者。”对这些声明的信与否，是研究者和作者沟通的第一步，也就是说彼此之间会建立怎样的一种理解关系。其实，从理论上，如果不相信是自传或他传，解谜也就失去了大部分意义甚至不具备实际意义。一部虚构的小说，写得再好，终究是杜撰，即便有很多现实的内容，虚实相间，有所谓的原型，人物命运依然可由作者任意摆布，会因作者的一念之差而改变。唯有写实，人物的命运是唯一的，才值得探究。

本人认为《红楼梦》是自传而非虚构，除了作者的声明，还因为人的创作能力终究有限，《红楼梦》作者固然非常了不起，但无论如何也不可能虚构出一部如此庞大复杂、细密入微却又诸事分明、有条不紊的巨篇，《红楼梦》其人其事只能是造物的天成，天才的描述。

《红楼梦》是“将真事隐去”的，所谓隐去，不是不写，是曲笔。关于曲笔写实，最有名的当然是孔子的《春秋》。阿瑟·史密斯《中国人的性格》第二十五章“言而无信”有这样一段话：“《春秋》问世将近一百年后，公羊对其进行了校勘和增补，说此书‘为尊者讳，为亲者讳，为贤者讳’。我在《中国经典》第五卷中指出，‘讳’包含了三个英语词语的涵义——忽略、掩饰和篡改。”摘录这段话，因为觉得其中对于“讳”的含义的解释准确且全面。但作者的“隐”不等于孔子的“讳”，我以为“讳”是为了隐瞒，作者的“隐”，是为了规避文网，传递真相。

为什么“隐”？作者交代得也算清楚了。甲戌本凡例：“此书不敢干涉朝廷。凡有不得不用朝政者，只略用一笔带出。盖实不敢以写儿女之笔墨，唐突朝廷之上也。又不得谓其不备。”“并非怨世骂时之书矣。虽一时有涉于世态，然亦不得不叙者，但非其本旨耳。阅者切记之。”第一回：“因见上面虽有些指奸责佞、贬恶诛邪之语，亦非伤时骂世之旨；及至君仁、臣良、父慈、子孝，凡伦常所关之处，皆是称功颂德，眷眷无穷，实非别书之可比。”又有：“因毫不干涉时世，方从头至尾抄录回来，问世传奇。”一再声明不敢干涉朝廷，只差直说是为了规避文网。封建朝廷对言论控制严格，清朝更是大兴文字狱，文学作品不能干涉朝廷是绝对的，作者反复强调自己不敢干涉朝廷，是此地无银三百两的写法。《红楼梦》非常干涉朝廷。

关于作者的问题。

或因乾隆年间及其之后多有文人表示曹雪芹是作者，又有现代胡适先生的“曹雪芹自传”论，现在的出版社纷纷把著作权给了曹雪芹。固然得到了多数红迷的支持，但持不同看法者也大有人在。其实，从自传的角度，很容易否定曹是作者。从学者们给出的诸多考证来看，曹没有经历过宝玉的那种富贵荣华，家族情况也大相径庭。曹本人更否认自己是作者。在第一回他解释说，他做的是在原稿基础上披阅、增删、编目录、分章回的工作。这个说法在脂砚斋等批书人那里得到了佐证。批书人视曹雪芹和作者为两个人，比如常以追忆故人的语气提及“作者”“作书人”，称宝玉为“玉兄”或“石兄”，是平辈语气。对曹雪芹则称“雪芹”“芹”或“芹溪”，是长辈、过来人对后辈的语气态度。放下这些不说，“曹雪芹自传”从逻辑上也不通，《红楼梦》既然不得不“将真事隐去”，如果曹是作者，隐藏自己是第一位的，怎么可能把真实姓名公之于众？那真相早在两百多年前就大白于天下了。原作者“石头”，抄录者空空道人，编撰者曹雪芹，批书人脂砚斋等，他们的述说彼此呼应，是一个条理清楚、符合逻辑的过程。这样的连环组合，只有事实才会让它天衣无缝，而非天才的写手或组织者。有支持曹作者说的红迷认为这是曹的“障眼法”，那就没办法了。

《红楼梦》写的谁家的事？说法很多，曹家事、明珠家事、清世祖和董鄂妃事、和珅家事等。其中明珠家事的支持者和相关记载之多，丝毫不逊于曹家事。

赵烈文《能静居日记》：“曹雪芹《红楼梦》，高庙末年，和以呈上，然不知所指，高庙阅而然之，曰：‘此盖为明珠家事作也。’后遂以此书为珠遗事。”

乾隆年间红迷周春《阅红楼梦随笔》:“相传此书为纳兰太傅而作。”

徐珂《清稗类钞》:“《红楼梦》一书，所载皆纳兰太傅明珠家之琐事。”

梁恭辰《北东园笔录》:“《红楼梦》一书，诲淫之甚者也。乾隆五十年以后，其书始出。相传为演说故相明珠家事。”

俞樾《小浮梅闲话》:“《红楼梦》一书，脍炙人口，世传为明珠之子而作。明珠之子何人也？余曰:‘明珠子，名成德，字容若。’”

张维屏《国朝诗人征略》:“世所传《红楼梦》贾宝玉，盖即容若也。”

类似说法不再一一列举，中华书局出版的《红楼梦资料汇编》对此收集广泛，可为参考。

明珠即康熙朝重臣纳兰明珠，熟悉他的人可能不多，广为人知的是他的长子——一代词人纳兰性德。大概正是这个原因，一说明珠家事，人们便往往推定宝玉即性德。比如上面的俞樾和张维屏。从俞樾的记述来看，当时社会上关于《红楼梦》作者的传言，其实只是“明珠之子”而非纳兰性德。这是一个非常值得注意的问题，因为明珠并非只有性德一个儿子。

明珠有三子，长子性德，次子揆叙，三子揆方，都很有才。从“明珠之子”的角度，三人都有可能是宝玉，最有可能的也不是长子性德，而是次子揆叙，因为宝玉是次子。揆叙在现代虽然鲜为人知，论才学和生前的名望，此人较其兄性德有过之无不及。从仕途来说，是明珠最有成就的一个儿子。

以性德对应宝玉其实是很别扭的一件事，多么明显的问题，性德是长子，宝玉是次子。除了兄弟排行，一眼看过去，揆叙均比性德更符合宝玉的条件。性德所具备的宝玉个人特征，俊美的相貌、温雅的性情、出众的才学和家世等，揆叙无一不具备。性德不具备的，比如宝玉的人生经历，揆叙也具备，太多了，俯拾皆是。胡适先生在《红楼梦考证》里列举的纳兰性德不是宝玉的一个主要理由是：性德英年早逝，没有见证他父亲权势的盛极而衰。揆叙恰恰在少年时代见证了这个过程。性德如果三分可能是贾宝玉，揆叙有几分？但是，说纳兰揆叙是贾宝玉，却有三个严重“不符”。对比明珠父子等人的墓志铭，揆叙既没有当皇妃的姐姐，也没有远嫁做“王妃”的妹妹，以及贾母那样一位祖母，三个重要人物无处落脚。不过，《红楼梦》既因干涉朝廷而将真事隐去，贾妃、探春两个明显牵涉朝廷的敏感人物不符，反而令人放心。表面看起来就全部相符了才真不对，不符合作者的隐写宗旨了。至于贾母，如果你注意一些细节，便会发现，贾母的身份同样非常敏感。

求证《红楼梦》于明珠家事，判断是不是揆叙自传，最大的障碍不是历史资料难寻，纳兰家族在现代研究者很多，提供了丰富的资料，这方面几乎毫无问题。真正的问题是《红楼梦》的曲笔，不拨开这一层迷雾，再翔实的历史资料都没用。红迷里有一种认同度很高的看法，认为《红楼梦》成谜是后多少回遗失造成的，只要看到全本就水落石出了，所有的结果都可以知道了。没有那样的可能，作者既然声明将真事隐去，人物命运用诗词曲画等进行暗示，怎么可能在最后给出一个不需要读者思考的现成答案呢？那样一来，不仅前面白忙活了，所谓“一把辛酸泪”“将真事隐去”，就都成了卖弄才干、自相矛盾的哗众取宠，成了戏弄读者的笑话。还说什么“字字看来皆是血，十年辛苦不寻常”呢！《红楼梦》是不是笑话，每一个读过《红楼梦》的读者，都能够做出判断。遗失的稿本，充其量也就是增加一些佐证，甚至有可能不是遗失，曹雪芹故意放弃也未可知，因为无助于总体。所以解谜这条路非走不可。

任何试图把《红楼梦》变成笑话的续书，所有交代十二钗等敏感人物结局的，无论旧本新本，必是伪书。如果再煞有介事地声称是作者原稿，其动机就可疑了。不改八十回抄本还罢，如果动抄本内容，那些删减或增加的，总之任何改动，都可视为问题和线索所在了。比如程本。略微看过程甲、乙本，本人以为程本尤其是程乙本，那些对脂本的改动实在太可疑了，也太会删改了，说续者无心，本人不能相信。

本分析所使用的基础文本，是人民文学出版社 1996 年版《红楼梦》校注本第 2 版(前八十回)，参考甲戌、庚辰、有正本(即戚序等本)等抄本。

参考抄本是想对校注本中一些本人觉得有疑问的内容做出个人的判断。认同甲戌本是现存最早也最好的版本，可惜是残璧。庚辰本内容虽然接近完整，抄录者貌似不是十分讲究。校注本(前八十回)以庚辰本为底本，其实没有更好的选择，但它在校注、校记、注释等方面的广泛信息弥补了庚辰本的不足。对校注本和抄本之间的文字差异，如果大多抄本说法一致，则以多数说法为准，无论乍看起来是否合理。因为对一部谜书来说，“合理”可能只是读者的感受而非作者本意。例如宝玉、元春的出生时间差，甲戌等众多脂本作“次年”，校注本作“后来”。我选择“次年”。类似的还有“虎兔”、“虎兕”等。如果抄本各执一词，那就以本人认为哪一种更有助于解决问题为准。

不然怎么选择呢？

《红楼梦》和其他古代小说还有一个不同之处，它有批书人。主要是脂砚斋、畸笏叟两位，还有梅溪、绮园、杏斋、雨窗等人，显然都是用的别号而非名字。

批语不能不重视，可信程度却不能一概而论。人是感性动物，即便批书人是亲历者，提供的信息，也至少要考虑两个方面：一是批书人的触及范围，二是人本身的局限性和主观性。一般来说，批语提供的家庭结构的信息是可以采信的，比如兄弟姊妹几个，父母、祖父母的情况等。如果批书人是作者的家人朋友，许多事件也会知道，但私密方面的，就很难说了。像贾府这样的大家族，有些机密事情不仅外人难以知悉，就是内部人也不会尽知。这一点一定得考虑到。至于人的局限性和主观性，人作为矛盾体，很难真正站在客观的角度，其看法或多或少都藏有私心，有时候私心恐怕还比较重。如果再有情感及利益之类的牵扯，就更加微妙了。《红楼梦》描述人物事件的客观有目共睹，主角都是有争议的人，有人喜欢有人不喜欢，作者没有因为自己的喜好而美化或丑化谁。这不是一般人能做到的。反观批书人，就远远做不到这一点了，虽然才华过人识见丰富，言论中个人情绪和倾向都非常明显。

比如某批书人，判断就是脂砚斋，对袭人推崇之极，一点琐事就能上纲上线，认为“实可爱可敬可服之至”。第二十一回蒙本前批：“此回袭人三大功，直与宝玉一生三大病映射。”认为她当得起“贤袭人”之称，是治宝玉的良药，似乎宝玉听了袭人的话，必会功成名就，成为人生赢家。对袭人的认识和王夫人很相似，王夫人把保全宝玉名誉的事寄托在一个丫鬟身上。作者写四儿是“聪敏乖巧”的丫头，脂砚斋随即点评“又是一个有害无益者”。另一位批书人畸笏叟也差不多，花解语一段，说袭人“千妥万当”，四个字叫人失笑。

脂砚斋、畸笏叟之间的观点也不完全一致，甚至自相矛盾。第五回红楼梦曲《好事终》处批语：“是作者具菩萨之心，秉刀斧之笔，撰成此书，一字不可更，一语不可少。”大概出自脂砚斋。第十三回靖本畸笏叟批语说自己命曹雪芹删去了天香楼一节。删去天香楼一节应是实际情况，的确未见其详。如果一个字都不能更改，怎么能删去许多内容呢？那位批书人给出的理由是秦可卿托梦所表现出来的为整个贾氏家族着想的大局观，可以抵消她犯的过错。曹雪芹应该不会因为这种可笑的理由擅删作者的文字，没有理由不尊重作者。或者因为秦不是主角，那些内容可以没有；或者因为那些内容让另一个相关人物的结局过于凸显；或者经由曹雪芹增删过的《红楼梦》更趋于完美，逻辑更加严密，甚至像批语说的“一字不可更，一语不可少”。除非有一天《石头记》原稿重现人间，另当别论也未可知。

另外，《红楼梦》以传抄的方式问世，经手者不明所以参与乱批的情况也不能排除。

我是一个现实中没有什么途径查阅历史资料的普通红迷，写作得以完成，皆因伟大的网络，汉典、各种电子书库、百度百科等，乃至网购《益戒堂诗集》《绣余诗稿》等古籍，《红楼梦大辞典》等各类红学资料等。这些便捷，缩小了一个普通红迷和学者红迷的差距。而诸如电子书《脂砚斋重评石头记》，把甲戌、庚辰、蒙、靖各抄本的批语都一并收集录入，整理者功夫到家，让研究者省了多少工夫，实在是功德无量。

关于使用和引用资料，虽然我对于写理论文字十足陌生，也知所引用的每字每句，都应核实无误或找到原始出处。只是本人能力有限，需用的资料又实在太多，未免有所偷懒，用到真假不明的资料，但会注明来源，错误之处请读者不吝赐教。

第一章 隐写手法

曲笔是文学里常用的表现手法，但不见关于曲笔写法的系统论述，可能是我读书有限。《红楼梦》这样大部头的书，却是全方位的曲笔写实，作者必须有一整套的隐写手法，否则会乱，根本不能进行。所以我以为，作为研究者，尽可能地发现和归纳出作者的隐写手法，是解开这部谜书的关键所在。或者有人说，这种写法要是改变，还能叫写实吗？这种曲笔固然也是改变，却和故意的粉饰更改以及纯粹的虚构有着本质的区别，因为它是可以直接或间接还原的改变。

有些凭常识就可以想到，比如隐去真实姓名。有些是作者或曹雪芹直接给出了，比如第五回“游幻境指迷十二钗”，用词曲画指迷十二钗命运。有些隐写手法，隐藏在现象背后，略露一些端倪，让读者知道它的存在，但要把它归纳出来，就得费一番工夫了。

确定哪些方面需要隐写，有利于发现和归纳隐写手法。从常识和逻辑上，大概有两类：一是直接或非常容易暴露历史时间和人物身份的信息，如朝代纪年地方、姓名、生日日期、官职、地名等。生日怎么不能直写呢？如果关键人物的生日日期直写出来，像贾妃、贾母、王夫人、凤姐、贾敬、贾琏等人的“生日”都是在书中出现了的，贾家是世家大族，一对比便真相大白，哪里还能隐藏什么！二是牵涉朝廷的敏感事件，比如薛家人口忽然衰落的原因等。在这两类的基础上，还要扩大隐写面，因为有个统一不乱的问题。比如姓名，无论是不是敏感人物，丫鬟仆从，都要隐写，不然也乱套，必须统一规律，非常简单的道理。但地名又不可与姓名同一规律，姓名要全部改换，地名却不能全都新取，那样也乱套。敏感地方可以模糊或取巧，而非改头换面。比如京城、甄士隐的家庭地址等。总之要符合人们之间沟通的习惯、情理和逻辑，符合避讳的常识或共识等。

据我看来，作者所使用的隐写手法，在其他文学作品里出现过的，即已有的，大概八种，自创的大概五种。或者并非自创，是我无知。已有的是：隐去朝代纪年地方、改换人物姓名、略去人物、借物寓人、用诗词曲画酒令等指迷、谐音、引用典故、花开两朵各表一枝；自创的是：此地无银、指鹿为马、借助神仙幻境等、明暗生日、绛树两歌。

已有的隐写手法，虽无须大力证明它的存在，有些在红迷中已达成共识，但作者的手法还是有些特别的地方，每一种也都需要和读者进行一些沟通和说明。作者自创的，就需要证明它们的存在了。

下面一一分析这些隐写手法。

其一，隐去朝代纪年地方名。

《红楼梦》的历史背景虽然隐去，却显而易见是清代。像白居易的《长恨歌》，虽然假借汉皇，谁都知道写的是唐明皇的事。但《红楼梦》的具体纪年推测起来要困难得多。关于地方，取巧模糊且出现多次的是“金陵”，可知这个词敏感。“金陵”是南京的别称，六朝古都，豪杰辈出之地，诗有“江南佳丽地，金陵帝王州”。书中的“金陵”，有时指南京，有时又似指北京，使得它更像一个政治名词而非地方名称，有暗示朝廷的意思。明朝曾定都南京和北京，清朝定都北京，四大家族均是两朝君臣、两地家族，牵连不已。作者的用心或在于此。

其二，改换人物姓名、官职、府宅名等。

书中人物的姓名、别号均是改换。府宅名也是，荣国府、大观园都不能够用原名。官职也要有所掩饰。但称谓不在此列，老爷太太夫人奶奶等，这些是不能改的。

完全可以想见改换后的姓、名、号等肩负着特别的使命：指迷。因为引申衍生变异等，汉字多歧义。怎样去判断这些名号的真实含义或意图呢？无论一个字有多少歧义，有一点是固定和唯一的，就是它的本义，其次是与本义最为相近的引申义。这是最简单直接却最有效的沟通点，作者一定会加以利用，也就是研究者第一个不可忽略的点。但是，除了姓氏，名号往往不是一个字，那就要联合起来理解了。然后还有，或用到典故，或与某人某处建立联系，那么这个名字到底想告诉读者什么，就要多方考虑权衡，不可胶柱鼓瑟，以求尽可能获得作者的意图。想一想，当年作者为取这些姓氏名号不知道怎样想破头呢。

其三，略去人物。

贾家有很多人被有意略去，这一写法也很特别，在其他古典文学作品里不见，似也可归于作者的自创。证明起来也容易。最明显的，冷子兴说贾赦有二子，明写的又有贾琏、贾琮二人，但作为“长子”的贾琏却被称为“二爷”“二舍”，以及多次暗提他的兄长家，贾琏其实是次子。同样，迎春是二姑娘，有一个姐姐没被写出来。探春是三姑娘，上面有两个姐姐。贾珠的孩子很多，只写了贾兰一人。等等。这些被略去的人物，第三章“一些被隐去的贾家人”有详细分析。略去的原因，倒不是因为他们本身敏感，一是这些人和主故事无关；二是如果都写全，就全盘托出了贾家的家族人员情况，很容易和历史对照。

其四，借物寓人。

指借用日、月、花、草、石、鸟、兽或风、雪、露、甘露、霜等自然事物在传统文化中被赋予的某些含义，或暗示人物形象品格等，或影射人物行为带来的影响。这个手法就像是影射、比喻、借代、托物言志等修辞表现手法的综合，或兼而有之。之所以不直接使用已有的修辞名称，因为觉得不足以形象表达物和人的关系，表述上有困难，无法归拢统一起来。建立关系后，暗示某人形象品格等的事物，则称之为某人的寓意形象。影射人物影响的，需要时即时说明。

有些寓意形象作者直接给出了答案，如通过占花名告诉读者，牡丹寓宝钗，芙蓉寓黛玉，海棠寓湘云等。有些不言自明，如日，古代以“日”喻人时，专指皇帝。《博雅》：“君象也。”所谓“天无二日”也是这层意思。书中所引用古典的“双悬日月照乾坤”，也是用此义。有些就需要读者的判断，如白海棠、菊等。寓意形象不一定是一人对一物，比如黛玉至少有芙蓉、香芋、小耗三个形象，白海棠则是两个人的形象。

怎样影射人物影响呢？以“东风”为例。“东风”在诗词中多次出现，探春的“莫向东风怨别离”“千里东风一梦遥”，红梅花诗中的“冲寒先已笑东风”，宝钗的“白玉堂前春解舞，东风卷得均匀”，黛玉的“莫怨东风当自嗟”。按照诗词的意思，“东风”于黛玉、探春是不好的，于宝钗却是惬意和助力的。理解的切入点为“莫怨东风当自嗟”句，此句出自欧阳修的《明妃曲》，上句是“红颜胜人多薄命”，一首批评天子无能的曲子，既不识佳人，也不能安天下。“红颜”暗示昭君，“东风”则影射天子或天子的影响。那么就要往这方面考虑了。又如“水中月”是说宝钗，但“月”并不是宝钗的寓意形象，只是对宝钗影响巨大。

其五，用诗、词、画、曲、酒令、故事等隐写人物命运。

可分为两类：一是综合类，如《好了歌》等；二是特指类，指迷特定的人事，主角可是一人，也可是两三人，如《终身误》《枉凝眉》就是宝、黛、钗三人的指迷。

特指类的主角不一定是女子，比如《终身误》，虽写宝钗、黛玉，第一主角却是宝玉。要注意的是，凡以女子为主角且不知指向的，明白给出或别无可能等于给出指向的不算（比如围绕秦可卿的那些指迷），女主的范围必然不出金陵十二钗正册副册又副册给出的十五位。作者不可能随便哪个女子都以诗词曲画暗示她们的命运，那样不仅失去“金陵十二钗”的意义，也让研究者无从下手。曹雪芹定书名为《金陵十二钗》，应该就是提醒的这一点。其他女性并非就不出现在诗词等处，但她们的存在，是为女主服务的。这一点对于解谜非常重要。只有一个貌似例外，麝月，太虚幻境的册子上没有给出她的指迷，占花名时却有她一席之地，也算特指，但这个特指作者直接给出了答案，已属明写。

十五人都是谁？庚辰本第十八回批语写得很清楚，正册为薛宝钗、林黛玉、贾妃、贾探春、史湘云、妙玉、贾迎春、贾惜春、王熙凤、贾巧姐、李纨、秦可卿十二人，副册又副册为甄香菱、晴雯、花袭人三人。研究者和发烧友们基本都认可这一说法。本人稍有异议，认为秦可卿不在其中，相应的人是尤氏，原因分析见“女儿令之尤氏的命运结局”。然后，正册第一页是宝钗和黛玉，第二页画着一张弓的是元春，第三页画着风筝大海的是探春，第四页画着几缕飞云的是湘云，第五页画着美玉泥垢的是妙玉，第六页画着恶狼美女的是迎春，第七页画着古庙美人的是惜春，第八页画着冰山雌凤的是凤姐，第九页画着荒村美人的是巧姐，第十页画着茂兰的是李纨，第十一页画着高楼大厦美人悬梁的是尤氏。

十二钗正册的词画，和去掉引子、收尾的《红楼梦》曲子十二支，人物一一对应。词画只有十一页，因第一页包含宝钗、黛玉二人，所以对应的曲子为《终身误》和《枉凝眉》两支。那么两支曲子必也包含两人。余下从元春的《恨无常》开始，与册子女主一一对应。

分析这类隐写，要多注意辅助内容。比如众人在写诗词或说酒令的时候，会有一些相关的谈论，或作者给出一些说法，这些往往是解谜的提示。

其六，谐音。

谐音是中国传统的表达方式。比如民俗中以红枣、花生、桂圆、莲子四物寓“早生贵子”。作者也利用了谐音，比如“甄士隐”谐音“真事隐”，“贾雨村”谐音“假语村”，“卜世仁”谐音“不是人”等。但判断作者是否利用了谐音，却须谨慎。谐音有趣，但惊险，因为汉字字多音少，且一个字就一个音节，这使得几乎每个字都能找出一大堆同音字谐音字来，滥用或滥找谐音，肯定乱套。

判断作者是否使用了谐音，至少要注意三个方面：一是不能为了寻求谐音而拼凑，那能拼凑出无数的可能；二是单纯的一字或两字词最好不要去寻求谐音，基本等于海底捞月，作者不会那么难为读者；三是谐音必须有确切的作用，能表达出原文字表达不出来的含义。

重谐音而轻字词的本义，是舍本逐末的做法。有一个具有代表性的谐音误解，某位批书人把贾家四春的名字释义为“原应叹息”，得到不少红迷的赞同。但“原应叹息”能表达什么？完全是无病呻吟的释义。理解层面一旦停留在“原应叹息”上，便容易忽视元春、迎春、探春、惜春四个名字的原本含义，那才是作者真正要告诉读者的。

其七，引用典故。

作者用典有一个特点，或者说他很周全，把某典故用于某人时，常常会把典故的演绎者或相关者也和这个人建立联系。好像担心读者的联想出现偏差，这是很有必要的。中国的历史太长了，各种典故也实在多，能够建立联系的很难只有一个，多条线索自然容易锁定唯一目标。另外有一点或者也需要说明，用典时常出现一些字词变化，不可以简单地归之为弄错，《红楼梦》是谜书，那些“错”字和“错”处，恰好蕴含作者的真实意图也未可知。

以典故人物或事迹影射某人，一般是取其中一点，所以，拿捏典故的影射方面也很重要。比如以杨妃喻宝钗，取其体态丰满，如果没有其他线索佐证，不能联系到杨妃和唐明皇乱伦这件事上来。以飞燕喻黛玉，取其体态苗条，不能联系到淫乱后宫这方面来。但以杨妃喻可卿就不同了，海棠春睡，联系“爬灰”等内容，是很明显的影射，那么可以联系杨妃和唐明皇的乱伦关系。

其八，花开两朵各表一枝，或者可以称之为折返写法。

这种写法，是把同一个时间背景下发生的事情，分开讲述，使得这些内容看起来像是一先一后发生的。这种写法在文学作品中本来很常用，但人家那都是事先说明。作者却不说明，以致造成读者对时间的误解。第十五年、贾瑞的故事即采用了此隐写法。

其九，此地无银。

非常非常有趣的隐写手法。民间故事，有一人，把三百两银子埋在地下，怕别人知道，就在埋银子处立了一块牌子，上写“此地无银三百两”。结果当然被人偷了去。此地无银写法，简单地说就是说反话。一边给出空虚理论，一边给出与之完全相反的行为事实，即用事实否定理论。

埋银子的人是弄巧成拙，作者却是有意暴露，其实就是高级黑。这种写法比其他任何一种隐写法都有趣，古老又新鲜的戏谑方式。而且很实用，作者正是用这种方法解释了他将真事隐去的原因。

“此地无银”的写法虽然有趣，也很冒险，人们常常有思维惰性，懒于逻辑推理，乐于接受和维护直接给出的理论，表面的黑白。何况这种写法具体使用起来，很多是非常晦涩的，比“此地无银三百两”笑话难懂得多，给出的事实常常云遮雾罩，理论却白纸黑字一目了然，更容易被接受。

这种写法用在人物身上，所谓真假虚实多面性，给予了读者参与评判的充分空间。最简单的一个，比如多浑虫，一个不管老婆风流的无能酒鬼，作者却赞他“器量宽宏”，夸还是贬呢？这是一眼能看出来的褒贬。但很多时候，不那么容易看出来。比如宝玉，作者说他空有一副好皮囊，腹内原来草莽。事实上，宝玉三四岁时就认识了几千字，读了两本书，十二三岁的诗篇即受人追捧传抄，根本就是一个天才儿童，哪里腹内草莽了！袭人也是“此地无银”的一个显著人物，她偷偷摸摸地和宝玉干着不才之事，却自判不越理，不越理还用怕人知道？

其十，指鹿为马。

这个手法用得不多，和绛树两歌有些相似但又不同，比如第五回“宁府中花园内梅花盛开”，其实是菊花盛开。这个在文中会详细证明。

其十一，借助神仙幻境等。

书中出现了一批特别的神仙，癞头和尚、警幻仙子、神瑛侍者、绛珠仙子等，怎么说特别呢？他们都不是中国传统上约定俗成的神仙，也不是出自志异小说的妖魔鬼怪什么的，完全是作者自己的创造。其实，就从这一点，也知道这些神仙不是真的。为什么创造这些神仙？联系

“将真事隐去”，也就明白，借神仙说事。能借日月花草说事，当然也能借神仙。

作者显示出无神论的倾向，对于中国传统的两大宗教，佛教和道教，或者至少对其中的佛陀神仙，都持怀疑态度。书中讽贬佛神、毁僧谤道的地方很多，比如宝玉在梦中骂和尚道士，把佛、神等同于死人，甄宝玉说“女儿”两个字比阿弥陀佛、元始天尊更尊荣无对。但也不是完全否定佛教，他自己说如果黛玉死了他就当和尚去，肯定佛教的一些个人修行，只是不信神仙。

这些神仙作为《红楼梦》的重要组成部分，特别是癞头和尚，金玉良姻的始作俑者兼大力撮合者，揭示神仙的隐义非常关键。突破口是“贾妃”。大观园名义是贾妃行宫，省亲时，李纨诗“神仙何幸下瑶台”“未许凡人到此来”，称贾妃为“神仙”，且强调“凡人”不行。由此推定，神仙指皇家人物。瑶台、幻境等神仙居处，反映到现实，则是暗示皇家建筑。此隐写法和借物寓人有些相似，不同的是，作者创造的神仙、幻境非实体存在，只是实体的反应。

其十二，明暗生日。

真实的生日日期必须隐去。《红楼梦》自乾隆年间风靡于世，以生日日期为据寻求历史人物的红迷不知有多少，均无果，也佐证了这一事实。

从巧姐身上可以看到明、暗两个生日。明写的巧姐生日是七月七，却又写巧姐在四月二十六日应换寄名符，寄名符是生日才换的。巧姐的真实生日是四月二十六日。凤姐说生的日子不好，刘姥姥说要“以火攻火，以毒攻毒”，也佐证不是七月七。七夕也叫乞巧节，是传统的喜庆节日，起于汉代，闺阁女孩在这日向上天祈求让自己变得更加手巧。女孩子生在这天实在没什么不好。《芙蓉女儿诔》有“徒悬七夕之针”，说明当时是过乞巧节的。而四月二十六日，只怕可以联系历史上惨烈的扬州屠城，且扬州屠城正与书中的男二号癞头和尚有关。

那些“生日日期”又是怎么回事呢？突破口是探春。探春于三月二、三月三两天庆祝生日。生日只有一天，这是提前庆祝。探春的明“生日”应是三月三。民谚有“三月三放风筝”，探春有一个软翅凤凰风筝，无疑是她的寓意形象。在探春远嫁的画面上，恰有人在放风筝。互相联络，三月三是一个和远嫁有关的日子，然后，肯定是一个标志性的日期。以此类推，所谓“生日”，其实是一个直接或间接关系人物命运的日期。作者以“生日”的方式凸显它，也算一举两得。

其十三，绛树两歌。

关于《红楼梦》里那些非常奇怪的“谬误”，年龄的矛盾、时间的矛盾等，可以说早就被红迷们说烂了的。比如元春和宝玉的年龄差。第二回：“第二胎生了一位小姐，生在大年初一，这就奇了。不想次年又生一位公子，说来更奇，一落胎胞，嘴里便衔下一块五彩晶莹的玉来。”从这段来看，元春、宝玉姐弟二人相差一岁。可是再看后面贾妃省亲时的内容，贾妃要比宝玉大十几岁。这样的“谬误”还多处出现。另一个非常明显的是贾母年龄，前一年还比七十五岁的刘姥姥小好几岁，后一年就过八十大寿了。

不是说作者不会出错，天才也是人，不是神。但是，无关紧要的人还好，贾妃、贾母是一个是他的姐姐，一个是他的祖母，和姐姐的年龄差，自己祖母的大寿，如果也弄错记错，《红楼梦》还不被他写成一团乱麻了？何况还有一个披阅十年的曹雪芹在那儿殿后。普通读者都能一眼发现的错，他看了十年反而没看到？《红楼梦资料汇编》引冥飞等

《古今小说评林》所云："醉心《红楼梦》者，往往寻疤觅疵，挑剔书中情节。不知原书经曹雪芹披阅十载，增删五次，曹氏胸罗八斗，心细如发，其纰漏出必有纰漏之所以然者。"就是这个意思了。

这不是作者的大意，不是曹雪芹的马虎，就如同一件做工精湛的华丽旗袍上打着几块刺眼的补丁，如果你非要认定那是裁缝的粗心也无不可。所谓矛盾、疤疵、纰漏，都是"隐写"二字造成的现象。时间方面的矛盾也是一样。

这是一种隐写手法，我称它为绛树两歌。

绛树两歌是典故。说魏武时有歌女绛树，歌艺神奇，能同时唱两支歌，一支用喉，一支用鼻，两个人分别去听的话，便可以听出丝毫不乱的两支歌来。这种说法始见于戚蓼生序，但不知戚蓼生具体想要表达什么。绛树两歌隐写法，在人物和时间上均有使用。人物方面，是指用移花接木的手段把某人的特征、行为或经历等嫁接到其他人身上。时间方面，是指在现实时间背景下补缀前事或点缀后来事。

具体来说，人物方面，一些不能正面现身的敏感人物，或虽然可以正面现身有些经历却不能直写的人物，他们的特征、行为或经历，被嫁接到和他们具有某种共性的人身上。被嫁接者可能是不敏感人物，也可能是敏感人物，要看具体的表达需要。为便于说明，绛树两歌人物中，明写出来的那个人就称之为显身，被嫁接的那个人称之为隐身。时间方面，把过去或未来的某事夹杂在现实里写出来，除了降低现实事件的敏感程度，还能补充之前曾经发生的以及之后将会发生的事。

确定某人某事是否存在绛树两歌，有两个必要条件：一是出现无法调和的矛盾，二是从矛盾中分离出来的内容有归处。书中的绛树两歌人物主要有晴雯、元春、刘姥姥、贾琏、林如海、贾敏夫妇等。以晴雯为例。众人抽签占花名儿时，黛玉占的是“一枝芙蓉”。芙蓉是黛玉的寓意形象，而且仅仅是黛玉的，因为“别人不配作芙蓉”。晴雯如果连芙蓉都不配作，又如何作得芙蓉花神、芙蓉女儿呢？这种矛盾无法调和。而不能归属晴雯的内容，却有黛玉这个归处。且《芙蓉女儿诔》内容显示分明就是祭的黛玉。关于时间方面的，比如宝钗的“十五岁”生日和贾母的“八十岁”生辰，一个是写的过去年龄，一个是写的后来年龄。

除了这些隐写手法，作者的直写也很特别。如白描原生态的生活情景或某一事件，不加解释。有时加了解释，也不一定有助于理解，可能会说反话或风凉话，反而成了隐写了。还有打掩护。比如某人做一件私事，需要师出有名，便想出来一个充分正当的理由。所谓正当的理由，其实不过是行为人自己找的借口，问题是，作者一本正经把它当作真正的原因写出来，很容易把读者带沟里去。而避重就轻，舍本逐末，更是通篇都使用的写作手法。比如当某敏感事件发生时，作者会避开核心内容，转而描写引发的一些次生现象，来衬托核心事件的存在。有些即时情景描写，则会特意留白，即避开那些能直接显示人物性情、事件本质的动作行为，转而描写相对的次生动作行为。虽然容易令人困惑，但读者完全可以通过逻辑推理补全画面。

作者的写作手法虽然多样，好在三百多年的历史变迁没有太多改变国人的特有气味，清代的人和现代的人一样，都是十分地道的中国人，只要有普通的社会生活经验，绝大部分内容，都是很容易看懂的。

但如此隐晦的写作，能把所有事情都交代齐全吗？大可不必对作者的表达传递能力有什么怀疑，以及担心作者留给读者的线索不够。以《红楼梦》的文字程度，研究者所需要的一切证据，时间、地点、人物、事件等，相信一样也不会少，就看能不能发现了。唯一令人担心的是抄录，迄今为止，别说《石头记》原稿，连曹雪芹手稿，都不曾被发现，我们所看的，都是源自曹改本的抄本，如此庞大精细的作品，手抄下来，不出误差几乎是不可能的。但愿作者会考虑到这一点，那么小小误差也就不足为虑了。

有研究者依据古代人对尊亲名字的避讳，在抄本中寻找存在避讳情况的字，以推断作者和时间背景。这一定是行不通的。如此大部头的书，如此多的人物姓名、各种诗词留题等，讲究起避讳来，不说根本无法写，也太过着迹授人以柄。何况本就是对朝廷高级黑，从封建礼教上说可谓大节已非，再讲究现实中的避讳这种小节，岂不可笑？这部书一定是抛开了所有束缚，一切为设定内容服务。

第二章
时间和人物年龄

说　明

本章分析时间发展和人物年龄。

时间发展以宝玉的年龄为参照，宝玉成胎之年设定为初年，宝玉出生之年定为第一年，以此类推。

整理出来的只是大概的时间。比如宝玉的年龄，除了第十四年，作者直接给出，其余都是推算的，自己也不敢肯定准确性。但参照这个时间发展，可以纵观全局，看清一些尚未解开的纠结。

关于人物年龄，有几点说明：

其一，中国传统上以在母腹成胎为年龄之初，因此对一个人年龄的计算，不是从出生开始，而是从成胎开始，十月怀胎是第一岁，所以出生即为一岁。古代一些有成就的人在母腹受孕成胎常被赋予一些传奇色彩，原因即在这里。所以书中给出的贾宝玉的年龄之始是成胎，而非出生。现在这种年龄计算法在农村还是很流行，称为“虚岁”。二十世纪初传入中国的国际通用公历年龄计算法，计算出来的年龄叫周岁。通常虚岁比周岁大一个数字。

其二，现实中人们对虚岁年龄的计算好像有些混乱模糊，比较常见的是每过一个农历年增加一岁，大概因为简单省事。书中人物年龄的界定，却显示了严格和准确。以林红玉为例，三月时还“年方十六岁”的林红玉（第二十四回），四月（第二十七回）就“十七岁了”。而且，在贾芸的眼里红玉看起来是十六七岁（第二十四回）。一个不怎么重要的人，给出三条紧密联系的年龄线索，怎么可能是无心之举？除非这期间有红玉生日，所以一月之间长了一岁。作者认真给出红玉的年龄，是表示态度。那么书中人物的年龄是以生日为分界点，过了生日增加一岁。和现代的周岁计算法一致。要注意必须是准确的年龄，如果给出的只是视觉年龄或模糊年龄，如十七八岁、十二三岁，就不能用这个标准了。

其三，凤姐和贾琏商量怎么给宝钗庆祝生日，说：“虽不是整生日，也算得将笄之年。”“整生日”指的是虚岁十岁、二十岁、三十岁等十的整倍数年龄的生日，旧时受到重视。人们并非每年都认真过生日，通常逢“整生日”才会举行正式的庆祝，其他年龄的生日，或小过，或有些什么讲究，具体不得而知。另外根据地方风俗不同，有的整生日也不一定庆祝，俗话有“不三不四”，是说三十岁和四十岁的生日一般不庆。但《红楼梦》似乎不讲究这个，薛姨妈的生日庆祝，应该就是四十岁的。旧时虚岁五十以上年龄的整生日，称大寿，通常要宴请宾朋隆重庆祝的。古典文学作品或戏曲里常有渲染某某人的“五十大寿”“六十大寿”如何热闹什么的，就是这个原因。康熙皇帝在五十岁、六十岁生日时大办万寿节，是极好的实例。

虚岁二十以下的未成年人，除了一个十岁的整生日，还会对一些在礼俗上有讲究的年龄的生日进行庆祝，如周岁、十五岁等。注意此“周岁”非前面说的那种现代年龄计算法，此“周岁”前面不加量词，特指出生满一年。一个人一生只有一次周岁。在封建时期周岁被认为是一个特殊的日期，可预知前途命运，所以有抓周的习俗。宝玉就因为抓周时抓了一些脂粉钗环之类，被贾政不喜欢。十五岁之所以重要，依据礼教典籍《礼记》的规定，十五岁也称及笄之年，是女孩们谈婚论嫁的最佳年龄。对男孩而言，十五岁则是束发之年，表示告别孩童时代，长成为一个少年了。现在中国的一些地方如江苏、湖南等地，还保留着庆祝百日、周岁、整生日的传统。

这种生日庆祝的选择是很现实的，旧时的大户人家，家庭成员动辄十几、几十人，不可能每人每年的生日都要举行庆祝。以贾代善这一房为例，一位老太太，两位老爷，两位太太，奶奶姑娘们十几位，大爷二爷三爷小爷们也不下十个，这就有二三十人之多了，加上还有同宗、姻亲和官场应酬等，比如第七回给临安伯老太太送生日礼，人数更要翻倍，一一庆祝起来，一年到头也不用干别的事情了。因为这种条件要求，过生日可以作为判断人物年龄的重要依据。

但过生日的时间又相对灵活，不能一概而论。现实中有因某种原因耽误了过生日而补庆的，书中也有则例之外的生日庆祝，贾母出资二十两给宝钗过生日即属此类，但作者给予了明显的提示。这一点或者也说明，作者的确在利用生日暗示人物年龄。

“时间和人物年龄分析”共八篇。分析方法是把各回中涉及时间和年龄的线索尽量摘录排列出来，以宝玉的年龄为参照，分为初年到第九年、第十二年、第十三年、第十四年和第十五年等。

人物年龄均按虚岁，日期按农历。

初年到第九年

根据癞头和尚的说法、黛玉进府的年龄以及宝黛的年龄差等各种线索推测，第一回至第四回写的是贾宝玉从母腹成胎到九岁这个时间段。

线索摘录：

（第一回）乳名英莲，年方三岁。（见分析①）

（第一回）三劫后，我在北邙山等你。（见分析②）

（第二回）乳名黛玉，年方五岁。（见分析④）

（第二回）今年才十六岁，名叫贾蓉。（见分析③）

（第二回）如今长了七八岁。（见分析③）

（第二回）长名贾琏，今已二十来往了。（见分析③）

（第二回）今已娶了二年。（见分析③）

（第三回）已择了出月初二日小女入都。（见分析④）

（第三回）这位哥哥比我大一岁，小名就唤宝玉。（见分析④）

（第三回）等过了残冬，春天再与他们收拾房屋。（见分析④）

（第三回）一个是十岁的小丫头，亦是自幼随身的，名唤作雪雁。（见分析④）

（第四回）幸存一子，取名贾兰，今方五岁。（见分析④）

（第四回）（英莲）如今十二三岁的光景。（见分析⑤）

（第四回）（薛蟠）今年方十有五岁（甲戌本）。（见分析⑤）

（第四回）（薛姨妈）今年方四十上下年纪。（见分析⑤）

分析①　炎夏永昼和宝玉年龄的关系

甄英莲，也即后来的香菱，姑苏乡宦甄士隐的女儿。在她三岁那年，“炎夏永昼”之日，甄士隐梦见一僧一道带着通灵宝玉去往太虚幻境警幻仙子宫中，准备让通灵玉随神瑛侍者一起投胎。

有人认为“炎夏永昼”即宝玉出生之时，推断一下可知并非如此。

据茫茫大士也即癞头和尚的说法："恰近日这神瑛侍者凡心偶炽，乘此昌明太平朝世，意欲下凡造历幻缘，已在警幻仙子案前挂了号。"神瑛侍者此时只是在警幻仙子案前挂了号，并未投胎转世，还处于等待阶段。通灵宝玉也还在癞头和尚手里。癞头和尚还对跛足道人说："你且同我到警幻仙子宫中，将蠢物交割清楚，待这一干风流孽鬼下世已完，你我再去。如今虽已有一半落尘，然犹未全集。"不仅宝玉没有投胎下世，此时只有一半风流孽鬼下世。另外，癞头和尚的话还包含一条信息，从宝玉成胎到出生这近一年的时间，癞头和尚都住在警幻仙子宫。虽然邀请跛足道人同去，后文可知，对方婉拒。然后，癞头和尚和通灵玉是在宝玉出生之时才分开的。

为什么交代这个"炎夏永昼"呢？应是宝玉生命之初、王夫人怀胎之时。

"炎夏永昼"虽然不是一个具体日期，范围并不算大，"炎夏"即炎热的夏季，农历一年中能称得起"炎夏"的月份，应该能锁定五月和六月。"永昼"指漫长或者最长的白天，而夏季最漫长的一天是夏至日，也可以作为一个参考。查阅汉典老黄历，曹雪芹生前的一百二十年里，即从顺治一年到乾隆二十九年，约公元 1644 到 1764 年，夏至日基本不出五月，极偶然在四月出现。王夫人应是这一年的五月或六月怀上的宝玉。所谓怀胎十月，其实是九个月多一点，宝玉出生于次年二三月。

这年香菱三岁，宝玉出生时就四岁了，比宝玉大三岁。

还有一点也比较值得注意，甄士隐醒来时看到的情景是"烈日炎炎，芭蕉冉冉"。探春自言最喜芭蕉，号蕉下客，芭蕉是探春的寓意形象无疑，"冉冉"的意思除了枝条下垂，还有升起和渐进之意，应是暗示探春的存在。赵姨娘怀探春的时间和王夫人怀宝玉的时间非常近。

“一干风流孽鬼”就是金陵十二钗册子上的人了。但癞僧的话前后有点矛盾，先说一干风流孽鬼“尚未投胎入世”，接着又说“如今虽已有一半落尘，然犹未全集”。香菱都三岁了，后面的话更符合实际情况。

分析② 三劫

第一回，道人说道：“你我不必同行，就此分手，各干营生去罢。三劫后，我在北邙山等你，会齐了同往太虚幻境销号。”

癞头和尚虽然发出邀请，跛足道人并没有同去警幻仙子宫。

“三劫”是佛教语。这个“劫”是梵文的音译，古印度一个用来计算时间单位的通称。分小劫，中劫，大劫，可以指很长的时间，也可以指很短的时间，并不具体。此处甲戌本有眉批：“佛以世谓‘劫’，凡三十年为一世。三劫者，想以九十春光寓言也。”这个说法从词典、佛缘网站等都没有查到。但批书人生活在那个时代，或者可以采信。

以此为据，从宝玉成胎的时间开始，一干风流孽鬼需九十年后才能会齐了同往太虚幻境销号。这个九十年，除了说明风流孽鬼中有相当长寿的人，还能说明一件事，《红楼梦》书内书外的时间跨度。

这个时间跨度的给出者只能是曹雪芹，而且是在十年改编基本完成之时得此结论的。那时，一干风流孽鬼中甚至还有人在世，但应该已经是风烛残年。曹雪芹去世后还有亲历者在批书，也呼应。由此，曹雪芹十年改编完成的时间，后退九十年，就是宝玉生命开始的时间。

分析③ 贾蓉等人的年龄

冷子兴演说荣国府，说宝玉七八岁，贾蓉十六岁。虽然宝玉的年龄略模糊，贾蓉的年龄却写得明白。以作者注重生日日期对年龄的影响来看，应该可以推断，贾蓉和宝玉的年龄相差八九岁。

贾琏此年“二十来往”。因贾琏是绛树两歌式人物，这个后面分析。这时凤姐已嫁到贾家两年了。

分析④　黛玉进荣府的年龄和时间

贾雨村给黛玉当家庭教师时，黛玉五岁。一年后贾敏病故。贾雨村起复前，冷子兴和他谈论荣国府，说贾敏“上月竟亡故了”，以及宝玉“七八岁”。紧接着黛玉就抛父进京都。这样算黛玉离家时仅六岁。黛玉进荣府后曾说：“舅母说的，可是衔玉所生的这位哥哥？在家时亦曾听见母亲常说，这位哥哥比我大一岁，小名就唤宝玉。”至此都没有问题。

黛玉进荣国府时，问题出现了。贾家三艳，至少两艳已是少女模样，不是孩童，特别是探春，比宝玉黛玉都小，即便山珍海味营养全面，至少也得八九岁才能长成削肩细腰的长挑身材。黛玉这个时候怎么可能只有六岁？而且，黛玉自幼随身的丫鬟雪雁的年龄是“十岁”，雪雁是个无关紧要的角色，却被作者写出准确年龄，偏偏避开黛玉，分明是故意的。黛玉的年龄敏感。

第三回：“宝玉早已看见多了一个姊妹，便料定是林姑妈之女。”在宝玉看来，黛玉的形貌可能是妹妹，也可能是姐姐，那么不比迎春、探春看起来小。

这个问题后面再分析。看一下黛玉进荣府的时间。

林如海择了“出月初二”让黛玉启程进京。虽然没有写出月份，黛玉到荣府后，奶娘来请问黛玉之房舍。贾母说：“今将宝玉挪出来，同我在套间暖阁儿里，把你林姑娘暂安置碧纱橱里。等过了残冬，春天再与他们收拾房屋，另作一番安置罢。”时间是残冬。俗语有“残冬腊月”之说，那么极可能在十二月份。且是一个特殊的日子。黛玉进府的当天，既没有见贾政也没有见贾赦，晚饭后才见到了宝玉，因为贾赦说不忍心，贾政斋戒去了，宝玉庙里还愿去了。如果说贾赦不见黛玉是出于某种感情，贾政、宝玉父子二人双双出门戒斋还愿，就显示了这个日期的不寻常。

黛玉进荣府时贾兰五岁，已经入学攻书。没有提及贾环。如果贾环像贾兰那么大或者更大，自然也应当入学，推断比贾兰小。

另外，作者对三岁和五岁两个年龄特别着笔，香菱的三岁，黛玉的三岁、五岁，贾兰的五岁。需要注意。

分析⑤　薛家进京

薛家进京的时间，是一笔糊涂账。

薛家到荣国府虽比黛玉晚，进京却比黛玉早。贾雨村把黛玉送至荣国府后，在贾政的帮助下，不到两个月就谋补了金陵应天府上任去了。此时冯家仆人已告了一年的状，因为薛家是金陵一霸，无人敢理。贾雨村接下这个案子，是因为他初来乍到不知内情。薛蟠在遇到香菱之前已择定了上京的日期，打死冯渊丝毫没有影响他的进京之行，也和他进京没有任何关系。那么贾雨村接手冯渊案时，薛家已进京一年了。

判断葫芦案时，门子说薛蟠“今年方十有五岁”。一年前薛蟠带薛姨妈和宝钗、香菱进京时十四岁。宝钗比薛蟠“小两岁”。中国人的语言习惯，“两岁”常常是模糊词，年龄差两岁、三岁，都可以说是大“两岁”或小“两岁”。进京时香菱的年龄十一二岁。宝钗和她同龄，也是十一二岁。但宝钗称香菱姐姐，生月比香菱小。宝钗比薛蟠小两岁或三岁。薛姨妈年近四十岁。

贾雨村“残冬”送黛玉到京，薛家早十个月，是在同年的正月或二月进的京城。

薛家进京名为送宝钗待选，其实非常蹊跷。清代八旗少女参加选秀的年龄范围是十三岁到十六岁，宝钗才只是一个十一二岁的小姑娘，怎么就急着进京“待选”了？作者写薛家进京原因：“近因今上崇诗尚礼，征采才能，降不世出之隆恩，除聘选妃嫔外，凡仕宦名家之女，皆亲名达部，以备选为公主、郡主入学陪侍，充为才人、赞善之职。”什么叫“不世出之隆恩”？就是举世罕见的隆恩。选妃嫔，选公主、郡主的入学陪侍，怎称得上是举世罕见的隆恩呢？这里显然有内涵。而且，皇帝“降不世出之隆恩”，薛家进京“待选”，这么重大的事情，薛家最亲近的人，王夫人和王子腾却毫不知情。在接到金陵应天府、也就是贾雨村传递来的关于冯渊命案的书信时，才得知薛蟠惹上了人命官司，王子腾还派人和王夫人说打算接薛家人进京，完全不知道薛家早已于一年多以前就进京了。甚至在薛家到了荣国府大门口时，王夫人虽然知道贾雨村了结了薛蟠的人命官司，却还不知道薛家进京的事，因而正为王子腾升边任缺少了娘家亲戚来往而发愁呢。薛家和荣府、王子腾府互通书信，何以两家都不知道？

薛家进京，是一件秘事。

说薛家进京是一笔糊涂账，还因为有一个很难解释的时间差。荣国府看起来像薛家进京后的第一个也是唯一一个落脚点，薛家在京城虽然有自己的府宅，但书中数次点明薛家没有去自家的屋子住过，连打扫也没有打扫，而是一窝一拖地奔荣国府来了。可是，薛家抵达荣国府时，不仅王夫人早已知道贾雨村了结了冯渊命案，王子腾也升了边缺合家即将离京而去，就是说在一年的基础上又增加了时间量。如果按照宝玉说的自己和黛玉一起长大，而后宝钗才来，时间就更长了。且薛家进了荣国府后即放出金玉良姻之风，宝钗既获得了婚嫁自由，如果选秀，显然的，选过了的。而且必然过了十三岁。《红楼梦》时间背景非开朝之初，选秀制度应该已经完善，即每三年进行一次。如果宝钗十一二岁时是选秀年，下一次选秀年，就是宝钗十四五岁时。如此，宝钗是在十四五岁之后进的荣府，和宝玉的说法呼应。在进京之后到进荣府之前，大约两到四年的时间里，薛家在哪里？

作者省略了很多内容。薛家进京的首要任务是送宝钗备选，其次才是望亲。薛姨妈带着宝钗薛蟠到荣国府后，和王夫人是多年离别后的初次相见。薛家进京几年，姊妹二人却没有见过面。

薛家的诡秘行踪以及作者的遮遮掩掩、不写而写，显然与皇帝的“降不世出之隆恩”有关，若非涉及朝廷，有什么可“隐”的？

薛家启程进京的那个日期也有内涵。冯渊买下英莲后，准备在三日后迎进门，拐子却在第二日又把英莲卖给了薛蟠，而这一天，恰好是薛蟠进京前的头两日，也就是说，冯渊定的那个迎香菱进门的好日子，和薛蟠择定的上京日期是同一天。作者在暗暗强调那个日期，那是一个既适合嫁娶又适合出门远行，还不能明白告诉读者的日子。

第十二年

第五回到第十六回写的是宝玉十二岁之年的故事。最直接的证据是两年后宝玉十四岁。佐证也有几个，比如贾蓉今年二十岁，比贾蓉小八九岁的宝玉就是十一二岁。

但把这几回的内容归为一年，看起来却有几处“矛盾”，从“梅花盛开”到“秋尽冬初”的转折，中间夹杂一个“腊尽春回”再到“冬底”，再到“九月初三”，似乎过了两三年。这些“矛盾”其实都可以拆解。

线索摘录：

（第五回）却说薛家母子在荣府中寄居等事略已表明。

（第五回）因东边宁府中花园内梅花盛开。（见分析①）

（第六回）因这年秋尽冬初，天气冷将上来。

（第六回）我们这里又不比五年前了。

（第六回）这凤姑娘今年大还不过二十岁罢了。

（第六回）进来了一个十七八岁的少年。

（第七回）凤姐已卸了妆，来见王夫人回话。（见分析②）

（第七回）头上只散挽着鬟儿。（见分析④）

（第七回）十五的月例香供银子可曾得了没有？（见分析①）

（第八回）老爷在梦坡斋小书房里歇中觉呢。（见分析①）

（第八回）下了这半日雪珠儿了。（见分析①）

（第九回）不上一月之工，秦钟在荣府便熟了。（见分析①）

（第九回）（贾蔷）如今长了十六岁。

（第十回）今年一冬是不相干的，总是过了春分，就可望全愈了。

（第十一回）话说是日贾敬的寿辰。（见分析③）

（第十一回）如今才九月半，还有四五个月的工夫。

（第十一回）这年正是十一月三十日。（见分析⑤）

（第十二回）倏又腊尽春回，这病更又沉重。（见分析⑥）

（第十二回）谁知这年冬底，林如海的书信寄来。（见分析⑦）

（第十三回）屈指算行程该到何处。（见分析⑧）

（第十三回）三春去后诸芳尽，各自须寻各自门。（见分析⑧）

（第十三回）却说宝玉因近日林黛玉回去……（见分析⑧）

（第十三回）贾代儒带领贾敕、贾效……（见分析⑨）

（第十三回）江南江宁府江宁县监生贾蓉，年二十岁。

（第十四回）这日乃五七正五日上。（见分析⑩）

（第十四回）林姑老爷是九月初三日巳时没的。（见分析⑩）

（第十六回）一日正是贾政的生辰。（见分析⑪）。

分析①　宁国府的“梅花”

第五回：“因东边宁府中花园内梅花盛开，贾珍之妻尤氏乃治酒，请贾母、邢夫人、王夫人等赏花。是日先携了贾蓉之妻，二人来面请。贾母等于早饭后过来，就在会芳园游顽，先茶后酒，不过皆是宁荣二府女眷家宴小集，并无别样新文趣事可记。”

这段话有内涵。

会芳园不同于大观园，园里的建筑物较少。第十一回：“遥望东南，建几处依山之榭，纵观西北，结三间临水之轩。”貌似除了丛绿堂、天香楼，尽是些四面开敞的轩、榭。梅花于寒冬或早春盛开，总之都是很冷的时节。冬寒时节，尤氏安排在这样的地方家宴，还先茶后酒，女眷们怎么受得了？何况贾母年近七十，邢夫人、王夫人也都有了相当年纪。李纨等人在芦雪广那样的封闭式建筑里联诗赏梅，还要先笼上地炕。更突出的问题是，会芳园其实根本就没有梅花，而是满园菊花。第十一回即不久后贾敬生辰宁府宴席，尤氏说“满园的菊花又盛开”。来此赴宴的凤姐看到的会芳园景致，“黄花满地，白柳横坡”“篱落飘香，树头红叶翩翻，疏林如画”，与之呼应。菊花满园，然后是白柳、枫树。

种种迹象表明，这个宁府女眷家宴的时间，不是冬天。

从荣府的生活习俗来看，这个时候也不是冬季。宝玉跟着贾母到宁府“赏梅”，倦怠欲睡中觉，贾母就命歇一回再来。贾母是个讲究生活的老太太，冬天夜长白天短，是不睡午觉的，怎么可能让宝玉去睡？

当时只是仲秋。

宝玉跟可卿去睡中觉，刚到了可卿卧室门口，便闻到一股细细的甜香。甜香应出自卧室里摆放的那一金盘木瓜。此木瓜非现在冬季常见的那种热带水果番木瓜。按百科介绍，番木瓜是舶来品，原产东南亚，大概明朝后期时传入中国，因外形与中国木瓜相似，故名“番木瓜”。番木瓜可食用但不供观赏。此木瓜应是中国本土木瓜，有悠久的文化渊源。《诗经·卫风·木瓜》云：“投我以木瓜，报之以琼琚。”属时令鲜果，果期农历八月。此木瓜的最大特点是具有浓郁的香味，摆在屋内满室甜香。梅花盛开之时，怎会有木瓜？

接下来的秦可卿中秋后生病，秦钟跟宝玉上贾家义学，贾敬的九月半生辰，也都是时间的有力佐证。还有宝玉探宝钗这天，作者写贾母、李纨、凤姐等人都在睡中觉，甚至连贾政都写到了，在梦坡斋小书房里歇中觉。从来就没有写这么多人同一时间睡中觉，分明有意暗示时间。和当时下“雪珠儿”也并无矛盾，北方地区农历八九月，别说下雪珠儿，就是下场小雪，也是有可能的。

宝玉探宝钗的前两天，周瑞家的去薛家，薛姨妈让她把十二支宫花分送给贾家的姊妹们。周瑞家的到了惜春处，遇到智能儿，问她：“十五的月例香供银子可曾得了没有？”惜春听了便问：“如今各庙月例银子是谁管着?”贾家家庙里的供应，有月例，有年例，不会有“十五例”。周瑞家的问“十五的月例香供银子”，这个“十五”，必是一个节日，所以特供。“十五”为节日的，只有正月十五和八月十五。这问的只能是八月十五。

作者为什么要给出一个“梅花盛开”呢？此“梅花”非比寻常是肯定的。

分析②　凤姐卸妆见王夫人

第七回：“至掌灯时分，凤姐已卸了妆，来见王夫人回话。”

这个时间需要记一笔。根据之前的菊花开，之后的九月半，这是在九月初。

至于凤姐为什么“卸妆”去见王夫人，第六章“秦可卿的风月债”篇分析。

分析③　贾敬的寿辰

第十一回：“话说是日贾敬的寿辰。”

贾珍称邢夫人王夫人为“二位婶子”，贾敬比贾赦大。根据后面贾赦、贾政的年龄及年龄差，贾敬此年应是六十岁。

分析④　宝钗挽鬙

第七回和第八回，作者通过周瑞家的和宝玉的观察，两次写宝钗“挽鬙”。

古代女孩子十五岁即视为成年，到了谈婚论嫁的时候。《礼记·内则》：“十有五年而笄。”郑玄注：“谓应年许嫁者。女子许嫁，笄而字之；其未许嫁，二十则笄。”意思是：如果十五岁之年就许配了人家，则用笄即簪子把长发挽起来。“笄”虽有许嫁的意思，但书中女孩子“笄”

的执行标准却是年龄而非许嫁，这一点从芳官身上可以看出来。宝玉生日夜宴，作者描述了一下怡红院众丫鬟的发型，袭人、晴雯、麝月等大丫鬟都“挽着鬙儿”，只有芳官“头上眉额编着一圈小辫，总归至顶心，结一根鹅卵粗细的总辫拖在脑后”。发型和宝玉很像，所以大家说她和宝玉“倒象是双生的弟兄两个”。但第二天早上，芳官突然改变了发型，挽起鬙儿来，还戴上了花翠，这种改变除了年龄变化找不到其他解释。芳官十五岁了，那一天是她的十五岁生日，和宝玉只差一天。“倒象双生的弟兄两个”也是暗示这一点。作者似乎担心读者没有注意芳官的发型变化，接下来大力描写宝玉让芳官剃了个男子发型。

黛玉十五岁时头发也是挽起来的。第四十二回，黛玉因两鬓略松，到李纨卧室抿了两抿，后来宝钗又用手帮黛玉把头发“拢上去”。十三四岁至十五六岁的女孩子的年龄，因为发育得早和晚，单凭脸面和体型，是很难分辨的。但书中人们对女孩子的年龄常常是一眼就能判断个差不多，比如贾芸能看出小红十六七岁，宝玉能看出二丫头十七八岁，发型应该起了很大作用。小红的发型后来从宝玉的眼里写了出来：“倒是一头黑鬒鬒的头发，挽着个鬙。”

宝钗这年十五岁了。

十五岁挽鬙是正常情况，也有例外。宝钗的头发长度都可以松散地挽鬙儿了，和宝钗同龄的香菱此时却“才留了头”。不让香菱留头，大概是因为薛蟠。香菱到薛家几年了，薛姨妈一直没有把她给薛蟠，薛蟠为此闹别扭可想而知。留了长发的香菱会更美更吸引薛蟠。

书里的女孩子们留头倒不是一个固定的年龄，比香菱小好几岁的探春惜春她们，早在黛玉进荣国府的时候，就“钗环裙袄”一样的妆饰了，钗是比较长的一种发饰，如果扎着两把刷子，不大可能戴这样的发饰。贵族小姐们留头早，或者和选秀有关。

分析⑤　十一月三十日“冬至”

第十一回：“这年正是十一月三十日冬至。到交节的那几日，贾母、王夫人、凤姐儿日日差人去看秦氏。”

我疑心这段有一个断句的错误，而且这个标点的位置还非常重要，关系到十一月三十日是冬至之日还是平常日期，也就是和历史时间对应的问题。

冬至是二十四节气之一，也被认为是二十四节气的起点，所谓“冬至一阳生”，民间有“冬至大如年”的说法。冬至之日一般俗称为“冬节”、“长至节”、“亚岁”等，是一个重要的传统节日。虽然现在的人们对这个节日不怎么重视，从书中内容来看，那时是极讲究的。

按上面的断句，十一月三十日这天就是冬至。但是，从凤姐此日探视秦氏以及和贾母等人谈论秦氏的病情来看，这一天绝非冬至。封建时期的人们对日期有一种严重的迷信心态，什么日子该做什么事，都有一番讲究。比如农历每个月的初一、十五，常忌讳出远门、走亲戚或者探望病人等，被认为是不吉利的。贾母嘱咐凤姐儿：“明日大初一，过了明日，你后日再去看一看他去。”就是这一原因。这种习俗现在依然有不少人遵守着。人们在节日期间说话也会加倍小心，不说任何不吉利的话，不谈及任何不吉利的情况，总是一派喜庆。现在一些农村过节的时候也还是这样。贾母称“冬至”是“大节”，可见重视。如果这天是冬至之日，怎么会发生探视病人、然后一家子聚在一起谈论病情这样的事情？

从作者表达的语气，“到交节的那几日”，“那”字显示冬至已过去几天了。

由此判断，十一月三十日是冬至几天后的一个平常日期。

我觉得这段应这样断句："这年正是十一月三十日，冬至到交节的那几日，贾母、王夫人、凤姐儿日日差人去看秦氏。"只是倒叙了一下。

分析⑥ 贾瑞的爱情故事

贾瑞的爱情故事使用了花开两朵各表一枝的写法。

从贾瑞登门拜访凤姐，到贾瑞病死，这个历时一年多的时间段，独立于主线故事之外。作者是把贾瑞的故事一口气交代完毕后，再回过来从贾瑞拜访凤姐之前的时间开始写起。

下面梳理一下整件事情的来龙去脉。

贾敬生日当天，九月半，凤姐和贾瑞在宁国府会芳园相遇。贾瑞垂涎凤姐美色，试探说要去登门拜访，凤姐不怀好意地许可了。但直到十一月三十日前的几天，贾瑞才开始热情高涨地天天登门拜访。却因为凤姐每天都去宁府探视秦可卿，贾瑞几次都扑了空。那么就有一个疑问，九月半相遇，为什么直到十一月底，拖延了两个半月，贾瑞才开始登凤姐的门呢？那个时候心里最热腿脚最勤才对。

腊月初二日，贾瑞终于见着了凤姐。他拖延两个多月的原因也有了答案。

贾瑞见凤姐如此打扮，益发酥倒，因饧了眼问道："二哥哥怎么还不回来？"凤姐道："不知什么原故。"贾瑞笑道："别是路上有人绊住了脚了，舍不得回来也未可知？"凤姐道："也未可知。男人家见一个爱一个也是有的。"

从两人的对答可知，此前贾琏一直在家，所以贾瑞不敢登门。现在贾琏出门去了，贾瑞才跑了来。贾琏为什么出门，又被谁"绊住了脚了，舍不得回来”，则是后面问题的答案。

腊月初二当晚，贾瑞赴凤姐之约，被冻了一夜。两天后，腊月初四，又去找凤姐，仍被设局，不仅被冻了一夜，浇了一身尿粪，还遭到贾蓉、贾蔷的敲诈。自此贾瑞一病不起。一年多以后，第十四年春，死于春梦。

这是贾瑞的爱情故事。

分析⑦ 黛玉冬底回扬州

第十二回：“谁知这年冬底，林如海的书信寄来，却为身染重疾，写书特来接林黛玉回去。”于是作速择了日期，贾琏与林黛玉辞别了贾母等，带领仆从，登舟往扬州去了。

冬底即冬末，类似残冬，这个概念所指的时间，可以是几天也可以是十几天，是一个模糊的时间概念，不像冬至那样是特定的一天。但黛玉收到信件的冬底，一定是在某一天。这一天，很可能是十一月三十日前的“冬至”。

这就是为什么冬至后那几天贾瑞敢到凤姐家拜访的原因。贾琏护送黛玉去了扬州。贾瑞说贾琏“路上有人绊住了脚了”，指的乃是黛玉。黛玉美得令凤姐惊叹，薛蟠一见黛玉就酥倒在那里，风流贾琏和这么个美人朝夕相处，当然令人担心。凤姐似乎一点也不担心，和贾母一样，对贾琏充分信任。

贾琏虽然风流，也是看人来，该正经时十分正经。

分析⑧ 秦可卿之死的时间

秦可卿死于何时，也是一个重要的问题。

张友士说：“今年一冬是不相干的，总是过了春分，就可望全愈了。”秦可卿自己说：“好不好，春天就知道了。”很多人认为秦可卿死于“春分”。“春分”日期虽然不固定，终归在农历二月里。二月俗称“仲春之月”，已到春暖花开之时，即便北京地区，夜晚的温度也不会很低了。但是，看秦可卿死时的一些情景和情节描写，却不像春分时，而是仍在寒冬。

秦可卿死的当晚：

话说凤姐儿自贾琏送黛玉往扬州去后，心中实在无趣，每到晚间，不过和平儿说笑一回，就胡乱睡了。这日夜间，正和平儿灯下拥炉倦绣，早命浓薰绣被，二人睡下，屈指算行程该到何处。（第十三回）

拥炉、浓薰绣被这样的行为，正月里也就差不多结束了。

还有“屈指算行程”这个举动，首先可以说明的是贾琏离开没几天，用手指头可数。其次是按正常行程还没到目的地。昭儿后来回来报信说一切顺利，贾琏的行程是正常的，那么这个时候的确还没到扬州。本人对古代帆船的速度非常无知，网上搜了一下，一个说法是顺风时每小时能达到25公里，平均速度大概能达到15公里，是比较快的一种交通工具。京城到扬州的京杭运河水路约1530公里，贾琏十一月三十日前几日启程，沿京杭运河由北向南，在冬季北风的助力下，不出意外的话，除去夜间停泊等，推断一个星期左右也就到了。那么此时只能是十二月上旬，和冬寒“浓薰绣被”呼应。

下面这段也反映了同样的情况：

却说宝玉因近日林黛玉回去，剩得自己孤凄，也不和人顽耍，每到晚间便索然睡了。如今从梦中听见说秦氏死了，连忙翻身爬起来，只觉心中似戳了一刀的不忍，哇的一声，直奔出一口血来。

（第十三回）

“近日”即近几天，大概要在十天之内。贾琏、黛玉去扬州才没几天，以致宝玉一时还无所适从，连最好的朋友秦钟都不找了。

除了以上的间接证据，也有几处暗示。秦可卿曾对凤姐说：“我自想着，未必熬的过年去呢。”这是九月半时的话。暗示性虽然不怎么强，宝玉的反应却很大，宝玉正自出神，“听得秦氏说了这些话，如万箭攒心，那眼泪不知不觉就流下来了”。几乎和听到秦可卿死讯一样激烈。还有腊月初二日，作者着力描写凤姐、贾母、尤氏等人对秦可卿病情的绝望，瘦干了的秦可卿，却突然吃了两块山药糕，显示异常。就在这个时候，作者把故事转到贾瑞身上去了。

贾瑞被凤姐、贾蓉等人捉弄了几天，才老实下来，病倒在床。这几天秦可卿还没事。

秦可卿应是死于十二月上旬的初五六日。

作者为什么强调“春分”对秦可卿的影响呢？从相关文字看，秦可卿可能也怀孕了，预产期在春分。

秦可卿托梦凤姐的警句：“三春去后诸芳尽，各自须寻各自门。”这里的“三春”，如果指时间，那么到第十五年春天结束，主角们的命运就都尘埃落定了。有人说“三春”不一定是三年，而是泛指数年。我觉得这个不太可能，数年后各钗肯定各有归处了，作者有必要郑重其事地用托梦方式强调必然发生的事情吗？“三春”如果暗示时间，必是准确数字，三年或者三个春天。

分析⑨　秦可卿丧礼的时间

传统丧葬礼仪纷繁复杂，本人所知十分有限，尝试着分析一下。

秦可卿死后，贾氏一族的男性，除了去扬州的贾琏，几乎都汇集到了宁国府。宝玉是立刻赶了过去，连年龄很小的贾兰都去了。如下：

贾代儒带领贾敕、贾效、贾敦、贾赦、贾政、贾琮、贾㻞、贾珩、贾珖、贾琛、贾琼、贾璘、贾蔷、贾菖、贾菱、贾芸、贾芹、贾蓁、贾萍、贾藻、贾蘅、贾芬、贾芳、贾兰、贾菌、贾芝等。

这个长名单应该是以辈分和年龄排序的。贾敕、贾效、贾敦三人比贾赦大。缺贾环，没见交代贾环生病什么的，只能是年龄太小。贾环比贾兰小。

宁府被“推准停灵七七四十九日”，不知四十九日的具体所指。但从各项信息来看，主要事宜是在一个月之内就完成了。宝玉推荐凤姐时说：“我荐一个人与你权理这一个月的事。”贾珍说：“怎么屈尊大妹妹一个月，在这里料理料理。”宁国府都总管来升闻得里面委请了凤姐，传齐了同事人等说道：“每日大家早来晚散，宁可辛苦这一个月，过后再歇着，不要把老脸丢了。”一个月之后到第四十九天，就只有和尚道士们完成法事了。

这一个月又可分为三个阶段：

一是准备阶段。包括：做樯木棺，三日后开丧、送讣闻，然后近亲开始吊唁。“首七第四日”大明宫掌宫内相戴权亲来上祭，贾珍趁此机会为贾蓉买了一个五品龙禁尉衔。次日，也就是首七第五日，贾珍求凤姐协理丧葬事宜。

二是正式吊唁和出殡阶段。从首七第六日，凤姐正式管理宁府，直到送灵结束。这个阶段可能有十来天，也可能不到十天。贾珍固然央请凤姐“屈尊一个月”，之后又说：“妹妹住过这几日倒安稳。”说明最忙碌的就几日。凤姐协管宁府当日曾向宁府家下人训话：“说不得咱们大家辛苦这几日。”也是佐证。

三是送灵到铁槛寺。灵柩送到铁槛寺后，只是“安灵于内殿偏室之中”，重设香坛，另演佛事，并未下葬。又有宝珠在寺里伴守。

分析⑩　林如海死的时间

第十四回：“这日乃五七正五日上。那应佛僧正开方破狱，传灯照亡，参阎君，拘都鬼，延请地藏王，开金桥，引幢幡；那道士们正伏章申表，朝三清，叩玉帝；禅僧们行香，放焰口，拜水忏；又有十三众尼僧，搭绣衣，趿红鞋，在灵前默诵接引诸咒，十分热闹。”

“五七正五日”这个说法令人费解。传统丧礼讲究“七”，只有第七日即“头七”以及三七、五七等逢七的日子才是正日。书中也交代，“停灵于会芳园中，灵前另有五十众高僧、五十众高道，对坛按七作好事”。首七的第五天，作者写“可巧这日非正经日期”，这里却出现了个“正五日”。

举行了这么多仪式，的确是非常重要的一个日子。

这天凤姐看到秦可卿的“樯木棺材”时，“那眼泪恰似断线之珠，滚将下来”“放声大哭”。虽然两个人感情好，凤姐毕竟不是多愁善感的人，这样激烈自然的反应不可能一再发生，凤姐应是第一次看到秦氏棺材。

判断是秦氏大殓之日。大殓有三种日期选择，当天、三天或七天。如果是，那是第七天，也即头七。

就在这天，跟贾琏去扬州的昭儿回来了。

昭儿道：“二爷打发回来的。林姑老爷是九月初三日巳时没的。二爷带了林姑娘同送林姑老爷灵到苏州，大约赶年底就回来。二爷打发小的来报个信请安，讨老太太示下，还瞧瞧奶奶家里好，叫把大毛衣服带几件去。”

说“大约赶年底就回来”，还在年前。如果是五七的第五天，秦可卿已过世了三十三天，按照前面的推算，怎么都过了年了。

下面分析一下林如海死的时间。

或者有人说，黛玉“冬底”接到书信、秦可卿死于十二月初、林如海死于“九月初三”、昭儿在秦可卿丧事的头七赶回，时间上有矛盾。其实可以解释的。

人们一般认为林如海死的九月初三，是在黛玉冬底接到书信之后。其实有可能在之前。就是说，黛玉“冬底”接到父亲的书信时，林如海其实在两三个月前即“九月初三”就已经过世了。因为当时的交通通讯落后，扬州距京城两三千里，是长途。贾琏乘船扬帆固然可以在一周之内赶到，但林如海身边没有近亲，用贾母的话说，林家的人都死绝了。他用了怎样的“寄信”方式呢？如果途中耽搁了，迟到两三个月不是没有可能。

接到林如海两三个月前寄出的病重书信，贾母等人当然知道事态严重，所以赶紧“作速择了日期”打发黛玉回扬州。贾琏甚至连穿的衣服都没有带齐，叫旺儿回来拿衣服，可知走得有多匆忙了。

如果黛玉仅离开了一个月，怎么能“出落得更加超逸了”？首先那是宝玉眼里的黛玉。两个小孩相处后，从来没有分开过，别说一个月的离别，就是离开三五天，感觉上只怕也要有点别样。看宝玉在黛玉离开后的孤凄，大有一日不见如隔三秋之势。而且，黛玉的年龄刚好到青春期，正是疯长的时候。宝玉几日不见湘云就说她越发高了。宝玉作为男孩发育要晚些，很容易比黛玉个子小，宝玉初次见黛玉就不确定是姐姐还是妹妹呢。一个月不见，差距只怕更明显了。

分析⑪　贾政“生辰”和贾妃晋封

秦可卿托梦凤姐说：“眼见不日又有一件非常喜事。”就是指贾妃晋封的事了，也像暗示省亲，二者区别不大。“不日”即几天之内或不久，但必须是将来。和“近日”不同，近日一般指过去。贾妃晋封在秦可卿死后不久。

贾琏和黛玉本该出月到家，因闻得贾妃喜讯而昼夜兼程，那当然是月底就到家了。是十二月底，也即第十二年的年底。

关于贾政的生辰，不说恰好和贾妃晋封在同一天十分蹊跷，书中生日都有内涵，但贾政这个“生日”指迷信息实在太少，尤其难以判断。只能推断贾政这年五十岁了。

第十二年从秋到冬发生的一些事情，顺序大概如下：八月十五宝钗得宫花；九月初三林如海死；九月半，贾敬生日，秦可卿病倒在床，贾瑞见凤姐起意；十一月下旬荣府接到林如海书信，贾琏、黛玉去扬州；十二月初二贾瑞拜访凤姐，凤姐治贾瑞；十二月初五六日秦可卿死；十二月下旬，送灵至铁槛寺；秦钟和智能偷期后病倒，智能进城探视秦钟，气死秦业，秦钟病重；贾政“生辰”贾妃晋封，宁荣两府商议盖造省亲别墅；十二月底贾琏黛玉从扬州回来；过年。

第十三年

第十七回到第十八回的前半部分，是第十三年，即秦可卿“三春”

里的第一年。宝玉十三岁了。

第十三年内容比较少，就是建大观园，园内住处家具陈设的采购布置，采买小戏子、排戏，小尼姑小道姑学经等，为贾妃省亲做各种准备。王夫人等日日忙乱，直到十月将尽才都全备。

着墨最多的是贾政带众人游赏初建成的大观园。

大观园是在荣府东大院和旧园的基础上建造的，竹树山石以及亭榭栏杆等，很多都是现成的。又借着宁府花园，所以比较省事，盖造容易。

似乎还是太快了点。贾政带众人游园时，桃杏正花开花落，就算当年花开晚花期长，最晚也不过农历三月底，“园内工程俱已告竣”。审查地方缮画图纸从第十二年年底开始，满打满算不过三个月，大观楼等主建筑就建造起来了。本人古建筑知识有限，不敢多作推断。

关于大观园的建造工期，书中有两处提及。第四十二回，惜春为画大观园行乐图请假。黛玉道：“论理一年也不多。这园子盖才盖了一年，如今要画自然得二年工夫呢。”说是盖了一年。第五十回贾母催画，说年底就要。众人笑道：“那里能年下就有了？只怕明年端阳有了。”贾母道：“这还了得！他竟比盖这园子还费工夫了。”惜春从八九月间开始画，到第二年端阳节，大约九个月的时间。又似乎建园不到九个月。

有一种可能是，“一年”是把后期的完善时间也计算在内了。

第十八回给出了妙玉的年龄，十八岁，比宝玉大五岁。

第十四年

从第十八回到第五十三回是第十四年，秦可卿“三春”里的第二年。这一年内容虽然多，时间方面基本没有矛盾，条理非常清晰，是可作为前后时间参照的一年。特别是第十五年，如果没有第十四年为参照，不知要乱到哪里去了。

很多时间线索都是具体的。除了端午节前后的日期，偶结海棠社到菊花诗再到刘姥姥来去荣府，六天的时间，作者用了四个“次日”一个“次早”，给出完整的时间段。结合贾政“八月二十日”起身出公差和“八月二十五日”病者在东南方得遇花神两个具体日期，也就可以推出每件事发生的具体日期。似有用意。所以在线索摘录时即排列出来备用。只其中有一个小问题，巧姐发烧当晚和贾母带刘姥姥游园明明在同一天，即八月二十五日，凤姐却说游园是“昨儿”，不知什么原因。刘姥姥说“住了两三天”，也证明那必是二十五晚上。或者是语言习惯，到了晚间就会这么说。

第四十八回到第五十三回的十月中下旬也是一个完整的时间段，同样排列出来备用。

线索摘录：

（第十八回）次年正月十五日上元之日，恩准贵妃省亲。

（第十九回）我姨爹姨娘的宝贝，如今十七岁。（见分析①）

（第十九回）一面理鬓笑道：“我有奇香，你有暖香没有？”（见分析⑱）

（第十九回）那一年腊月初七日，老耗子升座议事。（见分析②）

（第二十回）彼时正月内，学房中放年学……贾环也过来顽。（见分析③）

（第二十二回）二十一是薛妹妹的生日。（见分析④）

（第二十三回）二月二十二日子好，哥儿姐儿们好搬进去的。

（第二十四回）这红玉年方十六岁。

（第二十五回）青埂峰一别，展眼已过十三载矣！（见分析⑤）

（第二十六回）黛玉坐在床上，一面抬手整理鬓发……（见分析⑱）

（第二十六回）怪道前儿初三四儿，我在沈世兄家赴席不见你呢。

（第二十七回）至次日乃是四月二十六日。（见分析⑥）

（第二十七回）红玉道："十七岁了。"

（第二十七回）我就回说是前儿我生日，是舅母给的。（见分析⑦）

（第二十九回）正是初一日乃月之首日，况是端阳节间。

（第二十九回）看着小道是八十多岁的人。（见分析⑧）

（第二十九回）至初三日，乃是薛蟠生日。（见分析⑨）

（第三十回）原来明日是端阳节。（五月四日撵金钏）

（第三十一回）这日正是端阳佳节。

（第三十一回）至次日午间……史大姑娘来了。（五月六日）

（第三十二回）金钏儿姑娘好好的投井死了。（五月六日）

（第三十二回）只有你林妹妹作生日的两套。（见分析⑩）

（第三十三回）我如今已将五十岁的人。（五月六日）

（第三十五回）莺儿手里打着，一面答话说："十六岁了。"（五月七日）

（第三十六回）明儿是薛姨妈的生日。（见分析⑪）

（第三十六回）上回连大老爷的生日我也没去。（见分析⑫）

（第三十七回）这年贾政又点了学差，择于八月二十日起身。

（第三十七回）秋爽斋偶结海棠社。（八月二十一日）

（第三十七回）次日一早，……史湘云才来。（八月二十二日）

（第三十八回）湘云次日便请贾母等赏桂花。（八月二十三日）

（第三十九回）忽见上回来打抽丰的那刘姥姥和板儿又来了。（八月二十三日）

（第三十九回）我今年七十五了。（八月二十三日。见分析⑬）

（第三十九回）昨日扰了史大妹妹，（八月二十三日。见分析⑭）

（第三十九回）次日一早，便出来给了茗烟几百钱。（八月二十四日）

（第四十回）次日清早起来，可喜这日天气清朗。（八月二十五日）

（第四十回）老刘，老刘，食量大似牛。（见分析⑮）

（第四十二回）八月二十五日，病者在东南方得遇花神。（见分析⑯）

（第四十二回）（刘姥姥）次早梳洗了就要告辞。（八月二十六日）

（第四十三回）展眼已是九月初二日。（见分析⑰）

（第四十四回）今日是金钏儿的生日。（见分析⑰）

（第四十五回）我长了今年十五岁。（见分析⑱）

（第四十七回）连头带尾五十四年。（见分析⑳）

（第四十七回）展眼到了十四日。

（第四十八回）展眼已到十月。

（第四十八回）（十月）十四日是上好出行日期。（见分析㉑）

（第四十九回）他十二个人皆不过十五六七岁。（见分析㉒）

（第四十九回）昨儿的正日已过了，再等正日又太远。（十月十七日）

（第四十九回）到了次日一早。（十月十八日）

（第五十回）一宿无话。次日雪晴。（十月十九日）

（第五十回）这才是十月里头场雪。（十月十九日）

（第五十一回）袭人之母业已停床，不能回来。（十月十九日）

（第五十一回）至次日起来，晴雯果觉有些鼻塞声重。（十月二十日）

（第五十二回）不如以后大嫂子带着姑娘们在园子里吃饭一样。（十月二十日）

（第五十二回）次日，王太医又来诊视。（十月二十一日）

（第五十二回）我想宝姐姐送你的燕窝。（十月二十一日）

（第五十二回）至次日……知道宝玉出门。（十月二十二日）

（第五十三回）袭人送母殡后，业已回来。

（第五十三回）因此诗社之日皆未有人作兴，便空了几社。

（第五十三回）当下已是腊月，离年日近。王夫人与凤姐治办年事。

（第五十三回）已到了腊月二十九日了。

（第五十三回）次日……带领着众人进宫朝贺。（见分析㉓）

分析①　袭人的年龄

袭人的两个姨妹子“如今十七岁”了，第十四年袭人不小于十七岁。

分析②　黛玉进荣府的日期

正月十七日，宝玉给黛玉讲了一个耗子精的典故。

讲典故之前，宝玉问黛玉几岁上京，路上见何景致古迹，扬州有何遗迹故事、土俗民风。然后，典故里的极小极弱的小耗、扬州黛山林子洞、腊八粥等，和宝玉的所问一一对应。宝玉这是自问自答。这个典故在暗示黛玉离开扬州进京都的事。既隐写，也是敏感的。极小极弱的小耗影射黛玉不用说了。

小耗摇身变作盐课林老爷的小姐，“腊八”下山进庙偷香芋，想表达什么？或者说“腊八”和黛玉进京有什么关系？

黛玉在“残冬”进的荣府。黛玉到时，丫鬟们说“刚才老太太还念呢，可巧就来了”。凤姐说“知道妹妹不过这两日到的”。那么黛玉从扬州到京城，用的是正常行程所需的时间。京城到扬州走水路正常情况下一个星期左右。黛玉“出月初二日”离开扬州，到荣府就是初九前后。既是“残冬”，是腊月初。进府当天，贾政“斋戒去了”，宝玉“庙里还愿去了”。显示不是普通的日子，而且和佛家有关。联系小耗子典故，是腊八了。

腊八节是佛教的重大节日。释迦牟尼为普度受苦众生，六年苦修，每日仅食一麻和一米，终于在腊月初八这天悟道成佛。后人为庆祝他成道、感怀他所经受的苦难，遂于腊月初八吃粥以示纪念，于是形成了腊八节，也称腊日祭或腊八祭。每年的这一日，各寺庙都要举行隆重的庆祝仪式，广施腊八粥。

黛玉在荣国府吃的第一顿饭是晚饭，下午到的。从腊月初二到腊月初八下午，路上用了六天半时间，和贾琏送黛玉回扬州的时间一致。

分析③ 贾环放年学

第二十回："彼时正月内，学房中放年学，闺阁中忌针，却都是闲时。贾环也过来顽，正遇见宝钗、香菱、莺儿三个赶围棋作耍，贾环见了也要顽。"

这是贾环第一次正面出现，已经上学了。作者虽然没有告诉他的具体年龄，从行为看，贾环还完全是一个小孩儿。贾环和莺儿玩掷骰子，输了要赖。莺儿嘟囔说："一个作爷的，还赖我们这几个钱，连我也不放在眼里。"贾环竟然哭了，说："我拿什么比宝玉呢。你们怕他，都和他好，都欺负我不是太太养的。"真是敏感又天真。

分析④ 薛宝钗的"十五岁"生日

第二十二回凤姐和贾琏有一段关于宝钗生日的对话。

凤姐道："二十一是薛妹妹的生日，你到底怎么样呢？"贾琏道："我知道怎么样！你连多少大生日都料理过了，这会子倒没了主意？"凤姐道："大生日料理，不过是有一定的则例在那里。如今他这生日，大又不是，小又不是，所以和你商量。"贾琏听了，低头想了半日道："你今儿糊涂了。现有比例，那林妹妹就是例。往年怎么给林妹妹过的，如今也照依给薛妹妹过就是了。"凤姐听了，冷笑道："我难道连这个也不知道？我原也这么想定了。但昨儿听见老太太说，问起大家的年纪生日来，听见薛大妹妹今年十五岁，虽不是整生日，也算得将笄之年。老太太说要替他作生日。想来若果真替他作，自然比往年与林妹妹的不同了。”

宝钗才十五岁吗？甚至“将笄”而未笄？宝钗早在两年前就已经挽鬓了，看两人的对话，“将笄之年”“十五岁”是有内涵的。

所谓弦外有音，凤姐一边说宝钗“今年十五岁”，一边却作了许多非十五岁的“注解”。十五岁是女子的及笄之年，男子的束发之年，在大户人家，这样的生日庆祝会有“一定的则例”。荣国府的姑娘不像表面看起来的那么寥落，凤姐的大小姑子颇有几个人，这个在后面再详细分析。何况还有本家的亲戚家的。姑娘们的成年礼不知道经历过多少次了。就算没有亲自经办过，也不可能感到为难。凤姐不仅为难，还去和丈夫贾琏商量，把贾琏也难住了。这就不可能是“十五岁”的生日。

“将笄之年”是作者的新创。从字面看不出指多大年龄，但凤姐说“虽不是整生日，也算得将笄之年。”“也算得”三个字，把“将笄之年”推向了一个将至的“整生日”。就宝钗而言，那个将至的整生日，毫无疑问是二十岁生日。二十岁和“笄”能有什么联系呢？这个可以找到典故。郑玄注《礼记·内则》：“其未许嫁，二十则笄。”按照礼则的旧规矩，女孩子到了二十岁，不管是不是许配了人家，都要用笄把头发挽起来。如此，近二十岁的女子，即便未许婚自然也“将笄”。这才是作者要告诉读者的。“将笄之年”是借典暗示宝钗的年龄接近二十岁。所以凤姐、贾琏为难，这是一个则例之外的生日。

贾琏说“那林妹妹就是例”，那么往年也给黛玉过过则例之外的生日。凤姐说不能以此为参考，因为宝钗的年龄问题，也即“大又不是，小又不是”，那么往年给黛玉过则例之外的生日的时候，黛玉年龄还小。

为什么说宝钗十五岁呢？我想是暗示宝钗到荣国府的年龄，绛树两歌写法。宝钗的十五岁成年礼肯定要庆的。这次生日，按照贾母的说法，是过的“第一个生辰”，当然是到荣国府后。那么宝钗到荣府时已经过了十五岁生日。作者对宝钗的第一次外貌描写即写她挽鬟儿，也隐约说明这一点。

十五岁后才进荣府，和“薛家进京”篇的分析相符。宝钗十一二岁已进京，之间的三四年薛家去哪里了，又为什么在宝钗及笄之年一家子跑到荣府住着，而且一开始就打算长住下去，这些都是重要问题，后文分析。

因为还在正月里，宝钗生日的这个“二十一日”，是正月二十一日。

分析⑤　宝玉十四岁

第二十五回，癞头和尚接过通灵玉，擎在掌上，长叹一声道：“青埂峰一别，展眼已过十三载矣!”

这个“青埂峰一别”之说其实有点问题。癞头和尚和通灵玉在哪里分开的？警幻仙子宫。警幻仙子宫在放春山遣香洞。青埂峰却在大荒山无稽崖，是通灵玉被女娲丢弃之处。二者当然不是一个地方。不过，想要逻辑圆满也不是不行，可以说，神瑛侍者等人虽然在警幻仙子宫里挂的号，却要从青埂峰那里下世投胎。或者说，大荒山无稽崖青埂峰和放春山遣香洞警幻仙子宫原是比邻。好吧，有点搞笑了。

通灵玉下凡十三年，宝玉出生十三年，今年十四岁了。这是至关重要的年龄和时间线索。

凤姐和宝玉“逢五鬼”，癞头和尚和跛足道人来救，不说这件事情有多蹊跷，癞头和尚命将宝玉、凤姐二人安在一室之内，除亲身妻母外，不可使阴人冲犯，等三十三日后，包管身安病退。这个三十三天的期限荣府并没有遵守。“逢五鬼”发生在宝黛共读西厢即三月中旬之后，四月二十五日的薛蟠宴席上，宝玉对冯紫英说：“怪道前儿初三四儿，我在沈世兄家赴席不见你呢。”宝玉在四月初已到沈家去赴过宴。

分析⑥　未时交芒种节

第二十七回：“至次日乃是四月二十六日，原来这日未时交芒种节。尚古风俗：凡交芒种节的这日，都要设摆各色礼物，祭饯花神，言芒种一过，便是夏日了，众花皆谢，花神退位，须要饯行。”

这段包含至关重要的时间信息。

芒种是二十四节气之一。因为每一个节气的日期、时辰是不固定的，在一定的时间范围内千变万化。知道了某一节气的日期和时辰，几乎等于知道了它所在的历史年代。四月二十六日、未时、芒种，岂不等于给出了《红楼梦》的历史时间？没有那样的可能。作者连朝代都隐去，怎么会在这里直接给出历史的时间点呢！这条时间信息乍看振奋人心，却一点也不省心，因为作者给出的是“交芒种节”的时辰，而非“定芒种”的时辰。

“芒种”是一个时间点，但也可以指一个时间段。作为时间点，指的是定芒种的那个时刻；作为时间段，指的是定芒种的时刻所在的一天，也即芒种之日。“未时”虽然有两个小时的时间，这里显然是指的时间点。而“芒种节”显然是指的时间段，也即一天的时间。研究者貌似都把“未时交芒种节”，也即时间点和时间段的结合，理解成“未时芒种”，也即两个时间点的结合了。由此得出的时间结论，在历史上找不到对应时间，也就可以想象了。

何为“交芒种节”？顾名思义，也即“芒种节”开始的界点。“未时交芒种节”，岂不等于说，此“芒种节”是从下午“未时”开始的？这个说法实在很奇特。农历一天的起始时间，有说是子时，持此看法者很多。有说是子半，也一样有历史渊源，《新唐书·志第十五·历一》：“命辰起子半，命度起虚六，符阴阳之始，六也。”“古历分日，起于子半”。因此也就有了早子时、夜子时的说法。但何曾有一天起于“未时”之说？

这是一条时间谜语，也才符合作者“将真事隐去”的声明。

这条时间谜语怎么解呢？

“未时交芒种节”说法虽然奇特，但必然有充分的理由或根据，不会是空穴来风。按“芒种节”十二个时辰来算，第二天必然也在节中，这一点在书中恰能找到佐证。四月二十六日贾妃赏下端阳节礼，贾母却命宝玉第三天也即四月二十八日起一个五更天进宫谢恩，而不是在第二天四月二十七日进宫谢恩。看前后文，并没有什么别的情况，何况什么事能比进宫谢恩更重要呢，只能是时日方面的忌讳，判断四月二十七日还在“芒种节”中。

一个“芒种节”占了两天，什么情况下会发生这种事？除非是这样，定芒种的时辰或者时刻，恰巧在两天的交接处，也即换日的时辰或时刻，以至于无法确定这个芒种是属于前一天呢还是属于后一天，这就非常明了了，或者说没有第二种选择。这年的芒种，发生在二十六日和二十七之间的子时，准确说是夜子时。按照一天起于子时的理论，这个芒种是在二十七日，但按照“古历分日，起于子半”，这个定于夜子时的芒种，就是在二十六日了。答案不难理解，作者的用心精细，由此也可见一斑。

为什么说“未时”交节而不是午时呢？从理论上，未时、午时都说得过去，是占十二个时辰中的五个半时辰还是六个半时辰的问题。但作者选择“未时”，我以为是因为林妹妹死于未时，而“芒种节”和宝钗的真实生日有关。这个后文分析。

曹雪芹大概逝于乾隆二十九年，研究者们对这个时间的看法略有出入，但这里来说差个十年也不影响什么。根据百度 ID“解味石头”吧友在红楼梦吧提供的查阅清朝《时宪历》《时宪书》，从清朝建立之初的顺治元年，也即公元 1644 年，到乾隆二十九年，也即公元 1764 年，一百二十年里，四月二十六日芒种共六次，但只有康熙二十六年，也即公元 1687 年，是四月二十六日夜子时芒种。

康熙二十六年，宝玉出生十三年，虚岁十四。这不仅是《红楼梦》历史时间的切入点，也是书中人物属相的切入点。由此判定，我们的主人公贾宝玉，生于康熙十三年，甲寅年，属虎。

如果第十四年是康熙二十六年，第十二年那个和时间有关的节气，即“十一月三十日前几天”的那个冬至，和康熙二十四年的冬至发生日期能对应起来吗？查汉典老黄历，康熙二十四年十一月二十六日冬至，是符合的。现代电子历和古代实历一般略有出入，也只是时辰的差异，这里完全可以忽略不计了。

分析⑦　宝玉的生日

四月二十六日宝玉和探春交谈时，提到前儿自己的“生日”。因为下一年的宝玉生日举行了隆重的庆祝活动，此十四岁生日只是平常生日。既说“前儿”，那么已经过了，和“初年到第九年”推理的宝玉于二三月份出生相符。

分析⑧ 八十多岁的张道士

清虚观的老张道士，是贾代善的“替身”，今年八十多岁了。

“替身”即代替出家的人。关于代替出家，大概的说法是这样的：过去富贵信佛人家，因儿女多灾多病什么的，便买了穷苦人家的小孩来代替到寺庙去出家，以示皈依佛门，求佛保佑消除灾病。比如妙玉，自小多病，因为买了很多替身儿都不管用，才亲自入了空门带发修行。从这个意义上，张道士和贾代善应该年貌相近。贾代善如果活着，也就八十多岁了。

替出家是佛门的事，老张明明是道士。难道在贾代善成年后，这人又转行当了道士？总之有内涵是肯定的。

分析⑨ 薛蟠生日

第二十九回：“至初三日，乃是薛蟠生日，家里摆酒唱戏，来请贾府诸人。”

只能是二十岁生日，薛蟠成年了，所以薛家摆酒唱戏隆重地庆祝了好几天。薛蟠比宝玉大六岁。

分析⑩ 宝钗的两套新衣服

五月六日，宝钗把两套新做的衣服给了王夫人，以妆裹金钏。

黛玉过生日既然要做两套新衣服，宝钗“前儿”做的两套新衣服，未免令人联想到过生日。如果暗示宝钗生日，五月七日薛蟠提出给宝钗添补新衣服，宝钗说不需要做，似乎生日已经过了。宝钗的生日在五月六日前不久。

分析⑪ 蹊跷的薛姨妈生日

第三十六回出现了一个“薛姨妈生日”。具体日期虽然推算不出来，但之前一天，凤姐就金钏死后王夫人屋里的丫鬟按旧例少了一个，向王夫人汇报由谁来补上，以备“下月好发放月钱的”。不至于过了一个月或更久才问，可以确定仍在五月炎夏之中，所以宝玉嫌热不愿穿衣裳去薛家。

问题是，后面第五十七回也即第十五年春天也有个薛姨妈生日，那个生日黛玉等人都有寿礼送上。这里却只有宝玉被要求去，黛玉、湘云等都毫无表示。特别是湘云，和宝钗那么好，还在这天回家去了，岂不蹊跷？

分析⑫ 大老爷的生日

第三十六回，宝玉说“上回连大老爷的生日我也没去”，那么不久前有一位“大老爷”过生日。从称呼看，可能是贾赦可能是贾敬。但贾敬庆寿辰才刚过两年，不会这么快就又到了整生日，当时宝玉也去了。过生日的是贾赦。宝玉没去，因为挨打后在家养伤不出门。

贾赦多大年龄呢？看第二十九回贾母等人关于贾代善的一段对话：

贾母听说，也由不得满脸泪痕，说道：“正是呢，我养这些儿子孙子，也没一个象他爷爷的，就只这玉儿象他爷爷。”那张道士又向贾珍道：“当日国公爷的模样儿，爷们一辈的不用说，自然没赶上，大约连大老爷、二老爷也记不清楚了。”

贾代善的模样，贾母铭记在心，贾赦、贾政却不一定记得清。贾母比七十五岁的刘姥姥小好几岁，约七十岁年纪，贾赦如果也有七十岁了，会像贾母一样记得贾代善的模样。但贾赦肯定大于五十岁，和贾赦颇有一些年龄差的贾政，这个后文会证明，都已经过了五十寿辰，判断贾赦此年六十岁。

分析⑬ 刘姥姥七十五岁

第三十九回的一段话：

贾母道："老亲家，你今年多大年纪了？"刘姥姥忙立身答道："我今年七十五了。"贾母向众人道："这么大年纪了，还这么健朗。比我大好几岁呢。我要到这么大年纪，还不知怎么动不得呢。"

人们的语言习惯，说年龄差的时候，"两岁"通常指两三岁，"几岁"则是差三岁以上，通常指四五岁。如果加个"好"字，或在加重语气，或表示差得更多，五六七岁都有可能。从贾母前后的语言，她不是在加重语气，刘姥姥确实比她大不少。贾母的年龄应该不超过七十。

分析⑭ 史大妹妹

第三十九回，探春说"昨日扰了史大妹妹"，称湘云"史大妹妹"。湘云比探春小。

这个"昨日"的说法值得推敲一下，因为湘云就是当天请的客。后面凤姐在晚间说白天的事，也说"昨儿"。不知道是不是一种语言习惯。

分析⑮ 被喻为牛的刘姥姥

第四十回贾母宴大观园，开宴时，刘姥姥先站起身来高声说道："老刘，老刘，食量大似牛，吃一个老母猪不抬头。"这是一个笑话，但不仅是一个笑话。

刘姥姥除了自比为牛，还被黛玉比喻为牛。第四十一回刘姥姥听见音乐，且又有了酒，越发喜得手舞足蹈起来。宝玉因下席过来向黛玉笑道："你瞧刘姥姥的样子。"黛玉笑道："当日圣乐一奏，百兽率舞，如今才一牛耳。"

刘姥姥和"牛"有特别的联系。

分析⑯　八月二十五遇花神

贾母宴大观园，巧姐进园子找凤姐，王夫人递了一块糕给巧姐，风地里吃了，晚上就发起热来。

按照《玉匣记》的说法：“八月二十五日，病者在东南方得遇花神。用五色纸钱四十张，向东南方四十步送之，大吉。”《玉匣记》是卦书，本人看了网上的电子版，完全不知所云。但由此推断贾母宴大观园的日期是八月二十五，应该没有错。本篇“线索摘录”部分八月二十日到八月二十五日的日期排列，也可以相互佐证。有一点需要注意，和探春说“昨日扰了史大妹妹”一样，刘姥姥晚间和凤姐交谈，就说白天是“昨儿”。

得遇的是什么花神呢？

秋天开的花有限，大观园里的秋花也无非菊花、桂花、芙蓉花几种。

如果知道园子的“东南方”，即巧姐和贾母遇花神的地方长着什么花，是不是就可以判定遇到的什么花神了？

大观园宴后，贾母携了刘姥姥至山前树下盘桓了半晌，又说与她这是什么树，这是什么石，这是什么花。刘姥姥一一领会。然后刘姥姥忽然说起潇湘馆的宠物：“那廊下金架子上站的绿毛红嘴是鹦哥儿，我是认得的。那笼子里的黑老鸹子怎么又长出凤头来，也会说话呢。”可以确定是在潇湘馆外。潇湘馆“入门便是曲折游廊”，人站在院门外也能看见游廊上的景物。刘姥姥看到了，所以有此一问。就在这时，丫鬟们来请用点心，有藕粉桂糖糕、松穰鹅油卷等。“忽见奶子抱了大姐儿来，大家哄他顽了一会”。那么就在此时此地，贾母和巧姐得遇“花神”。

潇湘馆外是什么花？

和潇湘馆一水之隔的沁芳亭，对联："绕堤柳借三篙翠，隔岸花分一脉香。"隔岸也即潇湘馆了，沿岸有"一脉香"花。沿水岸种植，是喜水的花。潇湘馆的西邻藕香榭，对联："芙蓉影破归兰桨，菱藕香深写竹桥。"藕香榭外有芙蓉，正是一种适宜临水种植的秋花。那么就是此花了。所以在宝玉芙蓉花前祭祀的时候，黛玉从芙蓉花丛里走了出来，说是从王夫人处回来的。黛玉从园门走到潇湘馆，要经过芙蓉花丛。

巧姐、贾母遇的是芙蓉花神。

分析⑰ 九月初二水仙庵祭

"九月初二"是凤姐"生日"，凤姐今年也是二十岁，和薛蟠同龄。既称薛蟠为"薛大哥"，月份上凤姐要小一些。

贾母用凑份子的法子，给凤姐过了生日又给荣国府省钱，也是一举两得。

但我疑心老太太还有一点私心，宝钗生日时她出资二十两，似乎记在心里了，所以想出此计，薛姨妈这次正好出资二十两，还回来了。凤姐的生日也有些不同常规，不见其他亲戚送寿礼。或者二十岁生日对女性来说，不怎么重要，无需怎样。

这天的主角是宝玉。

九月初二不仅是凤姐"生日"，也是刚商议好的第一个诗社正日，宝玉却不管这些，于头一日就吩咐茗烟，明日一早要出门，备下两匹马在后门口等着。第二天一大早，宝玉遍体纯素，骑马出城后，即向北狂奔七八里。因为害怕人知道阻拦，连祭祀用香也不敢带，说是"若可带了来，又不这样没命的跑了"。

众人对此反应强烈。李纨等都说道："今儿凭他有什么事，也不该出门。头一件，你二奶奶的生日，老太太都这等高兴，两府上下众人来凑热闹，他倒走了；第二件，又是头一社的正日子，他也不告假，就私自去了！”

这么些铺垫，可知此行对宝玉来说的重要性。此去是为了祭一位“不知名姓”的“知己”，“人间有一、天上无双，极聪明极俊雅的一位姐姐妹妹”。其实从“知己”二字，也就可以判断是谁了。但为了有说服力，还是要把其他能够建立联系的人否定一下。

有人根据在井台上祭祀以及九月初二也是金钏生日，认为祭的是金钏。这很不通。隐写是因为牵涉时世，金钏一个普通的小丫鬟，作者连她死的前因后果都明明白白写出来了，有什么必要隐瞒对她的祭祀呢？再说，祭祀金钏，应该在她的忌日五月六日。就算因为九月初二是金钏生日，在她投井的井台上悄悄一祭岂不是更好，既尽了心又不影响给凤姐庆生，也不耽误诗社的事情，何必兴师动众地跑到十里外水仙庵的井台上去祭？

宝玉对祭祀用香十分挑剔，说“别的香不好，须得檀、芸、降三样”。檀香和降香都是极名贵的香料。芸香以芸香草制成，因其香味能杀死书虫，据说旧时书房里常备芸草，用来防蛀。芸草被藏书爱书的人夹在书中，书本便飘散出阵阵香味，“书香”由此而来。如果檀香、降香代表着宝玉的爱敬之心和受祭者的高贵，芸香则可以说明受祭者是位有才学的女子。这三种香在市面上难以买到。幸好宝玉荷包里有“两星沉速”。“沉速”即沉香和速香，以沉香木制成。据说上等沉香号称香中之王，取得极为困难，是价格昂贵的稀有品。

焚香后宝玉含泪“施了半礼”，旧时对尊长要施全礼，对晚辈或奴仆则不施礼，那么受祭者是和宝玉同辈的人。茗烟猜测受祭者是宝玉的

“一位姐姐妹妹”，就是被宝玉这个动作引起的。所以茗烟先不收香炉而是忙趴下磕了几个头。又从宝玉焚香施礼却不说一句话的行为上，知道“二爷心事不能出口”，更猜到了受祭者“是那人间有一、天上无双，极聪明极俊雅的一位姐姐妹妹”，并且和宝玉是“知己之间”。

既是宝玉“知己”，除了黛玉没有第二个人。

回荣府后，贾母王夫人问他到底哪去了？宝玉回说北静王的一个爱妾“昨日”即九月初一去世了，北静王哭得很厉害，不好撇下就回来，所以多等了一会子。北静王爱妾这个应该是事实，没有空口咒人家心爱的女人死的道理，这样的事情也撒不了谎。北静王的爱妾死了，为什么要祭黛玉呢？北静王身边缺乏心爱的女人，为后来把黛玉托付给北静王埋下伏笔。分析见第五章“黛玉之死”篇。

这部分内容是时间上的绛树两歌。作者把凤姐的“生日”、北静王爱妾死去的次日，和黛玉逝后的一个祭祀之日九月初二，糅合在了一起。

分析⑱　黛玉十五岁

第四十五回，黛玉和宝钗谈心，说：“我长了今年十五岁，竟没一个人象你前日的话教导我。”

黛玉的这个十五岁，没有任何的可疑之处，就是个简单的十五岁，不像宝钗的“十五岁”生日，凤姐话里有话旁敲侧击。批语这里也说：“黛玉才十五岁，记清。”问题是，宝玉这年十四岁，很确定的十四岁，黛玉十五岁，岂不反而比宝玉大了一岁？

而且黛玉的十五岁生日非常早。第十九回，贾妃省亲后没几天，宁府还在唱戏放花灯，黛玉和宝玉嬉闹时，即做了一个“理鬓”的动作，因为只有头发高挽，也即挽鬢之后，才会形成需要特意梳理的蓬松鬓发，黛玉正月中旬已经挽鬟，十五岁生日已过了。第二十六回四月二十五日，又有黛玉“一面抬手整理鬓发”一面和宝玉说笑，也是佐证。

十五岁是女孩子的及笄之年，贾母一定会给黛玉过生日，而且会很舍得花钱，不会像给宝钗过生日那样只出二十两。作者写黛玉十五岁，却避开生日庆祝，是为什么？

分析⑲　人物属相

这一年，刘姥姥七十五岁，凤姐二十岁，黛玉十五岁，宝玉十四岁，都是作者直接或近乎直接告诉读者的。而刘姥姥两次被喻为“牛”，凤姐多次被贾母称为“猴儿”，黛玉则被宝玉戏称为“小耗”，牛、猴和鼠都是十二属相里的。显示作者有意给出人物年龄和属相的对应关系。

如果刘姥姥属牛，凤姐自然属猴，十四岁的宝玉，生于康熙甲寅年春，属虎。年龄和属相都对应无误。

但十五岁的林黛玉和七十五岁的刘姥姥相差60岁，也属牛，为什么却被喻为“小耗”呢？这个和林妹妹的生日有关，分析见第四章。

分析⑳　贾母进贾家五十四年

第四十七回，还是九月里，贾母说：“我进了这门子作重孙子媳妇起，到如今我也有了重孙子媳妇了，连头带尾五十四年。”

“连头带尾五十四年”，是把两头不到一年的年份都按一年计。贾母现在的年纪，就是出嫁时的年龄加五十三年。明清时期的女孩子一般十五六岁嫁人，以此为参照的话，贾母这一年大约六十八九岁。和前面说的七十五岁的刘姥姥比她大好几岁吻合。

贾代善如果活着已八十多岁，夫妻俩有十几岁的年龄差。

分析㉑ 十月十四日薛蟠出远门

九月十四日薛蟠在赖家赴宴时，因自作多情，调戏柳湘莲，被柳湘莲骗出去暴打一顿。因为不好意思见人，决定跟薛家的铺内揽总张德辉出门学做生意。定于十月十四日出发，计划在端阳节前回来。

这是一个非常重要的时间伏笔，可以作为“混乱的”第十五年的时间参照。第十五年有几件时间方面的关键事，是薛蟠出门贸易的延续。

分析㉒ 众人年龄

第四十九回：“李纨为首，余者迎春、探春、惜春、宝钗、黛玉、湘云、李纹、李绮、宝琴、邢岫烟，再添上凤姐儿和宝玉，一共十三个。叙起年庚，除李纨年纪最长，他十二个人皆不过十五六七岁，或有这三个同年，或有那五个共岁，或有这两个同月同日，那两个同刻同时，所差者大半是时刻月分而已。连他们自己也不能细细分晰，不过是‘弟’‘兄’‘姊’‘妹’四个字随便乱叫。”

“皆不过十五六七岁”的说法，较真起来，是有问题的。一是凤姐已经二十岁，无法归入。然后宝玉十四岁，那么比他小的探春、湘云、惜春、李绮等人就都得十四岁才行，显然也不大可能。所以这句是模糊说法。

十一人中有三个同年、五个共岁，这个或者不是泛泛之说，要注意一下。

新来的几位，李纹和李绮是姐妹，李纹被宝钗等称为“大妹妹”是姐姐。第五十回邢岫烟、李纹、薛宝琴三人吟诗时，“宝玉见宝琴年纪最小，才又敏捷，深为奇异”。宝琴比李纹、岫烟小。

分析㉓　三十除夕

农历月份有月大月小之分，月大三十天，月小二十九天。第五十三回有“已到了腊月二十九日了……次日”，那么这一年的除夕在腊月三十，十二月大。查汉典老黄历，康熙二十六年十二月大，可以对应。

宁、荣两府于除夕祭宗祠，宝琴也参加了，因为是王夫人的干女儿。

竖向分开的第十五年

从第五十三回到第八十回，时间和内容都非常复杂，有多次的时间跳跃和绛树两歌，如同反复的折返跑。但有相当多的可靠证据表明，直到第八十回结束，时间主线并没超出第十五年。虽然看起来极像是以第七十回为界的两年。我以为作者是把第十五年竖向一分为二了。只是尤二姐尤三姐的故事，按照给出的几次时间，无论如何融不进去，令人费解。勉强凑出此年的时间和人物年龄分析，希望不至于太谬。

本篇是把时间线索和相应的事件大概梳理一下，以使问题明确易见。

从第五十三回到第五十九回，是第十四年到第十五年的过度，除夕、元宵和初春等，时间整体不算乱。第五十九回至贾母王夫人等人给老太妃送殡去后，时间渐渐紊乱起来。湘云犯了杏瘢癣。杏瘢癣也称春癣，发于春暖花开时，入夏则愈。看各种风景描写，桃花开杏花落，是春天二三月份无疑。杏瘢癣引出蔷薇硝、茉莉粉、柳家的五儿、玫瑰露和茯苓霜等几天的人事。正闹不清，第六十一回，大观园里的杏子、李子可以偷吃了，怎么也到四月底了。似乎过得太快了。至第六十二回宝玉生日，湘云醉眠芍药裀，显是三四月的样子，所谓春牡丹夏芍药。第六十三回的宝玉生日夜宴，丫鬟们长裙短袄，宝玉大红棉纱小袄，又回到春寒时节。第二天平儿还席，贾敬宾天，又是暑热时节。第六十四回尤二姐尤三姐的故事加入。然后，林黛玉七月祭父母。第六十五回贾琏偷娶尤二姐。第六十六回贾琏路遇贸易归来的薛蟠和柳湘莲，柳湘莲、尤三姐定亲。柳湘莲八月进京，尤三姐自尽。可是，此时薛蟠出门贸易才回来一二十天，结合第十四年薛蟠出门贸易，岂非才到端阳节期间？第六十七回，又到了“夏末秋初”。第六十九回出现了一个“腊月十二”。然后尤二姐自尽。

第七十回开头约百字写贾琏葬尤二姐，是第六十九回内容的延续。然后“年近岁逼”，从仲春到三月，再到七八月贾母庆寿，最终可以推出到十二月即第八十回完结。

如果忽略柳湘莲和二尤的故事，时间又不算太乱，相对的有章可循。

下面根据一些前后内容的衔接，推证“两年”实是一年。

其一，第五十五回：“刚将年事忙过，凤姐儿便小月了，在家一月，不能理事，天天两三个太医用药。”因此王夫人将家务交由探春、李纨裁处。第七十回：“原来这一向因凤姐病了，李纨、探春料理家务不得闲暇，接着过年过节，出来许多杂事，竟将诗社搁起。”“两年”过年之前发生的事情完全一样，怎么可能这么巧？而且第五十五回交代完年节后给出时间“孟春”一月，第七十回交代完年节后给出“仲春”二月，也正好接上。

其二，第七十回内容。这天早晨，忽有李纨打发碧月来怡红院说：“昨儿晚上奶奶在这里把块手帕子忘了，不知可在这里？”小燕说：“有，有，有，我在地下拾了起来，不知是那一位的，才洗了出来晾着，还未干呢。”李纨的手帕子“昨儿晚上”忘在了怡红院。寡嫂晚上进小叔子的屋子，还把随身的手帕子忘在了那里，这事显然不寻常。李纨不是一个粗枝大叶的女人，若非事出有因，很难想象会出现这样的疏忽。“昨儿晚上”在怡红院发生了什么？小燕从地上拾起来手帕子，却不知道哪一位的，说明昨晚到怡红院的不止李纨一人。小燕把手帕“洗了出来”，这条手帕子掉在了地上，想来是被踩脏了，春燕早起发现，推断当时人多且情况乱，丢的人才没有发现而拾起的人不知谁的。小燕一大早洗得那么积极，手帕子可以判断是主子用的，昨晚怡红院来了多位女主。此日早晨，被褥尚未叠起，晴雯、麝月、芳官、宝玉四人兴奋地裹在一起乱滚嬉闹，也反映昨晚一定是热闹欢乐的。如此种种，除了第六十三回的宝玉生日夜宴，如何有其他解释？

第七十回的怡红院之晨，即第六十三回“怡红夜宴”次日。

怡红夜宴特写了芳官的穿着，次日早饭时芳官被宝玉取名温都里纳。第七十回怡红院之晨也写芳官穿的衣服，此时袭人已经称芳官为温都里纳。

也有些情形似乎不能对应。第六十三回香菱还在园子里，参加了怡红夜宴，第七十回按碧月的说法，香菱就出去了，把个湘云落了单。除非香菱就是第二天出去的。还有宝琴，第六十三回和李纨一起参加怡红夜宴，第七十回说如今又跟了老太太前头去了。当然，如果说这都是第二天发生的，也并非说不过去。

拾手帕子的“春燕”，也说明些问题。除了这个名字指向春天，春燕的每一次出现，或春季，或显示春时，也值得分析一下。春燕首次出现在第五十九回“柳叶渚边嗔莺咤燕”，春暖花开之季。从她的自述可知，她在大观园进人时被挑中，分在了怡红院。宝玉等人二月二十二日搬入大观园，之前几日内遣人进去分派收拾，那么春燕是在二月仲春时节进的大观园。怡红夜宴时，春燕是个关键人物，把宝钗、黛玉等人请来是她的主意，她和翠墨一起去请的李纨。春燕最后一次出现，就是第七十回这次了，仲春之晨，捡到了李纨的手帕子。作者貌似在用“春燕”暗示时间，凡“春燕”出现，时节都是春天，甚至直指仲春二月。

其三，和薛蟠出门贸易时间有联系的系列内容。

第四十八回第十四年十月十四日，薛蟠跟薛家的当铺揽总张德辉出门贸易，计划次年的端阳节前回来。第六十六回薛蟠回来。第六十七回尤三姐自尽后，薛姨妈对薛蟠说：“只是你如今也该张罗张罗买卖，二则把你自己娶媳妇应办的事情，倒早些料理料理。”“你也回家半个多月了，想货物也该发完了，同你去的伙计们，也该摆桌酒给他们道道乏才是。人家陪着你走了二三千里的路程，受了四五个月的辛苦，而且在路上又替你担了多少的惊怕沉重。”薛蟠这趟贸易来回用了“四五个月”时间，根据人们的口头表达习惯，“四五个月”可以认为接近五个月，那么薛蟠是第十五年三月上中旬回来的，和当时所计划的一致。

按宝钗的说法，薛蟠已回来了“一二十天”，那么到了三月底。此时薛蟠已定亲，薛姨妈让他把娶亲应办的事情提前料理料理。

薛蟠怎么和夏金桂定的亲？第七十九回薛蟠忙着娶亲时，香菱和宝玉的谈话，交代了来龙去脉。宝玉道：“说的到底是那一家的？只听见吵嚷了这半年。”香菱解释说薛蟠上次出门贸易时，顺路到了夏家，和夏金桂一见钟情。回到家一进门就咕咕唧唧央求薛姨妈去求亲，然后一说即成。所以薛蟠回来一二十天时，薛姨妈嘱咐他早些料理“娶媳妇应办的事情”。按宝玉的说法，薛蟠定亲的事吵嚷了“半年”。宝玉、香菱二人的谈话是在八月下旬，距“三月上中旬”恰是半年时间。

出门贸易、回来、定亲和忙着娶亲等一系列内容，丝毫不乱，是可靠的时间线。

那么直到薛蟠娶亲，时间都在第十五年。

其四，平儿偷给贾琏的二百两银子。

第六十九回，尤二姐吞金自尽，贾琏找凤姐要银子治丧，凤姐只给了二三十两，恨的贾琏没话可说。平儿又是伤心，又是好笑，忙将二百两一包的碎银子偷了出来，到厢房拉住贾琏，悄递与他。二百两银子不是小数，当时二十两银子就够平常人家过一年的，以凤姐的精明，即便病弱，“天天还是察三访四”，小金库里少了这么一笔银子，肯定会很快发觉。所以，平儿偷银是非常危险的行为，她和贾琏必须在最短时间内补上这个窟窿才行。贾琏的经济一向捉襟见肘，因为尤二姐丧事更是欠了一屁股债，平儿不过是个通房大丫头，每月一二两的月钱，他们去哪儿弄二百两银子呢？

第七十二回，鸳鸯“因知贾琏不在家中”，又因这两日凤姐儿声色怠惰了些，顺路来望候。凤姐正午睡，平儿把鸳鸯让到东边房里坐着说话，然后贾琏就回来了。他解释是巧合，“正是巧的很，我才要找姐姐去。因为穿着这袍子热，先来换了夹袍子再过去找姐姐，不想天可怜，省我走这一趟，姐姐先在这里等我了。”贾琏先向鸳鸯询问蜡油冻佛手的事，然后又郑重借当。怎么可能是巧合？贾琏就是冲着鸳鸯来才回来的。谁给他报的信？

借当过程中凤姐醒了，听到了但没有参与。凤姐之所以醒，请注意一个细节，贾琏向鸳鸯借当前，突然先骂小丫头，凤姐应该就是这样被吵醒的，贾琏是有意为之。贾琏突然回来和凤姐全然无关，平儿就脱不了暗中飞符招将的嫌疑了。

第七十四回，平儿正劝凤姐少管闲事，只见贾琏进来，拍手叹气道："好好的又生事。前儿我和鸳鸯借当，那边太太怎么知道了。才刚太太叫过我去，叫我不管那里先迁挪二百银子，做八月十五日节间使用。"凤姐儿道："那日并没一个外人，谁走了这个消息。"平儿听了，也细想那日有谁在此。想了半日，笑道："是了。那日说话时没一个外人，但晚上送东西来的时节，老太太那边傻大姐的娘也可巧来送浆洗衣服。他在下房里坐了一会子，见一大箱子东西，自然要问，必是小丫头们不知道，说了出来，也未可知。"众小丫头慌了，都跪下赌咒发誓。凤姐说："他们必不敢，倒别委屈了他们，如今且把这事靠后，且把太太打发了去要紧。宁可咱们短些，又别讨没意思。"一时拿了银子来，贾琏亲自送去。然后凤姐和平儿猜疑，终是谁人走的风声，竟拟不出人来。

是邢夫人勒索贾琏吗？明明是贾琏和平儿给凤姐设了个套，为了那二百两银子。

凤姐痛快拿出二百两银子了结，固然是害怕得罪邢夫人，也是为了保护鸳鸯，免得"小人趁便又造非言"。鸳鸯私自借给贾琏东西，传扬出去，有损一个清白女孩子的名声。特别是贾赦邢夫人因纳妾不成"正和鸳鸯结下仇了"。连凤姐都不忍心的事，善良的平儿，后来说起此事来却还笑，说"纵闹了出来，究竟那也无碍"。一点都不放在心上。因为她心里有数。

怎么证明是尤二姐丧事期间？看"因知贾琏不在家中"这句，贾琏并没有出门在外，鸳鸯也没有探子安置在凤姐家时刻报信，她怎么知道贾琏这个时候不在家？这一时期的贾琏必然被什么事情牵绊住了，不回家是众所周知的。贾琏说回家换袍子，可知他羁留的地方近在咫尺。那为什么不回家呢？在那个地方做什么？以及为什么要穿一种不舒服的会很热的袍子？这些疑问，有且只有一件事能完全解释，就是尤二姐死后，贾琏“在梨香院伴宿七日夜，天天僧道不断做佛事”。贾琏穿的那比夹袍子还厚的袍子，是为尤二姐穿的孝袍。

邢夫人左性，和凤姐关系正紧张，这个还牵扯到生嫌隙和绣春囊，后文再分析。诓骗凤姐的最佳人选当仁不让是邢夫人。贾琏还暗示邢夫人是借机揩油，私下勒索他，避开了凤姐向邢夫人试探此事的风险，更免得凤姐悄悄向旁人打听出来。“一时拿了银子来”自然也是假装的，平儿拿来的，恐怕只是那做了伪装的原本包了二百两碎银子的包袱皮。此计成功，和凤姐对平儿的信任有绝对关系。眼见凤姐迫死尤二姐，平儿已经不再是那个对凤姐赤胆忠心的平儿了。

二百两银子的前前后后，把第六十九回、第七十二回和第七十四回的时间连接在了一起。

最后，前第十五年和第十四年也有一处搅不清。第五十二回、第十四年十月里，赵姨娘打断宝黛二人关于燕窝的谈话。第五十七回初春时，紫鹃对宝玉说：“几日前你们姊妹两个正说话，赵姨娘一头走了进来。”貌似正是说的前者。

前第十五年

线索摘录：

（第五十三回）至次日五鼓。（见分析①）

（第五十三回）十五日之夕。（见分析①）

（第五十五回）目下宫中有一位太妃欠安。（见分析④）

（第五十五回）刚将年事忙过，凤姐儿便小月了，在家一月，不能理事。

（第五十五回）王夫人便命探春合同李纨裁处，只说过了一月，（见分析②）

（第五十五回）一月之后……因又特请了宝钗来。（见分析②）

（第五十五回）时届孟春，黛玉又犯了嗽疾。

（第五十五回）每日卯正至此，午正方散。

（第五十五回）这日王夫人正是往锦乡侯府去赴席。

（第五十五回）赵姨娘的兄弟赵国基昨日死了。

（第五十六回）江南甄府里家眷昨日到京，今日进宫朝贺。（见分析②④）

（第五十七回）甄夫人留席，竟日方回。

（第五十七回）后二日，他母女便不作辞，回任去了。（见分析④）

（第五十七回）出去给他兄弟伴宿坐夜，明儿送殡去。

（第五十七回）几日前你们姊妹两个正说话，赵姨娘一头走了进来。

（第五十七回）目今是薛姨妈的生日。（见分析③）

（第五十八回）谁知上回所表的那位老太妃已薨。（见分析④）

（第五十八回）一日正是朝中大祭，贾母等五更便去了。

（第五十八回）可巧这日乃是清明之日。（见分析⑤）

（第五十九回）临日，贾母带着蓉妻坐一乘驮轿。

（第六十回）原来这柳家的有个女儿，今年才十六岁，（见分析⑥）

（第六十一回）好婶子，你这一进去，好歹偷些杏子出来赏我吃。

（第六十一回）好容易怀了一个哥儿，到了六七个月还掉了。

（第六十二回）当下又值宝玉生日已到。（见分析⑥）

（第六十二回）过了灯节，就是老太太和宝姐姐。（见分析⑦）

（第六十三回）香菱、晴雯、宝钗三人皆与他同庚。（见分析⑧）

（第六十三回）忽见平儿笑嘻嘻的走来，说亲自来请昨日在席的人。

（第六十三回）老爷宾天了。

（第六十三回）至早也得半月的工夫贾珍方能来到。目今天气炎热。

（第六十三回）贾珍父子星夜驰回。

（第六十四回）择于初四日卯时请灵柩进城。

（第六十四回）至次日饭时前后，果见贾母王夫人等到来。

（第六十四回）大约必是七月因为瓜果之节。

（第六十四回）至次日饭时前后，果见贾母王夫人等到来。

（第六十四回）又过了数日，乃贾敬送殡之期。

（第六十四回）遂择了初三黄道吉日，以便迎娶二姐过门。

（第六十四回）眼见已是两个月光景。

（第六十六回）方走了三日……竟是薛蟠和柳湘莲来了。

（第六十六回）因又嘱他十月前后务要还来一次，贾琏领命。

（第六十六回）谁知八月内湘莲方进了京，先来拜见薛姨妈。

（第六十六回）倒是自从哥哥打江南回来了一二十日。

（第六十七回）你也回家半个多月了……受了四五个月的辛苦，

（第六十七回）那时正是夏末秋初。

（第六十八回）十五日一早要到姑子庙进香去。

（第六十八回）女婿现在才十九岁。（见分析⑨）

（第六十九回）又将房中一个十七岁的丫鬟名唤秋桐者……（见分析⑨）

（第六十九回）那日已是腊月十二日，贾珍起身。

（第六十九回）不过受了一个月的暗气。

（第六十九回）忙将二百两一包的碎银子偷了出来。

分析① 贾府年事

贾府此次过年，作者交代得比较清楚。

大年初一五鼓，贾母等又按品大妆，摆全副执事进宫朝贺，兼祝元春千秋。在清代，冬至、元旦、万寿节这三个节日，文武百官要向皇帝朝贺。由此来看，京城里的命妇们在除夕以及大年初一，也是要进宫朝贺的，朝贺对象应该是皇后、太后们。

提到贾妃“千秋”，也即“生日”，判断贾妃此年三十岁。

正月十一日贾赦宴请贾母等。正月十二日，贾珍请。两次宴请贾母都是随便领了半日即回来。贾母是跟着贾政过的，贾赦虽然是长子，也如贾珍、薛姨妈等人一样请贾母吃年酒。王夫人和凤姐儿也连日被人请去吃年酒。

正月十五日元宵节，贾母在大花厅上命摆几席酒，带领荣宁二府各子侄、孙男、孙媳等家宴。

正月十七日一早，先在宁府行礼，伺候掩了祖宗祠。这一天是薛姨妈家请吃年酒。

正月十八日是赖大家，十九日是宁府赖升家，二十日是林之孝家，二十一日是单大良家，二十二日是吴新登家。这几家，贾母也有去的，也有不去的，也有高兴直待众人散了方回的，也有兴尽半日一时就来的。

贾府年酒截止到正月二十二日止。

分析② 探春等管理家务

第五十五回到第五十七回作者着力描写探春等人管理家务的事，略作整理。

因为“刚将年事忙过，凤姐儿便小月了，在家一月，不能理事”，王夫人让探春和李纨管理家务。因为前有“且说元宵已过”，李纨、探春管理家务看起来似乎在元宵后，但是，二人管事一个月后，宝钗受王夫人所托加入进来，这时还在“孟春”一月。那么李纨、探春接管家务的时间应该是年前腊月里。从“元宵已过”到“刚将年事忙过”，是折返写法。

第五十六回“江南甄府里家眷昨日到京，今日进宫朝贺”，也就对了，是过年朝贺。

作者三次强调探春、李纨二人共同管理家务的一个月的时间段，显然想引起读者的重视。

宝钗加入的这一天发生了很多事。王夫人一大早去锦乡侯府去赴席。吴新登的媳妇报告说赵姨娘的兄弟赵国基昨日死了。赵姨娘嫌赏银少羞辱探春。管事媳妇支贾环和贾兰在家学里的一年公费，探春把此项蠲了。怡红院的丫鬟秋纹跑来问月钱什么时候领。探春革去姑娘们的二两脂粉钱。探春提议把大观园里的花木等承包给几个本分老诚知园圃事的老妈妈，获赞同。大夫进园给黛玉、湘云看病，开药方后出去。江南甄府里遣两拨人送礼请安，王夫人赴席回来带宝玉去拜见甄夫人，竟日方回。因为参与管理荣府家务，宝钗第一次在小厅里和探春、李纨一起吃早饭。

分析③　薛姨妈生日

第五十七回：“目今是薛姨妈的生日。自贾母起，诸人皆有祝贺之礼，黛玉亦早备了两色针线送去。是日也定了一本小戏请贾母王夫人等。”

这个薛姨妈“生日”，与夏天那个迥然不同。贾母、黛玉等都送了祝贺之礼，而且也被邀请去听戏，却没有提起宝玉，似乎根本没他什么事，这才像是薛姨妈生日。可以判定，薛姨妈今年四十岁。

分析④　老太妃

第五十五回：“只因当今以孝治天下，目下宫中有一位太妃欠安，故各嫔妃皆为之减膳谢妆，不独不能省亲，亦且将宴乐俱免。故荣府今岁元宵亦无灯谜之集。”

不同朝代对太妃的定义不尽相同。按清制，皇帝的父亲或祖父遗留的妃子们被尊为太妃。太妃们并不是都居住在皇宫里，如果她们的儿子成家立业有了府邸，往往会离开皇宫跟儿子去颐养天年。老死宫中的太妃们，或者没有可依靠的皇子，或者生养的皇子当了皇帝，当然也被尊为太后了。太妃既住在宫里，基本不出这两种情况。

“欠安”是生病的委婉说法，然而作者下笔常促狭。“谢妆”和“卸妆”的意思不同，“卸妆”是暂时的举动，“谢妆”是持续的行为，在一个时间段里不梳妆打扮。太妃“欠安”期间，皇宫里的嫔妃们不仅概不装扮，甚至连饭也不能吃饱。朝臣家也被殃及，荣国府元宵节家宴时，仅一班小戏几席酒。这位太妃的影响力未免太大。作者说，这是因为当时的皇帝“以孝治天下”。用了一个“孝”字，这个字大有讲究。何为“孝”？古人云：“善于父母为孝，善于兄弟为友。”《说文》：“孝，善事父母者。”郑玄云：“孝德，尊祖爱亲，守其所以生者也。”无论平民百姓还是皇帝，“孝”的对象都很明确：父母。当然也包括祖父母。“母”指父亲的正室或生身之母，小老婆们不在此列。比如贾政的小妾赵姨娘，宝玉就无须对她行孝道，宝玉进屋她还得伺候着掀帘子。

第五十八回：“谁知上回所表的那位老太妃已薨，凡诰命等皆入朝随班，按爵守制。敕谕天下：凡有爵之家，一年内不得筵宴音乐，庶民皆三月不得婚嫁。”

薨的就是“欠安”的那位太妃了。这里用了一个“老”字，皇帝的父母称太上皇、皇太后，推测老太妃的年纪和辈分更高。与实际相比，朝廷敕谕的内容肯定有所隐瞒和演义，但告诉读者的肯定也足够多。“爵”指贵族封号。作者给出了朝廷对有爵和庶民之家的行为要求，却跳过了既非袭爵又不是百姓的朝廷官员之家。是不是在二者之间呢？这绝不是太妃级别的待遇。《钦定大清会典》记载“列后”之丧：“内外各官百日内不作乐不嫁娶。”老太妃享受的是“列后”的待遇。

给老太妃送灵期间，贾敬吞金服砂，烧胀而殁。贾珍、贾蓉“因国丧随驾在此，故乞假归殓”。老太妃之丧称“国丧”，皇帝亲自领丧送灵。按《钦定大清会典》规定，后妃里只有太后、皇后的丧礼才由皇帝亲自主持。也只有皇帝、皇后、太后或者太上皇的丧事才能称为国丧。

以上种种，作者在用事实告诉读者，这是一位老太后。称她老太妃，当然是不得已的隐写。但这个称呼也一定是有理由的。

老太妃薨后，“贾母、邢、王、尤、许婆媳祖孙等皆每日入朝随祭，至未正已后方回。在大内偏宫二十一日后方请灵入先陵，地名曰孝慈县。这陵离都来往得十来日之功。如今请灵至此，还要停放数日，方入地宫。故得一月光景。”

地宫建在“孝慈县”，加了一个“慈”字，“慈”字本义是仁爱。《左传・昭公二十八年》：“慈和便服曰顺。”服注：“上爱下曰慈。”这个注释也非常说明问题，对皇帝来说，老太妃是“上”，他是“下”。

老太妃灵柩是后来移到“大内偏宫”的，最先停在哪里，作者没有交代，但一个“偏”字，未免引人联想，最先停灵的地方难道是“正”宫？

“在大内偏宫二十一日后方请灵入先陵”，这是关于老太妃之丧的唯一一个日期，重要程度不用说了。具体是几月二十一日，根据不久后即清明，正月二十一日、二月二十一日的可能都有。总之这是一个阶段。

因为“还要停放数日”才到二十一日，老太妃的灵柩是此月的上中旬从别的宫挪出来的。

给老太妃送灵来回需要“十来日”，不是说孝慈县距离京城有多遥远，因为送灵队伍去时须步行，行动缓慢。

“故得一月光景”这句也难理解。好像是说停放在偏宫的“数日”加上送灵的“十来日”共一个月左右。但如此一来，二十一日“后”的时间段，就没地方安放了。就后来宁荣两府因丧礼而断断续续的折腾，时间也远非一个月那么短。也好像说的是“每日入朝随祭”，这样的话，也就等于暗示老太妃薨了一个月左右。

老太妃薨、举丧初期以及送灵的具体时间作者都避而不谈，敕谕什么时候下的也不知道，疑问一大串。不用说了，不写皆因干涉时世。

这中间还穿插了一件事，皇帝下旨召甄宝玉的父母千里进京。

虽然作者只是写甄夫人母女，对甄老爷一字不提，甄家母女却是作为家眷来京的，奉旨的主角是甄老爷。妻子是“夫人”，甄老爷应是一二品的官衔。进京的第二天甄夫人母女入宫“朝贺”“问安”，那么是年初一。皇帝下旨令甄家人进京绝不可能是叫他们来朝贺的，没有这样的道理，是赶的巧了。甄氏夫妇已十几年没进京。进京次日，甄府四个女人到荣府请安。对于甄家奉旨进京的原因，贾母没有问，只说“这些年没进京，也不想到今年来”。甄家几个女人也没解释。从她们的语气看，彼此心照不宣，所以不必说。只能是因为老太妃之病之薨。

从南京到北京，两三千里，皇帝的圣旨，即便派驿马星夜送去，到甄家也得两三天吧。这甄老爷拖家带口来京，走京杭运河水路，按一个星期能到，那么早在腊月二十前后，圣旨就下了。可知那时候老太妃已病重，因为和甄家有特别的关系，想见甄家人也未可知。

皇帝千里迢迢把甄老爷招来，他不会等到第二天才进宫，当日必面君。无论于皇帝还是于老太妃，他都是更重要的人。

其间王夫人“定名班大戏”请甄夫人母女，是不是有违“敕谕”？可能那时候敕谕还没有下。

第七十回探春的生日，不摆酒唱戏，之后不久王子腾之女许与保宁侯之子，择日于五月初十日过门，推测探春的生日在老太妃薨后的三个月之内，五月初十既然可以嫁娶，就在三个月之外了。

分析⑤　清明之日

第五十八回：“可巧这日乃是清明之日。贾琏已备下年例祭祀，带领贾环、贾琮、贾兰三人去往铁槛寺祭柩烧纸。”

清明之日的农历日期不固定，基本不出农历二月中旬到三月中旬，这个时候贾琏还没护送贾母、王夫人等人去送灵。

分析⑥ 宝玉的生日

第六十二回：“当下又值宝玉生日已到。”

宝玉十五岁了，束发之年，所以认真过生日。和上一年十四岁呼应。

虽然贾母、王夫人等不在家，宝玉的生日庆祝还是很隆重。设天地香烛，炷香行礼，奠茶焚纸，去宗祠祖先堂两处行礼，遥拜贾母、贾政、王夫人等。亲朋送寿礼，僧尼庙送供尖儿等。

这次生日，作者等于对荣府小姐丫鬟们的年龄进行了一次整体划分，分为比宝玉大的和比宝玉小的。王夫人有言，不令年轻人受礼，恐折了福寿，所以凡是年龄大于宝玉的，都不能向宝玉行礼，没有特殊情况甚至也不去怡红院，无论辈分高低还是身份高低。

先说主子间的礼数。生日这天的一大早，宝玉要向长辈或同辈中年龄比自己大的人行礼，如尤氏、薛姨妈等处，宝玉都到家里去了。住在大观园里的，如李纨等人，宝玉也是一一挨门拜到。比宝玉年龄小且辈分不高于宝玉的，如探春、湘云、宝琴、岫烟、惜春、巧姐儿、贾环、贾兰等人，都到怡红院给宝玉拜寿。

丫鬟们拜寿与否也严格按年龄划分。很多重量级的丫鬟，如鸳鸯、彩云、玉钏、素云、小红、紫鹃、雪雁、莺儿、司棋、侍书等，并没有到怡红院来拜寿。这其中知道年龄的都比宝玉大。小红、莺儿都是十七岁，雪雁十六岁，紫鹃比雪雁大，鸳鸯、彩云更大，已经到了该放出府的年龄了。可以推断玉钏、司棋等几个未写明年龄的，均比宝玉大。上门拜寿的丫鬟，除了王夫人的彩鸾、绣鸾，其余的翠墨、小螺、翠缕、入画、篆儿几人，她们的主人分别是探春、宝琴、湘云、惜春、岫烟，都比宝玉年龄小。探春的贴身丫鬟侍书不来翠墨却来了，均能说明问题。这几个丫鬟都比宝玉小。怡红院的袭人等人，虽然年龄比宝玉大，那是避不开的，所以都是说了一声就完了。平儿到怡红院，则是为了给宝玉还礼，因为同时也是她的“生日”。

给宝玉拜寿的主子姑娘，不是用“等”字略写的，探春、湘云、宝琴、岫烟、惜春五人，名字都写出来了，却少了黛玉。

没出现在怡红院拜寿人群中的林妹妹，只能在从李氏起的“长的房中”。宝玉登门给李纨、宝钗乃至迎春行礼理所当然，她们是嫂子姐姐，何以也给林妹妹行礼呢？这个礼还很隆重，不是一般的作个揖就完了的，跟随宝玉的除了晴雯、麝月，有一个小丫头专门夹着毡子，是要磕头的。宝玉给黛玉登门磕头行礼，只有一个解释，黛玉年龄的确比宝玉大，第十四年宝玉十四岁黛玉十五岁，是事实。所以第四十三回出份子钱时，凤姐称黛玉、宝玉是“姐儿两个”。人们的语言习惯，称呼有亲缘关系的人，以年龄辈分大的那一个相对于其他人的称谓为起头，加上数量，进行统称，如娘儿两个、哥儿几个等，都是此类。

那为什么黛玉说宝玉比自己大一岁，二人以兄妹相称呢？

或者可以这样解释。宝玉大一岁是黛玉幼时从母亲那儿听闻来的，所以先已称宝玉为哥哥。至于王夫人和贾母为什么没有纠正，有很多的可能，比如觉得有趣，或也有些混淆。宝黛二人一见面，宝玉便妹妹长妹妹短地和黛玉聊上了，等发现弄错了的时候，已习惯成自然也未可知。还有一个可能，“林妹妹”是个通称或昵称，因为湘云也曾用“林妹妹”称呼黛玉。

但我疑心林妹妹是一个绛树两歌人物。有一个真正的林家小姐，是宝玉姑妈的女儿，比宝玉小一岁。只不知这真正林姑娘的所终。

黛玉不仅比宝玉大一岁，也比迎春大。

荣国府规矩严格，一些比较正式的场合，比如长辈或外客在场，均严格按长幼排顺序。此类场合，黛玉总是在迎春前面。如贾母两宴大观园，除了因为给湘云还席湘云坐首席，第二是宝钗，第三是黛玉，第四是迎春，然后是探春、惜春。第六十四回贾母等人送灵返回途中，先打发护送者贾琏回家看视。贾琏就等于代表了贾母等人。所以宝玉听到贾琏回来的消息，连忙迎至大门以内等待。贾琏自外下马进来，宝玉先迎着贾琏跪下，口中给贾母王夫人等请了安，又给贾琏请了安。十分庄重。然后二人携手入内，“只见李纨、凤姐、宝钗、黛玉、迎、探、惜等早在中堂等候，一一相见已毕”。此“中堂”肯定是荣禧堂，荣府的正经正内室，正式场所。李纨等人必是严格按长幼之序站立等待。如果黛玉比迎春小，毫无可能排在迎春之前。只在特别安排的时候，才不以年龄讲究座次。像元宵节夜宴，贾母提前说“这都不要拘礼”，一切由她来安排。

宝玉的生日庆祝，有点分不清是春还是夏，似显示绛树两歌的迹象。如果是两个时节的合写，根据前面推测的宝玉生于二三月份，与春相关的内容，就是宝玉生日的真实情况了。

平儿、宝琴、岫烟和宝玉四人同天过“生日”，令人费解。从内容看，探春称岫烟“邢妹妹”，邢岫烟称探春“三姐姐”，岫烟比探春还要小。虽然不能仅凭称呼判断年龄大小，有时候“姐姐”只是尊称，如尤二姐和凤姐互称姐姐，贾琏喊鸳鸯姐姐，黛玉说迎春是“二姐姐”等。宝琴、岫烟等人来荣府后，作者也说了，因为人太多，分不清，只好兄弟姐妹乱叫。但如果一方称姐姐，一方称妹妹，应该可以确定是事实。而宝琴比岫烟和李纹更小。不过，正式的生日庆祝往往持续好几天。如果几个人的生日日期非常接近，搅在一起也是有可能的。

平儿等三人的年龄很容易判断。平儿是凤姐的陪嫁丫头，已到贾府几年，肯定是二十岁。宝琴和岫烟，两个未婚少女，一个进京发嫁，一个订婚，都是及笄之年，十五岁。

宝玉生日的次日，芳官挽鬟，十五岁了，这个“第十二年”已经分析。柳五儿今年十六岁，所以柳家的对芳官说五儿，用的是“你姐姐”三个字。

宝玉生日次日，平儿还席，贾敬宾天。这种“巧合”基本都属于绛树两歌，不必赘述。

分析⑦　和宝钗“同生日”的老太太

第六十二回探春总结众人生日：“过了灯节，就是老太太和宝姐姐，他们娘儿两个遇的巧。”这个过了元宵节的宝钗生日，肯定是正月二十一日。当然不是真的生日。是关系宝钗命运的一个日期。

“老太太”肯定不是贾母，贾母生日写明是在八月初三。也不是薛姨妈，探春不会称呼薛姨妈为“老太太”。还有哪个老太太“生日”也是正月二十一日？书中根本没有这样一个“生日”的老太太，却有一个能和这个日期建立联系的老太太，那个停灵至“二十一日”的老太妃。只能是她了。

宝钗和老太妃、准确说是老太后，是“娘儿两个”。宝钗能得到一匣子宫花，即与此有关。

由此可知，老太妃停灵的“二十一日”是“正月二十一日”。这个日期，肯定是老太妃丧礼的一个标志性日子。这是作者要告诉读者的另一个点。

但老太妃的死和出殡，薛家母女均未参与，不知是什么原因。

分析⑧　宝钗的年龄

第六十三回怡红夜宴，给出袭人、香菱、晴雯和宝钗四人同岁。宝玉今年十五，据前面的分析，香菱比宝玉大三岁，袭人等四人这年都是十八岁。

宝钗今年十八岁，比宝玉大三岁，这是关键问题，作者拐了这么一个大弯，才算告诉了读者。第十四年宝钗过的是十七岁生日，所以凤姐说虽不是整生日，也算得将笄之年。

宝钗在同龄的四人中生月又最小。第四十八回宝钗称香菱为“菱姐姐”，生月比香菱小。袭人、晴雯都比香菱大。第六十二回因为石榴裙的事，香菱对袭人说“多谢姐姐了”。第七十九回香菱问宝玉：“我且问你，袭人姐姐这几日可好？怎么忽然把个晴雯姐姐也没了，到底是什么病？”

这年平儿二十，比十八的袭人大两岁，第四十四回宝玉对平儿说“这里有你花妹妹的衣裳”，即是这个原因。

男女主角的年龄差，也要这么费事地拐弯抹角地写，是不是太小心了？女比男大三岁，固然不是稀罕事，但以宝玉的身世，娶了一个比自己大三岁的妻子，两人的墓志铭写得明白，很容易对号入座。

分析⑨　属兔的秋桐

第六十九回尤二姐流产，算命的说是“系属兔的阴人冲犯”。大家算将起来，只有秋桐一人属兔，说她冲的。

秋桐这年十七岁。有研究者以此为切入点，推断书中人物的属相。

这是行不通的，不要说人物的年龄加属相不会直接给出，秋桐的这个属相分明大有疑问，不可以为据。

荣府几百青春妙龄女子，十七岁这个年龄应该有相当的数量。比如凤姐从怡红院挖走的丫鬟小红，第十四年十六七岁，这年十七八岁。第十四年十六岁的莺儿，这年十七岁。怎么可能“只有秋桐一人属兔”？尤二姐也并不是只在凤姐的小院子里活动，她经常到大观园里去，和大家都有接触。

秋桐“属兔”，是有原因的。

家兔有个区别于其他动物的显著特征，一对红眼睛。尤二姐流产后，贾琏请医治药，打人骂狗，十分尽心，秋桐“心中早浸了一缸醋在内了”，自然眼红嫉妒。作者说秋桐“属兔”，应是这个意思。

而且还有一个更“属兔”的，可以相互佐证。

尤二姐自尽后，天文生回说：“奶奶卒于今日正卯时。”“正卯时”即早晨五点整。这个说法非常有问题，天文生怎样验出尤二姐死于早上五点整这么精确的时刻的？现代高科技也难做到吧。“正卯”在暗指凤姐，也是一个红眼兔，因为是正房，且是主犯，所以称“正卯”。

后第十五年

线索摘录：

（第七十回）因又年近岁逼……

（第七十回）昨儿晚上奶奶在这里把块手帕子忘了。

（第七十回）如今仲春天气，虽得了工夫……

（第七十回）如今正是初春时节，万物更新。

（第七十回）明日乃三月初二日，就起社。（见分析①）

（第七十回）次日乃是探春的寿日。（见分析①）

（第七十回）择日于五月初十日过门。（见分析②）

（第七十回）至三月下旬，便将字又集凑出许多来。

（第七十一回）因今岁八月初三日乃贾母八旬之庆。（见分析③）

（第七十二回）上年老太太的生日……（见分析④）

（第七十二回）我想着后日是尤二姐的周年。（见分析④）

（第七十四回）叫我不管那里先迁挪二百银子。

（第七十五回）说咱们是孝家，明儿十五过不得节。

（第七十五回）十五日，带领众子侄开祠堂行朔望之礼。

（第七十六回）可怜你公公已是二年多了。（见分析④）

（第七十七回）中秋已过，凤姐的病比先减了。

（第七十八回）小哥儿十三岁的人就如此。（见分析④）

（第七十八回）《芙蓉女儿诔》

（第七十九回）说的到底是那一家的？只听见吵嚷了这半年。

（第八十回）此时宝玉已过了百日，出门行走。（见分析⑤）

分析①　探春的生日

第七十回："次日乃是探春的寿日，元春早打发了两个小太监送了几件顽器，合家皆有寿仪。""次日"即三月初二，本是黛玉起桃花社的日子，因为探春过生日，起社改在初五，不知道是不是暗示庆了三天。推测正日是三月三。探春春天出生的，这个没有任何问题。三月三虽不是真实生日，距真实生日日期应该非常近。

第十五年探春也是十五岁，和宝玉同龄，但生月略小。和第一回甄士隐梦见宝玉成胎、醒来看到“芭蕉冉冉”呼应。

探春的生日，用黛玉的说法，“虽不摆酒唱戏的，少不得都要陪他在老太太，太太跟前顽笑一日”。为什么不摆酒唱戏？推断还在老太妃薨后的国丧期间。贾妃既打发小太监送来顽器，贾母和王夫人一整天都在家，那么最初的每日入朝随祭已经结束，但还没有给老太妃送灵去，属于正月二十一日后、老太妃停灵于偏宫的阶段。因贾母、王夫人难得清闲，所以探春等人别的事不做，都陪在跟前“顽笑一日”。

探春和宝玉、岫烟、宝琴四人都是十五岁，联系第四十九回“或有这三个同年，或有那五个共岁，或有这两个同月同日”，他们只能是属于“五个共岁”的。但怎么只有四人？差了一个。还有一位姑娘，二小姐迎春，应该也是十五岁。迎春和探春同时期被媒婆上门提亲，如果迎春比探春大一岁，没有理由这样。

“三个同年”的，就在剩下的惜春、宝钗、黛玉、湘云、李纹、李绮六人里，因李纹比宝琴大，“三个同年的”是湘云、惜春和李绮。她们三人的年龄，猜测也就比宝玉小一岁，实在不能再小了。关于湘云的这个年龄，也有一处佐证。第二十二回贾母为宝钗过生日摆酒唱戏。虽然宝钗过生日，重点写的却是湘云、黛玉和宝玉三人，特别是湘云。“至晚散时，贾母深爱那作小旦的与一个作小丑的，因命人带进来，细看时益发可怜见。因问年纪，那小旦才十一岁，小丑才九岁”。小旦自然是龄官，长得活像黛玉，所谓爱屋及乌，所以贾母喜欢。那小丑呢？是不是有理由认为像是在暗示湘云？十二官都是女孩子，小丑是女扮男。湘云长得原像男孩子，又喜欢男装打扮，曾因穿戴宝玉的衣饰鞋子，被贾母误认是宝玉。

作者特意给出的两个小戏子的年龄，是在影射十一岁时的黛玉和九岁时的湘云。湘云比黛玉小两岁，自然比宝玉小一岁。

“龄官”这个名字，想来有两个作用：提醒读者注意黛玉年龄以及暗示黛玉年龄。

分析② 五月初十

第七十回：“偏生近日王子腾之女许与保宁侯之子为妻，择日于五月初十日过门。”

保宁侯这肯定是“有爵”之家了。老太妃薨，朝廷敕谕有爵之家一年内不得筵席音乐，庶民皆三月不得婚嫁。虽不知有爵之家嫁娶的时间限制，但怎么也不能低于庶民。如果依照《钦定大清会典》，列后之丧，“内外各官百日内不作乐不嫁娶”，也是一样的结论。

到五月十日，老太妃已薨三个月以上。

分析③ 贾母八旬之庆

第七十一回：“因今岁八月初三日乃贾母八旬之庆，又因亲友全来，恐筵宴排设不开，便早同贾赦及贾珍、贾琏等商议，议定于七月二十八日起至八月初五日止荣宁两处齐开筵宴。”

前一年七十岁不到的贾母，怎么可能一下子八十岁？只能是绛树两歌写法，七十岁整生日，但移接了“八旬”之名。那么贾母一定活过了八十岁。

老太妃薨时，朝廷敕谕天下：凡有爵之家，一年内不得筵宴音乐。

宁府是有爵之家，也开起筵席来，不能解释，或者是朝廷特许。

分析④　蜡油冻佛手及其他

第七十二回，贾母生日后，贾琏说起“上年老太太生日”一个外路和尚来孝敬一个蜡油冻的佛手，古董行回了贾琏两次，所以来问鸳鸯是不是记得？接下来鸳鸯、平儿不假思索的回答以及回答的内容，显示根本不像“上年”发生的事，像刚刚发生的。最主要的，古董房的人也太不着急了，拖了一年才来问。接下来因为用一二百银子的事，凤姐说“我因为我想着后日是尤二姐的周年”。好像把第十六年秋的情况写进来了。

第七十六回，中秋之夜，贾母对尤氏说：“我倒也忘了孝未满。可怜你公公已是二年多了。”贾敬死了半年不到，推测暗示一两年后的事。

第七十八回，老学士闲征姽婳词，贾兰诗写得好，荣国府众幕宾赞：“小哥儿十三岁的人就如此，可知家学渊源，真不诬矣。”又说贾环比贾兰“大不多两岁”。先不说贾兰的年龄，贾兰和贾琏一样是绛树两歌人物。问题在于，贾环一直是小孩，忽然就十五岁了。推测暗示闲征姽婳词的事发生在贾环十五岁时。

作者在有意交代后面的事情，一年后的，两年后的，甚至多年后的，是收官之举。《红楼梦》是到八十回为止了。这种后续交代并非随意选取，推测每一个场景都具有代表或转折意义。比如八旬之庆可能是贾母最后一次庆祝大寿，以及多年后荣国府富贵依旧。

分析⑤　宝玉的百日禁足

第八十回：“此时宝玉已过了百日，出门行走。”

第十五年中秋后，因某种原因，宝玉被禁足在自己的房间“一百日”不许出门。能出来行走时，也就到了腊月了。

人物年龄、属相和出生年代小结

这里总结一下部分人物的年龄、属相和出生年代，以方便查看和对比，以及让其中的问题明确易见。

根据“四月二十六日未时交芒种节”，第十四年即康熙二十六年。

关于《红楼梦》的历史背景是康熙年间，下面这条信息，也很说明问题。因贾妃晋封的事，贾政谢主隆恩后“又往东宫去了”。“东宫”在最早时候曾指太后、嫔妃、太子的住所等，后来却成为太子住所和太子的代名词。太子的存在可以说已经把时间锁定在了康熙年间。据说为了避免宫廷争斗什么的，清朝不提倡立太子，整个清王朝，只有一个皇帝例外，就是康熙。因对发妻赫舍里皇后感情深厚，康熙把赫舍里遗留的儿子册立为皇太子。

下面以第十四年即康熙二十六年为切入点，推算几位关键人物的出生年代：

刘姥姥生于明·万历四十一年癸丑年（1613）

贾母生于明·万历四十七年己未年（1619）

贾赦生于明·崇祯一年戊辰年（1628）

薛蟠生于清·康熙七年戊申年（1668）

王熙凤生于清·康熙七年戊申年（1668）

薛宝钗生于清·康熙十年辛亥年（1671）

林黛玉生于清·康熙十二年癸丑年（1673）

贾宝玉生于清·康熙十三年甲寅年（1674）

贾探春生于清·康熙十三年甲寅年（1674）

贾惜春生于清·康熙十四年乙卯年（1675）

史湘云生于清·康熙十四年乙卯年（1675）

贾兰生于清·康熙十七年戊午年（1678）

下面以宝玉属虎为切入点，小结一下部分人物的属相，以及和宝玉的年龄对比。

人物（属相）	初年	第九年	第十二年	第十三年	第十四年	第十五年
宝玉（虎）	成胎	九岁	十二岁	十三岁	十四岁	十五岁
黛玉（牛）	略	十岁	十三岁	十四岁	十五岁	十六岁
宝钗（猪）	略	略	十五岁	十六岁	十七岁	十八岁
湘云（兔）	略	略	十一岁	十二岁	十三岁	十四岁
惜春（兔）	略	八岁	十一岁	十二岁	十三岁	十四岁
迎春（虎）	略	九岁	十二岁	十三岁	十四岁	十五岁
探春（虎）	略	九岁	十二岁	十三岁	十四岁	十五岁
宝琴（虎）	略	略	略	略	十四岁	十五岁
凤姐（猴）	略	十五岁	十八岁	十九岁	二十岁	二十一岁
妙玉（鸡）	略	略	略	十八岁	略	二十岁

人物（属相）	初年	第九年	第十二年	第十三年	第十四年	第十五年
香菱（猪）	三岁	十二岁	十五岁	十六岁	十七岁	十八岁
雪雁（牛）	略	十岁	略	略	十五岁	略
晴雯（猪）	略	十二岁	十五岁	十六岁	十七岁	十八岁
袭人（猪）	略	十二岁	十五岁	十六岁	十七岁	十八岁
小红（鼠）	略	略	略	略	十六岁	十七岁
莺儿（鼠）	略	十一岁	略	略	十六岁	十七岁
薛蟠（猴）	略	十五岁	十八岁	十九岁	二十岁	二十一岁
贾蓉（羊）	略	十六岁	二十岁	二十一岁	二十二岁	二十三岁
贾蔷（狗）	略	略	十六岁	略	略	略
贾兰（马）	略	五岁	八岁	九岁	十岁	十一岁
刘姥姥（牛）	略	略	略	略	七十五岁	略
贾母（羊）	略	略	略	略	六十九岁	七十岁
贾赦（龙）	略	略	略	略	六十岁	略
贾敬（虎）	略	略	六十岁	略	略	略
贾政（牛）	略	略	五十岁	略	略	略

第三章
四大家族

贾不假

四大家族之贾家的谚俗口碑："贾不假，白玉为堂金作马。"

声明"贾不假"，似乎担心读者把"贾"的含义理解为"假"了。这种担心不多余，的确有红迷认为"贾宝玉"即假宝玉，"贾政"即假正经，谐音，很容易发生联想。声明了也不太有用。

"贾"字，男主人公的姓，书中第一姓，作者取这个字会从哪里入手？可以想见和《红楼梦》的中心内容即宝玉的姻缘有关。

"贾"字的本义是做买卖。《说文》："贾，市也。""一曰坐卖售也。"段玉裁注："市，买卖所之也，因之凡买凡卖皆曰市。贾者，凡买卖之称也。"虽然作为姓氏发音不同，这个应该是无须考虑的。贾家是世宦，祖上因战功立业，非商贾之家，作者何以给自己和自己家选这么一个姓？想表达什么？第一回贾雨村的吟联："玉在椟中求善价，钗于奁内待时飞。""玉""钗"很容易联系宝玉、宝钗两个人，也即金玉良姻。上联出自《论语·子罕》："子贡曰：有美玉于斯，韫椟而藏诸？求善贾而沽诸？"岂非暗示，在和宝钗的金玉良姻中，宝玉如同一件交易物品？佐证了"贾"姓的含义。

"白玉堂"通常寓指富贵人家的宅邸。但"白玉为堂"不会只有这么一层简单的含义，荣国府当然是富贵人家，等于说了一句废话。"白玉”的字面意思是白色的玉。“白玉”在诗词等指迷处出现了五次。三次指物，或者说至少指物，有“白玉为堂金作马”“东海缺少白玉床”“白玉堂前春解舞”。还有两次用在人身上，说妙玉是“无瑕白玉遭泥陷”，以及王夫人有一丫鬟名“白玉钏”。除了泛指富贵，“白玉”一定有特殊含义，即作者要表达的真实意图。

“白玉堂”一说中，“堂”字的本义是殿堂，后泛指房屋的正厅，常用来尊称母亲，如令堂、萱堂等。若说贾家之母，非“贾母”莫属。那么贾母和妙玉一样，是“白玉”。

“白玉堂”很容易联系“玉堂”，“玉堂”在书中也出现了不止一次，黛玉应制诗“花媚玉堂人”，湘云的判词“霁月光风耀玉堂”。这个的意思不难猜，“玉堂人”当然是指贾妃，和“神仙”的意思差不多。“白玉堂”的含义应该要比“玉堂”更窄一点。究竟是什么？牵涉皇家是肯定的了。

“金马”的释义不少，金制的马匹，汉代学士待诏的金马门，汉代国家藏书之所，朝廷或帝都，翰林院等。“金作马”想表达什么，未发现有可联系的其他线索。

金陵一个史

四大家族之史家的谚俗口碑：“阿房宫，三百里，住不下金陵一个史。”这个说法，有点触目惊心的意味。金陵是政治名词，暗示朝廷或朝都。史家在金陵是“一个史”，有首屈一指的意思，史家是什么人家也就可以猜测个大概了。

阿房宫是秦王朝的开国皇帝秦始皇修建的皇宫，中国古代最辉煌壮观的宫殿建筑群，据说绵延三百里。这一耗资耗时巨大的工程，见证了秦王朝的强盛和灭亡。像隋堤柳一样，劳民伤财的阿房宫被后世视为亡国之物，南朝任昉《述异记》记有童谣："阿房，阿房，亡始皇。"

三百里阿房宫住不下史家，固然说明史家的富贵，但描述富贵的方式很多，为什么拿一个关系王朝兴亡的敏感帝宫说事呢？而且，四大家族的其他三家都是不亚于史家的金陵望族，谚俗口碑却只说史家是金陵"一个史"。"史"字本义是史官，《说文》："史，记事者也。"史家的祖上是史官吗？这史官的架势似乎太大了。

第三十八回贾母说她十几岁那么大年纪的时候，史家也有藕香榭似的一个水亭，叫"枕霞阁"。能枕着天上的云霞，虽然是夸张的说法，这个水亭显然有相当的高度。一个水亭都建造得如此高耸，旧时史家的主建筑物怎样的宏大可想而知。封建社会建筑等级制度森严，不是说有钱就可以住豪宅，住宅的规模大小是由主人的身份地位决定的。大观园是省亲别墅，皇妃行宫，判断旧时史家的住宅规模犹胜大观园。

根据第二章的推断，贾母十几岁时，是明崇祯时期。那个时候的贾母，住在建筑级别犹如行宫甚至犹胜行宫的园林里。

追溯到前朱明王朝，这条谚俗口碑很容易联系明王朝迁都的事。朱元璋夺取天下后本来定都南京。朱元璋死后，他的四儿子燕王朱棣，发动靖难之役，夺取侄儿帝位，把都城从南京迁至北京。从这个意义上，可不是帝都南京住不下一个朱家吗？有批评的意味。

这就把史家和朱明王朝建立了联系，判断史家是朱家后裔。

贾母是朱家姑娘，但应该只是王公贵族，和家族核心层的亲缘关系已经比较远。

第四十回说起库房里存放的几十年前的旧纱软烟罗，贾母说："那个软烟罗只有四样颜色：一样雨过天晴，一样秋香色，一样松绿的，一样就是银红的。"这四样颜色需要分析一下。"雨过天晴"当然指蓝色，而且是深蓝色，雨过后的天空，为湛蓝。天蓝色古人称之为青色，所谓"青天"，贾母酒令"头上有青天"。是一种深青色的纱罗。"秋香色"即浅黄绿色。"松绿"是颜色很浓的绿。"银红"是浅红色。

明朝中前期，规定玄、黄、紫等颜色官员百姓不能用。《明史·舆服三》："天顺二年，定官民衣服不得用蟒龙、飞鱼、斗牛、大鹏、象生狮子、四宝相花、大西番莲、大云花样，并玄、黄、紫及玄色、黑、绿、柳黄、姜黄、明黄诸色。""玄"色指黑红色。

贾母说的四样颜色，并无玄、黄、紫三色，但"秋香色""松绿"，却可以和"柳黄""绿"建立联系，虽然说法不一样，想象一下，如果不是一样的颜色，如何区分它们呢？从网上看一条内容，说是雍正《大清会典》卷六四礼部八："顺治九年四月癸丑定制，禁和硕亲王以下及官民人等……衣物、辫縧、镶边，擅用鹅黄、柳黄色。"供参考。清朝廷禁柳黄色，可能就是这个原因，和秋香色太难分。

软烟罗不会是贾府的。从贾母如数家珍来看，应出自史家，大概是陪嫁。

龙王来请金陵王

四大家族之王家的谚俗口碑："东海缺少白玉床，龙王来请金陵王。"

和其他三家不同的是，王家的谚俗口碑里出现了神仙。

不说这条谚俗口碑，王家是怎样的人家，姓氏已大概说明了问题。“王”是一个象形字，本义是天子、君主。《释名》：“王，天子也。”《正韵》：“主也，天下归往谓之王。”《说文》：“天下所归往也。董仲舒曰：‘古之造文者，三画而连其中谓之王。三者，天地人也，而参通之者王也。’孔子曰：‘一贯三为王。”凡王之属皆从王。’”“王”字的甲骨文为斧钺之形，斧钺是礼器，象征王之权威。这个姓氏把王家推至“天子家”的高度。但王家分明是朝臣，并非皇家，怎么回事呢？这就带出来另一个问题，皇帝姓什么？姓氏是作者进行暗示或说明的一大工具，许多芥豆之微的小人物都有姓，可是，核心人物几乎悉数有情节的天下第一家、皇帝家姓什么，作者却没有说。不过，这么一“隐”，却可知皇帝的姓一定是特别敏感的，会涉及其他人，泄露机密。“王”这个姓，从字义上，唯有“天子”适配，而其他人，比如金陵王家，要姓的话只能是从属。

皇帝姓“王”，王家和皇帝同宗，是皇族。

王家是皇族，而且还是很不安分的那一支，这条谚俗口碑其实暗藏了政变。“白玉床”即白玉做成的贵重之床了，此床的关键不在于可以折射王家非凡的富贵，而在于它包含的政治意义。东海龙王要用的床，当然是“龙床”。龙床非大众消费品，除了仙界的神仙们，在人间，是天子的御床，只有皇帝才可以享用。其他人如果有，就是谋反了。东海龙王来请的这位“金陵王”，显然是王家的一个男人，这人是王不是皇帝，为什么却有龙床呢？

第六十八回因为贾琏偷娶尤二姐的事，凤姐指使旺儿唆使张华状告贾琏，“国孝家孝之中，背旨瞒亲，仗财依势，强逼退亲，停妻再娶”

等。这罪实在够大，张华深知厉害，不敢告。凤姐气得大骂："癞狗扶不上墙的种子。你细细的说给他，便告我们家谋反也没事的。"历史上父子兄弟为争皇位自相残杀可不是稀罕事，凤姐虽然泼辣，绝不是一个轻狂的人，怎么那么肯定她家连谋反也没事？除非王家真的谋反过，而且真的没有事。经旺儿一番说辞，张华还真去告了。那么，旺儿"细细的说"了些什么让张华壮了胆子？只怕就是那个谋反也没事的事实。

"金陵王"发动过觊觎帝位的政变，但终究以失败告终，因为他并没有成为皇帝，金陵王家还是王家，而且是败落的王家。另外，既有东海龙王亲自来请他，大约没有请不去的道理，金陵王去了龙宫，也就有去无回了罢。

金陵王，这位王家富贵和败落的首要人物，作者其实相当明显地给出了他是谁。

第十六回，凤姐忙接道："我们王府也预备过一次。那时候我爷爷单管各国进贡朝贺的事，凡有的外国人来，都是我们家养活。粤、闽、滇、浙所有的洋船货物都是我们家的。"赵嬷嬷道："那是谁不知道的。如今还有个口号儿呢，说'东海少了白玉床，龙王来请江南王'。"

赵嬷嬷说的王家"口号儿"和王家的谚俗口碑虽略有不同，从地理概念上"江南"比"金陵"大得多。但没有疑问的，"江南王"即金陵王，也即凤姐口中的"我爷爷"。金陵王是王夫人的父亲。

"江南王"是一个成色十足的称号。江南狭义上通常指长江中下游南岸平原，广义上则再向南延伸到南岭、武夷山脉以北。金陵王的势力还要超出广义江南的地理范围。凤姐说"粤、闽、滇、浙所有的洋船货物都是我们家的"，这四个省份，除了浙江属江南的范畴，广东、福建和云南，都已在"江南"之外。重点是"洋船货物"这项，粤临南海，闽、浙临东海，就是说，我国三大边缘海的其中两个、东海和南海即整个东南海域都被金陵王垄断管辖。

金陵王是一位海王爷，那么就和一个人物建立了联系，薛蟠口中的“义忠亲王老千岁”。

第十三回，薛蟠便说道：“我们木店里有一副板，叫做什么樯木，出在潢海铁网山上，作了棺材，万年不坏。这还是当年先父带来，原系义忠亲王老千岁要的，因他坏了事，就不曾拿去。现今还封在店里，也没人出价敢买。你若要，就抬来罢了。”

薛蟠寥寥数语，蕴藏的内容却十分丰富。

“坏了事”的说法虽隐晦，“亲王”级别的人物坏事，肯定不是小事。“潢海”一词就把老千岁坏的什么事补充完整了。“潢海”并非地名，是故典，谓造反。明·刘基《感兴》诗之一：“谁言潢海操兵衅，却产宫庭制礼时。”成语“潢池弄兵”即指叛乱造反。这亲王老千岁是个发动政变要夺取帝位的人。“铁网山”是什么意思呢？先看“樯木”这个词。“樯木”其实只是一个引子，因为并无“樯木”这种树木，“樯”是帆船上挂风帆的桅杆，引申为帆船或帆。《埤苍》：“樯，帆柱也。”义忠亲王必然是个和帆船、也就是江河湖海打交道的人。“铁网山”则锁定了“樯木”的所在区域，“铁网山”也非山名，“铁网”即铁丝编成的网，古代渔人用以搜取珊瑚。唐·李商隐《碧城》诗之三：“玉轮顾兔初生魄，铁网珊瑚未有枝。”“铁网珊瑚”被比喻为搜罗珍奇。所谓“铁网山”，也就是铁网累积成山或巨大如山了。珊瑚是热带亚热带海生物，联络起来，也即“樯木”所在的，是东南海域。如此，义忠亲王是金陵王无疑。

这里或者还有作者的一层戏谑，即“铁网山”解释了“东海少了白玉床”的原因，义忠亲王的铁网山有多厉害？连东海龙宫的白玉龙床都被他网了去，可怜龙王只好来请他还床。至于第二十六回冯紫英说在“铁网山”打围，内涵不得而知。

关于金陵王的“亲王”身份，还有一项佐证，是王夫人闺阁时期的富贵。

第七十四回，王夫人叹道：“你这几个姊妹也甚可怜了”“不过比人家的丫头略强些罢了。通共每人只有两三个丫头象个人样，余者纵有四五个小丫头子，竟是庙里的小鬼。如今还要裁革了去，不但于我心不忍，只怕老太太未必就依。虽然艰难，难不至此。我虽没受过大荣华富贵，比你们是强的。”

这是王夫人对凤姐说的话。荣国府姑娘的富贵生活完全入不了王夫人的眼，认为“甚可怜”，只是比“人家”的丫头略微强一点而已。这个“人家”的说法，推敲一下，所谓“人家”也就不是“仙家”了，皇家的姑娘可不在此列。王夫人自己的少女时代，胜过探春、凤姐她们。闺阁荣华富贵的对比，衬托的是“父亲”的权势地位，金陵王完胜贾政。贾政非普通文官，已做到文官职位的极限，是皇帝身边的重臣，权势非凡（分析详见贾政篇）。从名义上固然许多宗亲的品级如贝勒亲王等要高过贾政，所谓县官不如现管，实际上的权势富贵，贾政并不逊色。有一个最好的对比是忠顺亲王，这个宗室人物在京城飞扬跋扈，唯独对素不来往的贾政忌惮三分。这样的贾政，王夫人竟然这么不把荣国府姑娘的荣华富贵放在眼里，金陵王的权势爵位会低于忠顺亲王吗？当然也没法再高了，清代爵位的最高等级是亲王。金陵王是亲王无疑。清朝前期的亲王们，尽是些征战沙场兵权在握的人物，也唯有他们有实力和势力发动政变问鼎帝位。所以凤姐在说“我爷爷”的事迹的时候说“我们王府”，称爷爷家是“王府”。

王夫人是义忠亲王的女儿，闺阁时期富贵的她，是郡主无疑。王夫人有丫鬟“白玉钏”，包含“白玉”两个字，应该就是对王夫人身份的衬托。

谋反在封建时代是最严重的罪行，属十恶之首，通常情况下要被灭门，同室操戈却不同，放眼看去都是宗亲，即便政变失败，皇帝也很难像对待异姓谋反的族类那样株连起来赶尽杀绝。所以，金陵王虽去了仙界，他的子女们如王夫人、王子腾等，都安然无恙。只是富贵权势不可同日而语了。到了凤姐这一代，更不行了。凤姐判词：“凡鸟偏从末世来。”“凡鸟”是故典，出自《世说新语·简傲》：“嵇康与吕安善，每一相思，千里命驾。安后来，值康不在，喜出户延之，不入，题门上作鳳字而去。喜不觉，犹以为欣。故作‘鳳’字，凡鸟也。”“凡鸟”从结构上来说可以构成“凤”字，但凡鸟终究还是凡鸟，本义绝不可以忽略。作者也并无意以“凤”字谜来暗示此页画词对凤姐的指向，因为画中已经有“雌凤”。凤姐的身份，还是落在“凡鸟”二字上。颇有讽刺意味的是，“凤”是“仙鸟”，和“凡鸟”恰好相对而无法兼容。在旧时文人作品中常用来做强烈对比，如唐张九龄《杂诗》之二：“凡鸟已相噪，凤凰安得知。”凤姐虽然是“凤”，却只剩下虚名而缺乏实际意义了。

丰年好大雪

四大家族之薛家的谚俗口碑：“丰年好大雪，珍珠如土金如铁。”

薛家在四大家族中排名垫底，但书中描写薛家的内容要比史家和王家多，仅次于贾家。“薛”字本义指艾蒿，也叫艾草，是一种在民间颇有盛名、被认为有辟邪作用的灵草。然而终究是草，未免平凡微贱。要不老百姓怎么自称草民呢。

珍珠如土，黄金如铁，当然极其的富贵。这条谚俗口碑又不像夸富贵，珍珠如泥土，黄金如废铁，铁相比黄金可不是废物了，反而像暗示薛家在某年一败涂地，而那一年对于其他人家来说又是可庆祝的，“丰年好大雪”取意于俗语“瑞雪兆丰年”，薛家之败给其他人家带来了丰年。

“雪”字的蕴义比较复杂。有一些典故值得注意。《初学记·雪第二》引《春秋元命苞》曰：“阴阳凝而为雪。”《曾子》曰：“阴气盛，则为雪。”书中对于“阴阳”是反复强调的。从“山中高士晶莹雪”来看，“雪”可以作为宝钗的寓意形象。兴儿评价宝钗“竟是雪堆出来的”，是说她皮肤白，而作者的蕴义，或说她是一个被全方位覆盖的“雪人”。从“落了片白茫茫大地真干净”来看，“雪”有覆盖隐藏的意思，把大地上一切景物都覆盖住。然后未免可以联系“将真事隐去”，那么关系到皇家的威力。

和“薛家之败”呼应的是，薛家人口的无端“冷落”。

第四十二回，宝钗自述家族往事：“你当我是谁，我也是个淘气的。从小七八岁上也够个人缠的。我们家也算是个读书人家，祖父手里也爱藏书。先时人口多，姊妹弟兄都在一处，都怕看正经书。弟兄们也有爱诗的，也有爱词的，诸如这些《西厢》《琵琶》以及《元人百种》，无所不有。”

薛家是书香门第，按宝钗的说法，祖父藏书丰厚，诸多杂书“无所不有”。当然，没有这样的家底也造就不了宝钗，单论博学多识，宝钗在十二钗里无人能比。宝钗七八岁的时候，薛家是一个人口众多的繁荣家族。那些曾经和宝钗在一处的“姊妹”，那些爱诗的、爱词的“弟兄们”，应该不包括薛蝌宝琴兄妹。按薛姨妈的说法，“他从小儿见的世面倒多，跟他父母四山五岳都走遍了。他父亲是好乐的，各处因有买卖，带着家眷，这一省逛一年，明年又往那一省逛半年，所以天下十停走了有五六停了。”宝琴一家是常年游历天下到处跑的。何况宝钗七八岁的时候宝琴才四五岁，还是识字阶段，不会懂得怕看正经书。那些“弟兄”也不包括薛蟠，薛蟠不学无术，仅是识得几个字的水平，爱诗词这种事和他无关。那些薛家人都是没有正面出现过的人。

薛蟠打死冯渊夺得香菱后，毫不介意地甩手上京，余下的事，“自有兄弟奴仆在此料理”。其中的“兄弟”就是那些薛家人了。宝钗十一岁离家进京时，有很多“姊妹兄弟”在金陵。

问题是，第七十八回宝钗搬离大观园，王夫人劝留，宝钗说：“说不得当日的话，姨娘深知我家的，难道我们当日也是这样冷落不成？”从财富和地位上，薛家并没有败落，依旧是皇商，家中有百万之富，依旧具备“仕宦名家”的备选条件送宝钗进京待选。宝钗口中的“这样冷落”指的是什么？从宝钗谈及的过去的薛家来看，如今“这样冷落”的，只能是薛家的人口。

如果薛家还是如“先时人口多”，即便分开两地，何至于说“这样冷落”的话？那些薛家人，恐怕不是分开了，而是没有了。宝钗用了“深知”两个字，显然王夫人了解内情。凤姐也知道。凤姐听了这番话，便向王夫人笑道：“这话竟是，不必强了。”王夫人点头道：“我也无可回答，只好随你便罢了。”对于宝钗搬出来的薛家“当日”事，王夫人和凤姐都无话可说，可知事大。但宝钗劝告人家却以一句“难道我们当日也是这样冷落不成”结语，未免含有几分威胁意味。

薛家败落的时间很容易判断。

第五十七回宝钗看到岫烟戴着探春送的一个碧玉珮，对岫烟进行了一番端正思想的教育。“这些妆饰原出于大官富贵之家的小姐，你看我从头至脚可有这些富丽闲妆？然七八年之先，我也是这样来的。如今一时比不得一时了，所以我都自己该省的就省了。将来你这一到了我们家，这些没有用的东西，只怕还有一箱子。咱们如今比不得他们了，总要一色从实守分为主，不比他们才是。”

说得酸溜溜的。“如今一时比不得一时了”“咱们如今比不得他们了”，言外之意，七八年前的薛家是比得过贾家的。其实，论财富，此时的薛家也不比贾家逊色，像探春送给邢岫烟的碧玉珮之类的贵重首饰，在宝钗眼中根本就是“没有用的东西”，家里还有一箱子。女孩子爱美，打扮得漂漂亮亮的再正常不过了，七八年前的宝钗也是这样。宝钗此年十八岁，就是说，在她十一岁之前，都还是个爱打扮的“大官富贵之家的小姐”，那时的薛家也还是比得过贾家的繁荣大家族。然后，薛家发生了一场变故，人口败落了，宝钗的性情行为也随之改变。

薛家虽然有一箱子没有用的富丽闲妆，唯独缺少一样：珍珠。第二十八回，凤姐说：“上日薛大哥亲自和我寻珍珠……他说不然我就买几颗珍珠了，只是定要头上带过的，所以来和我寻。他说：‘妹妹若没散的，花儿上也得，掐下来，过后儿我拣好的再给妹妹穿了来。”薛蟠按照宝玉给的药方子配药，因缺少珍珠，所以去找凤姐。“珍珠如土金如铁”的薛家，怎么竟然没有珍珠了呢？不仅没有带过的，家里也完全没有，薛蟠需要，就得去买。

在清代，珍珠宝石是贵族身份的象征。特别是珍珠，具体说是产自黑龙江、乌苏里江、鸭绿江及其流域的野生珍珠，又称东珠，是象征尊荣之物，对主人身份的要求非常高。地位不够的人别说佩戴了，连采捕、私有和买卖也一概不许。东珠的享有者主要是皇室人员，地位越高，佩戴的数量也越多，当然品质也越上乘。《清史稿·舆服二》记载皇帝的朝冠："顶三层，贯东珠各一，皆承以金龙四，余东珠如其数，上衔大珍珠一。"皇帝朝珠则由一百零八颗东珠组成。皇后朝冠，缀饰的东珠与其他珍珠共计有几百颗，冠顶东珠十三颗，其他珍珠五十一颗。宗室人员中最低封号的女子，乡君，在顺治康熙年间，朝冠镶嵌三颗东珠。而皇室以外的臣民，只有一品官员或命妇，朝冠上才有资格镶嵌一颗东珠。《清史稿·舆服二》："文一品朝冠，顶镂花金座，中饰东珠一，上衔红宝石。""一品命妇朝冠，顶镂花金座，中饰东珠一，上衔红宝石。"从前的薛家"珍珠如土"，珍珠平常得简直跟土一样，在朝廷的地位是非常高而显赫的。现在竟然连一颗珍珠都没有了，因为那场变故。

薛家的变故发生于宝钗十一二岁时，正是她上京之年，宝钗进京是皇帝"降不世出之隆恩"，那么薛家的变故是政治事件，这就是那些薛家人消失的原因。皇帝降的"不世出之隆恩"不包括那些人，他们，只能是被皇帝杀掉了。

那一年，即薛家谚俗口碑里的"丰年"。

庞大的贾氏家族

从宁国公贾演、荣国公贾源兄弟二人开始，经代字辈、文字辈、玉字辈，到草字辈，贾家发展成一个人口众多的庞大家族。下面粗略分析一下贾氏家族从水字辈到草字辈五代人的人口概况。

第一代水字辈，贾演、贾源兄弟。贾家祠堂里二人的影像“披蟒腰玉”，“腰玉”即玉腰带，也称玉带。从唐朝到明朝，特别是明朝，玉带都是官员品级的重要标志，清朝废除。贾演、贾源在画此影像时必是一身正经相配的官服玉带，联系《红楼梦》的时间背景，当时应该还是明朝。明朝官员一品以上的才可以佩玉带，二人官级很高。贾演和贾源后来应该又为清朝建立了功劳，得了可以传给子孙的爵位。但爵位的级别相对普通，贾赦和贾珍袭的爵位都很低了。

第二代代字辈。宁国公贾演有四个儿子，袭爵的是贾代化，但他应该不是贾演长子，冷子兴介绍贾家情况的时候，一直把长幼分得很清楚，却没有说贾代化在四兄弟中排行老大。至于为什么由他袭爵，他的兄弟们立下战功获得新爵位也未可知。贾演的四个儿子，知道名字的除了贾代化，贾代儒应该也是。第十二回贾瑞死的时候，“当下贾家众人齐来吊问，荣府贾赦赠银二十两，贾政亦是二十两，宁国府贾珍亦有二十两。”贾瑞是贾代儒的孙子。贾珍比贾赦和贾政的辈分低，出的银子却和长辈们一样多，唯一的解释是和贾瑞的血缘关系更近。荣国公贾源有几个儿子书中没有交代，贾代善是长子，或者至少还有一个次子。

第三代文字辈。宁派文字辈男性的情况很模糊。贾代化有两个儿子，贾敷和贾敬。长子贾敷八九岁便死了，次子贾敬袭官。贾敷这个人物看起来没有什么故事，问题是作者在写作的过程中隐去了很多人，为什么把贾敷郑重写出来？旧时一些大家族，有给早亡的儿子过继子嗣的做法，贾敷有没有可能属于此类情况？贾代儒有孙子贾瑞，那么他至少有一个儿子。贾演另外两个儿子的子嗣情况不得而知。荣派文字辈写出来的有贾赦和贾政兄弟二人。关于宁荣两派的文字辈男性数量，护官符上对贾家的注解或可以说明大概情况。

第四回："宁国、荣国二公之后，共二十房分，除宁、荣亲派八房在都外，现原籍住者十二房。"

"二十房分"应是文字辈。如果是代字辈，贾演有四个儿子，贾源岂不要有十六个成家立业的儿子？这种情况虽然从理论上说得过去，实际上除了三宫六院的皇帝以外基本上很难发生。两派文字辈男性成家立业的有二十人，住在京的，有贾敕、贾效、贾敦、贾敬、贾赦、贾政以及贾瑞之父，这样共七人。如果贾代化长子贾敷像前面推测的那样，京都八房便齐全了。八房各自属于宁荣哪派，很难说，宁派可能占多数。"原籍"就是元春判词中"路远山高"的"家乡"了。

第四代玉字辈。出现名字的有贾珍、贾璜、贾瑞、贾珠、贾琏、贾琮、贾宝玉、贾环、贾琿、贾珩、贾珖、贾琛、贾琼、贾璘等。这是京城中八房的后人，如果加上原籍十二房的，玉字辈的男性是一个相当可观的数量。但宁荣两派的亲缘关系，到玉字辈已是五服之末，即俗称的缌麻之亲，远亲了。五服是五种丧服，我国传统上同族人关系亲疏的标准，涵盖了高、曾、祖、父四代以内的所有亲属的远近关系，"同父"最近，越往后越疏远，"同高祖"即四世之后相互间的亲缘关系就算到了尽头。所以宁荣二府除了祭宗祠那种女性都要参加的大型宗族集体祭祀，连清明节去铁槛寺祭柩烧纸，都是分开各自行动的。贾蓉说两府"各门另户，谁管谁的事"，荣国府两个婆子说尤氏的丫头："各家门，另家户，你有本事，排场你们那边人去。我们这边，你们还早些呢！"也是这个原因。

第五代草字辈。别的不说，人数肯定再上一个新台阶。但两派的亲缘关系已经到了尽头。

关于贾家的姑娘们，代字辈一个也没有出现，文字辈的只提到贾敏有姊妹四人，玉字辈出现的最多，除了元春、迎春、探春、惜春，贾母“八旬”大寿的时候，出现了更多的玉字辈姑娘。第七十一回：“因贾瑞之母也带了女儿喜鸾，贾琼之母也带了女儿四姐儿，还有几房的孙女儿，大小共有二十来个。”

仅出席寿宴的就二十来个。其中的“四姐儿”自然是老四，还有三个姐姐没有来。玉字辈姑娘的数量相当可观。

这个人口众多的大家族，贫富分化现象严重。赖嬷嬷说她的孙子赖尚荣：“你看那正根正苗的忍饥挨饿的要多少？”

戎马世家兼书香门第的贾家，并不是汉人家族。《儿女英雄传》中安老爷说：“本朝的定例，觉得旗人可以吃钱粮，可以考翻译，可以挑侍卫，宦途比汉人宽些。”贾蓉花钱买了一个候补龙禁卫之职，贾家是旗人，而且隶属上三旗，清朝八旗中只有上三旗子弟才可以入选侍卫。从宁府的庄头乌进孝账单上的地方物产判断，贾家的原籍在东北地区，特别是账单中有两条“鲟鳇鱼”，这种极珍贵的鲟鱼，是我国黑龙江特产。乌进孝进京一趟差要走一个多月，田庄冬天下四五尺深的雪等，也是佐证。

关于贾家是满人，很多民俗爱好者或发烧友从礼俗角度给出了令人信服的论述，我这外行就不多废话了，只是为了和历史对照交代一下。

一些被隐去的贾家人

为了免生枝节，作者将真事隐去的同时，还删繁就简，隐去了一些贾家的家庭成员，如贾敬、贾赦、贾政、贾珠等人的其他子女。这些被隐去的人在书中的地位虽然无关紧要，对寻求于历史却非常需要，想知道贾家是否是历史上的某家，首先要对照的就是家庭成员了。

贾家最著名的四位姑娘，元春、迎春、探春、惜春，因为常被并提，而且是大小姐、二姑娘、三姑娘、四姑娘的称呼，使得她们看起来是根据彼此的年龄来排行的，也即宁荣两府和贾赦家的玉字辈姑娘按同族排行。这是一个非常大的错觉。中国的家庭伦理习俗，通常以兄弟姊妹按同父排大小，不分正庶，男女分开。据说也有按同祖父排大小的情况，但贾家显然不是这样，同祖父的贾琏和贾宝玉，都是二爷，如果按同祖父排序，同辈不会出现两个二爷。同父的珠大爷宝二爷环三爷也说明问题。何况迎春、探春才是同祖父的叔伯姊妹，惜春和她们的同宗关系，甚至连同曾祖父的姊妹都不是，同宗源头要追溯到高祖贾演、贾源的父亲那里，已是五服之末的缌麻之亲了，没有任何道理一起排序。而且，按照遗传学规律，贾家玉字辈姑娘的数量应该和同辈的男性不相上下，人数相当可观，怎么可能只有四位姑娘？贾母过寿就有二十多个玉字辈姑娘出席。元春、迎春、探春、惜春的大小姐、二姑娘、三姑娘、四姑娘称呼，是根据她们各自的同父姊妹而来。

元春是“大小姐”，从她身上不能获得更多的关于她的妹妹们的情况。

迎春被称为二姑娘，可知贾赦还有一个大女儿。这个大女儿的年龄比贾琏要大，邢夫人说贾琏两口子通共就迎春一个妹子。

惜春被称为四姑娘，她有三个同父的姐姐。有没有妹妹，以惜春的年龄，和贾敬后来连家也不回的修炼，惜春应该是贾敬最小的女儿。

三姑娘探春，不用说上面有两个姐姐。并且其中一个嫁了个王爷。

第六十三回，众人笑道："我说是什么呢。这签原是闺阁中取戏的，除了这两三根有这话的，并无杂话，这有何妨。我们家已有了个王妃，难道你也是王妃不成。大喜，大喜。"李纨口里的"王妃"不是贾妃，贾妃是皇妃，亲王或郡王的正室才称王妃。这位王妃是宝玉、探春的一个姐姐。

此外探春还有一个小妹妹。书中有两个地方明确提到了这位隐去的小四姑娘。第五十二回，只听贾母笑道："这叫作雀金呢，这是哦啰斯国拿孔雀毛拈了线织的。前儿把那一件野鸭子的给了你小妹妹，这件给你罢。"贾母提到的宝玉的"小妹妹"，乍看会让人误以为是宝琴。因为贾母之前刚送给初到荣府的宝琴一件凫靥裘，凫靥裘即用野鸭子头上的毛做的裘，加上宝琴又是王夫人的干女儿。但宝琴和宝玉同龄，贾母不可能称她为宝玉的"小妹妹"。此处庚辰本有批语："'小'字妙！盖王夫人之末女也。"她应该是宝玉、探春的同父妹妹。第三十回黛玉说"你家倒有几个亲姐姐亲妹妹呢"，宝玉却说都是隔母的，自己是"独出"，这位姑娘不是王夫人所生。封建时期妾生的子女名义上也是正室的，批书这样说并无问题。

第五十五回凤姐和平儿的一段对话不仅提到了这位贾四姑娘，还牵扯出更多的姑娘小爷。

平儿道："可不是这话！将来还有三四位姑娘，还有两三个小爷，一位老太太，这几件大事未完呢。"凤姐儿笑道："我也虑到这里，倒也够了。宝玉和林妹妹他两个一娶一嫁，可以使不着官中的钱，老太太自有梯己拿出来。二姑娘是大老爷那边的，也不算。剩下三四个，满破着每人花上一万银子。环哥娶亲有限，花上三千两银子，不拘那里省一抿子也就够了……四姑娘小呢。兰小子更小。环儿更是个燎毛的小冻猫子，只等有热灶火坑让他钻去罢。”

凤、平二人所说的未婚而且需要她们操心嫁娶的姑娘小爷，连迎春都排除在外，别说关系更远几层的惜春了。所以平儿口中的“三四位姑娘”“两三个小爷”，都是出自贾政这一房的。凤姐口中的“四姑娘”即贾母口中宝玉的“小妹妹”。看凤姐说话间排出的“小”“更小”“更”的次序，这位贾四姑娘比贾兰大，贾兰比贾环大。这段话实际上透露了更多被隐去的人。凤姐说“我也虑到这里，倒也够了”，显然认同平儿的想法，或者说她们两个的想法是一致的，那么凤姐算花费时排除掉的宝玉、黛玉、迎春以及贾环，自然也不会包括在平儿口中的七位姑娘小爷中。平儿算的四位姑娘三位小爷，除了探春、贾四姑娘和贾兰，还有两位姑娘和两位小爷共四人，未知出处。

关于这四位，从李纨代领的月例银子数量可知出处。月例银子是姑娘小爷们每月领取的零花钱，在这个事情上，荣国府采取的是难得的平等规则，不分男女正庶一视同仁，宝玉、探春、贾环的月例都是二两，甚至连投亲来的邢岫烟也同样领二两。所以贾兰应该也是二两，或者最多也就二两。可是李纨每月代领了多少呢？是十两。

第四十五回凤姐说李纨：“你一个月十两银子的月钱，比我们多两倍银子。老太太、太太还说你寡妇失业的，可怜，不够用，又有个小子，足的又添了十两，和老太太、太太平等。”

贾母和王夫人如果要照顾贾兰，有很多途径，不可能让一个后辈孩子的月例比他的叔叔姑姑们都多，而且破坏家里的规则。所以李纨代领的十两月银，是五个姑娘小爷的。加上她自己的十两，一共二十两，和贾母、王夫人一样。贾珠有五个子女。李纨之画页上的“一盆茂兰”，应该就是暗示贾珠子女众多。《说文》：“茂，草丰盛也。”

关于贾珠的女儿，书中还有一处比较明显的暗示。

因贾赦偶感风寒，荣国府的姑娘们都过去请安，贾环贾兰两个也去了。坐不多时要走，邢夫人向他两个道："你们回去，各人替我问你们各人母亲好。你们姑娘、姐姐妹妹都在这里呢，闹的我头晕，今儿不留你们吃饭了。"

邢夫人说的贾环贾兰的"姐姐妹妹"，应是他们各自的亲姐妹，而非同宗姐妹。否则也不便招待她们为由不留二人吃饭。贾珠的两个女儿，一个贾兰的姐姐，一个是妹妹。

对隐去的姑娘们，书中有很多地方都显露过。第六十一回司棋想吃炖鸡蛋，派小丫头莲花儿去告诉小厨房的掌厨柳家的，柳家的反驳说："只是我又不是答应你们的，一处要一样，就是十来样。我倒别伺候头层主子，只预备你们二层主子了。"

头层主子就是宝玉、迎春、探春等人了，一处要一样就是十来样，那么大观园里住着十来处头层主子，并不是作者明写出来的怡红院、潇湘馆、栊翠庵、蘅芜苑、紫菱洲、秋爽斋、暖香坞、稻香村八处。其余的自然就是隐去的姑娘们的住处了。

贾赦大儿子一家都被隐去。

第一回："若问那赦公，也有二子。长名贾琏，今已二十来往了。"

贾琏是贾赦的长子吗？如果是的话，为什么书中又称他为"琏二爷""琏二哥哥""贾二舍"等，他分明排行第二。关于贾琏这一矛盾身份的原因，他的名字其实就是最好的提示。"琏"是古代宗庙祭祀时盛放黍稷的贵重器皿，夏朝时叫"瑚"，殷朝改称"琏"，也就是说，"琏"从"瑚"脱胎而来，它们既可以合二为一，又可以一分为二。贾"琏"的长次矛盾，只是因为暗藏了一个"瑚"。贾琏还有一个哥哥，我们可以称他为“贾瑚”。关于贾瑚的存在，好像有研究者如周汝昌老先生也说过。

其实，从贾琏、凤姐夫妻两个都在王夫人这边帮忙，也可推测贾赦夫妇身边一定还有另外的儿子媳妇照应。否则，就算凤姐是王夫人的内侄女，也没有丢开公公婆婆去帮叔叔婶婶料理家务的道理。

“瑚”这个人虽然没有直接现身，书中暗提他的地方却不少。

第六十四回，贾琏忙道：“这必得我亲身取去。再我这几日没回家了，还要给老太太、老爷、太太们请请安去，到大哥那边查查家人们有无生事，再也给亲家太太请请安。”

贾琏口里的“大哥”，不会指贾珠，李纨在大观园里住着，不用他操心。这是他自己的“大哥”。

第六十九回给尤二姐办丧事时，贾琏也提到了他哥。

贾琏道：“三日断乎使不得，竟是七日。因家叔家兄皆在外，小丧不敢多停，等到外头，还放五七，做大道场才掩灵。明年往南去下葬。”

“家叔”当然是贾政，“家兄”只能是“瑚”了。看来“瑚”是个有职的人，事物繁忙，经常不在家。

贾瑚的子女不少。

第四十七回因为贾赦要鸳鸯的事，贾母生气说：“提起这些事来，不由我不生气！我进了这门子作重孙子媳妇起，到如今我也有了重孙子媳妇了，连头带尾五十四年。”以及无人在侧时批评邢夫人：“你们如今也是孙子儿子满眼了，你还怕他，劝两句都使不得，还由着你老爷性儿闹。”

贾母口里的“重孙子媳妇”不会出自贾政一房，贾珠儿女虽多，但李纨犹自教习姑娘们并没有荣升婆婆之位；宝玉和贾环更不用说了，自个儿还没媳妇呢。只能出自贾赦。贾瑚的儿子已经娶了媳妇了，此人年龄大约和贾珍差不多，或者更大一些。

第四十六回凤姐劝邢夫人的话也是一样的证明。“老爷如今上了年纪，行事不妥，太太该劝才是。比不得年轻，作这些事无碍。如今兄弟、侄儿、儿子、孙子一大群，还这么闹起来，怎样见人呢?”

贾赦的孙子是一个相当的数量，贾琏暂时无子，都出自贾瑚。至于冷子兴为什么说贾赦有“二子”，或当时贾琮尚未出生。

贾敬的儿子，除了贾珍，贾蔷的父亲或者也是一个。第九回：“原来这一个名唤贾蔷，亦系宁府中之正派玄孙，父母早亡，从小儿跟贾珍过活。”但比较不确定，“玄孙”即孙子的孙子，作者好像还有其他意思。暂时推断是贾敬的儿子。

综上所述，可得出如下结论：

贾敬有一或二子，四女，明写一子贾珍、一女惜春。贾赦有三子二女，明写出两子贾琏和贾琮，一女迎春。贾政有三子四女，三子贾珠、贾宝玉、贾环都明写，女儿只写了探春一人。为什么不算元春？元春并不是贾政的女儿，这个后文分析。贾珠有三子二女，只明写了贾兰。猜测第四十五回凤姐口中的“小子”，也并不一定是说贾兰，是李纨所生的一个男孩。

贾家的宝玉

湘云曾劝宝玉：“也该常常的会会这些为官做宰的人们，谈谈讲讲些仕途经济的学问，也好将来应酬世务，日后也有个朋友。”宝玉很生气，说："姑娘请别的姊妹屋里坐坐，我这里仔细污了你知经济学问的。"并且说这些都是"混账话"。貌似不少读者跟着湘云的这个思路走，对宝玉的个人能力评价不高甚至很低，认为他是一个不懂仕途经济学问、整天无所事事、生存能力差的富二代。如果贾家败落，生活必十分穷困潦倒。有人根据批语说的蒋玉菡和袭人"供奉玉兄宝卿"，认为宝玉以后要靠蒋玉菡和花袭人养活。20 世纪 80 年代拍摄的影响很大的电视剧《红楼梦》，贾家败落后，宝玉落魄如乞丐，那叫一个狼狈。

贾家的宝玉，《红楼梦》的作者，真的这么无能，连最起码的生存能力都没有吗？还是读者把一些浮面的内容、作者的自谦当真了呢？真的需要好好分辨分辨。

第三回有两首《西江月》特写宝玉，似乎佐证了湘云的看法。

无故寻愁觅恨，有时似傻如狂。纵然生得好皮囊，腹内原来草莽。潦倒不通世务，愚顽怕读文章。行为偏僻性乖张，那管世人诽谤！

富贵不知乐业，贫穷难耐凄凉。可怜辜负好韶光，于国于家无望。天下无能第一，古今不肖无双。寄言纨绔与膏粱，莫效此儿形状！

这两首《西江月》，常被用作证据，或证明宝玉具有非凡的反封建叛逆精神，或证实宝玉生存能力差十分无用。

作者不过是用了中国文人传统的特有的自谦方式也即自贬来评价自己，什么腹内草莽、潦倒、贫穷、无能第一，都当不得真。就像文人称自己的作品为拙作，不是说真的就写得很烂。称自己的家为寒舍，不是说真的就很寒酸。和反封建精神这莫名其妙的帽子也是扯不上关系的。

宝玉非但不腹内草莽，根本就是一个天才。三四岁时已认识了数千字，要知道那是笔画繁琐的繁体字。甚至还读了两本书，并非完全的死记硬背，有理解能力的。古今天才儿童不少，到宝玉这程度的，恐怕难找出第二个。事实上，没有超常的记忆力和理解力，也写不出《石头记》来。

宝玉也是极“通世务”的，应酬结交能力非常出众，绝非整天只知道在脂粉堆里混日子。他结交的人，如北静王、冯紫英，都是响当当的人物。北静王在朝廷的地位不用说了。冯紫英也不是泛泛之辈，自视很高的薛蟠，却对冯紫英热情如火，贾珍称冯紫英一口一个“冯大爷”，以和对方关系好为荣。还有一笔带过的沈世兄、卫若兰等王孙公子，和宝玉的关系显然也都很好。沈世兄设宴时，邀请了宝玉，却并没有邀请皇商薛家的公子薛蟠。卫若兰呢？按照批语的说法，宝玉获得的一个金麒麟，后来就戴在了卫若兰身上。这个说法应该是可信的，批书人没有必要在这种无关紧要的细节上凭空造一个谎。就这些人，怎么可以说宝玉不通世务、没有仕途朋友呢？

宝玉的结交范围非常广，除了上层人物，还有中下层的，世家子弟柳湘莲，薄宦子弟秦钟，名伶蒋玉菡，都是他的好友。这些都是人脉，有了这些人，宝玉可以说是可上可下。柳湘莲和秦钟也是朋友，出钱筑秦钟的坟茔。宝玉听见秦钟坟茔被巩固，说“不过是这几个朋友新筑了”，又带出来一班朋友。唯我独尊的薛蟠，很把宝玉放在眼里，有了好东西不请别人只请宝玉。

这样一个人怎么能说他生存能力有问题？

宝玉不喜欢交往应酬的，是贾雨村、孙绍祖之流。贾雨村虽然有才干，其实不过是一个依附贾家的小人物，和北静王、冯紫英、卫若兰等人根本不能相提并论。而且贾雨村恃强凌弱，连贾琏都说他的官儿当不长。宝玉这个少年公子如果喜欢和贾雨村这种人交往才真可忧了。宝玉虽然不喜欢贾雨村，其实照样把他应酬得很好。以至于贾雨村每次到荣府拜访，都要见宝玉畅谈一番。孙绍祖是什么货色更不用提了。对各种繁文缛节和各种场合的应对，宝玉也是驾轻就熟。收到贾妃的端阳节赐礼，立刻知道该在什么时间去宫里磕头谢恩。宝玉和贾环、贾兰被贾政带出去写诗，庆国公单独送给他额外的贵重礼物，十分器重。南安太妃来给贾母拜寿，没有看到宝玉，特意询问。即便是因为他的出身，出身本就是他的资本啊。所以贾雨村说宝玉这样的人："若生于公侯富贵之家，则为情痴情种，若生于诗书清贫之族，则为逸士高人，纵再偶生于薄祚寒门，断不能为走卒健仆，甘遭庸人驱制驾驭，必为奇优名倡。"北静王赞"雏凤清于老凤声，未可量也"。

宝玉说湘云的那些话，明明是气湘云这样一个幼稚无知容易给人利用的小丫头，竟来给他当人生导师了。

宝玉"愚顽怕读文章"吗？宝玉不喜欢的是所谓的正经书、八股文，偏爱杂书等。一个少年公子，不喜欢那些正经书、八股文太正常了，喜欢才真有毛病。而且因为出身官宦世家，无需通过科举进入仕途，八股文章对他来说就没什么用，无趣无用之物，为何要去读它？

宝玉虽然有一套另类的思想，行为在当时看来有点怪诞，可以说叛逆，但他对社会环境的适应完全没有问题，需要他做好的他分内的事，人情礼往，无论他乐意不乐意，都基本做得很好。宝玉的受宠固然有家门的原因，和他自身的出类拔萃、礼数周全也绝对分不开。相比之下，贾珍、薛蟠、贾蓉等人，才是既没才学，也没有一个正经仕途朋友。如果家族败落了，才是难活出个人样来的。

宝玉皮肤白，男孩子皮肤黑也不难看，但白一些更符合当时的审美。九岁时"面如中秋之月"，是个圆脸儿，年龄还小，可能是婴儿肥，长大后不见得还是圆脸。十二岁时，还是小孩子身材，经常被抱来抱去的。

到了十四五岁，个子就很高了。为什么这么说呢？第三十回踢袭人那次，“抬腿踢在肋上”，虽然袭人弯着腰，如果没有相当大的身高落差，实在不容易踢在肋上。而且踢到吐血，力道非常大，除非袭人弯腰弯到了恰好十分配合宝玉抬脚的角度，否则，只能说明宝玉已经比袭人高了一大截，把袭人踢翻的角度范围很大。第五十一回宝玉说自己就如“那野坟圈子里长的几十年的一棵老杨树”，麝月说：“我最嫌的是杨树，那么大笨树，叶子只一点子，没一丝风，他也是乱响。”除了有暗讽宝玉外貌和性格之嫌，宝玉怎么是“大笨树”呢？大高个子是肯定的，青春期的男孩子个子蹿得快，高大却单薄，看起来未免显得有点笨拙。说明宝玉身高的还有，也是第五十一回。麝月对晴雯说：“好姐姐，我铺床，你把那穿衣镜的套子放下来，上头的划子划上，你的身量比我高些。”此时宝玉正坐着纳闷，“便自己起身出去，放下镜套，划上消息”。很顺手的样子，显见身高。体型如何呢？和宝玉形貌相似的湘云，“蜂腰猿背鹤势螂形”，腰细背宽，胳膊长腿长个子高，是这样了。

这样一个出类拔萃的贵族公子，对女孩子又极温柔体贴，别说封建时代，哪个时代都是魅力人物。可惜宝玉一生却被他的好所误，所谓山木自寇、源泉自盗。

第二十一回有一段话，不仅对于理解《红楼梦》是关键，还反映了宝玉在思想方面的确是与众不同的。如下：

（宝玉）正看至《外篇·胠箧》一则，其文曰：“故绝圣弃知，大盗乃止；擿玉毁珠，小盗不起；焚符破玺，而民朴鄙；掊斗折衡，而民不争。殚残天下之圣法，而民始可与论议；擢乱六律，铄绝竽瑟，塞瞽旷之耳，而天下始人含其聪矣；灭文章，散五采，胶离朱之目，而天下始人含其明矣；毁钩绳而弃规矩，攦工倕之指，而天下始人有其巧矣。”看至此，意趣洋洋，趁着酒兴，不禁提笔续曰：“焚花散麝，而闺阁始人含其劝矣；戕宝钗之仙姿，灰黛玉之灵窍，丧减情意，而闺阁之美恶始相类矣；彼含其劝，则无参商之虞矣；戕其仙姿，无恋爱之心矣；灰其灵窍，无才思之情矣。彼钗、玉、花、麝者，皆张其罗而穴其隧，所以迷眩缠陷天下者也。”

宝玉的续文里写了四个人：宝钗、黛玉、袭人和麝月。对哪个人都不客气，说她们“皆张其罗而穴其隧”，一个个为了得到想要的东西而使出各自的经营手段。以至于宝玉恨不得用戕、灰、焚、散来对付她们的特点。尤以是对宝钗和袭人，“戕”“焚”两个字用得很激烈，“戕”的意思是杀害、残害，“焚”是烧，这是要对方去死的心情。何以如此憎恨她们两人?

袭人和麝月两个丫鬟的“劝”，使得闺阁里的人们认同她们而失去自己的看法，造成了“参商之虞”。宝玉和谁“参商”呢？在宝钗到荣府之前，作者用“略无参商”来形容宝黛二人的关系，这里的“参商之虞”应是指宝玉和黛玉的分离。看来袭人、麝月的言论对宝黛姻缘起了很坏的作用。

黛玉当然是爱宝玉的，宝钗爱不爱宝玉，是红迷一直争论的。大都认为宝钗嫁给宝玉是出于无奈，是恪守封建礼教，像高鹗续书里写的那样洁白无辜。其实作者在这里直接点明了宝钗有“恋爱之心”，而且为此“张其罗而穴其隧”。

这几点后文都可以推证。

宝玉性格温柔，和蒋玉菡互换汗巾，和美少年秦钟又相处得十分亲密，大有读者怀疑宝玉是双性恋。这个完全没有必要猜疑，因为作者根本就不隐写这个，更不干涉时世。好男风的薛蟠、冯渊，偶尔找清俊小厮的贾琏，贾珍夜赌的娈童，作者都写出来，也没有丝毫鄙薄。

宝玉非双性恋，如果非要推证，看柳湘莲也就知道了。柳湘莲鄙视男风，在赖家赴宴时，因为薛蟠言语轻薄他，气得火星乱迸，恨不得一拳打死。后来还是把薛蟠骗出去暴打一顿，在打的过程中问“你可认得我了?”直到薛蟠说出“我知道你是正经人”“现在没什么说的，不过你是个正经人，我错了”。这是柳湘莲要的回答，那么他认为好男风不是正经人。柳湘莲和宝玉、秦钟都是挚友，如果两人不是正经人，以柳湘莲的性情为人，不会和他们结交。

其实，如果宝玉是双性恋，不说别人，从薛蟠嘴里早就说出来了。

贾　母

贾母并不是贾代善的原配夫人。

第十四年贾母六十九岁，贾代善活着的话已八十多岁，夫妻两个有十多岁的年龄差距，原配夫妻很难这样。这一年贾赦六十岁，贾母嫁给贾代善的时候，他至少已有一个六七岁的孩子贾赦。重点是贾赦袭了世职，应是嫡长子。

贾母甚至连继室都不是，继室也是正配，身份待遇和原配一样，除了说起来没有原配那么好听。贾母的身份，从她住荣国府的西大院便可推断。

古代住宅，父母的居室称为堂屋，处于宅院的正中位置，堂屋的地面屋顶相对其他房间都要高大一些，所以古代子辈为尊重父母，在外人面前不直说父母而称高堂。用高堂指父母居处，也代称父母。因为往往三四代同住一宅，一般情况下，辈分最高的住在整个宅院的正中大堂屋。

反观荣国府，住正中大堂屋的却是贾政夫妇。就算荣国府因贾政的官职而建，也即是贾政府第，贾母跟着儿子住，作为母亲，也该住东院。明清时期以左为尊，住宅建筑上以东为尊，西为次。让母亲住西大院算怎么回事？古代住宅讲究东西对称，荣府东一样建造了房屋院落。贾妃省亲时，即先到东边的体仁沐德院更衣毕复出。东边的院落应是分为前后小大两院：前面靠南的，即环哥儿和彩云大白天幽会的“东小院子”，貌似无人居住。后面靠大观园的是大院，也即后来薛家所住的“东北上一所幽静房舍”。开始是薛姨妈和儿女仆人住，后来薛蝌兄妹带丫鬟仆人来，又后来薛蟠娶亲，都住这里，可知房舍有多大了，和贾母住的西大院应该是一样的。在薛家入住东院之前，整个东院应该都是闲着的，贾母却住西院。

第三回贾母出场之始，“黛玉方拜见了外祖母。此即冷子兴所云之史氏太君，贾赦、贾政之母也”。作者对她的称谓介绍是“史氏太君”。“太君”是封建时代朝廷对官员之母或祖母的封号。贾母的诰封来自儿子，而不是丈夫贾代善。但明清又无此封号，“太君”这个称谓可能纯粹为了指迷。

身为婆婆，贾母和儿媳妇王夫人的月例银子却一样，都是二十两，也说明问题。或者这月例是朝廷命妇的薪水也未可知。本人这方面的知识匮乏，不敢乱判断。

贵族小姐贾母为什么给满人贾代善做妾呢？或者是朝代更替的原因。贾母进贾家“连头带尾五十四年”，是崇祯七年嫁给贾代善的，大约十六岁。崇祯七年的明王朝已是风雨飘摇，贾源、贾代善父子又是沙场战将，什么样的奇怪事情都有可能发生。

贾代善是个美男。张道士说宝玉的形容身段、言谈举动“同当日国公爷一个稿子”，贾母也说儿孙里只有宝玉像他爷爷，贾代善的相貌显然不错。贾母偏疼宝玉，可能也有点爱屋及乌的意思。贾母和贾代善的感情应该是非常好的，清虚观老张道士提起去世了几十年的贾代善，贾母还“由不得满脸泪痕”。

贾母和贾代善的故事很可能是一段佳话。联系贾母后来在贾家的地位，有一种可能是，贾母虽然是妾，贾代善却给了她正室的待遇。

贾赦不是贾母所生，贾政呢？

从年龄上看，贾政可以是贾母的亲生子，但宝玉挨打时，第三十三回这对母子的对话，间接否定了两人的血缘关系。

贾政见母亲来了，又急又痛，上前躬身赔笑道：“大暑热天，母亲有何生气亲自走来？有话只该叫了儿子进去吩咐。”贾母听说，便止住步喘息一回，厉声说道：“你原来是和我说话！我倒有话吩咐，只是可怜我一生没养个好儿子，却教我和谁说去！”贾政听这话不像，忙跪下含泪说道：“为儿的教训儿子，也为的是光宗耀祖。母亲这话，我做儿的如何禁得起？”

如果是亲母子，贾母的话就是骂贾政不是个好儿子，实在是很轻的责骂。贾政没有什么禁不起的，甚至完全可以笑对。事实上呢？贾政的反应太大了，当众含泪下跪，说禁不起，并且一再表白自己是“儿”，可知贾母的话非常严重，贾政是个好儿子却不是她的儿子，她对自己的“可怜”是实情。贾政虽不是贾母亲生，应是贾母教养大的，而且关系融洽，贾母说贾政幼时脾气古怪难弄以及贾政对贾母的尊敬等，都体现了母子间的亲近和良好的感情基础。

两个儿子都不是亲生的，二儿媳王夫人还是亲王家的郡主，身份地位都要压贾母一头，这使得贾母的地位非常尴尬。王夫人看似对贾母恭敬，但这恭敬，却由自己做主。第三十六回袭人赢得了王夫人的信任和好感，王夫人不经贾母同意，就把袭人夺了来。“明儿挑一个好丫头送去老太太使，补袭人，把袭人的一分裁了。把我每月的月例二十两银子里，拿出二两银子一吊钱来给袭人。以后凡事有赵姨娘周姨娘的，也有袭人的。”袭人虽然在宝玉身边，身份却是贾母的八大丫头之一。王夫人如此作为，何尝把贾母放在眼里了？凤姐要一个怡红院外围的丫头林红玉，还要先经过宝玉的同意。面对王夫人的“无礼”，薛姨妈、凤姐等人都没有任何提醒或迟疑，显然一切都是理所当然的。然后凤姐自去挑人回贾母话。把事情告诉袭人后，叫袭人“与王夫人叩头，且不必去见贾母”。当然也是王夫人的意思。

第四十回“贾母两宴大观园”，凤姐看见几个婆子手里捧着一色捏丝戗金五彩大盒子走来，忙问王夫人早饭在那里摆。王夫人道：“问老太太在那里，就在那里罢了。”看似王夫人尊老，事实上却是王夫人说了算，只是把决定权让给了贾母，所以凤姐会先问王夫人。

王夫人的陪房周瑞家的送宫花，把跟着贾母住的黛玉放在最后，固然因为顺路，未尝没有小瞧贾母的意思。

当然，这不是说贾母就是个软柿子，老太太认真发起飙来，王夫人也是不好招架的，毕竟有个婆媳的名分在那里摆着，贾政又很孝顺。第四十六回为贾赦讨鸳鸯的事，贾母对着王夫人发了一通火，“王夫人忙站起来，不敢还一言”。

书中对贾母的称呼很多，有老太太、史太君、老封君、贾母等。最多的是“贾母”。看一些旧时的戏曲小说，一个女性被以“母”作称谓的时候，如张母、李母什么的，都是相对其儿女而言的，属于一种身份称谓。贾母作为贾府最高辈分的老人，已四世同堂，作者却称她为“贾母”，这就有内涵。“母”和“父”相对，表示亲缘关系，也是一个礼制名词。《礼记·曲礼》：“生曰父曰母，死曰考曰妣。”是一种正式称谓。旧时的妾即便生下儿女，也只能是“姨娘”，并不能荣升为“母”。看赵姨娘就知道了。称老太太为“贾母”，是作者对老人充分的肯定和尊重，贾代善死得早，贾母守节持家几十年，培养出贾政这样出色的儿子，完全尽到了作为人“母”的责任。

贾母才能出众，见多识广，几乎可以说是一位大家。

口齿伶俐的凤姐，连说书的女先儿都夸她“好刚口”，可是据宝钗等人评说，还是比不过贾母。未免有奉承的成分，也基本是实情。古稀之年的老人，讲起道理来长篇大论滔滔不绝，可以想象年轻时候的风采。贾母自己也说“当日我象凤哥儿这么大年纪，比他还来得呢”。

文化修养方面。牙牌令是相当考验才学、思维和反应的酒令游戏，聪明如黛玉都因为怕罚而有所失误，古稀之年的贾母竟能对答，和钗、黛等相比并不怎样落下风，即便有鸳鸯“提着”，也可见其文化底蕴。鸳鸯本身也衬托了贾母，牙牌令游戏中，作为令主，既要自己能看到牙牌图案后出口成章，还要考察对答者，难度相当高，鸳鸯不仅胜任此职，在王夫人答不上来时还能代说，分明是位才女。一个自幼伺候人的丫鬟，按说没有任何读书识字的机会，鸳鸯的才学只能是贾母教习熏染的。

见过“几百样”纱罗的凤姐，在贾母看来也只是“见过几样没处放的东西”。贾母对软烟罗的一番解释，还有对凫靥裘和雀金裘的识见，显然是织造方面的高端专业人士。薛姨妈等人说凤姐：“凭她怎么经过见过，如何敢比老太太呢。”基本是实情。贾母钟爱艺术品，极有雅兴。不说她屋里大箱子大柜子里都装了些什么，她的两件梯己石头盆景和纱桌屏，她的冻石鼎，她屋里挂的明代仇英的《双艳图》等，猜测收藏丰富。鸳鸯骂她嫂子时冲口而出“宋徽宗的鹰，赵子昂的马，都是好画儿”。宋徽宗、赵孟𫖯是宋、元时的两位书画大家，据说一个善画鹰，一个善画马。鸳鸯嘴里冲出这样的话，显示的不仅是她本身的识见，宋徽宗的鹰和赵子昂的马，可能都是贾母的藏画。贾母的东西由鸳鸯经手管理，对两人的画印象深刻或者非常喜欢，所以会脱口而出。

贾母品茶、看戏、听曲，都不是囫囵吞枣，能说出个一二三来。中秋之夜笛声“呜呜咽咽，袅袅悠悠”，贾母闻之坠泪。月夜幽笛，不是人人能赏的。像刘姥姥、王夫人、袭人等，或者能被一把鼻涕一把泪的悲喜剧情感染，却不太容易被这种细腻的东西触动内心。不是哪个好哪个不好，是人的差异。老太太也雅俗共赏，有十分通俗的一面，并不轻贱粗人，比如兴致勃勃地和乡下人刘姥姥聊天、吃饭、携手游赏大观园等。

或者因为自身的优异，贾母的眼界非常高，一般的东西一般的人入不了她的眼。

第三回黛玉问姊妹们读何书。贾母道：“读的是什么书，不过是认得两个字，不是睁眼的瞎子罢了！”不知为什么贾母的话被许多人理解为不赞成女孩子读书。贾母分明是对迎春等孙女们的读书成果不满意，认为她们水平太差令人失望。迎春的才学确实差点，但探春很不错了，在贾母眼里还是属为“认得两个字”的水平。三四岁就认识几千字还读了两本书的宝玉，才达到她的要求。而且宝玉长得又很像爷爷贾代善，所以爱如珍宝。

所谓物以类聚，贾母喜欢聪明伶俐又漂亮的女孩子，这点和王夫人相反。王夫人喜欢老实没心计的，也可以理解，可惜她并不能分辨真老实还是装老实。和婆婆相比，作为儿媳的王夫人粗糙很多，除了没有才学，管理能力也差，以至于屋里人多心坏杂乱无章。反之，各类偷盗混乱的事情，从来没有发生在贾母屋里过。贾母喜欢的人都和她自己有几分相似，除了出色的才能，性格还都通俗爽利。凤姐的通俗不用举例了，黛玉骂宝玉“放屁”，鸳鸯骂她嫂子时雅的俗的一起往外扯，湘云的憨直，晴雯直筒子，一个个都是性情中人。像凤姐这个彻底的俗人，虽然也看人下菜碟，却又有无私的一面，并非势利眼，入了她的眼的人，她是极有爱的。探春给她难堪她照样欣赏支持，她是第一个从生活上关心贫寒却自重的邢岫烟的人。不入她的眼，就算亲小姑子迎春，也不怎么关心。

出身富贵的贾母，其实还有一项高超的才能，只是作者写得非常隐晦。

第五十二回，宝玉舅舅生日，贾母给了他一件雀金呢，说是“俄罗斯国拿孔雀毛拈了线织的”。谁知赴宴时不小心，手炉里的火迸上了，后襟子烧了指顶大的烧眼。麝月以为不算什么，让婆子包出去叫个能干织补匠人织补。谁知，“不但能干织补匠人，就连裁缝、绣匠并作女工的问了，都不认得这是什么，都不敢揽”。雀金呢是稀罕物，其制作工艺难倒一众专业人士。这样非比寻常的织品，晴雯却认得，而且会织补，用界线的方式补好了。一个从小伺候人的丫鬟，胜过一众织补方面的专业人士，晴雯这见识和针线本事从何而来？晴雯是贾母给宝玉的，后来依旧为贾母做针线，她的本事，只能出自贾母。贾母是女红高人。所以袭人对晴雯补裘十分耿耿于怀，同样在贾母身边呆过，鸳鸯能文，晴雯擅绣，袭人却只会伺候人，没有额外的本事。贾母授业，是看人来的。

贾母相当长寿。从“八旬“之庆来看，寿龄至少超过了八十岁。关于贾母长寿，书中有多次暗示，比如凤姐以“寿星老儿”调侃贾母，刘姥姥见贾母一口一个“老寿星”。第二十二回贾母为宝钗过生日蠲资二十两，凤姐嫌少，抱怨说：“举眼看看，谁不是儿女？难道将来只有宝兄弟顶了你老人家上五台山不成？那些梯己只留于他。”似暗示贾母寿终的时候，贾赦、贾政、贾琏、贾环等儿孙都已过世，只有宝玉为她送终。

贾母身体不错，但出入总是被抬。在大观园里游玩，天暖会坐“小敞轿”，冬冷则坐“小竹轿”，被两个婆子抬着走，体型绝不胖大。是小脚无疑的。对小脚也很重视，初见尤二姐时，看过脸面、手，还命提起裙子看脚，才称赞是一个齐全孩子。

关于贾母支持木石姻缘还是金玉良姻，不知是不是受高鹗续书的影响，颇有红迷认为贾母虽然喜欢黛玉，却无意让黛玉做她的孙媳妇，因为黛玉身体弱。黛玉身体是不是真的弱，后文分析。贾母对金玉良姻的态度，其实很容易判断。贾、薛两家门当户对，薛家进荣府不久就放风宝钗的金要找有玉的配，王夫人和薛姨妈又是姊妹感情十分要好，贾母如果赞同金玉配，这桩婚事早就水到渠成了，哪里还会拖延数年之久。

贾母不喜欢宝钗也很明显。

第四十回，贾母带刘姥姥等人乘船游大观园，船至蘅芜苑，贾母便问“这是你薛姑娘的屋子不是?”就这一问，可知贾母从来没有来过蘅芜苑。看贾母进出潇湘馆的情形，是非常熟悉的。

“及进了房屋，雪洞一般，一色玩器全无，案上只有一个土定瓶中供着数枝菊花，并两部书，茶奁茶杯而已。床上只吊着青纱帐幔，衾褥也十分朴素。”贾母很看不过去，摇头道：“使不得。虽然他省事，倘或来一个亲戚，看着不象；二则年轻的姑娘们，房里这样素净，也忌讳。我们这老婆子，越发该住马圈去了。”以及“他们姊妹们虽不敢比那些小姐们，也不要很离了格儿”，“有现成的东西，为什么不摆?”薛家是客，贾母这些话，是非常严重的批评了。也难怪贾母不高兴，入乡随俗是最起码的礼节，宝钗既搬到大观园里住着，向荣府姑娘们看齐是非常必要的，又不是没有那个条件。一个巨富千金，弄得跟王宝钏守寒窑似的，算是怎么回事呢。贾母的最后一问，似暗讽宝钗在装，故意显示自己。这么不欣赏宝钗的为人处世，怎么可能支持金玉良姻。

因贾母、凤姐似有提亲宝琴的意图，有红迷说贾母最中意宝琴。贾母喜欢宝琴不假，但绝无意于让宝琴做她的孙媳妇，所谓的提亲意图其实是别有用心。宝琴进京是为了和梅翰林之子完婚，贾母、凤姐怎么可能不知道?就是真的不知道，有心提亲的话，也要先打听清楚人家姑娘许了人没有。如果姑娘没有许人，也得委托媒人去提，没有亲家母们当面就提的道理。

黛玉对宝琴的全然接受，也可知贾母绝无意于宝琴。

贾　政

看过一些对贾政的评价，差不多一边倒的认为他是个很差的人，严厉、迂腐、古板、品味低、假正经什么的，甚至上纲上线，说他是典型的封建卫道士，甚至还有说他是个不学无术的草包，等等，不知怎么看出来的。贾政这个人实在非常优秀，无论品质还是才干，都是贾家其他成年男性无法相比的。

干净简洁的生活作风，完全符合封建社会的君子标准，是贾政第一个难能可贵之处。他一妻两妾，周姨娘不知道怎样，赵姨娘显然是不怎么样的，也就三十岁左右的人，芳官就对她的外貌很瞧不上了，当众表示鄙视。贾政却并不嫌弃赵姨娘。对这个缺少城府心机的女人来说，如果丈夫贾政也嫌弃她，真不知道要落到怎样凄惨的地步。有人因赵姨娘差而认为贾政品味也不高，这很有意思，什么叫品位高呢？贾赦、贾珍倒是美貌姬妾成群，品位高吗？贾政对赵姨娘的不离不弃，才真正显示了一个男人的情义。

这个官老爷是那样的规规矩矩，荣国府几百丫鬟，美貌者大有人在，像彩霞、金钏，都是很美的，和贾政日常接触又多得很，可是贾政对谁起意了？作为男主人，没有半点绯闻牵扯，在那个男人们可以朝三暮四妻妾成群的时代，简直不可思议。贾政注意到的两个不错的丫鬟，还是按家规给俩儿子相的。这个人不是假正经，是真正经。

贾政虽然案牍纷繁不惯俗务，却是个很不错的父亲，并非一味严苛。首先非常重视儿子的品行，听说宝玉威逼丫鬟致死，气得“面如金纸”，绝对是真生气，亲手拿板子把宝玉揍个半死。王夫人看把宝玉打得重了，哭起大儿子贾珠来，一旁的贾政，“那泪珠更似滚瓜一般滚了下来”。所谓男儿有泪不轻弹，一个宦海多年的男人，因过世的儿子这样大反应，可知是性情中人。宝玉表现好时又会给予奖励，中秋夜的即景诗写得好，便奖励了两把扇子。又有极开明可亲的一面。宝玉作《姽婳词》，贾政在众人面前亲自提笔替儿子誊写，这个举动充满了人情味，哪里还是那个端着官架子的政老爹呢。贾政对女儿也同样用心。秋爽斋的摆设非常奢华，各种名人法帖，数十方宝砚等等，探春简直是一个小收藏家了。这些东西哪里来的？应该主要来自她的父亲。大观园初建成时，贾政带领众人游园，仔细地向贾珍、贾琏询问，园中院落屋宇的帐幔帘子和陈设的玩器古董，是不是都一处一处合式配就的。庶出的探春有个让她以为耻的亲妈，却依旧是骄傲的三小姐，因为有个宠她的父亲。

同样的千金小姐，迎春就寒碜多了。迎春的奶妈因赌博钱紧，偷拿了迎春的金累丝凤去当。金累丝凤是小姐们的统一首饰，正式场合一起戴，少了的话很容易被贾母、邢夫人、王夫人等人知道，奶妈竟然偷拿这个，除了说明迎春的软弱，可见迎春屋里的东西相当匮乏，不是没有大件的摆设，是缺少那些能够私揣出去的值钱小玩意儿。作为父亲的贾赦实在是很差劲的，自己大把银子左一个小老婆右一个小老婆地收，亲生女儿却过着如此狼狈的日子。可怜的迎春除了一个千金小姐的头衔再无所恃，不当木头还能怎么样。

贾政的闪光点还有他的才干。贾代善世职的继承人是长子贾赦，贾政从父亲那里获得的唯一好处是成了朝廷的一个小办事员。贾赦的世职不过如此，用贾珍的话说，如果不是有皇帝春祭的恩赐，许多世袭穷官儿家都没钱上供过年。贾政得到的那个额外的“主事之衔”，在朝廷中只怕更属于不计其数的了。可是，就凭借着这个小小的机遇，贾政一步步升至朝廷重臣。

书中对贾政的官职类称呼有“工部员外郎”和“学士”。清代工部员外郎级别不高，作为京官，在高官云集的京城是连上朝的资格都没有的。贾政却时常朝罢回家。学士的伸缩性就大了，从普通的读书人到统管朝政的最高行政长官大学士，都可以称之为学士。作者显然有意隐去，贾政官职其实极高，是敏感点。

“政”是一个会意形声字，本义匡正，指统治者靠皮鞭来推行其政治，也即治理国家事务的意思。《说文》：“政，正也。”什么样的人才能当得起这个“政”字？非得顶级朝廷大臣不可。

胡州人贾雨村，一个科举出来的四品官，因为贪酷之弊恃才侮上，被上司寻了个空隙，作成一本，革了官。后投靠荣国府，得到贾政的赏识和优待。“题奏之日，轻轻谋了一个复职候缺，不上两个月，金陵应天府缺出，便谋补了此缺”。轻轻松松就在皇帝面前给贾雨村谋了一个复职候缺，而且很快得到肥差，出任繁华之地金陵的行政长官，过程简单得像儿戏。贾政若非大权在握，以及深得皇帝宠信，怎么可能这么容易办成？

以权谋私也就算了，但提拔贾雨村这种人，贾政多少有些不识人。而且，荣国府有那么多的玩器古董，贾政为官恐怕并非两袖清风。

贾家义学也从侧面反映了贾政的官级。

贾家义学是贾家始祖所立，族中子弟有贫穷不能请师者，即入此中肄业。凡族中有官爵之人，皆供给银两，按俸之多寡帮助，为学中之费。这个义学，实际上是贾政说了算的，无论他管还是不管。

外人进贾家义学不那么容易，就连秦钟，贾蓉的小舅子，进义学也颇费了一番周章。第七回尤氏、秦可卿安排秦钟结交宝玉，从他和宝玉的谈话看，分明是为了入贾家的家塾。秦钟笑道：“家父前日在家提起延师一事，也曾提起这里的义学倒好，原要来和这里的亲翁商议引荐。因这里又事忙，不便为这点小事来聒絮的。宝叔果然度小侄或可磨墨涤砚，何不速速的作成？”所说的“亲翁”即贾珍了。什么叫“不便为这点小事来聒絮”？贾珍对秦可卿那样，如果他说了算，会不同意秦钟入义学吗？贾珍说了不算，他能做的只是“商议引荐”。所以秦钟请求宝玉作成。宝玉回明贾母，各种夸奖秦钟，凤姐也在一旁帮腔，尤氏、秦可卿再次请贾母凤姐等人赴宴，然后贾蓉又带着秦钟来拜见贾母，才终于获得贾母同意。

上学前宝玉去向贾政请安。贾政交代说："你去请学里太爷的安，就说我说了，什么《诗经》古文，一概不用虚应故事，只是先把《四书》一气讲明背熟，是最要紧的。"贾政可以按自己的想法安排义学的教学。

从这些来看，贾政是义学最大的出资人。贾政的俸禄是贾家所有有官爵的人里最高的。清代文官的俸禄其实非常低，贾珍是三品爵，也只有一品文官的俸禄才有可能比三品爵多。贾政是一品官无疑。

贾政既是一品官，他的品级就高过了父亲贾代善，更高过哥哥贾赦，贾母的诰封来自贾政。

贾政的官级和权势，从忠顺王府长史官的态度，也可见一斑。

宝玉结交忠顺王府优伶蒋玉菡，因为有些不可告人的谋划，这个后文分析，蒋玉菡在东郊离城二十里的紫檀堡置买房舍，久不回王府。忠顺王离不开蒋玉菡，打听到他和宝玉走得近，派长史官去向贾政要人。

那长史官先就说道："下官此来，并非擅造潭府，皆因奉王命而来，有一件事相求。看王爷面上，敢烦老大人作主，不但王爷知情，且连下官辈亦感谢不尽。"又说："尊府不比别家，可以擅入索取。因此启明王爷。王爷亦云：'若是别的戏子呢，一百个也罢了；只是这琪官随机应答，谨慎老诚，甚合我老人家的心，竟断断少不得此人。'故此求老大人转谕令郎，请将琪官放回，一则可慰王爷谆谆奉恳，二则下官辈也可免操劳求觅之苦。"说毕，忙打一躬。

清代亲王和郡王府里配备长史官，长史官是属官之首。忠顺王和皇帝的关系不得而知。这位长史官既说"尊府不比别家，可以擅入索取"，那么除了荣国府，京中大小官员的府宅，这长史官都可以直接擅入拿人，连忠顺王都不必报告。忠顺王府里的一个长史官有这样的气焰，可知忠顺王是什么样的人物了。可是，在贾政面前，这长史官却不得不恭恭敬敬地称“老大人”，尊称荣国府是“潭府”，自称“下官”，说是“相求”。虽然说话软中带硬，恭敬里含着傲慢，但既然不得不顶着一个“软”字，查问宝玉须过贾政这一关，其强硬未免底气不足。贾政固然怕得罪忠顺王，对方也很忌惮他。

就长史官的话来看，忠顺王得知蒋玉菡是被宝玉“拐”了去，还进行了一番思想斗争，如果不是最合心的男宠，大概就放弃了，不愿和贾政起冲突。

但贾政后来应是失势获罪了。

第七十回：“便有贾政书信到了。宝玉将请贾母的安禀拆开念与贾母听，上面不过是请安的话，说六月中准进京等语。其余家信事务之帖，自有贾琏和王夫人开读。”第十四年八月二十日，贾政因“点了学差”出去，和这次“六月中准进京”，不知道是不是一体的。关键是“准进京”三个字，好像是被皇帝准许进京，貌似被外放了。贾琏的一次次平安州之行，都隐隐说明风雨欲来或风雨已来。第七十八回“近日贾政年迈，名利大灰”，贾政这个时候也不迫宝玉读书了，经常带着他吟诗赴宴。

不知为什么有红迷认为贾政读书不多，思想迂腐，真是极大的误会。贾政虽年已半百，思维还是非常敏捷，元春、迎春、探春、惜春连同宝钗的灯谜，全部一猜即中，连略作思考的停顿没有。可见学问。

至于贾政支持木石姻缘还是金玉良姻，从他对黛玉和宝钗所持的态度等即可判断。

第二十二回贾政看女孩子作的灯谜，都不大喜欢。特别是宝钗的。贾政看完，心内自忖道：“此物还倒有限。只是小小之人作此词句，更觉不祥，皆非永远福寿之辈。”想到此处，愈觉烦闷，大有悲戚之状，因而将适才的精神减去十分之八九，只垂头沉思。回至房中只是思索，翻来覆去竟难成寐，不由伤悲感慨。

贾政从宝钗的灯谜而延伸到宝钗本人身上，觉得她不是永远福寿之辈，甚至是不祥。作为父亲，会希望一个不祥女人做自家儿媳妇吗？贾政对黛玉文字的态度则截然不同，黛玉拟的大观园的匾额对联，一字不改都用了，显然非常合心满意。日常里也很爱护黛玉。一次黛玉和宝玉怄气，竟然说要向“舅舅”告状，把宝玉吓得不轻，如果不是得到疼爱，黛玉眼里的贾政不会是一个可依仗的后台。

贾政带众人游园，看过潇湘馆后，即询问帐幔帘子和陈设的玩器古董是不是都一处一处合式配就的。大观园里的住所其实就是为入住的人量身打造的，据其身份，据其喜好，宝玉住怡红院，黛玉住潇湘馆，看起来是两人后期选的，其实不是。贾政看完潇湘馆后即关心起具体的俗务，也间接反映了他对黛玉的关心。潇湘馆的布置，用刘姥姥的话说，“这必定是那位哥儿的书房了”。贾母笑指黛玉道：“这是我这外孙女儿的屋子。”刘姥姥留神打量了黛玉一番，方笑道：“这那象个小姐的绣房，竟比那上等的书房还好。”怡红院则布置得像绣房，也是从刘姥姥口里说出：“这是那个小姐的绣房，这样精致？”贾政看过潇湘馆后，笑道：“这一处还罢了。若能月夜坐此窗下读书，不枉虚生一世。”说毕，看着宝玉。这话是不是太明显了？两处地方根本就是为宝、黛成亲准备的，又紧邻着。

第五十七回薛姨妈说起宝钗和黛玉的婚姻：“这一件事都是出人意料之外，凭父母本人都愿意了，或是年年在一处的，以为是定了的亲事，若月下老人不用红线拴的，再不能到一处。”这显然是说的宝玉和黛玉。“凭父母本人都愿意了”，可知无论贾政还是王夫人，对二玉的亲事都是赞成的。

贾政对宝钗“不祥”的巨大反应，也隐约说明一个问题，有神仙支持的金玉良姻是贾家难以抗拒的，贾政清楚这一点，忍不住为儿子的命运难过，以至于夜不能寐。

第四章
金玉良姻

西方灵河岸上的绛珠草

第一回："只因西方灵河岸上三生石畔，有绛珠草一株。时有赤瑕宫神瑛侍者，日以甘露灌溉，这绛珠草便得久延岁月。"这是茫茫大士也即凡间的癞头和尚讲述的绛珠草的来历。

"西方"指哪里或是什么意思？联系《虚花悟》"西方宝树唤婆娑"、马道婆说"西方有位大光明普照菩萨"等内容，可以确定"西方"是佛教语。佛教"西方"有两个释义，一是指印度，二是指西方极乐世界。这里不可能指印度，只能是西方极乐世界。西方极乐世界又称西方极乐净土，即阿弥陀佛之极乐净土，略称西方。

因为修行法的不同，佛教分显密二宗，也称显教密教。"显"的意思是明显、显现，指的是那些可以用语言表达传授的修行之法。"密"就是不能显现了，是单凭语言无法表达的修行之法。密宗又称真言宗、金刚顶宗等。大乘佛教后起的一派，唐开元年间由善无畏、金刚智等传入中国。自称受于法身佛大日如来亲证的秘密法门和真实言教。主要经典为《大日经》《金刚顶经》和《苏悉地经》。两部秘法为胎藏界与金刚界。仪轨严格复杂，须由上师秘密传授，才能修行。主要修法是通过三密相应而达到身、口、意三业清净，乃至即身成佛。流行于中国西藏等地区的，称为藏密。《佛学常见词汇》："法身佛大日如来所说的内证真言教法，因其文其义，秘密难晓，故称密教。又因是对未灌顶的人不许显示的教法，故称密教。”法身大日如来，又名毗卢遮那佛、光明遍照等。据说汉传密教早已失传千年，清代乃至现代人所修的密教，都是藏密，也称喇嘛教。

五方佛是密宗的佛陀，又称五方如来。说是东南西北中五个方位，各有一佛主持，正中是法身佛毗卢遮那佛，东方阿閦佛，南方宝生佛，西方阿弥陀佛，北方不空成就佛。

阿弥陀佛是密教的五方佛之一，但这里只是可以建立联系，不能说“西方”就等于密宗。我国影响力极大的佛教宗派之一净土宗，并非密宗，也是专修往生西方极乐世界的。

何为“甘露”？当然也是佛教里的甘露。显宗、密宗对“甘露”有不同定义。显宗的“甘露”非指具体物质，用来比喻佛法、涅槃。佛缘网《注维摩诘经卷七》：“什曰，诸天以种种名药着海中，以宝山摩之令成甘露，食之得仙，名不死药。佛法中以涅槃甘露令生死永断，是真不死药也。亦云，劫初地味甘露，食之则长生。佛法中则实相甘露养其慧命，是真甘露食也。生曰，天食为甘露味，食之长寿，遂号为不死食也。泥洹是不死之法，故以谕焉。”显教的所谓“甘露”，指的是修行达到圆满时的状态，是得道的标志。“泥洹”即涅槃。总之很是复杂。密宗的甘露则落到了具体物质，称真言两部不二之灌顶水为不死甘露。

神瑛侍者用以灌溉绛珠草的“甘露”，极容易和密宗的甘露建立联系。从现实上，显宗的甘露对草木完全没有什么用，密宗的甘露却实实在在是草木养分。

但神瑛侍者只是一名“侍者”，佛教里的“侍者”指伺候长老的随从僧徒。《红楼梦大辞典》解释是指在寺院住持左右为其服务的执事僧。

密宗的甘露，产生者却是上师，就是说，神瑛侍者自己是不生产甘露的。他哪来那么多甘露，可以每天用来浇灌一株草？神瑛侍者来自赤瑕宫，这就联系上了赤瑕宫的主人，当然也就是神瑛侍者跟随的那位长老。甘露富足的西方赤瑕宫长老，只能联系密宗五佛的西方阿弥陀佛了，因为他有一号叫甘露王。

应该可以确定牵涉密宗。

绛珠草，顾名思义，一种结大红色圆珠状果实的草。“西方灵河岸上三生石畔”是绛珠草的生长环境，忽略两个带有神话感情色彩的形容语“灵”和“三生”，绛珠草其实就是一株生长在岸边石旁的野草而已，并没有对环境的特别要求。它是什么草呢？

推敲一下“一株”这个说法。

“株”字的本义，《说文》云：“木根也”。绛珠草的根系，是木质的根系，所谓“草胎木质”，有些特别的。而“久延岁月”一词，放在现实中，绛珠草应是多年生草本植物，不是一年生的草，相应的根系当然是比较发达。

根据绛珠草所具备的这几种形态特征，它可能是书中几次暗提的“茜草”，一种古老的红色染料。

茜草，多年生攀援草本植物，果实为红色圆珠状浆果，后转为黑红色。木质根系丛生，数条甚至数十条，可入药及染色用。茜草是一种具有诡异色彩的植物，又名蒐、西天王草等。《说文》对“蒐”的释义是：“人血所生，可用染绛。”段玉裁注：“云人血所生者，释此字所以从鬼也。从艹鬼，会意。”《本草纲目》：“《本草》言东方有而少，不如西方多，则‘西草为茜’，又以此也。”这和书中说的绛珠草生长在“西方灵河岸”可以建立联系。产地不同的茜草，染色效果也有所不同。中国本土产的即东方茜草，染出的颜色呈红黄色。贾母说的“霞影纱”、即黛玉等人用来糊窗屉的“茜纱”当属此类。而西方茜，如印度茜，却可以染出鲜艳的大红色。蒋玉菡给宝玉的那条“血点似的大红汗巾子”，即“茜香罗”，应该就属这一类了。茜香罗除了可以暗示茜香国地处中国西方，“血点”这个比喻也比较奇特，也可以和“绛珠”建立联系。

谁是绛珠仙子

谁是绛珠仙子？作者没有写明，但似乎不是个问题，绛珠仙子是下凡还泪的，黛玉爱哭，很容易让人联想到是黛玉。红迷基本都持此看法。宝、黛初会时相互有似曾相识之感，也很像神瑛侍者和绛珠草的前因。但作者既然没有写明，《红楼梦》又是“将真事隐去”，就不能直接下结论了。且绛珠仙子的身份事关重大，是整部书的基础点，一断错就全错。何况，如果黛玉就是绛珠仙子，不明写反而费力去暗示，理由也即那个敏感的点是什么？可见真的是一个非常大的问题所在。

如果以黛玉为绛珠仙子，有很多解不开的疑问。绛珠仙子是绛珠草修炼成的，黛玉也有理由显示出与“草”的特别关系。事实上，和“草”联系极其紧密的反而是宝钗。情感方面，绛珠和神瑛侍者的关系也并不适用于宝、黛之间。绛珠仙子是爱恋神瑛侍者的，“只因尚未酬报灌溉之德，故其五内便郁结着一段缠绵不尽之意”。“缠绵意”即指男女间的爱恋相思。张籍《节妇吟》：“感君缠绵意，系在红罗襦。”但神瑛侍者下界为人并非出于对绛珠仙子的缠绵之意，只是“凡心偶炽”。虽曾灌溉绛珠草，对修炼成女体的绛珠仙子实未显示出丝毫的兴趣。宝玉悟禅机时说自己是“赤条条来去无牵挂”，“来去”在这里自然指一生一死，“来无牵挂”等于间接否认了对绛珠仙子有情感，甚至也否认自己有前世渊源。关于绛珠仙子和神瑛侍者的美丽前世，说白了也不过是一个女人因为男人的恩惠而发生的单相思而已。宝、黛二人却是两情相悦誓同生死，无论哪一世，宝哥哥怎么会不爱他的林妹妹？从癞头和尚对黛玉的态度，黛玉也非绛珠仙子。癞头和尚跑到凡间是为了度脱几个风流孽鬼，首当其冲要度脱的，自然是绛珠仙子和神瑛侍者这一对，那他理应促成泪债偿还。可你看他是怎么做的？极力反对黛玉和宝玉结缘，化黛玉出家未成，便告诫不许见哭声，不许见外姓亲友。绛珠仙子和泪债债主如果根本没机会认识，甚至认识了也不许哭，如何“冤孽偿清好散场”？说黛玉是绛珠仙子，除了黛玉爱哭这一项可能的联系外，尽是反证。

谁是绛珠？和宝玉发生姻缘情感纠葛的，除了黛玉，只有宝钗。

说宝钗是绛珠仙子似乎很雷人，可宝钗和“草”之间明明有非同一般的联系，

宝钗姓“薛”，“薛”本义指艾蒿，也叫艾草，是一种在民间颇有盛名、被认为有辟邪作用的灵草。宝玉的跟班李贵，因为把《诗经》中的“呦呦鹿鸣，食野之苹”念成“呦呦鹿鸣，荷叶浮萍”，引起满座大笑。“食野之苹”的“苹”即“薛”。这一个小插曲，似有意提醒读者注意“薛”字。不仅如此。宝钗被称为“薛蘅芜”，三字的本义都是草，香草。宝钗住蘅芜“苑”，“苑”字本义指饲养兽禽的地方，后指帝王打猎游乐的园囿。也可和草建立弱联系。

蘅芜苑里更无一株花木，皆是异草奇石。

第十七回蘅芜苑景象：“忽迎面突出插天的大玲珑山石来，四面群绕

各式石块，竟把里面所有房屋悉皆遮住。且一株花木也无，只见许多异草。或有牵藤的，或有引蔓的，或垂山岭，或穿石脚，甚至垂檐绕柱，萦砌盘阶，或如翠带飘摇，或如金绳蟠屈，或实若丹砂，或花如金桂，味香气馥，非凡花之可比。”

说非“凡花”之可比，等于委婉说这些草都是“仙草”。“实若丹砂”也很容易和“绛珠”相对。秋天的蘅芜苑，这些异草的形貌和绛珠草更是对应。

第四十回：“那些奇草仙藤愈冷愈苍翠，都结了实，似珊瑚豆子一般，累垂可爱。”

“奇草仙藤”就差没说成“仙草奇藤”了，配上珊瑚豆子般“累垂可爱”的大红果实，岂非现实版的绛珠仙草？蘅芜苑里的“插天的大玲珑山石”，也容易和大荒山无稽崖青埂峰下的五色石建立联系。还是“插天的”，也容易和“无材补天”联系起来。

绛珠仙子“只因尚未酬报灌溉之德，故其五内便郁结着一段缠绵不尽之意”。宝钗和黛玉，谁身体里有“缠绵不尽之意”？黛玉虽然爱哭，对宝玉钟情，可是书中并无一字说她身体里郁结了什么东西。

宝钗却实实有。宝钗有一个先天的“那种病”，说是“从胎里带来的一股热毒”，属无名之症，凭什么名医仙药从不见一点儿效。

什么叫“那种病”？在中国的语言里，“那种”是很奇妙的一个避讳用词，一个言谈间常用的暗语，用来指代那些心照不宣无须明说也不便明说的事儿。比如有人说一个地方是“那种”地方，说谁和谁之间是“那种”关系，听者自然明白是怎么一回事。“那种病”也不例外。你看周瑞家的听了宝钗的话后，便不再问是什么病，而是问“姑娘到底有什么病根儿”？感叹“小小的年纪倒作下个病根儿”。显然已经明白病情了。读者们是不是也要跟着这个思路，想一想宝钗这个从胎里带来的“胎毒”，到底是什么？老百姓俗话说的“那种病”，无非三种：不治之症、性病和相思病。只要谈话的人稍微带出点儿语气神色，听众便什么都明白了。宝钗的“那种病”属于哪一种？首先不是不治之症。宝姑娘的病似有如无，病发时“唇不画而红，眉不点而翠”，健康红润，全无一丝病容。此病的唯一症状是“喘嗽些”。性病更是直接排除。只剩下相思病。

就像只有癞头和尚知道绛珠草和神瑛侍者的故事一样，宝钗从胎里带来的热毒，也只有癞头和尚能治且知根知底。但他给的“海上方”冷香丸又只能缓解一时，除不了根儿。宝钗的“热毒”不是药物能治好的，和尚的仙药也不行。虽然不能去根儿，但又“不相干”，因为“先天结壮”。“结”字的本义是用绳、线等绾成的疙瘩。《说文》：“缔也。”薛姨妈谈起宝钗、黛玉两个的姻缘时，说管姻缘的有一位月下老人，预先注定，暗里只用一根红丝把这两个人的脚绊住，凭你两家隔着海，隔着国，有世仇的，也终究有机会做了夫妇。宝钗的“先天结”，极容易联系这个月老红绳。宝钗和她害相思的那个人，有上天注定的姻缘。“壮”说明月老的红绳系得很结实，那人是挣不开的。

谁和谁有先天的结？唯有绛珠仙子和神瑛侍者。

金玉良姻的月下老人，就是癞头和尚。癞头和尚始作俑金玉良姻，通灵玉给宝玉，金锁及和通灵玉上的八字配对的另外八字给宝钗，并且让镌刻在金锁上天天戴着，十分卖力地撮合宝钗和宝玉。从作者给出的神话故事角度，岂不是为了让绛珠仙子酬报灌溉之德？

证据不止这些，还有更有意思的。

宝玉梦游太虚幻境时，警幻仙子对他说：“因近来风流冤孽缠绵于此处，是以前来访察机会，布散相思。今忽与尔相逢，亦非偶然。”警幻仙子此行显然是为绛珠和神瑛的孽债而来。“风流冤孽”的女主角是绛珠仙子无疑。关键在于“近来”一词，说是“近来风流冤孽缠绵于此处”，黛玉来荣国府都好几年了，和宝玉青梅竹马一起长大，两人的感情怎会是“近来”才缠绵的？宝钗才是“近来”的那一个。她一来，警幻仙子也就出来活动了。

警幻此次出行，原本不是为了神瑛侍者。太虚幻境的其他仙子一见了宝玉，都怨谤警幻道：“我们不知系何贵客，忙的接了出来！姐姐曾说今日今时必有绛珠妹子的生魂前来游玩，故我等久待。何故反引这浊物来污染这清净女儿之境？”“生魂”指活人的魂魄。警幻解释说：“今日原欲往荣府去接绛珠，适从宁府所过，偶遇宁荣二公之灵。”警幻仙子的原本计划是去荣国府接绛珠的“生魂”。那么可以确定，绛珠此时人在荣府。在去的途中，经过宁府，遇宁荣二公之灵，被他们说动，取消了原计划，把在宁府的宝玉引了来。

宝玉怎么会在宁府呢？因为他此时正跟着贾母在宁府赴宴。从这一点，也可知作者在用逻辑讲故事。

“贾母等于早饭后过来，就在会芳园游顽，先茶后酒，不过皆是宁荣二府女眷家宴小集，并无别样新文趣事可记。”宁荣二府女眷的家宴小集，绛珠却不在其中，而是人在荣府。这是一个重要的点，黛玉、宝钗二人，谁去了宁府，谁就不是绛珠。作者没有明写出来，用一个“等”字含糊过去了，那是肯定的，否则事情就明了。

单此一次无从判断，但接下来时间很近的一次宁府赴宴，作者就写得十分明白了。第八回：“贾母虽年老，却极有兴头。至后日，又有尤氏来请，遂携了王夫人、林黛玉、宝玉等过去看戏。至晌午，贾母便回来歇息了。”“却说宝玉因送贾母回来，待贾母歇了中觉，意欲还去看戏取乐，又恐扰的秦氏等人不便，因想起近日薛宝钗在家养病，未去亲候，意欲去望他一望。”不仅写明黛玉跟贾母去了宁府，还写明宝钗没去。

倒也不用这么大费周章地去推理，你根本没法想象贾母带着宝玉、宝钗去宁府赴宴，而把黛玉一个人留在荣府，林妹妹要哭死了，贾母、宝玉哪一个也舍不得。

关于宝钗是绛珠，还有一个，或者不是证据，或者是最有力的证据，在八十回里指向模糊的绛珠仙子，程高本四十回续书里，明写是黛玉。

无论从感情上接受不接受，《红楼梦》的第一女主角绛珠仙子，是宝钗而非黛玉。

红楼梦曲子十二支的第一支《终身误》，是从宝玉的角度，写对金玉良姻和木石姻缘的态度，这个很明显。但第二支《枉凝眉》写的谁，就存在一些争议。

一个是阆苑仙葩，一个是美玉无瑕；若说没奇缘，今生偏又遇着他，若说有奇缘，如何心事终虚化；一个枉自嗟呀，一个空劳牵挂；一个是水中月，一个是镜中花；想眼中能有多少泪珠儿，怎经得秋流到冬尽、春流到夏。

此曲写了两个人，这一点是非常明白的。哪两个人？“阆苑”指神仙住的地方，“阆苑仙葩”指绛珠仙草无疑，“阆苑”也可以和“蘅芜苑”建立联系。关键是“美玉无瑕”。如果说是宝玉，宝玉乃“赤瑕宫”的神瑛侍者，“瑕”指玉石上的瑕疵，也就是斑点，“赤瑕”也就是百分百的瑕疵。“瑛”指玉的光彩，出自“赤瑕宫”的“神瑛”，怎么可能是“无瑕”之玉？何况作者也不可能厚着脸皮夸自己美玉无瑕，他对自己的贬损一向毫不留情，什么天下无能第一，古今不肖无双，而且他和袭人早有一腿。“美玉无瑕”指的是黛玉。

《枉凝眉》和《终身误》一样，都是从宝玉的角度，写他生命中的两个女子。和十二钗正册的首页断词一样，宝钗排在黛玉之前。

宝钗既是还泪的绛珠，为什么她很少哭？八十回里宝钗是很少哭，但她惊人的哭功却已初见端倪。薛蟠说宝钗行动护着宝玉，宝钗回到自己的房里“整哭了一夜”。不仅眼泪丰盛，心劲和精力也十分充足。婚后的宝钗，从青春妙龄直到老死，守了一辈子活寡，还有比这更可悲的么？实在有理由一哭以及一直哭。关于宝钗之哭，《枉凝眉》其实也给了很好的暗示。整个曲子，前面的句子明显都是对立的形式，前一句宝钗，后一句黛玉。尾句则既对立又合一，宝钗的泪是“秋流到冬尽”，黛玉的泪是“春流到夏”。这里暗含黛玉死的时间，黛玉一死，宝钗的哭就开始了。

分析一下“一个枉自嗟呀，一个空劳牵挂”。“枉自”“嗟呀”两个词，因为使用对象的不同，其含义也不同。“枉自”有亏你还是、徒然白费两层意思。用在自己身上，是自责自悔。用在别人身上，就是一个贬义词，有鄙视和指责的意思，比如说一个人“枉自为人”。“嗟呀”相对中性，意思是因为有意见而咕咕唧唧地说话议论。“枉自嗟呀”这里指“阆苑仙葩”无疑，宝玉怎么可能指责鄙视林妹妹？这说的是宝钗。“空劳牵挂”的意思是我白白地蒙你的牵挂，这是温柔的，也是伤心和遗憾的。这是对黛玉说的。

薛宝钗的相貌

原本觉得，薛家的几位哥儿姐儿，宝钗、宝琴、薛蝌是一色的美女俊男，只有薛蟠丑，且粗鲁。宝琴的美毋庸置疑，薛蝌长得也不错，第五十七回有邢夫人暗想“薛蝌生得又好”即是证据。但薛蟠和宝钗的相貌，却有必要推敲一下。

第四十九回宝玉见到薛蝌等人后，说：“谁知宝姐姐的亲哥哥是那个样子，他这叔伯兄弟形容举止另是一样了，倒象是宝姐姐的同胞弟兄似的。”可以确定，宝钗和薛蝌长得很像，和薛蟠却完全不像。

也许大多数读者都认为薛蟠是丑的吧。但是你看薛蟠的女人，不说香菱，香菱是没有选择权的。夏金桂和陪嫁丫头宝蟾，这两个女人，一个比一个说嘴要强，哪一个是能看得上丑男的女人？却都看上了薛蟠。特别是夏金桂，这个唯我独尊，凤凰蛋一样被捧大的富贵小姐，她有可能给自己选一个丑丈夫吗？

就是香菱，虽说是被薛蟠强抢的，对薛蟠的感情却实实在在。薛蟠被柳湘莲暴打的那次，香菱“哭得眼睛肿了”，比薛姨妈和宝钗反应都大。和宝玉挨打黛玉哭得“两个眼睛肿的桃儿一般”，是一样的。香菱描述薛蟠被夏家看中的过程，“夏奶奶又是没儿子的，一见了你哥哥出落的这样，又是哭，又是笑”，这语气，分明以薛蟠的相貌为荣。

所以，薛蟠虽然读书不多，性格鲁莽，但一定是相貌堂堂的。

为什么要推敲宝钗的相貌呢？因为，作者虽然在理论上赞宝钗是“绝色的人物”，却有事实否定之嫌。也即是用了此地无银的写作手法。

比如宝钗在选秀中遭淘汰这件事。不要说什么薛蟠不争气拖累了宝钗，除非薛蟠犯下十恶不赦之罪，不可能影响宝钗选秀。某批书人对宝钗行事颇多赞誉，却一次不见赞宝钗美貌。反而赞黛玉“丰神若仙子”。也让人起疑。

作者写人物容貌常用虚笔，却两次实笔写宝钗的脸面，而且两次描写完全用了一样的文字，只是顺序不同，这在书中绝无仅有。还都是从宝玉的眼睛里看到的。

第八回：“宝玉掀帘一迈步进去，先就看见薛宝钗坐在炕上作针线，头上挽着漆黑油光的鬢儿，蜜合色棉袄，玫瑰紫二色金银鼠比肩褂，葱黄绫棉裙，一色半新不旧，看去不觉奢华。唇不点而红，眉不画而翠，脸若银盆，眼如水杏。”

第二十八回：“忽然想起金玉一事来，再看看宝钗形容，只见脸若银盆，眼似水杏，唇不点而红，眉不画而翠，比林黛玉另具一种妩媚风流。”

两次的顺序不同，应该是宝玉的观察角度造成的。

第八回是十五岁的宝钗。因为正低头做针线，宝玉进门后从门口的位置望去，肯定看不到她的整张脸，所以首先看到的是姿态、发型、衣着那么一个整体的轮廓。接下来第一个写红唇，低头的情况下，五官里最先注意到嘴，大概鼻子比较小巧，而嘴唇丰满红润，更为醒目。然后是眉毛，“眉不画而翠”，黑黑的眉毛，没有经过描画，大概比较浓。然后，才到脸，因为这个时候宝钗抬起头来望向宝玉了，整张脸也就完整地呈现在宝玉面前了。“脸若银盆”四个字，银盆似的一张脸，一个比较少见的比喻，想来可以用圆、大、白三字来说，那么宝钗是圆脸，相当大而丰满。

对此有人提出质疑，认为不能因为这样的比喻就判断宝钗脸大，作者说宝玉“面如中秋之月”，月亮不比银盆大太多吗？这是一个文学比喻的问题，笔者就这两个比喻说一下自己的看法。月亮很大，现代人知道，古代人也知道，所以有嫦娥奔月的传说，以及月亮上有广寒宫等。但是，月亮虽然大，因为距离遥远，满月看起来，也就一个普通盘子大小。李白诗“小儿不认月，呼作白玉盘”，书中把圆月比作“玉镜”“冰盘”，都是这个原因。就是说，“面如中秋之月”是视觉上的对比，非实体对比。“脸若银盆”就不一样了，“银盆”和脸都是近距离景物，可以等距离观之，这样的对比，是实体对比。那么各自的实体大小，就是比较接近的程度。

随着宝玉走近宝钗，两人近距离四目相对，就观察到眼睛了，“眼如水杏”。古人常以“杏眼”喻美人之目，但这个“杏眼”具体来说是指的杏核眼，即圆圆的尾部带点翘的那种形状，非常俏丽。可《红楼梦》的文字往往没那么简单。所谓“水杏”，是整个的杏，而非杏核。应该可以确定眼睛是圆形的，而且很大。好吧，接下来我的分析可能令人讨厌，因为我疑心“水杏”其实有颜色暗示。作者描写宝钗的唇、眉、脸时，都着重写了它们的颜色，分别以红、翠、银三字，给出红、黑、白三色。“眼”是不是也有此可能？杏黄又是中国传统色彩。宝钗的眼珠，可能是有点发黄的。

第二十八回是十七岁的宝钗。这次宝玉是和宝钗对面站着，所以首先扑映入宝玉眼睛的是整张脸。然后，因为两人在交流，自然就是脸上最引人注意的眼睛了。再是嘴唇和眉毛。这回里还写了宝钗的“雪白一段酥臂”，宝姑娘皮肤极白。

怡红夜宴时，宝钗抽的花签上画着一支牡丹，题着“艳冠群芳”四字。牡丹是宝钗的寓意形象不用说了。“艳冠群芳”四字，很多人以为是指的长相，所以宝钗在众钗中最美。不是说宝钗不美，但长相这样的事情，即便有的难以下笔，毕竟不属于敏感内容，为什么要在花签这样关键的地方进行暗示呢？何况五官都那么直白地写出来了。“艳冠群芳”另有含义。

再来看宝钗的身材。

王夫人的丫鬟金钏玉钏是一对亲姐妹，妹妹叫白玉钏，那么姐姐就是白金钏了。在金钏身上，常常能看到宝钗的影子。白金钏、薛宝钗，两个名字真是非常的相似。宝钗判词“金簪雪里埋”。金钏曾对宝玉说：“金簪子掉进井里，有你的只是有你的。”宝钗和金钏，显然有某种联系。

别的不说，宝钗的体型，是借金钏写出来的。

第十四年的五月六日，金钏因为被王夫人撵出去，受不了而投井自尽。因天气炎热，须尽快下葬，赶制新衣显然太仓促了。王夫人就想到了宝钗。

第三十二回。王夫人道：“刚才我赏了他娘五十两银子，原要还把你妹妹们的新衣服拿两套给他妆裹。谁知凤丫头说可巧都没什么新做的衣服，只有你林妹妹作生日的两套。我想你林妹妹那个孩子素日是个有心的，况且他也三灾八难的，既说了给他过生日，这会子又给人妆裹去，岂不忌讳。因为这么样，我现叫裁缝赶两套给他。要是别的丫头，赏他几两银子也就完了，只是金钏儿虽然是个丫头，素日在我跟前比我的女儿也差不多。”口里说着，不觉泪下。宝钗忙道：“姨娘这会子又何用叫裁缝赶去，我前儿倒做了两套，拿来给他岂不省事。况且他活着的时候也穿过我的旧衣服，身量又相对。”

王夫人长篇大论的一番话，就是为了向宝钗要衣服，一是因为知道宝钗有新做的两套衣服，怎么知道的呢？恐怕和生日有关。二是因为体型相对。说要黛玉的新衣服不过是借口，黛玉是苗条的姑娘，她的衣服妆裹金钏肯定不行。说“可巧都没什么新做的衣服”，也是借口，为了让宝钗没有退路。说金钏“素日在我跟前比我的女儿也差不多”，则是给宝钗面子。

为什么一定要向宝钗要衣服呢？关键就在这里。

第三十三回。贾环见他父亲盛怒，便乘机说道：“方才原不曾跑，只因从那井边一过，那井里淹死了一个丫头，我看见人头这样大，身子这样粗，泡的实在可怕，所以才赶着跑了过来。”

金钏的尸身泡发非常严重，需要超常肥大的衣服才能妆裹。这样的衣服，贾家的姑娘奶奶甚至丫头们，哪一个也提供不了才是真的。只有宝钗的衣服可以，这才是王夫人向宝钗要衣服的原因。宝钗此时的头脸体态，和金钏被泡发的尸身差不多，或者更甚，否则她的新衣服妆裹不了金钏。金钏曾穿过宝钗的旧衣服，两个人身量相对，从前的宝钗比现在瘦不少。

宝玉十二岁梦游太虚时，看到的警幻之妹可卿，“其鲜艳妩媚，有似乎宝钗”，那时十五岁的宝钗，还只是微胖，和秦可卿、金钏体型相近，两年过去，就这样了。

从“人头这样大”来看，宝钗的“脸若银盆”绝非虚词。

皮肤白皙，浓眉大眼，很大脸盘，非常胖，这是宝钗的相貌。

薛蝌和宝钗很像，想来也不会瘦到哪里去。邢夫人何以觉得“薛蝌生的又好”呢？其实，也只是胖大了些，别的没毛病。邢岫烟先见到薛蝌，却因宝钗而取中薛蝌，除了说明薛蝌和薛宝钗真的很像，似乎暗示，邢岫烟开始并没有看上薛蝌，她因宝钗而取中薛蝌的，不是外貌，而是取中其处事待人方面。

高鹗续书里把薛蝌写的玉树临风貌比潘安，就不对了。

张罗穴隧的宝姑娘

为了自己的“那种病”，宝姑娘张罗穴隧，使出浑身解数吸引宝玉。

最早也最有趣的是宝玉探病梨香院一节。十五岁的宝姑娘，和同龄的花袭人一样通了人事。而且更加大胆，当着众丫鬟婆子就招揽宝玉，先天结壮的人，就是不一样。

第七回周瑞家的去到梨香院。“只见薛宝钗穿着家常衣服，头上只散挽着鬓儿，坐在炕里边，伏在小炕桌上同丫鬟莺儿正描花样子呢。见他进来，宝钗才放下笔，转过身来。”

周瑞家的看到的宝钗，随便的家常衣服，头发散挽，倒有一点点像养病的样子。知道周瑞家的进来，宝钗作了一个“转过身来”的动作，是侧身坐在炕里边的。戴没戴璎珞？没写。

周瑞家的坐在炕沿上和宝钗聊天，说宝钗有“两三天”没有到荣府前头去逛逛了，这样的说法一般都是指“三天”。宝钗则说自己“两天”没有出屋子，两人的说法略有不同，有“一天”之差。如果是其他小说，算不得差异，《红楼梦》几乎“一字不可更”，“一天”之差也是要注意一下的。就是说，宝钗虽有两天没出屋子，还是有一天出去了，只是去的并非荣府前头。这是八月十五期间，宝钗去了哪里？

薛姨妈道：“这是宫里头的新鲜样法，拿纱堆的花儿十二支。昨儿我想起来，白放着可惜了儿的，何不给他们姊妹们戴去。昨儿要送去，偏又忘了。”

十二支“宫里头的新鲜样法”的纱花儿，装在一个小锦匣里，送给宝钗戴的。谁送的？作者没写，而这就是点。既是宫花，出自宫里，而且是“新鲜样法”，最近的，不是存放了很久的东西。如果是寻常亲戚之间的赠送，像薛姨妈把宫花分送给荣府的姑娘们，交代一句，毫不费力，作者偏不写。而且这宫花显然并不易得，荣府的姑娘们都没有。

这就是宝钗出去的那“一天”的答案了：进宫去了。按照第二章的判断，这是中秋节期间，十二支宫花是皇家的节日赏赐。宝钗和皇家仍有联系。

既是“这两天”没出屋子，薛姨妈又是“昨儿想起来”“昨儿又忘了”送宫花，宝钗是“前天”进的宫，从宫里回来后，宝姑娘的“那种病”就发作了。王夫人亲自到梨香院找薛姨妈“闲话”，必然与宝钗此次进宫有关。

薛姨妈让周瑞家的把宫花送给贾府姑娘们等人。不是白送的，宝钗“生病”的消息就此传到了宝玉耳朵里。但宝玉显然没有放在心上，反应也很有意思。

宝玉听了，便和丫头说：“谁去瞧瞧？只说我和林姑娘打发了来请姨太太姐姐安，问姐姐是什么病，现吃什么药。论理我该亲自来的，就说才从学里来，也着了些凉，异日再亲自来看罢。”外交辞令十分娴熟，如果是他的林妹妹病得不出门了，哪还有什么说辞，早飞过去了。

送宫花的第二天，凤姐受邀去宁府赴宴，宝玉也跟了去玩。又过了两天，贾母到宁府看戏，宝玉、黛玉都跟了去，晌午送贾母回来睡午觉，宝玉本来还想去看戏取乐，怕扰的秦氏等人不便，想起宝钗生病在家，于是去梨香院探病。那么宝钗不去荣国府，已有六天时间了。因为害怕遇到父亲，宝玉带着一帮人绕远路往梨香院去。一路上，先是遇到门下的两个清客相公唠叨了半日，又遇到几个管事的头目请安说话，才终于到了梨香院。不要忽略这个耽搁，这个时间耽搁，如果梨香院的人想准备什么，就有了充足的时间。为什么这么说？往后看。

到了梨香院，先去薛姨妈屋里，薛姨妈没睡午觉，热情似火地招待宝玉。宝钗这次也是在薛姨妈屋子的里间，虽一帘之隔，并没有出来迎客，一声不吭地在里间作她的针线。

第八回："宝玉掀帘一迈步进去，先就看见薛宝钗坐在炕上作针线，头上挽着漆黑油光的鬓儿，蜜合色棉袄，玫瑰紫二色金银鼠比肩褂，葱黄绫棉裙，一色半新不旧，看去不觉奢华。唇不点而红，眉不画而翠，脸若银盆，眼如水杏。"

此时的宝钗，头发不像周瑞家见到的时候那样散挽，鬓儿梳得漆黑油光，看来是抹了头油。身上也不再是"家常衣服"。外面是一件紫红的"二色金银鼠比肩褂"，网上对"二色金"的解释：指用不同成色的黄金打成金箔，再制成金线。同一件衣服上，不同部位的花纹，或织或绣，让两种不同的金色错杂并置，或泛红或泛白，不同的金色在花纹上显示出微妙的色差。如此奢华，不是居家打扮。黛玉第一次看到宝玉时，宝玉就穿着一件"二色金"大红箭袖，是为腊八节去寺庙拜佛穿的，回家就立刻脱换了。然后是浅黄棉袄和葱黄裙子，宝钗的这身穿着不仅奢华，色彩也非常明艳。这是出门或会客才会有的装扮。比如凤姐探望秦可卿，回家先换上"家常的衣服""方坐下"。宝钗身体也无半点病容，不点而红的嘴唇透露了其主人良好的健康状况。为什么在宝玉看来"不觉奢华"呢？"不觉奢华"也还是表明了奢华，大约因为衣服是半新的。

既是“半新”，穿过多次了。

宝钗抬头只见宝玉进来，连忙起身含笑答说：“已经大好了，倒多谢记挂着。”说着，让他在炕沿上坐了，即命莺儿斟茶来。

这次宝玉进屋和那次周瑞家的进屋，宝钗的第一个举动完全不同，那次是“转过身来”，这次是先抬头，然后起身，加上宝玉进门能看到宝钗的正面，宝钗这次是正对门口“坐在炕上作针线”的。很有意思的坐姿，倒像在全副精神迎客。

宝钗因笑说道：“成日家说你的这玉，究竟未曾细细的赏鉴，我今儿倒要瞧瞧。”说着便挪近前来。宝玉亦凑了上去，从项上摘了下来，递在宝钗手内。宝钗念了两遍通灵宝玉上的篆文，回头向莺儿笑道：“你不去倒茶，也在这里发呆作什么？”

寒暄让座后，宝钗即提出要细细鉴赏宝玉的通灵玉。宝玉回应的细节作者写得很具体：把通灵玉从项上摘了下来，递在宝钗手内。十分礼貌可人的一个乖孩子。注意这个细节，后面用到。此时本该去倒茶的莺儿，还奇怪地站在一旁。宝钗回头问她：“也在这里发呆作什么？”这句话妙在一个“也”字上，原来他们三人之中发呆不止莺儿，还有一个人呢。另一个发呆的不可能是宝玉，自己通灵玉上的内容有什么好发呆的。是宝姑娘。宝钗到荣国府已经有一段时间，按照她的说法，是“成日家说”通灵玉的，总不至于不知道玉上篆文的内容吧，今天却突然发起呆来了。

莺儿嘻嘻笑道：“我听这两句话，倒象和姑娘的项圈上的两句话是一对儿。”宝玉听了，忙笑道：“原来姐姐那项圈上也有八个字，我也鉴赏鉴赏！”宝钗道：“你别听他的话，没有什么字。”宝玉笑央：“好姐姐，你怎么瞧我的了呢。”宝钗被缠不过，因说道：“也是个人给了两句吉利话儿，所以錾上了，叫天天带着，不然，沉甸甸的有什么趣儿。”一面说，一面解了排扣，从里面大红袄上将那珠宝晶莹黄金灿烂的璎珞“掏将出来”。宝玉忙托了锁看时，果然一面有四个篆字，两面八字，共成两句吉谶。

宝玉说“原来姐姐那项圈上也有八个字”，这就奇怪了，宝钗来了许多日子，项圈是天天戴着的吧，为什么宝玉却不知上面有字？还是项圈上原本无字？如果金锁原本有八字和通灵玉配对，这么奇异的事早在宝钗进荣府之初就传开了，怎么可能等这么久才由莺儿的嘴说出来？

如果原本无字，金锁上的字是什么时候出现的？恐怕和宝钗此次进宫有关。黄金珠宝虽然都是长期不坏的物品，却会因为受到汗渍尘土的污染而色泽暗淡，此时的金锁“珠宝晶莹黄金灿烂”，十分崭新，珠宝只怕是刚清洗过的，金是新炸过的。八字吉谶，是刚錾上的。

八字吉谶是癞头和尚给的，怎么宝钗从宫里回来就得了呢？这是一个问题。

莺儿的话，不免勾起宝玉的好奇心。宝钗自然要推辞，宝玉自然会央求，宝钗当然“被缠不过”。

接下来，宝钗一面和宝玉说话一面解开“排扣”，从里面“大红袄”上把璎珞“掏将”出来。注意这个“掏将”的细节描写。清代贵族男女，饰品经常是身份地位的象征，所以戴在外面给大家看。比如黛玉进府时看到的凤姐和宝玉，以及刚刚宝钗看到的宝玉，都看到颈中挂的璎珞。这是废话对不对？饰品当然要戴在衣服外面，不然戴它干什么呢？可这次宝钗却把璎珞戴在了两层衣服之内。为什么这么戴璎珞呢？看她是怎么把金锁给宝玉的。作者虽然“省略”了宝钗递锁的细节，只写到她把金锁“掏将出来”，宝玉这边的动作是“忙托了锁”，何为“忙托”？

也就是手心向上急忙接住宝钗递过来的金锁。这是一个恭敬的动作，也是一个被动的举动。什么情况下，宝玉才能做此举动？

宝玉此时与宝钗“就近”，只闻一阵阵“凉森森”甜丝丝的幽香，竟不知系何香气，遂问：“姐姐熏的是什么香？我竟从未闻见过这味儿。”宝钗笑道：“我最怕熏香，好好的衣服，熏的烟燎火气的。”宝玉道：“既如此，这是什么香？”宝钗想了一想，笑道：“是了，是我早起吃了丸药的香气。”

宝玉此时与宝钗“就近”，“就近”是一个想象空间很大的说法，但宝玉的反应却极度缩小了“就近”的范围，因为他竟然可以闻到宝钗吃的丸药的香气。要知道宝钗是“早起”吃的丸药，现在是午后，大半天两顿饭都过去了，还能有多少气味留下？就是早起嚼了大蒜，这个时候气味也要散尽了，不靠近嘴鼻恐怕是闻不到的。此时的宝玉和宝钗，是脸挨着脸鼻息相闻。那幽香是“一阵阵”的，因为宝钗的呼吸是一下下的；是“凉森森”的，因为宝玉的脸直接接住了宝钗呼出的气息，所以皮肤感觉发凉。

原来宝钗掏出来金锁后，没有像宝玉那样摘下来再递给宝玉，连在身上就递过去了，所以宝玉才“忙托了锁”，那么自然是趴在宝钗胸前的姿势。可知的宝钗上身穿了三层衣服。最外层的比肩褂，也即坎肩，圆领无袖的对襟外衣。中间的蜜合色棉袄，里层的大红袄。从一些清代文献和网络资料、图表来看，清代的袄，形制是立领、连肩袖、右大襟、开衩摆，根据长短又分大袄小袄。因比肩褂是对襟，一竖排的扣子，所以说宝钗是解开“排扣”。比肩褂的排扣解开后，只要解开蜜合色棉袄的领口和肩部的扣子，就能把璎珞掏出来了。但是，大襟的衣服，里面有底衣襟，如果单解开这两处的扣子伸进手去掏璎珞圈，就很难看到里面的大红袄，也就是说，宝钗可能连腋下的扣子，也解开了。怎样的情景可以想象。

宝钗“掏将出来”的动作，也有点难看。“将”在这里是助词，赞叹宝钗所做的“掏”的动作，和平常的“掏”，有所不同。“掏将”相比于“掏”，具有力度、速度和情绪几方面的介入或加强，是一把就抓了出来。

在这里非常有必要提一下程乙本。抄本里宝钗把金锁“掏将出来”的动作，在程乙本里变成了“摘出来”。抄本里“宝玉此时与宝钗就近”，在程乙本变成了“宝玉此时与宝钗挨肩坐着”。看这两处小小的改动，程本的续作者会是无心的吗？

宝姑娘把项圈戴在衣服里面的原因也就在这里。

热闹的还在后面。

忽听外面人说：“林姑娘来了。”话犹未了，林黛玉已摇摇的走了进来。一见了宝玉，便笑道：“嗳哟，我来的不巧了！”宝玉等忙起身笑着让座。宝钗因笑道：“这话怎么说？”黛玉笑道：“早知他来，我就不来了。”宝钗道：“我更不解这意。”黛玉笑道：“要来一群都来，要不来一个也不来，今儿他来了，明儿我再来，如此间错开了来着，岂不天天有人来了？也不至于太冷落，也不至于太热闹了。姐姐如何反不解这意思？”宝玉因见他外面罩着大红羽缎对衿褂子，因问：“下雪了么？”地下婆娘们道：“下了这半日雪珠儿了。”

黛玉之所以来，当然是因为宝玉来了，林姑娘的耳报神也很不一般。薛姨妈在外间，黛玉连招呼也不打就直接闯进里间，这和薛姨妈的身份有关，也可见林妹妹的心情有多急迫。“林姑娘来了”这五个字的短句外面人还没说完，黛玉就从外面跨过外间屋子进到里间屋子里来了。

“林姑娘来了”是谁说的以及对谁说的？如果是对黛玉说的，黛玉似乎没有理由不回应一声。不是招呼黛玉，那是什么？是不是很像给里间屋里的人报信？就好像宝钗宝玉两个人在里面偷情。如果是说给里屋的人听的，那就得是薛姨妈说的了。

黛玉直闯进来，宝玉和宝钗“就近”的香艳图也就尽收眼底。所以黛玉一看见就笑着说“嗳呦”，说“来的不巧了！”宝玉、宝钗什么反应？“宝玉等忙起身笑让坐”，急忙起身分开了。宝玉心里并没有鬼，难为宝钗，这个时候虽衣衫不整，还是很镇静，笑着反问黛玉：“这话怎么说？”林妹妹显然下定决心要挤兑一下宝姐姐的，句句话刺着宝钗的心思，“也不至于太热闹了”，直指刚刚发生的事。思维敏捷如宝钗，也终于被问噎，没有语言和黛玉对答了。何况也得花些工夫把两层外衣的疙瘩排扣一粒粒扣上，一个姑娘家那么当众敞着总不大好，不说手忙脚乱，影响思维是肯定的。

这时候宝玉接过话茬，问“下雪了么？”人们在冷场时通常会问问天气问问时间什么的，以打破僵局。黛玉没理他，生气是肯定的。接话的是地下的婆娘们。原来宝玉的奶娘李嬷嬷等一帮婆娘们都跟进了里间屋，宝姑娘刚才的举动都是当着她们面的。

这是第十二年。到了第十四年四月二十六日，贾妃赏下端阳节礼，只有宝玉和宝钗的节礼一样，撮合金玉良姻的意思非常明白。四月二十七日，宝钗去贾母处晨省，宝玉也在，要看她的红麝串。

可巧宝钗左腕上笼着一串，见宝玉问他，少不得褪了下来。宝钗生的肌肤丰泽，容易褪不下来。宝玉在旁看着雪白一段酥臂，不觉动了羡慕之心，暗暗想道：“这个膀子要长在林妹妹身上，或者

还得摸一摸，偏生长在他身上。”（第二十八回）

“可巧”一出现，便知有故事发生，而且通常不是真的“可巧”，是有意为之。宝玉既要看宝钗的红麝串，那么他知道宝钗戴着，宝钗腕上的红麝串是可以看到的。

宝钗褪串子时露出“雪白一段酥臂”，让宝玉动了“摸一摸”之心。宝玉并非见色起意之徒，宝钗也不是他爱慕的女子，为什么竟会对这“一段酥臂”起了联想？他和袭人早已有了身体接触不说，他身边有一群丫鬟经常接触，都没什么。湘云的睡相“一弯雪白的膀子撂于被外”，他看了也没起什么意。可知这“一段酥臂”是有点不同的。也就是说，引起宝玉联想的“这个膀子”，可能并非想象，而是眼见之实，宝钗褪串子时把整个膀子都展露出来了。清代女装的袖子通常比较肥大，能够做到。

宝钗大胆的举动，惊到了宝玉。想来宝钗的胳膊应该很美，雪白滚圆的那种，才这么自信。

宝玉虽动了羡慕之心，仅限于“膀子”本身而不是它的主人，“偏生长在他身上”，仿佛惋惜这好膀子长错了地方。不过“雪白一段酥臂”也非全无效果，宝玉终归想到了金玉姻缘，人也呆了。

宝钗见他怔了，自己倒不好意思的，丢下串子，回身刚要走，只见林黛玉蹬着门槛子，嘴里咬着手帕子笑呢。宝钗道：“你又禁不得风吹，怎么又站在那风口里？”林黛玉笑道：“何曾不是在屋里的。只因听见天上一声叫唤，出来瞧了瞧，原来是个呆雁。”薛宝钗道：“呆雁在那里呢？我也瞧一瞧。”（第二十八回）

宝钗也许真的不好意思了，所以回身要走，突然发现黛玉正站在一旁看，这肯定是要吓一跳的。原来刚才只有宝玉、宝钗两人在外面，黛玉等人都在屋里，宝钗和宝玉有一个单独相处的机会。宝钗大概太过专注于所做的事，没发现黛玉从屋里出来了，她雪白的膀子不仅被宝玉看了，也被黛玉看到了。想想林妹妹蹬着门槛子咬着手帕子笑的模样有多坏吧。宝钗忙对黛玉的身体表示关心，说她不该站在风口里，很显然的气短了。林黛玉笑着说出一句比刀子还尖的话："何曾不是在屋里的。"貌似回应了宝钗的关心，但宝钗说的是"在那风口里"，黛玉回答的却是"在屋里"。言外之意，刚才的确如你所愿在屋里，无奈现在从屋里出来了，造成了这样的局面。好像很懊恼抱歉的一样。被戳中心思的宝姑娘越发失措，也要瞧一瞧呆雁。

第二十二回贾母为宝钗过生日，宝钗点了一出《鲁智深醉闹五台山》。宝玉认为是热闹戏，不好。

宝钗笑道："要说这一出热闹，你还算不知戏呢。你过来，我告诉你，这一出戏热闹不热闹。——是一套北《点绛唇》，铿锵顿挫，韵律不用说是好的了，只那词藻中有一支《寄生草》，填的极妙，你何曾知道。"宝玉见说的这般好，便凑近来央告："好姐姐，念与我听听。"

不结合当时的场景，宝钗对宝玉说的话并没有什么不妥，结合场景就不同了。听戏之前，黛玉因为觉得是给宝钗过生日，闹不开心，不来，是宝玉去她屋子里拉她来的。所以听戏的时候，两人必是坐在一起的。其实就是黛玉没有闹不开心，两人坐一起的可能性也很大。宝钗说："你过来，我告诉你，这一出戏热闹不热闹。"也说明宝玉不在宝钗这边，以及试图把黛玉身边的宝玉喊到自己身边来。本来也无所谓，问题在于，宝钗虽然发出了如此热情的邀请，宝玉却并没有"过来"。宝钗当众碰了个软钉子。搁在一般人身上大约会觉得很羞臊尴尬，但宝姑娘不，也没有因此而退却，反而自说自话，极力夸赞起戏的韵律和辞藻来。心理素质十分过硬。宝玉“见说的这般好”，才“凑近来”。

第三十六回的绣肚兜，虽然被很多人分析过，本人觉得有的地方还可以再分析一下。

却说王夫人等这里吃毕西瓜，又说了一回闲话，各自方散去。宝钗与黛玉等回至园中，宝钗因约黛玉往藕香榭去，黛玉回说立刻要洗澡，便各自散了。宝钗独自行来，顺路进了怡红院，意欲寻宝玉谈讲以解午倦。

注意是宝钗、黛玉“等”，不是宝钗、黛玉两人，还有其他人没有写出来。

怡红院、潇湘馆分别处在园门处的一东一西的位置，藕香榭更在潇湘馆西，宝钗回蘅芜苑要经过潇湘馆和藕香榭。宝钗约黛玉往藕香榭去，黛玉因为要洗澡，所以各自散了，宝钗独自行来。既然剩下宝钗一个人，这就不可能是在园门口分开的。既然提到藕香榭，应该还有惜春，那么剩下宝钗一个人的时候，也已经过了藕香榭。此时宝钗继续往西北去才顺路，怎么能够“顺路进了怡红院”呢？宝姑娘是又折返回来了。所谓“顺路”，是作者的促狭。

夏天日长，既然“午倦”，为什么不回蘅芜苑休息？当然，找人聊聊天也没什么不可以。怡红院的人，除了袭人，都在睡午觉。宝玉睡着了，达不成“谈讲以解午倦”了。但宝钗没有因此离开，应袭人之邀，坐在了宝玉床上，给宝玉绣起了鸳鸯肚兜。宝玉“穿着银红纱衫子，随便睡着在床上”。既是“纱衫子”，很薄透，毕竟在自己的卧室里睡觉，有那么点意思就行了。与如此穿着的宝玉同在一床，还给他做内衣，还做了那么久，直到黛玉洗完澡和湘云一起来怡红院给袭人道喜，还在做。

作者除了说宝姑娘“不留心”，还能说她什么呢。

宝玉知道后说“亵渎了她”，“亵渎”两个字，是对宝钗行为的定义。

大概吸取了几次失败的教训，第六十四回宝钗和宝玉、黛玉谈论五美吟时，就说“女子无才便是德，总以贞静为主”的话了。

薛宝钗的为人处世

《红楼梦》里的女孩子们性情各异，读者对她们也有种种不同的看法，但受争议最多的，无疑是薛宝钗和花袭人两位。

宝钗，喜欢她的和不喜欢她的，差不多是两个水火不容的阵营。喜欢她的极其喜欢，甚至像湘云那样近乎崇拜，认为她处事周全，宽容大度，替人着想，是理想的完美女性。或认为她是恪守礼教的贤媛淑女，甚至是封建社会的牺牲品。厌憎宝钗的则极其厌憎，认为她表面和善，内里藏奸。

喜欢宝钗的和喜欢黛玉的红迷，也常常不能兼容，喜欢一个而排斥另一个。和她们俩所显示的某种对立一样。两个都喜欢的也不少，但这个群体倾向于把大观园的女孩子理想化，认为女孩子们都是美好的。

本篇将从作者对宝钗的一些评价，结合宝钗的实际行为等，分析分析这位第一女主角。

作者对宝钗的评语：“罕言寡语，人谓藏愚；安分随时，自云守拙。”这很绕人。首先“罕言寡语”并不符合实际，宝钗何尝是一个说话少的人？和宝玉、黛玉在一起时如教导员般的说教不用说了，在贾母面前，在众姑娘面前，都曾长篇大论滔滔不绝，常是此类场合的谈话主角。凤姐的评价或者才恳切，所谓“不关己事不开口，一问摇头三不知”。宝钗不是不能说，只是事不关己时不说。“人谓藏愚”不知什么意思，人们说她把愚蠢藏起来，难道人们认为宝钗是个愚蠢的人？“安分”的意思是规矩老实。“随时”是多义词，可以指任何时候，也可以指顺应时势、也即根据情况了。结合起来的意思是，任何时候都规矩老实或根据情况规矩老实。联系宝钗的实际行为，是视情况而定的。何为“守拙”？古代封建士大夫自诩清高，不做官，清贫自守，是为守拙。这里不知什么意思。

作者把宝钗和黛玉做过比较：“宝钗行为豁达，随分从时，不比黛玉孤高自许，目无下尘，故比黛玉大得下人之心。便是那些小丫头子们，亦多喜与宝钗去顽。”根据这个说法，宝钗的人缘要比黛玉好很多，但联系其他内容，似乎又并非如此。黛玉和下人的关系不差，属于宝钗口中和丫鬟们“嘻皮笑脸的姑娘”。首先紫鹃不用说了，第三十七回：“独黛玉或抚梧桐，或看秋色，或又和丫鬟们嘲笑。”书中两次写到黛玉随手抓一把钱给小丫头，对下人并没有“孤高”态度。只除了个别人，如周瑞家的。宝钗和丫头们的融洽关系，除了莺儿、袭人两个特殊的，不见其他具体描写。小丫头靛儿笑说宝钗藏了她的扇子，却被宝钗指着斥责。

宝钗非常博学，用宝玉的话说无书不知，这得益于薛家的丰富藏书。但宝钗的读书态度却深可玩味。牙牌令时，黛玉说了《牡丹亭》和《西厢记》里的两个句子，被宝钗听出来，发生了后来教导黛玉的事。宝钗说：“你我只该做些针黹纺织的事才是，偏又认得了字，既认得了字，不过拣那正经的看也罢了，最怕见了些杂书，移了性情，就不可救了。”宝钗说自己是和“姊妹兄弟”们住在一起的时候看过《牡丹亭》《西厢记》

等书，因为大人的干预，“打的打，骂的骂，烧的烧，才丢开了”。那么可以肯定看此类杂书是在她十一岁之前。此年宝钗十七岁，那些杂书，按照她的说法，至少已经丢开了六年之久。但里面的句子，怎么能够记得那么清楚？黛玉的酒令一出口，宝钗马上扭头看她，显然立刻就知道出处了。不是说六年前看过的书就不能记得。那时的宝钗，还是个十一岁的孩子，《牡丹亭》《西厢记》又都是长篇成人戏曲，非短篇诗词，黛玉说的也只是其中很随便的句子，宝钗总不可能那时已经把这两部戏都背下来了吧。所以宝钗虽然口里反对看此类杂书，可能暗地里一直都没有放下。

滴翠亭事件是作者明写出来的宝钗行为污点，很多红迷分析过，或批评，或辩护，各各不一。这里略加分析。

宝钗跟扑一对玉色蝴蝶到滴翠亭，准备返回时，听见亭子里嘁嘁喳喳有人说话。“宝钗在亭外听见说话，便煞住脚往里细听”。这里用了一个“煞”字，“煞”字有硬停、急停的意思，这就是宝钗一瞬间的反应，没有进行任何的思想挣扎，未免像行为习惯而非一时的好奇。被小红、坠儿推窗看到后，宝钗立即进行了一番逼真的表演，让红玉相信，刚才是黛玉在这里偷听了“她的短儿”。虽然金蝉脱壳之计是提前想了的，若非天生的好演员或久经此种场面，自编自演起来难免脸红心跳气短，可是宝姑娘谈笑自若，十分淡定。脱身后对嫁祸黛玉也未有丝毫的不安，反而“心中又好笑”，既未手软，也不心慈。最后她自思：“怪道从古至今那些奸淫狗盗的人，心机都不错。”这是骂红玉、坠儿两个，还是自骂？

滴翠亭事件中的丫鬟林红玉，是大观园建成后才分派到了怡红院。滴翠亭事件发生于四月二十六日，众人搬进园子不过两个月零四天，而且怡红院丫鬟多，所以连管家的凤姐都还不认识小红，宝钗却仅根据小红的语音就判断出来。甚至连性格脾气都清楚，认为小红素昔眼空心大，是个头等刁钻古怪的东西。这当然是才能，但也说明一件事，宝钗对怡红院有多用心，连一个边缘丫头都如此了解。

宝钗在黛玉面前却不错，一直颦儿、颦儿喊的分外亲切。金兰语后，又是送燕窝，又是在湘云受打击时出言保护，关系“更比他人好十倍”。这种冷热两面、明里暗里截然不同的待人态度，也并不只对黛玉一人。王夫人的丫鬟金钏，用王夫人的话说几乎跟女儿差不多，曾穿过宝钗的旧衣服，关系应该是不错的。金钏自尽后，宝钗未见丝毫怜悯，甚至说：“纵然有这样大气，也不过是个糊涂人，也不为可惜。”又说：“十分过不去，不过多赏他几两银子发送他。”言外之意，如果并非“十分”过意不去，连几两银子也无需多赏。尤三姐自刎、柳湘莲出家，薛蟠、薛姨妈都忍不住流泪叹息，只有宝钗浑不在意。

湘云对宝钗的感情可用热爱来形容，人前人后的亲昵维护，发自真诚的赞不绝口。宝钗对湘云也不可谓不好，为湘云设螃蟹宴，看袭人总让湘云做活出言劝止，“姊妹天天说亲道热”等。但这些好止于抄检大观园。抄检大观园的第二天，宝钗要搬回薛姨妈住的东北院子，走去告诉李纨，李纨说派人给她看屋子。宝钗笑道：“落什么不是呢，这也是通共常情，你又不曾卖放了贼。依我的主意，也不必添人过去，竟把云丫头请了来，你和他住一两日，岂不省事。”尤氏也想起跟宝钗一起住的史湘云来，问：“可是史大妹妹往那里去了？”宝钗道：“我才打发他们找你们探丫头去了，叫他同到这里来，我也明白告诉他。”那么事前完全没有告诉湘云。不要说关系亲密的姊妹，就是一般的朋友，你搬家而她得走人，出于最起码的礼貌，也实在有理由事先知会一声。宝钗此举，完全不把湘云看在眼里。然后探春、湘云果然来了。众人你言我语谈论甚多，向来爱说话的湘云，由始至终一言未发，可想象所受的打击。在和宝钗同住之前，湘云常住黛玉那里，宝钗告诉说李纨把湘云“请”到稻香村住。李纨正怕得罪宝钗，必然会做到，事实上湘云的确住进了稻香村。湘云不能住蘅芜苑，大可以自己选择住处，宝钗未作商量，径由李纨把湘云“请”到稻香村，以湘云的性格和经济情况，住在沉闷吝啬的李纨屋檐下，日子必然是难过的。

薛宝钗因往日母亲对王夫人等曾提过“金锁是个和尚给的，等日后有玉的方可结为婚姻”等语，所以总远着宝玉。“昨儿见元春所赐的东西，独他与宝玉一样，心里越发没意思起来”。不少红迷以此为据，认为宝钗并不中意宝玉，更无意嫁宝玉，金玉良姻委屈了她。这就把书读死了。宝钗何曾远着过宝玉？第二十一回，众人还没入住大观园，湘云来荣府和黛玉一起住。一大早，宝玉头没梳脸没洗披衣趿鞋就跑到了黛玉屋里。黛玉很惊异，问他这么早跑来干什么。那么宝玉、黛玉虽然同住贾母院，宝玉也不是不分时候地往黛玉屋里跑。稍晚一点，袭人正在屋里洗脸梳头，宝钗便来了。看似来得稍晚，但宝钗此时住在荣府的东北院子，距贾母的西院有相当一段距离，走这一趟也得费些时间。袭人见到宝钗后，并不诧异，没问宝姑娘这么早来做什么，宝钗一大早到宝玉屋里是常见的。入大观园后，走动得显然更勤。所以会惹得晴雯当众抱怨：“有事没事跑了来坐着，叫我们三更半夜的不得睡觉！”除了睡觉吃饭，宝姑娘待在怡红院的时间有可能比宝玉本人还多。另外跟宝玉也跟得很紧。宝玉最多去潇湘馆，常常在和黛玉说话之间，宝钗就一步到眼前。大约从宝玉屋里找来的。对红玉的熟悉，也很说明问题。

宝钗和袭人走得近，这个谁都看得出来。两人也很有些相似之处，比如她们身上都没有孩子气，所以有袭为钗副的说法。她们是不是真的喜欢对方不得而知。袭人是一心往上巴结要争荣夸耀的，而宝钗有财有势，又有意了解宝玉的行踪，最需要袭人的帮助，未免一拍即合，成为利益共同体。这与和湘云的关系好完全不同。湘云虽然热爱宝钗，但显然的，这姑娘也就有时刀子嘴，城府实在不深，心肠实在不坏，暗中结党合作之类的事，她是干不来的。

宝钗把湘云送的绛纹石戒指转手给了袭人，袭人十分感激。宝钗对袭人的馈赠不止一次。宝玉生日斗草，香菱弄脏了新穿的石榴红裙，裙子是用宝琴带来的石榴红绫布做的，大约布料比较稀罕，香菱和宝钗仅各做了一条。香菱怕被薛姨妈教训，宝玉说："袭人上月做了一条和这个一模一样的，他因有孝，如今也不穿，竟送了你换下这个来，如何？"荣国府丫头们的衣服，或按时节统一做，比如在年节前。或穿主人的旧衣。不可能无缘无故地单为袭人做一条红绫裙。何况她才死了亲娘，正处于热孝期。宝琴和袭人没来往，袭人的石榴裙只能来自宝钗。香菱穿上袭人的裙子正万福致谢，袭人却"拿了脏裙便走"，显然憋着一肚子火气。亲娘尸骨未寒就给自己做了一条喜庆红裙，这事传扬开来，难免遭人议论，影响贤名。

宝钗和袭人的一些合作，作者写得非常隐秘。第六十七回，薛蟠经商回来，带回许多土仪，宝钗让莺儿带着老婆子们挨门送到。莺儿回来后，走近前来一步，挨着宝钗悄悄地说道："刚才我到琏二奶奶那边，看见二奶奶一脸的怒气。我送下东西出来时，悄悄的问小红，说刚才二奶奶从老太太屋里回来，不似往日欢天喜地的，叫了平儿去，唧唧咕咕的不知说了些什么。看那个光景，倒象有什么大事的似的。姑娘没听见那边老太太有什么事？"宝钗听了，也自己纳闷，想不出凤姐是为什么有气，便道："各人家有各人的事，咱们那里管得。你去倒茶去罢。"莺儿显然以送东西为名，把各处的动静查探一遍，回来汇报给宝钗。凤姐家确实出了事，贾琏偷娶尤二姐暴露了。看袭人这边的反应："却说袭人因宝玉出门，自己作了回活计，忽想起凤姐身上不好，这几日也没有过去看看，况闻贾琏出门，正好大家说说话儿。"无论通过怎样的途径，消息已经传递过来了。这段袭人的心理活动，实则为师出有名而找的借口，否则忽然出园子登门拜访，人家现在正有秘事，岂不疑惑？作者这么写，是在打掩护。

因为宝钗劝宝玉和士大夫诸男人等应酬交往，宝玉骂她沽名钓誉。"好好的一个清净洁白女儿，也学的沽名钓誉，入了国贼禄鬼之流。这总是前人无故生事，立言竖辞，原为导后世的须眉浊物。不想我生不幸，亦且琼闺绣阁中亦染此风，真真有负天地钟灵毓秀之德！"（第三十六回）"沽名钓誉"意思是用不正当的手段捞取名誉。这使得很多红迷推崇宝钗而对宝玉不屑。认为宝钗更适应社会生存法则，是生活的强者。宝玉则是扶不起的刘阿斗，一旦贾家败落，必会被社会淘汰。讽刺的是，读者的这种看法，正是宝玉骂宝钗的原因。湘云也劝过宝玉，为什么不骂她沽名钓誉、国贼禄鬼？因为她是真心为宝玉好。憨湘云对宝玉的外界交往缺乏了解，不知宝玉和诸多优秀人物的应酬结交，又真的想不起宝玉有严父名师。宝姑娘却不是湘云那样的天真少女，她为掌握宝玉的行踪和袭人合作，心腹丫鬟莺儿又认茗烟的娘为干娘，还有个熟悉宝玉又知无不言的哥哥薛蟠，等等。所以宝钗对宝玉的人际交往是非常明了的，属明知无须劝而故意劝，非为宝玉着想，是要为自己捞取一个贤德的名声。"贤袭人"的贤名即是从"劝"宝玉得来的，不知是不是见样学样。此劝对宝玉不仅无益，还是损毁，容易让不明就里的人误以为宝玉做事不行，很没有用。

宝玉看破了这一点，可惜书内书外很多人，却未明了。

湘云劝宝玉的仕途经济论，宝玉说是混账话，恰被黛玉听到，想道："素日认他是个知己，果然是个知己。"且不说宝玉和她都是有足够自立能力的人，这是完全的信任，本来就不需要操心的。重点是，真的爱一个人，怎会以损毁对方的方式成全自己的名声？

神秘高贵的宝钗生母

薛姨妈虽然是王夫人"一母所生"的妹妹，义忠亲王的女儿，大概也曾是郡主身份，她在薛家的身份却非常低，像她的"姨妈"之称一样，不是正室夫人。

老太妃薨时，朝廷下令凡诰命等皆入朝随班按爵守制以及送灵，贾母、王夫人等人齐去不说，除了凤姐小产养病，连买了个五品官衔的贾蓉继室许氏都去送灵了，唯独薛姨妈和李纨没去。如果薛姨妈是正室夫人，怎么可能连许氏那样的头衔都没有呢？这是不可想象的。贾妃省亲时，问及薛姨妈等人，王夫人回答说："外眷无职，未敢擅入。""无职"即没有职事，《周礼·地官·闾师》："凡无职者出夫布。"薛姨妈的确没有朝廷封号。

不仅如此，在薛家，薛姨妈甚至连正式的妾、即赵姨娘那样的身份都算不上，因为薛蟠和宝钗对薛姨妈的称呼是"妈妈""妈"。这是一个主子对下人的称呼。封建社会礼教，什么人该怎样称呼，都是很具体的。传统上对母亲的口头称呼是娘。但这个称呼不方便在贾家那样的大家族里使用，有身份的女主人便另有敬称，比如太太、奶奶。所以宝玉对王夫人经常称“太太”而非“娘”。妾称“姨娘”。所以探春称自己的生母赵姨娘为“姨娘”。宝玉、探春等人对各自的奶妈和家中上了年纪的女佣，才称“妈妈”，是一种礼貌类称呼。第七十四回探春斥责王善保家的：“我不过看着太太的面上，你又有年纪，叫你一声妈妈。”宝钗兄妹称薛姨妈“妈妈”，这就把薛姨妈的身份地位放在了一个非常低的位置。

除了称呼，从行为上，宝钗待薛姨妈也没有对待“母亲”的最基本礼数。

第四十五回：“宝钗因见天气凉爽，夜复渐长，遂至母亲房中商议打点些针线来。日间至贾母处王夫人处省候两次，不免又承色陪坐半时。”

住在大观园里的宝钗，每天都要去贾母、王夫人处省候两次，却从不见省候同样住在内宅的薛姨妈。有一次宝钗和薛蟠吵嘴，第二天一早，宝钗红肿着眼睛到薛姨妈处，薛姨妈还问她一大早跑来干吗，可见确实没有晨省这回事。

薛姨妈在薛家的身份，介于妾和女仆之间，是“姨娘”和“妈妈”的组合体。作者给出的“薛姨妈”之称，是为指迷。薛姨妈名分虽低，薛蟠应该是她的亲生儿子。薛蟠在家里闹事和宝钗拌嘴，薛姨妈对他又说又骂，十分随意，如果不是亲儿子，一个身份不正的人不大可能这么做。反之，对宝钗百般安慰，让薛蟠给她赔不是等，明显薛蟠才更亲。

与薛姨妈的低微对比鲜明的是，宝钗的身份却出奇的高贵。

抽花签时，宝钗抽得牡丹。中国传统文化里，牡丹是富贵花。花签上还注明：“此为群芳之冠，随意命人。”大家又说“巧的很，你也原配牡丹花”。宝钗是十二钗里的第一个富贵人。薛家已如此败落凋零，按作者明写出来的内容，贾妃、凤姐、探春哪个的富贵都不比宝钗差，何以轮到宝钗来做富贵牡丹？

宝钗的确是配牡丹的。封建社会，什么人住什么样的房子，大小间数，有严格等级。蘅芜苑是大观园除正侧殿之外的最高级别建筑。主体“五间清厦”，“厦”的意思是大房子。所谓“清厦旷朗”，比“荣禧堂”可能毫不逊色。怡红院也有五间，却是“小小五间抱厦”。抱厦指正屋前、后接建出来的附属房屋。比如王夫人正房后有“三间小抱厦”。怡红院在大观园东南，那么附属于荣府东北上的正屋，那是薛家住的房舍。这其实就是宝玉和宝钗的身份差距了。其他姑娘们的住所更逊色，探春的秋爽斋是三间，黛玉的潇湘馆是“小小两三间房舍，一明两暗”，“一明两暗”指只有中间一间是向外开门的样式。古代宫殿建造讲究前宫后苑，蘅芜苑是贾妃行宫的正式组成部分，“苑”字本身也是很好的证明，皇家园囿才可以称“苑”。说白了，宝钗其实就是住在行宫里。这是宝钗身份的反映。

在“金玉良姻”这个说法中，金在玉前，是“金玉”良姻而不是“玉金”良姻。如果说建立在爱情基础上的木石姻缘，“木”在前表达的是宝玉对黛玉的爱敬，宝钗在宝玉之前，想要表达什么？男权社会，不至于讲究女士优先。金玉良姻作为门第之配，“金”和“玉”只能是宝钗、宝玉二人身份地位的象征，“金”在“玉”前，说明宝钗的身份高于宝玉。贾政已是一品官，可知宝姑娘父母之中，至少有一人，身份比一品更高。

薛姨妈就直接排除了。宝姑娘的父亲身份非凡吗？薛父的情况虽然不明，如果宝钗的身份来自父亲，作为薛家的“独根孤种”，薛蟠应该也有相应的高贵身份。可是，从薛蟠身上，只见财富，不见高贵。

薛姨妈也否认宝钗是自己的女儿。

薛姨妈在薛家的名分虽然低微，却是事实上的家长身份，薛蝌的婚姻她可以做主，宝琴如果没有许配人家的话，她显然也能决定。但是，第五十七回薛姨妈和宝钗等人聊起贾母烦恼的宝玉择配问题时，说："我想宝琴虽有了人家，我虽没人可给，难道一句话也不说。"说自己没人可给，宝钗不就是最好的一个人选吗？传了那么久的金玉良姻，宝钗的金要找有玉的配也是她向王夫人说过的，怎么忽然又"没人"了呢？除非一样，宝钗不是她的女儿。宝钗的婚配，她是做不了主的。

这一切，都衬托出一个人来，薛蟠父亲的正室夫人，当然也就是宝钗生母。如果堂堂王府千金只能屈尊作"妈妈"，那位未现身的正室薛夫人，是何等的尊贵身份？

第七十六回凹镜馆联诗，湘云出上联"香新荣玉桂"，黛玉下联为"色健茂金萱"。湘云笑道："金萱二字便宜了你，省了多少力。这样现成的韵被你得了，只是不犯着替他们颂圣去。况且下句你也是塞责了。"黛玉笑道："你不说玉桂，我难道强对个金萱么？再也要铺陈些富丽，方才是即景之实事。"

"萱"即萱草，古称母亲居室为萱堂，后以"萱"为母亲的代称。关于"金萱"是谁，历来有很多争议。"金萱"的所指其实不算太隐晦。这段话数次提及"金""玉"二字，明显在暗示金玉良姻。这位"金萱"，是宝钗的母亲。那是黛玉最介怀的，所以从她的口中说出来。"金兰契互剖金兰语"一回里，黛玉说羡慕宝钗有"母兄"，宝钗则说"只有个母亲比你略强些"。同时明显把"母亲"和"妈妈"、也即薛姨妈区别开来，也是佐证。

既为"金"萱，当然是尊贵人物。尊贵到怎样的程度？湘云说"只是不犯着替他们颂圣去"，"圣"这个字，除了孔圣人、关圣帝以及神仙们，凡人里只有皇家的头等人物皇帝、太后等才可以用。如圣上、圣旨、圣体、圣眷等。宝钗的母亲不可能是皇后太后，但必然与之非常接近，才能用“颂圣”二字。只有公主，圣上的女儿，才能解释这个。

所以宝钗是牡丹花，丫鬟叫黄金莺。

宝钗词“白玉堂前春解舞”，即是暗示她的公主生母。

薛姨妈是如何和公主嫁了同一人的？推断因为义忠亲王“坏了事”，连累家人。郡主王夫人会嫁给当年的一个小办事员贾政，不知是否与此有关。

这也就是为什么，宝钗和宝琴这对堂姊妹，一个参加选秀，一个不参加。

第五十回薛姨妈说宝琴：“可惜这孩子没福，前年他父亲就没了。他从小儿见的世面倒多，跟他父母四山五岳都走遍了。他父亲是好乐的，各处因有买卖，带着家眷，这一省逛一年，明年又往那一省逛半年，所以天下十停走了有五六停了。那年在这里把他许了梅翰林的儿子，偏第二年他父亲就辞世了，他母亲又是痰症。”

清代的八旗少女或其他特殊身份应该参加选秀的，不经过选秀不允许许配人家。选秀的年龄从十三岁到十六岁。宝琴的父亲是“前年”，即两年前去世的，在他去世前一年，即三年前，已给宝琴订下了婚事。宝琴此年十四岁，那么订婚时年仅十一岁，肯定没有参加过选秀。宝钗可以参加选秀，大概因为她是公主的女儿。或者并未参加选秀或选公主、郡主的入学陪侍，借口而已。

宝琴是在“这里”、也即京城订的婚，就是说，宝琴十一岁的时候，和父母哥哥一起都在京城。那时宝钗十四岁，也在京城，只是还没进荣国府。

无奈的薛姨妈

第五十七回“慧紫鹃情辞试忙玉，慈姨妈爱语慰痴颦”。紫鹃深知黛玉在宝玉心里的地位，一番“情辞试忙玉”，让大家看到了黛玉对宝玉意味着什么。这其中受影响最大的，不是别人，却是薛姨妈。宝玉的反应，动摇了薛姨妈支持金玉良姻的心，说出“便是冷心肠的大人也要伤心”的话，开始助力二玉的姻缘。

薛姨妈心理上的变化，贾母察觉出来了。

薛姨妈看中了邢夫人的娘家侄女，端雅稳重的邢岫烟，欲求与薛蝌为妻。不知出于什么顾虑，谋之于凤姐。然后就这么巧，接着贾母竟然去看了凤姐。凤姐便和贾母说：“薛姑妈有件事求老祖宗，只是不好启齿的。”贾母以极大的热情促成了这件事。即刻就命人请邢夫人过来，硬作保山。邢夫人同意后，即刻命人去告诉邢忠夫妇，也都同意了。

贾母笑道：“我爱管个闲事，今儿又管成了一件事，不知得多少谢媒钱？”薛姨妈笑道：“这是自然的。纵抬了十万银子来，只怕不希罕。但只一件，老太太既是主亲，还得一位才好。”

为什么还需要一位呢？这个本人也不大懂，旧时婚姻讲究媒证，就是既要有媒人，又要有证人。黄梅戏《天仙配》中董永拒婚七仙女时，就说：“主婚就不能为媒，为媒就不能主婚。”后来傅员外声称要到衙门告董永拐带人口，董永理直气壮地说：“我夫妻成婚之时，是有媒有证的，你若告至官府，那时，媒人出场，证人上堂，问你一个诬告之罪，不罚你一千，也要罚你八百。”傅员外就蔫了。从前的合法婚姻，是即要有媒人，又要有证人。

贾母便命人去叫过尤氏婆媳二人来，让尤氏在当中料理周全。为什么不让王夫人、凤姐而是叫尤氏婆媳呢？大概因为她们和贾母是一家的，尤氏则代表宁府。

关键是，贾母向薛姨妈要“谢媒钱”的时候，薛姨妈说“纵抬了十万银子来，只怕不希罕”，然后继续向贾母提要求，贾母还是有求必应。可见两人在“谢媒钱”这个问题上心照不宣，薛姨妈知道贾母要什么，贾母也知道薛姨妈愿意给。

贾母要的是什么呢？

薛蝌、邢岫烟定亲后，薛姨妈便开始异常亲近黛玉。这天宝钗往潇湘馆来。正值她母亲也来瞧黛玉，正说闲话呢。宝钗笑道：“妈多早晚来的？我竟不知道。”

薛姨妈谈起宝钗和黛玉婚姻的事，宝钗大概有所察觉，伏在薛姨妈怀里撒娇，这一幕让黛玉流泪。薛姨妈说：“好孩子别哭。你见我疼你姐姐你伤心了，你不知我心里更疼你呢。”黛玉笑道：“姨妈既这么说，我明日就认姨妈做娘，姨妈若是弃嫌不认，便是假意疼我了。”薛姨妈道：“你不厌我，就认了才好。”宝钗忙道：“认不得的。”

薛姨妈喜欢疼爱黛玉，都是真的。黛玉要认她做娘，那肯定十分乐意。宝钗不是她的亲生女儿，原是薛蟠不成材，自己的下半辈子只能指望宝钗。现在白白地得到黛玉这么一个出色的女儿，何乐而不为？而且这么一认，金玉良姻和木石姻缘无论哪一个成功，宝玉这个被众人虎视眈眈的富贵公子，都是她的女婿。可是，如果真的认了，黛玉就成了宝钗的妹妹，金玉的事怎么办？博识如宝钗，当然会阻止。薛姨妈明白宝钗的心思，权衡利弊，只能不认。

但还是在继续努力。

薛姨妈又向宝钗道："前儿我说定了邢女儿，老太太还取笑说：'我原要说他的人，谁知他的人没到手，倒被他说了我们的一个去了。'虽是顽话，细想来倒有些意思。我想宝琴虽有了人家，我虽没人可给，难道一句话也不说。我想着，你宝兄弟老太太那样疼他，他又生的那样，若要外头说去，断不中意。不如竟把你林妹妹定与他，岂不四角俱全?"

贾母要的"谢媒钱"就是这个，要薛姨妈助力成全二玉的姻缘。

宝钗的高贵身份，加上神仙癞头和尚在背后鼎力支持，除非宝钗自己放弃，荣国府的贾宝玉想跟其他姑娘定亲，那是不可能的。贾母不得已，才从薛姨妈这里入手。

薛姨妈的这些话，都是对宝钗说的。宝钗没反应，即便在黛玉红了脸啐她拉她，也淡定得很。仗着身世，宝钗吃定了宝玉。

紫鹃不想放过这个机会，跑过来说："姨太太既有这主意，为什么不和太太说去?"紫鹃虽然聪慧，毕竟只是丫鬟，许多微妙内情是她不知道的，大约认为宝、黛姻缘的障碍在王夫人。

婆子们因此也笑道："姨太太虽是顽话，却倒也不差呢。到闲了时和老太太一商议，姨太太竟做媒保成这门亲事是千妥万妥的。"薛姨妈道："我一出这主意，老太太必喜欢的。"

看来婆子们更比紫鹃了解实情。薛姨妈话虽这样说，却绝不敢自作主张。

贾母清楚薛姨妈的处境和心思，在后来的给老太妃送灵期间，"千叮咛万嘱咐"托薛姨妈照管林黛玉。薛姨妈便挪至潇湘馆和黛玉同住，一应药饵饮食十分经心，也是对宝钗的一种施压。倒是言而有信。

对于两个玉儿的姻缘，贾母岂止是支持，根本就是竭尽全力，这还只是其中的很小部分。

问题只在于宝钗这个人，宝玉那样的激烈反应，那样的不能失去黛玉，都没有动摇她对金玉良姻的执念，“人谓藏愚”四个字，不是没有道理。

癞头和尚的世俗身份

宝、黛爱情悲剧的罪魁祸首，仙界里的茫茫大士，凡间的癞头和尚，书中最神通广大的神仙，本篇要揭一揭他的真实身份。

癞头和尚身为佛门弟子，他关心的却不是普度众生，他关心的，或者他的主要工作之一，是插手宝玉的婚姻。这本来是人家父母该管的事。

癞头和尚是金玉良姻的始作俑者兼最大支持者。因为具有至高的“神力”，他的意愿如同冥冥之中的宿命般无法抗拒，什么父母之命、媒妁之言以及八字相合等统统靠后，宝玉和谁成婚，他说了算。

这货当然不是真的什么神仙，他是一个皇家人物，高级别的皇家人物，所谓“神力”，其实是皇权。这人在皇家的级别高到怎样的程度，贾妃是一个很好的衬托。同为神仙，贾妃却毫无神力，深受宫里的规矩所限，连回一趟自己娘家都不能做主，和仙凡两界任我行的癞头和尚完全不能相提并论。

关于这个人的真实身份，须从“月”开始说起。

书中常用警句指迷人物命运中的关键点，黛玉的警句不止一个，但第一警句无疑是“冷月葬花魂”，而且显然是写的黛玉之死。必然蕴含最关键的内容。“葬”字连接起来的两个主角，“冷月”和“花魂”，

“花魂”指黛玉，“冷月”呢，仅仅指自然界的月亮吗？肯定不是，也是某人的寓意形象。那人对黛玉非常不利，“冷”字加上“葬”字，显出一个冷酷的凶手形象。

“月”在宝钗的命运中同样起着重要作用。相对于宝钗，“月”一改冷酷形象，成了光辉灿烂的“明月”。贾政带宝玉和众清客们游至蘅芜苑，面对满院的异草奇石，青天白日，清客们却可着劲儿说起“明月”来。给出“杜若香飘明月洲”“一庭明月照金兰”之类十分莫名其妙的诗句。宝玉批评说“明月”等字样太过“着迹”，就是说太写实了，太明显了。贾政则说宝玉“谁按着你的头，叫你必定说这些字样呢?”显然“明月”等字样原是正经该说的，是应制句。而且和蘅芜苑也即薛宝钗，有密切的联系。

贾雨村的中秋咏月诗：“天上一轮才捧出，人间万姓仰头看。”把“月”放在了和“日”、也即皇帝同辉的高度。

书中更有多处“日”“月”并列。第五十三回写贾家祠堂：

抱厦前上面悬一九龙金匾，写道是：“星辉辅弼。”乃先皇御笔。两边一副对联，写道是：“勋业有光昭日月，功名无间及儿孙。”亦是御笔。

“御笔”谓帝王亲笔所书。“先皇”指死了的皇帝。匾额是“先皇御笔”，对联是皇帝御笔。先皇和皇帝父子两个对贾家都很器重。关键是“星辉辅弼”四个字，“辅弼”指辅佐君主的人，多指宰相级的重臣。辅佐君主的臣子既为“星”，先皇就是“月”了。对联中的“日月”，“日”指皇帝，“月”指先皇。所以“月”可以和皇帝同辉。

荣禧堂对联：“座上珠玑昭日月，堂前黼黻焕烟霞。”其中的“日月”当然也是暗示皇帝父子了。

“先皇”是死了的皇帝，怎么可能成为害死黛玉的凶手？

更奇怪的是，皇宫里还好好活着一位太上皇，和皇帝、皇太后共享天伦之乐。

第十六回：“如今当今贴体万人之心，世上至大莫如孝字，想来父母儿女之性，皆是一理，不是贵贱上分别的。当今自为日夜侍奉太上皇、皇太后，尚不能略尽孝意，因见宫里嫔妃才人等皆是入宫多年，抛离父母音容，岂有不思想之理？在儿女思想父母，是分所应当。想父母在家，若只管思念儿女，竟不能见，倘因此成疾致病，甚至死亡，皆由朕躬禁锢，不能使其遂天伦之愿，亦大伤天和之事。故启奏太上皇、皇太后，每月逢二六日期，准其椒房眷属入宫请候看视。于是太上皇、皇太后大喜，深赞当今至孝纯仁，体天格物。因此二位老圣人又下旨意。”

不长的一段话，“太上皇”和“皇太后”四次并列出现，“父母”一词也是四次出现，“当今”“儿女”“孝”出现三次，这些个名词几乎占到了内容的五分之一。那么，太上皇、皇太后和皇帝一家三口是天伦团圆其乐融融的。但作者想表达的显然不是这些，不是赞美他们的天伦之乐，他在强调他们的关系：太上皇和皇太后，是夫妻关系；两位老圣人和皇帝，是父母和儿女的关系。换句话说，这位太上皇并不是别有渊源的替代品，更不是别的张三李四阿猫阿狗，他就是皇太后的丈夫、当今皇帝如假包换的亲爹。

太上皇、先皇共存，算是怎么回事？

太上皇不仅和先皇共存，太上皇的寓意形象，也是“月”。

鸳鸯又道：“有了一副。左边长幺两点明。”湘云道：“双悬日

月照乾坤。”（第四十回）

“双悬日月照乾坤”出自李白组诗《上皇西巡南京歌》。安史之乱时，玄宗李隆基西逃四川，太子李亨在灵州自行登基称帝，遥尊李隆基为太上皇。“上皇”即“太上皇”简称。李白以“双悬日月”喻李隆基李亨父子，“日”为帝，那么唐明皇这位昔日的帝王，今日的太上皇，就只能屈居为“月”了。作者引用这句诗，肯定不是为了影射《红楼梦》所在的历史时期太上皇和皇帝共存，当时有太上皇书中已经明写出来了。“日”指皇帝也无需暗示，自古以来龙、日等原是皇帝的专用。借用这句诗的目的，应该只有一个，告诉读者“月”指太上皇。

太上皇就是先皇！

和“月”有密切联系的，还有“落日”。

香菱和黛玉谈诗，大赞王维五言诗中对“落日”的描写，“大漠孤烟直，长河落日圆。”“日落江湖白，潮来天地青。”“渡头余落日，墟里上孤烟。”“日”是皇帝寓意形象，“落日”算什么？“渡头余落日”明显有调侃意味，似讥讽此“落日”是多余的东西，老而不死。香菱还说：“这‘余’字和‘上’字，难为他怎么想来！”强调了一下“余”字。黛玉笑道：“你说他这‘上孤烟’好，你还不知他这一句还是套了前人的来。我给你这一句瞧瞧，更比这个淡而现成。”说着便把陶渊明的“暧暧远人村，依依墟里烟”翻了出来，递与香菱。香菱瞧了，点头叹赏，笑道：“原来‘上’字是从‘依依’两个字上化出来的。”宝玉大笑道：“你已得了，不用再讲。”何为“依依”？结合“上”字，是留恋人间，不忍离去。和“余落日”一个意思，只是解释得更为明白一点。

“落日”何指？

谈过“落日”诗后，黛玉给香菱布置了一个写作题目，却是写的

“月”。香菱写了三首吟“月”诗，和三首“落日”诗刚好相对。很难不把两者联系起来。

其实，众清客题蘅芜苑时，是先说“斜阳”而后才说“明月”的。清客给出的第一副对联：“麝兰芳霭斜阳院，杜若香飘明月洲。”众人道：“妙则妙矣，只是‘斜阳’二字不妥。”那清客又说：“古人诗云：‘蘼芜满手哭泣斜晖！’”众人道：“颓丧，颓丧。”大家觉得“不妥”“颓废”，才弃之不用，只说“明月”了。有何不妥？“斜阳”指将要落山的太阳，当然不妥。

“落日”即“月”，那么也是先皇、太上皇的寓意形象。

“渡头余落日”这个说法，特别是“余落日”三个字，和太上皇的这个身份真的很贴合，简直就是神谕。“月”则更为先皇贴合，日叫太阳星，月叫太阴星，第三十一回“撕扇子作千金一笑，因麒麟伏白首双星”也说到这个。一个死了的皇帝，一个去了阴间的太阳星，做太阴星当然是最合适了。

这一切是什么原因造成的？第十八回贾妃省亲时的一个小细节，可以解释这个疑问。

太监道：“早多着呢！未初刻用过晚膳，未正二刻还到宝灵宫拜佛，酉初刻进太明宫领宴看灯方请旨，只怕戌初才起身呢。”

这是贾妃正月十五日下午到晚上的活动安排，等于侧面描写了一下皇宫内苑在上元节这天的部分统一活动。“未初刻”即下午一点一刻的时候，就吃过晚饭了，那么皇宫里是一日两餐，和贾家不同。“未正二刻”即下午一点半时，“还到宝灵宫拜佛”，既是去“拜佛”，“宝灵宫”是佛殿。清室信奉佛教特别是藏传佛教，紫禁城里建有许多佛殿，后妃去佛殿拜佛，这没有问题。只不知贾妃此次拜佛是单独行动，还是皇帝带众嫔妃一起去的？“酉初刻”即下午五点一刻，“进太明宫领宴看灯”，这是集体活动，皇帝带领众嫔妃摆夜宴看花灯。后妃们平时都在各自的宫里吃饭，难得有这样和皇帝共餐的机会。“戌初”即晚上七点一刻，贾妃起身回娘家省亲。灯宴是不是这个时候结束的，不能确定。

有一个重要的问题是，皇帝和众嫔妃摆宴看灯庆祝元宵节，他爹太上皇怎么办呢？皇帝和嫔妃的这种家宴，连成年的皇子都不能参加，只有皇帝一个成年男人，太上皇当然不好来了。“至孝纯仁”的皇帝，“日夜侍奉”太上皇还觉得根本没有尽到一点儿孝心，上元佳节总不至于只顾自己热闹，而把亲爹冷落在一边吧？其实，其中有一项活动是很蹊跷的，就是下午一点半到五点一刻的“宝灵宫拜佛”。这项活动贾妃用了近四个小时，几乎占了整整一个下午，比重头戏晚上的灯宴多了近一倍时间，显然非常重大。而且是“还”到宝灵宫拜佛，大概拜过一次了。

“宝灵宫”是佛殿，这个名称却古怪，“宝灵”指帝王的灵威，宝灵宫岂不就是帝王之寝宫？如果说是佛殿，把帝王置于何处？而且，“灵”字本义是“巫”，又有《尸子》：“天神曰灵。”《风俗通》：“灵者，神也。”这个字除了具有效验、精神等含义，通常用在神仙鬼魂乃至死人身上，比如天子的太庙叫灵台，死人的棺材叫灵柩，安放灵柩的地方叫灵堂，鬼神出现形象发出声响等叫显灵。那么“宝灵宫”岂不又等于是安放帝王之灵的宫殿？

宝灵宫的主人，到底是“佛”、是帝王，还是死了的帝王？

我国大乘佛教里，佛不单指释迦牟尼佛、阿弥陀佛等佛陀，也泛指一切觉行圆满者。所以有“放下屠刀，立地成佛”之语。要想解释“宝灵宫拜佛”之说，除非这“佛”，是一位觉行圆满的前皇帝，甚至是一个已经“驾崩”了的前皇帝。现皇帝好好的，没有任何迹象显示他成了佛。

至此可以判断，这“佛”，就是太上皇兼先皇。而他，是一个和尚。

那么事情十分明了了，他就是癞头和尚。

贾妃为什么花四个小时去拜太上皇，当然和省亲有关。想来不会只有贾妃去拜了，“至孝纯仁”的皇帝，大概也去了的。

癞头和尚本是皇帝，不知什么样的原因，出家当了和尚。清朝廷是最爱面子的，皇帝出家这样的事当然不宜天下人知道，只好说他“死”了。儿子继位当了皇帝后，这人就成了太上皇兼先皇。

被称为“癞头”和尚，因为他“腌臜更有满头疮”，长了一头疮。这形象的识别度太高了。不用翻什么历史故纸堆，大家都会想到一个人了吧。

虽然曾是皇帝，既已退位出家，就该好好在寺庙里研究佛家法门，却又跑到凡间招摇生事，制造什么金玉良姻，破坏宝玉黛玉的姻缘，说明根本就没有看破红尘。迎春灯谜“因何镇日纷纷乱，只为阴阳数不同”。似调侃这不阴不阳的先皇。阴阳原本是一一对应的，活得好好的先皇，却成了一个下世的阴人，使得阴阳之数无法一一对应，这是纷纷乱的根源。

既然太上皇身份是暗的，贾琏为什么知道以及可以谈论他？贾琏的妻子凤姐，和皇帝同宗且血缘关系不远，比别人了解内情。贾琏关于太上皇的那些发言，是和妻妾奶母在私室谈的，一家人关起门来有什么不可说的呢。或者是作者借贾琏之口说自己的话也未可知。

贾政是老臣，面对上门来的癞头和尚，为什么不认识？或者说明这人退位出家的时间已经很长，形象上发生了巨大变化。

癞头和尚罩着宝钗，当然是因为宝钗的那位公主母亲。

第一回癞头和尚讲述绛珠仙子来历："后来既受天地精华，复得雨露滋养，遂得脱却草胎木质，得换人形，仅修成个女体。""仅修成个女体"分明不满绛珠仙子的性别。作为长辈，癞头和尚看来更希望宝钗是男孩。

癞头和尚罩着的人不止宝钗，薛蟠的妻子夏金桂也是一个。夏金桂撒泼，和婆婆对嘴吵闹，诬陷香菱，把薛家闹得人仰马翻、鸡犬不宁，可薛家完全拿她没办法。薛蟠只是自己抱怨运气不好，不敢写一纸休书让她走人。也不是说夏家人多势众，夏金桂娘家就一个老娘，连个兄弟也没有。皆因夏金桂有所仰仗，如薛姨妈所言，夏金桂也是一枚"凤凰蛋"。

夏家多桂花，金桂在娘家时，"不许人口中带出金桂二字来。凡有不留心误道一字者，他便定要苦打重罚才罢。他因想桂花二字是禁止不住的，须另换一名，因想桂花曾有广寒嫦娥之说，便将桂花改为嫦娥花，又寓自己身份如此"。月宫里有嫦娥、桂花、玉兔和吴刚等，这是中国的传统神话，妇孺皆知的。可是此"月"既然是癞头和尚，月中之"桂"当然要联系他。所以叫"金桂"，这名字和"宝钗"不相上下，和癞头和尚的亲缘关系大概也不相上下。

和癞头和尚建立联系的还有清虚观的张真人。

第二十九回："这张道士虽然是当日荣国府国公的替身，曾经先皇御口亲呼为大幻仙人，如今现掌道录司印。又是当今封为终了真人。现今王公藩镇都称他为神仙。"

被先皇御口亲呼为大幻仙人，张道士和先皇的关系很密切。《说文》对"幻"的释义是"相诈惑也"。《周书》曰："无或诪张为幻。"意思是诡诞惑人。"终了"两个字，有终于了了的意味。《礼记·檀弓》："君子曰终，小人曰死。”可以说都在指迷先皇的事。

第六十三回宝玉说：“幸得咱们有福，生在当今之世，大舜之正裔，圣虞之功德，仁孝赫赫格天，同天地日月亿兆不朽。”说当今皇帝是“大舜之正裔”，那么先皇就是“大舜”了。舜的国号“有虞”，所以说是“圣虞”。

癞头和尚，这是一个极其自我中心的人，不仅插手宝玉的婚姻，他自己的故事一点不少，可谓红楼梦的男二号。后文分析。

佛饰璎珞

书中有三个人戴璎珞，按出场顺序，分别是凤姐、宝玉和宝钗。

第八回：“一面说，一面解了排扣，从里面大红袄上将那珠宝晶莹黄金灿烂的璎珞掏将出来。”此处甲戌本有批语：“按，璎珞者，颈饰也！想近俗即呼为项圈者是矣。”

批书人解释了一下璎珞：颈饰，如果想接近大众的认知就称它项圈就是了。从批书人的语气看，璎珞、项圈是这种颈饰的两种叫法，璎珞是本名，项圈是俗名。

中国的封建社会，佩饰是极普及的，无论帝王将相还是布衣百姓，只要有条件，都戴佩饰。古籍文献古典戏曲小说中，常见对佩饰的描述，簪环钗钿乃至手镯、耳饰等不一而足，项圈这样东西却极罕见。现在网上很多清代贵族妇女图片，从皇后、嫔妃的画像到朝廷命妇、贵族小姐的照片，可见各种头饰、手镯、指甲套什么的，却不见有戴项圈的。男人更不见有。只后妃朝服的领约和项圈类似。所以，即便有俗名，历史上“项圈”也并不是大众佩饰，无论作者写书之时，还是几十年后批书人所在年代。这可能也是为什么批书人解释了一下璎珞的原因。

璎珞项圈究竟有何内涵呢？

关于璎珞，看一下网上各佛教词典的解释。

《佛学大词典》：“密教法器：璎珞，为以珠宝缀成之饰物，戴于头上者为璎，挂于身者为珞。”

《佛学大词典》：“又作缨络。由珠玉或花等编缀成之饰物。可挂在头、颈、胸或手脚等部位。印度一般王公贵人皆佩戴之。”

《中华佛教百科全书》：“又作缨珞、缨络。即由珠玉等物编缀而成的装饰物。以装饰颈部之璎珞为多。系印度富贵人家之佩戴物。《中阿含经》卷一《木积喻经》云：‘沐浴香薰着明净衣，华鬘璎珞严饰其身。’《法华经》卷七《观世音菩萨普门品》云：‘我今当供养观世音菩萨，即解颈众宝珠璎珞，价值百千两金，而以与之。’《寂志果经》云：‘王阿阇世遥见世尊，便下所乘，屏毖五事，脱王冠帻、缨络、宝服、幢花、翠羽，去盖收刀，步到讲堂。’”

《佛教哲学大词典》璎珞：“将宝珠、贵重金属等穿线做成的一种装饰品。于印度盛行，贵人佩戴于头、胸、颈等，以显尊贵的习俗。又谓庄严佛像、佛殿等的装饰品。”

璎珞来自印度，在印度本土虽然也有贵族佩戴，但主要是佛教之物。可以做成项圈，也可以做成其他样子，可以用珠宝编缀，也可以用鲜花等编缀。

什么时候传入中国的不得而知。汉典引《南史·卷七十八·夷貊传上·海南诸国》：“其王者著法服，加璎珞，如佛像之饰。”从这个来看，隋唐之前的南北朝时期就有了。在当时中原地区的人们认知里，璎珞也只是佛门之物。

唐代郑嵎《津阳门》中也有提到“璎珞”。“马知舞彻下床榻，人惜曲终更羽衣。”此处有按：“上始以诞圣日为千秋节……又令宫妓梳九骑仙髻，衣孔雀翠衣，佩七宝璎珞，为霓裳羽衣之类。曲众，珠翠可扫。”“上”指唐明皇。唐朝宫妓这样佩“七宝璎珞”也很说明问题，即“璎珞”不是日常佩饰。“七宝”这里显然指佛教中的七宝，璎珞的制作材料。《妙法莲华经》：“金、银、琉璃、砗磲、玛瑙、真珠、玫瑰七宝合成众华璎珞。”各经卷对七宝的定义大同小异，《无量寿经》的七宝：“金、银、琉璃、玻璃、珊瑚、玛瑙、砗磲。”所以此“七宝璎珞”一定是佛门之物。唐明皇是一个笃信佛教的皇帝，“九骑仙髻”“孔雀翠衣”和“七宝璎珞”，这是在让宫妓扮仙人。

由此可以判断，璎珞也即项圈是佛门之物，一种佛饰。璎珞戴在俗人身上，或被视为一种佛门的保佑，类似佛珠、护身符等。书中凡戴璎珞或与项圈有关的人，都要注意与佛门的联系。因为还有一个贾兰，贾妃省亲时，赐贾兰一对金银项圈。还有一个慧娘，有“璎珞”，但不是佩戴之物，当然也不是真的璎珞，是指迷，后文分析。

璎珞是贵重饰品。凤姐的两个金项圈，“一个金累丝攒珠的，那珍珠都有莲子大小，一个点翠嵌宝石的，两个都与宫中之物不离上下”。当了四百两银子，本来的价值要更高。说与“宫中之物不离上下”，这种佛门璎珞宫里也有人戴。

宝钗的璎珞，写明是癞头和尚给的。第二十八回：薛宝钗因往日母亲对王夫人等曾提过“金锁是个和尚给的，等日后有玉的方可结为婚姻”等语。凤姐、宝玉的璎珞虽然没有写明来自何人，这么贵重的东西，不是普通和尚能拿出来的，就是富和尚也要有特殊原因才会给。癞头和尚是天下第一个富贵和尚，又和凤姐有很近的血缘关系，又给宝玉通灵玉，出自他是最合理的。

宝玉和癞头和尚的关系，不止于此。第八回宝钗眼中的宝玉："头上戴着缧丝嵌宝紫金冠，额上勒着二龙抢珠金抹额，身上穿着秋香色立白狐腋箭袖，腰系五色蝴蝶鸾绦，项上挂着长命锁、记名符，另外有一块落草时衔下来的宝玉。"这身服饰太有内涵了。先说"秋香色"。《清史稿·舆服二·皇帝朝冠》："初制……康熙二十三年，定凡大典礼祭坛庙，冠用大珍珠、东珠镶顶，礼服用黄色、秋香色、蓝色五爪、三爪龙缎。"《清史稿·舆服二·皇子朝冠》："初制，皇子冠服，凡庆贺大典，冠用东珠十三颗镶顶，礼服用秋香等色。"《清史稿·舆服二·嫔朝冠》："初制……至黄色、秋香色，自皇贵妃以下，概不许服。"就是说，在清初，秋香色是皇帝、皇后、太后、皇子们袍服的专用色，连皇贵妃都不能用，皇贵妃以及贵妃、妃子等，用的是香色，有一字之差，不是一样颜色。不仅是衣服，其他也不行。《清史稿·舆服二》记雍正二年规定："官员军民服色有用黑狐皮、秋香色、米色、香色及鞍辔用米色、秋香色者，于定例外，加罪议处。"除非赏赐，那是特殊情况，不在此例。

宝玉穿"秋香色立白狐腋箭袖"，为什么？

第三回也即第九年腊月黛玉进荣府时，宝玉的穿着打扮是："头上戴着束发嵌宝紫金冠，齐眉勒着二龙抢珠金抹额，穿一件二色金百蝶穿花大红箭袖，束着五彩丝攒花结长穗宫绦，外罩石青起花八团倭锻排穗褂，登着青缎粉底小朝靴。""项上金螭璎珞，又有一根五色丝绦，系着一块美玉。"那时候项圈上只有通灵玉，现在却多出"长命锁、记名符"两样，其实是一体的，都是为了求孩子长命。"记名符"应该就是"寄名符"，旧时迷信，为求孩子长命而认他人为义父母，用其姓氏命名，或拜僧尼为师而不出家，谓之寄名。“记名符”即师父所画的符箓，本是道教的法术。长命锁、记名符不会是宝玉的干娘马道婆给的，和通灵玉一起挂在璎珞上，只可能是癞头和尚给的。和尚本是佛道两家都涉足的。这个时候，宝玉已是和尚的寄名弟子，很可能拜和尚为师父了。他的“秋香色立白狐腋箭袖”，或与此有关。

通灵玉据说是宝玉落草时口里衔的，可能只是王夫人的一个说法，先皇的身份，实在不便说出。

绛树两歌之刘姥姥

刘姥姥是绛树两歌人物，显身是一位乡下老人，隐身是宫里的那位老太妃。本文详细分析。

介绍刘姥姥出场，“石头”罕见地亲自现身说法，和读者你、我相称，而且语气里分明带着焦躁和不耐。不知道是作者失去了淡定，还是希望以此引起读者的重视。

第六回：“你道这一家姓甚名谁，又与荣府有甚瓜葛？诸公若嫌琐碎粗鄙，则快掷下此书，另觅好书去醒目；若谓聊可破闷时，待蠢物逐细言来。”

“刘”字的本义是“杀，戮”。《说文》：“杀也。”不是普通的打打杀杀，大规模的杀戮才称“刘”。“刘”也指斧钺，在上古时代是军权和国家统治权的象征。一个以种田为生的乡下妇人，作者怎么会给她配了一个这么恢宏凶猛的姓呢？从字义上，“刘”和贾史王薛的“王”类似，刘姥姥的亲家又恰好姓“王”，这种强强联合，也显示了刘姥姥的身份特殊。

刘姥姥有一个绰号“母蝗虫”，是林黛玉取的。黛玉还因此受到了一些读者的指责，说她清高自大看不起劳苦大众什么的。但这个绰号，也即作者的意图，真的是说的乡下人刘姥姥吗？

黛玉笑道：“都是老太太昨儿一句话，又叫他画什么园子图儿，惹得他乐得告假了。”探春笑道：“也别要怪老太太，都是刘姥姥一句话。”林黛玉忙笑道：“可是呢，都是他一句话。他是那一门子的姥姥，直叫他是个母蝗虫就是了。”。说着大家都笑起来。宝钗笑道：“世上的话，到了凤丫头嘴里也就尽了。幸而凤丫头不认得字，不大通，不过一概是市俗取笑。更有颦儿这促狭嘴，他用春秋的法子，将市俗的粗话，撮其要，删其繁，再加润色比方出来，一句是一句。这母蝗虫三字，把昨儿那些形景都现出来了。亏他想的倒也快。”（第四十二回）

“母蝗虫”这个绰号实在并不怎么可笑，也谈不上出奇。对黛玉的雅谑，众人虽然都笑起来，也就是一笑而已。只有薛宝钗反应强烈，给出异乎寻常的高度评价，说这个绰号使用了“春秋的法子”，也即孔子编撰《春秋》所用的褒贬暗藏、微言大义之手法。这就直接联系《红楼梦》因干涉朝廷而“将真事隐去”的写作手法，也等于点明“母蝗虫”三个字，是干涉朝廷的曲笔。

“母蝗虫”不是说的芥豆之微的乡下人刘姥姥，另有其人。

《康熙字典》：“蝗字从皇，今其首腹背皆有王字。”蝗虫是虫界的王者，也很适合影射皇家。“母蝗”两个字，影射的当然是一个“母皇”级的皇家女性。“母皇”两个字，比皇太后的气派更大，是王者气象。

让人联想帝王般的风云女性。和“刘”字的含义相互佐证。

蝗虫具有强大的繁殖能力，古时为人们所推崇。《诗经·风·周南·螽斯》：“螽斯羽，诜诜兮。宜尔子孙，振振兮。”螽斯俗称蝈蝈，古人认为是蝗虫的一种。明清两代的皇家后宫里，都建有“螽斯门”，希求子孙繁盛。被称为“母蝗虫”，必然是个生育力很强的女性。

宝钗说“母蝗虫三字把昨儿那些形景都现出来了”，意指宴席上刘姥姥的种种可笑言行，这个绰号显然并不具备这样的感染力，有故意掩饰之嫌。

宝钗是不管己事不张口、一问摇头三不知的，“母皇”这个人物一定和她有关，所以发表长篇大论。当然也和黛玉有关，不然黛玉何以对她耿耿于怀？

宝钗说“母蝗虫”这个绰号属“市俗的粗话”。所谓“粗话”可能是指的“母”字。“母”字用在动物身上表示性别是雌，用在人身上一般指娘，如果也表示性别的话，就是口头语里的粗话了。黛玉对母蝗虫是厌憎的。

黛玉和探春三次重复“一句话”，宝钗又说“一句是一句”，此处蒙本有八个字的批语：“触目惊心，请自思量。”这“一句话”大有深意。宝钗的“一句是一句”，与其说在评价黛玉的促狭，不如说在强调“一句话”的分量。“一句话”关系黛玉又关系宝钗，又为黛玉所愤恨，必与金玉良姻有关，以及最终促成了金玉良姻。

推断是这“母皇”的一句话，最终促成了金玉良姻。第四十一回回目“怡红院劫遇母蝗虫”，“劫遇”两个字，或者是曹雪芹给出的指迷。

“母皇”为什么要参与金玉良姻呢？黛玉说“她是那一门子的姥姥”。“姥姥”是对外祖母的口头称呼，也可以用来称呼母亲或祖母的娘家女性长辈等。古时老年女性的称谓很多，如刘媪、刘妪、刘婆婆等都可以，作者偏偏选择这么一个有特指的称谓给刘“姥姥”，其用意当然和贾“母”、薛“姨妈”等一样，旨在强调某种特殊身份。宝钗的母亲是公主，那么“母皇”是宝钗的“姥姥”。

如此，“母皇”就是和宝钗“娘儿两个”有关的那位老太妃。

但老太妃的“姥姥”身份并不怎么正宗，黛玉说她是“那一门子”的姥姥，显得对方有多管闲事之嫌。也就是说，“母皇”和宝钗的公主母亲的关系，不是怎样近。为什么要多管闲事呢？未免联系上太上皇，因为癞头和尚。

母皇和太上皇什么关系？

相对于“太上皇”“皇太后”的称呼，老太妃多出一个“老”字。作者写皇帝的“父母”时，把太上皇和皇太后并列，称他们是“两位老圣人”，等于把老太妃从“父母”的地位排除了。老太妃比两位老圣人的辈分更高。“母皇”的这个“母”字，不是相对皇帝而言，是相对太上皇而言的。

老太妃应是太上皇的母亲。

老太妃虽是皇帝祖母，但在皇帝心里的地位非同一般，从亲自领丧以及超规格的丧礼即可判断。

宝钗的生母是公主，最关心宝钗那种病的是太上皇，而非皇帝，老太妃和宝钗的亲缘关系又不正宗，基本可以确定，宝钗生母是太上皇的女儿，而且是非常宠爱的女儿。

第十四年，刘姥姥的七十五岁，这个年龄，放在乡下人刘姥姥身上一无用处。这是老太妃的年龄。宝玉十四岁时，老太妃七十五岁，属牛。

贾家的元春

分析元春之前，先分析一下宝琴。

宝琴差不多是一个完美的姑娘。才学、性情、相貌样样都好，不仅邢岫烟、李纹、李绮不如她，把宝钗也比下去了。几乎所有的人都喜欢她，人缘极佳。这个出类拔萃的人物却并不在金陵十二钗里。作者显然无意写宝琴的命运。怡红夜宴，写明宝琴是和李纨一起被再三地请来的，现场却没有她任何事。大家占花名，连袭人、麝月这样的丫鬟都占了，唯独没有宝琴。

宝琴在书中是一个异数。

宝琴每次出场带来的都是诗词等指迷。进荣国府即迎来芦雪广联诗，然后咏红梅花、怀古诗十首、真真国女孩的诗，再到柳絮词。而且宝琴的诗常常具有概括性。关于宝琴所起的作用，她名字里的“琴”或是一个暗示。琴是我国传统弹拨乐器，因为人们对音乐感受的异同，琴音是可以连通弹者和听者的心灵的。广为人知的是俞伯牙和钟子期的故事，鼓琴遇知音。“知音”一说也由此而来。宝钗诗“琴边衾里总无缘”，显然指迷她和宝玉的关系，即是以“琴”暗示两人在精神上的不相通。

所以，宝琴当然有她自己的故事，更多的可能是一个传音人。

元春和宝琴，因“琴”而建立联系。元春的丫环“抱琴”，既有“琴”字，又和“宝琴”谐音，抱琴本人没有什么故事，这个“琴”字是影射元春，也是具有传音作用的人。

元春是复杂的绛树两歌人物，以及是综合体。绛树两歌的显身是贾妃，隐身有黛玉，还有贾珠。

第二回，冷子兴演说荣国府，“这政老爹的夫人王氏……第二胎生了一位小姐，生在大年初一，这就奇了，不想次年又生一位公子，说来更奇，一落胎胞，嘴里便衔下一块五彩晶莹的玉来”。

比宝玉大一岁的第二胎小姐，虽然生在大年初一，却绝不是贾妃。贾妃进宫多年以及和宝玉有很大的年龄差是可以确定的，佐证很多，论年龄贾妃怎么也得三十岁左右了。

这个“大年初一”的“生日”以如此方式写出，可以确定它的真实性，以及可以确定它的敏感性。比宝玉大一岁的姑娘，只有黛玉，而且两人的年龄差也是非常隐晦地写出来的。

黛玉怎么会是贾政夫妇的女儿？

当然不是亲生女儿，黛玉和贾政夫妇应是养女和养父母的关系。第三回回目“荣国府收养林黛玉”，所谓“收养”，正解是：收他人子女为自己子女。此处有批语：“二字触目凄凉之至！”批书人的话佐证黛玉被收养是实情。

潇湘馆的建筑规格：“小小三间房舍，一明两暗。”不说建筑等级，单从感觉上讲，和荣国府的正经千金小姐探春的阔朗的三间屋子相比，恰有平民姑娘变身为权贵养女形成的尴尬意味。

关于王夫人和黛玉的母女关系，也有几条佐证。

第三回凤姐初见黛玉，说：“天下真有这样标致的人物，我今儿才算见了！况且这通身的气派，竟不象老祖宗的外孙女儿，竟是个嫡亲的孙女，怨不得老祖宗天天口头心头一时不忘。”

“嫡亲的孙女”当然可以是一句恭维，但是，孙女就孙女，为什么要说“嫡亲”呢？凤姐是个极其精细的人，当着迎春、探春两位“庶出”姑娘的面，当着“嫡亲”的出处王夫人的面，如果这话仅是奉承贾母而毫无凭据，岂不有碍于她们？王夫人和黛玉，存在母女之名。

第七十九回黛玉和宝玉谈论茜纱新句。黛玉笑道：“古人异姓陌路，尚然同肥马，衣轻裘，敝之而无憾，何况咱们。”等于说两人既非“异姓”也非“陌路”。

贾雨村说贾家给女儿取名字，用春、红、香、玉等艳字，落入俗套。贾府四春只有“春”字，并无“红”、“香”、“玉”三字，黛玉被宝玉称为“香玉”，岂非归入贾家女儿之中？王夫人也曾呼黛玉为“大姑娘”。

黛玉在及笄之年的正月十七日“理鬓”，可以确定她的生日在正月十七之前。具体是哪一天，首先作者的不写令人生疑。宝钗过生日，宝玉过生日，以及宝琴、岫烟、探春等那么多人及笄之年的生日，都浓墨重彩地描述，偏偏不写黛玉过生日，只写出她十五岁。既不写，必敏感。黛玉有一个寓意形象，小耗，是作者大力描写的。耗即鼠，十二生肖之一。老鼠从来不是讨喜的动物，作者却用它喻林妹妹，除了属相，还有更可能的理由吗？但黛玉属牛，怎么可能同时属鼠？鼠年、牛年前后相接，黛玉又是“极小极弱的小耗”，如果黛玉生于牛年的大年初一，岂不是合适的解释？

黛玉的真实生日，就是大年初一。

说元春隐身还有贾珠，因为第五回的元春之曲《恨无常》。

喜荣华正好，恨无常又到。眼睁睁，把万事全抛；荡悠悠，把芳魂消耗。望家乡，路远山高。故向爹娘梦里相寻告：“儿命已入黄泉，天伦呵，须要退步抽身早！”

这里的“爹娘”应该可以确定是贾政夫妇。但贾妃并不是贾政夫妇的女儿，在接下来的“贾妃是谁的女儿”篇里将给出详细分析。贾政夫妇这个黄泉路上的“儿”，就只能和“一病死了”的贾珠建立联系。

“芳魂”二字似乎女性化。其实“芳”在书中是男女都可以用的，比如妙玉曾称宝玉生日为“芳辰”。

太虚幻境的元春词画，具有概括性。

只见画着一张弓，弓上挂一香橼。也有一首歌词云：

二十年来辨是非，

榴花开处照宫闱。

三春争及初春景，

虎兔相逢大梦归。

画的内容是“弓”和“香橼”。“弓”是古代战场或狩猎时的必备武器，也是最主要的远射兵器，所谓两军相遇、弓弩在前。有人说“弓”谐音“宫”，所以“弓”暗指皇宫，暗示元春住在皇宫里面是皇妃。这种说法毫无道理，贾妃的皇妃身份在书中是明的，而且隆重省亲，全无必要借助谐音去暗示她的皇妃身份。如果说是为了暗示此页画面和歌词对元春的指向，词中“榴花开处照宫闱”已明确了对皇妃的指向，“初春”也点明了元春，“元”字本义为头，引申为初始的意思。《说文》：“元，始也。”

同理，这张弓也不太可能暗示贾家是戎马世家或者贾家祖上靠战功起家，都是明写出来的。

此“弓”可联系“悬弧”。古代风俗，家中生男，在门的左边挂一张弓。后因称生男孩为悬弧。有两个指迷可能，或暗示贾妃生子，和“榴花开处照宫闱”呼应。或暗示指迷的是贾家的男丁。

“香橼”是芸香科柑橘属植物兼果实的名字，其果实色黄，芳香浓郁。这里说“弓上挂一香橼”，那是果实了。香橼果实是一种药材，主治咳嗽。《本草纲目》：“治痰气咳嗽。”为什么关注香橼的药效而不是其他方面？高鹗续书里说贾妃“圣眷隆重，身体发福，每日起居劳乏，时发痰症。”甚至最终死于痰症。所谓欲盖弥彰，让人不得不注意香橼“治痰气咳嗽”这件事。那么可联系有“喘嗽”之疾的宝钗和“每岁至春分秋分之后，必犯嗽疾”的黛玉。“香橼”自是指代贾妃。宝钗、黛玉的病，她这“香橼”治哪一个？

“二十年来辨是非”提到了一个时间：二十年。必是非常重要的年限。但书中未见能建立联系的内容，具体所指这里无法推出。

“榴花开处照宫闱”透露了贾妃的一些重要信息。“宫闱”即帝王的后宫、后妃的住所，这是指明贾妃。石榴多籽，民间认为是吉祥之物，视为女人多子多福的象征，可以确定贾妃为皇帝生下了孩子，大概不止一个，以及必然有重量级的皇子。贾妃被选入宫的最初身份并非皇帝嫔妃而是宫女。想来因为才能性情等各方面出众，受到后妃甚至皇帝的赏识，升格为“女史”。等级森严的清后宫，宫女晋升为嫔是非常难的，晋升为妃更是巨大的跨越。贾妃除了有相当的美貌和德才很讨皇帝的喜欢外，最关键的当然是母以子贵。皇帝常常有很多的儿子，所以，不是说生下一个孩子就一定能跨越性地改变地位。贾妃生子可以“照宫闱”，她所生的皇子身份应只有三种可能：皇长子、皇太子或下一任皇帝。

关于“三春”，第二章已经分析它在时间方面可能的暗示，这里要分析一下对人物的指向，因为太容易联系贾家名字里带“春”的四位姑娘。如果说是其中的三位姑娘，“三春争及初春景”的“三春”显然指迎春、探春和惜春，惜春断词“堪破三春景不长”“将那三春堪破”的

“三春”则指元春、迎春和探春三人，“三春去后诸芳尽”“三春事业付东风”二句，就无从判断其指向了。这就不对。所以不是三位姑娘，只指其中一位：三姑娘探春。

“虎兔相逢大梦归”的意思可以有很多解。“大梦”可作人生讲，死亡可称之为“大梦归”。但应该没有比“红楼梦”更适合“大梦”这个说法了。这一句表述的，应是第一回石头托付空空道人抄录《石头记》的事。“虎”和“兔”分别暗示石头和空空道人两人。石头是宝玉的寓意形象，宝玉属虎，占了一个“虎”字。空空道人，是一个属兔的人。

元春既是综合体，“初春景”三个字，可能是指贾家最生机蓬勃的时光，这段时光与“二十年”这个时间有关。“辨是非”三字含义不懂。

贾妃是谁的女儿

本篇分析一下元春的显身贾妃的身世，作者给出的暗示很多而且非常明显，分析起来比较容易。

从大观园开始说起。荣国府修建大观园，为的是迎接贾妃省亲，更因为太上皇和皇太后的这条旨意：“凡有重宇别院之家，可以驻跸关防之处，不妨启请内廷銮舆入其私第。”两位老圣人恩许皇帝的嫔妃们回娘家省亲，有附加条件，要求其娘家有“重宇别院”。何为“别院”？即主宅之外的其他宅院。多奇怪，回娘家倒不是让回主宅，要去“别院”才行。因为这条旨意，嫔妃的娘家们纷纷行动起来。第十六回：“周贵人父亲已在家里动了工了，修盖省亲别院呢。又有吴贵妃的父亲吴天佑家，也往城外踏看地方去了。”相比其他嫔妃的娘家，贾府又显得有些不同。

贾政、贾赦等人商量的修建的规划方案是：在荣国府的原花园上进行扩建，并且和宁国府会芳园连上，只隔一道墙。贾蓉、贾蔷把方案告诉给贾琏，贾琏十分赞同，说："正经是这个主意才省事，盖造也容易；若采置别处地方去，那更费事，且倒不成体统。你回去说这样很好，若老爷们再要改时，全仗大爷谏阻，万不可另寻地方。"别的嫔妃的娘家，可以在本宅基地上盖，也可以去野外盖，为什么荣国府另择地方就"且倒不成体统""万不可另寻"呢？

因为贾妃是不同的，她和"同宗"宁府的关系，比"娘家"荣府更近更亲密。

贾妃获晋封时，六宫都太监夏守忠去荣国府宣"特旨"，这就已把贾妃和荣府的关系拉远了。"特旨"即帝王的特别诏令。罕见的特殊情况，不能走正常程序，才会下"特旨"。嫔妃晋封是帝王家常事，通知嫔妃的娘家人，自有则例，何须下一道"特旨"呢？以至于贾赦、贾政夫妇和贾母等人都"惶惶不定"，被这道特旨吓到了。而且，姑娘晋封，娘家人事先一点消息不知，怎么可能呢？然后，注意一下你会发现，作者在写不知情人等时，非常巧妙地，处处避开了贾珍和尤氏，不把他们归于"心神不定"的人群里。

接下来发生的事情，更把贾妃推到了宁府一边。

赖大禀道："说咱们家大小姐晋封为凤藻宫尚书，加封贤德妃。后来老爷出来亦如此吩咐小的。如今老爷又往东宫去了，速请老太太领着太太们去谢恩。"贾母等听了方心神安定，不免又都洋洋喜气盈腮。于是都按品级大妆起来。贾母带领邢夫人、王夫人、尤氏，一共四乘大轿入朝。贾赦、贾珍亦换了朝服，带领贾蓉、贾蔷伺奉

贾母大轿前往。(第十六回)

赖大传贾政的话，请贾母领着邢、王二夫人进宫谢恩，这就是皇家的意思了。但赖大并没有提尤氏等宁国府的人，尤氏却也按品级大妆起来一起去了。而且宁府是全家出动，贾珍、贾蓉、贾蔷儿位全去了。如果贾妃是贾政的女儿，贾珍夫妇和贾妃的关系已是五服之末，贾蓉、贾蔷和贾妃的关系更远，已经出五服了，宁府一家入朝谢的什么恩？反而李纨、贾琏、凤姐、宝玉、贾环、贾兰这些本应的贾妃至亲，连边也没沾上，根本没有他们什么事。如果说因为贾珍是族长，那完全说不过去，族长管的是“族中事”，皇帝封妃可不归他管。更没有族长的媳妇、儿子、侄子全都跟进宫去谢恩的道理。

贾妃省亲，看似荣国府夸耀，实是宁国府显荣。

贾妃见到贾母、王夫人时，三个人都非常激动，呜咽对泪，分明很多年都没见过面了。可是修建大观园之前，贾琏就说了，每月的二、六之日，椒房眷属都可以进宫探视。就是说，从那时起，嫔妃的娘家人一个月有六次进宫探视的机会。关于后妃的娘家人可以进宫探视，清代档案里也能找到类似规定。《钦定宫中现行则例·卷三·宫规》：“内廷等位有父母年老者，或一年或半月，奉特旨许会亲者，只许本生父母入宫，其余外戚一概不许入宫，家下妇女亦不许随入。”当然，则例是则例，具体实行的宽松度，以及不同皇帝的宽松度，可能都会有一些差异。大观园修了至少半年，王夫人如果是贾妃的母亲，入宫的次数是很多的，王夫人见到贾妃那么激动，显然很想念的了，怎么倒不进宫里探视呢？更奇的是，省亲结束时，贾妃拉住贾母、王夫人的手，紧紧的不忍释放，再三叮咛：“如今天恩浩荡，一月许进内省视一次，见面是尽有的，何必伤惨。”本来已有二、六之日的探视规矩，这里又来了个“一月许进内省视一次”，还说这是“天恩浩荡”。可以确定，王夫人不属于那二、六之日可以进宫探视的“椒房眷属”。

这次省亲，贾妃和两位“亲弟弟”宝玉和贾环的关系，也十分疏远。

（贾妃）因问：“宝玉为何不进见？”贾母乃启：“无谕，外男不敢擅入。”（第十八回）

贾家是外戚不假，但皇家既已允许贾妃回娘家省亲，让一家骨肉团圆，贾妃在娘家和自己未成年的亲弟弟见面也要传谕，皇家礼节再严也难说有这样的规矩。贾环更可怜了，这孩子从出生大约还没有见过他的皇妃姐姐呢，可贾妃省亲时是怎么对他的呢？第十八回：“贾环从年内染病未痊，自有闲处调养，故亦无传。”

最小的一个弟弟，还长时间卧病在床，贾妃全然不闻不问。几个月后的端阳节礼也没贾环的份。还有贾兰，也不过“随母依叔行礼”，不见贾妃对他有何亲近爱护之举，按说他可是贾妃最亲的晚辈了。

还有一些细节，比如在贾妃身边贴身“捧羹把盏”的人以尤氏为首，李纨和凤姐居次。贾政垂帘参拜贾妃时，自谦是“草莽寒门，鸠群鸦属之中”，如果贾妃是他的女儿，岂不骂贾妃也是“鸠群鸦属”之流？以及第二十八回宝玉却对黛玉说自己没有同母姐妹，等等。

这位贾妃娘娘，并不是贾政夫妇的女儿，宁府贾敬，才是她的父亲。

贾敬无职无爵无才无德，行为又荒诞，作者却以“敬”作他的名字，“敬”本义指恭肃，《说文》：“敬，肃也。”这么差劲的一个人，有什么可“敬”之处？只因他是皇帝的“老丈人”。布衣贾敬也解释了贾妃为什么以宫女而不是嫔妃的身份入宫。

宁府的“宁”字，本义为安宁，引申义指已嫁女子回娘家探望父母，泛指省亲。宁府才是贾妃的正经娘家。贾妃获晋封，宁府一家进宫谢恩不过是例行规矩，反而贾母、贾赦、邢夫人、王夫人进宫谢恩才是额外的恩赐，因赖大的传话才去的。贾妃省亲的正经行宫，不是大观园，而是宁国府。明清时住宅建筑，以东为尊，祖宗祠堂要设在住宅东侧，以示尊敬。比如最具代表性的紫禁城，太庙就在天安门城楼东侧，即所谓的左祖右社。宁府却反其道而行之。

第五十三回：“原来宁府西边另一个院子，黑油栅栏内五间大门，上悬一块匾，写着是‘贾氏宗祠’四个字。”

宁府若非行宫，怎么可以凌驾于祖宗祠堂之上？

宁府最高建筑天香楼，居高临下的一座高楼，楼下有箭道，场地相当宽阔，看起来宁国府就像天香楼的附属建筑，事实也是如此。只有神仙才配“天香”。宁府才是贾妃的正经省亲行宫，而且建造时间早得多。第二回贾雨村和冷子兴谈论宁荣两府：“街东是宁国府，街西是荣国府，二宅相连，竟将大半条街占了。大门前虽冷落无人，隔着围墙一望，里面厅殿楼阁，也还峥嵘轩峻。”“殿”是皇家或寺庙专属建筑，那时候荣府花园里可没有“厅殿楼阁”，是宁府的会芳园。彼时贾妃有没有回去过不得而知。

这就是为什么大观园被贾妃称为“省亲别墅”。何为“别墅”？本宅之外、于郊区之地所建造的房舍园林。

贾敬和贾妃的父女关系，省亲时有充分体现。

第十八回：“贾敬、贾赦、贾政等，每分御制新书二部，宝墨二匣，金、银爵各二支，表礼按前。宝钗、黛玉诸姊妹等，每人新书一部，宝砚一方，新样格式金银锞二对。宝玉亦同此。贾兰则是金银项圈二个，金银锞二对。尤氏、李纨、凤姐等，皆金银锞四锭，表礼四端。外表礼二十四端，清钱一百串，是赐与贾母、王夫人及诸姊妹房中奶娘众丫鬟的。贾珍、贾琏、贾环、贾蓉等，皆是表礼一分，金锞一双。”

虽然贾敬在贾妃省亲时根本就没有来，都是贾赦、贾政在忙活，省亲赐礼时，排在第一位的贾家男性反而是他。如果贾妃是贾政的女儿，赐物从哪方面说也轮不到贾敬为首。贾敬虽然是长房传人，但他的这一特殊身份也只体现在家族祭宗祠那样的集体活动中，省亲和祭宗祠完全是两码事，这个时候最显耀的应该是贾妃的亲生父母和亲兄弟姐妹等。何况，如果贾妃是贾政的女儿，贾妃和贾敬的血缘关系，已是五服之末的缌麻之亲。女儿回娘家是探视父母的，哪轮得到一个远亲来占第一体面位置呢？如果说作者以年龄排序，更不是了。虽然贾敬比贾赦、贾政年龄大，但贾敕、贾效、贾敦三人的年龄也比贾赦、贾政大，赐礼时，他们却连名字都没有出现，被一个“等”字概括了。贾敬排首位，只因他是贾妃的生父。

第六十三回贾敬死后的体面，也体现了他的“国丈”身份。

且说贾珍闻了此信，即忙告假，并贾蓉是有职之人。礼部见当今隆敦孝弟，不敢自专，具本请旨。原来天子极是仁孝过天的，且更隆重功臣之裔，一见此本，便诏问贾敬何职。礼部代奏：“系进士出身，祖职已荫其子贾珍。贾敬因年迈多疾，常养静于都城之外玄真观。今因疾殁于寺中，其子珍，其孙蓉，现因国丧随驾在此，故乞假归殓。”天子听了，忙下额外恩旨曰：“贾敬虽白衣无功于国，念彼祖父之功，追赐五品之职。令其子孙扶柩由北下之门进都，入彼私第殡殓。任子孙尽丧礼毕扶柩回籍外，着光禄寺按上例赐祭。朝中由王公以下准其祭吊。钦此。”此旨一下，不但贾府中人谢恩，连朝中所有大臣皆高呼称颂不绝。

说贾敬“白衣无功于国”。“白衣”的释义比较多，能建立联系的有平民、被处分的官员。既说无功于国，贾敬更像因为不合格而被革职的人。所以贾妃的起点那么低。第二回：“现因贤孝才德，选入宫作女史去了。”“女史”这里当指宫女。明·沈德符《野获编·宫闱·女秀才》：“凡诸宫女曾受内臣教习，读书通文理者，先为女秀才。递升女史，升宫官，以至六局掌印。”贾妃是以宫女的身份被选入宫的。当时的贾敬就没有什么官职或世职了。

反之，多年的朝廷重臣贾政，他的女儿是不可能进宫当宫女的。

白衣贾敬，他死了原本是小事一桩，礼部作为掌管朝廷吉、嘉、军、宾、凶五礼的部门，专门处理这些事务的，照章办事就是了。可是礼部竟然“不敢自专”，把贾敬之死报给正在领国丧的皇帝让他亲自处理。

是贾珍的世袭爵位超出了礼部的管辖范围？显然不是，贾珍这样世袭的三品武职在当时属于很低微的一种，大批量存在的。第五十三回贾珍：“除咱们这样一二家之外，那些世袭穷官儿家，若不仗着这银子，拿什么上供过年？”有些世袭官儿家里穷得甚至没钱过年。礼部不敢管的原因是“见当今隆敦孝弟”。“隆敦”的意思是崇尚、重视，“孝弟”的意思是孝敬父母、敬爱兄长。贾敬又不是皇帝的爹，贾珍也不是皇帝的兄长，贾敬之死怎么就直接牵扯出了皇帝的“孝弟”呢？当然“翁婿”关系就不同了，一个女婿半个儿，“老丈人”、“大舅哥”是可以和“孝弟”扯上关系的。

皇帝看了礼部的奏本，马上接过来亲自处理。还关心贾敬的身后名，一听贾敬没有头衔便“忙下额外恩旨”，打破朝廷常规追赐他一个五品之职。又亲自安排贾珍父子的举丧路线、祭吊人员的级别等事宜。连丧礼的赐银，也命宫廷里掌供祠宴朝会膳食的专门机构光禄寺按照同级别中最高的赐祭。这些做法令群臣“皆高呼称颂不绝”，可知贾敬受到了怎样破格的待遇。

皇帝的殷勤，除了说明贾妃得宠，或者还有一个原因，贾妃此时正在给老太妃送灵，亲爹死了也不能奔丧尽孝，皇帝心里大概也感到歉疚，于是格外关照。

其他细节。比如第五十三回贾珍父子和乌进孝议论荣国府。开始父子俩一口一个“那府”，和荣国府界线分得很清楚，说“那府”已如何穷了。可当乌进孝说到“娘娘”时，贾蓉却立马称起“我们”来，而且言语间对“娘娘”非常亲密和体谅：“娘娘难道把皇上的库给了我们不成？他心里纵有这心，他也不能作主。”这哪里是说“那府”的娘娘，分明是他们宁府的娘娘。

如果贾妃是宫女身份入宫，她的丫鬟抱琴等人怎么可以随进宫去？这个本人不大懂，有没有可能是贾妃得宠后抱琴等人才进宫去的？

会芳园之芳

第十七回贾政带宝玉等人游园，过了第一个留题处镜面白石，来至第二留题处：一座三港石桥。桥下清溪泻雪，桥上有亭。

众清客道：“当日欧阳公《醉翁亭记》有云‘有亭翼然’”，建议题名“翼然”亭。贾政认为“此亭压水而成，还须偏于水题方称”。所以结合《醉翁亭记》的“泻出于两峰之间”，应该用他的一个“泻”字。一清客极赞，由此给出“泻玉”二字。名为亭子题名，实为桥下之水命名。总之都用《醉翁亭记》的典故，那么把此亭等同于欧阳修的“醉翁亭”了。未免联系《醉翁亭记》中最被广为引用的典故，也即它的点睛之句：醉翁之意不在酒。作者在借此亭，暗示有人“醉翁之意不在酒”。

宝玉听说，连忙回道：“老爷方才所议已是。但是如今追究了去，似乎当日欧阳公题酿泉用一‘泻’字则妥，今日此泉若亦用‘泻’字，则觉不妥。况此处虽为省亲驻跸别墅，亦当入于应制之例，用此等字眼，亦觉粗陋不雅。求再拟较此蕴藉含蓄者。”（第十七回）

宝玉说“泻”字“粗陋不雅”，并不是说这个字表达的意思不符合事实。“泻”字的意思是液体倾泻，很快流出。他其实认同这个字的写实，以及贾政的以水为题，景物描写中已有“清溪泻雪，石磴穿云”在先。但认为这个字不适合应制，虽然大观园是“省亲驻跸别墅”而非正宅。何为应制？指应皇帝之命而作的诗文。也就是颂圣体了。所以给出“沁芳”二字，代替“泻玉”。“沁”的本义是液体渗入、透出。虽然本质上没有区别，都是一方给予一方接受，状态却是大不同。为了让皇家面子上好看，要给这股“粗陋不雅”的泉水，取一个“蕴藉含蓄”的名字。就是说，此泉关系到皇家的形象。亭子最终定名“沁芳亭”，桥下之水定名沁芳泉。

贾政等人看了园子的西半部后，过行宫正殿，游览了整个园子的“十之五六”。然后略过几处，带众人从“一边”、也即东边出去时，来到大观园水源的闸口。

至一大桥前，“水如晶帘一般奔入”。原来这桥便是通外河之闸，引泉而入者。贾政因问：“此闸何名？”宝玉道：“此乃沁芳泉之正源，就名沁芳闸。”这么汹涌奔入的一股泉水，当然是更加的“粗陋不雅”了，为了符合“应制”也得叫“沁芳”闸。

通外河的沁芳泉之闸，在大观园东墙一带。大观园东墙是宁荣两府的隔断墙，沁芳泉来自会芳园。

“沁芳”二字实是因宁府“会芳园”而起。“会”字的本义，《说文》：“会，合也。”《广雅》：“会，聚也。”“芳”字本义为花草。“会芳园”意思就是聚芳之园了。此泉自聚芳之地而出，是为“沁芳”。所以，省亲作诗时，贾妃有“芳园应锡大观名”，宝钗有“芳园筑向帝城西”，两人均称大观园为“芳园”。

“沁芳”之名用“醉翁之意不在酒”之典，大观园既是“芳园”，那么其亭、其泉、其闸乃至其园的建造，岂非都是某人的醉翁之意不在酒？而且其行为是如“泻”一般的“粗陋不雅”！

贾妃省亲的醉翁之意

盖造省亲别墅，迎接贾妃省亲，荣府看起来欢天喜地，其实很没奈何，拿自家大把的银子买了一个虚热闹。用贾蓉的话说：“头一年省亲连盖花园子，你算算那一注共花了多少，就知道了。再两年再一回省亲，只怕就精穷了。”这笔账贾蓉会算，贾母、贾政夫妇等人也会算。省亲别墅，是硬派给荣国府的，是“两位老圣人”那道“重宇别院”的旨意的结果。荣府，就像贾珍说的，是黄柏木作磬槌子——外头体面里头苦。还得欢天喜地感恩戴德。

贾妃省亲，是从荣府西边过来的。

“贾赦领合族子侄在西街门外”，红衣太监至西街门下了马后，“垂手面西站住”。荣府已在帝城之西，宝钗《凝晖钟瑞》匾额：“芳园筑向帝城西，华日祥云笼罩奇。”那么不是从紫禁城过来的，紫禁城在京城中央位置。从另外的宫苑来的。这宫苑距荣府很近。贾妃版舆要来之前，先是十来个太监都喘吁吁跑来拍手儿，短距离才会出现这种情形，也不太可能让太监大老远跑着开路。贾府清虚观打醮，仆从丫头们还都骑马坐车去。贾妃“戌初”、晚上七点多起身，“丑正三刻”、也即夜里一点四十五分回去，总共六个多小时，八个抬“版舆”的太监，值事太监、昭容、彩嫔等，都是步行“缓缓行来”，如果路远，又是夜行，在路上也就折腾完了，哪里还有时间游园、叙家常，又是大家作诗。十来对骑马的红衣太监慢慢腾腾，半日一对，与这距离近不无关系。

荣府和皇家宫苑其实仅一巷之隔。

宝玉《春夜即事》：“隔巷蟆更听未真。”“蟆更”即虾蟆更，旧时宫中称五更以外的六更。宋周遵道《豹隐纪谈》：“盖内楼五更绝，梆鼓变作，谓之蛤蟆更。禁门方开，百官随入，所谓六更者也。”宋杨万里《谢余处恭送七夕酒果蜜食化生儿》：“醉眠管得银河鹊，天上归来打六更。”原注：“予庚戌考试，殿庐夜漏杀五更之后复打一更，问之鸡人，云：‘宫漏有六更。’”“殿庐”指殿旁庐幕，为朝臣候朝及值宿之所。原来荣府和宫苑仅一巷之隔，荣府东邻宁府，西邻皇家园林。所以宝钗诗称大观园“华日祥云笼罩奇”。黛玉诗：“何幸邀恩宠，宫车过往频。”“宫车”指帝王后妃等乘坐的车辆。宫车经常从荣府前过，皇帝常住在这宫苑中，因要去紫禁城，所以频频往返。大观园依山傍水，原是建造园林的好地方。

被“恩许”省亲同宗的贾妃，目的当然不是天伦团聚，所谓的“醉翁之意不在酒”。

金玉良姻已放话出去一两年，宝钗都十七了，在那个时代是个老大不小的姑娘了，荣府却毫无向薛家提亲的动向，宝玉年龄又小几岁，女方当然着急。对于金玉良姻，荣国府更多的是无奈，贾母和宝玉这两人的坚拒不用说，就是贾政，甚至包括王夫人，都并非真的满意宝钗本人。但敢对金玉良姻置之不理，却另有原因。首先荣府和皇家深有渊源，这一点后文分析，使得皇家不好用过于强硬的手段。何况太上皇是个见不得光的“阴”人，皇帝本人并没有显示出对金玉良姻有多少兴趣，否则“老圣人”也不用抬出个“孝”字来了。皇帝如果肯出面指婚，荣国府大概只有叩头谢恩的份了。其次，贾家和薛家虽然同属四大家族，“一损皆损，一荣皆荣，扶持遮饰，俱有照应的”。但从第五十七回薛姨妈的话来看，“两家隔着海，隔着国，有世仇”，贾家和薛家，竟有“世仇”。所以看似后台强硬的金玉良姻，其实有那么一点不上不下的尴尬。另外贾政十分受朝廷器重，皇帝因此而礼让三分也未可知。

皇家让荣府盖造省亲别墅，目的有二：一是给癞头和尚修行用。二是利用省亲别墅给宝钗和宝玉制造更多的接触机会，从而培养两人的感情，或意图发生一些成就姻缘的事情也未可知。只要宝玉心思一动，事情自然就容易了。

宝钗和宝玉多接触需要这么麻烦吗？薛家到了荣府后，一开始住在梨香院，宝玉、黛玉等跟贾母住，从梨香院到贾母西院，不仅要走好一段路，也多有不便。这还不算。后来宝玉大一点的时候，很可能已住进荣府花园。书中对于荣国府原来的花园没有多少描写，只说贾赦宅是从旧园隔断来的，以及大观园是在原花园的基础上扩建的等等。贾赦的“房屋院宇”既是从“荣府中花园隔断过来的”，花园的其他部分应该也一样“房屋院宇”齐全，用来住人的。为什么说宝玉等人早已住在花园里呢？宝玉住的地方，作者只明确交代到他十二岁时，和黛玉一起跟着贾母住。迎春等三人则住在王夫人房后三间小抱厦内。但后来情况应该发生了改变，作者写宝玉进大观园，是“仍随进去读书”，用了一个“仍”字，不是第一次进园住了。第七十七回王夫人想让宝玉搬出大观园，说“明年一并给我仍旧搬出去心净”，“仍旧”二字也是佐证。但宝玉在旧花园住的时间应该不长，是从送宫花后到修建大观园前这一时间段内。然后，荣国府被恩许修建省亲别墅，园里的人又都搬了出来。当时住在旧园里的不可能只有宝玉，宝玉是“自幼在姊妹丛中长大”，和大家没有分开过，黛玉、迎春等人也都在园里。

宝钗之所以没有和大家一起，客观上，因为她的身份，皇亲国戚身份尊贵，不是随便什么屋子就能给她住的。薛家在贾家的先后两个住所，都不寻常。梨香院是贾代善暮年静养之所，房舍虽小巧，规格要高于贾赦的房屋，因为普通的世袭品级一代降一级。梨香院不是还给十二个小戏子住过吗？小戏子们只是在主人的安排下群居其中，非主非客，与身份无关。后来薛家挪移到荣国府内院的“东北上一所幽静房舍”。作者虽然模糊了这所房舍的具体情况，“东北”和“幽静”两个词还是透露了关键信息。既然在东，相对于贾母的西院，就是尊位。这所房舍，应该就是贾妃省亲时的“体仁沐德”院。一是位置相符。贾妃从荣国府的东仪门进入体仁沐德院，“更衣毕复出，上舆进园”。就是说，出了体仁沐德院即可直接入园，这院落自然在荣府“东北”方位，入园走的是大观园东南角门。二是同属“幽静”之地。皇妃用的房舍，肯定闲人免进。“体仁沐德”院落既配得上贾妃落脚，宝钗住这里当然不成问题。荣府旧花园却不可能建有和宝钗身份相匹配的房屋。

除了客观条件的限制，主观上，贾母、贾政等人显然没有让宝钗住自家花园的打算。蘅芜苑屋内如同雪洞，不仅没有玩器，连日常的家具也没有，不像其他地方家具早就一色一色打好的。蘅芜苑后来出现的两件必不可少的家具，床和案，可能都是薛家自备的，所以宝钗搬家的时候，蘅芜苑搬得空落落的，又有婆子们在扫地，床和案都一起搬走了，如果只是把被褥拿走，不是这种情形。宝钗总不可能搬走人家的原有家具。湘云要另外找地方住，可能也与此有关。如果宝钗原来也住在园里，没有理由这一次却不给她收拾住处。宝钗和宝玉分住内院、花园两处，宝玉对宝钗又不热心，实在不利于日久生情。然后，轻轻的一次省亲，便让荣府花园成了贾妃行宫，一切都可以由贾妃恩赐安排妥当了。

尊贵的贾娘娘不过是金玉良姻的马前卒，她这香橼，治的是宝钗的“喘嗽”之病。

贾母以及贾政夫妇等人在大观楼正殿大摆“豪宴”招待贾妃，贾妃点的第一出戏，恰好就叫《豪宴》。台上唱《豪宴》，台下现实版的“豪宴”，作者有用心而非巧合。《豪宴》是明朝作家李玉所著。讲述明朝嘉靖年间，奸臣严世蕃得门客汤勤密告，得知莫怀古家有祖传玉杯“一捧雪”，便向莫家索取此杯。莫家不肯。于是围绕“一捧雪”发生了一系列事。莫家因为“一捧雪”几乎家破人亡。贾妃省亲，其实是为了荣国府的“一捧雪”，十四岁的美少年贾宝玉。

荣府花园变身为省亲别墅，名义上就是贾妃的了，接下来的安排也顺理成章。

第二十三回：“如今且说贾元春，因在宫中自编大观园题咏之后，忽想起那大观园中景致，自己幸过之后，贾政必定敬谨封锁，不敢使人进去骚扰，岂不寥落。况家中现有几个能诗会赋的姊妹，何不命他们进去居住？也不使佳人落魄，花柳无颜。却又想到宝玉自幼在姊妹丛中长大，不比别的兄弟，若不命他进去，只怕他冷清了，一时不大畅快，未免贾母王夫人愁虑，须得也命他进园居住方妙。想毕，遂命太监夏守忠到荣国府来下一道谕，命宝钗等只管在园中居住，不可禁约封锢，命宝玉仍随进去读书。"

"忽想起"和"可巧"一样，是作者促狭之语，写故作姿态的人。"也不使佳人落魄"这句是核心，哪位佳人不进园子里住会失魂落魄？如果进园住的决定权交由荣国府主人，黛玉、宝玉、迎春等人都自然进园子里一起住，被排除在外的，只有宝姑娘。所以要"命宝钗等只管在园中居住"。当然不能落下宝玉，"须得也命他进园居住方妙"，"方妙"两个字，是点睛。

宝钗不同于自幼养在荣国府的黛玉以及其他的贾家姑娘，她这皇家血统身份高贵的姑娘住进了园子里，宝玉作为男性，就不便进园了。贾妃代表的人自然"考虑"到了这一点，所以也用命令的方式让宝玉进园，否则宝钗就白进去了。用命令的方式让宝钗、宝玉住进大观园，既达成了方便金玉二人接触的目的，又保全了宝姑娘的体面，人家是奉命和被动进园的。

夏守忠传谕荣府不可对"宝钗等"禁约封锢，"禁约"的意思是禁止约束，"封锢"的意思是严密关锁。考虑得十分周到。如果宝姑娘被约束以封建教条，金、玉二人的接触就要大受限制了。宝钗后面还有一个"等"字，是不是也不许荣府家长对其他姑娘如黛玉、迎春等人"禁约封锢"呢？显然不是，其他姑娘们享受不到什么特殊待遇。宝钗如此奔放的姑娘，没谕的时候就敢当众解衣招揽宝玉，有了谕，自然更加不怕，谁敢说她不妥呢？两个有过讽言的人，黛玉和晴雯，都没落什么好结果。袭人在宝玉睡觉的时候把宝钗单独留在宝玉卧室，不知是不是领会了上面的精神。

这道谕，看似出自贾妃，实际另有猫腻，到荣国府下谕的太监夏守忠，不是贾妃能“命”得了的。夏守忠是“六宫都太监”，后宫里的太监总管，口传过皇帝的特旨，是皇帝身边的亲近太监。虽是奴才，却是大奴才，能够支使得了他的只有正牌主子，帝后人物。贾妃之于夏守忠，类似赵姨娘之于林之孝家的以及赖大家的。夏守忠敢多次敲诈荣国府，都说明了问题。如果他归贾妃管，哪敢敲诈上司的娘家？王夫人每月都有和贾妃见面的机会的，母女一沟通，如何如何，夏太监就别想混了。贾妃省亲，夏太监就没有来。

贾政接谕后，把宝玉叫去，半晌说道：“娘娘吩咐说，你日日外头嬉游，渐次疏懒，如今叫禁管，同你姊妹在园里读书写字。”贾妃命宝玉入园，想的是怕宝玉在外头冷清，贾政接到的“吩咐”，却是不让宝玉在外头嬉游而进园禁管。贾政不至于假传娘娘的谕，问题只能出在夏守忠身上，是他的话。当然，那绝不是夏守忠的意思，他完全是一个局外人。贾妃很委婉，夏守忠直接就是命令，底气比贾妃强得多。对宝玉“禁管”，对宝钗“不可禁约封锢”，皇家很有意思。贾政显然很无奈，看着自己“秀色夺人”的儿子，很是感慨了一阵子。

夏守忠所传之谕，当然出自那位“醉翁”，所谓“园修日月光辉里”，“醉翁”是癞头和尚无疑。

建园省亲对荣府、对宝玉黛玉都十分不利。宝玉的《有风来仪》：

秀玉初成实，堪宜待凤凰。竿竿青欲滴，个个绿生凉。

迸砌防阶水，穿帘碍鼎香。莫摇清碎影，好梦昼初长。

潇湘馆掩映在千百竿翠竹里。黛玉选择潇湘馆是因为“爱那几竿竹子隐着一道曲栏”。贾政带领众人题咏潇湘馆时，也是以竹为主题。但这竹却是为了“有凤来仪”。凤凰是一种非梧桐不栖、非竹米不食的鸟。《庄子·秋水》：“南方有鸟，其名为鹓鸰……非梧桐不止，非练实不食，非醴泉不饮。”“鹓鸰”即凤凰之类的鸟。“练实”是竹子的果实，俗称竹米，据说十分美味。“秀玉初成实，堪宜待凤凰。”那些翠竹刚刚成实，正适宜招待凤凰。荣国府则起到了平台作用。凤凰“非梧桐不止”，荣国府的“荣”字，本义正是“梧桐”。但这对于竹子来说却实在太糟了。因为竹子一生只开一次花，开花结实后即死。而竹子的开花结实不像其他植物那样是正常的自然生理过程，是恶劣的生长环境、长期干旱所引起的，是被动的、外力作用的结果。“秀玉”两个字，可联系宝玉、黛玉两人。

宝玉说潇湘馆“是第一处行幸之处，必须颂圣方可”。那么无论宝玉的“有凤来仪”，还是清客相公给出的匾额“淇水遗风”“睢园遗迹”，均是颂圣之词。“淇水”出自《诗经·卫风·淇奥》，是一首赞歌，赞美淇水绿竹边的君子德容兼备。“睢园”即西汉梁孝王刘武所建的梁园，以绿竹闻名。“遗风”“遗迹”指前代或前人遗留下来风气或印迹。“遗”这个说法却和典故无关，古人之典都是遗留的，不说自明，如果用典要带“遗”字，所有古典都得称“遗”了。“遗风”“遗迹”在特指某人，也即颂圣的对象是一个死人，即“先皇”癞头和尚无疑。“有凤来仪”也是用典，指吉祥之兆。《书·益稷》：“《萧韶》九成，凤凰来仪。”凤凰是雌雄鸟，雄为凤，雌为凰。不过“凤”字的引申义很多，可以指男，也可以指女。这“凤”当然也是癞头和尚。

贾妃给省亲别墅赐名“大观园”。“大观”泛指为盛大壮观的景象。但又有一种特指：谓为人所瞻仰。《易·观》：“大观在上，顺而巽。中正以观天下。”孔颖达疏：“谓大为在下所观，唯在于上。由在上既贵，故在下大观。”也是可以联系癞头和尚。

另外，省亲时先来的一对对骑马的红衣太监，令人费解。日本学者寺尾善雄《宦官史话》：“宦官的衣服颜色有灰色、蓝色、红色、茶色、驼色，春天是蓝、灰色，夏天是茶、驼色，秋天和冬天是蓝、灰色，生日穿红紫色，忌讳青紫色。”这些太监统穿红色的衣服，总不会同一天生日。感觉不像太监，倒像藏传佛教的喇嘛。本人无知，不敢乱作分析。

分析一下“红楼梦”三个字。

“红楼梦”是宝玉梦游太虚时听到的十二支曲子之名，被吴玉峰题为书名，或者因为被程伟元等人取为刻印发行本的书名，总之“红楼梦”三字广泛流传，盖过了书的本名“石头记”和最早的抄录者空空道人给出的“情僧录”。这个名字本来就新颖易记且朗朗上口，“石头记”比较平淡，“情僧录”太学究了。书名叫什么或者并不重要，重要的是“红楼梦”三个字在表达什么？这是红迷议论已久的。“红楼”可泛指红色的华美楼宇，亦指富贵人家女子的住房，在旧时诗词中不算少见。但书中的“红楼”必然不是泛泛之说。

宝玉梦游太虚，睡在宁府的可卿卧室。宁府是贾妃的正经省亲行宫，而且有一座天香楼，“红楼”是不是与此有关？

在清代，黄瓦红墙，即黄琉璃瓦红色墙面，是宫殿的独有特色，只有皇家建筑或皇封寺庙才可以用。其他的，就是亲王府宅，也只能绿瓦灰墙。绿瓦的级别仅次于黄瓦，普通朝臣也禁止用。天香楼和大观楼一个性质无疑，也即是黄瓦红墙的红楼。“红楼梦”之说应是由此而来。

大观园虽是贾妃的行宫别墅，仍是荣府的私家花园，除了主建筑物，辅助建筑并不涉皇。园外墙是雪白粉墙兼虎皮石墙裙，潇湘馆和怡红院的院墙也都是白粉墙等。

另外，贾妃虽然出力促成金玉良姻，本人却喜欢黛玉，她对“活像”黛玉的小戏子龄官十分喜爱，不仅额外赏赐，还下令众人不许难为她。无奈金玉良姻和木石姻缘，不是她能掌控的。

贾妃省亲时，赐给贾兰“金银项圈二个”，肯定是癞头和尚的意思。老和尚貌似又惦记上贾兰了。

林黛玉的相貌

黛玉是罕见的美人。

第三回，凤姐携着黛玉的手，上下细细打量了一回，说：“天下真有这样标致的人物，我今儿才算见了！况且这通身的气派，竟不象老祖宗的外孙女儿，竟是个嫡亲的孙女。”此处甲戌本批语：“‘真有这样标致人物’出自凤口，黛玉丰姿可知。宜作史笔看。”证实凤姐所言不虚。

黛玉极像贾母，外貌气质哪儿哪儿都像。贾母年轻时也是大美人。

第三回宝玉眼里的黛玉：“两弯似蹙非蹙笼烟眉，一双似喜非喜含情目。态生两靥之愁，娇袭一身之病。泪光点点，娇喘微微。闲静时如娇花照水，行动处似弱柳扶风。心较比干多一窍，病如西子胜三分。”

眉毛淡淡的弯弯的像烟雾，是细长型，不浓。眼睛像含着笑，很特殊的形状。小旦龄官的扮相活像黛玉，黛玉的眼睛，像戏妆中小旦的眼睛，也即画出来的那种形状，内眼角向下勾，外眼角向上翘，娇俏妩媚而带点喜气，却是天然的。还有一个眉眼像黛玉的晴雯，第五十二回因为坠儿偷镯子的事，晴雯“气的蛾眉倒蹙，凤眼圆睁”。简而言之，就是蛾眉凤眼。

“靥”即酒窝，黛玉脸上有一对酒窝。大概因为嘴唇抿着，所以显现出来。

“西子”即西施，春秋时越国的美女，传说她捧心皱眉的样子，比平常更加美丽。宝玉送黛玉的字“颦颦”，即出自这个典故。

因为刚刚哭过，所以“泪光点点”。为什么“娇喘微微”呢？或者因为来到新环境里，情绪紧张，看到宝玉后又觉得如此眼熟，而吃一大惊，所以心情起伏。

第二十六回又有：“原来这林黛玉秉绝代姿容，具希世俊美，不期这一哭，那附近柳枝花朵上的宿鸟栖鸦一闻此声，俱忒楞楞飞起远避，不忍再听。”

黛玉脸蛋漂亮这个其实也可以不分析，因为没争议，需要分析的是黛玉的身材。因为很多读者以为黛玉很瘦，是身材没料的病弱瘦。

不知出于什么心理，怕亵渎或其他什么，作者也没有直接描写黛玉的体形，像用死了的金钏暗示宝钗的体形一样，黛玉的身材，也是用其他人来暗示。

第六十五回贾琏的小厮兴儿描述黛玉：“一个是咱们姑太太的女儿，姓林，小名儿叫什么黛玉，面庞身段和三姨不差什么。”

这对比很有趣。兴儿不是很小的男孩了，至少心智上不是，他不仅注意姑娘们的面庞，还观察她们的身段，哪怕对方是主子姑娘，所以能把黛玉的身段和尤三姐作一个对比。从兴儿的语气看，尤三姐的身段，就是对黛玉身段的最好衬托。

尤三姐身段如何？“这尤三姐松松挽着头发，大红袄子半掩半开，露着葱绿抹胸，一痕雪脯。底下绿裤红鞋，一对金莲或翘或并，没半刻斯文。两个坠子却似打秋千一般，灯光之下，越显得柳眉笼翠雾，檀口点丹砂。本是一双秋水眼，再吃了酒，又添了饧涩淫浪，不独将他二姊压倒，据珍琏评去，所见过的上下贵贱若干女子，皆未有此绰约风流者。二人已酥麻如醉。”

把贾珍和贾琏两个迷得“酥麻如醉”，固然因为尤三姐的脸蛋美，姿态放浪，“一痕雪脯”恐怕功不可没。抹胸即胸衣，胸衣遮不挡的雪白的胸脯凸显出来。两个“风月场中耍惯”的色男，见过的女人多了，一般的性感放浪，不会让他们这样失态。并且认为尤三姐把他们见过的所有女人都比下去了。不说别人，贾琏的妻子凤姐，就是绝佳的对比，所谓“身量苗条，体格风骚”，也败给尤三姐了。尤三姐是波涛汹涌的姑娘。这是写三姐，何尝不是写黛玉？这样的黛玉，作者当然是难以下笔，所以拿尤三姐来衬。

关于黛玉的体形，薛蟠的反应也是绝佳的侧面描写。

第二十五回：“独有薛蟠更比诸人忙到十分去：又恐薛姨妈被人挤倒，又恐薛宝钗被人瞧见，又恐香菱被人臊皮——知道贾珍等是在女人身上做功夫的，因此忙的不堪。忽一眼瞥见了林黛玉风流婉转，已酥倒在那里。”

“风流婉转”四个字当然是写的身段。薛蟠是个粗人，酒色之徒，目之所及，能打动他的，不会是精神层次方面的东西，比如书卷之气忧郁之态什么的，唯有鲜明的一目了然的肉体美，才能吸引住薛傻子。当时是三月里，不冷不热的天气，尤三姐的半掩半开让贾珍、贾琏酥麻如醉，林黛玉衣饰俨然，也能让纨绔子弟薛蟠酥倒，体态不输尤三姐是肯定的。甲戌本此处批语：“可知颦儿之丰神若仙子也。”薛蟠如此表现，也是用薛家的两个女子香菱和宝钗暗衬黛玉。

另外，黛玉能被百忙之中的薛蟠“一眼瞥见”，当时怡红院里人很多，小个子的话，很容易在乱哄哄的人群里被挡住，林妹妹身材是高挑的。

小戏子龄官“面薄腰纤”，大有黛玉之态，这是侧写黛玉的腰。

林妹妹是那种苗条又丰满，即所谓魔鬼身材的姑娘。

书中说黛玉瘦的话，比如一句“瘦得可怜”，同时又说宝玉也“大瘦了”。从前用“可怜”一词形容女孩子模样，通常是指令人喜爱、怜惜之意，如“我见犹怜”“自怜碧玉亲教舞”等。这“瘦得可怜”四字，是宝玉的眼中所见、心里所想，大概希望黛玉更胖一点才好。

黛玉身世之贫民的丫头

两位女主角都有“怪病”，宝钗有“无名之症”，黛玉有“不足之症”。宝钗的“无名之症”也即“那种病”，实际是相思病，黛玉的“不足之症”是不是也有某种玄机呢？

和宝钗无病一样，黛玉其实也是个健康状况良好的姑娘。

第二十九回：“林黛玉不过前日中了些暑溽之气，本无甚大病。”虽然作者对黛玉的“病”着墨极多，但一句“本无甚大病”，也就把“不足之症”和身体健康方面的联系抹去了。黛玉的身体没有啥大毛病，“不足之症”和“无名之症”一样，另有所指。“不足”的含义不止一种，最常见和基本的，指缺少、不够，“不足之症”似乎也难对应其他意思了。林妹妹聪明美丽性格鲜活，作为女人，还能有什么“不足”之处呢？其实从这个奇怪的病名也就大概可以猜测了，身体的病不需要这么隐晦。“不足之症”暗示的是其他方面。

美丽的林妹妹，其实并非出身于官宦之家的千金小姐。

第二十二回因为湘云说小旦像黛玉的事，黛玉和宝玉生气：“再你为什么又和云儿使眼色？这安的是什么心？莫不是他和我顽，他就自轻自贱了？他原是公侯的小姐，我原是贫民的丫头，他和我顽，设若我回了口，岂不他自惹人轻贱呢。”

黛玉责备宝玉管坏了闲事，但说自己“原是贫民的丫头”，却并非赌气或自我贬低。湘云的公侯小姐身份没有什么疑问，比如断词里的“富贵又何为”，以及薛姨妈笑湘云对当票的无知：“真真是侯门千金，而且又小，那里知道这个?”等等。她的穿着打扮也足以说明问题。

黛玉虽然在故意歪曲宝玉的想法，话里话外却都是对自己和湘云身份差异的对比和介怀，“公侯的小姐”和“贫民的丫头”必然是一个事实。此前湘云愤愤然拿自己和黛玉作身份对比时，却只说“他是小姐主子，我是奴才丫头”，固然把黛玉放在高处，实际并未涉及身份的实质，“主子小姐”是相对身份，“公侯千金”是绝对身份。贫民家的女儿如果雇得起下人也可以是主子小姐，公侯家的千金在更高身份的人面前也可以是奴才丫头。这才是赌气的话。

黛玉“贫民的丫头”的身份，在她进荣府的一系列情形中都有体现。

荣府派去扬州接黛玉的几个仆妇，不仅是“老妇人”，而且是荣府奴仆里的三等仆妇，属于最没有地位和收益的一个外围群体，并不能进府进园接近内帏内壶。

作者特别写了一个三等仆妇的代表人物，芳官的干娘，也就是怡红院丫鬟何春燕的娘。因为芳官归了怡红院，何婆子得以进入大观园随芳官归了怡红院。初进大观园的这个婆子，不懂内帏规矩，闹出一系列事端，差点被撵出去。“这干婆子原系荣府三等人物，不过令其与他们浆洗，皆不曾入内答应，故此不知内帏规矩”。她甚至连平儿是谁都不知道，“凭你那个平姑娘来也凭个理，没有娘管女儿大家管着娘的”。

三等仆妇在荣府的地位有多低，对比一下就知道。

一位大夫进园给湘云看病，因为探春正忙着整顿人员，那些日常跟着主子姑娘们的“内壶近人”婆子们准备去接，平儿阻止说：“单你们，有一百个也不成个体统。”比外围的三等仆妇高一级的内壶近人，都不能做这种相对正经一点的接待工作。就是说，一个平常的大夫，也要由管事的“头脑”也就是高级仆妇带进园子，以体现尊重其身份。如果黛玉真是盐课家的千金小姐，荣府岂能安排最低等的下人去接她？那成什么体统了？而且，春燕进园之前，何家的生活是很拮据的，推断其他三等仆妇的生活也好不到哪里去，生活好的也不会愿意做外围的低等工作了。就是这样的三等仆妇，在黛玉看来“吃穿用度，已是不凡了”。即便几个仆妇有出差补贴，又能阔绰到哪里去。可见黛玉的家境怎样。

暗示黛玉身份的还有衣饰。黛玉进京，照理说她是这段故事的绝对主角，故事随着她的行动而发展，可是，作者对凤姐、宝玉的服饰都做了充分描述，唯独不写黛玉的衣着打扮。不仅如此，林妹妹进荣府的第一天，王夫人对黛玉首先关心的是什么？王夫人先问凤姐月钱放过了没有，又说凤姐该随手拿两个缎子来给黛玉做衣服，凤姐说早就预备下了，分明是对待投奔来的穷亲戚的态度。不说王夫人、凤姐看人低，如果对方需要，那是必须的，算爱护。黛玉的衣着只怕和岫烟一样寒素，封建社会，服饰即身份，所以大家一眼即看出黛玉的“不足”。第三回：“众人见黛玉年貌虽小，其举止言谈不俗，身体面庞虽怯弱不胜，却有一段自然的风流态度，便知他有不足之症。”

书中对黛玉衣饰的直接描述虽然极少，偶尔也蜻蜓点水地给出黛玉和同辈的其他主子们在着装方面的差异。宝玉“束着五彩丝攒花结长穗宫绦”（第三回），凤姐“裙边系着豆绿宫绦”（第三回），湘云“腰里紧紧束着一条蝴蝶结子长穗五色宫绦”（第四十九回），黛玉“束一条青金闪绿双环四合如意绦”（第四十九回）。凤姐、宝玉等都系“宫绦”，唯黛玉不同，系的是“如意绦”。汉典对“宫绦”的解释是：“宫中特制或仿照宫样所制的丝带。”这个解释比较笼统。从“宫”字来看，“宫绦”必是一种有身份要求的官方用品。“如意绦”则属于民间的一种花样。

当票子的事也很说明问题。

第五十七回湘云因为不认识邢岫烟当衣服的当票，拿着来问众人。薛姨妈叹道：“怨不得他，真真是侯门千金，而且又小，那里知道这个？那里去有这个？便是家下人有这个，他如何得见？别笑他呆子，若给你们家的小姐们看了，也都成了呆子。”众婆子笑道：“林姑娘方才也不认得，别说姑娘们。此刻宝玉他倒是外头常走出去的，只怕也还没见过呢。”

婆子们的话明显把林黛玉和“姑娘们”区别看待。她们的语气，显然认为黛玉有理由认识当票子，连宝玉这个常常外出的男人，她们还认为应该没有见过当票。为什么黛玉区别于湘云以及贾家的姑娘们，属于有可能认识当票子的人呢？一般情况下，只有贫家的女儿，如邢岫烟，才可能和当票子打交道。如果黛玉是盐课林如海家的千金小姐，无论如何和当票子扯不上。宝钗之所以认识当票子，因为薛家是开当铺的。

还有第六十七回紫鹃劝解黛玉的一番话："再者这里老太太们为姑娘的病体，千方百计请好大夫配药诊治，也为是姑娘的病好。这如今才好些，又这样哭哭啼啼，岂不是自己遭踏了自己身子，叫老太太看着添了愁烦了么？况且姑娘这病，原是素日忧虑过度，伤了血气。姑娘的千金贵体，也别自己看轻了。"

紫鹃这番话，看似劝慰保重身体，实则在劝慰放宽心。"姑娘的千金贵体，也别自己看轻了"这句，暗含黛玉因为不是"千金贵体"的事实，所以自己看轻了自己。紫鹃此说，意在肯定黛玉的身份。如果黛玉是盐课家的千金小姐，是不需要紫鹃的肯定甚至劝慰的。紫鹃说"这里老太太们"，荣府的老太太似乎不止贾母，第六十八回凤姐说"若我实有不好之处，上头三层公婆"，也是佐证。貌似还有比贾母更长辈的老太太。

癞头和尚说宝钗的"无名之症"不相干因为"先天结壮"，宝玉说黛玉的"不足之症"是"先天生的弱"，这"先天"的一"壮"一"弱"，是二人的出身。

黛玉是被荣府收养的。她的柳絮词"叹今生，谁舍谁收"的"舍"字，非无病呻吟，是残酷的事实。

抄检大观园时，（凤姐）因向王善保家的道："要抄捡只抄捡咱们家的，薛大姑娘屋里，断乎抄捡不得的。"王善保家的笑道："这个自然，岂有抄起亲戚家来。"凤姐点头道："我也这样说呢。"一头说，一头到了潇湘馆内。一句"咱们家的"，是凤姐眼里的黛玉，同时也暗示黛玉不是"亲戚家"的千金。

黛玉并非贾母的亲外孙女儿，书中的暗示不止一处。第三回贾母向宝玉介绍黛玉，说："外客未见，就脱了衣裳，还不去见你妹妹！"外客指关系疏远的客人。贾母怎么可能说自己的亲外孙女儿是“外客”？

第二十三回贾赦生病，宝玉和荣府的姑娘们都去请安，只有黛玉没有去。“这里林黛玉见宝玉去了，又听见众姊妹也不在房，自己闷闷的。”如果是亲舅舅，黛玉不可能不去探望。这或者也说明黛玉可能并没像宝琴那样正式成为王夫人的干女儿，那也没有理由不去探病，贾家祭宗祠宝琴都参加了。文中的“众姊妹”，就前后文内容看，甚至可能包括宝钗，因为黛玉无处找姊妹玩，而香菱又到处找不着宝钗。

绛树两歌之黛玉的命运载体晴雯

众人抽签占花名儿，黛玉占的是“一枝芙蓉”。芙蓉又名木芙蓉，和菊花、桂花同属传统三大秋花，三大秋花在书中均以指迷形象出现。芙蓉性喜近水，有照水芙蓉的美誉。因为花期长，从农历八月直开到十月霜降之后，又名拒霜花。芙蓉是黛玉的寓意形象。也只是黛玉的，因为“别人不配作芙蓉”，因为陪客是牡丹宝钗。

《芙蓉女儿诔》非祭晴雯，而是祭黛玉，隐写手法里已简单分析，这里详细分析一下。

（第七十八回）祭祀前宝玉的一段想法：“如今若学那世俗之奠礼，断然不可；竟也还别开生面，另立排场，风流奇异，于世无涉，方不负我二人之为人。况且古人有云：‘潢污行潦，蘋蘩蕴藻之贱，可以羞王公，荐鬼神。’原不在物之贵贱，全在心之诚敬而已。此其一也。二则诔文挽词也须另出己见，自放手眼，亦不可蹈袭前人的套头，填写几字搪塞耳目之文，亦必须洒泪泣血，一字一咽，一句一啼，宁使文不足悲有余，万不可尚文藻而反失悲戚。况且古人多有微词，非自我今作俑也。奈今人全惑于功名二字，尚古之风一洗皆尽，恐不合时宜，于功名有碍之故。我又不希罕那功名。”

如果“我二人之为人”是指宝玉和晴雯，把黛玉放哪里？晴雯的死并不至于让宝玉“洒泪泣血，一字一咽，一句一啼”。宝玉喜欢和信任晴雯，但就感情来说，宝玉对粗线条的晴雯并无男女之情。晴雯当然是美人，荣国府丫鬟里最漂亮的一个，但宝玉绝非简单的好色之徒，也非博爱众生的圣人。在宝玉的私人情感里，晴雯和金钏、玉钏、麝月等众多丫鬟没有实质的差别，只是因为晴雯隶属怡红院，而且性格坦荡，张狂却不藏不掖，所以得到宝玉信任，两人才走得近。晴雯失手将扇子股子跌折，又和宝玉吵闹，宝玉生气就要回王夫人让晴雯走人，或有意气的成分，但绝非装腔作势，如果不是袭人等丫头看势头严重跪下求情，晴雯恐怕真就卷了铺盖了。换作黛玉，无论怎样对宝玉无理取闹使性子，宝玉都不会有一丝一毫对她不利的行为。晴雯、芳官、四儿三个人被王夫人撵出去后，宝玉说：“从此休提起，全当她们三个死了，不过如此。况且死了的也曾有过，也没有见我怎么样，此一理也。”暗提了一个“死了的”，就是金钏了。

宝玉和金钏的关系不比和晴雯浅，但宝玉对金钏的死如何呢？第三十四回：“这里宝玉昏昏默默，只见蒋玉菡走了进来，诉说忠顺府拿他之事；又见金钏儿进来哭说为他投井之情。宝玉半梦半醒，都不在意。”宝玉和蒋玉菡交往，并非因为喜欢，另有别的意图，这个后面分析。所以蒋玉菡被拿宝玉全不在意。金钏儿哭诉为他投井之情，一天不到，也不在意了。温柔多情的宝二爷，心硬起来也十分决绝。

在这个十几岁的男孩子身上，很多时候都能看到一种特质，一种心理成年的男性才会有的分明，对自己的感情有十分理性的认识，他的选择毫不拖泥带水。或者只是因为遇到了人生知己的缘故。此时黛玉来了，宝玉朦胧中看到，便赶忙将身子欠起，虽然自己疼得半死，却有闲情心疼黛玉不该冒暑热来看他，热着了怎么办？唯有黛玉之情，是他往心里去的。所以怎么可能和晴雯称“我二人”而拒黛玉于外？或哭晴雯哭到“泣血”？哪怕晴雯、芳官等三人都死了，对宝玉的打击也不过如此，难受一时，垂头丧气一阵子罢了。

作者说诔文有不合时宜的“微词”，有碍功名，暗示此文干涉朝廷，影响前途。晴雯一个普通丫鬟，能牵扯到的最大人物不过贾母和王夫人，无论如何也牵涉不到朝廷。

四样新奇祭物：冰鲛之縠，群花之蕊，枫露之茗，沁芳之泉。

“冰鲛之縠”是书中常出现的物品，诔文也写在一幅冰鲛縠上。虽说是“晴雯素日所喜之冰鲛縠”，但晴雯何尝喜欢过鲛縠？第三十四回宝玉挨打后，让晴雯送两条鲛帕给黛玉，晴雯还觉得半新不旧的东西黛玉会恼。对黛玉来说就不一样了，宝玉既以鲛帕相赠，肯定是黛玉喜欢的质地。黛玉收到旧帕时，先是奇怪，用力思索一番后，方才“大悟”。然后“五内沸然炙起”，掌灯起来，一连题三首绝句在上面。并且浑身火热面上作烧，对镜自羡美丽。这两条帕子显然有故事在先。黛玉题诗里有“尺幅鲛绡劳解赠”，既为“鲛绡”，是鲛帕也是绡帕，那么其中的一条，应该就是此前第三十回两人怄气和解时黛玉摔给宝玉擦泪的那条“绡帕”。两条鲛帕，一条是黛玉的，宝玉加上自己的一条送过来，意思就明显了，两条鲛帕相当于他们两个人在表达私订终身或以身相许的意思。

群花之蕊，可联系宝钗的冷香丸。冷香丸以白牡丹、白荷花、白芙蓉、白梅花四种花蕊制成。黛玉曾对宝玉调侃："便是得了奇香，也没有亲哥哥亲兄弟弄了花儿、朵儿、霜儿、雪儿替我炮制。"宝玉以群花之蕊祭奠，自然压得过四花之蕊，有和冷香丸对抗的意思。

枫露之茗，宝玉喜欢的茶，三四次后才出色。此茶必然有故事，可惜描写太少，出场更少，算上这里才两次，具体想说明什么不得而知。但依然可以和林妹妹建立联系，宝玉因李嬷嬷吃了他的枫露茶而醉闹绛芸轩，就在那个时候，让"林妹妹吃茶"来着。

沁芳之泉，此泉是大观园和会芳园从属关系的标志，荣府的无力和无奈，尽在"沁芳"二字上。大观园因贾妃省亲而建，因"两位老圣人"的旨意而建，因金玉良姻而建。此水祭奠的，唯有宝玉和黛玉的姻缘。

诔文内容对黛玉的指向同样明显。芙蓉女儿死于十六岁，黛玉在第十五年恰十六岁。晴雯在宝玉生日时就已十八岁了，怎么也不可能死于十六岁。"眉黛烟青，昨犹我画；指环玉冷，今倩谁温?"暗藏黛玉的名字。"檐前鹦鹉"是潇湘馆特色。"共穴之盟"也只能是宝黛之间的，宝玉"心里眼里只有"黛玉，怎会和晴雯有共穴之盟呢？"天籁兮篔筜"是潇湘馆风景。等等。有一句最令人动容的是："忍捐弃余于尘埃耶?"你怎忍心把我抛弃在尘世里？这样的话怎么可能是写给晴雯的！

最后，《芙蓉女儿诔》引经据典十分高深，受众没有深厚的文化底蕴根本就听不懂，黛玉听着都吃力，记不住几句，晴雯大字不识一个，宝玉念这样一篇高深的诔文给九泉之下的她听，岂不成笑话了？

对此庚辰本有批语："又当知虽晴雯而又实诔黛玉也。奇幻至此！若云必因晴雯诔，则呆之至矣。”“慧心人可为一哭，观此句便知诔文实不为晴雯而作也。”

芙蓉女儿是林妹妹。晴雯是绛树两歌人物，黛玉命运的载体。作者选中晴雯，因晴雯本身是一个身份毫不敏感的普通丫头，她在相貌灵巧和命运等方面和黛玉又有一些惊人的相似。

《芙蓉女儿诔》提供的内容和线索，不仅对解开黛玉的命运结局至关重要，有了这些佐证，理解作者写这部书的情感出发点、串联书中一些琐碎繁杂的故事乃至理解整部《红楼梦》，都将不再是一件特别困难的事。或者正因如此，作者给出的暗示才尤其多。支持芙蓉女儿为黛玉的红迷其实有相当一部分，可惜多为普通发烧友而非有影响力的研究者，后者似乎更拘谨些，拘于“晴雯”二字。诔文内容如果放在晴雯身上，对理解《红楼梦》一无用处。

“晴雯”的经历中哪些是晴雯自己的，哪些是黛玉的？又和其他绛树两歌人物略有不同，或者更容易分辨一些，因为有一个明显的分界点：第七十七回晴雯被撵之时。此前黛玉和晴雯是并行的，晴雯身上也没有矛盾。此后，黛玉基本就“消失”了，除了宝玉祭芙蓉女儿那夜神秘地出现了一下，重重矛盾自此开始出现。或者说，在这两回里，众钗几乎都消失了，只剩下一个“晴雯”。前七十多回里一个无足轻重的丫鬟，忽然成了浓墨重彩的唯一女主角，仅这一点，便知有异。

第七十七回“晴雯”被撵出去后，宝玉去多浑虫灯姑娘家看她。

（宝玉）又说：“可惜这两个指甲，好容易长了二寸长，这一病好了，又损好些。”晴雯拭泪，就伸手取了剪刀，将左手上两根葱管一般的指甲齐根铰下。

这个“晴雯”，指甲二寸长，雪白如“葱管”，没有像别的女孩那样用金凤花染成红色。

第五十一回胡庸医给晴雯看病时，看到的两根指甲却截然不同。“那大夫见这只手上有两根指甲，足有三寸长，尚有金凤花染的通红的痕迹”。

显然不是同一个人的指甲。三寸红指甲的主人完全可以确定是晴雯，当时的前后文交代的十分详细并无矛盾或任何问题，黛玉也自在潇湘馆和宝钗、宝琴等人围坐在熏笼上叙家常。而多姑娘家的“晴雯”，首先和被王夫人撵出的晴雯，已不是一个人。晴雯被撵时已四五日水米不曾粘牙，奄奄一息了，王夫人那样对她，被撵出去的结局已完全无法挽回，她却连一句话争辩都没有，不可能不敢说，以晴雯的性格，事已至此，还有什么不敢的，是说不出话来了。任谁四五日水米不进，都只有出气儿的份了。如果精力允许，恐怕不仅会拼命挣扎，可能会像她自己说过的那样，一头碰死也不出怡红院的门。多姑娘家的“晴雯”，却大口喝水，和宝玉交谈很久，还用剪子把指甲绞断，自己褪衣服。联系整体情况的异常，这个“晴雯”，是黛玉。

第七十八回“晴雯”死后，“剩的衣履簪环，约有三四百金之数”。

“三四百金”到底是多少钱财？一直有争议，有人说是三四百两金子，也有人说是三四百两银子，因为“金”在这种情况下也可以指银子。当时一两金子等于十两银子。第五十三回贾蓉说：“纵赏银子，不过一百两金子，才值了一千两银子。”这个问题其实可以借助另外一处类似描写来推断。

第四十八回：“内有一个张德辉，年过六十，自幼在薛家当铺内揽总，家内也有二三千金的过活。”

“二三千金”的表达方式和“三四百金”一样，但张家却不可能仅有二三千两银子的家底。

“自幼”在书中是一个模糊的说法，就像我们现在口头说的“从小”，从几岁到十几岁，都可以说是“从小”。薛家的当铺揽总张德辉，非常有经济头脑的一个人，当然，没有经济头脑，也不可能自幼就在当铺内揽总，即当总管了。而且一直当了几十年，相当精明能干的人物。薛蟠跟着张德辉学做一趟生意，就能赚到几百两银子，此趟张德辉赚了多少，虽然只说是“几倍利息”，不会是一个很小的数目。张德辉做了几十年揽总，这种赚取差价的买卖必然做过不少，加上本身职位的薪水，张家的家底肯定是厚实的。二三千两银子的资产对于寻常百姓之家，算得殷实，对于一个当了几十年的大家族当铺总管的人来说，却太少了。不说别人，荣国府的总管赖家，同一身份级别的人，那是怎样的富奴。所以，“二三千金”必是指二三千两黄金，两三万两银子的家底才算符合张德辉的身份，也不算多了。“二三千金”是省去了单位量词“两”。这种省略在书中其实随处可见，探春、宝钗等人计算大观园的物产收益所值时，就只说“二三百银子”“四五百银子”，并不加量词。“两”作为货币单位在当时的通用程度，是可以忽略不说的，就像现在说多少钱会省略单位“元”一样。

“三四百金”是三四百两黄金。

“晴雯”的“衣履簪环”价值三四千两银子，二十两银子在当时都够普通百姓之家过一年的，三四千两银子够过两三辈子的了。这不是丫鬟晴雯能有的，其实就算三四百两银子，也绝非晴雯能有。主子们才有此身家。第七十二回：“那一位太太奶奶的头面衣服折变了不够过一辈子的。”

这死的“晴雯”，是黛玉。

第七十八回："及进来到房里留神看时辰表时，果然是未正二刻他咽了气，正三刻上就有人来叫我们，说你来了。"这个"晴雯"离世的"未正二刻"，必是黛玉的。书中唯一一个确切交代的死亡时刻，怎么可能属于晴雯呢？黛玉死的时刻，作者没有理由不写出来，也是一辈子不会忘记的吧。

接下来的推理，或者读者更难以接受。

第七十七回："这晴雯当日系赖大家用银子买的。那时晴雯才得十岁，尚未留头。因常跟赖嬷嬷进来，贾母见他生得伶俐标致，十分喜爱。故此赖嬷嬷就孝敬了贾母使唤，后来所以到了宝玉房里。这晴雯进来时，也不记得家乡父母。只知有个姑舅哥哥，专能庖宰，也沦落在外，故又求了赖家的收买进来吃工食。"

这个赖大家买的"晴雯"，不记得家乡父母的"晴雯"，正是黛玉。

说黛玉是赖大家用银子买的丫头，任何一个红迷，无论喜欢黛玉还是不喜欢黛玉，哪怕是钗粉，从感情上大约都接受不了。我自己因为接受不了，曾试图绕开这部分内容，哪怕只绕开这一点。后来发现根本绕不开，因为无法解释《芙蓉女儿诔》中的"其先之乡籍姓氏，湮沦而莫能考者久矣"。"其先"的意思是原来的、原本的，芙蓉女儿原本的家乡姓氏，都早已考察不出来了，这是连"贫民的丫头"都无法解释的。

"后来所以到了宝玉房里"这句是不是不符合黛玉呢？也符合。黛玉进荣国府，一开始，并没有单独的屋子，贾母把她安置在原本宝玉睡的碧纱橱。宝玉则挪在了碧纱橱外的大床上，那显然是夜间照顾陪伴他的奶妈或丫鬟睡的。宝黛同住一屋。因为一切都是现成的，凤姐才只"命人送了一顶藕合色花帐，并几件锦被缎褥之类"。贾母说次年春天再给黛玉收拾屋子，从残冬到次年春天，黛玉都和宝玉同屋。

黛玉出身贫民，原是赖大家买的小丫头，所以在荣国府的身份会如此尴尬，周瑞家的当面轻慢，花袭人的背后风凉，用史湘云的话说，大家都可以说她，拿她取笑。凤姐说十一岁的龄官扮相“活像”黛玉，龄官是小旦，扮相为丫鬟，那是黛玉十一岁时候的模样。宝玉的《春夜即事》，暗示的应该主要就是这个。

霞绡云幄任铺陈，隔巷蟆更听未真。

枕上轻寒窗外雨，眼前春色梦中人。

盈盈烛泪因谁泣，点点花愁为我嗔。

自是小鬟娇懒惯，拥衾不耐笑言频。

这首诗写某一个将尽的春夜，宝玉在卧室的耳闻目睹。

宝玉住的地方，先是贾母处，后是大观园的怡红院。“隔巷蟆更”排除了怡红院，怡红院“隔墙”为宁国府会芳园，两者不是“隔巷”的关系，当然，宁国府也不是皇宫。这首诗写的是宝玉住在贾母院的时候，贾母院在荣府西部，和皇家园林“隔巷”。这个时间段，夜间陪在宝玉外床的有两个人，奶母李嬷嬷和一本正经的大丫鬟花袭人，怎么出现了一个娇懒俏皮的“小鬟”？屋里还很乱，“霞绡云幄任铺陈”，绡、幄即帐子、幔子，这些本来用于隔开和装饰的东西，都任意铺散着。这种情形，唯有黛玉初进荣国府和宝玉同在一屋时，才有可能。当时黛玉和奶娘王嬷嬷、雪雁睡在碧纱橱里，宝玉和李嬷嬷、袭人则睡碧纱橱外的大床上，一间屋两张大床六个人，俩老妇人四个半大孩子，挤得满满登登，夜间的情形可想而知。这个拥衾笑言的小鬟，是黛玉无疑。紫鹃、袭人完全不是这种性情，袭人年龄又大几岁。“点点花愁为我嗔”才可能是每每规谏宝玉心中着实忧郁的大丫鬟花袭人。

“梦中人”可有两解，一是册中人，二是宝玉的心上人。都符合黛玉。所谓“睡里梦里也忘不了你”。

黛玉十岁进荣国府，因为生于大年初一，过了年，也就是此时，正是十一岁。龄官的“龄”字和十一岁，都是为了暗示黛玉。

湘云接过凤姐的话茬说破龄官像黛玉，这个心无城府的姑娘其实没有什么恶意，她所要表达的，或者是两个人在外貌而非打扮方面的相似，因为众人要“留神细看”才觉得果然如此，此时黛玉的穿戴当不再是丫鬟样儿，却无意勾起了黛玉的出身。黛玉对此其实并没在意，觉得湘云在和她顽。可惜，小心过头的宝玉，对湘云使了一个眼色，不仅没有保护黛玉，反而引起小心眼的湘云迁怒于黛玉，让林妹妹无辜中箭。

真正的晴雯是有老子娘的。第二十四回：“晴雯又因他母亲的生日接了出去。”第二十六回：“可气晴雯、绮霰他们这几个，都算在上等里去，仗着老子娘的脸面，众人倒捧着他去。”这个很简单，无须分析了。

黛玉身世之小耗变香玉

如果黛玉是贫民出身，那林如海、贾敏的女儿即贾母的外孙女儿这个身份该如何解释？

宝玉讲的耗子精的典故，扬州黛山林子洞，年小身弱、法术无边、口齿伶俐、机谋深远的小耗子，影射黛玉无疑。在这个故事里，小耗为了巧偷香芋，摇身一变为林老爷的小姐，这一变，却把小耗和“林小姐”对立起来，显示二者的逻辑关系为：小耗是黛玉本身，“林小姐”只是为达目的而进行的一个包装。反映到现实里，黛玉的“林小姐”身份，即是如此。

黛玉如何从被买的丫头“变”成了盐课家的小姐呢？黛玉自己可没有这样的能力。主谋只能是贾母。“林老爷的小姐”和“贾母的外孙女儿”两个身份原本一体，黛玉又是被孝敬给贾母的，深得喜爱，促成这件事的，除了贾母，再无第二个人。

过程可能是这样的：贾母如此喜爱这个小姑娘，不愿她当下人，便把她送到扬州女儿家，假充林如海、贾敏的女儿，因林如海夫妇膝下荒凉，所以愿意收下这个女儿。谁知仅一年，贾敏病逝，贾母即刻派人把黛玉接回身边。

为什么黛玉被赖嬷嬷孝敬给贾母时和以林小姐的身份进荣府时，都是十岁呢？也可以解释。黛玉生于大年初一，这一切，都发生在黛玉十岁的那年，从年头到年尾，去扬州时是十岁之初，回荣国府是十岁之末。黛玉说读了一年的书，其实是十一个月。这一点从贾雨村行迹也可以推断，贾雨村到扬州一个月后才开始教黛玉，一年后即送黛玉进京，时间间隔正好是十一个月。黛玉是第九年的年初到扬州，腊月即返回荣国府。

黛玉说自己“只上了一年学，些须认得几个字”，这是听了贾母批评自己的孙女们读书不行，所以自己也赶紧入乡随俗加入大家。只上了一年学，在她十岁之前，没有读书，因为那之前还仅仅是贫民的女儿。

所以黛玉看到宝玉大吃一惊，觉得在哪里见过他。宝玉见到黛玉则直接说“这个妹妹我曾见过的”。贾母因不想黛玉的身份被说破，出言“可又是胡说，你又何曾见过他？”提醒宝玉，大约同时还使用了表情暗语。所以宝玉立刻改口为：“虽然未曾见过他，然我看着面善，心里就算是旧相识，今日只作远别重逢，亦未为不可。”贾母一开始向宝玉介绍黛玉时说“外客才来”，用意也在此，但宝玉显然并没有领会。宝黛二人此前至少有过一面之缘，看来黛玉给宝玉留下了深刻的印象，他当然会对一个美丽惊人的女孩子十分注意。

凤姐初见黛玉的一番话，也说明问题："天下真有这样标致的人物，我今儿才算见了！况且这通身的气派，竟不像老祖宗的外孙女儿，竟是个嫡亲的孙女，怨不得老祖宗天天口头心头一时不忘。"凤姐显然早闻黛玉美貌之名，荣府很多人都见过了，贾母宝玉都见过，她却没见过，或许还感到过怀疑，今日一见，果不其然，才发出这样的感叹。

贾母"天天口头心头一时不忘"，这显然不是说的一个从出生没有见过面的外孙女儿，那得多少年了？这是送黛玉到扬州后的一年里贾母的状态。

贾母为什么对一个出身低微、非亲非故的小姑娘这么上心？贾母是一个与众不同的老太太，她眼界极高，爱才，爱美，挑性情挑为人，而黛玉，是一个完全符合她理想的女孩子，还有一个点是，黛玉和她长得很像。贾母如此待黛玉，可能还别有一番用心。贾母最疼爱的宝贝孙子宝玉，和贾母的丈夫贾代善如同一个模子里刻出来的。用老张道士的话说："我看见哥儿的这个形容身段，言谈举动，怎么就同当日国公爷一个稿子！"贾母宠爱宝玉，恐怕有爱屋及乌的成分。贾母和贾代善伉俪情深，那么给这个宝贝孙子寻得一个配得上他的姑娘，就是可以想象和理解的了。然后，黛玉出现了。贾母要教养这个女孩子，甚至要给她一个主子身份。

一个流传很广的民间传说，耗子吃了"盐"会变成蝙蝠。蝙蝠在传统民俗里是"福"的象征。大观园放风筝，宝琴放的就是一只大红蝙蝠风筝。黛玉被贾母送到盐课林如海家，原是为了一个华丽变身，从贫民之女变为盐课家的千金。可惜贾敏去世太早，只在"盐"课家待了不到一年的“小耗”，终究没有变成“蝙蝠”。

赖家买黛玉以及带黛玉见贾母，难说不是有意取悦贾母。赖嬷嬷是荣府的老家人，了解贾母的心思，知道贾母少女时候的相貌。甚至极有可能，赖家是多方寻访才得来了这个小姑娘。

贾母是女红高人，晴雯的本事是她调教出来的，但贾母第一个得意传人却是黛玉。这一点后文分析。

第三回林黛玉进荣府的当天，凤姐见了黛玉，问的是：“妹妹几岁了？可也上过学？现吃什么药？”凤姐这个文盲竟也关心黛玉的读书情况。贾母黛玉吃完饭后谈话，也是问黛玉念何书。黛玉道：“只刚念了《四书》。”宝玉见了黛玉也是问“妹妹可曾读书？”黛玉念了一年书的成果，都很关心。

黛玉是缠足的。《芙蓉女儿诔》：“捉迷屏后，莲瓣无声；斗草庭前，兰芽枉待。”“莲瓣”即小脚金莲。黛玉“自然的风流态度”“行动处似弱柳扶风”，是因为缠足的缘故。贾母是小脚，所以黛玉和贾母“通身的气派”都像。满人女子是禁止缠足，缠足的黛玉，肯定不是满人。据说清朝后期满人也有缠足的，但《红楼梦》的时间背景是中前期。

现在知道刘姥姥为什么留神打量黛玉以及黛玉当时是什么样的心情了吧？即便黛玉的“母蝗虫”就是讽刺这个乡下老媪，也可以理解。

只不知作者写黛玉的“年方五岁”“三岁时”两个年龄是什么原因。

浅析“钗黛一身”

这篇分析很难。

庚辰本第四十二回回前批语："钗、玉名虽两个，人却一身，此幻笔也。今书至三十八回时已过三分之一有余，故写是回使二人合而为一。请看黛玉逝后宝钗之文字便知余言不谬矣。"这条批语，就内容来看，应出自某位读者之手，而不是亲历者批书人之手。除了看法荒诞，又用后回的文字证明自己的观点，是在猜测。这个看法经不起推敲，如果宝钗和黛玉是一个人，整个《红楼梦》故事就变成一团无法拆解的乱麻了，所有能与两位女主角扯上关系的人的身份和相互关系都变得莫名其妙，整部书也就乱套了。

这个"钗黛一身"的判断却不是空穴来风。这条批语间接提供的文本信息应该是可信的。就是说，在八十回之外的文字，黛玉逝后，宝钗继承或显示了黛玉的某些特征，以至于令读者误以为她们是一个人。这位批书人看到的黛玉逝后宝钗的文字，比如有宝钗日夜哭泣，也即绛珠仙子开始还泪的描写，因为不知绛珠仙子本指宝钗，所以发生误会。

庚辰本第二十二回眉批："将薛、林作甄玉、贾玉看，书则不失执笔人本旨矣。丁亥夏，畸笏叟。"因畸笏叟是作者故人，知情者，他的批语更说明问题。畸笏叟认为宝钗、黛玉二人就像甄宝玉、贾宝玉二人一样。甄宝玉、贾宝玉性格、面貌、身份都极为相似，宝钗、黛玉二人性格面貌身份却截然不同，畸笏叟此说的理由是什么？

金陵十二钗册子上的画、判词以及红楼十二曲的曲，除了综合人物元春，如探春、湘云等各钗，均是一人一画一词一曲，宝钗黛玉二人却共一画、一词、一曲。可以说，佐证了批书人的看法。

除了哭以外，宝钗、黛玉二人应该还有其他方面的"共性"，以至令读者难分彼此，令批书人视二人为甄玉、贾玉，单只哭一项，似显不足。

我以为，问题出在她们的“父母”身上，钦点的“巡盐御史”林如海和“金尊玉贵”的贾敏。这对夫妻，可能是书中最复杂的绛树两歌人物。因为“贾敏”的身份，高贵到了连王夫人都远远比不上的程度。

第七十四回王夫人叹道：“但从公细想，你这几个姊妹也甚可怜了。也不用远比，只说如今你林妹妹的母亲，未出阁时，是何等的娇生惯养，是何等的金尊玉贵，那才象个千金小姐的体统。如今这几个姊妹，不过比人家的丫头略强些罢了。”“我虽没受过大荣华富贵，比你们是强的。”

这是王夫人对凤姐说的话。荣国府姑娘的富贵，在王夫人眼里竟是“也甚可怜”，可知王夫人的少女时代，她的父亲义忠亲王还没坏事，还好好地当着他的亲王，当时的王夫人是一位实打实的郡主姑娘。但王夫人少女时代的富贵，也只是比荣国府的几位姑娘强，不算“大荣华富贵”，在她看来，只有闺阁时代的贾敏“才象个千金小姐的体统”。能让一位郡主感叹“是何等的金尊玉贵”，如此“贾敏”，怎么可能是贾家的姑娘贾代善的女儿？贾赦袭的爵位是一等将军，贾代善的国公级别大概也是最末级了，他的女儿的体统，是无论如何不能和亲王的郡主相提并论的。

女儿的富贵，衬托的是她们的父亲，“贾敏”父亲的身份，更高于亲王，只能是皇帝。这位“贾敏”的隐身，是一位公主。

所以第二回回目“贾夫人仙逝扬州城”，曹雪芹用了“仙逝”两个字。

联系“钗黛一身”等说法，这位“贾敏”公主，应该就是宝钗的公主生母。“金尊玉贵”恰含“金玉”二字。畸笏叟把看懂钗黛的关系定为读懂《红楼梦》的关键，“不失执笔人本旨”即不偏离作者的原意，大约也觉得作者的表述方式不容易被读者理解，所以出言提醒。

“黛玉”幼时，读至凡书中有“敏”字，皆念作“密”字。可知“敏”和“密”字联系密切。“密”字的本义略复杂，有解释为山中隐蔽处，又有《说文》：“密，山如堂者。”“堂”即堂屋，“高堂”是古代社会对父母的敬称。隐秘和父母，这两种释义可能就是对此的指迷。

但幼时的黛玉也似绛树两歌人物，第四十八回黛玉对香菱说：“你又是一个极聪敏伶俐的人，不用一年的工夫，不愁不是诗翁了。”这时的黛玉却说了“敏”字。

“林如海”自身也存在明显的矛盾，比如刚“年方四十”，忽然又“年将半百”，可以一分为二。“林如海”这个名字大概也是指迷。

薛蟠不是“幼年丧父”吗？并非如此。第三十五回因宝玉挨打被冤枉的薛蟠，在家吵闹，之后薛蟠的话以及薛家母女的反应，都很说明问题。

薛蟠道：“我若再和他们一处逛，妹妹听见了只管啐我，再叫我畜生，不是人，如何？何苦来，为我一个人，娘儿两个天天操心！妈为我生气还有可恕，若只管叫妹妹为我操心，我更不是人了。如今父亲没了，我不能多孝顺妈多疼妹妹，反教娘生气妹妹烦恼，真连个畜生也不如了。”口里说着，眼睛里禁不起也滚下泪来。薛姨妈本不哭了，听他一说又勾起伤心来。宝钗勉强笑道：“你闹够了，这会子又招着妈哭起来了。”

这是第十四年五月。薛蟠说“如今父亲没了”，“如今”两个字，除非薛父刚刚过世，才可以这么说。而且薛蟠竟然哭了，薛蟠这种粗线条的男人，不会是那么容易哭的，兄妹吵嘴或儿女情长之类，绝引不下他的眼泪来。薛姨妈听了薛蟠的话也哭起来了，一旁的宝钗则“勉强笑”。都是佐证。然后，接下来出现了一个明显在暗示薛家男人的奇怪的“薛姨妈生日”。然后“十月十四日”，薛蟠第一次出门做生意，开始担当一家之主的职责。

第四十九回宝钗的衣服也说明问题：“只见众姊妹都在那边，都是一色大红猩猩毡与羽毛缎斗篷，独李纨穿一件青哆罗呢对襟褂子，薛宝钗穿一件莲青斗纹锦上添花洋线番羓丝的鹤氅。”这是第十四年十月，众姊妹都穿红，李纨是寡妇不能穿红，为什么宝钗也不穿红而穿“莲青”？因为还在孝期。

薛蟠的父亲应是第十四年五月前不久死的。虽然这样一来，清虚观打醮、薛蟠过“生日”等未免不合礼教难以解释，却不一定不合某种情理。封建礼教固然一本正经，却又因为人们的灵活而多变，为达目的，人们总能找到各种合适的理由。以宝姑娘和癞头和尚的行事风格，更不用说了。

黛玉女红之神针慧娘

作者对黛玉女红的直接描写蜻蜓点水，黛玉的日常生活似乎非常闲散，吃饭、睡觉、生病、看书、写诗以及不断地和宝玉闹别扭。反而宝钗、湘云等人在针线方面显得更花工夫，经常做到半夜什么的。但推敲细节和指迷，黛玉在针线方面其实非同寻常。

林黛玉道：“果真的，我就打发丫头取去了。”凤姐道：“不用取去，我打发人送来就是了。我明儿还有一件事求你，一同打发人送来。”林黛玉听了笑道：“你们听听，这是吃了他们家一点子茶

叶，就来使唤人了。”（第二十五回）

我们读到这里，或许仅好奇一下凤姐求黛玉什么事，而忽略了作者使用的间接表达方式，所谓不言而喻。凤姐没有说她求黛玉什么，可是众人的反应，分明都知道是什么。宝玉、宝钗等都在场，并没有一个人问一问凤姐是什么事。特别是宝玉，别人不好奇也就罢了，他怎么能不关心不好奇黛玉的事呢？被求的黛玉，也完全不问，直接就说凤姐使唤她。显然那是一件只有黛玉能做到的、众人都知道的事。所以一听凤姐的话就都明白了。

凤姐的话里的关键信息，一是“求”，二是“送来”。一个掌管家务的人能“求”着一个小姑娘什么？一个闺阁少女又能被“使唤”做些什么，还是“打发人送来”的？只能是针线活。这就奇怪，凤姐为什么会“求”着身体娇弱、被贾母命令好生休养的黛玉来帮她做针线？荣国府有专做针线的人，还有一个针线活非常出色的晴雯。除非黛玉的针线是众人望尘莫及的高度，而且名声在外，凤姐是受人之托或用来显示自己的脸面能力。

第二十八回的一个细节也说明问题：“宝玉进来，只见地下一个丫头吹熨斗，炕上两个丫头打粉线，黛玉弯着腰拿着剪子裁什么呢。”然后宝钗也进来问：“林妹妹作什么呢？”因见林黛玉裁剪，因笑道：“妹妹越发能干了，连裁剪都会了。”黛玉笑道：“这也不过是撒谎哄人罢了。”

三个丫头当帮手，黛玉做的活计不简单。面对宝钗的夸奖，黛玉也并不否认自己女红方面的“能干”，却笑着说不过是撒谎哄人罢了，就是说觉得自己的“能干”没有实质的作用。是的，在那个时代，女孩子的个人能力再强，都比不过一个出身、一个贵族身份来得实在。

女红本是女子的分内事，为什么到了黛玉身上却要隐写？

夏夜即事

倦绣佳人幽梦长，金笼鹦鹉唤茶汤。

窗明麝月开宫镜，室霭檀云品御香。

琥珀杯倾荷露滑，玻璃槛纳柳风凉。

水亭处处齐纨动，帘卷朱楼罢晚妆。

既为“夏夜即事”，写一个夏天的夜晚发生的事。虽然廊前鹦鹉非潇湘馆独有，贾母院的游廊里也挂着各色鹦鹉，联系“倦绣佳人”，以及这是一只能够观察情况做出判断、会唤茶汤的鹦鹉，应该就是潇湘馆的那只。那鹦鹉见了黛玉回来就说紫鹃快掀帘子的，聪明之极。所以这首诗的主场景是潇湘馆，倦绣佳人是黛玉。

在这个夏夜，林妹妹因倦绣而睡着。这就不寻常，冬天夜长日短，夜间有理由做做针线打发长夜，夏天日长夜短，为什么还要在夜里刺绣呢？而且疲累到睡去，显然白天也没闲着。“幽梦长”三字在宝玉此前的《蘅芷清芬》已有出现。“幽”字是宝玉多次使用的，《说文》：“幽，隐也。”“隐”恰是《红楼梦》传世的途径。夏夜短暂做不了“长”梦，“梦长”似暗示时间紧迫容不得入梦，还有重要的事情等着。金笼里的鹦鹉唤人冲茶汤，黛玉已醒了。茶汤是北方一种传统小吃，用热水冲食，像沏茶一样，所以叫茶汤。黛玉忙得可能连晚饭也没有吃。吃完茶汤，“窗明麝月开宫镜”，开始对镜梳妆，用的是“宫镜”。潇湘馆内的布置非常奢华，不亚于怡红院或秋爽斋，据中间四句描写的四样物品：麝月宫镜、檀云御香、琥珀之杯、玻璃之槛，即可见一斑。刘姥姥说潇湘馆：“如今又见了这小屋子，更比大的越发齐整了。满屋里的东西都只好看，都不知叫什么。”指的就是此类物品了。和《芙蓉女儿诔》里的“镜分鸾别，愁开麝月之奁；梳化龙飞，哀折檀云之齿”“金斗御香未熨”对应。“玻璃槛纳柳风凉”则说明在楼上。门槛是门下的横挡，不是楼上的话，接地的门槛似乎不太能纳风。而且是“柳风”非“竹风”，层层竹子包围下的潇湘馆，“柳风”也无法从低处穿过来。与末句里的“朱楼”互证。这样看来潇湘馆并非平房，而是一座小楼，红色的小楼。作者写潇湘馆的外观为“数楹修舍”，“修”即有高的意思。《芙蓉女儿诔》有“楼空鳷鹊，徒悬七夕之针”，原因即在此。

此时园子里的其他姑娘们在做什么呢？“水亭处处齐纨动”，这个“齐纨”或指衣衫而非纨扇，潇湘馆既有凉风，水亭里更应凉风习习，无须摇动纨扇，是裙衫在风中摆动。大家穿着很薄的齐纨衣衫在各处的水亭上乘凉。

这个夏夜，其他姑娘们都在悠闲消暑，黛玉却在忙着制作一件绣品。是什么重要的刺绣，值得黛玉昼夜赶工？荣府名义上地位最高的贾母，老担心黛玉累着了，叫休养，怎么舍得她这么辛苦做活？这首诗和《芙蓉女儿诔》，都写到一样与刺绣有关的物品：御香。“御”字做定语的物品，指宫禁之物或帝王所用之物，如果说“室霭檀云品御香”的“御香”还可以理解为皇家的赐物，“折断冰丝，金斗御香未熨”，这“未熨”的“御香”，一件未完的御用绣品，就不可能是赐物，只能是贡品了。黛玉绣的，是献给皇帝的贡品！

末句“帘卷朱楼罢晚妆”，晚妆后的黛玉，卷帘下楼来。可以肯定，是去见与这“御香”有关的人。

黛玉的绣品是贡品，那么联系上了书中的一位神针姑娘：慧娘。姑苏女子慧娘，刺绣绝活名闻天下，绣品作为贡品，获皇帝赐“慧绣”之名。

慧绣第一次直接出现是在第五十三回，但在第四十回就已经间接出现了。

贾母带大家游大观园，来至蘅芜苑，对屋里的摆设不满。说要送宝钗几样摆设。“我的梯己两件，收到如今，没给宝玉看见过，若经了他的眼，也没了”。说着叫过鸳鸯来，亲吩咐道：“你把那石头盆景儿和那架纱桌屏，还有个墨烟冻石鼎，这三样摆在这案上就够了。再把那水墨字画白绫帐子拿来，把这帐子也换了。”鸳鸯答应着，笑道：“这些东西都搁在东楼上的不知那个箱子里，还得慢慢找去，明儿再拿去也罢了。”

贾母的两样梯己，石头盆景和纱桌屏，如果被宝玉看到，一定会拿走，可知难得。石头必是奇石，桌屏必非凡品。说要送给宝钗摆。这是假意，别有用心。连宝玉都不敢让看见，怎么可能送宝钗？从鸳鸯笑着“答应着”的反应，也可知老太太绝无意把两件梯己送人。鸳鸯如果不知道放在哪里，她就不是贾母的心腹人了，更不可能和其他物品一起随便放在哪个箱子里自己都忘了。鸳鸯不过是在配合贾母。

第五十三回的元宵夜宴，石头盆景和纱桌屏双双出现。内容摘录如下：

又有八寸来长四五寸宽二三寸高的点着山石布满青苔的小盆景，俱是新鲜花卉。又有小洋漆茶盘，内放着旧窑茶杯并十锦小茶吊，里面泡着上等名茶。一色皆是紫檀透雕、嵌着大红纱透绣花卉并草字诗词的璎珞。原来绣这璎珞的也是个姑苏女子，名唤慧娘。因他亦是书香宦门之家，他原精于书画，不过偶然绣一两件针线作耍，并非市卖之物。凡这屏上所绣之花卉，皆仿的是唐、宋、元、明各名家的折枝花卉，故其格式配色皆从雅，本来非一味浓艳匠工可比。每一枝花侧皆用古人题此花之旧句，或诗词歌赋不一，皆用黑绒绣出草字来，且字迹勾踢、转折、轻重、连断皆与笔草无异，亦不比市绣字迹板强可恨。他不仗此技获利，所以天下虽知，得者甚少。凡世宦富贵之家，无此物者甚多，当今便称为“慧绣”。竟有世俗射利者，近日仿其针迹，愚人获利。偏这慧娘命夭，十八岁便死了，如今竟不能再得一件的了。凡所有之家，纵有一两件，皆珍藏不用。有那一干翰林文魔先生们，因深惜“慧绣”之佳，便说这“绣”字不能尽其妙，这样笔迹说一“绣”字，反似乎唐突了，便大家商议了，将“绣”字便隐去，换了一个“纹”字，所以如今都称为“慧纹”。若有一件真“慧纹”之物，价则无限。贾府之荣，也只有两三件，上年将那两件已进了上，目下只剩这一副璎珞，一共十六扇。贾母爱如珍宝，不入在请客各色陈设之内，只留在自己这边，高兴摆酒时赏玩。

从“凡这屏上所绣之花卉”等内容看，这件慧绣是“屏”无疑，一件摆放在高几上的桌屏。作者称之为“璎珞”，是指鹿为马的写法。紫檀架子，大红纱绣，贾母爱如珍宝，不属于请客时摆放的陈设，自己高兴了欣赏的，就是前面说的那架梯已纱桌屏。“点着山石布满青苔的小盆景”就是那石头盆景。

慧绣是贡品。何谓贡品？封建社会，一个地方的特产，最新最好的要献给朝廷，称之为贡赋。孔颖达《尚书正义·卷六·禹贡第一》：“贡者，从下献上之称，谓以所出之谷，市其土地所生异物，献其所有，谓之厥贡。”参照此说，只有本处“所生异物”才可以贡献给朝廷，别处的自有别人去贡。“慧绣”既由荣府进上，便出自荣府，出自别的“书香宦门”自有那家进上。因此，慧娘是荣府的人！

慧娘就是林妹妹！

“慧娘”这个名字也是指迷。“慧”字本义是聪明，“慧娘”的含义为“聪明的姑娘”。论聪明，谁能比得上“心较比干多一窍”的林妹妹呢？

“璎珞”是项圈，佛门饰物，作者明明白白地指鹿为马，说纱桌屏是璎珞，则是为了和癞头和尚建立联系。

貌似有一个冲突，根据《芙蓉女儿诔》的内容，黛玉死于十六岁，慧娘却“十八岁便死了”。这个“十八岁便死了”的表达其实可以有两义，死于十八岁或死于十八岁之前。也或者作者借此交代晴雯之死的年龄，因晴雯死于十八岁。

纱桌屏“一共十六扇”，也似指迷。

桌屏是摆放桌子上的小件，虽然总体是小件，每扇刺绣屏面却不可能太小，否则不具观赏性了。紫檀桌屏既是摆在高几上，旧时小桌子称“几”，它的尺寸就更加大不了。但每扇再怎么小，也要有一般的鞋垫大，因为不仅绣折枝花卉，还要绣古人的旧句，是画绣。何况老太太老眼昏花，看尤二姐要带上老花镜，看戏也戴眼镜，作为贾母的赏玩之物，纱桌屏每扇的扇面都不会很小。扇面既不能小，那么数量就不能多，不然在高几上摆不开。这架紫檀桌屏却多达“十六扇”，基本是不可能的，十六扇桌屏拥挤林立在一个小高桌上的情景如何想象？极其明显的谎话也就不是谎话了。桌屏绣的是唐、宋、元、明的名家折枝花卉，给出这四个朝代，应是最常见的四扇绣。“十六”这个数字，不是桌屏的扇面数，另有所指。如果就此说“十六扇”暗示十六岁，好像也有些牵强。

慧娘“精于书画”，书中对黛玉是否有相关描述？虽未见描述黛玉的绘画才能，书法水平是写足了的。宝玉为应付贾政回来检查学业，拼命临摹字帖，众人也大力相助。探春、宝钗二人每天临摹一篇楷书，湘云、宝琴也临摹了几篇。在一二十天的时间里，她们四人加起来共临摹了几十篇楷书。相同时间里，黛玉一个人就临摹了几十篇，且全是钟繇、王羲之的“蝇头小楷”，连字迹都和宝玉十分相似，把众钗甩得太远了。别人不说，三姑娘探春的书法不是虚的。贾妃幸大观园回宫去后，命探春将那日所有的题咏依次抄录妥协，可见探春写得一手好字。秋爽斋的花梨大理石大案上，“磊着各种名人法帖，并数十方宝砚，各色笔筒，笔海内插的笔如树林一般”。以探春的志向为人，这些东西必然实至名归。起诗社写诗词，探春的名字一向排在宝钗、湘云、宝琴之后，独这一次临摹字帖排在了她们前面，也说明问题。探春的贴身丫环，一名“侍书”，一名“翠墨”，都是对主人的影射。致力于书法的探春，还是和黛玉有非常大的差距。黛玉的琴也没有问题，潇湘馆有小琴桌。“棋”在书中描述较多，不再分析。

这就是为什么在宝玉看来，“凡远亲近友之家所见的那些闺英闱秀，皆未有稍及林黛玉者”。以及得知黛玉做了芙蓉花神，宝玉说出“我就料定他那样的人必有一番事业做的”之语。

黛玉的画绣绝活是贾母教授的，但水平已远在老师之上。

最后。金玉良姻的象征是金锁和通灵玉，木石姻缘的象征是什么？宝玉的寓意形象是石，黛玉是木，这是可以确定的，我以为，石头盆景和紫檀桌屏，应该就是木石姻缘的象征。只不知“前盟”是什么原因。那么凡出现“紫檀”的，都要留意和木石姻缘的联系。第三回黛玉进荣府见到的第一件家具即贾母屋里“一个紫檀架子大理石的大插屏”，宝玉屋里“四面雕空紫檀板壁”，以及蒋玉菡在“紫檀堡”购置田地房舍等。

林妹妹的性情

关于黛玉的性情为人，很多人的看法是，黛玉尖酸刻薄小性子，生存能力差，不适应社会，或只适合当恋人不适合做妻子，如果宝玉和她成了亲，将如何如何悲催乃至日子根本没法过等等。虽有反驳者珠玉在前，还是想从自己的视角，分析一下林妹妹这个人。

我们学生时代所受的写作训练，要求主题明确，重点突出，大概也因如此，读书往往关注作者着墨多的内容，对细节漫不经心。这固然不错，但以此态度读《红楼梦》就不够了，作者的表达方式是相反的，重点往往一笔带过。

第五十五回凤姐和平儿谈管理家务的事，凤姐说："再者林丫头和宝姑娘他两个倒好，偏又都是亲戚，又不好管咱家务事。"把黛玉、宝钗的管理能力并列，突出于其他人，而且黛玉在宝钗前，凤姐对黛玉的管家能力是非常肯定的。潇湘馆良好的纪律，也证明了凤姐的话。凤姐带人突击抄检大观园，除了宝钗、探春处没抄，真实情况不得而知，抄检的李纨、黛玉、迎春、惜春和宝玉五处，竟有两处抄出了严重问题。被抄的三位姑娘里，只有黛玉的丫鬟没事。

黛玉虽不参与荣府的管理，却清楚荣府的经济收支情况。第六十二回宝玉告诉黛玉在她生病期间，探春做了几件"兴利除宿弊"的事。黛玉道："要这样才好，咱们家里也太花费了。我虽不管事，心里每常闲了，替你们一算计，出的多进的少，如今若不省俭，必致后手不接。"了解这么一个大家庭的收支情况，不仅需要有心，有脑子，还要有足够准确的信息来源，黛玉都做到了。也并不是心血来潮忽然关心一下，“每常”都算，绝不是养尊处优只懂风花雪月不知柴米艰辛的人。探春在管理家务之前，对很多事都不知情。黛玉之所以不知道探春“兴利除宿弊”的事，因为当时在生病。这样的姑娘，婚后岂非是一个好管家婆？宝玉可以当甩手掌柜的。

或有人说黛玉的人际关系处理得不好。黛玉待人的态度，不像袭人或宝钗那样，面上说亲道热，你好我好，一片大好，行动上怎样做就难说了。也不像湘云，虽略有防人意识，却全无城府，孩子气，喜欢不喜欢都容易摆在脸上，表现在行动上。黛玉自有另外一副性情，敏感有心，争强好胜，年小时任性，随着年龄增长，变得懂事起来。

贾妃省亲一回，“原来林黛玉安心今夜大展奇才，将众人压倒”。海棠诗一回，黛玉道：“你们都有了。”说着提笔一挥而就，掷与众人。这种争强好胜之心，恃才狂狷的态度，颇受一些人诟病。中国人倾向于喜欢孔融让梨式的谦虚礼让，在人前要表现出自己不行的态度，才是让大家愉快的，特别是女孩子。

黛玉起初嘴不饶人，后来却变得巨能忍，忍得叫人难过。第三十二回在怡红院，她耳听湘云和袭人在宝玉面前你一言我一语说她的坏话，却并没有进去反唇相讥，流泪默默离去。过后也并没有记恨湘云和袭人，对她们仍然很好。

第六十四回宝玉黛玉宝钗三人谈论闺阁中诗词字迹不能轻易往外传的事。宝钗说：“自古道女子无才便是德，总以贞静为主，女工还是第二件。其余诗词，不过是闺中游戏，原可以会可以不会。咱们这样人家的姑娘，倒不要这些才华的名誉。”宝姑娘出身高背景厚，先天壮，当然可以“不要这些才华的名誉”。林妹妹一个贫民家的姑娘，她的立身之本，一是女红，二是琴棋书画诗词方面的才华，才能够在等级社会里和宝钗这些官宦千金们保持一种平衡。宝钗此言，不会是无意的。然而黛玉并没有说什么，已不再是一年前那个口齿锋利的姑娘。宝姑娘虽然把女红放第二位，好歹没否定。另外，宝钗这“总以贞静为主”的论调，是不是因为色诱宝玉不成，改变策略，要树立一个“贞静”的形象了？

荣府里的姑娘们，和凤姐关系最好的是黛玉。两人互动很多，互开玩笑，彼此表现出孩子气的一面。凤姐喜欢黛玉，和贾母有关，但并不仅仅如此。凤姐以能力度人，敬重有本事的，喜欢聪明直爽个性的，非待人唯亲型，这一点和贾母很像，所以她的喜欢很大程度上是出于真心。由于她的这副性情，亲小姑子迎春反而没有得到特别的关照，让邢夫人有点不爽。凤姐和其他姑娘的关系却平平。虽然宝钗也能力出众，和凤姐又是表姊妹，两人的相处却是公事公办，不见一点亲热态度，更别说开玩笑了。

黛玉和凤姐的关系，或者说逐渐体会到凤姐的善意，见证着黛玉的成长。第十四年夏，宝玉挨打时，黛玉对凤姐还有意气嫉妒的成分。因为没看见凤姐来探视宝玉，心里盘算：“如何他不来瞧宝玉？便是有事缠住了，他必定也是要来打个花胡哨，讨老太太和太太的好儿才是。”到秋天，在宝钗面前说对自己实心实意好的，即说出“老太太、太太、凤姐姐这三个人便没话说”。王夫人是无论如何都得加上，其实也还好。凤姐却属于可有可无的，黛玉能这么说，对凤姐已经充分信任。

宝玉把北静王送的鹡鸰香珠转送黛玉，黛玉说是什么臭男人拿过的，毫不客气地扔到一边。后来宝玉说从北静王那里弄一套蓑衣送她，黛玉却只是笑着说不要它。也是黛玉成长的一个很好证明。

常说黛玉不好的有两个人，史湘云和花袭人。

不知为什么，太多的红迷乃至红学家，认为史湘云性格爽朗，为人大气不拘小节。或者因为断词“幸生来，英豪阔大宽宏量，从未将儿女私情略萦心上”。其实湘云的性格，以及在待人方面，远不像这句话说的，至少在第十五年秋之前，还不是这样。所谓“英豪阔大宽宏量”，可能只是相对于“儿女私情”，或者后来她心理成熟之后成了一个豪阔的人。湘云有她的可爱之处，率真，热情，无心机，但却因人而异，在宝玉和黛玉面前，她不仅十分小性儿，而且有很强的攻击性。以宝玉的身份，当然充分自信，湘云怎样说他挖苦责难他，都可以，不会真的带给他痛苦。黛玉就不一样了，一个寄居在富贵人家的贫民姑娘，湘云的尖刺是确确实实的伤害。

第二十二回听曲文，湘云说小旦像黛玉，宝玉使眼色提醒，惹恼了她。湘云甩手道：“你那花言巧语别哄我。我也原不如你林妹妹，别人说他，拿他取笑都使得，只我说了就有不是。我原不配说他。他是小姐主子，我是奴才丫头，得罪了他，使不得！”

宝玉使眼色可能有些多余，甚至起了反作用，从后来黛玉的话来看，黛玉并没有生湘云的气，认为那是湘云和她玩。但是，湘云闹这么一出，到底是生谁的气呢？明明宝玉得罪了她，却口口声声冲着黛玉，认为自己理所当然有取笑黛玉的权力，和大家一样。从湘云的心理，觉得宝玉使眼色等于说她做错了，她有了不是，她不能接受宝玉认为她有不是，所以和宝玉理论，理论就理论，为什么拉上完全无辜的黛玉呢？既然自己不能有不是，那黛玉就必须有问题。湘云这种行为，往小了说是闹别扭，往大了说就是栽赃了。宝玉急得赌咒发誓为自己辩白。湘云道：“这些没要紧的恶誓，散话，歪话，说给那些小性儿，行动爱恼的人，会辖治你的人听去！别叫我啐你。”说着，一径至贾母里间，愤愤地躺着去了。还是不领情，不领情也就算了，口口声声仍指责黛玉。可到底谁才是那个小性儿、行动爱恼、会辖治人的，黛玉还是史姑娘自己？

湘云经常挤兑黛玉，也有自讨没趣的时候。第四十九回宝琴初到荣府，贾母十分喜欢，给了她一件金翠辉煌的凫靥裘。湘云借题发挥，当众暗示黛玉会为此而恼恨宝琴，颇有些挑拨离间的意味。还好宝琴本性聪敏，自有她的判断，看黛玉出类拔萃，反而对她亲敬异常。之后，“宝钗姊妹往薛姨妈房内去后，湘云往贾母处来，林黛玉回房歇着”。几个人分三拨各自散去，湘云貌似也挺无趣。

湘云针对黛玉，倒不是她心地或本性有什么问题。贾母对几个孙女都不怎么满意，但显然很喜欢湘云，湘云虽有点憨，才学却远超贾家三艳。贾母把湘云从小养在身边，派最会服侍人的大丫头袭人服侍她。第三十二回袭人说十年前她和湘云在“西边暖阁”里住着，应该是贾母屋的暖阁。那时候的湘云和宝玉，是贾母最宠的两个孩子。可是忽然来了一个黛玉，样样比她强，一下子夺走了她最亲最爱的两个人的心，难免愤愤不平。所以会把“这一辈子我自然比不上你”之类的话挂在嘴上，羡慕嫉妒恨。

也怪不得湘云亲近依恋袭人和宝钗，宝玉、黛玉的相互吸引实在冷落了湘云。第二十回湘云来荣府，见了宝玉黛玉，笑道：“二哥哥，林姐姐，你们天天一处顽，我好容易来了，也不理我一理儿。”

虽是玩笑，接下来和黛玉的针锋相对也不落下风，但这些话说得好不可怜。湘云和黛玉整天吵闹不假，但在一起玩得最多的还是她俩，和贾家三艳互动极少，两人是非常对脾气的。如果黛玉和宝玉整天你侬我侬，湘云也就落了单。湘云热爱宝钗，更像小孩被大人收服了，非对等关系。所以抄检大观园后，湘云可以像一件东西一样被宝钗随手丢开。

黛玉也是个体贴的姑娘。第四十八回教香菱作诗。香菱又逼着黛玉换出杜律来，又央黛玉探春二人："出个题目，让我诌去，诌了来，替我改正。"黛玉道："昨夜的月最好，我正要诌一首，竟未诌成，你竟作一首来。十四寒的韵，由你爱用那几个字去。"香菱觉得自己水平低，所以说自己是"诌"。黛玉听了后立刻改口说自己也正要"诌"一首，然后让香菱"作"一首来。细致体贴且会鼓励人的一个小老师。

如果说黛玉和谁的关系处理得不好，只有周瑞家的。送宫花那次，黛玉态度或者真的欠妥，但周瑞家的说："各位都有了，这两枝是姑娘的了。"这个语气太复杂，叫人恶心，好像黛玉得了这两支宫花，就是捡了漏占了大便宜一样。薛姨妈交代送花，半点没有这样的意思。十三岁的女孩子，自尊叛逆，很难没情绪反应的。黛玉道："我就知道，别人不挑剩下的也不给我。"周瑞家的只怕一贯如此。听了黛玉的话后，一声儿不言语，连辩解都不做，等于间接承认了。周瑞家的是王夫人陪房，所以敢这样，而黛玉得罪她，实在是一大隐患。

黛玉和湘云、芳官一样，有极真实自然的一面。比如意识到自己说错了话，便羞得满脸绯红。但黛玉又有极刚烈决绝的一面。

二玉姻缘的困境

清代有满汉不通婚的禁令。乾隆年间学者萧奭所著《永宪录》卷二："按国制，皇后、诸妃及凡满洲之正室皆不与汉人联姻。"就是说旗人的正妻不能是汉人姑娘。《德宗实录》："满汉臣民……惟旧例不通婚姻。”顺治年间虽然颁布过短暂条令允许满汉之间通婚，《清史稿·世祖本纪》：“令满、汉官民得相嫁娶。”据说还是给官员子女通婚设置了一道门槛，必须向户部申报，要得到朝廷的批准。

所谓“满汉不通婚”，准确说是“旗民不通婚”，因为八旗里也有一部分汉人。

一个满族贵公子，一个汉族贫民姑娘，宝玉黛玉二人联姻的难度可想而知。别说清代有那样的朝廷禁令，就是世俗风气的压力也够让这种联姻艰难的了。好在宝玉、贾母乃至政老爹，都是性情之人，所以后者还构不成障碍。

黛玉以贾母外孙女儿的名义正式进荣国府时，还是被众人一眼看出“不足之症”“一身之病”，“林姑娘”这个身份并没有起到预期的作用。黛玉的不足之症固然棘手，却还是有“药”可医的。

第二十八回谈及黛玉的病，宝玉笑道：“这些都不中用的。太太给我三百六十两银子，我替妹妹配一料丸药，包管一料不完就好了。”宝玉并非大夫，却可以开出治愈黛玉不足之症的药方，也佐证了黛玉的病不是身体方面的。

宝玉开的这个药方，由四味群药一味君药组成：“只讲那头胎紫河车，人形带叶参，三百六十两不足。龟大何首乌，千年松根茯苓胆，诸如此类的药都不算为奇，只在群药里算。那为君的药，说起来唬人一跳。”“正经按那方子，这珍珠宝石定要在古坟里的，有那古时富贵人家装裹的头面，拿了来才好。如今那里为这个去刨坟掘墓，所以只是活人带过的，也可以使得。”

对这个药方研究者的解释也多。我以为“头胎紫河车，人形带叶参”可能是暗示两人可以未婚先孕，生米煮成熟饭。“千年松根茯苓胆”

或说两人要有非同寻常的胆量。但这样终究非明媒正娶，以王夫人的性情，黛玉以后的日子也是麻烦。

君药是富贵人佩戴的“珍珠宝石”。珍珠宝石特别是珍珠，在清代是贵族身份的象征，这个在“丰年好大雪”篇已分析。黛玉需要的，是一个满族的特别是贵族的身份，要求也不是非常苛刻，达不到佩戴珍珠的地位，到“宝石”的级别也是可以的，那样贾母等人就不用管什么癞头和尚了，像对宝琴那样，直接提亲就是。

解决的办法也不止这一个，黛玉曾尝试认薛姨妈为娘，薛姨妈也很乐意，成功的话，黛玉成了薛姨妈的干女儿，就相当于薛家的庶出小姐，更妙的是还成了宝钗的妹妹。贾母也可以让人上门提亲。

宝玉既向王夫人提而非向贾母提这个药，那么王夫人有此实力或门路，王夫人虽然也是赞同宝黛姻缘的，却不接茬，想见其难。

宝玉的这个药方，也被薛蟠求去配药，所以向凤姐要带过的珍珠，凤姐“把两枝珠花儿现拆了给他”，薛蟠“还要了一块三尺上用大红纱去，乳钵乳了隔面子呢”。君药既得，如宝玉所言，确是“配成了”。薛蟠配药，弦外之音也即他想和黛玉联姻。薛蟠瞥了黛玉一眼既“酥倒在那里”，看中林妹妹不用说了。他既能配成治黛玉之病的药，为什么贾母等人却配不成？这和薛蟠的身份有关，薛蟠是庶出，薛家又获大罪，婚姻门槛比宝玉要低得多了。关键是，二玉面前还有金玉良姻这个大障碍。

薛蟠请客之瓜猪寻偶

第十四年五月初一的清虚观打醮，是一个大事件，分析它之前，先看看此前相关的人们都在忙些什么。

第二十六回，古董行的程日兴送了四样稀罕东西给薛蟠，薛蟠宴请宝玉。

薛蟠道："要不是我也不敢惊动，只因明儿五月初三日是我的生日。谁知古董行的程日兴，他不知那里寻了来的，这么粗这么长粉脆的鲜藕，这么大的大西瓜，这么长一尾新鲜的鲟鱼，这么大的一个暹罗国进贡的灵柏香熏的暹猪。你说，他这四样礼可难得不难得？那鱼、猪不过贵而难得，这藕和瓜亏他怎么种出来的。我连忙孝敬了母亲，赶着给你们老太太、姨父、姨母送了些去。如今留了些，我要自己吃，恐怕折福，左思右想，除我之外，惟有你还配吃，所以特请你来。"

这是第十四年的四月二十五日。薛蟠是个心思简单的人，他认为四样东西是程日兴给他的生日贺礼。这四样东西其实和薛蟠的生日没有半点关系，也不是一个清客相公能送得起的。

鲟鱼是一种古老珍稀的大型洄游鱼，生活于大江或近海中。我国新疆、黑龙江地区以及长江流域有产。这种鱼不是寻常人家能得到的。宁府庄头乌进孝的年货里也不过两条鲟鳇鱼，鲟鳇鱼是鲟鱼的一种。古时运输条件落后，乌进孝在四五尺深的雪里走了一个月零两日才抵达宁府，两条鲟鳇鱼是冻鱼无疑。这条鲟鱼不仅大而且新鲜，那么是活运过来的。以当时的地理和运输条件，从新疆、黑龙江过来基本不可能。如果来自长江，走京杭运河，可以想见要大费人力物力。总不可能有鲟鱼从长江沿京杭运河游来了。非常可能是贡品，像暹罗国进贡的灵柏香熏的暹猪一样。皇家也不可能随便赏人，不像玫瑰露、茜香罗汗巾那种小物品。所以如何到了一个在薛蟠看来根本就不配吃的清客程日兴手里？至于程乙本乌进孝年货账单上的鲟鳇鱼竟然有两百条，怕是为了表示这鱼易得，不珍贵。

以薛蟠的简单头脑，也知道程日兴这些东西来历可疑，说“他不知那里寻了来的”。程日兴背后有大人物，他只是一个马前卒。

这四样礼物，除了显示有大人物参与，“瓜、猪、鲟、藕”谐音还可以组成四字语：“瓜猪寻偶”。关于“鲟”和“藕”的组合，可以参考海棠诗的“花因喜洁难寻偶”。

此处甲戌本批语：“呆兄此席，的是合和筵也。一笑。”男女匹配称“合和”。谁和谁“合和”，谁“寻偶”？自是那“瓜猪”。

“粉脆的鲜藕”指十四岁的少年公子贾宝玉无疑。“瓜猪”肯定是宝钗了。“瓜猪”两个字，能够联系的，一是年龄，一是属相。旧时少女十六岁之龄，通常称破瓜之年或分瓜之年，因为“瓜”字可拆为两个“八”字。唐李群玉《醉后赠冯姬》：“桂形轻拂梁家黛，瓜字初分碧玉年。”但宝钗这年十七岁，如何是破瓜之年？宝钗这年确实满十七岁，但作者对于人物的年龄，是精确到生日日期的。那么在宝钗的十七岁生日之前，她还要算十六岁。此“瓜”不同于一般的西瓜，它异乎寻常的大，大到令人赞叹“亏他怎么种出来的”。从给金钏妆裹的两套新衣服来看，宝钗的实际生日就在五月初前后。如果宝钗的年龄已到了十六岁瓜龄之末，尚未过十七岁生日，严格地说还在“瓜”龄，只不过是个非常大的大瓜了而已。由此也可知宝钗的实际生日就在此后不久。

“猪”是宝钗的属相。作者把宝钗比作“进贡的灵柏香熏的暹猪”，似乎要和宝钗进京待选以及用黄柏汤送服冷香丸联系起来。大西瓜可能还有形象暗示，暗示宝钗体型。“这么粗这么长粉脆的鲜藕”或暗示此时宝玉已经长得很高大了。

“合和筵”虽然是薛蟠发起的，他恐怕反而是最无知和无辜的一个。

宝玉赴宴后回到怡红院，正和袭人说话，宝钗就来了。

宝钗摇头笑道："昨儿哥哥倒特特的请我吃，我不吃他，叫他留着请人送人罢。我知道我命小福薄，不配吃那个。"

薛蟠心思简单，宝钗对自己哥哥当然了如指掌，这些东西薛蟠会请谁送谁，宝钗不会不知道，当然进行一些适当的心理暗示也未尝不可。

"合和筵"是试探宝玉对金玉良姻的态度。

旧时婚姻遵从父母之命媒妁之言，为什么要争取宝玉同意？父母之命媒妁之言固然是婚姻的必要程序，本人的意愿也受到重视，少有父母长辈会乐见自家的孩子婚姻不幸福。薛蝌和邢岫烟，如果两人不同意，联姻也就成不了。薛蟠和夏金桂更是相互看中两情相悦才成了姻缘。柳五儿看不中钱槐，父母就不敢做主。宝玉在婚姻方面的意愿，贾政夫妇当然也是重视的。

程日兴等人都是知情者参与者，为什么要瞒着薛蟠？女方主动联姻可不是有面子的事情，显得姑娘不尊贵。柳湘莲就是因为疑惑尤三姐"难道女家反赶着男家不成"，才去找宝玉打听情况的。以薛蟠的性情，如果知道他很看得起的宝玉将要成为他的妹夫，哪会有什么顾虑，一定吵嚷得人尽皆知，说不定直接就管宝玉叫妹夫了。薛家不敢让他知道，程日兴等人同样不敢挑明，这次宴请，薛蟠不过是可爱的木偶，他自己不知道而已。薛蟠也看不懂"瓜猪寻偶"的弯弯绕，"唐寅"都能认作"庚黄"。

宝玉能从"庚黄"推出"唐寅"来，当然看得懂"合和筵"，而且知道了更多的事，比如第二天的清虚观张道士要来荣府邀他去清虚观。

于是宝玉使了一计，借薛蟠逃避四月二十六日去清虚观。

小厮来回："冯大爷来了。"宝玉便知是神武将军冯唐之子冯紫英来了。薛蟠等一齐都叫："快请。"说犹未了，只见冯紫英一路说笑，已进来了。

冯紫英为什么突然来了？而且来了就直入薛蟠书房，显见知道这里正在摆宴。是宝玉暗请的，为了哄薛蟠，联络员是小厮焙茗，宝玉就带了他一个。

冯紫英自云经历了一件"大不幸之中又大幸"的事，喝了一杯茶即匆忙起身告辞，说还有"一件大大要紧的事"要去面回父亲，吊足了大家的胃口，特别是薛蟠，拉着不肯放。冯紫英说现在说不尽兴，他要为此特别做一个东道详谈一番，到时候还有事相求。结果更让薛蟠"热剌剌的丢不下"，问"多早晚才请我们"？冯说多则十日少则八天，其实第二天即四月二十六日就请了。

宝钗知道"合和筵"上发生的事情吗？虽然男女有别不能出面，薛蟠书房后面却有一个位置，可以洞悉书房中发生的一切。第四十八回薛蟠预备跟张德辉出门学做生意，薛姨妈命人请了张德辉来，在书房中命薛蟠款待酒饭，自己则在"后廊下""隔着窗子"向张德辉千言万语嘱托照管薛蟠。宝姑娘有没有在"后廊下""隔着窗子"听呢？恐怕是有的。有人说宝姑娘大家千金，不可能去听墙，滴翠亭就是实例。所以宴席结束后，宝玉前脚回到怡红院，宝钗后脚也就来了。

紧接着黛玉也来了，林妹妹消息也是灵通的，正好看到宝钗进去，便停下了脚步。潇湘馆和怡红院比邻，黛玉还是比宝钗迟了一步，看来宝姑娘的确在是"后廊下"的。宝钗为什么跟了来？宝玉和冯紫英的圈套蒙得了天真烂漫的薛蟠，却蒙不了宝姑娘。何况冯紫英的谎话实在不够高明，如果他真有一件"大大要紧的事"要面回父亲，莫名其妙地跑来薛家一趟干什么？他母亲还生着病。

只见宝钗走进来笑道："偏了我们新鲜东西了。"宝玉笑道："姐姐家的东西，自然先偏了我们了。"宝钗摇头笑道："昨儿哥哥倒特特的请我吃，我不吃他，叫他留着请人送人罢。我知道我命小福薄，不配吃那个。"（第二十六回）

宝玉说"姐姐家的东西"，暗示那四样东西与程日兴无关。宝钗向宝玉透露是自己叫薛蟠请人送人的，说自己命小福薄不配吃那些东西，一副含情幽怨的小女人姿态。又等于暗赞宝玉，能嫁给宝玉的女人是命好又有福。宝钗此行显然想再对宝玉努力努力。隔天戴着端阳节礼红麝串展露雪白酥臂，也属此意。

黛玉在沁芳桥上"欣赏"了一阵子水鸟后，终于沉不住气了。"再往怡红院来，只见院门关着，黛玉便以手扣门"。也怪不得黛玉着急，怡红院院门都关了，天这么晚了宝钗还没有离开。不知黛玉是不是疑心宝钗此夜就留在了怡红院。不仅外面的人沉不住气，怡红院里也有人急了，晴雯正在院内抱怨说："有事没事跑了来坐着，叫我们三更半夜的不得睡觉！"

被下人说得这么不堪，脸皮再厚也要坐不住。吃了闭门羹的黛玉正在院门外哭，院门响处，宝钗出来了。黛玉闪过一旁让宝钗过去，并没有人看到黛玉，可知夜色已浓。宝钗住在蘅芜苑，大观园里距怡红院最远的住所，回去这一趟可不近，一路弯弯曲曲又是洞又是水又是山的，宝玉听凭宝钗摸黑走回去，并没有派丫鬟送，看来急的人不仅晴雯，宝玉也急了。如果不是晴雯呛声，宝姑娘在怡红院坐上一夜也未可知。宝玉如果不采取点措施，可就百口莫辩了。

第二天四月二十六日，芒种节，宝玉受邀到了冯家。

只见薛蟠早已在那里久候。还有许多唱曲儿的小厮并唱小旦的蒋玉菡、锦香院的妓女云儿。大家都见过了，然后吃茶。宝玉擎茶笑道："前儿所言幸与不幸之事，我昼悬夜想，今日一闻呼唤即至。"冯紫英笑着说："你们令表兄弟倒都心实。前日不过是我的设辞，诚心请你们一饮，恐又推托，故说下这句话。今日一邀即至，谁知都信真了。"（第二十八回）

心实的只有薛蟠，只有他是"昼悬夜想，今日一闻呼唤即至"的那个。冯紫英邀薛蟠的相好云儿来，大约为了安抚薛蟠那颗严重失望的心。这里面还有一个问题，冯紫英这次虽然帮了宝玉，但他真正要帮的，却不是宝玉。后文分析。

第二十八回，四月二十七日早上，宝玉一觉醒来，问袭人昨天可有什么事情，当然想知道张道士来荣国府的情况。袭人没提张道士，直接说贾妃："昨儿贵妃打发夏太监出来，送了一百二十两银子，叫在清虚观初一到初三打三天平安醮，唱戏献供，叫珍大爷领着众位爷们跪香拜佛呢。还有端午儿的节礼也赏了。""你的同宝姑娘的一样。"

宝玉的逃避没有起到任何作用，不该来的还是来了。贾妃赏的端阳节礼，宝玉和宝钗的一样，比黛玉等人多"凤尾罗二端，芙蓉簟一领"，"簟"即竹席。李商隐《无题》："凤尾香罗薄几重，碧文圆顶夜深缝。"赏一对未婚男女一样的罗帐、竹席，简直等于说，你们俩入洞房吧。

玉玦扇坠和茜香罗

四月二十六日的冯紫英宴席上，宝玉认识了一个人，忠顺王府的优伶蒋玉菡，两人一见如故，亲密异常。宝玉和蒋玉菡有同性私情吗？两人的举动很容易给读者造成这样的印象，却是误解。

蒋玉菡是名伶，薛蟠见过他十几次，北静王和他关系也密切，这个人的社交应酬应该很活跃，而且非常有名。和北静王、薛蟠都交往很多的宝玉，在冯紫英宴席之前却根本不认识蒋玉菡，宝玉如果真有同性恋倾向，早就有理由认识蒋了。何况冯紫英之宴非闲宴，金玉提亲山雨欲来，宝玉怎么可能有闲心勾搭优伶。之后不久，宝玉在半梦半醒之间见蒋玉菡诉说被忠顺王府拿了，却毫不在意，也佐证他们的确没私情，或者说宝玉对蒋玉菡没有私人情感。不是说同性相恋怎样，冯渊在见到英莲之前也酷爱男风，连薛蟠都男女通吃，但误会宝玉和蒋玉菡关系的话，会影响对这部分内容的理解。

宝玉突然结交蒋玉菡，是有求于他。

宝玉见他妩媚温柔，心中十分留恋，便紧紧的搭着他的手，叫他："闲了往我们这里来。还有一句话借问，也是你们贵班中，有一个叫琪官的，他在那里？如今名驰天下，我独无缘一见。"蒋玉菡笑道："就是我的小名儿。"宝玉听说，不觉欣然跳足笑道："有幸，有幸！果然名不虚传。今儿初会，便怎么样呢？"想了一想，向袖中取出扇子，将一个玉玦扇坠解下来，递与琪官，道："微物不堪，略表今日之谊。"琪官接了，笑道："无功受禄，何以克当？也罢，我这里也得了一件奇物，今日早起方系上，还是簇新，聊可表我一点亲热之意。"说毕撩衣，将系小衣儿一条大红汗巾子解了下来，递与宝玉，道："这汗巾子是茜香国女国王所贡之物，夏天系着，肌肤生香，不生汗渍。昨日北静王给我的，今日才上身。若是别人，我断不肯相赠。二爷请把自己系的解下来，给我系着。”宝玉听说，喜不自禁，连忙接了，将自己一条松花汗巾解了下来，递与琪官。（第二十八回）

两人出席私聊，宝玉显得异常高兴，紧紧的搭手、欣然跳足、喜不自禁，一连串举动，兴奋之情溢于言表。蒋玉菡则泰然自若，一副心照不宣的样子。然后互赠私物玉玦扇坠和大红汗巾，加上“今日之谊”“亲热之意”等亲密语，他俩显然绝不是单纯的交友，若非同性恋，肯定有别的隐情。

宝玉“紧紧的搭着”蒋玉菡的手，这动作很不常见，那时候也没有握手礼。当然“搭手”也不是握手，“搭手”的意思指在别人需要的时候帮一把。宝玉似乎在用肢体语言乞求帮助。当然蒋是配合的，不然两人的手可没法“紧紧的搭着”。两人用这样的方式达成了某种协议。

蒋玉菡接过扇坠时说：“我这里也得了一件奇物。”用了个“也”字。这是参考的甲戌本，庚辰本没有这“也”字。在蒋玉菡看来，“玉玦扇坠”是件“奇物”。蒋玉菡虽然是优伶，却是忠顺王身边的红人，应该是很有见识的一个人。那么所言不虚或有内涵。宴后宝玉回去，袭人见“扇子上的坠儿”没了，即询问去向。往常宝玉身上佩戴的东西被小厮们解去，袭人不过骂一声一笑了之，这次却关心起来。也说明问题。

作者显然很希望读者注意这个玉玦扇坠，这几回频频出场的两个怡红院丫头，一个叫“红玉”，一个叫“坠儿”，“红玉坠儿”和“玉玦坠儿”很容易建立联系。“玉玦扇坠”应是红色的。以及很容易和宝玉的通灵玉建立联系。第一回癞头和尚大展幻术，将一块大石变成的通灵玉，正是“扇坠”大小的可佩可拿。

“玉玦扇坠”奇在何处？“玦”的本义，是指环形而有缺口的佩玉。可以表示绝交。《荀子·大略》：“聘人以珪，问士以璧，召人以瑗，绝人以玦，反绝以环。”宝玉和蒋玉菡初识，竟赠给他这样一件东西，表示和蒋玉菡绝交吗？当然不是，两人此前不认识，并无相交。

读者们应该都注意到了，蒋玉菡名字里也有个“玉”字，书中男人名字里有玉的只有他和贾宝玉、甄宝玉三人。“玉”在书中是非常关键的一个字。这个出场很少的优伶，为什么名字会用这个字？“菡”即菡萏，荷花的别称。宝玉被喻为“藕”，也是很密切的联系。如果加上“玉玦扇坠”，这个妩媚温柔的蒋玉菡，岂不是一个翻版宝玉？

宝玉在找一个替代品，以玉、美色和魅力吸引宝钗，治愈或转移宝姑娘的“那种病”，让自己从金玉良姻中抽身。接下来的清虚观打醮，道士们敬贺的法器，“只见也有金璜，也有玉玦”，“金璜”“玉玦”含金玉二字，“玉玦”也就等于代表了金玉中玉的一方。“蒋”即茭白，多年生水生草本植物。虽不知何谓，却可以和草建立联系。宝玉要“绝”的，不是蒋玉菡，而是金玉良姻。

蒋玉菡身份低微，如果能搭上皇亲宝钗，等于跳了龙门，虽有很大风险，这险还是值得一冒，所以跟宝玉配合。蒋玉菡接了玉玦说“无功受禄，何以克当”，没有功劳却得到报酬，视扇坠为报酬。回赠茜香罗，也就是达成协议了。

蒋玉菡和宝玉认识不几天，就在“东郊离城二十里有个什么紫檀堡”买好了房子田地，为成家立业做足准备，一个正经人的身份，一份家业，那是必须的。当然，不一定谁出的资。宝钗会乐意配优伶吗？以宝姑娘的风格，只要心向往之，什么离经叛道的事儿只怕都做得出来。

北静王是一个大力的支持者和参与者。茜香罗是北静王“昨日”给蒋玉菡的，蒋玉菡“今日”早起才系上，还“簇新”，那么这条汗巾北静王没系过，北静王和蒋玉菡之间应该也不存在同性恋关系。但两人又显得很近，以当时的社会地位而言，北静王是王爷之尊，蒋玉菡是优伶之贱，蒋玉菡不说北静王赏的或赐的等尊语，而说“给”的，语气平常。蒋玉菡不擅诗词酒令，酒席上说的那句“花气袭人知昼暖”，是“幸而昨日见了一副对子，可巧只记得这句，幸而席上还有这件东西”。蒋玉菡“昨日”和北静王在一起，自然是在北静王处记住的那句诗，席上还恰好“木樨”，这一连串都不是巧合。

这件事冯紫英是清楚的。蒋玉菡和唱曲儿的其他小厮们、锦香院的妓女云儿，都是一样的身份，从细节来看，唯有蒋玉菡直接坐席，云儿等其他人则无此待遇，后来因冯紫英之命才到席上敬酒。

能扮演少女角色，蒋玉菡和宝玉的年龄应该差不多，十四五岁左右，能得到忠顺王的欢心，是个有气质擅风情的美少年，对女孩子的吸引力不成问题。但蒋玉菡有机会和宝钗见面吗？有机会的，没有机会也可以创造。尤三姐看上柳湘莲，即是因为湘莲客串演出。唱曲的小厮能到薛蟠书房去，蒋玉菡自然也能，翩翩美少年，佩着美玉，嗓音又好，如果宝钗隔窗看，怎会不注意他？贾母和宝钗等人在清虚观看戏，那些戏子肯定不是女伶。蒋玉菡很有机会在戏台上对某人频频飞眼放电。蒋玉菡是小旦，贾母送给宝钗的小戏子蕊官，正是“小旦”角色，且“蕊”又可联系“菡”字以及宝钗用花蕊制成的冷香丸。

这样一来，宝玉扮演的就是拉皮条的角色，或者是很严重的行为。

所以，相对于茜香罗汗巾，宝玉更怕扇坠的事被人知道。忠顺王府的长史官找到荣府，宝玉说不认识蒋，长史官反问“那红汗巾子怎么到了公子腰里”，一下轰去宝玉的魂魄，当场招出蒋玉菡下落。宝玉的想法是："他既连这样机密事都知道了，大约别的瞒他不过，不如打发他去了，免的再说出别的事来。"招的这么痛快，只因怕长史官再说出"别的"来。汗巾足以让宝玉在父亲面前百口莫辩，贾政铁定误会他和蒋玉菡关系暧昧，揍他的原因之一正是流荡优伶，还有什么"别的"更不可被人知道？长史官问汗巾"怎么"到了宝玉腰里的，怎么到的？赠扇坠交换来的。害怕"玉玦扇坠"的事暴露。

蒋玉菡这个替代品，宝玉可能已经寻觅了一些日子了。四月二十五日上午，薛蟠的合和筵之前，宝玉和贾芸闲聊。

那宝玉便和他说些没要紧的散话。又说道谁家的戏子好，谁家的花园好，又告诉他谁家的丫头标致，谁家的酒席丰盛，又是谁家有奇货，又是谁家有异物。（第二十六回）

分明照应第二天蒋玉菡的事。从这段话来看，宝玉这段时间并没有闲着。还有一些佐证，比如二十六日早上，探春对宝玉说"整整三天"没见他了。因为黛玉不理，宝玉自己想着"但只昨日我回来的晚了"，可以推测二十三、二十四、二十五日三天，宝玉都出门去了。所知的只有二十五日去薛家赴宴，之前两天的宝玉，"城里城外、大廊小庙的逛也没见个新奇精致东西，左不过是那些金玉铜磁没处撂的古董"，"玉玦扇坠"可能就是这么逛来的。

关于袭人的那条松花汗巾。宝玉换给蒋玉菡的松花汗巾来自袭人，宝玉在袭人面前看似懊悔把它给了别人，但从后来的行为看，像故意为之，因为非要袭人收下茜香罗。若真心赔，赔她一条什么样的不行？

袭人低头一看，只见昨日宝玉系的那条汗巾子系在自己腰里呢，便知是宝玉夜间换了，忙一顿把解下来，说道："我不希罕这行子，趁早儿拿了去！”宝玉见他如此，只得委婉解劝了一回。袭人无法，只得系在腰里。过后宝玉出去，终久解下来掷在个空箱子里，自己又换了一条系着。宝玉并未理论。（第二十八回）

冯紫英之宴，原是宝玉等人设的圈套，茜香罗汗巾宝玉也提前知道。出门前宝玉让焙茗去要衣裳，没有悬念衣服是袭人包的，宝玉出去做客，袭人总不可能把自己的汗巾包给他吧。不过宝玉也许早起先系了袭人的汗巾。在这种时候，很难是无意之举。如果宝玉有意系的那条汗巾，他的目的，就肯定是为了把茜香罗赔给袭人，没有证据显示宝玉要把袭人怎么样，所以我很疑心这条松花汗巾的来历。不见其他丫鬟或其他人有这样的汗巾。作者只给出了“松花色”这一条线索，是不是“松花色”有身份限制呢？只有宝玉穿过松花色裤子（见第三回），松花色夹袄（见第七十八回）。就是说，它有没有可能来自宝钗？袭人把茜香罗掷在了一个空箱子里，不是放在自己或宝玉的箱子里，可见是不打算留用的。宝玉后来烦莺儿打络子配大红汗巾，感觉宝玉好像希望这条汗巾最终落在宝钗身上，引起宝钗和蒋玉菡的缘分来。

真的是很好的谋划。可惜，忠顺亲王舍不得蒋玉菡，宝玉的布局并没顺利展开。但汗巾子的事还在继续，宝玉烦莺儿打一条配大红汗巾的络子，是在五月七日。

清虚观打醮

第二十九回清虚观打醮的内涵，“醮”字是最好的指迷。“醮”字有两个基本含义：一是古时冠礼、婚礼上所举行的一种简单仪式，尊者对卑者酌酒，卑者接受敬酒后饮尽，不需回敬。因而女子出嫁也称“醮”。二是设坛做法事祭神。清虚观打醮，表面看是贾妃命贾家做法事跪佛，实际却是就金玉良姻向荣府提亲，尊者对卑者的提亲。媒人就是那位张道士。当然，并非真的是贾妃之命，她是一个没奈何的提线木偶罢了。

四月二十六日，宝玉躲去冯紫英家，至晚方散。四月二十七日早上，宝玉问袭人昨日可有什么事情。袭人说：“昨儿贵妃打发夏太监出来，送了一百二十两银子，叫在清虚观初一到初三打三天平安醮，唱戏献供。叫珍大爷领着众位爷们跪香拜佛呢。”（第二十八回）四月二十六日，贾妃命贾珍等贾家爷们去清虚观“跪香拜佛”。宝玉如果不躲去冯紫英家，或受贾妃之命，或受张道士之邀，也得去清虚观“跪香拜佛”了。六宫都太监夏守忠既出，可知超出贾妃的权力范围了。

清虚观是道观，怎么出现了“佛”？历史上虽然有儒释道三教合一，使得有些寺庙也供奉道教神仙，终是个别现象，道观供佛更属罕闻。道观供奉观音则不属此类，观音是佛、道双重身份，既是佛教的观音菩萨，也是道教的慈航道人。而且，让贾家爷们去道观不拜道教神仙反而拜佛，俨然“佛”才是清虚观的主人。这“佛”显然是有蹊跷的。真要拜佛，该去寺庙拜才对。

为什么贾珍打头呢？贾妃既担当金玉良姻马前卒之任，宁府也就被牵扯了进来。助力金玉良姻的贾珍夫妇，和薛家关系紧密。第四十七回薛蟠被柳湘莲打，宝钗说：“要出气也容易，等三五天哥哥养好了出的去时，那边珍大爷琏二爷这干人也未必白丢开了。”把贾珍放在贾琏之前。第五十七回薛姨妈在潇湘馆说话，一时人来回：“那府里大奶奶过来请姨太太说话呢。”薛姨妈起身去了。这个在情理之中，无须细证。

清虚观打醮，最为难的是掌管家务的凤姐，她是不得不去面对清虚观打醮的那一个。但她哪有资格承担这么大的事，拒绝不敢，答应不敢，说了也不算数。四月二十七早上，凤姐、宝钗、宝玉、黛玉四人都来在贾母处晨省。看凤姐采取了什么样的应对措施。

一时，凤姐儿来了，因说起初一日在清虚观打醮的事来，遂约着宝钗、宝玉、黛玉等看戏去。宝钗笑道："罢，罢，怪热的。什么没看过的戏，我就不去了。"凤姐儿道："他们那里凉快，两边又有楼。咱们要去，我头几天打发人去，把那些道士都赶出去，把楼打扫干净，挂起帘子来，一个闲人不许放进庙去，才是好呢。我已经回了太太了，你们不去我去。这些日子也闷的很了。家里唱动戏，我又不得舒舒服服的看。"（第二十九回）

凤姐力邀宝钗同去清虚观，等于向宝钗暗示，提亲的事成不了，希望她放弃。礼俗上，媒人提亲不能当着女当事人的面。《儿女英雄传》十三妹为张金凤和安公子当面做媒，安公子诧异："也有这样当面打鼓对面锣的说亲的吗?"如果宝钗去了清虚观，亲也就不好提了。退一步说，即便提亲，至少也不敢明说女方是谁了，双方都有台阶可下。可惜宝钗笑着拒绝了，说天热，说什么没看过的戏。凤姐犹不死心，赶紧说那里又凉快又干净又方便等等。注意一下凤姐这段话的语气变化，前半部分明显是对着宝钗说的，后半部分，就纯属自言自语自我解嘲了。可以想象在凤姐说这段话的过程中，宝钗的不理睬态度。

其实，凤姐也在用这种方式向贾母表明自己的难处，贾母都看在眼里。

贾母听说，笑道："既这么着，我同你去。"凤姐听说，笑道："老祖宗也去，敢情好了！就只是我又不得受用了。”贾母道：“到明儿，我在正面楼上，你在旁边楼上，你也不用到我这边来立规矩，可好不好?”凤姐儿笑道：“这就是老祖宗疼我了!”贾母因又向宝钗道：“你也去!连你母亲也去！长天老日的，在家里也是睡觉!”宝钗只得答应着。贾母又打发人去请了薛姨妈。

贾母决定亲自出马，既体谅凤姐的两难处境，恐怕也担心金玉配会成为既定事实，就难办了。贾母的话深藏玄机，说到了那天自己在“正面楼上”，让凤姐在“旁边楼上”，暗示由自己唱主角，凤姐儿一旁帮着圆圆场就行了。凤姐可以说是大大地松了一口气：“这就是老祖宗疼我了。”贾母又命令宝钗也去，不是邀请，直接发威：“你也去!”宝钗即便满心不愿意去，总不能再以天热为理由，人家老太太还不怕热呢。况且也不便得罪贾母，还指望当她的孙子媳妇呢。贾母又打发人去请了薛姨妈，而且先把薛姨妈的退路堵上，说她“在家里也是睡觉”。贾母和凤姐的主意一样，两个人的招数合起来的话，可以称之为“先礼后兵”。

王夫人不肯去了，却打发人去到园里告诉大家：“有要逛的，只管初一跟了老太太逛去。”不知道在想什么，似乎倾向于金玉良姻，有点恼怒。

五月初一，贾府上下人等几乎全体出动去了清虚观。

果不其然，宝钗的出现让媒人张道士打了退堂鼓。

且说贾珍方要抽身进去，只见张道士站在旁边赔笑说道：“论理我不比别人，应该里头伺候。只因天气炎热，众位千金都出来了，法官不敢擅入，请爷的示下。恐老太太问，或要随喜那里，我只在这里伺候罢了。”贾珍知道这张道士虽然是当日荣国府国公的替身，曾经先皇御口亲呼为“大幻仙人”。

曾经被先皇“御口亲呼”为大幻仙人，“御口亲呼”这几个字好不亲密，张道士和癞头和尚是老熟人了。宁荣两府张道士都经常去，夫人小姐都见，现在忽然不敢进去见了。所谓“众位千金都出来了”，核心是“都”字，不过是向贾珍探问：“宝姑娘也来了，怎么办?”好笑的是，老张说众位千金都来了的原因，竟然是“只因天气炎热”，天气炎热正是宝钗不出门的理由。

（贾珍）便笑道：“咱们自己，你又说起这话来。再多说，我把你这胡子还挦了呢！还不跟我进来。”那张道士呵呵大笑，跟了贾珍进来。

贾珍和张道士是一根绳上的，不提亲怎么交差呢？但贾珍最清楚的，应该还是宝钗对金玉配的态度，以及“那种病”的严重程度，所以即便宝钗到场，也毫不动摇。张道士呵呵大笑，虽然他年纪一把见多识广，大约也没有经历过这种奇事，这么生猛的千金小姐。

张道士进到屋里后，跟贾母聊天，说：“前日四月二十六日，我这里做遮天大王的圣诞，人也来的少，东西也很干净，我说请哥儿来逛逛，怎么说不在家?”

四月二十六是遮天大王的圣诞。中国的传统神仙虽多，并没有一个叫遮天大王的。非世人约定俗成的神仙，作者原创以及是某人的讳称。名“遮天大王”，自然神通广大能一手遮天。他的“生日”被称为“圣诞”，何为“圣诞”？圣人的生日。旧时只有皇帝、皇太后或孔子等神圣化人物的生日才可以称“圣诞”，但皇帝、皇太后的生日要普天同庆，哪里轮得到一个道观的道士私下里给做生日。孔子更不可能了。遮天大王，只能是那见不得光的“老圣人”太上皇。

贾家爷们跪拜的“佛”，就是癞头和尚。第十四年癞头和尚适逢整岁，四月二十六日是一个和他有极大关系的日子。“平安醮”明显含威胁意味，这就有点不要脸，做媒就做媒，怎么关系到人家的安危问题？

聊了一阵，张道士“呵呵又一大笑”道：“前日在一个人家看见一位小姐，今年十五岁了，生的倒也好个模样儿。我想着哥儿也该寻亲事了。若论这个小姐模样儿，聪明智慧，根基家当，倒也配的过。但不知老太太怎么样，小道也不敢造次。等请了老太太的示下，才敢向人去说。”

不断“呵呵”大笑，老张看来也挺难为情的。贾母的阵势，摆明了是来拒婚的，他还得硬着头皮提。再次“呵呵大笑”，就好像唱歌前先吊两声嗓子，练功前先跺几下脚，给自己提提气稳稳神。只不知有没有未语面先红。

一番话还是说得十分周全得体。说“前日”在一个人家看到一位小姐。老张道士“前日”去了谁家？他“前日”给遮天大王做生日，试图邀宝玉来清虚观逛逛。他“前日”在好几处看见宝玉写的字、作的诗，唯大观园里才能随处见到宝玉的字和诗。老道士去的不是荣国府又是哪里？荣国府里除了贾家只有薛家。说这位小姐今年十五岁，宝钗刚刚做过十五岁生日。根基家当配得过宝玉，贾家和薛家从门第上是般配的，薛家还略高一些。这个媒婆没选错，既说清楚了女方是谁又给薛家留足了脸面。至于宝钗这一年并非十五岁而是十七岁，那是作者写作手法的原因。

贾母问也不问就一口回绝了。

贾母道：“上回有和尚说了，这孩子命里不该早娶，等再大一大儿再定罢。你可如今打听着，不管他根基富贵，只要模样配的上就好，来告诉我。便是那家子穷，不过给他几两银子罢了。只是模样性格儿难得好的。”

"上回有和尚说了"大约也是有来由的。然后，拒婚就拒婚吧，还意犹未尽，两次说"模样"，暗批宝钗长得不好，配不上宝玉，反驳张道士说模样儿配得过。并且表明自己不在乎未来的孙子媳妇家有没有钱和门第高低，只要和宝玉外貌性格般配就行。只差点没说是林妹妹了。这一下子场面有多尴尬，张道士、贾珍、薛家母女，哪一个脸上也挂不住。"旁边楼上"的凤姐儿过来，移开话题。

只见凤姐儿笑道："张爷爷，我们丫头的寄名符儿你也不换去。前儿亏你还有那么大脸，打发人和我要鹅黄缎子去！要不给你，又恐怕你那老脸上过不去。"张道士呵呵大笑道："你瞧，我眼花了，也没看见奶奶在这里，也没道多谢。符早已有了，前日原要送去的，不指望娘娘来作好事，就混忘了，还在佛前镇着。待我取来。"说着跑到大殿上去，一时拿了一个茶盘，搭着大红蟒缎经袱子，托出符来。

宝玉生日时，张道士即当日送来了换的寄名符，那么寄名符是生日时更换。如果巧姐的新寄名符应四月二十六日换，这一天就是她的真实生日。凤姐说巧姐生的日子不好，听从刘姥姥"以毒攻毒，以火攻火"的建议，给女儿取名巧姐。"四月二十六日"这个和太上皇密切相关的日期，是一个很不好的日子。

张道士说忘记去换了，撒谎是肯定的，能向凤姐要鹅黄缎子，能去荣府见小姐看哥儿的题字，偏偏忘了人家女儿的寄名符？鹅黄缎子也不是闲物。第三十四回关于小玻璃瓶的木樨清露和玫瑰清露，王夫人道："那是进上的，你没看见鹅黄笺子？"有"鹅黄笺子"便知是进上之物，张道士要"鹅黄缎子"，当然是用在癞头和尚身上。网上看一内容：雍正《大清会典》卷六四礼部八："顺治九年四月癸丑定制，禁和硕亲王以下及官民人等……衣物、辫缕、镶边，擅用鹅黄、柳黄色。"供参考。

巧姐的寄名符“还在佛前镇着”，言外之意，太上皇此时就在大殿里。拒婚的事儿想必已经知道了。“镇”字的本义是对物体施加压力，使之服从。这个字难免令人疑心太上皇在用巧姐的寄名符给凤姐施加压力。真是十分下作。不下作，逼婚的事儿也难做出来。“好事”现在一般就是指有益于人的事情。古时这个词却常常有特指，除了指打醮等法事，还有两层重要含义，其一指君、后做施恩于亲族的事，其二是指男女婚配或欢合。含义和“醮”字有些类似。

张道士跑到大殿上用茶盘托了巧姐的寄名符出来。

凤姐儿笑道：“你只顾拿出盘子来，倒唬我一跳。我不说你是为送符，倒象是和我们化布施来了。”众人听说，哄然一笑，连贾珍也掌不住笑了。贾母回头道：“猴儿猴儿，你不怕下割舌头地狱?”凤姐儿笑道：“我们爷儿们不相干。他怎么常常的说我该积阴骘，迟了就短命呢!”

“布施”是佛教用语，大乘佛法六度之中的第一项。道士并不化布施，主要依靠看风水、做法事、算命来维持生计，化布施是和尚做的事。凤姐这句话牵出了大殿里的太上皇，他才是来化布施的和尚，不过化的不是钱财，而是贾家的“一捧雪”。凤姐说得太直接了，所以贾母回头说了她那么一句。凤姐不以为意：“我们爷儿们不相干。”凤姐是王家姑娘，太上皇是她的长辈，所以说“我们爷儿们”。太上皇虽然是个“阴人”，看来也常和凤姐等本家人见面，要不怎么常常说凤姐“该积阴骘”。

清虚观打醮的事惊动了很多人，贾家的远亲近友、世家相与等都来送礼。第一个来的是冯紫英家。“原来冯紫英家听见贾府在庙里打醮，连忙预备了猪羊香烛茶银之类的东西送礼”。“茶银”即茶礼，旧时缔结婚约的一种聘礼。清孔尚任《桃花扇·媚座》中有“花花彩轿门前挤，不少欠分毫茶礼”。提亲未明就送茶礼，未免心急了点，有助阵之嫌。或者以为这桩婚事肯定成功，或者在讨好皇家。冯紫英家第一个送来茶礼，更显得特别。冯紫英扮演了一个什么样的角色呢？有一种可能的情况是，大家对贾家打醮都在观望中，却因冯紫英家带头而纷至沓来。

五月二日，贾母等人都不肯再去清虚观，唯有凤姐带了人去。大约要跟“爷儿们”解释解释。贾母的断然拒婚，让太上皇碰了一鼻子灰，却并没有因此对老太太怎么样，除了因为两家的渊源，大约也自知不占理。

清虚观打醮后，宝黛二人闹别扭，黛玉说：“昨日张道士说亲，你怕阻了你的好姻缘，你心里生气，来拿我煞性子。”这话可忒气人了，为了和黛玉的姻缘，宝玉乃至贾母不仅费尽心思，还承受了巨大的压力，所以宝玉“脸都气黄了，眼眉都变了，从来没气的这样”。这也是黛玉最后的任性，此事过后，黛玉变得成熟起来。

另外，第二十八回，四月二十六日，有一个细节，应该也与此有关。凤姐让宝玉帮她写：“大红妆缎四十匹，蟒缎四十匹，上用纱各色一百匹，金项圈四个。”宝玉道：“这算什么？又不是帐，又不是礼物，怎么个写法？”为什么宝玉说既不账目也不是礼物？就是说，何以见得不是账目或礼物呢？说明这四样东西的组合是奇怪的，它们不是一类。问题应该就出在四个金项圈上，项圈是佛饰。佛饰和绸缎布匹的组合不伦不类。

再分析一下五月四日的事，因为太有趣，红迷的议论也多。

这天宝钗、宝玉、黛玉、凤姐等人又齐聚贾母屋里，应该是清虚观拒婚后，宝钗第一次出现在众人面前。

此时宝钗正在这里。那林黛玉只一言不发，挨着贾母坐下。宝玉没甚说的，便向宝钗笑道："大哥哥好日子，偏生我又不好了，没别的礼送，连个头也不得磕去。大哥哥不知我病，倒象我懒，推故不去的。倘或明儿恼了，姐姐替我分辨分辨。"宝钗笑道："这也多事。你便要去也不敢惊动，何况身上不好，弟兄们日日一处，要存这个心倒生分了。"宝玉又笑道："姐姐知道体谅我就好了。"又道："姐姐怎么不看戏去？"宝钗道："我怕热，看了两出，热的很。要走，客又不散。我少不得推身上不好，就来了。"宝玉听说，自己由不得脸上没意思，只得又搭讪笑道："怪不得他们拿姐姐比杨妃，原来也体丰怯热。"宝钗听说，不由的大怒，待要怎样，又不好怎样。回思了一回，脸红起来，便冷笑了两声，说道："我倒象杨妃，只是没一个好哥哥好兄弟可以作得杨国忠的！"二人正说着，可巧小丫头靛儿因不见了扇子，和宝钗笑道："必是宝姑娘藏了我的。好姑娘，赏我罢。"宝钗指他道："你要仔细！我和你顽过，你再疑我。和你素日嘻皮笑脸的那些姑娘们跟前，你该问他们去。"说的个靛儿跑了。（第三十回）

宝钗表面上也许若无其事，心里只怕剑拔弩张。宝玉一直主动和宝钗搭讪，似想缓解和宝钗之间的紧张，毕竟拒绝了人家姑娘那样不顾一切的爱慕求婚，善良的孩子。谁知言多必失，碰了雷区。

问题从宝钗解释为什么不在家看戏开始。宝钗说因为"怕热"，"热的很"，所以"推身上不好"就来了。这话显然是有用心的，想掩饰五月一日不肯去清虚观就是因为怕"热"，而不是因为别的什么，在大家面前撇清和清虚观提亲的关系。也可以理解，给自己找补点颜面。可是宝玉会错了意，竟然接话说："怪不得他们拿姐姐比杨妃，原来也体丰怯热。”这怕热的事儿哪能重复，简直等于当众打宝钗的脸。换作谁估计都得跟宝玉翻脸。厉害如宝钗，也一下子被噎得不知道如何反应，“待要怎样，又不好怎样”。大约扬手给宝玉几个耳光的心都有了。宝玉的两句话，信息量不少。首先人们在背后议论宝钗胖如杨妃。其次，同样体胖的杨妃集三千宠爱于一身，而宝钗先是选秀失败，如今提亲又遭拒，这对比。宝钗回思了一回，脸红起来。回思什么竟然脸红起来？合和筵请宝玉，在宝玉屋里坐半夜，戴红麝串，在宝玉面前露白膀子，哪一样不令人羞愧难当？但她的回答却精明之至，承认自己如杨妃，所谓两害相权取其轻，还用杨妃的哥哥杨国忠讽刺薛蟠、宝玉二人无用。

宝玉其实很冤，他完全无心羞辱宝钗。宝玉听了宝钗的解释后，“自己由不得脸上没意思”，这样反应，是疑心宝钗“少不得推身上不好”在暗讽他，宝玉刚刚正是推病不去给薛蟠拜寿的。窘迫的宝玉，为了避开推病的话，赶紧顺着宝钗另外的话搭讪了两句，结果，就成那样了。宝玉其实也误会了宝钗，宝姑娘正忙着为自己开脱，哪里有暇顾及他的谎言。

这时候，丫头靛儿的扇子“可巧”不见了。“可巧”二字一出，便知事有蹊跷。靛儿认定是宝钗藏了。宝钗用手指着靛儿责骂，明显的，借靛儿威慑宝玉，不让他再疑心自己“怕热”的原因。还捎带上了黛玉：“和你素日嘻皮笑脸的那些姑娘们”。姑娘们谁会和丫头们这么打成一片？第三十七回：“独黛玉或抚梧桐，或看秋色，或又和丫鬟们嘲笑。”至少黛玉是此类姑娘，和宝玉，和丫头，都能玩玩闹闹的。

靛儿的扇子到底去了哪里？这是一个问题。五月炎夏，非常热，贾母屋里人多，更热，扇子需拿在手里随时使用，靛儿的扇子应该是随手一放后突然不见的。就是说，她的扇子不是丢在了别处，确实被人拿走藏了起来。谁拿的？靛儿认定是宝钗。既做出这个判断，那么放扇子的地方，必然最靠近宝钗，那把扇子是在靛儿和宝钗之间不见的，而且就近没有其他人，否则靛儿不会只认定宝钗。而宝钗恰恰有藏扇子的理由，要的就是靛儿“疑”她，可以借机指桑骂槐教训宝玉。曹公给本回的标题是“宝钗借扇”，用了一个“借”字。如果宝钗拿了扇子，大热天的衣衫单薄，藏在哪里？四月二十六日，宝钗在潇湘馆外扑一对玉色蝴蝶，“遂向袖中取出扇子来”，宝钗的扇子是放在袖子里。“蒋玉菡情赠茜香罗”时宝玉也是“向袖中取出扇子”。而且，拿袖子袖走扇子，这个动作瞬间即可完成。两次扇子的打击对象，一对玉色蝴蝶和两个玉儿，恰能建立联系。那对玉色蝴蝶，偏是“大如团扇”。宝玉回去后，一边说不可以拿扇子撒气，一边把扇匣子搬出来让晴雯撕，可知有多恨那扇子。

宝钗尚未尽兴，再要说话，见宝玉十分讨愧，形景改变，也就不好再说，只得一笑收住。胜利者十分得意。

还有一个比较有趣的问题可能是读者忽略的，被宝钗当众指着训斥的靛儿，这个仅出现了一次的小丫头，是谁的丫鬟？作者没说，我们来分析一下。能出现在贾母屋里，能和主子们轻松说话，甚至素日还和姑娘们嬉皮笑脸，还有自己的扇子，必然不是粗使丫头，是主子身边的一二等丫头。肯定不是宝钗的，宝钗只有莺儿和文杏两个丫鬟。黛玉丫鬟虽多，作者已先交代过了，此时没有一个跟着。宝玉的大小丫鬟作者交代齐全，没靛儿这个人，宝玉此时也没有丫鬟跟着。看名字也不像是贾母的，贾母的一二等丫鬟的名字虽然没写全，从写出来的鸳鸯、琥珀、玛瑙、翡翠、珍珠、鹦鹉、玻璃来看，这些名字具有统一性，富贵成双。分为玉石珠宝和鸟儿两种，或富丽或一本正经。“靛儿”绝不属此类。“靛儿”这个名字简便爽快，从风格上最像凤姐的人。凤姐随身的丫鬟，给了尤二姐的善姐不算，凡出现了名字的都叫“某”儿，如平儿、丰儿、红儿（小红）。

看看靛儿被骂跑后凤姐的反应：

（凤姐）便也笑着问人道：“你们大暑天，谁还吃生姜呢？”众人不解其意，便说道：“没有吃生姜。”凤姐故意用手摸着腮，诧异道：“既没人吃生姜，怎么这么辣辣的？”（第三十回）

宝、黛、钗三人的对话并没有牵扯到凤姐，为什么她脸上辣辣的？除非靛儿是她的丫头。俗话说“打狗看主人”，自己的下人被人当众指着鼻子教训，根本没把你这个主人放在眼里，主人当然是难堪的。凤姐虽然脸上辣辣的，并没有不饶人，只是笑着自我解嘲了一下。

元宵夜宴史太君羞辱薛宝钗

五月一日的清虚观提亲被拒后，金玉良姻的支持者消停了大半年，年底又开始活动起来。马前卒还是贾珍、尤氏夫妇。这次提亲作者写得更加隐晦，给的线索模糊不清。但有一件事足以证明此次提亲行动的存在，第五十四回，在元宵夜宴上，贾母对宝钗愤然开骂。或者作者给出了其他重要线索，比如第五十三回有大量的礼俗描写，可以隐藏提亲方面的指迷，但本人在礼俗方面是门外汉，无法从中发现蹊跷。

从贾蓉领取宁荣两府春祭的恩赏开始说起。不要嫌啰唆，一步步地看更有意思。

春季恩赏本应在礼部领，贾蓉说“今儿不在礼部关领，又分在光禄寺库上”。光禄寺是古代官署名，其职能在各朝代不尽相同，清代光禄寺掌管宫廷的祭祀膳食。宁府是皇亲国戚，恩赏有理由分在光禄寺，荣府的也分在那里就不寻常了，和贾妃晋封时贾母等人也进宫谢恩有些相似。除了金玉配，并没有什么能和这件事建立联系。贾蓉还转达了光禄寺官儿们对贾珍的问候想念，因为贾妃的缘故，看来贾珍经常和光禄寺的官员打交道。

乌进孝的年货账目也是一条线索。这个账目被作者写得十分详细，需要注意。账目中出现了两样不太寻常的东西：暹猪和鲟鳇鱼。鲟鳇鱼即黑龙江鲟鳇鱼。第一次提亲前合和筵“瓜猪寻偶”，两样重要的暗示物，正是“暹猪”和“鲟鱼”。这里忽然再次出现，应该不是巧合。相比“鲟鱼”，“鲟鳇鱼”显得又高了一个等级。推测作者的用心，或暗示此次幕后的支持者，有比太上皇更有分量的人。这可以理解，太上皇出面的清虚观提亲被贾母一口拒绝，不可能重复来一次，那结果是明摆着要碰一鼻子灰，除非荣府有什么变故。荣府未见有什么大不同，此次提亲方面的实力或力度必然要有所加强，有比癞头和尚分量还重的人加入进来。是那位老太妃了。

腊月三十日除夕，作者写两府祭宗祠，却一直在凸显癞头和尚。贾家祠堂“先皇御笔”的九龙金匾“星辉辅弼”，以及“勋业有光昭日月”“慎终追远”等。贾母急速离开尤氏上房，也很说明问题。祭完宗祠后，贾母等人来到尤氏上房。同时在这里的还有贾母同辈的三个老妯娌。忽然出现这么三个人物，就引人注意。“尤氏上房地下早已袭地铺满红毡，当地放着象鼻三足鳅沿鎏金珐琅大火盆，正面炕上铺新猩红毡子，设着大红彩绣云龙捧寿的靠背引枕”。一屋子的红，因为过年，似乎没有理由多想，虽然还是未免夸张了点，但作者详细写出地上的一个“三足鳅”

火盆，却容易和三个老妯娌建立联系。

尤氏等人奉茶毕，贾母与老妯娌“闲话了两三句”，便命看轿。凤姐听了二话不说就上去把贾母挽起来。从祖孙二人的表现来看，这里肯定有事，贾母要赶在事情发生之前离开。因为贾母回去不过受家人的例行行礼，等于无事。尤氏看这样情形，说道：“已经预备下老太太的晚饭，每年都不肯赏些体面用过晚饭过去，果然我们就不及凤丫头不成?”这是真心想留人，用上了激将法。凤姐儿搀着贾母笑道：“老祖宗快走，咱们家去吃去，别理他。”助力贾母。贾母笑着说：“你这里供着祖宗，忙的什么似的，那里还搁得住我闹。况且每年我不吃，你们也要送去的。不如还送了来，我吃不了留着明儿再吃，岂不多吃些。”这话里有话，关键是一句“那里还搁得住我闹”。等于和尤氏说，不要让那件事情发生，不然我就和你闹起来，哪怕这里供着祖宗。三个老妯娌，贾母同辈的人，扮演的应是和清虚观张道士一样的角色。提亲人也是需要资格的，身份须能和贾母对等，才可以平等对话。贾母逃避她们，说明此次情况要比清虚观时严重得多，避而不谈是给对方留余地，不至于太得罪。三个老太太做媒，或佐证了此次提亲和老太妃的“一句话”有关，太上皇不仅不便于策动几个老太太，他本是一个见不得光的阴人，连存在都是机密，只有张道士等极少数人知道。

这次的提亲企图，宝钗的执迷不悟，终于惹恼了贾母，接下来的荣府元宵夜宴上，贾母对宝钗不再客气。

先看元宵夜宴的布置和各人的位置。

宴席设在贾母的大花厅上，按照贾母的命令布置和排座。上面两席是李婶、薛姨妈。贾母在东边设一透雕夔龙护屏矮足短榻，她的席面在榻旁，却让宝琴、湘云、黛玉、宝玉四人坐，算跟她一起。下面是邢夫人王夫人的席面，再下是尤氏、李纨、凤姐、贾蓉妻。这是东边。西边是宝钗、李纹、李绮、岫烟、迎春姊妹等。宝钗在西边第一位，那么就和榻上的贾母以及榻边的宝玉黛玉等四人相对。想象一下是怎样的场景？曹雪芹先生称之为“史太君破陈旧腐套”。外边廊上几席是贾珍、贾琏、贾环等人。

中国传统上对座次极是讲究。贾母生日时的座次安排，“上面两席是南北王妃，下面依叙便是众公侯诰命。左边下手一席，陪客是锦乡侯诰命与临昌伯诰命，右边下手一席，方是贾母主位”。上面的席位，只有身份高于主人的贵客才可以坐。到别人家做客，地位却压倒了主人，客人其实是不舒服的，所以南北王妃并不情愿坐上席，“谦逊半日，方才入席”。之后的匆匆告辞，应该也是因为这个。走的时候南安太妃还说：“今日若不来，实在使不得。”表白自己无心喧宾夺主，迫于无奈才来的。这次夜宴，贾母却让薛姨妈和李婶坐了上席，自己在下作陪，是尊崇薛姨妈还是让她难堪？另一位李婶是局外人，无须分析。宝钗在西边首席，作为小辈，不是新客，同样承受不起。和贾母坐对面更是出格，是被出格。小辈要坐在长辈之下，才合情理。比如贾母宴大观园时，宝钗和宝玉、黛玉等一起在贾母之下。那时姑娘们分为两拨，一拨跟着贾母坐，一拨跟着王夫人坐。现在宝钗被分离出来，和薛姨妈一样，坐在不该坐的地方，而且贾母以歪在榻上的姿态对着她，是面对面的羞辱。贾母榻下设一张高几，摆着曾假意要送给宝钗摆的那两件梯己，木石姻缘的标志物，纱桌屏和石头盆景。

贾珍、贾琏等人进来斟酒，给贾母斟时，因榻矮，二人便屈膝跪了，后面的贾环等人自然跟着跪，宝玉也跪了。那么当时的情景是：贾母歪在榻上，榻前是黛玉等三位姑娘，然后是跪着的一群贾家子弟，这就使得一片后背屁股对着宝姑娘。无论如何都令人难堪。湘云傻，悄推宝玉笑道：“你这会又帮着跪下作什么？有这样，你也去斟一巡酒岂不好？”宝玉悄笑道：“再等一会子再斟去。”宝玉怎么可能不跪，他不跪，他就得像湘云三人一样因为贾母而被贾珍贾琏等人跪了。

贾珍等人退出。演的戏是《八义》中《观灯》八出，正热闹之际，宝玉下席就往外走，麝月、秋纹和几个小丫头跟着。贾母便问：“袭人怎么不见？”遂开始批评袭人，说她“拿大”等等，“拿大”的意思是摆架子。晴雯也不在，鸳鸯也不在，单挑袭人出来说事。王夫人为袭人辩解，贾母不以为然，借王夫人的话又批评了袭人一顿，说袭人如果还跟着自己，不敢不在这里，暗批王夫人管理下人的方式不对，奴才才敢这么大胆。王夫人的管理才能确实堪忧，看她屋里纪律有多乱就知道了。王夫人难堪，凤姐赶忙来为袭人辩解，贾母转怒为笑，卖了凤姐一个人情。

宝玉虚回了趟怡红院，转回席，要了一壶暖酒，从李婶、薛姨妈开始，依次斟上。贾母带头干了，邢夫人、王夫人忙也干了，薛姨妈、李婶也“只得”干了。“只得”二字，可知被摆在上席的两人实在是难堪的。贾母又命宝玉：“连你姐姐妹妹一齐斟上，不许乱斟，都要叫他干了。”宝玉按次斟了，至黛玉前，偏她不饮，拿起杯来，放在宝玉唇上边，宝玉一气饮干。黛玉还笑道：“多谢。”众目睽睽之下，二人忽然做出这么过火的举动。

关于史太君的元宵夜宴，留给读者印象最深也最令人费解和议论的，莫过于两件事：一是贾母骂的小姐是谁，二就是黛玉为什么会当众喂宝玉酒。黛玉在宝玉面前是任性的，可是在大众场合，特别是在王夫人面前，黛玉何曾有半点放肆行为？是个乖巧的姑娘。这是计划好的。凤姐还怕有人没注意到宝玉代饮，笑道：“宝玉，别喝冷酒，仔细手颤，明儿写不得字，拉不得弓。”凤姐怎不知道宝玉要的是“一壶暖酒”，何况李婶薛姨妈贾母等人都先喝了，那时倒不关心？都是故意做给众人看的，宝玉、黛玉是长辈支持的一对，其他人就甭惦记了。

两个门下常走的女先生儿进来，介绍新书《凤求鸾》。书中赶考公子王熙凤和凤姐儿重名，凤姐儿道：“重名重姓的多呢。”提醒大家不要对号入座还是要对号入座？贾母借此骂了一位小姐，也即红迷议论最多的两件事之一。如果不是为了文章的完整以及贾母的话严重到了怎样的程度，其实完全不用分析是谁了不是吗？

说这位小姐“通文知礼，无所不晓”。薛家藏书无所不有，论博识，十二钗里无人胜过宝钗，宝玉赞宝钗“无书不知”。黛玉虽然极聪明，知识面却很窄。

这位小姐“只一见了一个清俊的男人”，便想起终身大事来。黛玉和宝玉青梅竹马一起长大，两情相悦，黛玉即便想起终身大事来，也并非“一见了就想”的。宝钗十五岁来到荣府，不久即传播金玉良姻之说，正符合这一点。

还连带骂了“夫人”。黛玉的母亲“贾敏”是贾母最疼爱的女儿，贾母怎么可能骂自己的女儿。这位小姐身边只紧跟的一个丫鬟。黛玉身边除了乳母王嬷嬷，其余和迎春等人一样，“另有四个教引嬷嬷，除贴身掌管钗钏盥沐两个丫鬟外，另有五六个洒扫房屋来往使役的小丫鬟”。宝钗身边，除了莺儿，即没奶妈也没教引嬷嬷。虽然还有个文杏，也是后来出现的，而且，用薛姨妈的话说：“文杏又小，道三不着两，莺儿一个人不够伏侍的，还要买一个丫头来你使。”认为只有莺儿一个丫头。

贾母又说：“拿我们这中等人家说起，也没有这样的事，别说是那些大家子。”自认是中等人家，说那小姐是“大家子”，家世即比贾家高。

那么小姐的家世就不能低于四大家族了。按照宝钗对岫烟说的话，从前的薛家是比得过贾家的。跟着贾母坐的宝琴、湘云、黛玉，当然都是贾母家的人。宝琴作为王夫人的干女儿，已跟着拜过贾家宗祠了，理所当然的贾家姑娘。贾母让宝琴坐在她榻前，大概也是为了避免骂宝钗的时候连累宝琴。

骂这小姐“鬼不成鬼，贼不成贼”，如同“男人满腹文章去作贼”。中国骂人最毒的话，莫过于“男盗女娼”四字，这四字语也不分开。“男人满腹文章去作贼”是升级版的“男盗”，骂的是小姐，那么在借“男盗”引出“女娼”。贾母这是骂宝钗如娼妓！当着众姑娘的面“女娼”是不能出口的，所以拐了个弯。

贾母骂完，凤姐上来斟酒，说贾母的批评是《掰谎记》，故事“就出在本朝本地本年本月本日本时”。强调贾母骂的就是座中之人。众人笑倒。上席的薛姨妈出言批评凤姐。薛姨妈笑道：“你少兴头些，外头有人，比不得往常。”薛姨妈当然知道贾母在骂宝钗，对贾母不敢有说辞，也实在没什么能说的，对娘家侄女就不同了，可以责备一下。说“比不得往常”，貌似凤姐日常对薛家母女的态度也有所不恭。“外头”的人指贾珍等贾家子弟。凤姐并不退让，笑着说自己是“斑衣戏彩”，批评贾珍的行为属不孝。

凤姐助力木石姻缘，得罪了很多人，薛姨妈、宝钗、贾珍、尤氏，乃至癞头太上皇等，贾母如何不明白？接过话表扬凤姐的孝道，叫宝玉给凤姐敬酒，以示感激。凤姐儿笑道：“不用他敬，我讨老祖宗的寿罢。”将贾母的杯拿起来，将半杯剩酒吃了。此举大约表明自己非为宝玉，是为贾母。有些悲壮的。

三更时，在王夫人的提议下，众人挪进暖阁。注意这个时候，王夫人和凤姐一样称李婶薛姨妈为“二位亲戚”，这位摇摆派似乎暂时倒向贾母一边。在贾母的分派下，暖阁里基本延续了外面的坐法。

贾母让贾珍等人回去，“贾珍便邀了贾琏去追欢买笑”，又没完成任务，大概心里比较郁闷。

贾母命文官等十二小戏子进来唱戏。关于听戏，曾有三件事发生在贾母处。一是贾母为宝钗过生日时，宝钗说宝玉不知戏，给他讲《鲁智深醉闹五台山》里的唱词。二是清虚观打蘸时，宝钗说自己什么戏没看过，拒绝凤姐儿的邀请去听戏。三是清虚观拒婚后，宝钗借戏《负荆请罪》嘲讽宝玉和黛玉。现在贾母要还以颜色了。贾母说：“你瞧瞧，薛姨太太这李亲家太太都是有戏的人家，不知听过多少好戏的！这些姑娘们都比咱们家姑娘见过好戏，听过好曲子。”说薛姨妈是“薛姨太太”，并且把自家姑娘们和薛家李家的姑娘们区分开，当然李家只是陪衬。夹枪带棒全是冲着宝钗去的！

小戏子文官十分灵透。文官笑道：“这也是的，我们的戏自然不能入姨太太和亲家太太姑娘们的眼，不过听我们一个发脱口齿，再听一个喉咙罢了。”顺着贾母的话说。所以发放十二官时，贾母把文官留在了身边。

贾母点了两出戏，《牡丹亭·寻梦》和《西厢记·惠明下书》，似还有《西楼·楚江晴》。刚刚对才子佳人的书大加批判，这几出哪个不是才子佳人的？贾母讨厌的不是才子佳人戏，只是借机骂宝钗而已。贾母让大家共听《西厢记》，说自己少女时代也听过《西厢记》，或有掩护黛玉的意图。黛玉曾在众人面前不小心说出《会真记》里的话，受过宝钗私下的教导。如果那些人拿黛玉下手，没有根基的林妹妹，哪里经得起他们的损毁。黛玉最终还是死于蛊虿之谗。

经此一场，金玉良姻的支持者又暂时消停了下来。但从凤姐最后的反应可知，并没有击退矢志不渝的宝钗。听完戏，凤姐提议击鼓传花讲笑话，众人想听凤姐说笑话，故意让花落在她手里。凤姐先是正言厉色讲了一个“正月半”摆家宴的，但没有内容，十分冰冷无味。湘云看了凤姐半天，不得其解。又讲了一个“正月半”放大炮仗的，也不算好笑，众人都笑，不知真笑假笑。湘云还呆呆地问前一个，傻姑娘完全没看懂夜宴的内涵。从两个笑话来看，凤姐是沮丧的，虽然宝钗自始至终没有一句话，这场羞辱对她来说，也许如同对聋子放了个房子大的炮仗，充耳不闻的。

夜宴散席，贾母让贾蓉把准备的炮仗放了。作者说林黛玉“禀气柔弱，不禁毕驳之声”，贾母便搂她在怀中。林妹妹或者没有那么娇弱，十六岁的姑娘了，不至于连鞭炮声都怕，贾母搂她在怀中，是爱护和悲伤吧。

这是第十五年的元宵节，正是老太妃薨前后，所谓老太妃的“一句话”，很可能是她的遗言。具体什么不得而知，金玉良姻在第十五年八月成功，总之是促成金玉良姻的一项重要因素，因为皇帝十分看重老太妃。作者借宝钗之口批评汉帝：“耳目所见尚如此，万里安能制夷狄。”应是暗批皇帝对金玉良姻这件身边事的处理失当。

荣国府的尴尬在于，只要金玉良姻横在那儿，宝玉不仅不能和黛玉定亲，也难和别的人家的姑娘定亲，谁家敢呢？这一点宝钗明白，贾母等人也明白，所以，除非宝钗自己撤，她吃定宝玉了。人说无知者无畏，宝姑娘这博学的人竟然也如此无畏，难道以为凭自己的后台和能力，强扭的瓜也能甜起来？

两拒皇家提亲，当众辱骂宝钗，贾母的底气从何而来？第五十七回因为宝玉的痰迷之症，贾母对王太医说："若耽误了，打发人去拆了太医院大堂。"贾母不是个说大话的人，不仅薛家，贾家和皇家的渊源也很深。

第五章
多事之秋

袭人和宝玉

花袭人虽然是个丫鬟，大字不识，却要主子宝玉听她的话，也想方设法让宝玉听她的话，日日夜夜操着很多不需要她操的心，甚至包括前途，那本是宝玉父母师长的事。

袭人被称“贤袭人”，这个“贤”字怎么来的？是从“箴宝玉”即劝诫宝玉上得来的。第二十一回回目“贤袭人娇嗔箴宝玉”，即是指迷。这劝诫有些是为宝玉好，比如“再不许吃人嘴上擦的胭脂了”。有些则未必，有损人利己之嫌。所以宝玉有“焚花散麝，而闺阁始人含其劝矣”之语。

宝玉十二岁时，和十五岁的袭人，初试了云雨情。关于这件事的发生，红迷常争论责任在谁，为宝玉辩护的认为袭人有意引诱，为袭人辩护的认为宝玉用强，袭人不敢违抗。到底是引诱还是用强呢？

宝玉在秦可卿卧室午睡，做了春梦，发生梦遗，袭人给他整理衣服时发现问题。回荣府吃完晚饭后：

袭人忙趁众奶娘丫鬟不在旁时，另取出一件中衣来与宝玉换上。宝玉含羞央告道：“好姐姐，千万别告诉人。”袭人亦含羞笑问道：“你梦见什么故事了？是那里流出来的那些脏东西？”宝玉道：“一言难尽。”说着便把梦中之事细说与袭人听了，然后说至警幻所授云雨之情。羞的袭人掩面伏身而笑。宝玉亦素喜袭人柔媚娇俏，遂强袭人同领警幻所训云雨之事。袭人素知贾母已将自己与了宝玉的，今便如此，亦不为越理，遂和宝玉偷试一番，幸得无人撞见。自此宝玉视袭人更比别个不同，袭人待宝玉更为尽心。（第六回）

宝玉对自己身体的变化十分害羞，央告袭人不要告诉别人。事情到这里本来就算结束了，这个时候的宝玉，对袭人并没有产生什么非分之想，反而害怕袭人说给别人知道。袭人接下来的问话，推动了情势向前发展。袭人含羞笑问：“你梦见什么故事了？是那里流出来的那些脏东西？”问得这么直接，袭人姑娘也真能出口，以及对男性的生理方面颇有了解，属于明知故问。

宝玉见问，便详细讲给袭人听。说到警幻仙子所授云雨之事时，花袭人“羞的”“掩面伏身而笑”，捂着脸伏下身子还能被看出来在笑，想见笑得厉害身体在抖动，或发出某种声音。此景此地此种交流，对一个刚做了春梦的十二岁少年，意味着什么？

宝玉便“强袭人同领警幻所训云雨之事”，用了一个“强”字。这个字是争论的点。很多红迷以这个字为由，说袭人是被强迫的。但除了这个孤单的“强”字，袭人别说拒绝或反抗了，连犹豫一下的反应都没有，就痛快地“遂和宝玉偷试一番”。因为自认为“不为越理”。既然虑及到了“越理”与否，袭人对自己行为的性质是完全清楚的，是理性地在做这件事，不是天真无知或一时情动。

如果袭人略作抵抗，或言辞间略表不满，宝玉会怎样？是硬来还是立刻偃旗息鼓、羞愧退缩？袭人平时对宝玉，哄劝、强硬乃至冷笑吓唬等态度，都是常事。这次却连矜持一下的举动都没有，又是为什么？宝玉的这个“强”字，只怕是壮着胆子的外强中干，因为揣摩了一点儿对方的意愿而带点撒娇和耍赖。

袭人“不为越理”的想法，反应在行动上，对宝玉来说会是一种鼓励信息。事实上，两人的行为不仅越理，且严重越礼，所以“幸得无人撞见”，被奶娘、嬷嬷等撞见的话，就是一件“丑祸”了。

不是说宝玉没有责任，如果两人同龄，责任各半。但袭人这年十五岁，及笄之年，按当时的标准是个成年女子了。宝玉十二岁，还用着奶娘，尚属孩童。宝玉能在秦可卿卧室午睡，原是因为年纪小，不用忌讳男女之别。此时宝玉的形貌也相当小。和袭人有了关系后，第十九回，宝玉骑马偷偷去袭人家，袭人的哥哥花自芳唬得惊疑不止，“连忙抱下宝玉来”。送宝玉回去时，花自芳雇了一乘小轿把宝玉送到贾府附近，“将宝玉抱出轿来，送上马去”。被花自芳这样抱来抱去，可知还是小孩子身体。

二人的关系算什么性质呢？拿金钏事件一对比就知道了。金钏伺候王夫人多年，几乎被王夫人视为女儿，不过和宝玉说了几句暧昧话，就被王夫人打了一个耳光，撵出府去，以致没脸见人羞愤自尽。金钏的几句话，和袭人干的这事比起来，又算得了什么？袭人的行为如果被贾母、王夫人知道了，估计打个半死卖给人伢子都是轻的。

袭人敢冒如此大的风险干这件事，可能和贾母把晴雯给了宝玉有关。袭人是贾母派给宝玉的第一个丫鬟，但并不属于宝玉，她的编制还在贾母屋里，月例银子按贾母的丫头领。现在晴雯不仅人来了，编制也属于宝玉。晴雯是荣府里最漂亮的丫鬟，女红又好，贾母有让晴雯做宝玉屋里人的打算。这一点袭人肯定明白，就是说，晴雯一来，袭人服侍宝玉的日子就要结束了。那么她“后来争荣夸耀”的理想，如何实现呢？和宝玉有了这层关系，“自此宝玉视袭人更比别个不同”。只要宝玉愿意留她，贾母自然会顺着。

二人的私密关系维持了一年多，到第十四年五月四日，宝玉踢了袭人一脚，自此断绝。其实在那一年多里，两人的关系也不稳定。第十三回黛玉回扬州，就影响了宝玉和袭人的关系。“却说宝玉因近日林黛玉回去，剩得自己孤凄，也不和人顽耍，每到晚间便索然睡了”。既是“每到晚间便索然睡了”，这期间对袭人没有兴趣。“索然”一词，似说袭人行为上有所挑逗。

袭人为什么没怀孕？

袭人是个心机重的女子，既有心和宝玉偷吃禁果，当然会考虑后果。如果怀孕，她和宝玉的关系暴露，不管王夫人或贾母怎样处理她的身孕，应该都不会轻饶她本人。除了有损荣国府的脸面，宝玉也太小了！“素日想着后来争荣夸耀”的梦想就提前破灭了。袭人避孕，或者借助了一样东西：麝香。麝香是雄性麝的分泌物，名贵香料兼药料。除了具有开窍、辟秽、通络、散淤等功效，据说还有奇特作用：避孕、催产以及造成流产。这东西寻常百姓家里难得，荣府里却并不稀罕，比如贾妃赏的端阳节礼，贾母、王夫人、赵姨娘、宝玉、宝钗、黛玉等每人都有两串红麝香珠，红色的麝香，上等品。宝玉有，袭人也就不缺。

第十九回宝玉去花家找袭人，坐定之后，袭人“向荷包里取出两个梅花香饼来，又将自己的手炉掀开焚上仍盖好，放与宝玉怀内”。“梅花香饼”虽不能确定是什么香，麝香正是焚熏的，据说极少的一点儿便满室生香。当天晚上，袭人和宝玉说话到三更才睡下，接下来发生什么不知，但第二天早晨，袭人“便觉身体发重，头疼目胀，四肢火热”，着凉了。此日宝玉和黛玉厮闹时，说黛玉身上有奇香，宝玉摇头道："未必。这香的气味奇怪，不是那些香饼子、香毬子、香袋子的香。"首先说的便是"香饼"的香气，可见平时没少闻了。

第五十一回，袭人母亲病重，袭人回家探母，作者又一次写到香饼。为给伤寒的晴雯请大夫，宝玉和麝月到袭人掌管的杂物间找银子，"开了螺甸柜子，上一格子都是些笔墨、扇子、香饼、各色荷包、汗巾等物"。如果螺甸柜子里的香饼就是麝香，这么名贵的东西，为什么弃置在远离卧室的杂物间里？恰是这样的弃置，反而更说明它就是麝香。袭人两次回家，前后身份已经悄悄发生了变化。第一次还只是个普通丫鬟。第二次，穿着王夫人嫁时的"桃红百子刻丝银鼠袄子"，百子袄是新娘礼服，绣有一百个顽童，代表多子。此时袭人已是王夫人默许的暗姨娘，可以怀孕了，自然要远离麝香。

袭人回家探母的当天晚上，麝月"又将火盆上的铜罩揭起，拿灰锹重将熟炭埋了一埋，拈了两块素香放上，仍旧罩了"。"素香"一说很罕见，辞典、汉典不见有收录解释。南宋王十朋词中称丁香为"素香"，但丁香是花，这个块状物没有理由理解为丁香。而且，明周嘉胄《香乘》有"丁香入药最胜"，第二天宝玉却说自己屋里"只少药香"，也是佐证。"素香"应是作者特意给出的说法，指植物香，与动物香即"荤香"相对。那时还没有人造化学香料。旧时焚香原是植物香为主，种类极多，书中出现的几乎所有焚香，如檀香、芸香、降香、沉香、速香、百合香等，都是植物香。动物香种类则很少，貌似仅几种，如龙涎香、麝香等，只有麝香相对常见，也只有麝香在书中出现。作者给出"素香"之说，等于只在排除麝香，也就等于在凸显它。麝香非常有助于睡个好觉，《香乘》："麝绝噩梦。""佩麝非但香，辟恶，以真香一子置枕中，可绝噩梦。”众人写诗计时用的那三寸长灯草粗细的梦甜香，很有可能就是麝香，或者含麝香成分。这时候怡红院的夜晚却不焚麝香而焚“素香”了。

次日，晴雯感冒，宝玉命在屋里煎药，就在那个焚“素香”的火盆上。

宝玉命把煎药的银吊子找了出来，就命在火盆上煎。晴雯因说：“正经给他们茶房里煎去，弄得这屋里药气，如何使得。”宝玉道：“药气比一切的花香果子香都雅。神仙采药烧药，再者高人逸士采药治药，最妙的一件东西。这屋里我正想各色都齐了，就只少药香，如今恰好全了。”（第五十一回）

说屋里“只少药香”，以及赞药是“最妙的一件东西”，便知有内涵。麝香便是药，有开窍、辟秽的功效。《本草纲目》：“疗鼻窒，不闻香臭。通诸窍，开经络。”晴雯“外感内滞”“头疼鼻塞”，急需发散，正该焚熏麝香。是没有吗？别的不说，几个月前贾妃赏的端午节礼红麝串，现在入冬，正该焚熏，何以不用？一边不焚麝香，一边反复强调晴雯需要“疏散”。用洋鼻烟给她“通关窍”；在屋里煎药；先请的大夫开的方子有“枳实、麻黄”，宝玉认为“内滞”虽然需要“疏散”，但也不能太过，“枳实、麻黄”属于虎狼药，不可以用，所以又请了王太医。可以说处处暗显麝香。

这个时候的怡红院，应该是被王夫人禁止使用麝香了，为袭人这个暗姨娘的怀孕做足准备。宝玉虽然不敢用，既说屋里少了“药香”就不齐全，袭人怀孕的意愿难免要泡汤。

麝香一事，除了涉及袭人的心机，也涉及作者作为男人的生育能力乃至一生爱的清白。作者大费笔墨写麝香，或者也有这方面的原因。

其实宝玉早就不碰袭人了。第七十七回晴雯被撵出去后：

一时铺床，袭人不得不问今日怎么睡。宝玉道："不管怎么睡罢了。"原来这一二年间袭人因王夫人看重了他了，越发自要尊重。凡背人之处，或夜晚之间，总不与宝玉狎昵，较先幼时反倒疏远了。况虽无大事办理，然一应针线并宝玉及诸小丫头们凡出入银钱衣履什物等事，也甚烦琐；且有吐血旧症虽愈，然每因劳碌风寒所感，即嗽中带血，故迩来夜间总不与宝玉同房。宝玉夜间常醒，又极胆小，每醒必唤人。因晴雯睡卧警醒，且举动轻便，故夜晚一应茶水起坐呼唤之任皆悉委他一人，所以宝玉外床只是他睡。

所谓的"一二年间"，即从第十四年五月至今第十五年中秋。这一年多的时间里，袭人在"背人之处，或夜晚之间，总不与宝玉狎昵"。那么，反言之，此前袭人在"背人之处"和"夜晚之间"，是"总与宝玉狎昵"了。照应黛玉去扬州时宝玉夜间的"索然"而睡。袭人不和宝玉狎昵，二人的关系立马"疏远"，他们此前的亲密行为是袭人主动，依靠袭人的"狎昵"来维持。第八回袭人故意装睡引宝玉来"怄他顽耍"，即一实例。宝玉其实很君子，重情远胜过性，和袭人有了肌肤之亲后，削肩膀、水蛇腰、眉眼还有几分像黛玉的俏晴雯，在他的外床睡了一年多，却彼此相安无事，从这一点也可知他对袭人绝不存在强迫。袭人想自尊自重，尽可以按她自己的意思来。

袭人爱宝玉吗？不一定全无感情，宝玉挨打，袭人也是含泪的，但很快即考虑自己，"幸而没动筋骨，倘或打出个残疾来，可叫人怎么样呢！"何况"素日想着后来争荣夸耀"，那么并不是为宝玉这个人，是为他的身份地位。

宝玉的通灵玉来自癞头和尚，具体怎么回事不得而知，但贾母非常重视，称它是宝玉的命根子。第十九回袭人回家，宝玉去看她，袭人伸手从宝玉项上将通灵玉摘了下来，向她的姊妹们笑道："你们见识见识。时常说起来都当希罕，恨不能一见，今儿可尽力瞧了。再瞧什么希罕物儿，也不过是这么个东西。"一个人爱另一个人，不分男女，都不免爱屋及乌，对方的什么东西大约都是好的，何况从胎里带来的命根子一样的珍宝。可是在袭人嘴里，通灵玉成了"什么稀罕物儿，也不过是这么个东西"，鄙夷得很。

第三十六回，王夫人从自己的月例里每月拨出二两给袭人，这是姨娘的待遇，等于许诺袭人做宝玉的姨娘。晚间袭人和宝玉说这件事，宝玉表示从今以后，袭人就跟了自己走不了了。袭人笑道："难道作了强盗贼，我也跟着罢。再不然，还有一个死呢。人活百岁，横竖要死，这一口气不在，听不见看不见就罢了。"前两句话说的如此绝情，根本就没有从一而终的打算。但接下来话题猛转，说到了死。大概发现宝玉听了前两句话有错愕反应，意识到不妥，于是快速反应，添加补充说明，解释如果宝玉做了强盗贼，她不是另谋高就跟别人去了，而是可能会去死。果然把宝玉吓住了。

第七十七回宝玉因为"晴雯"的事伤心，觉得海棠花死了半边不是好兆头。袭人听了，笑起来，说道："我待不说，又撑不住，你太也婆婆妈妈的了。这样的话，岂是你读书的男人说的。草木怎又关系起人来?若不婆婆妈妈的，真也成了个呆子了。"宝玉伤心，袭人不说安慰，反而轻蔑宝玉不像个读书的男人，婆婆妈妈是个呆子。女人对于男人的爱，总是带点崇拜的，袭人对宝玉这样不屑。如果宝玉不是荣府贵公子的身份，是平常人，早就弃之而去了。

当然，不爱是相互的。宝玉对袭人也不是爱，因为有了肌肤之亲，有意对袭人负责到底。

花袭人的性情为人

大丫鬟花袭人，过着比很多主子、半主子更加富足舒服的幸福生活。

荣府里的姑娘和她们的丫头，每月除了固定的月钱，还有固定的头油脂粉，姑娘们是二两，由买办把钱统一领去，买来后交由各房分派使用。但买办所买的头油脂粉却是“铺子里坏了不要的”。若非作者写出，后世的我们能相信在那样的贵族之家会发生这种事？因此各房的姑娘们，有一半是自己再出钱，“另叫别人的奶妈子的或是弟兄哥哥的儿子买了来才使得”。这种另买的，其实也不很好，比如胭脂，用宝玉的话说，“那市卖的胭脂都不干净，颜色也薄”。上等好胭脂要自制，袭人所用的即是，“上好的胭脂拧出汁子来，淘澄净了渣滓，配了花露蒸叠成的。只用细簪子挑一点儿抹在手心里，用一点水化开抹在唇上，手心里就够打颊腮了”。宝玉十二岁就会制胭脂，而且颇有制作热情。第九回，宝玉道：“好妹妹，等我下学再吃晚饭。和胭脂膏子也等我来再制。”第十九回，黛玉因看见宝玉左边腮上有纽扣大小的一块血渍，便欠身凑近前来，以手抚之细看，又道：“这又是谁的指甲刮破了？”宝玉侧身，一面躲，一面笑道：“不是刮的，只怕是才刚替他们淘漉胭脂膏子，蹭上了一点儿。”除了胭脂，袭人用的粉，也不是通常用的铅粉。第四十四回：“宝玉忙走至妆台前，将一个宣窑瓷盒揭开，里面盛着一排十根玉簪花棒，拈了一根递与平儿。又笑向她道：‘这不是铅粉，这是紫茉莉花种研碎了兑上香料制的。’平儿倒在掌上看时，果见轻白红香，四样俱美，摊在面上也容易匀净，且能润泽肌肤，不似别的粉青重涩滞。”凭宝玉的这技能，哪怕仕途无望，也完全可以做一个高级化妆品商人，不愁养家糊口。

和其他贴身丫鬟不同，袭人有更大的权力，这得益于宝玉的乳母李嬷嬷。荣府的其他姑娘们包括丫头们，月钱都是奶母领，怡红院的却是袭人领。从第二十回李嬷嬷当众骂袭人的话来看，是她把这差使或权力让给了袭人。只见李嬷嬷拄着拐棍，在当地骂袭人：“忘了本的小娼妇！我抬举起你来，这会子我来了，你大模大样的躺在炕上，见我来也不理一理。”掌握了财权，对于掌控和拉拢人心，也就非常有利。

李嬷嬷说袭人在宝玉屋里“做耗”，众丫鬟都被她拿下，这话是明白的。可惜已经被人视作老糊涂了。除了晴雯、芳官、春燕等少数几个，怡红院的丫头，都乖乖服从袭人，毕竟要从袭人姐姐手里领月钱，所谓县官不如现管。到后来，有的眼中甚至只有袭人而没有宝玉了。

袭人和湘云关系似乎很好，至少看起来或者单方面很好。湘云每次来荣府，必然特意去看袭人，有好东西也绝不忘不了她的袭人姐姐。袭人对湘云，也比较热情，特别是一起谈论黛玉的时候，兴致很高。但两人互动最多的，还是袭人“烦”湘云为她做针线，怡红院的各种蝴蝶结子、宝玉的鞋子、扇套等，都有湘云的汗水。这很奇怪。怡红院有名的人多差轻，大小丫鬟各八人，加起来十六人，即便宝玉挑剔，看不上那些专门做活计的针线，这些丫鬟还不够做活的？又不是需要纺纱织布制衣缝被，不过是些小物件，内衣、荷包、扇套、结子络子、鞋子袜子之类。鞋子这种比较费工夫的，亲戚间还有送，姊妹们也偶尔送，探春就给宝玉做过一双鞋。柳家的之所以费心机想把她的宝贝闺女五儿送到怡红院当差，就是因为怡红院的大丫鬟们比小姐还清闲。袭人为什么要频频劳烦湘云帮忙做活呢？仿佛宝玉是一个极其令人操心费心的主儿，没有袭人的辛苦操持，就要“鞋奋拉袜奋拉”了。好处是有的，比如免除了其他丫鬟们的活计，大家如何不说她好？贤袭人之名怕也与此有些关系。

第三十二回湘云巴巴地亲自拿着个绛纹石戒指送袭人。袭人一边感谢不尽，一边说：“只这个就试出你来了。戒指儿能值多少，可见你的心真。”当面说人家送的礼物不值钱，算怎么一件事？绛纹石戒指也许真的值不了几两银子，但买一个袭人大约是不成问题的。又说“试出你来了”，不要说袭人作为下人没有资格测试主人是不是真心待自己，就是身份对等的朋友，说这话也叫人心寒。也就湘云这缺爱缺阅历的孩子了。

接下来宝钗路遇袭人，问湘云在怡红院作甚。袭人笑道：“才说了一会子闲话。你瞧，我前儿粘的那双鞋，明儿叫他做去。”根本把湘云当傻子用。

史姑娘或者是顾不得这些，眼前有一个“敌人”，需要和袭人同仇敌忾。两人谈起黛玉来，劲儿是往一处使的。对这次做鞋，湘云发出了抗议。史湘云道：“论理，你的东西也不知烦我做了多少了，今儿我倒不做了的原故，你必定也知道。”袭人道：“倒也不知道。”袭人这语气，分明是知道，故意引湘云说。原来此前袭人烦湘云做了扇套，却告诉宝玉说是外头的女孩子做的，让宝玉拿出去显摆。结果宝玉和黛玉发生了矛盾，扇套被黛玉铰作两段。湘云知道后，恼了黛玉。但湘云是怎么知道的呢？她已“经月”没来荣府，谁这么多事去告诉她这个？湘云一来荣府，除了在贾母处和大家见面，即直接来怡红院找袭人，可知确实是在家时知道的，有人特意去史家告诉了她。荣府和湘云互动的只有贾母和宝玉两处，宝玉这边由袭人操持，也唯有袭人知道此事，可以说是唯一的嫌疑人。

袭人又说黛玉半年“没见拿针线”，贾母还怕她劳碌着了，得好生静养。湘云在家做活经常做到三更天，听了这话，心里会是个什么滋味?不是引着傻瓜湘云敌视黛玉么?

袭人为什么不抱怨宝钗、迎春、惜春等其他姑娘?这些姑娘里，只有探春给宝玉做过一次鞋子，还是因为宝玉给她带了一些小玩意儿，作为答谢做着玩儿的。袭人也并没有提出过让黛玉帮忙，只在背地里嚼舌头。恐怕是因为身份，和周瑞家的一个心理，不忿黛玉一个贫民家的姑娘，在荣国府和贵族姑娘一样待遇。

黛玉也并不是袭人做姨娘的障碍。虽说贾母喜欢相貌美丽心灵手巧的女孩子，先天条件不足的袭人入不了贾母的眼，但袭人既和宝玉有了亲密关系，在宝玉眼里已与众各别，只要宝玉乐意，贾母不会那么苛刻，纳妾毕竟不是娶妻。

但黛玉没后台，宝玉娶了她，对仕途没有帮助，无助于袭人“日后争荣夸耀”的理想。

袭人的心病，是宝玉对黛玉的感情。

第三十二回，宝玉错把袭人当黛玉，进行了一番告白:“好妹妹，我的这心事，从来也不敢说，今儿我大胆说出来，死也甘心!我为你也弄了一身的病在这里，又不敢告诉人，只好掩着。只等你的病好了，只怕我的病才得好呢。睡里梦里也忘不了你!”

袭人听了非常惊畏，认为两人“将来难免不才之事”，然后便“不觉怔怔的滴下泪来，心下暗度如何处治方免此丑祸”。宝玉的告白，最令袭人受刺激的，怕是“睡里梦里也忘不了你”，似乎夜间亲热时把袭人当黛玉了。所以袭人说“可坑死我了”。这个“不才之事”怎么理解呢？“不才”除了指没有才能，还是“我”的谦称。这句的意思未免可以理解为：将来难免做我做过的那件事。既说“丑祸”，袭人自己很清楚自己和宝玉的行为是“丑祸”，而非不越理。

但在袭人意识里，“不才之事”和“丑祸”，恐怕还有另一解。以黛玉的性情，宝玉说几句暧昧话，都要撂脸子。黛玉身边丫头、奶娘、嬷嬷十几人，宝、黛二人完全没有袭人和宝玉那样的独处密室的机会。袭人作为一个使唤丫头，没有权力也防止不了宝、黛二人的正当接触，如果二人有心怎样做，她是避免不了的。也未见此后她如何阻拦宝玉和黛玉接触。何况袭人的思想开放，绝非封建卫道士，她私自和宝玉发生关系，都自认为不越理呢。此“不才之事”“丑祸”，当暗指宝黛二人的婚姻。荣国府上下都看出贾母对宝、黛婚姻的支持，凤姐在计算姑娘小爷们嫁娶的花费时，直接把宝、黛二人的算一块。这个才是让袭人受不了的。

荣府里的两个大权人物，一个是贾母，一个是王夫人，特别是王夫人。从贾母那里动摇木石姻缘，是痴人说梦，这一点袭人肯定清楚。王夫人则不同，金玉良姻、木石姻缘她都谈不上很支持，也都不反对。

宝玉挨打后，王夫人命去一个跟宝玉的人，显然要问些话。袭人去了。

王夫人先是试探袭人知道多少。袭人很机警，显然事先料到了王夫人可能的问话，回答得滴水不漏。有人说贾环的话袭人如何会知道呢？贾环说的内容袭人也许不知道，但宝玉挨打和贾环的话有直接关系，这一点应该早就私下传开了，连王夫人都知道了，袭人不会没有听说。袭人说这个谎，推测有两个原因：一是显得她安静不多事，不搬弄是非。

二是要转到她的话题上来。

袭人说："论理，我们二爷也须得老爷教训两顿。若老爷再不管，将来不知做出什么事来呢。"宝玉可以说是贾母一手教养出来的，袭人的话等于否定了贾母的教育，又奉承了贾政，这话王夫人如何不爱听？王夫人对贾母虽然看起来恭顺，婆媳矛盾自古难免，贾母借鸳鸯的事捎带批评王夫人，便可见端倪。

袭人在王夫人面前表忠心的长篇大论，口才绝不在麝月之下，态度既谦卑又深明大义。自言早就想对王夫人说这些话了，酝酿已久的。可是，仔细品就不对了。袭人虽说了"林姑娘宝姑娘"两个有可能和宝玉"作怪"的人，但赶的时间不对，宝玉跟着贾母刚刚在清虚观拒绝了张道士的提亲，王夫人很清楚宝玉不喜欢宝钗，不可能和宝钗作怪的。实际上等于说了林黛玉一个人。而且把"作怪"的后果说得十分严重，会被小人们"贬的连畜牲不如"，"一生的声名品行"就此完了。虽然耸人听闻，王夫人显然被戳中。那么袭人摸透了王夫人的心思。敢利用一个人，除了了解，还有就是没把这个人的情商放在眼里，这是袭人和王夫人关系的本质。但袭人之所以敢这样说，以及王夫人被击中，却另有原因，和贾珠有关。后文"秦可卿的风月债"详细分析。

自此，袭人常见王夫人，而且越来越讨王夫人的欢心。第二次回家，就穿上了王夫人嫁时的桃红百子衣，一群跟从，两辆车，风风光光。想必一直做着令王夫人满意的工作。

王夫人对黛玉态度的改变，对比一下称呼就知道了。袭人表忠心，是在第十四年五月，这时候王夫人对黛玉的称呼是"那孩子""大姑娘"，到八月就客气起来，称"姑娘"了。

王夫人后来雷嗔电怒地整治怡红院的丫鬟特别是晴雯，固然有王善保家的谗言，但袭人如果事先不知，没有心理准备，难免物伤其类，惶恐不安。她极清楚，晴雯和宝玉根本没有什么，晴雯还是贾母给宝玉的，和她差不多的情况。可是你看袭人，先是“在那里垂泪”，必须的，然后，和宝玉言谈答对之间，“笑道”“叹道”“忙问”“又笑起来”“笑道”“心下暗喜”，一系列反应，根本是一副乐不可支的状态，内里的快乐压不住地往外冒。即便后来被宝玉问得半天无言以对，也毫不慌乱，一笑再笑，全然不把宝玉放在眼里。

袭人在宝玉面前伶牙俐齿，在王夫人面前长篇大论，唯独在贾母面前是没嘴儿的葫芦，为什么？大概因为贾母最难糊弄。袭人弃贾母而投靠王夫人，看似攀上了更高枝，却成了夹在两个大领导之间的小卒子。贾母地位固然虚高，权力远不如王夫人，人也温和，却不是一个丫鬟能得罪的。老太太想修理花袭人易如反掌。元宵夜宴，贾母借机骂袭人，已不是什么好消息。后来王夫人想要确定袭人的姨娘身份，就被贾母一句话给堵住了。贾母既然如此态度，王夫人再怎么厉害，也不可能为儿子纳个妾而跟婆婆翻脸。王夫人是极爱脸面的，用她自己的话说：“外人知道，这性命脸面要也不要？”所以，袭人在投靠王夫人的那一天，已自绝了她当姨娘的路。

早在没住进大观园之前，袭人就和宝钗很投机了，后来更日渐交密。宝玉渐渐警觉。莺儿挨门送东西的事，“薛宝钗的为人处世”篇只分析了袭人和宝钗的联络，其实后面还有宝玉的参与。宝玉已料到袭人可能有所举动，他先和黛玉一起去谢了宝钗，回怡红院便找袭人。进来时却只有麝月、秋纹在房中。因问：“你袭人姐姐那里去了？”麝月道：“左不过在这几个院里，那里就丢了他。一时不见，就这样找。”回答得很滑头，又故意调侃，把宝玉的意思往别的方向引。这时候晴雯进来，说

"袭人姐姐才出去，听见他说要到琏二奶奶那边去。保不住还到林姑娘那里"。宝玉听了，便不言语。麝月、秋纹两人掩护袭人的行踪，欺瞒宝玉，就这样被揭穿了，麝月还是没有什么反应，秋纹却有点心虚。"秋纹倒了茶来，宝玉漱了一口，递给小丫头子，心中着实不自在，就随便歪在床上"。宝玉喝了一口，茶杯却递给另一个小丫头子，而不是倒茶的秋纹，把秋纹晾在那儿。这就算惩罚了，宝二爷是个心肠慈悲的孩子。

袭人助力金玉良姻，除了贪图薛家有钱有后台，可能也和宝玉不喜欢宝钗有关。宝玉娶了宝钗，袭人作为妾，不仅有情感优势，甚至还有外貌优势。算盘固然打得如意，一个不知爱的人，无法算出爱者之心。宝玉娶了黛玉，袭人可能从宝玉身上得不到太多，但衣食丰足、比较体面的姨娘身份，都是没有问题的。宝玉失了黛玉，袭人的姨娘梦也就做到头了。

另外，袭人这样一个人，平儿却连凤姐放高利贷的事都和她说了，平儿也很憨的。

第十五年秋之嫌隙人有心生嫌隙

第十五年七月底八月初，贾母庆祝"八旬"大寿。流程是：

二十八日请皇亲驸马王公诸公主郡主王妃国君太君夫人等，二十九日便是阁下都府督镇及诰命等，三十日便是诸官长及诰命并远近亲友及堂客。初一日是贾赦的家宴，初二日是贾政，初三日是贾珍贾琏，初四日是贾府中合族长幼大小共凑的家宴，初五日是赖大

林之孝等家下管事人等共凑一日。（第七十一回）

第十五年初老太妃薨时敕谕天下：“凡有爵之家，一年内不得筵宴音乐，庶民皆三月不得婚嫁。”荣府男主贾政虽无世职，贾赦、宁府贾珍都袭了世职，却也筵宴音乐，不至于世职太低算不得有爵之家，或者贾母的生日庆祝是朝廷特许也未可知。

贾母大寿连庆八天，按说是一件大事，曹雪芹给出的标题却是“嫌隙人有心生嫌隙”，不提庆寿辰，只说生嫌隙。这是指迷，生嫌隙才是重点。贾母的生日或者就在这八天之中，但一定不是“八月初三”。初三日已经是第五天，正日不可能排得那么靠后，更不可能由贾珍这个远房小辈来主办，把贾赦、贾政二人置于何地？就时间和主办人来看，八月初一的可能性最大。作者指鹿为马，只因初三日这天，发生的嫌隙事。

虽然两次提亲均告失败，宝姑娘痴心不改，金玉良姻的支持者们，开始使用阴招了。木石姻缘的障碍是金玉良姻，金玉良姻的障碍何尝不是木石姻缘？贾母和宝玉坚拒宝钗，固然因为宝钗自身的弊端，也因为太中意黛玉了，除掉黛玉，事情可就好办多了。从八月初三日的生嫌隙、到跳墙人、到绣春囊，是相互关联的系列人为事件，受贾珍夫妇等人操纵，旨在打击凤姐和栽赃黛玉。因凤姐是木石姻缘的最大支持者贾母的臂膀。

贾母生日的这几天，“尤氏晚间也不回那府里去，白日间待客，晚间在园内李氏房中歇宿”。两府相邻，宁府的女主人却夜不归家，住在邻居家里，也忒上心了。注意作者的语气，称宁府为“那府”。

这日晚间，伏侍过贾母晚饭，贾母因说：“你们也乏了，我也乏了，早些寻一点子吃的歇歇去。明儿还要起早闹呢。”尤氏答应

着退了出来，到凤姐儿房里来吃饭。(第七十一回)

因为接下来，“至次日一早，见过贾母，众族人中到齐，坐席开戏。贾母高兴，又见今日无远亲，都是自己族中子侄辈，只便衣常妆出来，堂上受礼”。显然是“初四日”“贾府中合族长幼大小共凑的家宴”。这天是八月初三。

八月初三尤氏服侍过贾母晚饭后，到凤姐房里来吃饭，这没问题。凤姐不在房里，平儿在房里叠衣服，尤氏问平儿凤姐吃饭了没有，那就不对了，凤姐肯定没吃饭，尤氏肯定知道，这是明知故问。

平儿笑道：“吃饭岂不请奶奶去的。”尤氏笑道：“既这样，我别处找吃的去。饿的我受不得了。”说着就走。平儿忙笑道：“奶奶请回来。这里有点心，且点补一点儿，回来再吃饭。”尤氏笑道：“你们忙的这样，我园里和他姊妹们闹去。”一面说，一面就走。平儿留不住，只得罢了。(第七十一回)

尤氏就这样一径来至园中，“只见园中正门与各处角门仍未关，犹吊着各色彩灯，因回头命小丫头叫该班的女人”。班房里无人，尤氏就又命小丫头传管家的女人。尤氏没有理由不知道，这个时候管家的女人都已散了回家了。尤氏后来解释她这么做的原因：“这早晚门还大开着，明灯蜡烛，出入的人又杂，倘有不防的事，如何使得？因此叫该班的人吹灯关门。谁知一个人芽儿也没有。”

那么有必要先分析一下大观园的门以及开关情况。大观园共有六道门。南墙一带有五道，三道通往内院，两道通外界。通往内院的三道门分别正门和两道角门。正门日常不开，有正事的时候才开。正门西边有通往王夫人大房之后的角门，应该就是第七十七回王夫人屋里的小丫头叫开的那道“前角门”。正门往东，有一道通往薛姨妈院的角门，专供宝姑娘日常出入。通往外界的两道门是东南角门和西南角门，东南角门通往宁荣两府之间的小巷，西南角门应该就是聚锦门，这道门外也是一条小巷，巷东是贾母院，巷西是皇家园林。北墙一带，出现过的名称有“后园门”和“后角门”，应该是同一道门。后园门不仅有值班的婆子，外头还天天有四个小子预备园子里役使。

尤氏眼里看到的，未关的园门还有吊着的彩灯，其实并没有什么问题。此时只是接近傍晚，凤姐等人都没有吃晚饭，不到关园门时间。地藏庵的两个姑子，正在园子里和袭人、宝琴、湘云三人说故事、开玩笑，也可证明天色尚早。三道通往内院的门，日常更是可以不关锁的。第五十九回：“园中前后东西角门亦皆关锁，只留王夫人大房之后常系他姊妹出入之门，东边通薛姨妈的角门，这两门因在内院，不必关锁。”不同的是，东边通薛姨妈的角门，也即专为宝姑娘日常进出的门，没有值班的婆子，平时是宝姑娘自己拿着钥匙的。第六十二回宝玉生日，“一进角门，宝钗便命婆子将门锁上，把钥匙要了自己拿着”。宝玉忙说：“这一道门何必关，又没多的人走。况且姨娘、姐姐、妹妹都在里头，倘或家去取什么，岂不费事。”宝钗笑道：“小心没过逾的。你瞧你们那边，这几日七事八事，竟没有我们这边的人，可知是这门关的有功效了。若是开着，保不住那起人图顺脚，抄近路从这里走，拦谁的是？不如锁了，连妈和我也禁着些，大家别走。纵有了事，就赖不着这边的人了。”就是说，宝玉生日时宝钗为了避嫌，出入即锁了这道角门，哪怕是白天也要锁上。怎么这回贾母大寿，人更多事更多，宝姑娘倒任凭通往薛家的角门开着，不怕荣府有事赖着她家了？这道门未关才是蹊跷。发生了生嫌隙、跳墙人、抄检搜检大观园等一系列事情后，第七十八回中秋后宝钗要搬出园子，对王夫人说："三则自我在园里，东南上小角门子就常开着，原是为我走的，保不住出入的人就图省路也从那里走，又没人盘查，设若从那里生出一件事来，岂不两碍脸面。"不锁就不锁，又给出这样一番说辞，宝姑娘的这道"角门"的开和关，真正是大有文章。先不说这个。

吊着的彩灯更没有问题，从早到晚都吊着，白天并非用来照明，起装饰作用。关键是，这个时候还没点灯，谈何"吹灯"？

尤氏派出去的小丫头，因为管家的女人已散，便要求二门外鹿顶内两个值班婆子出去传，两个婆子以非本职工作为由拒绝，双方起了言语争执，总之都有错，没一个省油的灯。"被气着"的小丫头，到园里找尤氏，此时尤氏在怡红院，小丫头似乎心知肚明，"一径"找了来，当着宝琴、湘云等人的面，气狠狠向尤氏汇报了一番。尤氏显得很生气，要求袭人叫两个婆子来，叫凤姐来。

袭人开始发力。"说话之间，袭人早又遣了一个丫头去到园门外找人，可巧遇见周瑞家的"。

"可巧"两字一出，便知有事。袭人派小丫头"到园门外找人"，这个"园门外"不是荣府内宅，管事的女人们都各散回家了，这她们都知道，不管事的周瑞家的有什么理由呆在内宅？即便她在府里，小丫头又有什么理由不去告诉凤姐或平儿而"可巧遇见"周瑞家的？是专门跑出去找她的。

大观园里的丫鬟，出园门到内院没有问题，出府门就不行了，得经过正经管家的主子允许，所以说"那些丫头们天天不得出门槛子"。这个小丫头是袭人让去的，袭人连主子都还不是，府门上的人，不会放这个小丫头出去。何况，周瑞家的住在哪里？

刘姥姥一进荣国府时，周瑞家的住在“后街上后门”，应是荣国府旧花园的后门，在梨香院附近，梨香院所通的街，即此“后街”。“晴雯”的哥嫂多浑虫、灯姑娘也住在这一带。修建大观园时，没有动这里，只是把“荣府东边所有下人一带群房尽已拆去”。所以周瑞家的，应该还是住在这里，也即大观园后园门外一带。小丫头要找周瑞家的，走后园门是最近也最便捷的路。她能出得了后园门吗？从第三十七回袭人派人给史湘云送东西来看，袭人把后园门的两个婆子笼络得很好，俩婆子对袭人相当的遵从，此后的来往也可以想象。如果小丫头说是袭人让她出门去找周瑞家的，可以说没有任何问题。

周瑞家的虽不管事，因素日仗着是王夫人的陪房，原有些体面，心性乖滑，专管各处献勤讨好。听了小丫头的话，忙的便跑入怡红院来。先和尤氏交流了一番，得便出去，便把方才的事回了凤姐，又说：“这两个婆婆就是管家奶奶，时常我们和他说话，都似狠虫一般。奶奶若不戒饬，大奶奶脸上过不去。”凤姐道：“既这么着，记上两个人的名字，等过了这几日，捆了送到那府里凭大嫂子开发，或是打几下子，或是开恩饶了他们，随他去就是了，什么大事。”周瑞家的听了，巴不得一声儿，素日因与这几个人不睦，出来了便命一个小厮到林之孝家传凤姐的话，立刻叫林之孝家的进来见大奶奶，一面又传人“立刻”捆起这两个婆子来，交到马圈里派人看守。这就闹大了。

“林之孝家的不知有什么事，此时已经点灯，忙坐车进来，先见凤姐”。注意这个时候才“点灯”，此前尤氏、周瑞家的口中的“吹灯关门”是怎么回事，就很明白了。听了赵姨娘说事情经过，林之孝家的也说不值一个屁。

就是这么不值一个屁的事，却让凤姐吃了个大亏。

因为那两个婆子中，有一个是邢夫人的陪房费婆子的亲家。费婆子好酒又多事，听说捆了她亲家，便跑到邢夫人那告凤姐的状，使得邢夫人对凤姐心生“嫌隙”。第二天，也即八月初四晚上宴席散时，邢夫人当着很多人的面向凤姐赔笑求情。凤姐又羞又气，一时抓寻不着头脑，憋得脸通红。这时候旁边的尤氏笑着说：“连我并不知道，你原也太多事了。”竟说自己不知道。王夫人听了先批评凤姐，回头便命人去放了那两个婆子。

凤姐什么错都没有，却落了个里外不是人，越想越气越愧，不觉地灰心转悲，赌气回房哭泣。凤姐第十四年底小产，这个时候身体才休养得有了点起色，其实也没有好。平儿说：“只从上月行了经之后，这一个月竟淅淅沥沥的没有止住。这可是大病不是？”用鸳鸯的话说，“成了血山崩了”。这一气，更是雪上加霜。

跳墙人、一大包金银锞子和绣春囊

八月初四晚，鸳鸯被贾母派去园子有事，出园时在角门附近撞破司棋和其表弟潘又安的幽会，潘又安随即“穿花度柳，从角门出去了”。潘又安能入园，因为和司棋里外买通了看角门的婆子。潘又安出园后即逃走，司棋于三四天后知道此事，气病，第二天便卧床不起，鸳鸯去安慰她。这样时间就到了初九。第二天晚上，也即八月十日，大观园出现了一个神秘的跳墙人。

只听金星玻璃从后房门跑进来，口内喊说：“不好了，一个人

从墙上跳下来了!”(第七十三回)

怡红院位于大观园东南，王夫人命查“二门外邻园墙上夜的小厮们”，那么确定人是从会芳园西墙，也即大观园东墙跳下来的，自然怀疑是宁府的小厮。“邻园墙上”四个字说得好！其实也没有其他的“墙上”，怡红院小小五间抱厦，从薛家住的房舍后接建的。薛家住的房舍，参考贾母的五间正房“两边穿山游廊厢房”，应是一样的样式。房子两侧的墙形状如山，俗称山墙。“穿山游廊”即从山墙开门接起的游廊。如果人从“穿山游廊”上跳下，似该说是“廊上”而不是“墙上”。怡红院虽然是“粉墙环护”，院子里却“两边都是抄手游廊相接”，也都是“游廊”，一直到院门口。所以第二十五回宝玉在院子里寻红玉，看到她倚在“西南角上游廊底下栏杆上”。怡红院西边又是山嶂，只有东边有园墙。大观园是行宫，园墙即便没有紫禁城围墙那样近十米的高度，也不会低到哪里去，八月十日至深夜有月，所以芳官能看到人从墙上跳下来。

大观园东墙下，应该有一条沿墙的石子路，连通东南角门和园子北门。刘姥姥在园子“东北上”如厕后，“只得认着一条石子路慢慢的走来。及至到了房舍跟前，又找不着门，再找了半日，忽见一带竹篱”，就这样摸到了位于园子东南的怡红院。如果刘姥姥走的是贾政等人走的园路，会直接走到月洞门，不需要找半天。所以是沿东墙走过来的，走到了怡红院的东边，怡红院门在北，所以找不着门。此外，尤二姐死后，被从“内子墙一带”抬往梨香院，所走的应该就是这条石子路。

大观园、会芳园一墙之隔，中间并无夹道，这人是从会芳园过来的。可以肯定，在会芳园那边得到了帮助。如此高的墙，跳墙人就算习武出身，不借助工具，跳下墙来可以，下面有草地接着，却不可能爬上园墙。

私闯行宫，必是死罪。这人半夜三更冒着死罪的危险，进大观园干什么？

当时宝玉正在熬夜补习课业，晴雯为了让宝玉逃避贾政的检查，借机闹腾，“因而遂传起上夜人等来，打着灯笼，各处搜寻，并无踪迹”。于是惊动王夫人。“又吩咐各上夜人仔细搜查，又一面叫查二门外邻园墙上夜的小厮们。于是园内灯笼火把，直闹了一夜。至五更天，就传管家男女，命仔细查一查，拷问内外上夜男女等人”。

这样彻底搜查都没有找到，可以确定跳墙人已不在园中。园墙太高，不可能翻墙出去。如此迅速离开，可能的情况是，从就近的角门出去。大观园的门虽然不少，首先后门可以排除，跳墙人很难在半夜穿过整个园子快速逃到后门，有月色也不行，何况各处有上夜人守门人，即便纪律松，威慑却在。只能从就近的门出去。最近的是东南角门，其次是通往薛姨妈院的角门。如果是从东南角门出去的，必然像潘又安、司棋那样买通了看门的婆子或小厮，但既然买通了人，为何不直接从角门进园反而去翻墙？何况还要先进宁府会芳园。那可单纯就是为了这一跳了。通往薛姨妈院的角门则无人看守。关键是，按照第七十八回宝姑娘说的“东南上小角门子就常开着”，这阵子不同以往，是一直开着的。

虽然没搜到翻墙人，却查到了夜班人员聚赌。八月十一日，贾母整饬了一上午，而后午觉，众人群散。但有两个人没回去：邢夫人和尤氏。说是“都知贾母今日生气，皆不敢各散回家，只得在此暂候”。

“尤氏便往凤姐处来闲话了一回，因他也不自在，只得往园内寻众姑嫂闲谈。邢夫人在王夫人处坐了一回，也就往园内散散心来。刚至园门前，只见贾母房内的小丫头子名唤傻大姐的笑嘻嘻走来，手内拿着个花红柳绿的东西。”（第七十三回）

引起轩然大波的绣春囊出现了。

不少红迷以为绣春囊是司棋和潘又安不小心遗落的，这怎么可能呢？绣春囊是傻大姐“掏促织儿在山石上拣的”。参考王夫人的说法，“大天白日明摆在园里山石上”。不说这时司棋潘又安的事已经过去四五天了，园子里天天人来人往，那么多人的眼神不可能不如一个傻大姐，发现不了山石上有一个五彩辉煌的绣春囊。关键是，头一天晚上，为了搜查跳墙人，大观园里灯笼火把翻检了整整一夜，别说一个五彩绣春囊了，就是一根丝线只怕也能给找出来。绣春囊是有人故意放在山石上让傻大姐“捡到”的。

这事机密且关系重大，不会是群体所为。那么，谁进入大观园时是孤身一人或身边没有外人，并且在众人之后，邢夫人之前，谁就是嫌疑人。

只有尤氏一人！

群散时尤氏没有跟着大家入园，先去凤姐处闲话了一回，之后才入园。凤姐的院子在王夫人正房后，靠近园门，进出之间，在穿廊里，能看到谁往大观园里去。而邢夫人这么巧在尤氏之后也入园“散心”，然后在园门口遇到拾了绣春囊的傻大姐。这不是巧合，是一次合作，像有心生嫌隙一样。

尤氏放绣春囊的目的是什么？

先来分析一下绣春囊。在傻大姐眼里，绣春囊的一面“是两个人赤条条的盘踞相抱”，另一面“是几个字”。竟然绣着几个字，这就古怪。如此直截了当的春宫，不同于隐晦的春宫，什么《海棠春睡图》之类，题字可以添彩，这有什么可题的？更别说是绣字这莫名其妙的事情了。

凤姐看到绣春囊后，从做工到材料都进行了分析，说它是“外头雇工仿着内工绣的”，带子穗子一概是市卖货，“我便年轻不尊重些，也不要这劳什子，自然都是好的”。唯独没有分析那几个字。凤姐已经颇认识字了，潘又安写给司棋的信，她都能通读出来，为什么却忽略香袋上那几个莫名其妙的字？那可能是最重要的线索啊。最可能的原因是，那字她认不了。

这就联系薛蟠看一幅春宫，误把作者题名“唐寅”认作庚黄的事。薛蟠的这个误认，非常有内涵，因为“唐寅”二字绝不比“庚黄”难识，“唐”更是再常见不过的字和常见姓，薛蟠也是书香门第出来的，再怎么草包，不至于连个“唐”字也不认识，何况他都认识“庚黄”。“寅”和“庚”分属天干地支，天干地支只怕是旧时学堂里最基础的学习了，而天干更与日常紧密联系，薛蟠如果识得“庚”字，更该识得“寅”字。薛蟠的错读，应该只有一种情况，被书写误导了，“唐寅”两个字，写的不像“唐寅”而像“庚黄”。中国书法，字体极难辨易混淆的是草书。网上查书法字典，米芾的草书“唐”字，完完全全就是个“庚”字。“寅”字和“黄”字也难分。唐寅的题名，必是草书。薛蟠对书法不通，所以认错。

如果绣春囊上的字是草书，凤姐当然也认不了。

“外头雇工仿着内工绣的”这句也有内涵。“内工”指宫中掌丝织的女官及所属女工的通称。制造者有意让人以为绣春囊是皇家针线女工做的。至于凤姐怎么做出这样的判断，绣春囊是“五彩”的，大概在这个用色上。

这样一来，就不能不和一样物品建立联系：慧绣。

慧绣的特点是“皆用黑绒绣出草字来”。慧绣也被模仿，第五十三回：“竟有世俗射利者，近日仿其针迹，愚人获利。”慧绣是贡品，从这个意义上，慧娘就是一个内工。《葬花吟》有“未若锦囊收艳骨，一抔净土掩风流”，这两句可以确定是黛玉之死的谶语，注意其中的“锦囊”，黛玉收拾落花的花囊，是“绢袋”。绣春囊又名“十锦春意香袋”，正是“锦囊”。“锦囊”指用锦制成的袋子，常用来存放密件或诗卷。中国历来有“锦囊妙计”之说。指智者把对付敌人的计策写在纸条上，放在锦囊里，以便执行者在紧急时打开使用。

放绣春囊，是尤氏等人栽赃黛玉、打击凤姐的锦囊妙计。针对的人是黛玉，牵扯的却是所有荣府姑娘们的名声，包括贾珍自己的亲妹妹惜春。然后，宝钗第二天就从园子里搬出去，其用心有多险！

为什么需要跳墙人？

这时贾母生日庆祝已经结束了几天，尤氏不能再住大观园里了，如果不是跳墙人把荣府搅乱，有什么理由和邢夫人一同来荣府以及到大观园里去？金星玻璃半夜出“后房门”，应是去方便，如第五十一回麝月夜里出“后门”一样。那跳墙人是故意让金星玻璃看到他从墙上跳下来的，很可能做了一些动作。邢夫人是参与者，只不知道参与了多少知道多少，她应该无意害黛玉，可以说她是很喜欢黛玉的，她针对的是儿媳妇凤姐。邢夫人看到绣春囊后“吓得连忙死紧攥住”，“塞在袖内，心内十分罕异，揣摩此物从何而至”，不知几分真几分做派，身旁的众丫头都得是见证人。尤氏等人虽然利用傻大姐，却绝不能让贾母知道，贾母不同于王夫人，绣春囊一到贾母手里，老太太可比凤姐识货得多，不仅不会掀起什么抄检风波，尤氏等人的招数只怕也会败露。

这个跳墙人，应是丫鬟入画的哥哥。八月十一日中午拾绣春囊，晚间凤姐即拖着病体抄检大观园。

谁知竟在入画箱中寻出一大包金银锞子来，约共三四十个，又有一副玉带板子并一包男人的靴袜等物。入画也黄了脸。因问是那里来的，入画只得跪下哭诉真情，说："这是珍大爷赏我哥哥的。因我们老子娘都在南方，如今只跟着叔叔过日子。我叔叔婶子只要吃酒赌钱，我哥哥怕交给他们又花了，所以每常得了，悄悄的烦了老妈妈带进来叫我收着的。"（第七十四回）

锞子指一两或二两的小锭。这包金银锞子，按照量数取中金银各半来计算，价值二百多两银子，相当于王夫人一年的工资，不是小数，当时一品文官的年薪才一百八十两。那副玉带板，不知是不是贾家祖上传下来的，价值恐怕不低于那包金银锞子。惜春等人是第十四年二月入住大观园，现在是第十五年八月，一年半的时间，入画的哥哥，一个连名字都没有出现的宁府仆人，贾珍为什么给他如此大笔的赏赐？

从入画的说法来看，她哥哥尚未成家，推测二十岁上下的年纪。

凤姐本来病中，又抄检大观园这么大地方，终于支持不住。"谁知到夜里又连起来几次，下面淋血不止。至次日，便觉身体十分软弱，起来发晕，遂撑不住"。直到过了中秋，第七十七回："凤姐病已比先减了，虽未大愈，可以出入行走得了。"当时病得连路都不能走了。不仅是身体的间接伤害，绣春囊的出现，也让王夫人对凤姐的管理能力产生了严重的怀疑。

另外，就是这种情况下，平儿、贾琏借由邢夫人之名，从凤姐手里套出来二百两银子，补上了他们挪用的窟窿。

第十五年秋之金玉良姻确定

第十五年的八月中旬到九月上旬，是《红楼梦》内容的核心部分，也是书中避重就轻手法最凸显的一个时间段，发生了很多事。作者给出了大量指迷。宝玉的秋夜即事、白海棠诗、菊花诗、螃蟹咏、黛玉的秋窗风雨夕、香菱咏月、凹镜馆联诗、宝玉的芙蓉女儿诔和紫菱洲歌，即主要指迷这个时间段。

八月十二日惜春指责尤氏，宝钗搬出大观园，八月十四日宁府夜宴，中秋荣府夜宴，黛玉和湘云联诗凹镜馆，中秋后逐司棋撵晴雯芳官等人，晴雯死，迎春定亲，薛蟠定亲，宝玉禁足百日，等等，这些明写出来的，都是核心内容的影响延伸或外围的事。核心内容是金玉良姻确定、黛玉被逐、宝玉和宝钗成婚、宝钗泼醋、黛玉坠楼，以及九月九日宝玉被迫离开黛玉孤柩等。这也只是一部分。还另有一部分重要隐写，是以癞头和尚为男主角的，后文分析。

贾妃、贾珍等人是金玉良姻的马前卒，从第十四年五月初一清虚观提亲，到第十五年秋，这一年多里，日子肯定不好过，太上皇丢面子，难免迁怒于贾妃乃至宁府，特别是元宵节第二次试图提亲被贾母逃避后，宁府承受的压力可想而知。但是，第十五年的八月十四日，贾珍尤氏夫妇却显得异常轻松欢喜。

佩凤道："爷说了，今儿已辞了众人，直等十六才来呢，好歹定要请奶奶吃酒的。"尤氏笑道："请我，我没的还席。"佩凤笑着

去了，一时又来笑道："爷说，连晚饭也请奶奶吃，好歹早些回来，叫我跟了奶奶去呢。"（第七十五回）

贾珍对尤氏十分殷勤，又是请吃酒，又是请吃晚饭，不会仅仅因为尤氏放了那个绣春囊，绣春囊必然起到了预期的作用，木石姻缘完了，金玉良姻定了。此前一天，八月十三日晚上，尤氏偷听贾珍聚众夜赌。有一个"傻大舅"邢德全，责骂娈童只赶着赢家不理输家，被"一个年少的纨裤"出言戏谑，语言粗鄙。从上下文看，这个年少的纨绔应该就是陪着打公番的贾蓉，贾珍称邢德全"老舅"，所以贾蓉称"舅太爷"。尤氏听了很是气恼。

尤氏在外面啐了一口，骂道："你听听，这一起子没廉耻的小挨刀的，才丢了脑袋骨子，就胡唚嚼毛了。再肏攮下黄汤去，还不知唚出些什么来呢。"（第七十五回）

"才丢了脑袋骨子"应该是一句俗话，说的肯定是性命攸关的事。就上下文来看，意思应是刚捡回一条命。

注意这个年纪轻轻的"傻大舅"邢德全，这人并非贾赦的小舅子邢忠的兄弟。邢忠的女儿岫烟都成年了，可知邢忠年纪不小，肯定比邢德全大，如果二人是兄弟，邢德全至少得是"傻二舅"才对。邢德全抱怨邢夫人时，说是贾珍"那边"的，提到王善保家的，却说是"这里陪房"。"北院"邢夫人另有其人，并非贾赦的妻子邢夫人。这个突兀出现的人物，仅出现了这一次，却有个非常引人注意的名字：德全。《庄子·天地》："执道者德全，德全者行全，行全者神全。""执道者"即遵守正道的人，意思是遵守正道的人人生圆满，什么都全了。感觉这个"三全"，是对癞头和尚贾珍尤氏一伙人使用卑劣手段达成目的的莫大讽刺。

与宁府的欢乐相比，荣府的中秋夜宴异常悲凉。但作者下笔轻，意传难，请细细体会。

荣府的这个中秋节，用王夫人的话说，是一个“骨肉齐全”的团圆节。可是好好的赏月听笛，贾母却忽然“堕下泪来”。老太太饱经世事，并不是爱哭的人，何况一家骨肉团聚，本该高兴，是什么“有触于心”，竟让老太太无声流泪？然后不管山上风露，一直喝酒说话，不肯回去睡觉，直熬到四更天。王夫人等人都疲惫了，也只好陪着熬。这不是留恋月色，这是悲伤。

除了贾母流泪，此夜还有两个人表现反常，一是湘云，一是妙玉。

黛玉对景感怀垂泪，湘云过去劝她要自己保养，并且就赏月的事抱怨宝钗，说宝钗爽约早已说好的中秋起诗社联句。湘云对宝钗一向热爱有加，十分维护，抱怨宝钗，是破天荒没有的事。又说不服气贾家父子叔侄写诗，但用的典故却很奇怪，说：“你可知宋太祖说的好，卧榻之侧岂许他人酣睡！”意思是自己势力范围的利益要独占，不允许别人分享。用在男人身上一般指独占利益，用在女人身上则通常指独占一个男人。作者写夏金桂对待香菱的态度时即用到此典。还有“只你我竟有许多不遂心的事”，也不像是湘云说的，她对黛玉一向有意见，整天愤愤不平，此夜忽然同情起黛玉来。

后来湘云跟黛玉去潇湘馆睡。二人在枕上翻来覆去。黛玉因问道：“怎么你还没睡着？”湘云微笑道：“我有择席的病，况且走了困，只好躺躺罢。你怎么也睡不着？”黛玉叹道：“我这睡不着也并非今日，大约一年之中，通共也只好睡十夜满足的。”熟读《红楼梦》的红迷，应该都能发觉“微笑”这个表情对湘云来说太规矩太正经了，几乎不是她了，何况面对的还是黛玉。这天晚上的湘云，好像变了一个人，不再是那个使性子没心眼的憨姑娘，温暖得像大姐。黛玉回答说并非“今日”睡不着，也暗示“今日”很有问题。

黛玉“今日”遭遇到的事，让湘云一下子长大起来，那句“卧榻之侧岂许他人酣睡”，非指贾家父子叔侄的诗词。

来看妙玉。

黛玉和湘云在凹镜馆联诗，四更多天时，妙玉从山石后出来，只有她一个人，说是“也出来玩赏这清池皓月，顺脚走到这里”。黛玉和湘云都十分诧异，可知是一件稀罕事。

天生孤僻待人冷淡的妙玉，这天晚上忽然十分热情好客起来。先是邀请二人到她的栊翠庵吃杯茶，对而后找来的紫鹃、翠缕，“忙命小丫鬟引他们到那边去坐着歇息吃茶”。然后又表现得十分高兴，“黛玉见他今日十分高兴”，“从来没见你这样高兴”。然后主动要求给两人的联诗续句，黛玉“从没见妙玉作过诗”，差不多等于说，妙玉根本没在众人面前写过诗。相对其他人，黛玉和妙玉的关系已算得比较近的。那次栊翠庵品评梅花雪，妙玉单邀请宝钗、黛玉吃梯己茶，宝钗坐在榻上，黛玉坐在妙玉日常打坐的蒲团上，显然不把黛玉当外人看。

这还不算，黛玉、湘云告辞时，“妙玉送至门外，看他们去远，方掩门进来”。贾母带领刘姥姥等人离开栊翠庵时，妙玉“送出山门，回身便将门闭了”，根本不当一回事。这次不仅送至门外，还站在那里，看着两人去远。因中秋月明，视野是没有问题的。就是关门的动作，“闭门”和“掩门”，一个急促，一个轻缓，也显见态度的差异。

贾母、湘云、妙玉的反常，只有一个解释，贾母等人全力抵抗的金玉良姻，已成了既定事实。

黛玉此时的境况，如遭遇夏金桂的香菱。这一点，连憨湘云都看出来了，所以暗示黛玉要抽身自保。宝姐姐的妒妇阵势，已表现明显。

妙玉因为担心黛玉，半夜过来寻找她。所谓的“十分高兴”，和湘云的“豪兴”一样，都是假装的，为了鼓舞和慰藉黛玉。她的热情和主动续诗，也是这个原因。最后妙玉站在栊翠庵门口，看着两人远去，是终于不再掩饰的情感流露。想来此夜也是不眠的了。

中秋节过后，宝钗正式搬出大观园，宝玉的反应十分强烈，认为“天地间竟有这样无情的事!”宝钗的所谓搬走，不过是从园子里搬回到荣府内院东北位置的薛家房舍，怡红院是这所房舍的抱厦，仅一墙之隔，单就距离来说，说不定更近了，何况有一道通往园子的专用角门，方便进出。宝玉如果想看宝钗，除了要面对薛家其他人，也并不更麻烦。宝玉如此反应，说明搬家另有内涵。

宝钗之兄薛蟠，进京几年，薛家却一直不张罗给他提亲娶妻，只把香菱给了他做妾。第十五年薛蟠都二十一岁了，按照当时的观念，已是大龄，贾蔷称他“老薛”，凤姐喊他“薛大哥”，却还是一个光棍儿，薛家就这么一个单根独苗，他的婚事应该是头等大事才对，怎么薛姨妈倒不给他娶亲？原因或者从薛蝌兄妹身上可知，邢岫烟和薛蝌定亲后，寄居荣国府，日子难过。第五十七回宝钗叹息道：“偏梅家又合家在任上，后年才进来。若是在这里，琴儿过去了，好再商议你这事。离了这里就完了。如今不先定了他妹妹的事，也断不敢先娶亲的。”薛蝌是必定要等妹妹宝琴成婚后，才考虑自己的婚事。那么“断不敢先娶亲”的，应该不仅是薛蝌、宝琴兄妹，还有薛蟠、宝钗兄妹，宝钗婚事未完，所以薛蟠不娶。可是这年中秋后，薛蟠就迎娶了夏金桂。那么宝钗的婚事已经完了。

薛蟠和夏金桂订婚，是在出门贸易回来的时候，第十五年三月份左右，当时不娶，半年之后，急急忙忙娶得十分急迫，似乎已等得太久，一刻也等不得了似的，也说明问题。

再说一点宁府的。

十四日晚，贾珍言而有信宴请尤氏。“贾珍煮了一口猪，烧了一腔羊，余者桌菜及果品之类，不可胜记。就在会芳园丛绿堂中，屏开孔雀，褥设芙蓉，带领妻子姬妾，先饭后酒，开怀赏月作乐”。“贾珍因要行令，尤氏便叫佩凤等四个人也都入席，下面一溜坐下，猜枚划拳，饮了一回。贾珍有了几分酒，益发高兴，便命取了一竿紫竹箫来，命佩凤吹箫，文花唱曲，喉清嗓嫩，真令人魄醉魂飞。唱罢复又行令”。

宁府一家子真是欢乐极了，但就在此时，发生了一件诡异事。

那天将有三更时分，贾珍酒已八分。大家正添衣饮茶换盏更酌之际，忽听那边墙下有人长叹之声。大家明明听见，都悚然疑畏起来。贾珍忙厉声叱咤，问：“谁在那里?”连问几声，没有人答应。尤氏道：“必是墙外边家里人也未可知。”贾珍道：“胡说。这墙四面皆无下人的房子，况且那边又紧靠着祠堂，焉得有人。”一语未了，只听得一阵风声，竟过墙去了。恍惚闻得祠堂内槅扇开阖之声。只觉得风气森森，比先更觉凉飒起来，月色惨淡，也不似先明朗。众人都觉毛发倒竖。贾珍酒已醒了一半，只比别人撑持得住些，心下也十分疑畏，便大没兴头起来。勉强又坐了一会子，就归房安歇去了。(第七十五回)

这诡异事是不是真发生了，不得而知，大自然神秘莫测，有很多科学无法解释的现象。

从环境和心理上，宁府一家，贾珍、尤氏等人包括侍妾佩凤在内，高兴归高兴，心里却都揣着同一个鬼，他们的陷害也许出于无奈，但把同宗之家搅得人仰马翻，毁了人家好姑娘的清誉，拆散了两情相悦的美满姻缘，终究伤天害理，又愧对祖宗。月明之夜，万籁俱寂，冷气森森，人心入静，潜意识的东西未免容易被调动起来，使人感觉陷入天地神明的包围里，

彼此的意气相互感染，祖宗祠堂又近在眼前，所谓风声鹤唳，形成诡异的气场，或者不是一件太难的事。

也许真的有人在墙下长叹。既然"紧靠着祠堂"，墙是西墙，也即是大观园和会芳园之间的墙。距此最近的是怡红院，宝玉此夜无眠是肯定的，宁府猜枚划拳吹箫唱曲之声传过来，他听在耳中，所以长叹。当然这是乱猜。

蛊虿之谗与木得桂而枯

八月十一日到十四日，绣春囊出现仅三天，迁延数年的金玉良姻就定下来了。绣春囊原是为栽赃黛玉。第七十七回"晴雯"说："只是一件，我死也不甘心的：我虽生的比别人略好些，并没有私情密意勾引你怎样，如何一口死咬定了我是个狐狸精?"黛玉被"一口咬定"是狐狸精，也最终被"锦囊收艳骨"，王夫人应该就是在这三天里确定了绣春囊是黛玉的。

绣春囊危及整个荣府姑娘小爷的清白，所以王夫人会有那么强烈的反应，对绣春囊"主人"的愤怒也就可想而知了。

也因此，金玉良姻确定下来而黛玉被撵出大观园。

第七十七回周瑞家的领王夫人命去迎春处，命司棋打点走路，司棋求迎春说情，迎春婉拒。周瑞家的说："所以到底是姑娘明白。明儿还有打发的人呢，你放心罢。"那么这天处理的司棋、晴雯、芳官等人，都不是"明儿"要"打发的人"。明儿要打发的人是可以让司棋"放心"的，也就是说，司棋和那人相比，根本算不了什么。那人是黛玉。

王夫人是"中秋后"才问起抄检大观园的事，她确定绣春囊的归属，和凤姐等人抄检大观园的结果无关。甚至，就连抄检大观园的事，王夫人也是单问的周瑞家的："因见无别人在室，遂唤周瑞家的来问前日园中搜检的事情可得个下落。周瑞家的是已和凤姐等人商议停妥，一字不隐，遂回明王夫人。"这个时候，"凤姐病已比先减了，虽未大愈，可以出入行走得了"。却不问凤姐，说明相信周瑞家的，凤姐已多少失去了王夫人的信任。凤姐和黛玉关系极好，周瑞家的对黛玉如何，从送宫花也就可见一斑了。周瑞家的向王夫人"一字不隐"汇报了抄检结果，潘又安的信里提到的"香袋二个"肯定在汇报之内，按说可以视为绣春囊有着落了，却丝毫没有改变王夫人对绣春囊出自黛玉的认定，可知有多确信此前的判断。

王夫人撵晴雯、芳官等人的同时，再次搜查了怡红院。时间容易判断。八月"十一日"也即出现绣春囊之日，"正值晴雯身上不自在，睡中觉才起来"，被王夫人叫去斥责了一顿。中秋节后晴雯被撵时，"四五日水米不曾沾牙，恹恹弱息"。就是八月十六日了。晴雯气得绝食了将近五天，已到生命尽头，王夫人还如此处置她，没有丝毫的同情心。中秋节后第二天即到园子里搜查处置，王夫人是一个行事雷厉风行的女人。

搜查完怡红院，王夫人"茶也不吃，遂带领众人又往别处去阅人"。这次搜查的，除了怡红院，还有"别处"，那么就严重了，因为王夫人的搜查对象不是丫鬟，而是主子。大观园里住着的主子虽多，能搜查的有几人？不能搜查惜春的屋子，惜春是宁府的姑娘，等于打宁府的脸以及撵惜春走。不能搜查迎春的屋子，迎春是贾赦邢夫人的女儿，住在叔叔婶婶家，也等于撵迎春走。寡妇儿媳李纨虽然是自家人，她的屋子也不宜怎样搜查。也很难想象怎样搜查探春。也就是再看看各处的丫头仆妇们。搜查的唯一收获是发现贾兰“新进来的奶子也十分的妖乔”，说给李纨，放她出去了。蘅芜苑更不用说了，而且此时宝钗已经搬出园子。除了黛玉的潇湘馆，可以任凭王夫人搜查。

宝玉跟送出来，一直跟送王夫人到“沁芳亭”。王夫人命：“回去好生念念那书，仔细明儿问你。才已发下恨了。”宝玉听如此说，方回来。过了“沁芳亭”就是潇湘馆，王夫人在这里用贾政威吓宝玉回怡红院读书，不想宝玉跟着，不想宝玉知道她怎样搜查的潇湘馆。

关于王夫人这个人，别的不说，单从她搜查怡红院和潇湘馆两处，作为一个大家庭的女主人，宝玉的母亲，愚蠢到了怎样的程度？没有家丑也给她制造出谈资来了。

王夫人亲自搜查，大概想人赃俱获。虽然没有收获，还是撵了黛玉。

王夫人何以如此认定绣春囊是黛玉的？需要细细分析。

王夫人认为绣春囊是住在园子里的人的，这个不用分析，却是个必须提及的大前提。那么，她就要从园子里找“失主”。王夫人是粗人，绣工字体之类的东西她是不行的，既已不怎么相信凤姐，凤姐那番关于绣春囊的话，当然也不信了。她需要一个既懂刺绣又完全信任的人，帮她重新做出判断。懂刺绣的人好找，能得王夫人信任，且又能看这个淫秽之物的人，真是屈指可数了，这就不能不联系一个人：花袭人。

王夫人搜检怡红院时，说：“可知道我身子虽不大来，我的心耳神意时时都在这里。难道我通共一个宝玉，就白放心凭你们勾引坏了不成!”她的“心耳神意”，非袭人莫属，麝月、秋纹两个只能算是帮从。花袭人在第十四年冬天就穿上了王夫人的“桃红百子刻丝银鼠袄子”，早已被准许可以和宝玉上床，从王夫人的角度，当然可以拿绣春囊给袭人分辨。袭人的女红也是很好的，做的活计连宝钗都夸奖。

这是从理论上推断，《芙蓉女儿诔》给出了相对明确的指迷。

“孰料鸠鸩恶其高，鹰鸷翻遭罦罬；贲葹妒其臭，茝兰竟被芟鉏！花原自怯，岂奈狂飙；柳本多愁，何禁骤雨。偶遭蛊虿之谗，遂抱膏肓之疚。故尔樱唇红褪，韵吐呻吟；杏脸香枯，色陈顑颔。诼谣謑诟，出自屏帏；荆棘蓬榛，蔓延户牖。岂招尤则替，实攘诟而终。”

何为“蛊虿之谗”？蛊、虿均指用来毒害人的毒虫。有人向王夫人进了“蛊虿”一样的诽谤之言，导致黛玉“攘诟而终”。“诼谣謑诟”从“屏帏”即内室传出来的，是女人所造。原因是“鸠鸩恶其高”“贲葹妒其臭”，一个厌恶黛玉身份比她高，一个嫉妒黛玉比她美好。联系后面的“箝诐奴之口，讨岂从宽？剖悍妇之心，忿犹未释!”“鸠鸩”即“诐奴”、“贲葹”即“悍妇”了。“诐”字本义指辩论，引申为谄媚，又通“颇”，指不正。“诐辞”的意思是偏颇邪僻的言论。“悍妇”有两层含义：指泼妇或凶悍的妻子。“妇”通常指已婚的女子。

这两个女人，一个用“口”，一个用“心”，共同炮制了害死黛玉的谣言。

“悍妇”指薛宝钗无疑。黛玉死时宝钗和宝玉已成婚以及宝二奶奶“卧榻之侧岂许他人酣睡”的凶悍，后文分析。有人说“悍妇”指袭人，袭人身上或许具有悍妇潜质，但以她的奴才身份，是不敢悍的。宝玉把宝钗的心剖出来都不能解恨，这就是宝姑娘不择手段嫁给宝玉的结果。

这个“诐奴”，单从和黛玉的“矛盾”以及得王夫人的信任这两个方面讲，嫌疑人有两个，一是花袭人，一是周瑞家的。但周瑞家的毕竟是外围人员，又不管事，平常又不能进园子，对内帏除了偶尔的表面所见，根本无从了解，王夫人再蠢，如何能凭她的嘴确定内帏之事？只有花袭人！

“袭人”两个字，意为“趁人不备时攻击”，也是指迷。

第五回太虚幻境的黛玉之页，“只见头一页上便画着两株枯木，木上悬着一围玉带”。我想这画面是暗示黛玉的没有疑问。“两株枯木”可暗示一个“林”字，“枯木”即枯死的树，那么是在暗示黛玉之死。黛玉之死何以用“枯木”而不是其他方式暗示呢？

“枯木”之说有讲究。好好的树会枯死，除了老化、干旱、病虫害等自然原因，古代医书文献中，记载了一种树木之间的戕害现象。《本草纲目·木部·桂》：“《尔雅》：‘谓之梫者，能侵害他木也。’故《吕氏春秋》云：‘桂枝之下无杂木。’《雷公炮炙论》云：‘桂钉木根，其木即死，是也。’”“《医余录》云：‘传云木得桂而枯，是也。’”“梫”即桂树。其他树木，如果栽种在桂树之下，或在根部被钉一个小小的桂木钉，都会枯死。《梦溪笔谈》卷四也有同类记述：“《杨文公谈苑》记江南后主患清暑阁前草生，徐锴令以木屑布砖缝中，宿草尽死。谓《吕氏春秋》云‘桂枝之下无杂木’，盖桂枝味辛螫故也。然桂之杀草木，自是其性，不为辛螫也。《雷公炮炙论》：‘以桂为丁，以钉木中，其木即死。’”书中的“桂”，恰是人物的寓意形象，而且是恶毒形象。夏金桂，京城桂花夏家的独女，名副其实的桂花，爱自己尊若菩萨，视他人秽如粪土，香菱吃尽了她的苦头，终酿成干血之症。可以确定，“枯木”用的是“木得桂而枯”之典。

但是，金桂即便具有侵害性，她侵害的也只有香菱，连宝蟾几乎都奈何不了，怎么能伤害得了黛玉呢？黛玉和金桂虽扯不上半点关系，书中的“桂”却不止夏金桂一人。

第二十八回在冯紫英的宴席上，蒋玉菡拿起“一朵木樨”，念道：“花气袭人知昼暖。”这句诗就是宝玉为袭人取名之诗句，也因此，薛蟠说蒋玉菡“念起宝贝来”，以及“袭人可不是宝贝是什么”，了解袭人是宝玉之婢后，蒋玉菡向宝玉道歉。“一朵木樨”是袭人的寓意形象。木樨即桂花，花袭人也是“桂”。

身为下人，袭人不可能像夏金桂对香菱那样明目张胆，和夏金桂这棵招摇的“金桂”相比，袭人则是一枚隐在暗处的小桂钉。对袭人这朵“桂花”，作者不直接说出，而以别名“木樨”代替，或者正是为了体现“袭人”的特征，隐蔽，不易察觉。

《芙蓉女儿诔》开场：“维太平不易之元，蓉桂竞芳之月，无可奈何之日。”“桂”是袭人，“蓉”是黛玉，以“蓉桂竞芳”暗示黛玉和袭人的关系。

独参汤

听紫鹃说黛玉要回苏州，宝玉就成了那个样子，撵黛玉，王夫人不怕宝玉出事？

第七十七回，第十五年中秋节后，撵的司棋、晴雯等人的这天，应该就是八月十六日，王夫人忽然需要“上等人参二两”配药。“王夫人取时，翻寻了半日，只向小匣内寻了几枝簪挺粗细的。王夫人看了嫌不好，命再找去”。

人参是名贵药材，以年限、纹路、大小等定等级，价格昂贵，在现代有种植的情况下也是论克交易，当时只有野生人参，价格更不用说了。簪挺粗细的人参，跟普通筷子差不多，也相当好了，贾母的手指头粗细的人参即是上好的。但王夫人不满意，遣人去问凤姐，凤姐说：“虽有几枝，也不是上好的，每日还要煎药里用呢。”凤姐小产后失于调养，形成“血山崩”，所用的人参，也不符合王夫人对“上等人参”的要求。去问邢夫人，也没有。

无奈之下，王夫人亲自去请问贾母。贾母命鸳鸯取出当日所余的来，还有一大包，皆有手指头粗细的，遂称二两与王夫人。王夫人出来交与周瑞家的拿去令小厮送与医生家去，但大夫说太陈没有药效了，不拘粗细，要用新的。大夫虽如此说，王夫人还是不肯将就用那几枝簪挺粗细的，打算去外面买。宝钗这时候竟在王夫人屋里，说“如今外头卖的人参都没好的”，“镶嵌上芦泡须枝，掺匀了好卖”。薛家铺子里常和参行交易，可得原枝好参，二两上等人参最后落在宝钗身上。王夫人让宝钗亲自回去，半日回来说，赶晚就有回信，明日一早去配也不迟。王夫人自是喜悦，说道：“卖油的娘子水梳头，自来家里有好的，不知给了人多少。这会子轮到自己用，反倒各处求人去了。”说毕长叹。

为了这二两人参，王夫人“各处求人”十分上心，这药是给谁用的？为什么不多不少要用二两？作者写王夫人求取人参的过程，“二两”重复出现了五次，显然在强调这个“二两”之数，让读者注意。

王夫人说是“自己用”，这个范围就很小。从王夫人的说法看，凡是用过她人参的都不在此列，那么贾母、邢夫人、黛玉乃至杨提督的太太等都可以排除，都是别人。比婆婆更近的“自己”人，除了本人，只有丈夫和亲生儿女了。

可是，写出来的“自己”人，王夫人、贾政、宝玉都好好的，没谁生病，是怎么回事？书中恰有一个人，也用到“二两人参”治病，还因此求过王夫人，可以建立联系以及作为参考。

贾瑞因为凤姐害相思卧病在床。第十二回：“倏又腊尽春回，这病更又沉重。代儒也着了忙，各处请医疗治，皆不见效。因后来吃独参汤，代儒如何有这力量，只得往荣府来寻。王夫人命凤姐秤二两给他”。此处庚辰本批语：“然便有二两独参汤，贾瑞固亦不能微好，又岂能望好，但凤姐之毒何如是？终是瑞之自失也。”凤姐当然不会给，“只得将些渣末泡须凑了几钱，命人送去”。然后回王夫人说：“都寻了来，共凑了有二两多送去。”

贾代儒各处请医疗治皆不见效后，才要吃“二两独参汤”，独参汤有何奇效？

独参汤是名医方，因为只用一味人参，所以叫“独参汤”。据说能挽回性命于瞬息之间，但必须是上等人参。清代乾隆年间编纂的医著《医宗金鉴·删补名医方论》介绍独参汤：“治元气大虚，昏厥，脉微欲绝。”“人参分两随人随证，须上拣者，浓煎顿服，待元气渐回，随证加减。”柯琴注曰：“一人而系一世之安危者，必重其权而专任之，一物而系一人之死生者，当大其服而独用之。故先哲于气几息血将脱之证，独用人参二两，浓煎顿服，能挽回性命于瞬息之间，非他物所可代也。世之用者，恐或补住邪气，姑少少以试之，或加消耗之味以监制之，其权不重力不专，人何赖以得生乎？如古方霹雳散大补丸，皆用一物之长而取效最捷，于独参汤何疑耶。”另外，《删补名医方论》收录有“天王补心丹”“人参养荣汤”，和书中提到的“天王补心丹”“人参养荣丸”，应是一回事。

独参汤的分量“随人随证”，根据病症和人的不同而不同，以贾瑞的情况，需要二两。药方要求是上等人参，贾瑞只得了几钱渣末泡须，所以无用。

王夫人的“自己”人里，有一个像贾瑞这样因害相思病而危及性命的人吗？联系王夫人把二两人参落到实处后，即去搜检怡红院和潇湘馆，接下来就是撵黛玉了，“上等人参二两”是为宝玉准备的！

撵黛玉，断二玉姻缘，宝玉的情况实在难以预料，所以王夫人先备好独参汤才敢对黛玉下手。从王夫人和宝钗的对话来看，宝钗全部知情。嫌隙人们用绣春囊栽赃黛玉，原是摸准王夫人心理，独参汤只怕也是嫌隙人们的出谋献策。

那么就有一个问题，王夫人何以憎恶狐狸精般的女孩子？这涉及一个人，王夫人的长子贾珠，其实是死在这上面的，这一点后文分析。因有前车之鉴，王夫人明知凶险，还是要撵黛玉，可知贾珠的教训有多深刻，以至于让王夫人认定，娶了黛玉，就会害了宝玉。

从王夫人的角度，独参汤，大概不是为了防备黛玉去死而为宝玉准备的。王夫人对黛玉，依旧留有余地，没有像对晴雯那样赶尽杀绝。黛玉在多姑娘家，衾褥还是旧日铺的，腕上依旧戴着四个银镯，剪刀也在身边，王夫人是让黛玉卷铺盖走的。第七十七回袭人打点“晴雯”的东西，“我才已将他素日所有的衣裳以至各什各物总打点下了，都放在那里。如今白日里人多眼杂，又恐生事，且等到晚上，悄悄的叫宋妈给他拿出去。我还有攒下的几吊钱也给他罢”。这个内容比较难分辨，如果是黛玉的，黛玉出去则只带了部分衣物。王夫人狠，但她的狠是明的，而非阴毒，她无意让黛玉去死，其实也无意让金钏儿死，只是预料不到后果。但诐奴、悍妇就不是这样想的了，黛玉的无辜她们最清楚，黛玉只要活着，就是她们的威胁。

反对木石姻缘，不一定就同意金玉良姻。何况贾母、宝玉都绝对反对金玉良姻，贾政也站在木石姻缘一边，应该是王夫人出面做主答应的。王夫人答应金玉良姻，除了皇家的压力，还有其他客观原因。第十五年贾赦、贾政的仕途都已经出了问题。贾琏一趟趟的平安州之行不说，荣府、贾赦府均出现官媒婆，第七十二回官媒婆朱嫂子上门为孙家求娶迎春，第七十七回又有官媒婆求说探春。旧时官衙中的女差役，简称“官媒”。其职掌为承办女犯之发堂、看管、押送、择配等事。徐珂《清稗类钞》：“官媒为妇人之充官役者。旧例：各地方官遇发堂择配之妇女，皆交其执行，故称官媒。”无论荣府还是贾赦家，可能都已是戴罪之家。但还不至于性命攸关，富贵也还在。百年仕宦之家，所谓瘦死的骆驼比马大，所以像孙绍祖那样的指挥之职还是愿意联姻。求说探春的，家世身份应该会更高。然而终究是戴罪。所以在中秋夜，不明所以的黛玉，还对王夫人表示了理解，觉得她接受金玉良姻，有很多无奈。

第七十七回大夫有关贾母的人参的一段话，作者应该也有深意。“这东西比别的不同，凭是怎样好的，只过一百年后，便自己就成了灰了。如今这个虽未成灰，然已成了朽糟烂木，也无性力的了。请太太收了这个，倒不拘粗细，好歹再换些新的倒好”。贾母的好人参，因为放的时间久了，成了朽糟烂木。这是说的人参，还是说的贾母本人，在某些方面已然失去作用？

多姑娘家的“晴雯”，即被撵出去的黛玉，宝玉去看她，为什么表现得那么冷静？我以为，一是成长的原因，紫鹃试忙玉是在春天，紫鹃穿薄棉袄宝玉说她穿得太单薄，以及有甄夫人出现，应该是在正月初。

大半年过去，宝玉也更成熟了一些。然后，你爱的人不要你了，和你爱的人被陷害落难需要救助，当然不一样的反应。

为什么宝玉不到王夫人那里去闹？如果是薛姨妈、薛蟠那样的母子性格和母子关系，当然可以大闹。王夫人和薛姨妈真的是完全不同类型的母亲。薛姨妈是慈爱型，就算这样，薛蟠要香菱，薛姨妈不同意，薛蟠打了多少饥荒也没办法。宝玉明显是一个不会闹的乖巧孩子，王夫人的性情，只要读者比较熟悉《红楼梦》，就不用分析了。事实上，宝玉即便去王夫人那里大闹，会有用吗？王夫人连独参汤都准备好了，还怕宝玉不伤身体的闹腾？

宝玉要做的只有挽回，竭力地挽回，和王夫人闹僵，就算迎回黛玉，两人成婚，黛玉以后在婆婆和宝二奶奶的管辖之下，日子怎么过？况且宝玉并不知道绣春囊，不知道王夫人何以忽然逐黛玉出园，需要弄清楚情况。

白海棠诗之神仙种玉

宝玉生日，众人玩射覆游戏。射覆是一种以谜对谜的猜谜酒令游戏，出谜为覆者，猜谜为射者，两者的谜底不仅要有对应的现场场景，还须有故典出处。所以非常难，也就显得沉闷。宝钗覆了个“宝”字，谜底是宝玉佩戴的通灵宝玉，宝玉因而射了“钗”字，出自旧诗“敲断玉钗红烛冷”。湘云提出反对，认为“宝玉”一说没有出处，以及“敲断玉钗红烛冷”是“时事”，不可以用。“时事”的释义有一时之事、当时的史实等。那么这句诗在暗写一件事实。然后香菱说出“此乡多宝玉”

“宝钗无日不生尘”两句，反而罚了湘云。

“敲断玉钗红烛冷”写时事却可以确定。从“红烛”来看，应是暗示两人的新婚之夜。古代蜡烛通常是黄色，喜庆事才用红烛，如新婚之夜，洞房内要点一对龙凤花纹的红色蜡烛，且此蜡烛一夜不能熄，到早晨燃尽后自然熄灭。因此新婚之夜又叫花烛夜。加上“宝钗无日不生尘”句补充，既是“无日”，也就包括了新婚之日，那日的宝钗也是被宝玉冷落的。敲断玉钗，可以想象宝二奶奶的愤怒。红烛冷，则是此日的冷寂。但这只是一条佐证，“敲断玉钗红烛冷”的指迷主旨或不在此。

下面分析白海棠诗。

白海棠并非春天开花的木本植物海棠，而是一种夏秋开花的草，因花似海棠，称秋海棠，也叫八月春。秋海棠又名断肠花、相思草。《嫏嬛记》引《采兰杂志》：“昔有妇人，思所欢不见，辄涕泣，恒洒泪于北墙之下。后洒处生草，其花甚媚，色如妇面，其叶正绿反红，秋开，名曰断肠花，又名八月春，即今秋海棠也。”《本草纲目拾遗·卷七·花部·秋海棠》：“叶背作红乱纹，云是相思血也。相传昔人有以思而喷血阶下，遂生此，故亦名相思草。”“秋海棠又名八月春，为秋色中第一。”据说曹寅《留题香叶山堂》诗：“当户幽丛红滴滴，西风开满断肠花。”

白海棠是“相思血”“相思草”，众钗里具备这一特点的，首先可以确定一人：绛珠仙草薛宝钗。紧接在白海棠诗之后的咏菊诗，宝钗《忆菊》恰以“断肠”二字形容自己的思念之情。

解开白海棠诗主题的关键句，是湘云的“神仙昨日降都门，种得蓝田玉一盆。”“种玉”是典故。晋干宝《搜神记》卷十一，记录了一则杨伯雍种玉的故事：“公（杨伯雍）汲水作义浆於坂头，行者皆饮之。三年，有一人就饮，以一斗石子与之，使至高平好地有石处种之，云：‘玉当生其中。’杨公未娶，又语云：‘汝后当得好妇。’语毕不见。乃种其石。数岁，时时往视，见玉子生石上，人莫知也。有徐氏者，右北平著姓，女甚有行，时人求，多不许。公乃试求徐氏。徐氏笑以为狂，因戏云：‘得白璧一双来，当听为婚。’公至所种玉田中，得白璧五双，以聘。徐氏大惊，遂以女妻公。”后因以“种玉”比喻缔结良姻。明朱鼎《玉镜台记·宴会》：“念良姻乘龙未遂，种玉尚无缘。”据说杨伯雍所种玉的“玉田”即后来的蓝田，“蓝田玉”之名也由此而来。诗中种玉的神仙是何人？联系探春的“斜阳寒草带重门”句，“斜阳”指癞头和尚，“寒草”不用说是绛珠仙草了，种玉的“神仙”是癞头和尚，种玉指促成金玉良姻的事。种玉的时间是“昨日”，一日就成了的事，要么是订婚，要么是成婚。

宝钗、宝玉诗的内容极为香艳。

宝玉的“出浴太真冰作影”句，“太真”即杨妃，宝钗被喻杨妃，很明显的，这是在写宝钗出浴。宝钗的“七节攒成雪满盆”什么意思呢？可以确定宝钗是在盆里沐浴的，宝姑娘肌肤雪白，又被喻为“山中高士晶莹雪”、“雪堆出来的”，她坐在盆内，白花花犹如满盆的雪。关键在于“七节”两个字。“七节”是中医所说的人体的一个部位。《黄帝内经素问》：“七节之傍，中有小心。”明代名医张景岳《类经·刺害》对此注解：“人之脊骨共二十一节，自上而下当十四节之间，自下而上是为第七节。其两旁者，乃肾俞穴。其中，则命门外俞也。”“七节”在肾俞穴之间，即两肾之间，正后腰部。这个位置又叫命门，非常重要的地方，常与两性生殖关联。“攒”是聚集的意思。探春诗又有“雪为肌骨”，“雪满盆”也就是“肌骨满盆”了，正和“七节”呼应。如此，“七节”句的意思也就十分明白：盆里的宝钗，仅腰以下的身体，就聚满了一盆。

咏白海棠之前，迎春道："都还未赏，先倒作诗。"宝钗道："不过是白海棠，又何必定要见了才作。古人的诗赋，也不过都是寄兴写情耳。若都是等见了作，如今也没这些诗了。"似有意暗示，众人诗中内容不一定是眼见。但"七节攒成雪满盆"之艳景，宝玉若非眼见，实在不能写。只是未免促狭。宝钗的"淡极始知花更艳"，真是很美的诗句，作者笔下的美句美言，往往通向不怎么美的现实。是的，用在人身上，何为"淡极"？即便纯白衣衫，也是有色，称不上"淡极"。真要"淡极"的话，那就没有任何颜色衣饰的装扮和附着，是一丝不挂了。联系宝钗的"胭脂洗出秋阶影"，看来宝钗出浴后，是全裸站在秋天的蘅芜苑台阶上的，影子映于阶面。自称认识许多名园花匠的贾芸，费了许多工夫才得了两盆白海棠，花朵纯白的秋海棠显然是罕见的品种。被作者借来，不仅暗示宝钗的相思之深，怕更有意暗示宝钗一丝不挂的雪白胴体。

这就不是订婚，而是洞房花烛了。

白海棠诗限韵十三元，限"门""盆""魂""痕""昏"五字，五个字是关键。"门"是限韵的起因。迎春走到书架前抽出一本诗来，随手一揭，这首竟是一首七言律，递与众人看了，都该作七言律。迎春掩了诗，又向一个小丫头道："你随口说一个字来。"那丫头正倚门立着，便说了个"门"字。迎春笑道："就是门字韵，'十三元'了。头一个韵定要这'门'字。"宝玉又说："这'盆''门'两个字不大好作呢。""门""盆"两个字是被特意强调的。在逐一分析六首白海棠诗之前，还要特别分析一下这个"门"。

探春素喜阔朗，三间屋子不曾隔断，如此屋门只有一道，小丫头所倚的就是这门了。众人诗中对"门"的说法有异有同，探春是"重门"，宝钗是“门”，宝玉是“重门”，黛玉是“门”，湘云是“都门”和“萝薜门”。其中“都门”和“萝薜门”的含义直白。“都门”指京都城门，借指京都。“萝薜门”全句“蘅芷阶通萝薜门”，“蘅芷”蘅芜苑之景。“萝薜”则可以牵扯两处地方，宝玉题蘅芜苑诗有“萝薜助芬芳”，第十七回写进入蘅芜苑之前的港洞是“上则萝薜倒垂，下则落花浮荡”。此“门”可以联系蘅芜苑和花溆两处地方。“重门”的释义有宫门、层层的门、屋子内门和重关。单看的话指向模糊，但结合整个句子，含义也就出来了。宝玉的“秋容浅淡映重门”，那么不是层层的门，是一道门。探春的“斜阳寒草带重门”，“寒草”指绛珠仙草，蘅芜苑又被称“斜阳院”，此“重门”也暗示蘅芜苑屋门。巧的是，蘅芜苑五间屋子犹如雪洞，“门”的情况和秋爽斋一样，仅一道屋门。至于丫鬟们住的配房、储物间等附属建筑的门，无须考虑。

除“都门”外，诗中的“门”都是蘅芜苑之门，蘅芜苑是主景地，两人在蘅芜苑成的婚。但中秋后两三天，宝钗就搬离了大观园，蘅芜苑不是已经搬空了吗？布置一下还不容易。

六首白海棠诗，写的是宝钗宝玉的新婚之日，探春、宝钗、宝玉、黛玉、湘云五人的所见所思所感。

另外，白海棠是贾芸送宝玉的。宝玉看了字帖后问：“独他来了，还有什么人?”婆子道：“还有两盆花儿。”宝玉问的是还有什么人？婆子答还有两盆花，“两盆花”很容易和“两个人”建立联系。宝钗是其一，还有一个白海棠形象的人，这是一个关键点。

第一首探春的：

斜阳寒草带重门，苔翠盈铺雨后盆。

玉是精神难比洁，雪为肌骨易销魂。

芳心一点娇无力，倩影三更月有痕。

莫道缟仙能羽化，多情伴我咏黄昏。

“斜阳”二句。“重门”是蘅芜苑的屋门，但在这里似乎还有“重关”的意思，宝玉和宝钗成婚是被迫的，这个不用分析，蘅芜苑的门，对他来说，犹如重关。“斜阳”联系黄昏，除了指癞头和尚，应该还有时间指向。“寒草”说明秋意已深。“苔翠”句。这天刚下了雨，既有斜阳，且是雨后，下午天已晴。院里有一盆，因雨水的滋润，长满翠绿丰盈的苔藓。

“玉是”二句，或是指宝钗的想法，“玉”暗示黛玉，虽然自知在精神方面难和黛玉相比，但还是自信，雪一样白的肉体可以令那个少男销魂，含蓄暗示脱衣入苔盆。这样的情景，在探春笔下自然要十分含蓄。宝钗入浴的情景探春当然无法眼见，所以前面借宝钗之口进行说明：“古人的诗赋，也不过都是寄兴写情耳。若都是等见了作，如今也没这些诗了。”或者有隔着院门看热闹的丫鬟婆子，议论或传播小道消息，被探春听到也未可知。

“芳心”句。联系宝钗被喻杨妃，以及出浴，“娇无力”三字当是用杨妃之典。白居易《长恨歌》：“侍儿扶起娇无力，始是新承恩泽时。”写杨妃出浴后显得娇软无力，被侍儿扶到唐明皇身边承欢。此时宝钗一副“娇无力”的姿态，怀着杨妃一样的一点心思。“倩影”句。或暗示癞头和尚在某处，半夜三更还能看到他。

“莫道”句。“缟”字本义指细白的生绢，常喻白色。通常认为“缟仙”出自苏轼的《赤壁赋》。宋元丰五年十月，苏轼月夜游赤壁。“适有孤鹤，横江东来，翅如车轮，玄裳缟衣，戛然长鸣，掠予舟而西也。”苏轼当晚梦见一羽衣道士，是那只孤鹤变化而成的。联系黛玉的“月窟仙人缝缟袂”句，月窟仙人暗示癞头和尚无疑。“缟袂”即白衣。“缝缟袂”什么意思呢？和尚的衣服通常要自己缝制。癞头和尚给自己缝一身白衣穿，成了“缟仙”。或为老太妃穿孝，封建时期的人们只有在穿孝时才会一身白。道理上，和尚属世外人，本不应穿孝，但癞头和尚既能插手红尘硬给人做媒，凡心未了，穿孝也不是不可能。何况，皇帝十分重视老太妃，穿孝等于自己和老太妃的关系，投皇上所好，甚至施加压力，都有可能。说这位缟仙不能“羽化”，“羽化”是一个有内涵的词。按《红楼梦大辞典》哲理宗教部分的解释：“道教名词。称成仙为羽化，取其变化飞升之意。”又引《晋书·许迈传》：“遍游名山，后莫测所终，好道者谓之羽化。”又引《书言故事·道教类》：“道士亡，曰羽化，曰仙化。”这是把癞头和尚又归于道士之列了，他原是和道士搅不清。说癞头和尚没能“羽化”登仙而去，看来有人恨不得和尚赶紧去死。

此时癞头和尚在干吗？多情伴我咏黄昏。“我”自然是三姑娘探春，太上皇对探春姑娘颇为欣赏，陪伴在身边，一起吟咏黄昏呢。

第二首宝钗的：

珍重芳姿昼掩门，自携手瓮灌苔盆。
胭脂洗出秋阶影，冰雪招来露砌魂。
淡极始知花更艳，愁多焉得玉无痕？
欲偿白帝凭清洁，不语婷婷日又昏。

“珍重”二句。“芳姿”就是宝钗的身姿了。“昼掩门”也即白天关起门来了。“自携”句。“苔盆”自是探春诗中的苔翠盈铺的雨后盆。宝钗亲自拿着手瓮往苔盆里灌水，没有丫鬟在旁伺候。刚刚下了雨，还再往盆里灌水，要入浴了。

“胭脂”二句。宝钗平时不喜欢“花儿粉儿”，貌似也不用胭脂，所谓“唇不点而红”，但此日胭脂是必需的，何况宝玉喜欢吃人嘴上擦的胭脂。只是这一洗，也就洗去了。“冰雪”句。暗藏“招魂”一词，意思是招死者之魂，以期其复生。“露”自然是甘露，那个人的魂，是用甘“露砌”的。指谁后文分析。

面对如此的香艳场面，新郎宝玉什么反应？“愁多焉得玉无痕”。有解释说“玉痕”即泪痕，大约是的。“玉”指宝玉，或也暗示黛玉。宝钗的雪白胴体不仅没有引起宝玉的色心，新郎还伤心流泪，或者担心一定也在哭的林妹妹。似乎也可以做另一种解释，宝玉气得把通灵玉砸出了裂痕。

“欲偿”二句。对于这句的意思，我有一个想法，不敢确定，写出来备参。如果十分不合读者的意思，抱歉，请相信我只是想推理作者的意思。“偿”的释义有补偿、归还、满足、报答等。在句中应是“报答”的意思。“白帝”不仅出现在这里，《芙蓉女儿诔》亦有“白帝宫中抚秋司芙蓉女儿”“金天属节，白帝司时”。中国古神话里有东、南、中、西、北五天帝，各主管一方，白帝是主管西方之神。显然的，很容易和西方净土的阿弥陀佛建立联系，也即癞头和尚了。具体分析见第六章“癞头和尚的宗教信仰”篇。“欲偿白帝凭清洁”这句，容易让人产生这样一种联想：宝玉的反应，让宝钗伤心不已，既然宝玉不要她，不如以自己清洁之躯报答白帝的恩德吧。对于宝钗的意图，白帝是什么反应？“不语婷婷日又昏”，没有回答，只是姿势优美地站在某个地方。然后天又到了黄昏时。倒不见得癞头和尚有怎样严肃的人伦理念。

宝玉和宝钗的婚姻是八月中旬确定的，下旬就成亲了，我疑心两人甚至没有举行正式的订婚和婚礼仪式，就直接洞房花烛，所以新房也没有准备，就在蘅芜苑了。

第三首宝玉的：

秋容浅淡映重门，七节攒成雪满盆。
出浴太真冰作影，捧心西子玉为魂。
晓风不散愁千点，宿雨还添泪一痕。
独倚画栏如有意，清砧怨笛送黄昏。

“秋容”句大概是说，从宝玉的角度望去，宝钗雪白的身体和蘅芜苑的院门重合在一起，那门大约漆得很亮，映照出了宝钗的身影。

“出浴太真冰作影”是宝玉眼前的香艳春光。但宝玉心里牵念的却是“捧心西子”林黛玉。“捧心”是黛玉对宝玉成婚的反应。金玉之说原是黛玉的心病，如今成了事实，心情可想而知。

“晓风”二句。“晓风”指早晨的风，“宿雨”指经夜的雨、夜雨。昨夜的雨直到早晨还在下。似乎宝玉昨夜就已在蘅芜苑了。

“独倚”二句。这就是宝玉所在的位置了，蘅芜苑“两边俱是超手游廊”，宝玉独坐在超手游廊里，倚着游廊下方的栏杆，从晚上到早晨，又到黄昏。

第四首黛玉的：

半卷湘帘半掩门，碾冰为土玉为盆。
偷来梨蕊三分白，借得梅花一缕魂。
月窟仙人缝缟袂，秋闺怨女拭啼痕。
娇羞默默同谁诉，倦倚西风夜已昏。

这是宝钗出浴之后。

看了前两句，宝玉先喝起彩来，只说“从何处想来!”这赞叹就有意思，似有意提示此情景是黛玉想出来的而非眼见，却完全符合事实。然后，以黛玉的性格和语言风格，必是针对宝钗，以及十分促狭，所谓：“真真这林姑娘，说出一句话来，比刀子还尖。”宝钗诗中说“掩门”，黛玉说“半掩门”，都是掩门，并不冲突，冲突的是说这门只掩了一半。想来宝钗盆浴之后进了屋里，宝玉不肯进去，宝钗就把门半开半掩着，湘帘半卷着。“碾冰为土”这个说法很奇特，没法用常识解释，我疑心是用典，但没找到出处。“玉为盆”的意思简单，盆是玉石盆，当然是比较大和能储水，所以宝钗可以坐浴其中，只不知是圆盆还是条盆。

“偷来”二句不解。

“怨女”是故典，指大龄未嫁的女子。出自《孟子·梁惠王下》：“内无怨女，外无旷夫。”因有恨嫁的含义，“怨女”一词在旧时文学作品中常含贬义。这里指宝钗无疑。“月窟”句前面已经解释，癞头和尚亲自现身来逼婚，“怨女”宝钗也就擦去泪痕，得偿心愿了。

宝钗诗“冰雪招来露砌魂”是“招魂”，这里是借魂，不知何意。

“娇羞”二句。联系探春的“芳心一点娇无力”，对宝钗而言，此日的娇态是必须的。娇固然娇，还是感到了“羞”，为什么呢？她如此大胆地展示青春雪白的娇躯，两个男人，宝玉和白帝，一个伤心流泪，一个不语不应，都无动于衷，再怎么样还是有点叫人难堪的。新娘子终于不再折腾，沉默下来，疲倦地不知道倚在什么地方，此时夜色已昏。

黛玉此日夜的状态，可联系黛玉的《代别离·秋窗风雨夕》。

写海棠诗的五人中，其他四人一人一首，只有湘云一人作了两首，并且获得评语：“这个不枉作了海棠诗，真该要起海棠社了。”海棠诗湘云排第一，而且显然的，最后两首诗是关键。还有什么样或什么人的故事，能压倒男女主角宝玉和宝钗的新婚事件？而且与湘云有关？

其一

神仙昨日降都门，种得蓝田玉一盆。

自是霜娥偏爱冷，非关倩女亦离魂。

秋阴捧出何方雪？雨渍添来隔宿痕。

却喜诗人吟不倦，岂令寂寞度朝昏。

湘云是在探春起海棠社的第二天来的，作者把此过程详细写出，湘云诗的首句里又出现“昨日”二字，似有意凸显“昨日”这个时间。

癞头和尚“昨日”来到荣府，当即就让宝玉和宝钗洞房，那么正常婚礼应该有的过程仪式，大概都省免了。

“自是”二句。“自是”两个字，当然可以做介词，或也暗示湘云自己。“霜娥”可指嫦娥，因“霜”通“孀”，也指寡妇。第十四年五月湘云就订婚了，既称“霜娥”，判断湘云的未婚夫已死，湘云守了望门寡。“偏爱冷”三个字，似说湘云目前的行为，和她的“霜娥”身份，很一致。“倩女离魂”出自唐陈玄佑的传奇小说《离魂记》。衡州官员张镒的女儿倩女，和表亲王宙互相爱慕，后因张镒把倩女许配他人，王宙一气之下离开，倩女的魂魄离开身体，跟着王宙私奔而去。数年后夫妻回乡，倩女的魂魄和身体合二为一。似乎湘云目前正陷入爱情之中。

“秋阴捧出何方雪”也是一个关键句。“何方雪”是谁？当然是那昨日降临的神仙，一身缟素的癞头和尚。“捧出”显示了众星捧月的意味。“捧”的本义是两手承托，延伸为吹捧、拥戴等。这个词也出现在贾雨村吟月诗里，所谓“天上一轮才捧出”。癞头和尚降临荣府，贾家人肯定是众星捧月。庚辰本此处批语“压倒群芳在此一句”，就是这个意思了。“雨渍添来隔宿痕”或写湘云这两天日夜流泪，或写癞头和尚的衣服上昨天被雨淋过的痕迹，都说得过去。

“却喜”二句。见到湘云，癞头和尚看来很高兴，诗兴大发。昨天陪三姑娘探春咏黄昏，今天陪湘云从早晨到晚上吟咏不倦。“岂令”有放下烦恼、及时行乐的意味。

“两盆花”的另一盆，指的是一身白衣的癞头和尚，还是望门寡的湘云？湘云似乎没有理由在荣府穿一身白。如果指癞头和尚，那么他也是相思草。

其二

蘅芷阶通萝薜门，也宜墙角也宜盆。
花因喜洁难寻偶，人为悲秋易断魂。
玉烛滴干风里泪，晶帘隔破月中痕。
幽情欲向嫦娥诉，无奈虚廊夜色昏。

“萝薜门”使得地点从蘅芜苑延伸到花溆。“也宜墙角也宜盆”似说“两盆花”的位置，盆里的当然是宝二奶奶，墙角的则是癞头和尚。

“花因”二句。“花”如果指癞头、宝钗两个人，癞头和尚此行看来不仅为了硬成金玉良姻，还有他自己的私心，“寻偶”来了。“洁”的本义是干净、清洁，这是他喜欢的女性类型。具体怎么个所指不大好确定，但妙玉的“欲洁何曾洁”，宝钗的“欲偿白帝凭清洁”，都可以建立联系。另外元剧常称和尚为“洁郎”，省称“洁”，或者也要考虑。“人”就是湘云自己了，似乎也可指宝玉、黛玉。

“玉烛”二句不解。

“幽情”二句。“幽情”当指隐秘的感情。“嫦娥”则暗示妙玉。宝玉作“访妙玉乞红梅”诗，中有“为乞嫦娥槛外梅”，把妙玉比作嫦娥，妙玉本身又是“槛外人”。湘云想把自己隐秘的感情向妙玉倾诉一下，可是廊上空虚无人，此时夜色已昏。妙玉去哪里了？

铁甲长戈螃蟹咏

咏白海棠的次日，宝钗和湘云夜拟菊花题，次日以湘云的名义，用薛家伙计田庄上出的大螃蟹，在大观园摆起螃蟹宴，宴请众人赏桂花。有趣的是，吃螃蟹赏桂花，却咏菊，菊花甚至都没有作为实物出现在众人面前，大家面对狼藉的螃蟹残席和盛开的桂花咏菊。之后因为宝玉说“今日持螯赏桂，亦不可无诗”，才有了三首螃蟹咏。菊、桂和螃蟹之间显然存在某种微妙关系。菊、桂都是人物寓意形象，螃蟹当然也不例外。而且由宝、黛、钗三大主角咏出，是主角。

桂花虽香却有恶名，螃蟹也一样，这道人间美味常被人们用来寓指那些横行霸道、仗势欺人者。诗中螃蟹恰是这样的恶形象。

问题是，螃蟹暗示谁？

宝玉诗的前两句“持螯更喜桂阴凉，泼醋擂姜兴欲狂”，即一个突破口。“泼醋”一词的含义，第四十四回回目“变生不测凤姐泼醋”，给出了完全的解释，因吃醋而大撒其泼。“擂姜”一词，联系第三十回“宝钗借扇机带双敲”，因为清虚观提亲的事，宝钗和宝玉、黛玉二人打嘴巴官司，凤姐说：“你们大暑天，谁还吃生姜呢？”“怎么这么辣辣的？”那么吃姜和吃醋的含义差不多。宝钗的“性防积冷定须姜”，好似和“泼醋擂姜兴欲狂”对阵，显示用姜的坚定之心。宝姑娘赞同“泼醋擂姜”。“桂阴凉”的“桂”，当然指花袭人而不是夏金桂。内容也就基本出来了。

然后，“多肉”可联系宝钗的肥胖，“脐间积冷”可联系宝钗的冷香丸，冷香丸是治热毒的，吃多了可不就积冷了？怎么是“脐间”呢？恰恰因为这一点，才更证明和冷香丸的联系。中医把人体内脏器官分为上中下三焦，自肚脐以下的内脏器官称下焦。冷香丸用“十二分黄柏煎汤”服下，“黄柏”治的正是下焦湿热。

宝钗即那个“泼醋擂姜”的女人，螃蟹是她的寓意形象，人蟹合一。中间还有袭人助阵。针对的人，当然是她们共同的情敌林黛玉。此次宝钗泼醋，一定是在洞房花烛后，也即宝二奶奶的名分已正，这一点见后文分析。

第七十九回香菱为薛蟠娶亲热情张罗，宝玉说：“虽如此说，但只我听这话不知怎么倒替你耽心虑后呢。”宝玉“冷笑”和替香菱“耽心虑后”的含义，乍看是担心夏金桂不一定那么好相处，香菱作为小老婆可能受大老婆的气。但香菱的反应，显示事情没那么简单。以香菱的呆气和天真，如果没有亲身经历的前车之鉴，宝玉的话她根本不会相信，肯定乐呵呵地认为宝玉不过是杞人忧天。可是你看香菱的反应，“不觉红了脸”，很明显心里有病。以及立刻“正色”声明自己和宝玉一向“斯抬斯敬”，从来没有过任何矛盾，责怪宝玉不该“提起这些事来”。一面说一面转身走了，分明很心虚。就是说，宝玉的话，暗暗提起了一个人，一个两人心照不宣、和宝玉的关系不那么“斯抬斯敬”、令香菱心虚脸红的先例，让香菱对宝玉的“耽心虑后”无话可辩。那人是婚后的宝姑娘。

下面逐一分析螃蟹咏。

第一首宝玉的：

持螯更喜桂阴凉，泼醋擂姜兴欲狂。

饕餮王孙应有酒，横行公子却无肠。

脐间积冷馋忘忌，指上沾腥洗尚香。

原为世人美口腹，坡仙曾笑一生忙。

“持螯”二句，在袭人的相助下，宝二奶奶举“螯”而来。“螯”即蟹钳，这里自然指宝二奶奶的手。宝二奶奶的手在诗中戏份重出场多，三首诗首句都是写她的手。宝玉诗除了“持螯”还有“指上沾腥”，黛玉诗有“铁甲长戈”“螯封嫩玉”，宝钗则是委婉的“举觞”。“兴欲狂”，像发了狂一样，来找黛玉的麻烦。

“饕餮”二句。“饕餮”是传说中的凶兽，它的最大特点就是能吃。“王孙”即王的孙。“饕餮王孙”当然指宝钗，虽然是外孙。宝姑娘如果不是非常能吃如饕餮，如何胖到那样的程度？宝二奶奶来找黛玉之前，应该喝了酒了。下句则说宝钗的横行霸道，如同没有心肠般无情。晋葛洪《抱朴子·登涉》：“称无肠公子者，蟹也。”“无肠”也指没有心肠。

“脐间”二句。上句显然是说宝二奶奶吃多了冷香丸，看来那种病犯得很重，因为太贪嘴而“忘忌”，导致脐间积冷。下句的意思就深了。“指上沾腥”四个字，联系第六十三回李纨关于黛玉的玩笑话，“人家不得贵婿反挨打，我也不忍的”，以及螃蟹咏对宝钗的手多次出场，宝二奶奶动手打了黛玉，而且下手很重，打出了血，沾到了她的手指头上。这是逼人死的行为。

“原为”二句。“口腹”一般指饮食，因为“口腹”也是语言之地，所以有口蜜腹剑、腹诽等语，那么“美口腹”也可以理解为嘴里心里的笑料趣事。“坡仙”指苏东坡。苏轼《初到黄州》：“自笑平生为口忙，老来事业转荒唐。”自嘲一生忙于美食，尤其喜食螃蟹。“坡仙”或是作者自喻，宝玉有号“无事忙”，且受苏轼影响大，书中出现很多和苏轼有关的典故，贾政也推崇苏轼，有书房“梦坡斋”。这两句是说宝钗忙了一辈子，却成了别人嘴里心里的笑料。

第二首黛玉的：

铁甲长戈死未忘，堆盘色相喜先尝。
螯封嫩玉双双满，壳凸红脂块块香。
多肉更怜卿八足，助情谁劝我千觞？
对斯佳品酬佳节，桂拂清风菊带霜。

“铁甲”二句。“铁甲长戈”即蟹钳即宝钗的手了。这双手黛玉至死不忘。似说黛玉已死，也即这首诗是从已逝的黛玉的角度忆写的。

“色相”指外貌，也是佛家语，如惜春诗“前身色相总无成”。蒸熟的螃蟹呈现红色，宝二奶奶是新嫁娘，自然一身红，两者从“色相”上确实颇相似。“堆盘”也即堆满盘子。螃蟹蒸熟后“堆盘色相”供人食用，宝二奶奶的“堆盘色相”本是献给新郎的，黛玉却“喜先尝”了。“喜”是讽语反语，如迎春曲《喜冤家》。“喜先尝”除了暗示黛玉是第一个领教新奶奶厉害的人，或者还有意传递另一层意思，新郎并没有动新娘。“堆盘”或指块头大，类似薛蟠口中的“大西瓜”。

“螯封”二句。“嫩玉”当指黛玉，宝钗的双手抓打黛玉，或者还有助力的，黛玉被双双手封得不能行动。下句“壳凸红脂块块香”是宝钗形象，大红色的新娘礼服被里面的肥肉撑得一块块凸出来，散发香气。

“多肉”二句。“八足”不知是说宝钗有助手，还是说疯狂的宝钗手脚齐上如同有八只手脚，总之，其发狂之状固然可怕，在黛玉眼里，也是可“怜”的，就像她的一身肥肉一样可怜，因为宝玉不要她，而她又如此愚蠢地大撒其泼不留后路。宝二奶奶一生的悲剧，已一目了然。“觞”是古代酒器。宝钗闹后，黛玉因为痛苦而喝酒，身边有人“助情”劝酒。“千觞”也即千杯酒，俗话说酒逢知己千杯少，这是一个完全懂得黛玉此时心情以及很好酒的人，是湘云了。黛玉此时的情形，正如湘云之前对黛玉的提醒：“卧榻之侧，岂许他人酣睡？”在这样的情况下，湘云来和黛玉对饮，即便不能改变什么，对黛玉也是极大的安慰。

“对斯”二句。中秋已过，“佳节”当指重阳节。重阳节时，是桂花和菊花对着螃蟹。宝钗泼醋为宝玉，重阳节时却无宝玉陪伴。“酬”字似讽刺三个人自食其果。“桂拂清风”四字，又显示袭人的意气风发。

第三首宝钗的：

桂霭桐阴坐举觞，长安涎口盼重阳。

眼前道路无经纬，皮里春秋空黑黄。

酒未敌腥还用菊，性防积冷定须姜。

于今落釜成何益？月浦空余禾黍香。

“桂霭”二句。“桂”是袭人，“桐”不知指谁，麝月、秋纹都有可能。情敌已死，宝二奶奶心满意足，闲坐喝酒。如果是前首内容的延续，那么还有癞头和尚，宝钗和癞头和尚在桂花梧桐树下坐着喝酒。“长安”即西安，这里当是用典故，代指京城。因为长安是十三朝古都，第一座被称为“京”的都城，可为京城代称。宝钗《忆菊》有“谁怜为我黄花病”，联系探春《簪菊》的“长安公子因花癖”，宝钗之“病”不是身体之病，实是“癖”，她就是“长安公子”。和“横行公子”呼应。这里的“长安”，除了指代京城，也暗示宝钗。为什么“涎口盼重阳”呢？因为宝玉出城去了，九月九日回来。（原因见“黛玉之死”篇）“长安涎口”暗衬被盼的人在京城外。

“眼前”二句。被众人评为“食螃蟹绝唱”“只是讽刺世人太毒了些”。

道路南北为经，东西为纬，经纬可指南北东西的路，也用来比喻条理秩序。如果“眼前”的道路都没有经纬，那么连最平常的修为和判断力也没有，是一个彻底的蠢货了。“皮里春秋”是典故。《晋书·褚裒传》：“谯国桓彝见而目之曰：‘季野有皮里阳秋。’言其外无臧否，而内有所褒贬也。”其中的“阳秋”即“春秋”，即孔子编撰《春秋》所使用的笔法。晋时为避晋简文帝郑后阿春讳，改“春”字为“阳”字。“皮里春秋”是赞一个人虽然口中不说什么，心里是非分明。宝钗是个皮里春秋的人吗？有时候看起来是的，凤姐说她“不干己事不张口，一问摇头三不知”，显得心里有是非。但“空黑黄”三个字，哪怕完全不知什么意思，也能感觉到作者的鄙夷，以及“空”字对“皮里春秋”进行事实上的否定，宝钗并非真的皮里春秋。“黑黄”不是一个现成的词，未见其他文学作品中有，辞典上也查不到，是作者的组词了。这个词说的是宝钗的皮里之物，不是春秋，而是这些。内里的黑黄之物，还能联系什么，就是屎了。

“酒未敌腥还用菊，性防积冷定须姜”二句，和宝玉的“脐间积冷馋忘忌，指上沾腥洗尚香”联系紧密。前面已分析过其中的两句，这里分析另外两句。宝玉说“指上沾腥洗尚香”，指责宝钗手上的血腥之气无法洗干净。“酒未敌腥还用菊”是宝钗的回答，用菊花就可以了，就敌得过了。那么只要有菊，宝二奶奶自认为即便杀了人，也可以洗白干净。为什么是“酒未敌腥”呢？宝二奶奶在桂霭桐阴下举觞喝酒，手到唇边，杯中的酒气抵不过手上的血腥气，大概也有点心虚，可是一想到菊，就不怕了。“菊”是谁的寓意形象，可以想象一下。

“于今”二句。“釜”即锅。成了宝二奶奶的宝姑娘，如同落入汤锅被煮熟变红了螃蟹，是一只死螃蟹了，究竟对她有什么好处呢？“浦”的意思是水边。“禾黍”泛指黍稷稻麦等粮食作物，这里当是用典。《诗·王风·禾离序》：“《禾离》，闵宗周也。周大夫行役至于宗周，过故宗庙宫室，尽为禾黍。”后以“禾黍”为悲悯故国破败或胜地废圮之典。“月”是癞头和尚。作者用这典，首先意思有：宝钗所依仗的癞头和尚，是个“死”了多年的人。这不是重点，重点是，癞头和尚即便有神仙一样说一不二的能耐，如今对宝二奶奶也一点用处没有了，难道还能强行让宝玉跟宝钗上床？那些能耐也即禾黍之香都白白剩下了。

黛玉之死（一）

黛玉死得惨烈。

《芙蓉女儿诔》：“高标见嫉，闺帏恨比长沙；直烈遭危，巾帼惨于羽野。”

用了两个典故。“高标”句。汉文帝时贾谊，才高受人嫉恨，被贬长沙，后人称贾长沙。当暗指黛玉被撵出大观园的事。“直烈”句。据《山海经·海内经》记载，禹的父亲鲧性格刚直，擅自拿息壤治洪水，天帝令祝融将他杀于羽山之野。屈原《离骚》：“鲧婞直以亡身兮。”黛玉性格直烈如鲧，但死得比鲧更惨。鲧是被杀，横尸血污，可知黛玉之死绝不温和，是流血事件。作者引用这个典故，除了可以表现黛玉的性格和黛玉的惨死，只怕还因为，此典中有天帝，可指向癞头和尚。

《芙蓉女儿诔》：“鼎炉之剩药犹存，襟泪之余痕尚渍。镜分鸾别，愁开麝月之奁；梳化龙飞，哀折檀云之齿。委金钿于草莽，拾翠翿于尘埃。楼空鳷鹊，徒悬七夕之针；带断鸳鸯，谁续五丝之缕?”

这段写黛玉死后，她遗下的各项物品，她衣襟上的泪痕。关键是“委金钿于草莽，拾翠翿于尘埃”二句。“金钿”“翠翿”都是女子用品。黛玉的金翠发饰，有的落在杂草丛里，有的落在尘土里，显然一幅凌乱场面。

《芙蓉女儿诔》：“汝南泪血，斑斑洒向西风；梓泽余衷，默默诉凭冷月。”

也用了两个典故。“汝南”句，用晋汝南王司马义和宠姬碧玉的爱情故事。小户人家姑娘碧玉，嫁给了汝南王为妾，极得宠爱。歌有“碧玉小家女，来嫁汝南王”。成语“小家碧玉”也由此而来。作者用这个典，当暗示黛玉和宝玉的身份差异。“梓泽”句，“梓泽”是晋代巨富石崇金谷园的别称。石崇遭诬陷获罪，他的爱姬绿珠坠楼殉情。这是千古爱情名典，文人吟咏颇多。杜牧《金谷园》：“繁华事散逐香尘，流水无情草自春。日暮东风怨啼鸟，落花犹似坠楼人。”宝玉自称“梓泽余衷”，这个含义就深了，不仅是以绿珠坠楼喻黛玉之死那么简单。何为“余衷”?“余”即剩下来的，“衷”的意思是内心，这不是用典，而是以当事人的身份出现，以遗留之心意。而且出现了导致黛玉惨死的元凶，“冷月”癞头和尚，直接和黛玉警句“冷月葬花魂”建立联系。

黛玉和绿珠石崇的联系，还有她的应制诗“香融金谷酒”以及《五美吟》的咏绿珠。“金谷酒”用石崇“金谷园”之典。《五美吟》写了五位古史中有才色的女子，第四首《绿珠》，是五首诗中最特殊的，因为用了“二萧”韵。此韵和十三元一样被作者强调。芦雪广联句限“二萧”韵，又有宝钗说“你有本事把二萧的韵全用完了”之语。不限韵的长诗《姽婳词》，也用到“二萧”韵，以及被强调。宝玉说出“丁香结子芙蓉绦，不系明珠系宝刀”，众人赞上句：“转‘绦’，二萧韵，更妙，这才流利飘荡。而且这一句也绮靡秀媚的妙。”对于下句，众人的反应则是“拍案叫绝”。除了“二萧”韵，“不系明珠系宝刀”这个关键句，又可以和《绿珠》的“瓦砾明珠一例抛”建立联系。

黛玉之死和绿珠坠楼，显然有某种关系。

分析一下《五美吟·绿珠》。

瓦砾明珠一例抛，

何曾石尉重娇娆。

都缘顽福前生造，

更有同归慰寂寥。

诗里的“同归慰寂寥”，常被解释为石崇和潘岳两人。潘岳即历史上著名的美男子潘安，他和石崇交好，有诗“白首同所归”。不料一语成谶，遭受政治诬陷的两人，同日被绑赴刑场处死。石、潘二人同归不假，但这个意思放在这里却很有问题，句句都成吟石崇了，怎么能叫吟绿珠呢？既写绿珠，“同归”只能是相对绿珠而言的。有人和绿珠一样的死法，“同归”相慰。

结合惨于羽野、首饰散落、梓泽余衷等，黛玉怎么死的，也就不言而喻了。“都缘顽福前生造”，作为男人，石崇是个有顽福的人，宝玉也是。黛玉是像绿珠一样坠楼而死的。

曹雪芹同时代人富察明义，有题红楼梦诗二十首，说到一些现存抄本中没有的内容，所以被认为是看过更完整抄本的人。二十首的最后一首，写到黛玉之死。

馔玉炊金未几春，
王孙瘦损骨嶙峋。
青蛾红粉归何处？
惭愧当年石季伦。

“馔玉”句当然是说的金玉成婚的事。“王孙”也即宝玉了，婚后没几年，宝玉已变得骨瘦嶙峋，生活相当痛苦。“青蛾红粉归何处”当然是说黛玉的结局。“惭愧当年石季伦”，“石季伦”即石崇，黛玉的结局令石崇感到惭愧，联系绿珠坠楼，等于说黛玉和绿珠一样死法，但情义更胜。虽是文本以外的内容，这位富察明义似乎没有理由伪造什么，所以这也算得一条很有力的佐证。

黛玉从何处坠楼？

黛玉之死的警句，除了“冷月葬花魂”，还有“茜纱窗下，我本无缘；黄土垄中，卿何薄命”。宝黛二人探讨《芙蓉女儿诔》时，因黛玉“茜纱窗下”的建议，宝玉想出了这么几句。黛玉听到后，“忡然变色，心中虽有无限的狐疑乱拟，外面却不肯露出”。这几句甚至可以说就是《芙蓉女儿诔》的核心之处，特别是“茜纱窗”。宝玉说：“故今宁可弃此一篇大文，万不可弃此‘茜纱’新句。”

黛玉说“茜纱窗下”是“现成真事”。宝玉听了跌足笑道：“好极，是极！到底是你想的出，说的出。可知天下古今现成的好景妙事尽多，只是愚人蠢子说不出想不出罢了。”但认为黛玉“居此则可”，自己若用就“唐突闺阁”了。似乎怡红院的窗纱和黛玉等姑娘们的窗纱并不完全一样，怡红院大概一直是“五色纱糊就”。黛玉说：“我的窗即可为你之窗，何必分晰得如此生疏。”那么此“茜纱窗”是闺阁之窗。

强调“茜纱窗”，种种话里有话，黛玉之死和“茜纱窗”有重大关系。

众人填柳絮词，除了传音的宝琴，各人写各人命运。黛玉的《唐多令》“粉堕百花洲，香残燕子楼”两句，太容易和坠楼建立联系。“百花洲”出处不解。“燕子楼”是爱情典故。唐张愔为爱妾关盼盼建燕子楼。张死后，盼盼感念旧爱不嫁，居燕子楼十余年。张愔旧友白居易为此赠诗几首给盼盼，其中一首：“黄金不惜买蛾眉，拣得如花三四枝。歌舞教成心力尽，一朝身去不相随。”盼盼见诗，愤而绝食死。大观园里恰有一洲一楼与这两句内容对应，迎春住的紫菱洲缀锦楼。缀锦楼更可以和“燕子楼”建立联系，迎春定亲被邢夫人接出去后，宝玉咏紫菱洲句有“燕泥点点污棋枰”。

第七十九回，迎春出去以后，宝玉“天天到紫菱洲一带地方徘徊瞻顾，见其轩窗寂寞，屏帐翛然，不过有几个该班上夜的老妪”。此处庚辰本批语：“先为‘对景悼颦儿’作引。”这句应该可以相信，但宝玉为什么要在这里对景悼黛玉？以及为什么突然写出“几个该班上夜的老妪”？还有缀锦楼的“轩窗”？而迎春的窗，当然也是“茜纱窗”。

以上种种，可以判定，黛玉是从缀锦楼的窗子跳楼自尽的。

迎春出去，使得缀锦楼成了一个疏于管理的空楼，只有几个老婆子上夜，可以想象忘记关门是常有的，加上耳昏目花，给黛玉悄悄登上缀锦楼留下了机会。

时间是在某天夜里。第七十七回宝玉梦见“晴雯”辞别。

宝玉又翻转了一个更次，至五更方睡去时，只见晴雯从外头走来，仍是往日形景，进来笑向宝玉道：“你们好生过罢，我从此就别过了。”说毕，翻身便走。宝玉忙叫时，又将袭人叫醒。袭人还只当他惯了口乱叫，却见宝玉哭了，说道：“晴雯死了。”

从这段来看，黛玉跳楼的时间是五更，也即夜里三点。

再分析一点直觉上的东西，觉得是作者的意思。从宝玉的反应看，他是被吓醒的，从梦中就大叫起来的那种惊吓，以至于把袭人惊醒了。是什么吓到了他？黛玉“仍是往日形景”，形象没有异常，是“我从此就别过了”这句话吗？这话固然戮心，但可以引起的不该是宝玉那样的反应，宝玉可以去哭去拉去求去问，绝不至于大叫。只有看到惊悚场景，才会在梦里大叫起来。不是因为这句话，那就是因为接下来黛玉“翻身便走”的举动。这个举动是不简单的。“翻身”可以是转身，也可以是一个大幅度的身体动作。书中“翻身”出现的也很多，尤其是出现在黛玉身上，但通常都是在躺着的情况下，比如“黛玉便翻身坐了起来”“黛玉听了，翻身爬起来”“王夫人翻身起来，照金钏儿脸上就打了个嘴巴”“宝玉已翻身醒了”等等。行走时翻身的动作也有。第二十四回：“贾芸接了，看那批上银数批了二百两，心中喜不自禁，翻身走到银库上，交与收牌票的，领了银子。”第四十五回宝玉“披蓑戴笠出去了，又翻身进来问道”等等。不太能说明问题，所以说这是一个直觉的东西，我以为，宝玉看到的，是黛玉从窗子翻身而下的情景。

宝玉噩梦醒来，“恨不得一时亮了就遣人去问信”。但及至天亮时，就有王夫人房里小丫头立等叫开前角门传王夫人的话：“即时叫起宝玉，快洗脸，换了衣裳快来，因今儿有人请老爷寻秋赏桂花，老爷因喜欢他前儿作得诗好，故此要带他们去。这都是太太的话，一句别错了。你们快飞跑告诉他去，立刻叫他快来，老爷在上屋里还等他吃面茶呢。环哥儿已来了。快跑，快跑。再着一个人去叫兰哥儿，也要这等说。”

就这段话，感觉到其中的紧张压迫了吗？

“立等”“即时”“快洗脸”“快来”“一句别错了”“快飞跑”“立刻叫他快来”“快跑”“快跑”，这些用词，如何让人相信王夫人是为了让宝玉跟父亲出去寻秋赏桂花？最后的“快跑”“快跑”，显然是传话的小丫头喊给角门上值班的女人的，想来她们正一边扣纽子一边跑去怡红院，但小丫头嫌她们跑的还不够快。

赏花作诗不过是闲情，完全不必如此紧张。儿子跟父亲出去，叫过去就是了，也不需要先给出理由。还叮嘱统一口径，“一句别错了”，叫贾兰时“也要这等说”。很显然，发生了紧急事件，王夫人的目的只有一个：尽快把宝玉从园子里弄出去，从府里弄出去。那么王夫人已知黛玉跳楼的事，应该是五更就知道了，把宝玉支走，或避免对宝玉刺激太大，虽难免知道，拖延一时是一时，也便于放手处理。

推理一下大概如此：黛玉跳楼时，发出的声响，惊动了那些“该班上夜的老妪”。当然第一个报告王夫人，凤姐病着，种种迹象表明贾母已被架空。这时候贾政在家，不知王夫人怎样告诉他黛玉的事的，总之他带宝玉出府去了。闺闱之事，绣春囊乃至宝钗泼醋等，贾政作为男人，似乎也不便多做探究。

也不能让贾兰知道，他也是小孩子，见到宝玉，神色间难免会表现出来。

黛玉跳楼后并没有立刻死去，而是重伤。联系那个“偷着下去瞧了一瞧”的小丫鬟的说法，推理整个过程应该是这样的：夜里黛玉三点坠楼，被值夜人发现，报知王夫人。王夫人或命人将重伤的黛玉悄悄抬到多浑虫家，等天明，急速把宝玉支出门去。黛玉直着脖子叫娘叫到天明，于下午“未正二刻”死去。宝玉未正三刻回来，没能见到黛玉最后一面。宋妈妈说黛玉叫了“一夜”，从五更到天明能算的“一夜”吗？这个“一夜”当是一种情绪说法，指夜里到天亮，比如宝玉当晚难眠，作者写他“发了一晚上呆”，其实不到三更。

宝玉参与处理了黛玉的后事。

《芙蓉女儿诔》：“昨承严命，既趋车而远陟芳园；今犯慈威，复拄杖而遽抛孤匶。及闻槥棺被燹，惭违共穴之盟；石椁成灾，愧迨同灰之诮。”

“陟”的本义是从低处到高处。《说文》：“陟，登也。”既说“远陟”，那么距离荣府很远，大概地理位置高。然后，地点偏偏用“芳园”两个字。昨天奉父亲的命令，驱车去一个很远的园子。今天冒犯母亲的威严，拄着拐杖把孤棺突然丢弃在那里。做父亲的还是比较开明的，在他的同意以及大力支持下，必须是大力支持，不然过不了王夫人这一关，宝玉趋车载着黛玉棺木去寻找安置或下葬的地方。但母子之间发生了冲突。从“拄杖”来看，宝玉的身体很虚弱。突然抛下孤匶，那么之前并未打算离开，回家是被硬架走的。身体虚弱到要拄杖，被架走也不是难事。之后听闻黛玉的小棺材被焚烧了。

宝玉如何得到黛玉灵柩的呢？这是一个时间差的问题。第七十八回：“谁知他哥嫂见他一咽气便回了进去，希图早些得几两发送例银。”王夫人闻知，便命赏了十两烧埋银子。又命：“即刻送到外头焚化了罢。女儿痨死的，断不可留！”他哥嫂听了这话，一面得银，一面就雇了人来入殓，抬往城外化人场上去了。“二人将门锁上，一同送殡去未回。宝玉走来扑了个空”。王夫人命“即刻送到外头焚化了罢”，这就是让宝玉回来什么也见不到的意思。

黛玉未正二刻死的，宝玉未正三刻回来，或者此前已得到消息，所以赶回来了。虽然差了一刻钟，也即十五分钟，没有见到最后一面，但这个时候，多浑虫两口子雇人抬着黛玉灵柩往城外化人场上去，走不了多远，所以宝玉能够赶上，拦下灵柩。

宝玉从“芳园”回家后即被软禁在了怡红院。

第七十九回：“贾母命好生保养，过百日方许动荤腥油面等物，方可出门行走。这一百日内，连院门前皆不许到，只在房中顽笑。”“这百日内，只不曾拆毁了怡红院，和这些丫头们无法无天，凡世上所无之事，都顽要出来。”第八十回：“此时宝玉已过了百日，出门行走。”

“百日”有三种释义：一是小孩出生的第一百天；二是人死后的一百天；三是模糊概念，指多日。宝玉被禁足的这个“百日”，被作者一再重复，是黛玉死后的“百日”无疑。

在这“百日”里，早已用不着奶娘且只要女孩子们服侍的宝玉，却由众奶娘等服侍看守，服侍是真，看守更真。宝玉挨打时，袭人服侍，宝姑娘殷勤送药探视，宝玉这样病，却没有袭人服侍宝姑娘来探视了，女孩子们也都一概不见了。不许出怡红院门，就是说连潇湘馆也不许去，甚至不许看一眼，以免睹物思人。“连院门前皆不许到”，因为在怡红院的院门前或可以看到潇湘馆的楼顶，至少能看到竹子。虽然作者以轻松喜乐的语气写宝玉的情形，但贾母天天来看视，王夫人一日两次带进医生来诊脉下药，也就知道情况的严重。至于“睡梦之中犹唤晴雯，或魇魔惊怖，种种不宁”，以及“只不曾拆毁了怡红院”，可以想象宝玉的情形，怡红院的人仰马翻遍地狼藉。

有人说宝玉为什么不殉情？求死是非常有可能的。宝玉没死，除了“独参汤”以及大夫天天诊治的功劳，从心理上，也很难抛下祖母去死，黛玉的离去对老太太的打击已经够大了。然后黛玉说自己做芙蓉花神的事，或者并非小丫鬟胡诌，是真的说了，为了安抚宝玉，让他好好活下去。另外，百日禁足期间宝玉或者就有了写作的念头，也是他活下去的原因之一。

《芙蓉女儿诔》：“尔乃西风古寺，淹滞青燐；落日荒丘，零星白骨。楸榆飒飒，蓬艾萧萧。隔雾圹以啼猿，绕烟塍而泣鬼。”

停放黛玉榇棺的“芳园”，想来就是这“古寺”的后园。人或动物的尸体腐烂时，会释放出磷化氢，常在夜间自燃，发出青绿色火焰，古称“青燐”。黛玉的榇棺在那里停放了相当长的时间，直到尸身腐烂，夜间开始有燐火。“淹滞”有久留的意思。或因如此，小小的棺木被抬到“荒丘”焚化，只剩下零星白骨。“荒丘”指荒凉的土坡。“落日”说明荒丘处于荣府往西日落的方向看。“古寺”地处帝城西郊的荒丘地带。这个地方楸榆蓬艾等草木丛生，黄昏时烟雾腾腾，近山，能听到猿啼，有墓穴，有田地。第五十一回宝玉说：“我就如那野坟圈子里长的几十年的一棵老杨树”，“野坟圈子”应该就是指的这个地方。《芙蓉女儿诔》庚辰本有批语：“晋杨公回诗云：‘生为并身杨，死作同棺灰。’”宝玉自喻杨树，或取自此典。黛玉的白骨，可能直到第二年春天才由宝玉收拾掩埋。“未若锦囊收艳骨，一掊净土掩风流”二句，是双重含义，除了暗示黛玉遭锦囊之计暗算，也是说，宝玉以锦制之囊收拾黛玉的骸骨，然后黄土掩埋。

“西风古寺”应该就是第八十回宝玉还愿的“西城门外天齐庙”。

贾母打发人来找宝玉，说：“明儿一早往天齐庙还愿。”宝玉如今巴不得各处去逛逛，听见如此，喜的一夜不曾合眼，盼明不明的。次日一早，梳洗穿带已毕，随了两三个老嬷嬷坐车出西城门外天齐庙来烧香还愿。这庙里已是昨日预备停妥的。

天齐庙是前朝所修，年深岁久，极其荒凉，里面泥胎塑像皆极其凶恶。贾家在这古庙许了什么愿，而且是让身体病弱的宝玉来还愿？只能是求神保佑宝玉生命平安了。宝玉坐车而非骑马去还愿，还跟着他向来不喜欢的老嬷嬷去，可知身体虚弱需要照顾。偏在如此荒凉的一处古庙许愿，可能的解释或联系，也只有黛玉榇棺曾停放这件事了。宝玉“一夜不曾合眼，盼明不明的”，被禁足期间必然日夜牵挂这个地方。这天是一个特殊的日子，用王夫人的话说，“是个好日子”，所以派人去孙家接新媳妇迎春回来。所以天齐庙当家的王一贴说：“知道哥儿今日必来，头三五天就拿香熏了又熏的。”但这天并不是宝玉“百日”禁足期满之日，“前儿”已去过孙家和薛家，已解禁了两三天的样子。

宝玉和王一贴在静室谈治一种病的膏药时，命李贵等人都出去，“只留下茗烟一人。这茗烟手内点着一枝梦甜香，宝玉命他坐在身旁，却倚在他身上”。真的很虚弱。王一贴见此情景，心有所动，笑嘻嘻走近前来，悄悄的说道：“我可猜着了。想是哥儿如今有了房中的事情，要滋助的药，可是不是？”话犹未完，茗烟先喝道：“该死，打嘴！”宝玉犹未解，忙问：“他说什么？”茗烟道：“信他胡说。”唬的王一贴不敢再问。静室里只有他们三人，所以王一贴敢问这样的话，而且以他的判定，这是毫无问题的。茗烟的反应却如此激烈，茗烟并不是什么正经好孩子，从书坊内“把那古今小说并那飞燕、合德、武则天、杨贵妃的外传与那传奇角本买了许多来，引宝玉看”的人，正是茗烟，还有和卍儿的事，调皮大胆得很。这次却严肃动怒，因为王一贴的话，戳到了宝玉伤口上。

“妒妇汤”对宝二奶奶的指向无须分析。

黛玉之死（二）

分析一下黛玉坠楼的日期。

根据第十四年的推断，“八月二十五日”巧姐、贾母在潇湘馆外遇芙蓉花神，黛玉是受“玉皇敕命”的召请，死了才做的芙蓉花神，这个日期，可以和黛玉之死的日期建立联系。刘姥姥谈及巧姐遇花神的事时说：“比不得我们的孩子，会走了，那个坟圈子里不跑去。”“坟圈子”三字，和宝玉是“野坟圈子里长的几十年的一棵老杨树”呼应，也是佐证。小丫鬟向宝玉说“晴雯”死后做了花神时，“恰好这是八月时节，园中池上芙蓉正开”，也似乎佐证黛玉死于八月。

《芙蓉女儿诔》：“窃思女儿自临浊世，迄今凡十有六载。其先之乡籍姓氏，湮沦而莫能考者久矣。而玉得于衾枕栉沐之间，栖息宴游之夕，亲昵狎亵，相与共处者，仅五年八月有畸。”

黛玉死时十六岁，宝黛二人亲昵相处了“五年八月有畸”，也即五年八个多月。黛玉十岁进荣国府。那天是腊月初八，从十岁之年的腊月初八，到十六岁之年的八月二十五日，是五年八个月又十七天，能对应。

黛玉百日期满不几天，即是一个特殊的日子，可以接迎春回娘家，宝玉可以去庙里“还愿”。查汉典老黄历，康熙二十七年，八月小二十九天，九月大、十月大都是三十天，如果黛玉死于八月二十五，百日期满之日是腊月初六日，那么两天之后即腊八节。有些地方的习俗，对于新婚夫妇，前三年的腊八、正月初七乃至正月十五日都是特殊日期，新媳妇要回娘家过。但有的地方好像正相反。腊八还愿是否有讲究不得而知，书中却有很好的先例，黛玉进荣府之日的腊八，宝玉那天恰是“庙里还愿去了”。

说黛玉死于八月二十五日，却有一个矛盾。第七十六回凹镜馆联诗时，湘云道：“又说他们作什么，不如说咱们。”只得联道：“吟诗序仲昆，构思时倚槛。”黛玉道：“这可以入上你我了。”因联道：“拟景或依门，酒尽情犹在。”可知此联诗主要指迷湘云和黛玉的命运。联诗是以时间为顺序，从八月十五到九月。在两人的警句“寒塘渡鹤影，冷月葬花魂”之前，有“虚盈轮莫定，晦朔魄空存”，“虚盈”指空和满，也即无月和月圆。“晦”指农历每月的最后一天，“朔”指农历每月的第一天。那么就到了八月底九月初时，这时“冷月葬花魂”，岂非是说黛玉于此夜跳楼？九月初二的水仙庵之祭，宝玉说北静王的一个爱妾“昨日”、也即九月一日没了，黛玉和北静王至少能建立两次联系，也呼应。《芙蓉女儿诔》的“五年八月有畸”，计算至九月初一，是五年八个月又二十二天，也不差。只是一样，如果黛玉死于九月初一，百日期满，是腊月初十，这个日期的两三天之后，不是什么特殊日子，腊月里除了腊八，也没有其他重大的佛教节日，这点对不上。所以，我起初判断黛玉死于八月二十五，而且九月初二祭祀也能有解释，这年八月小，九月初二便是头七。

后来发现，如果黛玉死于八月二十五日，从八月十五到黛玉坠楼，之间发生的事情就排不开，因为有和尚离开荣府去江南的事，以及宝玉去江南寻回和尚，书中给出的从京城到扬州走运河所需的时间六七天，从京城到长江，就算日夜兼程，和尚的一个来回怎么也要十天左右，何况这期间还有其他的事发生。

所以，最后判定黛玉九月初一坠楼。所谓“壶漏声将涸，窗灯焰已昏”，在夜将尽时的五更。当夜虽然无月，但有窗灯，可以看见路。就是无窗灯，黛玉也可以带着照明的灯具之类，这个不是问题。于当天的“未正二刻”死去。

按照九月初一坠楼，“腊八还愿”也可以有一个解释，宝玉的这个“百日”禁足，影射黛玉之死，实际为了救宝玉的命，隔绝和黛玉相关事物如潇湘馆等的联系，以免宝玉睹物思人，受不了刺激。如果宝玉身体状态可以，提前几天解禁完全有可能，何况也不是从黛玉死的那一天禁足的。既然不一定非要等到第一百日才放出来，腊八还愿也就没有问题了。

只不知八月二十五遇花神是怎么回事。

从八月十五日到九月初一黛玉坠楼，这之间发生的事有：撵司棋、晴雯、芳官等人，癞头和尚离开大观园去江南，宝钗搬离大观园，宝玉夜祭晴雯，王夫人撵黛玉，芳官三人出家，宝玉去追和尚等，这些应该都发生在八月十九日之前。然后，宝玉、和尚雨夜返回大观园，宝玉宝钗在蘅芜苑成婚，黛玉重新入园，宝钗打黛玉，黛玉坠楼等。这个顺序可能有误，因为作者密集使用绛树两歌，这些事情十分难拆解。

分析一下黛玉被逐出园的日期。

第七十七回宝玉梦见“晴雯死了”的一大早，即被王夫人以贾政带他寻秋赏桂花为由支出去，这天“发生”的事情实在多。八月十六日被撵出去的芳官、藕官、蕊官三人，寻死觅活闹着要出家，她们的干娘以为“隔两日”就好了，谁知越闹越凶，只好来告诉王夫人。“王夫人曾于十五日就留下水月庵的智通与地藏庵的圆心住两日，至今日未回，听得此信，巴不得又拐两个女孩子去作活使唤”。王夫人被两个尼姑说动，

“且近日家中多故，又有邢夫人遣人来知会，明日接迎春家去住两日，以备人家相看；且又有官媒婆来求说探春等事”。那么这天是八月十七日十八日都有可能。两个老尼姑带芳官三人去后，王夫人去贾母屋里，告诉贾母自己撵了晴雯芳官等人的事，“只见迎春妆扮了前来告辞过去”。这就矛盾，不是说“明天”么？

第七十八回宝玉夜祭晴雯时，黛玉从山石之后的芙蓉花丛里走了出来，和宝玉谈论祭文，《芙蓉女儿诔》内容虽实祭黛玉，但此情景，应是真实发生的，否则事无可依。

问题是，大晚上的，黛玉怎么一个人在芙蓉花丛里？黛玉告诉宝玉：“才刚太太打发人叫你明儿一早快过大舅母那边去。你二姐姐已有人家求准了，想是明儿那家人来拜允，所以叫你们过去呢。”可以确定黛玉是从王夫人处回来的。迎春是芳官出家的当天，也即八月十八日回家被相看的，那么这天是八月十八日或略后。二人讨论完诔文，黛玉回去，宝玉“又忽想起来黛玉无人随伴，忙命小丫头子跟了送回去”。黛玉是一个人去的王夫人屋里，没有姊妹也没有丫鬟跟着。那么这天晚上，像叫晴雯那样，王夫人把黛玉叫到她屋里去了。黛玉从王夫人屋里回来后，没有回潇湘馆，一个人在芙蓉花丛里，所以听到了宝玉的祭文。发生了什么也就可以想象了。可惜宝玉没有注意到这一点。和宝玉告别时，黛玉说：“我也家去歇息了，明儿再见罢。”也显得弦外有音。从此黛玉不再出现。

宝玉探视“晴雯”也即黛玉的那天晚上，还准备去看芳官等人，那么芳官三人还没有出家。这又矛盾。或者是借用探视晴雯的一段情景。

夜祭晴雯的第二天，宝玉去了贾赦家“聊以塞责”，应该是一件可以确定的事。然后就在这天，趁宝玉不在荣府，王夫人撵了黛玉。宝玉在的话难免发生冲突。当然也瞒着贾母，这种情况下，有谁敢去告诉贾母？

推测这天是八月十八日。

黛玉既然被撵出大观园，怎么可能九月初一日五更在紫菱洲缀锦楼坠楼？猜测又重回大观园了。宝玉坚决不肯和宝钗成亲，惹怒和尚离去，这一点见后文分析。或者王夫人以黛玉入园为条件，迫宝玉和宝钗成亲。宝玉无奈去追和尚，做最后的努力。

宝玉探视“晴雯”，一定是在黛玉出园的当晚，也即八月十八日。黛玉说：“我已知横竖不过三五日的光景，就好回去了。”宝玉对多姑娘说：“好姐姐，你千万照看他两天。我如今去了。”这“去”指的是追和尚。

宝玉和宝钗在蘅芜苑“成亲”，也即白海棠所写的内容，是在追回和尚的当晚，一个雨夜。但宝玉如何能履行新郎的义务？恼羞成怒的宝钗做了一件让所有人始料不及的事：打黛玉。时间应是二十九日。

黛玉被王夫人撵出园子时，只被一口咬定是“狐狸精”，如果已经被宝钗打，在和宝玉交谈中必会提及。被打只能是在她重新入园后。疯狂的嫉恨使宝二奶奶丧失了原本就少得可怜的一点儿矜持。黛玉挨打，湘云赶去劝慰。不知宝玉这天在哪里以及是什么情况。

第七十八回宝钗正式搬离大观园，除了有意凸显事关荣府姑娘清誉的绣春囊的存在，对王夫人说的一番话，也是施压。“据我看，园里这一项费用也竟可以免的。说不得当日的话，姨娘深知我家的，难道我们当日也是这样冷落不成？”这是用被杀的那些薛家人吓王夫人。之前和王夫人的“咱们”也不说了，改称“姨娘这边”了。王夫人天真烂漫，可以被袭人的一篇大道理给收服，为袭人所用，却还以为是自己冷眼取中袭人，宝钗的这话，如何不让她心惊肉跳，以及尽快对黛玉下手。

对宝钗从园子搬去荣府内宅薛家院，宝玉的评价是“天地间竟有这样无情的事”！宝钗的此次行为已经超出了宝玉对她的心性或者说对人性中恶的认知。没想到，还有更颠覆认知的“泼醋擂姜兴欲狂”。

黛玉曾坦然喝下宝钗的剩茶，大约是传递她愿意为妾的意思。但王夫人堵上了这条路，在贾母面前说：“虽说贤妻美妾，然也要性情和顺举止沉重的更好些。”就是王夫人赞同，在“泼醋擂姜兴欲狂”的宝钗手里，黛玉的日子也没法过。

有一个难题是，王夫人答应金玉良姻，贾母、黛玉等人即时就知道了，宝玉是即时知道的，还是被瞒了一阵子？从一些情况看，他就好像完全不知道发生了什么。第七十六回贾府中秋赏月，也即金玉良姻被答应后，黛玉“俯栏垂泪”，连湘云都去安慰，宝玉反而一句话都没有了。“宝玉近因晴雯病势甚重，诸务无心，王夫人再四遣他去睡，他也便去了”。即便晴雯绝食情况严重，宝玉受到影响，以及怡红院还有其他事情发生，但何至于对黛玉不管不问？还是说这时候他的安慰已经没有任何意义，他要做的是抵抗？祭晴雯之夜，两人淡定地探讨诔文，这个不是问题，问题是这个时候宝玉怎么还有心情写“长篇大论”的文字祭晴雯？难道借此宣泄愤怒的心情？或者还是有点轻敌，以为会像前两次一样，能抵挡过去？以及以为黛玉是安全的，完全想不到王夫人、宝钗会对黛玉下手。但提亲的事是一定知道的。另外，即便不得不娶宝钗，还可以纳黛玉为妾，也是一个要考虑的心理因素。

黛玉号“潇湘妃子”，这个号又从何说起？

当姻缘成空，宝玉或打算把黛玉托付给北静王。第十四年九月一日北静王痛失爱妾或是事实，那么他身边缺少一个得宠的女人，才貌双全的林妹妹当然能填补这个空缺。九月初二之祭，或暗示这个意图。但“潇湘妃子”之号却与此无关。“潇湘”是湘江的别称。这个号是探春取的，说是：“当日娥皇女英洒泪在竹上成斑，故今斑竹又名湘妃竹。如今他住的是潇湘馆，他又爱哭，将来他想林姐夫，那些竹子也是要变成斑竹的。以后都叫他作‘潇湘妃子’就完了。”娥皇、女英是帝舜的两个妃子。百度百科《阵物志》：“尧之二女，舜之二妃，曰湘夫人，舜崩，二妃啼，以涕泪挥，竹尽斑。”《山海经·中山经》：“帝之二女居之，是常游于江渊，澧沅之风，交潇湘之渊。”“二女”即娥皇、女英。“舜”在书中暗示癞头和尚，“潇湘妃子”之号与癞头和尚有关。

书中神仙暗示皇家人，黛玉是贫民家的孩子，却成了“世外仙姝寂寞林”，就是这个原因。其他如“西方有石名黛”“白帝宫中抚司秋艳芙蓉女儿”等，也是这个原因。

宝钗《螃蟹咏》有“长安涎口盼重阳”，这里可以解释了。黛玉死后，宝玉送灵守灵在天齐庙。九月九日不仅是重阳节，黛玉头七已过。应该就在这天，发生了“今犯慈威，复拄杖而遽抛孤匱”，王夫人命人把宝玉架回家。九月九日是宝玉回家之日，也即禁足开始之日。

这些分析，我自己也觉得有很多不对。比如黛玉死后遗留下来的衣履簪环约有三四百金之数，这些东西自然都在多姑娘家，所以被他们收了作为生计之用。黛玉重返大观园，怎么没有带着？难道黛玉坠楼时，身上会戴着这么多首饰？还有《姽婳词》，似乎和黛玉有关，但除了几个特别的句子，剩下的就完全糊涂了。

女儿令之宝钗的婚后生活

对宝钗婚后生活的分析，请相信本人只是做逻辑推理求取事实，没有任何的私心恶意。宝钗写柳絮词《临江仙》，对众人说“未必合你们的意思”，她的婚后生活，也许正如她所言。

第二十八回冯紫英请客，宴席上说酒令，当然都是指迷，四个特别的人参与进来，冯紫英、小旦蒋玉菡、妓女云儿，甚至不过略识几字的呆大爷薛蟠，所以语言很杂，薛大爷的酒令更是十分的少儿不宜。看起来很难和十二钗建立联系。或者正是出于这么一种担心，作者明白告知各酒令的主角都是“女儿”，不要想到其他什么人那里去。酒令中“女儿”的所指，均不出太虚幻境十二钗册子的十五人范围。

宝玉的酒令：

> 女儿悲，青春已大守空闺。
>
> 女儿愁，悔教夫婿觅封侯。
>
> 女儿喜，对镜晨妆颜色美。
>
> 女儿乐，秋千架上春衫薄。

第一句也就确定了酒令“女儿”的指向，青春已大、守空闺，符合这两点的唯有宝钗。“守空闺”指丈夫不在，妻子寂寞独居。曹植《杂诗》：“妾身守空闺，良人从行军。”酒面也是佐证，“滴不尽相思血泪”的，除了绛珠仙子还能有谁？第二句，宝钗此时确实已和宝玉成婚，但宝玉出远差了，所谓“万里觅封侯”，“封侯”不是短时间能得的。所以宝二奶奶又悲又愁。第三句却忽然心情大变，不悲也不愁了，早晨起来高高兴兴地对镜梳妆，打扮得很美，显然有事发生。第四句，穿着薄薄的春衫，荡起了秋千。春衫既薄，想来体形毕现。“春衫薄”是故典，出自韦庄《菩萨蛮》：“如今却忆江南乐，当时年少春衫薄。”写的是风月场所之乐，和荡秋千之举也算呼应。第六十三回贾珍的两个妾佩凤、偕鸳在大观园里荡秋千玩耍，此处庚辰本批语：“大家千金不令作此戏，故写不及探春等人也。”按批语的说法，荡秋千在当时是一种不端庄的嬉戏，探春等小姐们都不玩这个。宝二奶奶却玩起来。到底发生了什么事情令宝二奶奶这么高兴？单从这几句酒令看不出来。

薛蟠的酒令：

女儿悲，嫁了个男人是乌龟。

女儿愁，绣房撺出个大马猴。

女儿喜，洞房花烛朝慵起。

女儿乐，一根鸡巴往里戳。

既是酒令，无论怎样粗俗，都不可以轻忽带过，何况无论薛蟠还是他的酒令，都在宴席中大出风头。众人对宝玉的酒令齐声喝彩，只有薛蟠批评说“不好，该罚”，因为他“通不懂”。相比之下，薛蟠自己的酒令的确直截了当，通俗易懂。但他酒令里的“女儿”是谁，对解谜者来说，可就太难猜了。

有红迷把这个“女儿”和夏金桂联系起来，夏金桂的确不是个好人，但她的斑斑劣迹都已经明写，怎么可能再用隐晦的酒令去暗示？何况没有任何线索证明夏金桂在十二钗册上占一席之地，她只是作为陪衬出现。所以不管内容怎么不堪，这条酒令里的女儿，就是册中某钗。

第一句“女儿悲，嫁了个男人是乌龟”，这个女子是嫁了男人的。那么排除了黛玉、惜春和晴雯。这句令众人大笑，薛蟠自己反而没笑，非但不笑，还一本正经地替这个“女儿”辩护。薛蟠道：“笑什么，难道我说的不是？一个女儿嫁了汉子，要当忘八，他怎么不伤心呢？”“忘八”即乌龟，男人当“忘八”指妻子红杏出墙。这话是对酒令内容的一个注解。既是“要当”忘八，是未来式，这个女子嫁时还是清白的。薛蟠的辩解好像很不通，女人让丈夫当了忘八，伤心的却是她自己？而且，粗线条的薛蟠竟然知道她伤心，用他的理论维护她。呆大爷薛蟠，对香菱可以随便打骂，对夏金桂是怕，对宝蟾是觊觎，这“女儿”是何方神圣，竟让薛傻子心疼起来？

第二句“女儿愁，绣房里撺出个大马猴”，这句被众人认为更不通。“绣房”是未出闺阁的姑娘的居所。刘姥姥说怡红院“这是那个小姐的绣房，这样精致？”贾母看了蘅芜苑说：“你们听那些书上戏上说的小姐们的绣房，精致的还了得呢。他们姊妹们虽不敢比那些小姐们，也不要很离了格儿。”这个女子都嫁人了，怎么还住在“绣房”里？虽然女子新婚后被接回娘家小住几天自己的绣房也是常情，但作者毫无理由借此表达这个。既住绣房，是有身份地位的主子，可排除丫鬟袭人、住庵堂的妙玉、守寡的李纨，凤姐、香菱乃至贾妃也都无需考虑。“撺”字在康熙字典的解释是：“掷也”“又俗谓诱人为非曰撺掇。”“马猴”即玃，也称玃父。汉典：“玃，大猿。俗称马猴。”《尔雅·释兽》“玃父擅顾”。徐珂《清稗类钞·动物·玃父》：“产蜀中，俗谓之马猴，状似猕猴而大，毛色苍黑，长七尺，人行，健走。相传遇妇女必攫去，故名。”山东这边俗语，“马猴子”指貌丑且猥琐的人。大马猴肯定不是女子的丈夫，夫妻关系理所当然，不存在撺掇。这女子在偷汉！眼前男子丑陋如马猴，女子有些愁烦。

前两句大家都觉得不通，只有令官宝玉表示可以通过。薛蟠说第三句第四句之前，云儿插话说："下两句越发难说了，我替你说罢。"似暗示接下来发生的事情更令薛蟠无法出口。接下来发生了什么？

第三句"女儿喜，洞房花烛朝慵起"，原来是在绣房里和大马猴洞房了。那么一个很大的问题出来了，既是她的"洞房花烛"之夜，这个女子并非"守空闺"那么简单，她甚至没有和丈夫洞房合卺！这条线索可以说把众钗里的其他人全都排除了，唯有宝钗一人符合。薛蟠酒令中的"女儿"，和宝玉酒令中的"女儿"，是同一人：宝钗。看来，薛蟠说宝玉的酒令"通不懂"，自己便说了一个通俗易懂的。到了早晨，懒起的宝二奶奶继续和大马猴寻欢作乐。私通是偷偷摸摸不能见人的，特别在那个时代，夜里也就罢了，宝二奶奶竟然早晨还赖在床上和大马猴寻欢作乐，不怕被发现吗？以及不用晨省公婆、照顾丈夫吗？这就联系上了宝玉酒令的"悔教夫婿觅封侯"，宝玉出远差在外。公婆呢？或王夫人已辞世，或婆媳关系已经破裂，皆有可能，总之不用去。贾母虽长寿，对宝钗恨之入骨的心情可想而知，不会有晨省这回事。所以，宝二奶奶尽可以随心所欲。秋千架旁送宝钗的，想必是大马猴。

关于宝钗婚后给宝玉戴了绿帽子，书中的暗示不止一处。第二十三回宝玉黛玉闹别扭，宝玉着了急，向前拦住说道："好妹妹，千万饶我这一遭，原是我说错了。若有心欺负你，明儿我掉在池子里，教个癞头鼋吞了去，变个大忘八，等你明儿做了一品夫人病老归西的时候，我往你坟上替你驮一辈子的碑去。"

"癞头鼋"又称绿团龟，鳖类中最大的一种。《说文》："鼋，大鳖也。"癞头鼋也指头上长疙瘩疮的人，《牡丹亭·回生》："自家梅花观主家癞头鼋便是。”宝玉口里的“癞头鼋”，影射癞头和尚无疑。宝玉虽无心欺负黛玉，最终还是屈于癞头和尚的金玉配，可不是“教个癞头鼋吞了去”？但为什么说自己“变个大忘八”呢？除了宝二奶奶红杏出墙，实在没有第二个人能让宝玉得此殊荣。好在宝玉显得并不介意。

宝钗《临江仙》：“蜂团蝶阵乱纷纷，几曾随逝水，岂必委芳尘。”其中的“蜂团蝶阵”，“蜂蝶”常用来指浪荡子弟，比如“招蜂引蝶”指女子招引男子，这是宝钗的生活状态。只不过“蜂团蝶阵乱纷纷”显示了门庭若市的景象。和宝钗相好的不止大马猴一人。“芳尘”可以喻指人的好品行，“岂必委芳尘”的意思就可以理解为何必一定要服从于好的品行呢？有摆脱道德约束及时行乐的意思。宝钗拿《临江仙》给李纨等人看时，说“未必合你们的意思”，就是指的这一点了。

薛蟠唱的曲：“一个蚊子哼哼哼，两个苍蝇嗡嗡嗡。”“哼哼哼”的“蚊子”当指宝钗，“嗡嗡嗡”的“苍蝇”则指她相好的男人，看来主要有两个。

苍蝇、蚊子和宝钗的联系，在第三十六回。袭人坐在睡着的宝玉身旁，手里做针线，旁边放着一柄白犀麈。宝钗走近前来，悄悄的笑道：“你也过于小心了，这个屋里那里还有苍蝇蚊子，还拿蝇帚子赶什么？”袭人不防，猛抬头见是宝钗，忙放下针线，起身悄悄笑道：“姑娘来了，我倒也不防，唬了一跳。姑娘不知道，虽然没有苍蝇蚊子，谁知有一种小虫子，从这纱眼里钻进来，人也看不见，只睡着了，咬一口，就象蚂蚁夹的。”宝钗道：“怨不得。这屋子后头又近水，又都是香花儿，这屋子里头又香。这种虫子都是花心里长的，闻香就扑。”

大马猴或是贾环。

众人大观园放风筝时，宝玉命拿一个螃蟹风筝来放，谁知袭人把螃蟹风筝给了贾环。螃蟹是宝钗的寓意形象，这个细节引人遐想。而且，贾环的“环”，和通灵玉的替代品“玦”，古时存在密切联系。《荀子·大略》：“绝人以玦，反绝以环。”杨倞注：“古者，臣有罪，待放于境，三年不敢去。与之环则还，与之玦则绝。皆所以见意也。”后用“环玦”表示官员的内招和外贬。宝玉以“玦”表示决绝金玉良姻，却偏有一个与“玦”相对立的“环”在，岂非可以联系“反绝以环”？贾环相貌猥琐，和“马猴”也对应，或者后来个子也很高，所以是大马猴。贾环缺女人吗？应是经济原因。庶出的贾环长大后也难免是一个在经济上捉襟见肘的主子，守空闺的宝钗却是富婆，如果宝玉觅封侯去了，叔嫂二人，一个缺钱，一个缺男人，又是一家人，彼此方便，知根知底，的确可以暗度陈仓，各取所需。既是袭人把螃蟹风筝给了贾环，谈论苍蝇蚊子的也是她，撺掇宝钗和贾环在一起的，或者就是花袭人。

袭人嫁优伶后，有可能再进荣府吗？第二十八回甲戌批语：“茜香罗、红麝串写于一回，盖琪官虽系优人，后回与袭人供奉玉兄宝卿得同终始者，非泛泛之文也。”这段话里提供的客观信息，即是蒋玉菡、袭人后来和宝玉、宝钗的联系。但其中的联系，只怕主要甚至仅限于蒋玉菡对宝玉，袭人对宝钗。

薛蟠为宝钗的行为辩论，逻辑并没有错，因缺少了中间环节，才显得狗屁不通。

宝玉唱的曲子：

滴不尽相思血泪抛红豆，

开不完春花春柳满画楼，

睡不稳纱窗风雨黄昏后，

忘不了新愁与旧愁，
咽不下玉粒金莼噎满喉，
照不见菱花镜里形容瘦，
展不开的眉头，
捱不明的更漏，
呀！恰便似，
遮不住的青山隐隐，
流不断的绿水悠悠。

曲子指迷宝钗无须再分析。这首曲子，一句一个“不”字，一连十个，宝钗婚后岁月的煎熬，都在这些“不”字上了。所谓“焦首朝朝还暮暮，煎心日日复年年。”“开不完”句尤其可悲，一年又一年的绚烂春花，一遍又一遍地开满画楼，来了去去了来，像没有尽头一样。“咽不下玉粒金莼噎满喉”句，“玉粒金莼”含“金玉”二字，金玉固然成配，却如同噎满在喉咙里，咽不下去也吐不出来。虽然有“蜂团蝶阵乱纷纷”的快乐日子，终究只能趁宝玉不在家的时候偷偷摸摸地来，成不了生活的主题。就算宝二奶奶敢，大马猴等人也不敢，宝二奶奶是皇亲国戚后台硬，蜂蝶们可不是。

唱完曲子，宝玉饮了门杯，拈起一片梨来，说道：“雨打梨花深闭门。”完了令。宝钗的寓意形像还有“梨花”。

按《红楼梦大辞典》第240页词条解释，“雨打梨花深闭门”出处有二：一是宋秦观（一作无名氏）《鹧鸪天》，全词：“枝上流莺和泪闻，新啼痕间旧啼痕。一春鱼鸟无消息，千里关山劳梦魂。无一语，对芳尊，安排肠断到黄昏。甫能炙得灯儿了，雨打梨花深闭门”；二是宋李重元

《忆王孙》，全文："萋萋芳草忆王孙，柳外楼高空断魂。杜宇声声不忍闻，欲黄昏，雨打梨花深闭门。"李重元生卒年份不详，据说晚于秦观。好在两首词格调内容非常相似，都是春怨词，都是黄昏时，出自哪个区别不大。

联系"睡不稳纱窗风雨黄昏后"，似乎某年月日的黄昏时候，在宝钗身上发生了一件事，令她"睡不稳"。这也是一个点。

女儿令之尤氏的命运结局

冯紫英是神武将军冯唐之子，和宝玉、薛蟠、贾珍都有交往，宝玉称他"冯世兄"，年龄比宝玉大，估计和薛蟠差不多。婚姻状况不详。他的家庭有一层神秘色彩，父亲名"冯唐"，这个名字有来由，汉朝一个叫冯唐的人，有才能却不受重用，经历三朝，到汉武帝时，才被举为贤良，但年事已高不能为官。所谓"冯唐易老"，指那些时运不济、命运多舛的人。宝玉称冯唐为"老世伯"，冯唐年纪的确不小了，比贾政大。"紫英"的字面意思为紫色花。萧颖士《菊荣》："采采者菊，芬其荣兮。紫英黄萼，照灼丹墀。"如果"紫英"二字出自这里，就是紫色菊花了，这个含义可联系癞头和尚。"英"的本义也有趣，《尔雅·释木》："花而不实者谓之英。"

关于冯紫英女儿令的指向，先看他唱的曲子：

你是个可人，你是个多情，你是个刁钻古怪鬼灵精，你是个神仙也不灵。我说的话儿你全不信，只叫你去背地里细打听，才知道我疼你不疼！

这个“女儿”，可人、多情、刁钻古怪鬼灵精，让冯大爷非常疼爱。她是谁？十五人之一是肯定的。他对她的好，还得她“背地里细打听”，说明这好不能摆到明面上来，甚至不太能对她直说，那么两人不是夫妻，他们的关系不能见人。“细打听”还说明他帮她帮得很隐秘。既然“你是个神仙也不灵”，这“女儿”遇到一件棘手的事，是神仙也不灵，但冯紫英帮了忙。

冯紫英的酒令：

女儿悲，儿夫染病在垂危。

女儿愁，大风吹倒梳妆楼。

女儿喜，头胎养了双生子。

女儿乐，私向花园掏蟋蟀。

第一句“女儿悲，儿夫染病在垂危”，这句的关键是“儿夫”两个字。古戏文中，年轻妇女也称丈夫为“儿夫”，即“我的丈夫”的意思。这里“儿夫”却不能作此解释。因为句中已经有“女儿”这个主语，几个人的酒令均如此，再加一个“我”做主语，就变成了重复自称。这里的“儿夫”，就是组词的两个字的意思：儿子和丈夫。有儿子有丈夫，这个“女儿”范围不大。这位“女儿”把儿子放在丈夫前，似乎更看重儿子而非丈夫。“染病在垂危”肯定不是说她儿子丈夫病得要死了，是大难临头了。

第二句“女儿愁，大风吹倒梳妆楼”，“大风”也佐证了“染病在垂危”是遇到大灾难。这“女儿”有自己的梳妆楼，是主子，而且是十分阔绰的主子。

第三句“女儿喜，头胎养了双生子”，那么前面的“儿子”不是亲生的。然后，第一胎生了对双胞胎儿子，这是“女儿”身份很重要的线索。书中虽没有写谁生下双胞胎儿子，却有一人曾向朝廷报过产假，就是宁府的大奶奶尤氏。老太妃薨时，“便报了尤氏产育，将他腾挪出来，协理荣宁两处事体”。“产育”不会是谎言，不然就是欺君了。乌进孝的账目也说明问题：“外门下孝敬哥儿姐儿顽意：活鹿两对，活白兔四对，黑兔四对，活锦鸡两对，西洋鸭两对。”这“哥儿姐儿”不可能是贾蓉、惜春，贾蓉已成家，惜春也是大姑娘了，不会顽这些小动物，特别是兔子，那是幼童的爱物。宁国府确实还有其他姑娘小爷。

第四句“女儿乐，私向花园掏蟋蟀”，生下双生子当然可“喜”，但“掏蟋蟀”有什么可“乐”的？儿子丈夫都大难临头了，还有闲心去花园里掏蟋蟀吗？这看起来极荒诞的一句，却是最重要的线索。关于掏蟋蟀，能与之建立联系的只有一件，呆大姐去大观园里掏促织，促织即“蟋蟀”，然后捡到了那个引起轩然大波的绣春囊。绣春囊是尤氏放的，酒令的“女儿”是尤氏无疑。大观园非尤氏家花园，放绣春囊那次，并未经主人允许而进园去，且独自一人，是为“私向”。绣春囊拆散了木石姻缘，促成金玉良姻，解了宁府之难也即“儿夫染病在垂危”，对尤氏来说，太值得“乐”了。

十二钗正册末页“悬梁自缢”、《好事终》里“画梁春尽落香尘”的美人，其实是尤氏，而非秦可卿。

这个“美人”就像一个终结者，她的词画、曲均在十二钗之末，而词曲的内容，“主淫”“造衅开端”“好事终”“春尽”“败家的根本”“家事消亡”等说法，不仅释放出曲终人散的意味，亦显示她对宁荣两府的败落负有重大责任。秦可卿或者令人印象深刻，但秦青春早逝，嫁入宁府也没有几年，即便真的风流，不过是乱账宁府里的一个小插曲，怎么可能影响到贾家的大局？整个宁府就没有干净的。如柳湘莲所说："你们东府里除了那两个石头狮子干净，只怕连猫儿狗儿都不干净。"第十四回凤姐协理宁国府时，有一个宁府下人说："论理，我们里面也须得他来整理整理，都忒不象了。"这时候可卿已死，"忒不象"的人，贾珍、尤氏、贾蓉概不能免，哪个地位都比可卿高。何况秦可卿早早退出了故事，她死时，贾家不仅没有败落，还正逢鼎盛时期，所谓"烈火烹油，鲜花着锦之盛"。反观尤氏，这个女人从头到尾都是故事的活跃参与者。她在宁府地位稳固，财权在握，和贾珍关系十分和谐，贾蓉也异常服从她，如果说宁府哪个女人有败家的能力，非尤氏莫属。尤氏也已展示了她的破坏能力，离间凤姐和邢夫人、王夫人的关系，放绣春囊毁掉木石姻缘，没几下子就搅得荣府人仰马翻。

尤氏也是薄命人。第七十五回庚辰本批语："按尤氏犯七出之条不过只是'过于从夫'四字，此世间妇人之常情耳。其心术慈厚宽顺竟可出于阿凤之上，特用之明犯七出之人从公一论，可知贾宅中暗犯七出之人亦不少。"这条批语提供的客观信息应是可信的，批书人没理由编这么一个谎，也即尤氏后来因"明犯七出"被休。"七出"是旧时丈夫遗弃妻子的七条依据，分别为：一无子，二淫泆，三不事舅姑，四口舌，五盗窃，六妒忌，七恶疾。"七出"还有一个补充条款"三不去"，对休妻做出了一些限制。《大戴礼记》："妇有三不去：有所取无所归，不去；与更三年丧，不去；前贫贱后富贵，不去。"但"恶疾及奸者"不在此列。随着时代变迁，三不去的具体实行，也有一些变化，比如持丧的"三年"时间并不绝对。贾珍休妻是一件非常严重的事，因为尤氏有多层保护在身。"三不去"她占了两项，一是已为公公贾敬送终持丧；二是尤家已无人，属于“有所取无所归”。虽然“恶疾及奸者”不在三不去之列，尤氏被休既因为“过于从夫”，就与“恶疾”“淫泆”无关。何况以宁府的家风，尤氏怎么会因为淫泆被休呢？除了这两项，尤氏还有一层或者更强大的保护：朝廷诰封。有一种说法是，擅休诰命之妻等于欺君，要报请吏部同意才行。但尤氏还是被休了，可知事态有多严重。尤氏无娘家可归，被休后即便想另嫁，有谁会要她或者有谁敢要她？人世已没有了立足之地，“画梁春尽落香尘”成了唯一的选择。

尤氏没有名字，就一个姓，也是书中唯一姓尤的人。她的两个妹妹尤二姐尤三姐，是随母改嫁到尤家的，并不真的姓尤。“尤”这个姓因尤氏一人而起。“尤”的字面意思有两个：一是特异、突出，一是过失、罪过。关于尤氏的行为，这个姓氏也是很好的指迷。尤氏的确是个很出色的女人，她思虑周密，也非常有执行力。贾敬吞金丹胀死后，尤氏一边“独艳理亲丧”，处理得妥妥当当，一边还考虑到贾珍父子驰回，贾母路上无人护送，而派了两个人去。她很善于拉拢和取悦人，办理凤姐生日时，把鸳鸯、赵姨娘、彩云等人的份子钱都退给她们。她向鸳鸯打听贾母的喜好，揣摩人心方面可以说完胜凤姐。当然，下手之狠也不逊色。《好事终》的“好事”当指金玉良姻，尤氏是金玉良姻成功的大功臣，但作者取这么个曲名，恐怕在暗示尤氏之死与促成金玉良姻有关。尤氏犯的七出，应是“口舌”，即挑拨亲属关系。那么绣春囊的事败露了，贾珍只能休了尤氏，给荣府一个交代。

尤氏“擅风情，秉月貌”，美人一个，也没辜负她的风情月貌。

焦大越发连贾珍都说出来，乱嚷乱叫说：“我要往祠堂里哭太爷去。那里承望到如今生下这些畜牲来！每日家偷狗戏鸡，爬灰的

爬灰，养小叔子的养小叔子，我什么不知道？咱们胳膊折了往袖子里藏！”（第七回）

“爬灰的”是贾珍，“养小叔子”的是谁？只有两个候选人，尤氏和秦可卿。“爬灰的爬灰，养小叔子的养小叔子”，意思分明是各人玩各人的，贾珍“爬灰”的对象是秦可卿，他俩既属同一方，“养小叔子”的就不能再是秦了，只能是尤氏。“养”汉和偷汉严格来说是不同的，偷汉只需提供身体，养汉还要提供钱财，有钱的女人才能办到。“养小叔子”包含了两项重要信息：两人是叔嫂关系；小叔子没钱，吃嫂子的软饭。尤氏掌握着宁府的财政大权，一出手几百两银子不在话下，有养汉的资本。

被养的“小叔子”恐怕有贾琏，风流贾琏，经济状况一向捉襟见肘。贾琏到宁府，可以不经通报而直接进尤氏上房。第六十四回：“便命家人散去，独自往里面走来。原来贾琏贾珍素日亲密，又是兄弟，本无可避忌之人，自来是不等通报的。于是走至上房。”

贾琏和尤氏的经济来往，书中也有暗示。第五十三回，这日宁府中尤氏正起来同贾蓉之妻打点送贾母这边针线礼物，正值丫头捧了一茶盘押岁锞子进来，回说：“兴儿回奶奶，前儿那一包碎金子共是一百五十三两六钱七分，里头成色不等，共总倾了二百二十个锞子。”说着递上去。尤氏看了看，只见也有梅花式的，也有海棠式的，也有笔锭如意的，也有八宝联春的。尤氏命：“收起这个来，叫他把银锞子快快交了进来。”兴儿是贾琏的小厮，自然在替贾琏跑腿办事。兴儿口中那包“一百五十三两六钱七分”的碎金子一定是尤氏给的，命倾成锞子，所以倾好了要交给尤氏。但为什么倾了二百二十个之多？最小的锞子也要一两，二百二十个锞子至少二百二十两金子，差了的六十多两金子，只能在贾琏身上。贾琏和尤氏之间，有大笔的经济账。尤氏收下金锞子后，又催促把银锞子快快交了进来，一副颐指气使的样子，琏二爷恐怕是拿人家的手软。

尤氏曲："箕裘颓堕皆从敬，家事消亡首罪宁。宿孽总因情。""敬"指贾敬无疑，"宿"字有年老的意思，尤氏貌似和公公贾敬也有一腿。甲戌本此处有批语："是作者具菩萨之心，秉刀斧之笔，撰成此书，一字不可更，一语不可少。"可知此曲关键。

尤氏和这些人的关系都是次要的，重点是她和冯紫英。

冯家和荣府是世交，所以宝玉称冯紫英为"冯世兄"。贾珍有时却直呼其名"冯紫英"，很奇怪，不知算什么意思？冯家和宁府貌似没什么特别关系，贾珍说冯紫英向他推荐张太医是因为和他关系好，就是纯交情了。但谁能相信冯紫英和贾珍好？贾珍派小厮拿自己名帖去冯紫英家请张太医，被张友士给退了回来，当然，拒收的理由很谦恭，"大人的名帖实不敢当"。不过既说"因我们冯大爷和府上的大人既已如此说了，又不得不去"，完全是看在冯紫英的面子上，根本就看不起贾珍。小厮大概都觉得脸上挂不住，回来不好意思见贾珍，把名帖给了贾蓉转交了事。也难怪，除了喝酒赌博好色，正经官场应酬方面，贾珍几乎从来不参与，是一个上不得台面的人，好友是邢大舅、薛蟠之类。北静王送节礼来，他赶紧躲，让贾蓉去接待。凤姐闹上门来，他溜之大吉，留下老婆儿子应对。这人也有优点，族中子弟穷困的，他逢年过节的给救济。贾芹做事混账，他也进行训斥。荣国府里有事，他很热心。他迷恋尤三姐的美貌，却被这个十几岁的闺阁少女镇住，锦衣玉食地养着，不敢把她怎么样。冯紫英出场虽少，从他的言谈举止行为，以及薛蟠、宝玉对他的态度，可知是个既有身份又有城府的人，这样一个人，怎么可能和贾珍好？

冯紫英举荐张太医到宁府看病，不是因为贾珍，而是因为尤氏。第十一回的一个小细节，佐证了他和尤氏的关系。

这里尤氏方说道："从前大夫也有说是喜的。昨日冯紫英荐了他从学过的一个先生，医道很好，瞧了说不是喜，竟是很大的一个症候。"

冯紫英是别家的青年公子，贾珍直呼姓名已经奇怪，尤氏在众人面前，竟然也直呼姓名。在那个时代，人们之间，哪怕上级对下级或主子对奴才，一般都是用敬称或代称的，以对方的身份、职务、职业、年龄等称呼对方。如果不是主子对奴才，直呼姓名，要么就是极其亲近不见外，要么就是一种不敬，甚至挑衅。男女之间更不行，蒋玉菡诗句里带出宝玉丫鬟的名字还被薛蟠说"了不得"。这些习俗现在也还是有，只是讲究没那么多了。冯紫英当然不是宁府的奴才，贾珍和尤氏的语气，对冯紫英尊敬得很。尤氏不仅直呼冯紫英姓名，还以"他"相称，这一般是用来称自己男人的，所以晴雯称宝玉为"他"才被袭人调笑。尤氏和冯紫英是怎么回事？和冯紫英交好的，不是贾珍，是尤氏。

冯紫英所疼尤氏的"神仙也不灵"的事，自然是金玉良姻。他在这件事上帮了忙，把宝玉和琪官的事传播出去的，应该就是他。

冯紫英唱完，"饮了门杯"，说道："鸡声茅店月。""鸡"是尤氏的寓意形象。尤氏或者是属鸡的，比属猴的凤姐大十一岁，第十四年三十一岁。

女儿令之袭人和湘云的命运纠缠

袭人判词有“堪羡优伶有福，谁知公子无缘”，蒋玉菡酒令的酒底“花气袭人知昼暖”，加上茜香罗等内容，袭人所嫁优伶为蒋玉菡，这一点在红迷中已是共识。然后蒋玉菡酒令中的“女儿”当然就是花袭人。本篇将以蒋玉菡、妓女云儿的酒令为主，结合太虚幻境判词等指迷，对袭人和蒋玉菡的婚后生活以及袭人怎么离开的荣府等，进行分析。

蒋玉菡酒令：

女儿悲，丈夫一去不回归。

女儿愁，无钱去打桂花油。

女儿喜，灯花并头结双蕊。

女儿乐，夫唱妇随真和合。

第一句，“丈夫”即蒋玉菡了，蒋玉菡出去了很长时间不回，去了哪里以及因为什么事不回家？这是疑问也是一个点。

第二句，袭人不仅一人在家，而且“无钱去打桂花油”。两人感情似乎不太好，这个不重要，重要的是，这个时候袭人经济非常窘迫，连日常梳洗用的桂花油也没钱去买。这也是一个非常需要注意的点。

第三句，情况发生了改变，袭人转悲愁为喜乐。“灯花并头结双蕊”的含义却深，不止暗示蒋玉菡回家来了那么简单。“灯花”即烛芯余烬结成的花状物，民俗以灯花为吉兆。“并头”意思是头挨着头，比喻男女好合。“双蕊”指一个烛芯上结出两个灯花，旧时认为是喜兆。但结合起来就不对了，至少要三个人才行。蒋玉菡不是一个人回来的，还带了人来。

第四句的“夫唱妇随”常泛指夫妻和睦，但这里不会是泛指，蒋玉菡是戏子，他还在卖唱讨生活。“合和”是故典，《管子·入国》：“所谓合独者，凡国、都皆有掌媒，丈夫无妻曰鳏，妇人无夫曰寡，取鳏寡而合和之，予田宅而家室之，三年然后事之。此之谓合独。”蒋玉菡带回来的是一个女人，“灯花并头结双蕊”指他正享齐人之福。如果蒋和这个女人是“合和”，和袭人似乎也并非正式夫妻。

蒋玉菡酒面：

可喜你天生成百媚娇，恰便似活神仙离碧霄。度青春，年正小；配鸾凤，真也着。呀！看天河正高，听谯楼鼓敲，剔银灯同入鸳帏悄。

“百媚娇”就是带回来的女人了。对方不仅天生成百媚娇，还“年正小”，和蒋玉菡正好相配。蒋玉菡显然很喜欢她，又有暗衬袭人年龄大的意思。蒋玉菡年龄和宝玉差不多，袭人比宝玉大三岁，第十五年就十八岁了，配给蒋玉菡还在后来。“天河”即银河，这是晚上。“谯楼”是古代城门上建造的用以瞭望的楼，楼上有报时的更鼓。既“鼓敲”，也说明是晚上。为什么要写“听谯楼鼓敲”呢？虽然谯楼的更鼓声可以传得很远，但此处重点必不是“听”，而是“谯楼”，否则“谯楼”就失去意义了。蒋玉菡和百媚娇两人是在谯楼，也即城门这个位置，“看天河正高”也佐证不在室内，在这里“剔银灯同入鸳帏悄”。“鸳帏”的词语解释等同于鸳帐，从古典文学里对这个词的使用来看，“鸳帏”是同房的意思。两人半夜跑到城楼来同房，算是怎么回事？“活神仙离碧霄”又是什么意思？

蒋玉菡酒令里的问题，自身不能解释，要借助其他内容。

看妓女云儿酒令。酒令中的“女儿”暗示谁，可以说，只要不过于胶柱鼓瑟，就太容易建立联系了，“云儿”这个名字，正是十二钗之一史湘云的昵称。第五十四回贾母说：“他从小儿伏侍了我一场，又伏侍了云儿一场。”作者如此写法，近乎明指。云儿酒面“豆蔻开花三月三”，“豆蔻”指十三四岁的女孩子，也和湘云的年龄相符。

酒令指迷的事情发生在湘云十三四岁时，只能是第十六年，湘云满十五岁之前，再晚就不是“豆蔻”之年了。这个春天，湘云过了一段放荡的日子。关于湘云行为方面的放荡，书中的指迷或暗示很多。湘云判词：“幸生来，英豪阔大宽宏量，从未将儿女私情略萦心上。”在判词里偏偏写出“儿女私情”，未将儿女私情“略萦心上”和没有儿女私情是两个概念，湘云是有儿女私情的，但因为“英豪阔大宽宏量”，没有放在心上。这算不得赞，是戏谑之语。第六十二回“憨湘云醉眠芍药裀”：“业经香梦沉酣，四面芍药花飞了一身，满头脸衣襟上皆是红香散乱，手中的扇子在地下，也半被落花埋了，一群蜂蝶闹穰穰的围着他。”除了“红香散乱”四字蕴含香艳和不端，“一群蜂蝶闹穰穰的围着他”和宝钗的“蜂团蝶阵乱纷纷”，是一样的场景。

云儿的酒面：

豆蔻开花三月三，一个虫儿往里钻。钻了半日不得进去，爬到花儿上打秋千。肉儿小心肝，我不开了你怎么钻？

“虫儿”显然是一个和湘云有暧昧关系的男人，指向很容易确定。酒席上其他人和云儿几乎无互动，只有一个人和云儿互动非常之多，就是薛蟠。云儿开始唱的一支曲子是应薛蟠之要求。之后说酒令时，云儿每说一句，作者都写薛蟠的反应，“我的儿，有你薛大爷在，你怕什么!”“前儿我见了你妈，还吩咐他不叫他打你呢”。直到众人说“再多言者罚酒十杯”，薛蟠连忙自己打了一个嘴巴子，说道：“没耳性，再不许说了。”可谓喧宾夺主。薛蟠的“蟠”字，本义指鼠妇，即俗称的潮虫子，正是“一个虫儿”。薛蟠是史湘云的相好之一。

说酒令之前云儿唱了一曲：

两个冤家，都难丢下，想着你来又记挂着他。两个人形容俊俏，都难描画。想昨宵幽期私订在荼蘼架，一个偷情，一个寻拿，拿住了三曹对案，我也无回话。

湘云的相好里有两个人相貌不错的。既是“幽期私订在荼蘼架”，湘云和一个在大观园里幽会偷情，不然还能是哪里的荼蘼架呢？另一个来寻拿。其中一个就是薛蟠。前面已分析过，薛蟠性格虽然粗鲁，相貌是很好的。薛蟠本就住在荣府，进出大观园当然方便。但三人在大观园里这么胡闹，没人管吗？虽然是“昨宵”也即夜里，可见此时的大观园管理有多混乱。

湘云私生活随便，并不等于她真是个放荡的女人，这姑娘从小缺爱，情商又不怎么足，谁对她好一点，哪怕只是语言上好一点，都常常感激得不行。如果异性示好，怕是难以分辨和抵抗的。

湘云的放荡生活从第十六年“三月三日”开始，此前有婚姻目的的不算。最先交往的人是“一个虫儿”薛蟠，“三月三”又是探春的“生日”，这些都是点。

云儿的酒令：

女儿悲，将来终身指靠谁？

女儿愁，妈妈打骂何时休。

女儿喜，情郎不舍还家里。

女儿乐，住了箫管弄弦索。

湘云还做了妓女。“择膏粱，谁承望流落在烟花巷”，说的应该就是她了。做妓女的原因，貌似和择婿有关，可能被人骗了，湘云不会因为史家犯事而成官妓，清初就废除了官妓制度，官卖而被私人妓院买去的可能性也不大，找不到任何佐证，清代名义上也是禁娼的。所以原因可能出在她自己身上。

在妓院的日子不好过，整天被鸨母打骂，想来取悦客人迎来送往的事做不好。因为和薛蟠有旧，薛蟠或保证过什么，以及吩咐鸨母不要打她。然后终于来了一个有情郎，为了湘云连家都舍不得回家。这个人不仅有情，还“住了箫管弄弦索”，又会吹箫又会弹琴，很有技艺。

这人是谁？

云儿酒底“桃之夭夭”，出自《诗经·风·周南·桃夭》：“桃之夭夭，灼灼其华。之子于归，宜其室家。”是一首欢送新嫁娘的诗歌。说桃花开得茂盛鲜艳，新娘子非常之好。但占花名时，占得一枝桃花的是袭人，“桃花”是袭人的寓意形象，怎么袭人的婚配出现在了云儿的酒令里？而且，袭人花签上的“武陵别景”“桃红又是一年春”，也是桃花，也是婚配。

袭人和湘云在婚配方面的联系，书中有一处细节，可为参考。第三十二回也即第十四年，湘云定亲后，袭人道：“你还记得十年前，咱们在西边暖阁住着，晚上你同我说的话儿？那会子不害臊，这会子怎么又害臊了？”十年前袭人是服侍湘云的丫鬟，以袭人的秉性，当然是心里眼里只有湘云，待湘云最好。那时三岁的湘云对七岁的袭人说过什么和婚姻有关的“不害臊”的话？是将来同嫁一个男人无疑。

袭人配的是蒋玉菡，这就把湘云和蒋玉菡联系在了一起。

蒋玉菡的酒令里“年正小”的“百媚娇”，是史湘云。云儿酒令里不舍得回家的“情郎”，则是蒋玉菡。蒋玉菡之所以抛下袭人“一去不回归”，是到妓院会湘云去了。

蒋玉菡为湘云赎身了吗？“桃之夭夭”除了本义，因“桃”谐音“逃”，后被引申为逃之夭夭，比喻逃跑，诙谐义。蒋玉菡和湘云是从妓院逃出来的。当然要在晚上逃，所以才在“谯楼”处过夜。为什么要悄悄地入鸳帏，因为“谯楼”有值班的人。两人还卷走了妓院的银灯鸳帏。湘云比袭人小四岁，不足十五，年龄是小。把湘云逃出妓院说成“恰便似活神仙离碧霄”，不知有什么内涵。参考一下几出戏曲中非常接近的说法。明叶宪祖《素梅玉蟾》第二折：“神仙下碧霄，神仙下碧霄，虹霓掷彩桥。”元关汉卿《普天乐崔张十六事》：“似神仙离碧霄，可意种来清醮，猛见了倾国倾城貌。”元王实甫《西厢记》第一本第四折：“我则道这玉天仙离了碧霄，原来是可意种来清醮。小子多愁多病身，怎当他倾国倾城貌。”均为男女私通或私通的前奏。特别是后二出，其中的女主崔莺莺，恰被作者用以影射湘云，分析见后文“指迷湘云命运经历的戏曲”篇。

袭人婚后境况窘迫，连梳头的桂花油也没钱买，似乎整天一副头发乱蓬蓬的模样。袭人离开荣府的狼狈大概不亚于晴雯。

袭人在荣府时是一个相当富足的大丫鬟，或称之为准姨娘。不说平常收到的像湘云送她的绛纹石戒指之类的小东西，她回家探母的那身装扮，头上的几枝金钗珠钏，王夫人的三件衣服，“身上穿着桃红百子刻丝银鼠袄子，葱绿盘金彩绣绵裙，外面穿着青缎灰鼠褂”，都是很值钱的。特别是“桃红百子刻丝银鼠袄”，刻丝也即缂丝，据说“一寸缂丝一寸金”，可以和黄金比价，是异常昂贵之物。凤姐还送了她一件大毛的石青刻丝八团天马皮褂子，和一件大红猩猩毡的雪褂子。就这些东西，参考网上的说法，折合三五百两银子是没有问题的。如果配蒋玉菡时带着，小家小业，过个十年八年都不愁。袭人第十六年二月离开荣府，这一点后文推证，现在春天还没过去，这一点也在后文推证，已穷得连梳头油都买不起了，可知是净身出的荣府，也即被撵出去的，赏她的东西都收回了。

十二钗册子上的袭人之画：“又见后面画着一簇鲜花，一床破席。”判词里“似桂如兰”指的当然就是这簇花，它像桂花又像兰花。但它的外形特征是“簇”，聚拢或成团开放的花，这就否定了兰花。第六十二回香菱说：“一箭一花为兰，一箭数花为蕙。”此说法有充分依据。黄庭坚《书幽芳亭》云：“兰蕙丛生，初不殊也。至其发花，一干一花而香有余者兰，一干五七花而香不足者蕙。”兰花是一箭一花，非成簇开放。那怎么“如兰”呢？若非外形，只有气味，兰花以香闻名，这花和兰花一样香，是桂花无疑。桂花不仅成簇开放，据说有些桂花的香味几乎和兰花毫无二致。“一床破席”乍看似骂“破袭人”，但这种重要地方，单单用谐音骂人是不可能的，何况袭人和宝玉作怪都直接写出来了，没必要再暗示袭人是“破席”。“破席”就是破席，“鲜花”才是袭人。这画的是袭人的新婚或婚后生活，鲜花般的女人躺在一床破烂的席子上，真是一穷二白。

袭人曾是王夫人的心腹大红人，王夫人对她哪怕有一丝同情，也会让她带着自己的衣服首饰离开。如此穷困狼狈，是已遭王夫人厌弃也即陷害黛玉的事真相大白，还是宝玉一意孤行把袭人撵了出去？后文分析。

袭人父母已死，不是还有哥哥花自芳吗？花自芳日子过得挺不错，妹妹跟了戏子，还如此穷困，作为哥哥都不管一下吗？“花自芳”三字有只顾自己不顾他人的意思。《葬花词》：“柳丝榆荚自芳菲，不管桃飘与李飞。”含“自芳”两个字。“榆荚”即榆树的果实，因为连缀成串，形似铜钱，俗呼榆钱。亦是汉代钱币名，即“荚钱”。“桃飘”指桃花飘落。这两句似暗示花自芳爱钱，不管袭人这朵桃花的飘零。也不见得真的是很绝情的人，花自芳和母亲原本有意花钱把袭人从荣国府赎出去，当时袭人又哭又闹，说“至死也不回去”，后来又穿着新娘子的衣服风光探母，现在却因为做耗害人致死被撵出来。作为哥哥，碍于脸面，不接受这样一个妹妹，也在情理之中。

一声杜宇春归尽之桃花行

袭人怎么跟了蒋玉菡？在她眼里，优伶属于“混账人”。

黛玉坠楼惨死，贾母、贾政不可能不过问。贾政听闻宝玉逼死了一个丫鬟还气得面如金纸，痛殴宝玉，养女突然惨死，贾政纵然惧内，怎么可能不管？虽然黛玉坠楼的那天配合了王夫人，当时为了宝玉，不得已为之。

贾母没有多少实权，名义上毕竟是婆婆，王夫人又十分爱脸面。王夫人自做主撵了晴雯，也还是向贾母做了当面的交代，黛玉不是晴雯能比的。如果贾母认真地请一请王夫人告知黛玉之事的实情，那是一定的，王夫人终究得给出一个解释，何况还有宝玉，此时还有什么顾虑！

宝玉百日禁足期间，婆媳二人不会着手解决这个，宝玉的命还悬着。第十五年十二月初宝玉禁足期满，出来走动，没有生命危险了，但接下来过年，诸事多多，迎春、探春、湘云的事都有，还要往后推迟。等过完了年，第十六年春，宝玉身体状况也更稳固了一些，不说别的，就是为了给黛玉报仇，也得好好休养身体。宝玉这期间还去了一次江南寻湘云，回来之日，也就到了认真追究的时候了。

为什么撵黛玉？到底发生了什么事？说黛玉是勾引宝玉的狐狸精，物证绣春囊，人证袭人。这两样，在王夫人眼里，是证据确凿，到了贾母眼里，首先绣春囊就是笑话了，黛玉的针线水平别人怎么模仿得了，何况凤姐都能一眼看出来绣春囊的粗糙。那么只剩人证。王夫人势必要把自己的“心耳神意”袭人搬出来，无论事态所迫还是她天真烂漫的性格。袭人怎样说的不得而知，可以肯定，她过不了贾母、宝玉任何一关。

《芙蓉女儿诔》：“箝诐奴之口，讨岂从宽？”袭人或曾讨饶，但没有被宽恕，也不可能被宽恕。只不知当王夫人知道她最信任的袭人才是最不堪的，早在宝玉十二岁时就和他作了怪，是何心情？或因此事，怡红院进行了大规模逐人。第二十回庚辰本批语：“闲闲一段儿女口舌，却写麝月一人。袭人出嫁之后，宝玉、宝钗身边还有一人，虽不及袭人周到，亦可免微嫌小弊等患，方不负宝钗之为人也。故袭人出嫁后云‘好歹留着麝月’一语，宝玉便依从此话。”这位批书人在认知方面过于感性化，剔除其个人观点，可以提取的客观线索有二：一、袭人“出嫁后”说过“好歹留着麝月”的话，但具体什么场合什么情况下说的，含义却大不相同。所以“宝玉便依从此话”的“依从”便可疑，倾向于批书人的看法而非事实，只可推断宝玉此时有决定丫鬟去留的权力，而不是由王夫人来决定。二、怡红院的丫鬟剩下麝月一人。这不是十几二十几个丫鬟的问题，她们的父母不乏体面的世代家仆，贾母的和王夫人的人都有，宝玉却有决定权，大概可以证明黛玉遭诬的事真相大白。贾母、贾政震怒，王夫人羞愧，为解宝玉之恨，把众丫鬟悉数交由他处治，包括袭人。但不知什么原因，麝月被留下了。还有，如果宝钗宝玉身边只剩麝月一人，那么连宝钗的丫鬟莺儿也出去了。莺儿或者参与的不多，却是宝钗的好助手。

李嬷嬷曾骂袭人，“好不好拉出去配一个小子”，袭人应该是被拉出去的。荣府小子很多，怎么配了蒋玉菡？袭人这种情况，荣府的小子不会有谁要她。

袭人配蒋玉菡，或者和薛蟠有关。

云儿酒令“一个偷情，一个寻拿”，特别写出两个人来，不会是泛指。和湘云的两个情郎蒋玉菡、薛蟠，很容易建立联系。判断“偷情”的是蒋玉菡，“寻拿”的是薛蟠。

但蒋玉菡怎么进得了大观园呢？

蒋玉菡原是忠顺王府的优伶，第十五年初前后老太妃薨时，朝廷下令遣散优伶，蒋自然在遣散之列。蒋唱的是小旦，吃青春饭的角色，失去了依靠，年纪又长了一岁，虽是名伶，日子可能不会很好过。

薛蟠娶了金桂又收了宝蟾后，薛家被两个女人闹得鸡犬不宁，“薛蟠此时一身难以两顾，惟徘徊观望于二者之间，十分闹的无法，便出门躲在外厢”。“外厢”即外边。游荡在外的薛蟠，和落魄的琪官厮混在了一起。薛蟠男女通吃，而且喜欢琪官。第三十四回薛蟠说：“那琪官，我们见过十来次的，我并未和他说一句亲热话；怎么前儿他见了，连姓名还不知道，就把汗巾子给他了？”有羡慕嫉妒的意思。

黛玉的两篇长诗《葬花吟》和《桃花行》，相互联系非常明显，除了都是写春天，《桃花行》的“花飞人倦易黄昏”“一声杜宇春归尽”，和《葬花吟》的“花谢花飞飞满天”“杜鹃无语正黄昏”，内容是衔接的。二者写的是同一年的春天。“春归尽”和“三春去后诸芳尽”也能建立联系。是第十六年春。

《桃花行》主角有两人，一是桃花，二是“茜裙”女子。桃花寓指袭人不用说了，从“雾裹烟封一万株”等内容来看，桃花本身也有参与，具备意义。“茜裙”女子的情况和黛玉完全不符。“帘外桃花帘内人，人与桃花隔不远。东风有意揭帘栊，花欲窥人帘不卷”。这个“人”也即茜裙女子，主角，肯定是十二钗之一，她居住的“闲苔院落”，与桃树就近。贾母说潇湘馆“这个院子里头又没有个桃杏树”，不仅院子里，潇湘馆外是沿着水岸的一带芙蓉花丛，也无桃树。《桃花行》内容和黛玉全然无关。

大观园里的桃树沿池岸成行，“池边两行垂柳，杂着桃杏，遮天蔽日，真无一些尘土”。起于山下石洞蓼汀花溆，止于“一个折带朱栏板桥”。过了桥，即是蘅芜苑。第二十六回说蘅芜苑外有蜂腰桥，应该就是此桥，也即第四十九回的“蜂腰板桥”。“蓼汀花溆”匾额是宝玉题的，清客们还给出秦人旧舍、武陵源之名，强调此处的桃花胜景。“蓼汀花溆”作为贾妃省亲游园的第一个题名景点，且由她改名为“花溆”，也可知关键。但花溆只有一个石港，就近虽然有芦雪广，一带几间，茅檐土壁，槿篱竹牖，盖在“傍山临水河滩之上”，但芦雪广“四面都是芦苇掩覆”，不符合“风透湘帘花满庭”的情景，且芦雪广一派朴素农家风格，《桃花行》虽然颓丧，富贵气象是明确的。那么只剩下蘅芜苑。蘅芜苑的水磨砖墙外，即是沿池的桃树。

《桃花行》对宝钗的指向，还有一个证据是宝玉和宝钗等人关于《桃花行》“作者”的对话。宝玉断定是“潇湘子稿”，宝琴说是自己写的。宝玉笑道：“我不信。这声调口气，迥乎不象蘅芜之体，所以不信。”宝钗说“所以你不通”，然后以杜甫诗为例，说明一个人的作品可以存在两种截然不同的风格。言外之意，不是“蘅芜之体”，不一定不是“蘅芜之稿”。

说到底，此女子多“泪”，不是黛玉，便是宝钗。

虽然第十五年八月中旬，宝钗从蘅芜苑搬了出去，八月下旬和宝玉成婚，不好再住“娘家”薛姨妈处，何况薛蟠又娶了夏金桂。她住在哪里？宝玉病倒怡红院几乎癫狂，两人完全不可能在一起。宝钗的身份又高，唯有重回蘅芜苑住着。

下面分析《桃花行》，其中几句不能给出解释的，略去。

“桃花帘外东风软，桃花帘内晨妆懒”二句。

帘上或有桃花图案，所以称桃花帘。成亲大概半年的宝钗，早晨已经懒于梳洗打扮。这不只是和宝玉关系恶劣的问题，作为晚辈要晨省长辈，特别是新媳妇，礼节上更是必须的。不梳妆打扮，那么并不去贾母及王夫人处问安。做姑娘时宝钗还天天到贾母、王夫人处晨省，做了人家媳妇反而不去了。不晨省贾母是肯定的，不晨省王夫人就可疑了。东风柔和，不错的春日，宝二奶奶似乎连门也不愿走出一步。

“帘外桃花帘内人，人与桃花隔不远”二句。

宝钗和袭人此时相隔不远。宝钗在蘅芜苑，袭人在哪里以及为什么在那里？石洞的匾额“武陵源”“秦人旧舍”，均是故典，出自《桃花源记》。袭人是桃花，这个地方和袭人显然有莫大的关系。据“旧舍”两个字，是居住关系。只不知山坡、石洞怎么个住法？或者住在附近芦雪广茅屋里。宝玉对此匾额的评价："这越发过露了。'秦人旧舍'说避乱之意，如何使得？"嫌说得过露，就是说意思不错，只是过于直接。袭人住在这里，是"避"，当然不是避乱，避什么呢？袭人花签"桃红又见一年春"，出自宋谢枋得所作《庆全庵桃花》，全诗："寻得桃源好避秦，桃红又见一年春。花飞莫遣随流水，怕有渔郎来问津。"也是写"避秦"的，第一句又可以和这里的匾额建立联系，"怕有渔郎来问津"就是一个参考答案了。偏偏宝玉有两次被称为"渔翁"。袭人住这里，恐怕是避"渔郎"宝玉来了。

黛玉一死，袭人绝无可能再留在宝玉身边，宝玉早已对袭人起了疑心，黛玉如此遭遇，宝玉还有什么不明白的？宝玉怡红院百日禁足期间，众奶娘服侍看守，并无袭人服侍，必然发生过宝玉见到袭人情绪激动甚至动手的情况。其他丫鬟或留用几人，或暂时回家。但准姨娘花袭人怎么办？主子不是主子，下人不是下人，贾母那里回不去，去王夫人处，或回娘家岂不两相尴尬？于是王夫人把她安置在了港洞暂住。

"桃花帘外开仍旧，帘中人比桃花瘦"二句。

桃花开的时节，是农历二月间。袭人虽然境况狼狈，心态是好的。之所以这时候还能保持乐观，恐怕还是不把宝玉放在眼里，以为一切仍在她的掌握之中，只要她使出手段，宝玉自然乖乖就范。原本十分肥胖的宝钗，才不过半年，却已比"细挑身材"的袭人还要瘦了。减过肥的人都知道减肥有多不容易，宝二奶奶日子难过可想而知。宝钗对宝玉是有爱的，这一点和花袭人不同。

"风透湘帘花满庭，庭前春色倍伤情"二句。

袭人似乎到院子里来了，看到她的良好状态，宝钗更加伤情。

"闲苔院落门空掩，斜日栏杆人自凭"二句。

两人把院门关上了，怕人议论她们的接触吗？抄检搜检大观园、晴雯死、黛玉死、宝玉病等等，荣府这乱糟糟的情况，未免小道消息乱飞，下人们了解的内情恐怕比主人们更多，宝钗、袭人被众人议论是肯定的。早在八月中旬，尤氏就被人背地里说了“多少不堪的闲话”了。其实这门关不关都一样，不会有人来，所谓“空掩”。因为没人来，蘅芜苑的院子里长满闲苔。

“凭栏人向东风泣，茜裙偷傍桃花立”二句。

宝钗穿茜红裙，还是新娘子装扮，偷偷和袭人并立，哭泣。

“桃花桃叶乱纷纷，花绽新红叶凝碧”二句。

这两句不解，胡乱猜一下。第十六年正月，宝玉去了南方寻湘云，这个后文分析。去南方的原因，或为了湘云的未来着想，或为了他自己的写作，或因为生嫌隙、打黛玉等事件，湘云是见证人。现在两人从南方回来了，荣府自然忙乱，特别是袭人，知道宝玉爱红，穿了一身新的红衣迎接宝玉。

“天机烧破鸳鸯锦，春酣欲醒移珊枕”二句。

“鸳鸯锦”当暗示十锦绣春囊。好像失火了，“烧破”了绣春囊，使得它的某些特征显露出来。乱猜一下，当时尤氏生育不久，还在哺乳期，是不是绣春囊上沾染了奶渍，被火一烧，有奶腥味出来了？只是半年过去了，还会存留气味吗？或者有其他什么香料粉末在内一直未被发现，火一烧，散发出来了，而那香料绝非宝玉黛玉能有的。所以引发了王夫人的疑心？

“侍女金盆进水来，香泉影蘸胭脂冷”二句。

宝二奶奶此前连屋门都不出，现在却梳洗打扮起来，也佐证宝玉回来了。

"泪眼观花泪易干，泪干春尽花憔悴。憔悴花遮憔悴人，花飞人倦易黄昏。"

宝钗早就是憔悴人了，现在袭人也憔悴了，看着袭人的样子，宝二奶奶忽然"泪干"，发生了什么事？"花飞"当指袭人离开荣府，在黄昏时候。宝玉酒令"睡不稳风雨黄昏后"，可以和这里建立联系。袭人应是不仅被"拉出去"，此次面对袭人，宝玉大概显示出从没有过的冷酷，所谓"讨岂从宽"。第七十回放风筝，袭人让人送来的美人风筝，怎么都放不起来，宝玉恨得掷在地下，指着风筝道："若不是个美人，我一顿脚跺个稀烂。"或者是对此的暗示。这个风雨黄昏，宝玉一顿脚几乎把袭人跺个稀烂，然后才拉出去。第七回宝玉见秦钟人品出众，自思"我竟成了泥猪癞狗了"。"泥猪癞狗"四字，似模仿泥猪疥狗之说，却是作者的组词，除了自贬，分明有内涵。"癞狗"指向癞头和尚不用说了，"癞"是他特有的，作者在借以骂他。"泥猪"是谁？以及为什么是"泥猪"？联系这里袭人在雨中被打，她又是属猪的，指她的可能性极大。袭人的狼狈情状，可参考被柳湘莲打的薛蟠，所谓"衣衫零碎，面目肿破，没头没脸，遍身内外，滚的似个泥猪一般"。宝玉此举吓到宝钗，以至于连哭的情绪都没有了。日期应是黛玉、袭人共同的"生日"二月十二日。

袭人被拉出荣府后无处可去，薛蟠把她和蒋玉菡撮合在了一起，毕竟为金玉良姻出过力。

最后"一声杜宇春归尽，寂寞帘栊空月痕"二句。

"杜宇"即杜鹃。关于杜鹃，有一著名典故叫杜鹃啼血。传说古代蜀主杜宇，死后化为杜鹃，日夜悲鸣，以致泣血。常用来比喻人的悲怨之深。能和杜鹃建立联系的是"紫鹃"，"鹃"即杜鹃。结尾忽然把紫鹃牵扯进来，“春归尽”三个字，似说紫鹃才是宝钗的这个春天的终结者。

和黛玉谈论《芙蓉女儿诔》时，宝玉说：“竟莫若改作‘茜纱窗下，小姐多情，黄土垄中，丫鬟薄命。’如此一改，虽于我无涉，我也是惬怀的。”黛玉笑道：“他又不是我的丫头，何用作此语。况且小姐丫鬟亦不典雅，等我的紫鹃死了，我再如此说，还不算迟。”从这些来看，后来紫鹃也死了，她的死类似杜鹃啼血的故事，作者给她取名“紫鹃”原因就在这里。

指迷紫鹃的诗句，还有《葬花吟》的“杜鹃无语正黄昏”，“昨宵庭外悲歌发，知是花魂与鸟魂？花魂鸟魂总难留，鸟自无言花自羞。”其中的“鸟魂”“鸟自无言”应指紫鹃。以及宝玉女儿令的酒底“雨打梨花深闭门”，此句出自唐李重元《忆王孙》，原文：“萋萋芳草忆王孙，柳外楼高空断魂。杜宇声声不忍闻，欲黄昏，雨打梨花深闭门。”这句暗含“杜鹃”，它是对前句的回答，是“果”，加上又有“黄昏”二字，所以联系。

几处指迷，均写及紫鹃的出声与否，“悲歌”对“无语”，发生了什么？

注意梨花是宝钗形象，以及潇湘馆院子里有大株梨花。紫鹃只怕于“昨宵”大哭黛玉。猜测宝玉是昨天回来的，和紫鹃有所沟通，或紫鹃被王夫人等人询问，黛玉之冤昭雪在即，所以紫鹃“悲歌发”。今日黄昏，眼见几乎稀烂的花袭人，被拉出荣府。黛玉逝去的半年里，紫鹃的煎熬可想而知，现在终于可以放下了。紫鹃回到潇湘馆，闭门，自尽。

虽然把宝钗的心剖出来也无法释宝玉之恨，但宝玉乃至荣府，处置的也只能是花袭人、周瑞家的，不能把宝二奶奶怎么样。其实，宝钗“睡不稳纱窗风雨黄昏后”的日子，又能好到哪里去呢？

《葬花吟》的“侬”，似宝钗又不似宝钗。“青灯照壁人初睡”的“青灯”，指光线青荧的油灯，借指孤寂、清苦的生活。通常寺庙僧尼用此灯，如惜春的“独卧青灯古佛旁”，妙玉的“青灯古殿人将老”。宝钗屋里本来朴素，如今加上孤寂，也算符合。如果说是惜春，也通，只是其中的自伤语调和孤介凛冽的惜春不符。

三月三日，不知什么机缘巧合，薛蟠和湘云好上了。琪官既跟薛蟠混，出入薛家，成为湘云的“情郎”，就在情理之中了。

如果绣春囊的事败露于第十六年二月，尤氏被休自尽，应该也是这个时间。有一个问题是，第七十六回贾母说尤氏“可怜你公公已经二年多了”，似乎贾敬死了二年多以后尤氏还在。不过贾母的话另有缘故也未可知。

第六章
癞头和尚

癞头和尚的宗教信仰

癞头和尚的宗教信仰有点复杂，佛教道教都涉及，所以单列一篇来分析。

本人佛教、道教方面的知识非常有限，虽然有佛缘网、中国道教网等网站可以随时查阅，但经文繁多，内容又晦涩，能明白的不过一点皮毛，谬误混淆之处，请读者批评指正。

佛教，世界三大宗教之一，创始人释迦牟尼被尊称为佛祖。“佛”的意思是“觉者”，佛教徒的修行目的是参透生命和宇宙的真相，超越生死，解除一切烦恼，也即成为觉者。佛教分小乘佛教和大乘佛教。“乘”即交通工具，意指能将众生从烦恼之此岸载至觉悟之彼岸的教法。小乘佛教视释迦牟尼为教主，大乘佛教提倡三世十方有无数佛。我国佛教属大乘佛教，于西汉末年开始传入，又渐渐发展为十三宗，分别是：毗昙宗、成实宗、三论宗、涅槃宗、律宗、地论宗、净土宗、禅宗、摄论宗、天台宗、华严宗、法相宗、密宗。修行法门各不相同。以密宗最为特别，以至于被单列出来以“密”命名，也称密教，相对而言，其他十二宗则称显宗或显教。

从种种迹象来看，癞头和尚是净土宗和密宗兼修。

“西方灵河岸上的绛珠草”篇已大概解释了密宗，本篇解释一下净土宗。

佛缘网《中华佛教百科全书》说，净土即西方净土，是阿弥陀佛的愿力所形成的佛化乐土，所以又称弥陀净土。依据阿弥陀佛的誓愿，任何人只要具足信愿行，如法念佛，则临终时一定会得到他的接引，而往生至真至善至美的净土佛国。净土宗以阿弥陀佛为教主，阿弥陀佛又称无量寿佛。“由于这个宗派是专修往生阿弥陀佛净土的法门，后世就称它为净土宗，又称为莲宗。”《佛学大词典》解释：“以往生极乐净土为目的之宗派。”“净土乃指清净国土、庄严刹土，即清净功德所庄严之处所。又称莲宗，盖东晋慧远在庐山结白莲社，取义生西方净土者皆由莲花所化生，而极乐国土亦名莲邦。本宗特别以称念佛名为主要修行法，借弥陀本愿之他力，祈获生于西方极乐净土，故又称念佛宗。”《中国百科全书》：“该宗由于修行方法简便，人人都能做，以故，自中唐以后广泛流行。宋明以后与禅宗融合，其他如律宗、天台宗、华严宗等，也都兼修念佛法门。同时又很快普及于一般社会，有所谓‘家家弥陀佛’的说法，一直流传至今。”

如果书中只是众人经常口念“阿弥陀佛”，不足为据，念阿弥陀佛在中国太普遍了。书中“阿弥陀佛”是特别的存在，以及显示和癞头和尚有不同寻常的联系。甄宝玉说“女儿”两个字，“比那阿弥陀佛、元始天尊的这两个宝号还更尊荣无对”，把阿弥陀佛和元始天尊并列。元始天尊是道教最高尊神三清的第一位尊神。阿弥陀佛如果和他并列，非得是教主不可。显教里把阿弥陀佛奉为教主的，即是净土宗。清虚观的张道士，和癞头和尚有绝大的关系，“曾经先皇御口亲呼为大幻仙人”等，作为道士，却张口念“无量寿佛”也即阿弥陀佛。谈及黛玉之病的用药时，凤姐说一句，宝玉就念一句佛也即阿弥陀佛。凤姐说了不下十几句，宝玉也就念了十几个阿弥陀佛，黛玉的“病”，原指她的低微出身是她和宝玉姻缘的障碍，但黛玉和宝玉姻缘的最大障碍，却是癞头和尚，岂不在阿弥陀佛和癞头和尚之间画了一个等号？

癞头和尚修的是净土宗，阿弥陀佛是他的寓意形象。

黛玉之死的谶语：“未若锦囊收艳骨，一抔净土掩风流。”“净土”二字，指向修西方净土的癞头和尚，暗示癞头和尚害死了黛玉。

“元始天尊”也只能是癞头和尚的寓意形象。

赤瑕宫主人，密宗的甘露王阿弥陀佛，当然也是癞头和尚。据《无量寿经》记载，阿弥陀佛在成道以前是位国王，弃国出家而后成佛。和癞头和尚的先皇身份十分相符。绛珠草生长在“西方灵河岸上三生石畔”，佛缘网《佛学大词典》解释“灵河”：“指龙所住之河川。又作龙泉。以龙之大力，故虽逢天旱，而河水仍不枯竭。”癞头和尚正是一位“真龙天子”。何况绛珠仙草和神瑛侍者的故事，本就出自癞头和尚之口，他是最知根知底的人，赤瑕宫主人不是他还能是谁？

关于癞头和尚修行密宗，还有一些或者也是证据。癞头和尚有一个极怪异的行为，化小女孩。香菱三岁和黛玉三岁时，癞头和尚均曾试图化她们出家。这一点读者们应该都注意到了，但可能没有多想，因为他是神仙啊。别的和尚化缘，癞头和尚却化小女孩，还都是漂亮的小女孩。在显教里，和尚戒女色，未闻有和尚收女弟子之说。密教却不同，其修行法门“三密加持”，在其修行中，色性是组成部分。

癞头和尚虽信仰佛教，也不排斥道教。

道教是中国的本土宗教，在理念上和佛教完全不同。佛教认为人不生不灭，教徒修行的目的是思想方面成为觉者。道家弟子追求的则是肉身的长生，甚至成为神仙。癞头和尚作为佛门弟子，身边却总跟着个道士，又“御口亲呼”清虚观的张道士为“大幻仙人”，道教他也是信的。

张道士被皇帝也即癞头和尚的儿子封为“终了真人”，“真人”指修行得道的人，通常不用于尊称在世的道士，并且皆由皇帝赠封。“终了”这个封号，有“终于了了”的意味和释然感。

佛教道教都信，等于两教都不信，癞头和尚追求的，只怕是长生不老，信仰什么反而无所谓。

癞头和尚寓意形象的归总分析

为便于指迷，作者赋予了癞头和尚很多个寓意形象，直接给出的茫茫大士，间接给出的月、太阴星、斜阳、落日、遮天大王、缟仙、白帝、舜、癞头鼋、阿弥陀佛、赤瑕宫主人等，也只是一部分，其他如翡、菊等，是本篇要分析的。因为接下来的分析以癞头和尚为主，如果再像此前那样遇到一个分析一个，未免烦琐，也容易陷入混乱。所以本篇对癞头和尚的寓意形象做一个归总，以备后文之用。但也不是全部，有些仍不得不在后文中分析。

首先是“如来佛”。

第二十五回，中邪几天后的宝玉，终于省了人事。别人未开口，林黛玉先就念了一声“阿弥陀佛”。宝钗笑道：“我笑如来佛比人还忙。”“如来佛”这个称呼其实是有点问题的，佛教理念，“如来”即是“佛”，“佛”即“如来”，哪里有什么如来佛呢？但民间一般都称佛教创始人释迦牟尼为如来佛。按这个意思理解，如来佛就是释迦牟尼了。黛玉念的是“阿弥陀佛”，宝钗解释为“如来佛”，释迦牟尼岂非也是癞头和尚形象？

其次“观音”。

宝玉诗《访妙玉乞红梅》：“不求大士瓶中露，为乞嫦娥槛外梅。”“嫦娥”指妙玉，在“白海棠诗之神仙种玉”篇已分析。关键是上句的“大士”，最容易联系的人是癞头和尚的仙界形象“茫茫大士”，也是书中唯一可联系的。他是甘露王，“瓶中露”即甘露，也可联系他。但“瓶中露”最可联系的，却是佛教的观音菩萨，而且观音菩萨也称“观音大士”。《西游记》里观音菩萨手持玉净瓶，瓶中贮甘露，此甘露有起死回生的功效，比如救活镇元大仙的人参果树。玉净瓶和杨柳枝，是观音菩萨的标志。显教中观音是阿弥陀佛的弟子，密教中观音却是阿弥陀佛的化身，又被喻为“皓月”，大日经一曰：“观世自在音，光色如皓月。”观音菩萨也是癞头和尚的寓意形象。观音大士本是男身，传入中国后，渐渐演变成女身。而且，他或她还是道教的慈航道人，与癞头和尚不阴不阳、亦僧亦道的身份十足般配。

其次“翡”。

“翡”字本义指一种名叫翡翠的鸟类的雄鸟。《说文》：“翡，赤羽雀也。出郁林，从羽，非声。雄赤曰翡，雌青曰翠。”《楚辞·招魂》：“翡翠珠被，烂齐光些。”王逸注：“雄曰翡，雌曰翠。”洪兴祖补注：“翡，赤羽雀；翠，青羽雀。《异物志》云：翠鸟形如燕，赤而雄曰翡，青而雌曰翠。”这种鸟也称翠鸟，嘴长而直，生活在水边，吃鱼虾之类。羽毛有蓝、绿、赤、棕等色，可做装饰品。

“翡”字含义单一，一般不单独使用，以“翡翠”二字出现，指翡翠鸟、碧绿色或一种玉石。在书中也这样，如凤姐的“翡翠撒花洋绉裙”，碧月捧的一个盛着各色折枝菊花的“大荷叶式的翡翠盘子”，香菱的吟月诗“翡翠楼边悬玉镜”，以及贾母的丫鬟“翡翠”等。

“翠”字具备独立含义，在书中单独出现了很多次。大观园第一景“叠翠”，也即“迎门一带翠嶂”。大观园水池中的“滴翠亭”。妙玉的“栊翠庵”。通往蘅芜苑的“翠樾埭”。宝玉诗“冷翠滴回廊”“女儿翠袖诗怀冷”，和对联“绕堤柳借三篙翠，隔岸花分一脉香”。宝钗说的古人句“水荇牵风翠带长”。湘云的丫鬟“翠缕”，探春的丫鬟“翠墨”。还有和湘云的麒麟配对白首双星的“赤金点翠的麒麟”，蘅芜苑的“奇草仙藤愈冷愈苍翠”，香菱等人斗草时这个说“我有星星翠”、那个说“我有月月红”等。

如此频繁出现在指迷中的“翡翠”二字，不仅大有内涵，且可以分开，各有寓意。

“水荇牵风翠带长”这句杜甫诗，宝钗说了两次，并评论为“媚语”。何为“媚语”？艳词类了。未免联系到男女关系上来。叠翠、一带翠嶂、翠带长和星星翠，这些说法的共同点是“翠”的量多。结合“翠”本义指翡翠鸟中的雌鸟，可以确定“翠”指女人，而且是很多女人。雄鸟“翡”就是一个男人了。作者在用“翡翠”，影射一个男人和他的女人们。

“星星翠”和“月月红”对偶出现，除了直接联系“月”癞头和尚，星和月也联系到“星辉辅弼”，“星辉辅弼”暗含的“众星捧月”，这里就可以转换为众“翠”捧月了。“翡翠”暗示的是癞头和尚和他的女人们。

除了贾母的丫鬟翡翠，名字里单独带一个“翠”字的翠缕、翠墨，她们的主人湘云、探春，从“白海棠诗之神仙种玉”篇可知，都和癞头和尚有密切关系。也是佐证。

并不是说，与“翠”或“翡翠”建立联系的女性，就是和尚的女人。但凡是与“翠”或“翡翠”建立联系的，无外乎三种：或是癞头和尚的女人，或与癞头和尚的某个女人建立联系，或指迷癞头和尚和他的女人。具体什么情况，需要有辅助证据，才能确定。

比如宝钗，虽与“翠”字联系很多，却不是癞头和尚的女人。通往蘅芜苑的“翠樾埭”，“樾”指树荫，比喻尊长照顾着晚辈或祖宗保佑着子孙。“翠樾”在暗示一位照顾宝钗的女性长辈，她才是癞头和尚的女人，也是宝钗、宝钗生母和癞头和尚之间关系的形成者。

其次“菊”。

菊在中国传统文化中有极好的寓意，和梅、兰、竹共称四君子。四君子在书中都有出现，而且是具有指迷作用的出现，“梅”有咏红梅花诗，“兰”有“一盆茂兰”，“竹”有“有凤来仪”诗，“菊”有十二首菊花诗等。菊也是传统三大秋花之一，另两大秋花是芙蓉和桂花，在书中也都以指迷的方式出现，一指黛玉，一指袭人。十二首菊花诗是《红楼梦》中数量最多也最出彩的诗篇，单从这一点，它寓意或指迷的人的分量，也就可想而知了。

宝钗说“如今以菊花为宾，以人为主”。相对于“菊”，几位咏菊者是主人，“菊”是宾客。湘云《对菊》：“数去更无君傲世，看来唯有我知音。”在湘云眼里，这位“宾”是天下第一傲世的人，又自认是对方的唯一知音。湘云说的“唯大英雄能本色”，必暗示这“菊”。“菊”不仅天下第一傲世，还是一个能以本色示人的大英雄。中国人好面子，以本色示人非常难，唐宋还好，出了些有名的狂狷之士。到清代，封建统治又严，狷狂之士什么的也就绝迹了。这人却可以本色示人，那需要非同一般的客观条件来支持才行。虽然最欣赏“菊”的是湘云，菊花诗夺魁的却是黛玉。作者似乎在传递这样的信息，在他看来，或者事实上，黛玉才是对“菊”看得最明白的人，以及和作者对“菊”的看法一样。“菊”和宝钗也有一个特别的联系，第一首《忆菊》出自宝钗，夜拟菊花题时宝钗说“忆之不得”。“菊”是宝钗旧识，却是湘云新友，作者强调了这一点。湘云《供菊》：“霜清纸帐来新梦，圃冷斜阳忆旧游。”面对“新梦”而回忆旧游，“新梦”的造就者“菊”自然是新友。黛玉赞“圃冷”句是第一好句，背面傅粉，也即反面衬托了。反衬什么？即以“旧游”反衬“新友”。宝玉《种菊》“醉酹寒香酒一杯”，称菊香为“寒香”，关键在于“酹”字，以酒洒地表示祭奠称“酹”，此“菊”是一个死人。再无别人，非得先皇兼太上皇的癞头和尚不可。

湘云、探春诗中所出现的男人形象，都是他。

其次“白梅”。

第五回：“因东边宁府中花园内梅花盛开”，甲戌本此处有批语：“元春消息动矣！”于是尤氏请贾母等人到宁府赏花，引出宝玉梦游太虚幻境，警幻仙子为神瑛侍者和绛珠仙子布散相思等。根据之前的推断，会芳园满园菊花，“梅花”纯属子虚乌有。作者为什么要用“梅花”启动书中第一大事？第五十回有四首写红梅花的诗，“梅花”是确实存在的人物寓意形象。“梅花”寓何人？批书人说“元春消息动矣”，贾妃是金玉良姻的马前卒，当然可能是她，但作者说菊花盛开是“梅花盛开”，等于在梅和菊之间画一个等号，“梅”也是癞头和尚。

书中有红梅有白梅，所谓“白梅懒赋赋红梅”，二者不是暗示同一人。哪个暗示癞头和尚？从“桃未芳菲杏未红，冲寒先已笑东风”来看，“红梅花”和桃花、杏花并列，桃花指袭人，杏花指探春，“红梅花”应是和她们一样的裙钗，不会是和尚。再联系“缟仙”“白海棠”

两个暗示癞头和尚一身白的寓意形象，寓指癞头和尚的，是“白梅”无疑。

其次“云”和“霞”。

宝钗应制诗：“芳园筑向帝城西，华日祥云笼罩奇。”“华日”当然指皇帝，“祥云”指什么呢？“祥云”和“华日”并列“笼罩”大观园，显示同等威力。联系“园修日月光辉里”以及“双悬日月照乾坤”，也就和癞头和尚建立了联系。盖造省亲别墅，嫔妃省亲，主因是太上皇而非皇帝。贾母牙牌令诗“一轮红日出云霄”，太阳初升之景，只能暗示皇帝的诞生，“云霄”就是暗示皇帝的生身父母了。宝玉梦游太虚幻境时，警幻仙子出场前先唱一歌，第一句“春梦随云散”，把“云”字放在了一个整体的高度，也都能和癞头和尚建立联系。

但“云”的指向不唯一，不能说“云”就是癞头和尚的寓意形象。湘云被称为“云姑娘”“云儿”。“云”的指向，要借助辅助信息，比如组成词语的虚字等。宝钗诗“好风频借力，送我上青云”，惜春诗“楼台高起五云中”，探春命运诗“日边红杏倚云栽”，这些高端的云，非凡人所能比拟，可以和癞头和尚建立联系。有些则很难判断指向或含义，如宝玉诗“霞绡云幄任铺陈”。

“霞”字本义指日出或日落时的云彩，是“云”的一种。王夫人的丫鬟彩霞、彩云，也把二者并列。关于“霞”字，在“史湘云的寓意形象”篇分析。

其次“蜂、猿、鹤、螂”。

第四十九回写湘云穿男装，“越显的蜂腰猿背，鹤势螂形”。用蜂、猿、鹤、螂四种动物形容湘云形象，非常奇特。蜂、猿、鹤还出现在书中各指迷处，宁府的逗蜂轩，大观园的蜂腰桥，妙玉联诗“啼谷一声猿”，湘云联诗“寒塘渡鹤影”等。蜂、猿、鹤、螂都是有内涵的，以及和湘云有关。

最容易判断的是“鹤”，按“白海棠之神仙种玉”篇的分析，“孤鹤”即缟仙，也即癞头和尚了。除了用典，凹镜馆联诗时，“只听那黑影里嘎然一声，却飞起一个大白鹤来”，湘云因此联出“寒塘渡鹤影”，“大白鹤”一身白色，也符合癞头和尚的形象。

“螂”即螳螂。为什么是“螂形”而不是“螳形”？查汉典、百度词典、康熙字典等，没有对螳、螂两个字的单独解释。汉语组词，一些动物名称，如凤凰、鸳鸯、翡翠等，通常是雄加雌的组合方式，那么“螳”当指雄性，“螂”指雌性。“螂”就是母螳螂，其指代的当然也是女性，是湘云的形象无疑。

和“蜂”“猿”建立联系的，也只能是和尚或湘云了。

其次宝玉小厮们的名字。

宝玉有多少个小厮不得而知，出现名字的共十一人，分别是茗烟、焙茗、锄药、扫红、墨雨、引泉、扫花、挑云、伴鹤、双瑞、双寿。这些文艺范儿十足的名字，当然不是随便取的，和其他名字一样，是指迷。但显然和宝黛钗的姻缘纠葛毫无联系，不是指迷他们。

第五十二回“茗烟、伴鹤、锄药、扫红”四个小厮一起出现，除了“茗烟”不确定，后面三个都是明显的动宾结构。联系旧时文字的名词动用，推断“茗烟”也是动宾结构。其他小厮，除了双瑞、双寿，和不能直接判断的墨雨，也都是动宾结构，双瑞、双寿自成一派，推断墨雨也是动宾结构。

就是说，茗烟等九个名字，不仅意思具有明显的一致性，结构也是一致的，它们是一个整体。在指迷上，应该也具有一致性。

“伴鹤”“挑云”可以和癞头和尚、湘云建立联系，“引泉”可联系沁芳泉，“锄药”可联系芍药史湘云，沁芳泉、湘云都和癞头和尚联系密切。应该可以确定，九个名字均指迷癞头和尚以及与他联系密切的相关人等。

宝玉最心腹的小厮“茗烟”，出现也最多，这个名字最为关键。如果“茗”做动词用，“茗烟”的含义就非常奇异。“茗”本指采摘时间较晚的茶，也即常说的粗茶。《尔雅·释木》：“今呼早采者为荼，晚取者为茗，一名荈。”《韵会》解释“荈”为“茶叶老者”。关于茶，有一个说法是：“早采一天是宝，晚采一天是草。”“茶”在传统文化上被赋予了特殊的意义。我国传统婚姻习俗，男子娶妻要以茶为聘礼，是为茶礼，因此女子受聘也称受茶。所谓三茶六礼，其中的“三茶”，指订婚时的下茶，成婚时的定茶，同房时的合茶。“茶”在书中的诗词曲赋等处出现了大概七次，其他地方更是多次出现，不止一次和婚姻建立联系，即用以暗示婚姻。比如第二十五回凤姐调侃黛玉：“你既吃了我们家的茶，怎么还不给我们家作媳妇？”

“茗烟”作为动宾结构，其含义就是和一个以“烟”为形象的人结为婚姻，而且此婚姻很粗糙。书中出现“烟”的指迷有“大漠孤烟直”“墟里上孤烟”“依依墟里烟”等，和这些“烟”建立联系的，只有癞头和尚。癞头和尚是“死人”，“烟”作他的寓意形象，十分合适不过。

“茗烟”暗示一个女人很不讲究或很不体面地嫁给了癞头和尚。

其他和癞头和尚建立联系的。

警幻仙子赋：“其素若何？春梅绽雪。其洁若何？秋菊被霜。其静若何？松生空谷。其艳若何？霞映澄塘。其文若何？龙游曲沼。其神若何？月射寒江。”其中的“梅、菊、龙、月”都是癞头和尚形象，“霞”也能和癞头和尚建立联系，剩下的一个“松”，不会是例外。第五十一回宝玉说自己“就如那野坟圈子里长的几十年的一棵老杨树”。麝月等人认为杨树下流，说：“野坟里只有杨树不成，难道就没有松柏?”宝玉笑道：“松柏不敢比。连孔子都说‘岁寒然后知松柏之后凋也。’可知这两件东西高雅，不怕羞臊的才拿他混比呢。”这是讽刺癞头和尚。

风月宝鉴和蘅芜之香

“风月宝鉴”是一把镜子，只出现在贾瑞害相思病一节。

贾瑞相思病重卧床不起，跛足道人送来一把双面镜子，镜把上面錾着“风月宝鉴”四字，说可以治贾瑞的病。此镜出自太虚幻境空灵殿上，警幻仙子所制，“专治邪思妄动之症”。东鲁孔梅溪，当然也是一位知情者，把这四字题为书名，曹雪芹还把这件事写出来，说明“风月宝鉴”四字和“红楼梦”“金陵十二钗”一样，大有内涵。

“风月”一词，可指风景、男女情事等。此镜既“专治邪思妄动之症”，对症贾瑞的相思病，这里指男女情事。书中其他出现“风月”二字的，也都是这个意思。如“开辟鸿蒙，谁为情种？都只为风月情浓”。写智能儿的，“他如今大了，渐知风月，便看上了秦钟人物风流”。“鉴”字本义指古代用来盛水的铜盆。引申为借鉴，可以作为警戒或引为教训的事，如前车之鉴等。徐灏曰：“而用于照形者，亦谓之鉴，声转为镜。”《广雅》：“鉴谓之镜。”既是镜子，也是借鉴。“风月宝鉴”暗藏一个可以让后人引以为鉴的情爱故事，当然是悲剧。

跛足道人警告贾瑞千万不可照正面，反面才治病。贾瑞不听，结果死在了镜子上。贾瑞一介微末，他的情事没有理由让作者费这么多笔墨详记，还牵扯出风月宝鉴这个重要物件，除非一样，那对男女的情况和贾瑞、凤姐相似但身份敏感，借贾瑞影射那个“邪思妄动”的男人。那人身份尊贵，所以称之为“宝鉴”，所谓“至贵者宝”。贾瑞名“瑞”字“天祥”，含“天降祥瑞”之成语，就是影射那个男人的身份了。反面治病正面害人，说明那人不像贾瑞似的只能空想，他如愿以偿得到了美人。但结局，也就是反面的骷髅，是美人死亡，留给后人一个引以为鉴的惨痛教训。

“风月宝鉴”的男女主角是谁?

女主除了警幻仙子自己，并不能和其他人建立联系，只能是她。警幻仙子宫匾额“孽海情天”，对联：“厚地高天，堪叹古今情不尽；痴男怨女，可怜风月债难偿。”宝玉看了以后，心下自思：“但不知何为古今之情，何为风月之债?”宝玉的思考，也是作者让读者思考的。“孽海”是佛教语，指业海。“今”的“风月之债”可以确定是指以宝钗为代表的众钗孽债。“古”的“风月之债”，不仅可以和“风月宝鉴”建立联系，女主角也非宫主警幻仙子莫属。凤姐和警幻仙子的联系也是佐证，凤姐外表“恍若神妃仙子”。风月宝鉴出自警幻仙子的“空灵殿”上，凤姐断词有“死后性空灵”。等等。

关于男主身份，从“天降祥瑞”四字就大概知道了。“天降祥瑞”指突然出现的对人类有益的奇异现象，人们，主要是儒家学者认为或判定这些祥瑞出现的原因，是上天对当时皇帝的认同或表彰，证明皇帝是顺承天意的有道明君。

大观园牌坊之名也是很好的证据。贾政带众人游至大观园牌坊前，众清客建议题名“蓬莱仙境”，宝玉就在这个时候想起了什么。想起了什么呢？当然是他梦游幻境时所看到的“太虚幻境”牌坊。一个“仙境”，一个“幻境”，也容易建立联系。看宝玉走神，贾政骂道：“你这畜生，也竟有不能之时了。也罢，限你一日，明日若再不能，我定不饶。这是要紧之处，更要好生作来！”点明是“要紧之处”。“天仙宝镜”就是宝玉想了一天的结果了。一座园林以“镜”为名，岂不奇怪？而且必然和“蓬莱仙境”“太虚幻境”在指迷方面具有一致性，“天仙宝镜”也就和出自太虚幻境的“风月宝鉴”建立了联系，此“宝镜”即彼“宝鉴”，以及“天仙”即“风月”主角。

“天仙”有出处。晋·葛洪《抱朴子·论仙》：“按《仙经》云，上士举形升虚，谓之天仙；中士游于名山，谓之地仙；下士先死后蜕，谓之尸解仙。”“宝镜”也即“宝鉴”的主人“天仙”，是最高级别的神仙，也即现实里最高级别的皇家人物了，只有帝、后能当得起。

“天仙宝镜”也即大观园，实因先皇癞头和尚而建，“天仙”只能是他。

癞头和尚和警幻仙子的特殊关系，作者写的其实不算很难看出。太虚幻境本是“清净女儿之境”，不许浊物也即男子进入，警幻仙子引宝玉这个十二岁的男孩子入境，还被众仙子怨谤。癞头和尚不但可以自由出入，还可以邀跛足道人同去，分明男主人的架势。癞头和尚和跛足道人谈论时，亲切地称警幻仙子为“警幻”。警幻仙子有自己的宫殿，也显示了她的身份。

癞头和尚和警幻仙子的伦理关系类似贾瑞和凤姐。

癞头和尚长得“腌臜更有满头疮”，所以叫癞头和尚。“满头疮”是病的症状，一种满头是疮的病，这是癞头和尚的体貌特征。不仅如此。“腌臜”的意思是脏的、不好的或龌龊下流的。因为有个“更”字，“腌臜”并不是指他头上的疮，是他这个人。“腌臜”是贬义词，常用来评价品行，特别是男女关系。在民间或一些旧时小说中，相思病也叫“腌臜病”。《西厢记》：“自家这一场腌臜病。”那么，和贾瑞一样，癞头和尚也得过“腌臜病”，对象就是警幻仙子。

基本可以确定，警幻仙子本是癞头和尚兄弟之妻，却被这位皇帝夺为己有，以及最终害死了她。

警幻仙子赋中以菊、松、龙、月等癞头和尚的寓意形象来描述警幻仙子的外貌，还有“满额鹅黄”“瑶池不二，紫府无双”等说法，皆是说明警幻身份以及和癞头和尚的关系。“瑶池”是古代汉族神话中昆仑山上的池名，西王母所居。“紫府”是道教中称仙人的居所。这两个地方，都是寓指癞头和尚的居所。

贾瑞照镜子死后，贾代儒夫妇哭得死去活来，大骂道士：“是何妖镜！若不早毁此物，遗害于世不小。”庚辰本此处有批语：“凡野史俱可毁，独此书不可毁。”批书人出言证明癞头和尚的腌臜爱情，不是野史，不是胡编，确有其事，应该留存让后世知道。

书中说女儿是水做的，男人是泥做的，跛足道人“浑身带水又拖泥”，像是太监。

宝玉应制诗《蘅芷清芬》，主要写癞头和尚、警幻仙子这一对。

蘅芜满净苑，萝薜助芬芳。

软衬三春草，柔拖一缕香。

轻烟迷曲径，冷翠滴回廊。

谁谓池塘曲，谢家幽梦长。

题目是关键。“蘅芷”也作衡芷，指杜蘅和白芷。也有说是由“衡兰芷若”化来，比喻忠贞美德什么的。贾政带众人游园至蘅芜苑时，宝玉说：“那香的是杜若蘅芜”“绿的定是青芷”。“杜若”即杜蘅，也作杜衡；“青芷”即白芷。算是强调了这两种香草。

“清芬”的字面意思指花草的清香，引申义喻高洁的德行。作者要告诉读者的当然是它的引申义，但这个说法用在人身上，杜蘅和白芷当然是指代人的，常用来赞颂故去的人，类似遗芬、遗风。陆机《文赋》：“咏世德之骏烈，诵先人之清芬。”梅尧臣《读范桐庐述严先生祠堂碑》：“至今存清芬，烜赫耀图史。”《蘅芷清芬》是一首挽诗。

挽谁？“蘅芜”是香草，也是故典，出自汉武帝和宠妃李夫人的爱情故事。晋·王嘉《拾遗记·卷五·前汉上》：“汉武帝息于延凉室，卧梦李夫人授帝蘅芜之香，帝惊起，而香气犹着衣枕，历月不歇。帝弥思求，终不复见，涕泣洽席，遂改延凉室为遗芳梦室。”李夫人是宫廷乐师李延年之妹，情商极高的女人，死后还牢牢抓着汉武帝的心。这个典故挺偏僻的，或因如此，更具有特指性。一首挽诗，起首即帝王与亡妃的情爱故典，他们生死两隔的爱情信物“蘅芜”，还被放在了现实里，成了皇亲薛宝钗的住所之名和别号。联系大观园、宝钗和癞头和尚的关系，“汉武帝”影射癞头和尚无疑，“李夫人”则是“翠樾埭”的“翠”，以及就是警幻仙子。

不独这首《蘅芷清芬》和前面分析过的《有凤来仪》，大观园因癞头和尚而建，其中的留题、应制诗等，或直接或间接，均指迷癞头和尚。

癞头和尚如此关照宝钗，非因宝钗的母亲是他的女儿，是因为这位“翠”。那么宝钗之母是癞头和尚和警幻仙子的女儿。但警幻仙子等人又称绛珠为“妹子”，不知什么原因。或者据其娘家和薛家的关系，警幻仙子和宝钗是平辈也未可知。毕竟皇帝选妃，不是根据辈分来的。

“萝薜助芬芳”句。除了男女主角，还有重要配角，当然是女配，在那里“助芬芳”。“萝薜”即女萝和薜荔，用以指隐士的衣服。《楚辞·九歌·山鬼》：“若有人兮山之阿，被薜荔兮带女罗。”癞头和尚的翠也多，这位“萝薜”隐士，应该是一个可以和蘅芜苑建立联系的女人。貌似只有跟宝钗住的湘云。史家外迁前，湘云来荣府，或住贾母屋里的暖阁，或和黛玉同住，或和宝钗住蘅芜苑，没有固定的地方。后来史家外迁，贾母留下湘云长住。本来要给她单独收拾屋子，但湘云执意和宝钗住一起，于是到了蘅芜苑。宝玉题的蘅芜苑对联：“吟成豆蔻才犹艳，睡足荼蘼梦亦香。”这两句显然写的湘云。“豆蔻”指十三四岁的少女，出自杜牧诗：“娉娉袅袅十三余，豆蔻梢头二月初。”宝钗进荣府时已满十五岁，入住大观园蘅芜苑约十七岁，不能用“豆蔻”暗示她的年龄。湘云比宝玉小一岁，第十四年十月长住蘅芜苑时，是十三岁。影射史湘云的云儿曲“豆蔻开花三月三”，也是佐证。论诗才敏捷，湘云在众钗里要算第一，符合“吟成豆蔻才犹艳”。湘云白海棠诗有“蘅芷阶通萝薜门”，也能建立联系。

湘云和和尚的故事很多，后文分析。

“软衬三春草”句。“三春草”当指绛珠仙草宝钗。“三春草”是故典，出自孟郊《游子吟》：“谁言寸草心，报得三春晖。”涉及宝钗的母亲，公主“贾敏”。

“谁谓池塘曲，谢家幽梦长”二句，也是用典。南朝诗人谢灵运有长诗《登池上楼》，其中最著名的两句是：“池塘生春草，园柳变鸣禽。”据说是谢在梦中所成：“此语有神助，非我语也。”除了联系绛珠仙草，和湘云谜语“一池青青草何名”也能建立联系。

妙玉因何进大观园

妙玉是十二正钗里唯一没有写出姓氏的人。

苏州人氏妙玉，祖上是读书仕宦之家，自小多病，买了许多替身皆不中用，到底亲自入了空门，方才好了，所以带发修行。妙玉的家世清楚，作者为什么不给出她的姓氏呢？原因只能有一个：敏感。

妙玉名字里有玉，断词又说她是“无瑕白玉”。“白玉”在书中多次出现，是有内涵的。其他被喻为白玉或跟能够白玉建立联系的人，前朝的皇族姑娘贾母是“白玉堂”，本朝公主“贾敏”是“白玉堂”，义忠亲王有“白玉床”也即白玉龙床，“郡主”王夫人的丫鬟叫“白玉钏”，无一不曾是高级别的皇族人物。“白玉”妙玉，应该也是一位皇家姑娘。

那就是姓史还是姓王的问题了。

栊翠庵茶品梅花雪时，妙玉捧给贾母的茶具，一个海棠花式雕漆填金“云龙献寿”的小茶盘，里面放一个成窑“五彩”小盖钟。《易·乾》：“云从龙，风从虎，圣人作而万物睹。”孔颖达疏：“龙是水畜，云是水气，故龙吟则景云出，是云从龙也。”后因以“云龙”比喻君臣风云际会。书中也只此一处“云龙”之说。明张居正《圣母图赞·庆都毓圣》：“元云入户，赤龙在宫，遂开景运，万国时雍，济济岳牧，是谓云龙。”“五彩”也作五采、五色。《史记·项羽本纪》：“吾令人望其气，皆为龙虎，成五采，此天子气也。”也可以和帝王建立联系。茶是“老君眉”。“老君”即“太上老君”，道教的始祖，三清中的太清道德天尊，最高尊神之一，联系最高皇家人物不用说了。这是一套君臣茶。那么谁是君，谁是臣？

贾母吃了半盏后，递与刘姥姥一口吃尽。两个老太太都是有故事的人。贾母是明王朝的宗室姑娘，见证了明王朝的覆灭。刘姥姥隐身是清王朝母皇级的人物，可以说是接替了明王朝的人。贾母和刘姥姥的这个吃茶法，很容易联系到江山易主上来。

宝玉提出把五彩小盖钟送给刘姥姥，妙玉说："幸而那杯子是我没吃过的，若我使过，我就砸碎了也不能给他。"岂非让人联想妙玉也是朱家人？以及如果她当年是江山的主人，宁愿和争夺者同归于尽，绝不会拱手让人。妙玉自称"畸人"，与之相对的是"世人"。"畸人"有出处，《庄子·大宗师》："畸人者，畸于人而侔于天。""侔"是齐、等同的意思。"畸"字本义指残田，引申为残余、零星。侔于天的"畸人"，就是"天人"了，神仙级的。妙玉是残余的朱家人，她的那些奇珍异宝也是佐证。但妙玉出生晚，没有享受过自家的江山。

妙玉姓史，也即前明朝皇族的朱姓，且是核心层的后裔。

太上老君暗示的高端皇家人物，是癞头和尚无疑。画像里的太上老君通常是白色长眉，癞头和尚"鼻如悬胆两眉长"，原是这副模样。"老君眉"茶大约正是这样一个特色。"献寿"什么意思呢？这年"四月二十六日"是癞头和尚的"圣诞"。

妙玉既和贾母有如此关系，为什么还担心荣府以贵势压人？两人的亲缘关系已经比较远了，况且荣府的女主人是王夫人，不是贾母说了算的。妙玉为人骄傲，有所顾虑在情理之中。

妙玉跟师父进京后，住在"西门外牟尼院"约一年，十八岁即第十三年进荣府。此次茶品梅花雪，是第十四年，十九岁了。妙玉说自己五年前住在"玄墓蟠香寺"里。"玄墓"即苏州玄墓山，据说山上多植梅花，花开若雪，有“香雪海”之称。邢岫烟说曾赁蟠香寺的房舍，和妙玉做过十年一墙之隔的邻居。那么妙玉在十七岁之前，在蟠香寺至少住过十年。妙玉最晚七岁就在蟠香寺修行了。判断蟠香寺是妙玉最初出家修行的地方。

佛教建筑分为寺、庵两种，前者是和尚修行处，后者是比丘尼也即尼姑修行处。尼庵一般近寺而建，据说因为女尼是弱势群体，易受侵扰，近寺而建可得到僧人的保护。妙玉一个姑娘家，怎么能在寺里出家和长住呢？蟠香寺可能不是一般的佛教建筑，而是妙玉的家庙，如同贾家的铁槛寺一样。所以邢岫烟两次说赁的是“他庙里的”的房子。既是家庙，当然诸事可以变通，情有可原。何况妙玉并不是严格意义上的出家，只是“带发修行”，进行一个时间段的修行，想还俗可以马上还俗。

妙玉为什么要进京，然后又进大观园呢？

因“听见长安都中有观音遗迹并贝叶遗文”，随了师父上京来。妙玉的师父“极精演先天神数”，临寂遗言说：“衣食起居不宜回乡，在此静居，后来自有你的结果”。“贝叶”是古代印度人用以写经的树叶，亦借指佛经。“观音”是癞头和尚寓意形象，“遗迹”“遗文”更明显指向癞头和尚。师父带着妙玉进京，是冲癞头和尚来的。妙玉的师父大概是老尼了，作为佛门圈子里的人，消息自然比平常人灵通，所谓的“极精演先天神数”，是对癞头和尚的身份和行为有种种听闻。她知道以妙玉的美貌和才华，可入和尚的眼。癞头和尚出家了多久不得而知，一开始大概也是极隐秘的，朝廷肯定竭力封锁消息，但时间久了，佛门也不清净，难免渐渐传了出去。

这就是妙玉进大观园的原因。

不仅妙玉，大观园里的那些小尼姑小道姑小和尚小道士，也都因癞头和尚而存在。当然妙玉比较特殊，因为她的出众才貌和特殊身世，独享一处栊翠庵。“栊”字本义指养禽兽的笼槛。《说文》：“栊，槛也。”“翠”字暗示她和癞头和尚的关系。妙玉被喻为嫦娥，嫦娥是月宫里的仙子，癞头和尚是月，也说明两人的关系，以及妙玉是和尚非常重视的一“翠”。

十个小尼姑、小道姑都是为省亲“采访聘买”来的，她们原不是出家人，经文要现学，道袍要现做，二十份新道袍没有别的解释，只能是为她们准备的。大观园的佛家道家修行处，除了栊翠庵，还有山下的“幽尼佛寺”，林中的“女道丹房”，以及“玉皇庙”“达摩庵”，共五处。按常理，这些都是很奇怪的存在。有什么理由在妃子的行宫建造这许多修行处呢？荣府内宅自有佛堂。第五十三回“那晚各处佛堂灶王前焚香上供”，第四十三回“因王夫人进了佛堂”。而且还有女道丹房。贾家除了宁府的贾敬，荣府主人如贾母、贾政、王夫人等，完全不见他们有修道的嗜好。这些和贾家、贾妃全无关系。第二十三回：“且说那个玉皇庙并达摩庵两处，一班的十二个小沙弥并十二个小道士，如今挪出大观园来，贾政正想发到各庙去分住。”“玉皇庙”就“玉皇”两个字，也就知道和癞头和尚的联系了。“达摩庵”按说是尼姑庵，却安置了“小道士”。

佛家道家都进了大观园，种种怪诞，皆因癞头和尚。

贾妃省亲时，只拜了一处“山环佛寺”，而且非常重视，“忙另盥手进去焚香拜佛”。拜佛之后，又额外加恩与一班“幽尼女道”，却没有小沙弥小道士什么事儿。判断“山环佛寺”即“幽尼佛寺”。这座“佛寺”的住持当然就是癞头和尚。笔者疑心这个时候癞头和尚就在佛寺里，“有凤来仪”等应制诗也似在暗示这一点。但晚些时候宝玉、凤姐“逢五鬼”时，癞头和尚前来相助，和贾政见面交谈，贾政并不认识他，又似乎癞头和尚还没在大观园里出现过。总不至于在皇家园林和大观园之间，有什么暗道机关之类相通？不同于王夫人、凤姐、宝钗和宝玉这几个人，此前贾政并没有见过癞头和尚，但不等于说没见过当年的先皇。

推断在建大观园之时，癞头和尚这个人的身份存在，贾母等人当然知道，但在大观园里建寺庵丹房的原因也即和癞头和尚的关系，荣府主人们或者并不十分明了，更多的是奉旨行事。真正了解内情的是那位园林建筑师山子野，作者称之为“老明公”的人。何为“明公”？按照词典释义是旧时对有名位者的尊称，这个释义有些模糊，“名望”和“尊称”这样的说法太泛。从文献和古典小说来看，“明公”往往是臣属或门客谋士等对主公的尊称，含有巴结奉承的意味，是以下对上的一种称呼。古代建造师属于工匠，地位比较低，荣府贵族官宦之家，这样称呼一个建筑师，读者就要多想一想了。这不是针对山子野的身份地位，“明”是了解、清楚的意思，应是指他知晓建造大观园的一切内幕，所以，“凡堆山凿池，起楼竖阁，种竹栽花，一应点景等事，又有山子野制度”。

贾妃省亲后，十二个小沙弥并十二个小道士被安置在了铁槛寺，他们实在不适合住在大观园里。但小尼姑小道姑们都还在园子里。

栊翠庵品茶时，贾母说“把你的好茶拿来”，这是知道妙玉有好茶，妙玉捧出“老君眉”，贾母不识此茶。“老君眉”非荣府供给的，也不可能是妙玉当年带来的。除了发酵茶如普洱之类，茶的保鲜期不过几个月，除非用现代的保存技术。如果是普洱之类的发酵茶，妙玉进荣府已经几年，贾母不至于没有来品过。更不大可能是市面上买来的，以妙玉的秉性，不会看得上。如果老君眉是本年新茶，它来自何处？只能来自癞头和尚，所以叫“老君眉”。这些贾母都知道。

“三春去后诸芳尽”，妙玉后来也离开了荣府，跟癞头和尚去了。有一条批语是很好的参考。第四十一回妙玉不要成窑杯一节，靖藏本有一条言语混乱的批语，含“他日瓜州渡口”“劝惩”“屈从”“红颜”“枯骨”等词，显然是说妙玉的事。瓜洲在长江北岸，是古渡口，往来江南江北的必经之处。“红颜”指妙玉无疑，“枯骨”指尸骨或枯瘦的人。除了癞头和尚，妙玉还能屈从谁呢？猜测这条批语的意思是：后来在瓜洲渡口，妙玉要跟癞头和尚过江去江南。有人“劝惩”她，那么当时有选择的余地，可以不走，但妙玉还是跟和尚去了江南。具体怎样的“屈从”过程不得而知。

史湘云的寓意形象

读书的时候，常常会无意间界定某人物，即潜意识里界定一个人的行为范围，然后对这个人物的认识，就局限在这个无形却坚固的圈子里。

我想大多数红迷和我一样，认为湘云是个心思简单的姑娘，对男女之情无知。自然的延伸，认为她的命运，固然薄命，当然也是简单的，一气到底的。所以，在分析《红楼梦》的五六年里，我都在这个潜意识的控制之下，或者也因为不把湘云看作主角，多少有些轻忽。即便偶尔的一闪念，觉得醉卧芍药裀、被喻为海棠等内容似暗示湘云的人生经历不简单，却总不自觉地维护自己先入为主的那个印象。或者心里存了一个执念，湘云和她的“才貌仙郎”也是一生一世，像宝玉对黛玉一样坚不可摧。

起初以为菊花是宝玉形象，下了很大工夫去推理，直到第六年底，对书稿做最后修改时，发现和菊花诗关联的湘云命运分析大有问题，实在走不动，不得不重新审视。终于意识到，湘云的命运经历一点都不简单，而且和癞头和尚关系密切。思路一开，很容易就发现了更多线索，相互联络彼此佐证，原先一些因为无可解释而弃置的指迷内容，也有了新解。

这就是为什么湘云参与的诗词如此之多。

其实从逻辑上，很容易发现湘云的命运不简单，书中太多诗词，以湘云为主角，芦雪广联诗、红梅花诗、凹镜馆联诗等。如果湘云的命运真是那样简单，嫁人后很快守寡，然后孤苦一世，没有理由以主角身份存在于这些指迷诗词里。指迷皆因敏感。湘云的命运经历，非常干涉朝廷。

本篇归总分析一下史湘云的寓意形象。

首先是“海棠”。

第六十三回抽签占花名，湘云占得“一枝海棠”，题着“香梦沉酣”四字。这个寓意形象是直接给出的，不需要分析，需要分析的是其中的内涵。书中还有一个人，也被喻为海棠，可作参考。作者两次描写秦可卿卧室挂着一幅唐伯虎的《海棠春睡图》，影射可卿无疑。“海棠春睡”是一个香艳典故。宋释惠洪《冷斋夜话》记载：“昔唐明皇登沉香亭，召贵妃同宴，而妃宿酒未醒，命力士使侍儿扶掖而至，妃子醉颜残妆，鬓乱钗横，不能再拜，上皇笑曰：‘岂妃子醉，直海棠睡未足耳。’”海棠花因此又名贵妃花。

同为海棠，两人又有不同。

海棠是木本植物，原产我国。传统上有四个品种，西府海棠、垂丝海棠、贴梗海棠和木瓜海棠。因果实不同又分为两类：西府海棠、垂丝海棠是一类，果实叫海棠果或海红；贴梗海棠、木瓜海棠是一类，果实叫木瓜。木瓜比海棠果大得多，成熟后芳香浓郁。此木瓜不同于超市常售的热带水果番木瓜，番木瓜是舶来品。此木瓜成熟后放在屋里，会满室生香。宝玉进可卿卧室时，闻到的一股“细细的甜香”，就是来自那盘“安禄山掷过伤了太真乳的木瓜”了。盘中“木瓜”，画中“海棠”，均与杨妃有关，暗示秦可卿为“木瓜海棠”。史湘云却是“西府海棠”。怡红院的西府海棠，“其势若伞，丝垂翠缕”，湘云的贴身丫鬟就叫“翠缕”，这是第一层联系。贾政带众人观赏西府海棠，有清客建议匾额题“崇光泛彩”，四字出自苏轼的《海棠》，全诗为：“东风袅袅泛崇光，香雾空蒙月转廊。只恐夜深花睡去，故烧高烛照红妆。”正是湘云花签题诗“只恐夜深花睡去”的出处。西府海棠指湘云无疑。另外，荣府称“西府”，宁府称东府，似有意以“西府”“东府”区别两边的海棠。一般的海棠花虽美，却无香，西府海棠据说既艳且香，是海棠中的上品。按照贾政的解释，西府海棠又名“女儿棠”，据说是外国之种，俗传系出女儿国中。貌似湘云比可卿高了一个级别，当然不是容貌。

一个海棠香梦，一个海棠春睡，湘云和可卿在男女关系方面，一定有非常相似之处。“海棠春睡”影射可卿和公公爬灰，岂非说湘云也有此嫌疑？

其次“芍药”。

湘云花签上的“香梦沉酣”，与之联系的是“一枝海棠”，现实里的“香梦沉酣”却在芍药裀里。作者把海棠、芍药混同的不止这个。题怡红院匾额时，宝玉道：“此处蕉棠两植，其意暗蓄‘红’‘绿’二字在内。若只说蕉，则棠无着落；若只说棠，蕉亦无着落。固有蕉无棠不可，有棠无蕉更不可。”认为怡红院匾额要题“红香绿玉”四字，才两全其妙。以“红香”指海棠。大观园里的“红香”圃，却是因芍药而得名。“红香”也指芍药。所以湘云醉眠芍药裀时，作者写她被芍药花瓣包围的样子是“红香散乱”。

“芍药”也是湘云的寓意形象。

“芍药”花色彩艳丽，在古代常用来代表男女欢情。《诗经·郑风》：“维士与女，伊其相谑，赠之以芍药。”联系“女儿令之袭人和湘云的命运纠缠”篇的判断，湘云在男女情感方面，至少在她的豆蔻之年，是相当随便的，发生像可卿那样的乱伦行为，也就不足为奇了。

其三是“螂”。

“螂”是湘云形象，在“癞头和尚寓意形象的归总分析”已分析，这里结合“一枝海棠”，分析一下“螂形”影射湘云什么。

螳螂这种昆虫有个独特之处，雌雄交配成功后，雄螳螂常常作为营养品被雌螳螂吃掉，以利于抚育后代。应是暗示湘云有孩子，以及独自抚养孩子。占花名的八个人占到的八种花，牡丹、杏花、老梅、海棠、荼蘼花、并蒂花、芙蓉、桃花，除了指向不明的“一根并蒂花”，“并蒂花”似可泛指任何并蒂而开的花，像斗草的并蒂菱、夫妻蕙，都可以用这个名称，当然最像菱花，因为是“一根”，而非其他人的“一枝”或“一支”，仿佛水草类。其他七种花明显可以分为两类：开花结果的和开花不结果的。探春的杏花、李纨的老梅、湘云的海棠、袭人的桃花，属于结果的。宝钗的牡丹花、黛玉的芙蓉花、麝月的荼蘼花，属于不结果的，虽也结籽，和杏花等结的果实完全不同。这应该是一种暗示，开花结果的指有子女的，不结果的无子女。湘云的“海棠”属于开花结果的，与“螂”呼应。

其次“红梅花”。

红梅花诗里的“白梅”指癞头和尚，“红梅”呢?

诗中以“霞”“落霞”喻红梅花，那么和“枕霞旧友”史湘云建立了联系。又有“缟仙扶醉跨残虹”，显示“红梅”是一个喝醉酒的人，十二钗里，唯有湘云喝醉过。且醉卧芍药裀时，口内犹作睡语说酒令，就有“醉扶归”。红梅花是湘云形象。

霞和云均可联系湘云又可联系癞头和尚，还有红梅、白梅分指二人，这样纠缠在一起，如同一体，湘云和癞头和尚的关系是非同寻常的。

其次“孙行者”。

因湘云的男装打扮，黛玉曾称湘云是“孙行者”。贾母偏偏讲了一个孙行者的猴儿尿的笑话。湘云的谜语《点绛唇》，谜底又是猴儿。戏曲又有《孙行者大闹天宫》。“孙行者”也是湘云形象。

第十五年秋之癞头和尚

第十五年八月中旬到九月上旬，不仅荣府忙乱，癞头和尚也十分忙，为金玉良姻，更为他自己的事。

白海棠诗对癞头和尚的指迷前面已分析，秋夜即事、菊花诗、螃蟹咏、咏月诗、凹镜馆联诗、紫菱洲歌等，均涉及癞头和尚甚至主要写他，写他来去大观园以及在此间的所作所为。

香菱第一首咏月诗写十四日的月，第二首写“玉盘”月，根据第三首末句“缘何不使永团圆”，那么此前是“团圆”月，也即第二首写的是中秋之月，以及第一首写八月十四日的癞头和尚。凹镜馆联诗第一句

“三五中秋夕”，和第二首的团圆月可以建立联系。菊花诗最后一首《残菊》时间是“小雪时”，“小雪”应是指的节气，二十四节气之一，虽然日期不固定，总在阴历十月，立冬之后。这些指迷诗的时间跨度，从八月十四日到十月间。

凹镜馆即景联句主写癞头和尚。本篇将以凹镜馆联诗为主，结合咏月诗等，分析这段时间癞头和尚的行为和行踪。

凹镜馆联诗由湘云、黛玉、妙玉三人共同完成，题名《右中秋夜大观园即景联句三十五韵》。作者虽然对凸碧山庄的中秋夜宴做了大量描写，写出的内容其实都是外围，核心内容都在联句里。

起首“三五中秋夕，清游拟上元”。

“上元”即正月十五元宵节。第十五年的元宵节，贾母羞辱薛宝钗，虽然宝姑娘宠辱不惊镇定自若，贾珍准备提亲的念头还是被吓退了。起首即提上元节，而且是“拟上元”，提亲的事又来了。

从“几处狂飞盏，谁家不启轩”到“赏罚无宾主，吟诗序仲昆”，描述的都是欢庆中秋的情景。

但诸如“狂飞盏”“分曹尊一令，射覆听三宣”“骰彩”等，并不是贾母宴席的情景。二更天时，贾赦贾政带领贾珍等散去，他们和门下的清客相公们在外宴乐是肯定的。不仅如此，关键是“赏罚无宾主”句，清客相公们当不起这个“宾”字。薛蟠请宝玉时，都不把他们当人看。此夜贾府有来“宾”。而且说的是“宾主”而非“主宾”，“宾”在主人之前，身份是高过主人的，如同“金玉良姻”的“金”在“玉”前。薛家人自去赏月，不在此列。贾家以“琼宴”相待，也显示对方是非同一般的贵宾。这人不拘礼俗。我国传统，中秋节是一家人自己团圆的节日，忌访亲走友。“宾”不在自己家里和家人团圆，却来贾家打扰。联系菊花诗时宝钗说的“如今以菊花为宾，以人为主”。此“宾”是癞头和尚无疑了。湘云给出“传花鼓滥喧。晴光摇院宇”时，黛玉说“只管拿些风月来塞责”，也是佐证。

“香新荣玉桂，色健茂金萱”二句前面已分析。

从“觥筹乱绮园”来看，应是在宁府的会芳园宴乐。虽然宁府孝未满不应该过中秋，对癞头和尚来说，什么规矩礼俗不可以改呢？既是“谁家不启轩”，自然包括宁府。

联系香菱的咏月诗，癞头和尚十四日就已经来到荣国府了。至于他的身份，第十四年三月宝玉逢五鬼时，贾政还不认识他或不能够认出他来，到清虚观打醮时一切也就明了。癞头和尚作为高僧，出入贾府或者并不需要太掩人耳目，像老张道士一样，如果是晚上，当然就更方便了。

第一首咏月诗有“清光皎皎影团团”“翡翠楼边悬玉镜”，第二首有“梦醒西楼人迹绝”。“翡翠楼”总不至于是指翠绿色的楼，“翡翠”指人，那么和有人的“西楼”可以建立联系。“西楼”可以指包括大观楼、东面飞楼缀锦阁、西面斜楼含芳阁的整楼，之所以称“西楼”，或暗示观者在东边，或相对东面宁国府的天香楼而言，就像荣国府相对宁国府是西府一样；也可以单指大观楼的西面斜楼“含芳阁”。“含芳阁”三字有内涵。宁府“会芳园”遍地菊花，所聚之芳就是“菊”了，大观园是会芳园“沁芳”造成的，“含芳”岂非可以理解为“含菊”？“菊”是癞头和尚寓意形象。“含芳”应暗示癞头和尚在此楼上停留过。也不是说一出现“芳”就指癞头和尚，“芳”是常用字，但如果以名称或关键名词的方式出现，就应该考虑与癞头和尚的关系了。

“影团团”说明楼上有很多人。推测八月十四日，和尚已来到贾家。第七十五回佩凤说：“听见说外头有两个南京新来的，倒不知是谁。”或者就与他有关。和尚在一群贾家爷们簇拥下，登上了大观楼。贾家祠堂近处的墙下那声长叹，来自于他也说不准。

第二首咏月诗，用宝钗的话说："不象吟月了，月字底下添一个色字倒还使得，你看句句倒是月色。这也罢了，原来诗从胡说来，再迟几天就好了。"这是对内容的提示。首句"非银非水映窗寒"，"非银"自然不是银子，可为什么说不是银呢？必然具有银的特征。联系"句句倒是月色"，是具有银的颜色，银白色。"非水"又不同，"水"本身是没有颜色的，"非水"不是暗示色彩。书中说女儿是水做的骨肉，"非水"当指男人。可是以非女人来说男人，就促狭了，这个男人是具有女人的一些特征。这句暗写一个具有女性特征的男人，穿了一身在月光下显示银色的衣服，身影映射在窗子上，透出寒意。当然是癞头和尚。末二句"梦醒西楼人迹绝，余容犹可隔帘看"，癞头和尚离开了西楼。"余容"的百度词典释义为芍药别名。我疑心这个"余容"不是现成的词，而是一种戏谑说法，取意于"遗容"，指癞头和尚，针对他的死人身份。那么问题的关键是，谁"梦醒"隔帘看到和尚？

这是八月十五日，宝钗说"再迟几天就好了"，再迟几天，就是和尚硬让宝玉和宝钗成婚的日子。

"渐闻语笑寂，空剩雪霜痕"二句，

这两句可联系《秋夜即事》的"绛芸轩里绝喧哗，桂魄流光浸茜纱"。宝玉跟贾母住时，卧室题名绛芸轩。后来入住大观园怡红院，据第三十六回标题"绣鸳鸯梦兆绛芸轩"和第五十九回标题"绛芸轩里招将飞符"，卧室仍叫绛芸轩。《秋夜即事》的这个"绛芸轩"，联系情景描写，是怡红院的绛芸轩。绛芸轩一改往日的喧哗还是此前的喧哗，不得而知，总之此时静悄悄的没有一点声音，发生了什么事？"苔锁石纹容睡鹤，井飘桐露湿栖鸦”。“鹤”是癞头和尚形象。“栖鸦”当指宝玉。贾妃省亲时，贾政自称“鸠群鸦属之中”，父亲是“鸦属”，儿子自然也是。和尚和宝玉，一个靠在山石上，一个在梧桐树下。癞头到怡红院里来了。“抱衾婢至舒金凤，倚槛人归落翠花”。丫鬟抱着绣有金凤图案的被子来绛芸轩。“抱衾”是典故。《西厢记》红娘抱衾而至，相助崔莺莺和张生成就好事。当然是宝钗的丫鬟，也即莺儿，抱着宝钗的被褥来到怡红院。宝钗肯定也跟来了，即“倚槛人”。宝玉不肯进屋，哪怕在梧桐树下，被露水打湿。

此夜，怡红院里还有已绝食三四天的晴雯。

“阶露团朝菌，庭烟敛夕梧。秋湍泻石髓，风叶聚云根”四句。

从“朝”到“夕”，又是一天，到八月十六日了。

“朝菌”是一种朝生暮死的菌类。《庄子·逍遥游》：“朝菌不知晦朔。”关键是“夕梧”和接下来的“秋湍泻石髓”，均出自湘云，是作者特别强调的。黛玉听了这两句，不禁也起身叫妙，说：“这促狭鬼，果然留下好的。这会子才说‘梧’字，亏你想得出。”湘云道：“幸而昨日看历朝文选见了这个字，我不知是何树，因要查一查。宝姐姐说不用查，这就是如今俗叫作明开夜合的。我信不及，到底查了一查，果然不错。看来宝姐姐知道的竟多。”黛玉笑道：“‘梧’字用在此时更恰，也还罢了。只是‘秋湍’一句亏你好想。只这一句，别的都要抹倒。我少不得打起精神来对一句，只是再不能似这一句了。”这两句非常关键，而且和宝钗有关，特别是“梧”字，“促狭”且“在此时更恰”，什么意思呢？“梧”即合欢树，书中也直接给出此树名，菊花诗时，黛玉要喝烧酒，宝玉“便令将那合欢花浸的酒烫一壶来”。而“合欢”的另一个释义是男女交欢。佐证了“抱衾婢至舒金凤”的事。

“秋湍泻石髓”句更是重中之重。“秋湍”即秋天的急流。关键是“泻”字。宝玉跟着父亲贾政游园题咏时，专门讨论过这个字。对从会芳园涌进大观园的那股清溪，清客给出“泻玉”二字，宝玉认为“泻”字“粗陋不雅”，不符合应制之例，所以用蕴藉含蓄的“沁芳”代替。现在这个字直接出现在联句里，“泻石髓”和“泻玉”又相似，貌似“泻石髓”的力道还更大，那么对方的“粗陋不雅”已然毫不掩饰。所谓牛不吃水强摁头，癞头和尚在强迫立逼宝玉和宝钗合欢。

“宝婺情孤洁，银蟾气吐吞”二句。

“婺”即女宿，二十八星宿之一，按传统文化，女宿多吉，有谚语“女宿值日吉庆多”。“宝婺”当然是暗示某人，既有“宝”字，疑似身份尊贵，指宝钗的可能性很大。“情孤洁”即痴心不改了。或者女宿也是时间暗示，这需要天文知识，本人不能。“银蟾”指月亮，传说月中有蟾蜍，故称。蟾蜍俗称癞蛤蟆，“银蟾”即银白色的癞蛤蟆了，和癞头和尚形象相符，指他。“气吐吞”是说和尚在生气，以及生气的样子很难看，像一只白色的癞蛤蟆在那里吞气吐气。癞蛤蟆生气的时候肚子鼓胀，俗称气蛤蟆。这两句的意思是，宝玉的坚拒，宝钗的痴心不改，把和尚气成了气蛤蟆。

“药经灵兔捣，人向广寒奔。犯斗邀牛女，乘槎待帝孙”四句。

“捣药”是典故，传说月中有玉兔捣药。玉兔也称白兔或灵兔。灵兔是比较稀罕的叫法，“灵”字可以和“宝灵”癞头和尚建立联系。“药”则可以和绛珠草的相思病建立联系，像冷香丸一样。判断时间到了“种得蓝田玉一盆”，也即蘅芜苑成亲之后。

“广寒”即广寒宫，月中仙子嫦娥所居。妙玉被喻嫦娥，那么“广寒”指栊翠庵。“人”即下句里的“犯斗”“乘槎”者。

“牛”“女”指牵牛、织女二星，牵牛即牛郎。“槎”是传说中的仙筏。“帝孙”指织女。《汉书·天文志》：“织女，天帝孙也。”按晋·张华《博物志》所载，旧的传说中，天河与海通，有个住在海边的人，看到每年八月海上有木筏定期往来，便突发奇想，带上食物乘上木筏，到了天河，见到了织女、牵牛星。因牵牛星住斗牛宫，是为“犯斗”。

此“牛郎”“织女”是在“广寒宫”，也即栊翠庵里。第三十一回题目“因麒麟伏白首双星”，“双星”即牛郎织女星，联系那一回的内容，“织女”指湘云毫无疑问，只不知“牛郎”是谁。在这里却很好判断，能进栊翠庵且会进栊翠庵的男人，范围太窄，除了宝玉，只能是月窟仙人癞头和尚了。和尚在那里，栊翠庵便是神仙禁地。“人”不请而来，是为“犯斗”。

这个“犯斗”的人，或是黛玉。黛玉《问菊》有：“欲讯秋情众莫知，喃喃负手叩东篱。孤标傲世偕谁隐，一样花开为底迟?”可以建立联系。

既是“待帝孙”，只邀到了湘云。此夜和尚是不是留在了栊翠庵，就是一个问题了。

“盈虚轮莫定，晦朔魄空存。壶漏声将涸，窗灯焰已昏。寒塘渡鹤影，冷月葬花魂”这六句联系紧密，所以放一起分析。

时间到了八月底九月初一之间的夜，黛玉坠楼之夜。“盈”指月圆。《红楼梦大辞典》解释“虚”的意思为缺，但应该不是指“月缺”也即非满月。从日期来看，此“虚”应是“虚无”，即天上无月的意思。“壶漏”是古代的一种滴水计时的器具。漏壶的滴水声快干了，夜已将尽。此夜天空不见月，地上却有。“鹤”指和尚，夜将尽时，他在园子里走过。为何三更半夜在园子里走？离开栊翠庵吗？虽无月色，却有“窗灯”，所以能见“鹤影”。

从“香篆销金鼎，脂冰腻玉盆”二句开始，是妙玉续诗。“香篆”是香名，形似篆文。宋洪刍《香谱·香篆》：“镂木以为之，以范香尘为篆文，然于饮席或佛像前，往往有至二三尺径者。”《香谱·百刻香》：“近世尚奇者作香篆，其文准十二辰，分一百刻，凡燃一昼夜已。”它将一昼夜划分为一百个刻度，不仅是计时器，还是空气清新剂和夏秋季的驱蚊剂。这两句暗含“金玉”二字，写宝钗宝玉的事。“脂冰腻玉盆”可以联系“胭脂洗出秋阶影”，似说宝钗洗澡的那个玉盆里，水面结了一层胭脂冰，这时候天已经冷起来了。“脂冰”又似取意于画脂镂冰，意指在油脂上作画，在冰上雕刻，喻劳而无功。

“箫增嫠妇泣，衾倩侍儿温。空帐悬文凤，闲屏掩彩鸳”四句。

“箫增”句出自苏轼前《赤壁赋》“泣孤舟之嫠妇”。“嫠妇”即寡妇，联系湘云白海棠诗的“霜娥”，当指湘云。按照白海棠诗的分析，湘云做了“霜娥”后，依旧和癞头和尚“却喜诗人吟不倦”，怎么这里哭起来了？可能和黛玉的死有关，黛玉决绝一死，宝二奶奶的反应不知道怎样，癞头和尚虽然自我，也难免无趣，何况他对黛玉有意思。所以暂时不再“吟不倦”，冷落了湘云。

“衾倩侍儿温”可联系“抱衾婢至舒金凤”，当然不是同一时间。“空帐悬文凤”可联系“霜清纸帐来新梦”，不同时间的对比。

“钟鸣栊翠寺，鸡唱稻香村”二句。大观园里有栊翠庵，“栊翠寺”是怎么回事？我觉得是暗示癞头和尚长住在了栊翠庵，让这座尼姑庵变成了实际上的和尚“寺”。“稻香村”是李纨住所，湘云后来也住这里，“鸡唱”句暗示和尚常去稻香村。

其余联句本人不能给出解释。

分析一下香菱的第三首咏月诗：

精华欲掩料应难，影自娟娟魄自寒。

一片砧敲千里白，半轮鸡唱五更残。

绿蓑江上秋闻笛，红袖楼头夜倚栏。

博得嫦娥应借问，缘何不使永团圆？

第四十八回：“原来香菱苦志学诗，精血诚聚，日间做不出，忽于梦中得了八句。”还有宝钗说“你这诚心都通了仙了”，可知这首诗内容的重要。

“红袖”代指女子，也即诗中的女主角，“红袖”有暗示以及强调她穿红衣服的意思。从“影自娟娟”来看，“红袖”女是站着的。她在思念一个千里之外的人，诗是咏月诗，只能是癞头和尚。既问“缘何不使永团圆”，二人原本在一起，现在分开了。

从“一片砧敲千里白，半轮鸡唱五更残”来看，日期是二十二或二十三日。“半轮”月亮，从形状上，或初七初八的上弦月，或二十二、二十三日的下弦月。初七初八的月亮在半夜时即消失于地平线，此月“五更”还高挂天空，只能是二十二、二十三日的下弦月。下弦月半夜子时左右从东方升起，天明时落下，民间谚语“廿二廿三月出半夜”。“一片砧敲”即捣衣声。古时缝制寒衣，先把布料放在砧板上用木棒敲打柔软，这样缝制起来容易，穿在身上也舒适。因照明技术落后，主妇们把夜晚的月光利用了起来。

“博得嫦娥应借问”，说明妙玉和月的关系，更胜“红袖”。如果妙玉出言挽留，或可留下和尚。联系湘云白海棠诗“幽情欲向嫦娥诉”，以及她和癞头和尚的“吟不倦”等，“红袖”女是湘云。湘云对和尚很有感情，态度卑微。

“绿蓑”当指宝玉。第四十五回下雨宝玉穿北静王送的蓑衣斗笠棠木屐，第四十九回下雪宝玉“披了玉针蓑，戴上金藤笠，登上沙棠屐”，还有宝玉的菊花诗，都可建立联系。这天晚上宝玉在长江上，那里下了雨。联系宝玉的菊花诗《访菊》《种菊》以及“昨夜不期经雨活”等，宝玉是去江南“访”和尚了。判断“银蟾气吐吞”也即八月十六日后，和尚一气之下离开荣府回了江南。

两人似乎在长江上巧遇，听到的笛声，出自和尚。

大概是这么一个过程：和尚八月十七日离开荣府去江南，十九日宝玉追和尚，二十二、二十三日在长江上巧遇，二十七日赶回，当晚宝玉和宝钗即在蘅芜苑成亲，二十九日宝钗打黛玉，九月初一日五更黛玉坠楼。

菊花诗（一）

夜拟菊花题时，湘云说：“十个还不成幅，越性凑成十二个便全了，也如人家的字画册页一样。”宝钗听说，又想了两个，一共凑成十二。又说：“既这样，越性编出他个次序先后来。”湘云道：“如此更妙，竟弄成个菊谱了。”何谓“菊谱”？“谱”本义指记载事物类别或系统的书。《说文》：“谱，籍录也。”《广雅》：“牒也。”“菊”是癞头和尚。“菊谱”自然是癞头和尚的个人行为记录。而且“编出他个次序先后来”，是随着时间发展而展开的。

十二首诗又有不同。

宝钗想出来的第一个题目“菊梦”，应是一种强调，这首排在第十一的诗，有总领意味，以及可以和“红楼梦”建立联系。编次序先后时，宝钗说：“第九便是《簪菊》；如此人事虽尽，犹有菊之可咏者，《菊影》《菊梦》二首续在第十第十一；末卷便以《残菊》总收前题之盛。这便是三秋的妙景妙事都有了。”到第九首《簪菊》即“人事已尽”，那么《菊影》《菊梦》，最后的《残菊》，和前九首有所不同，可以归为一个阶段。从题目也能看得出来，“菊的影”“菊的梦”“残的菊”，是从旁观者的角度写菊，而不是前九首那种“我”和“菊”一对一两个主角。后三首，主角只有菊，咏菊者“我”不一定参与其中。

有一个问题。按照前面的推断，黛玉死于第十五年九月初一日，这里到宝钗的《画菊》“粘屏聊以慰重阳”，不就到第十五年重阳节了吗？黛玉还在参与，怎么解释呢？也可以有解释，十二首菊花诗虽是整体，每首诗又是独立的个体，有各自的时间跨度，一首诗最后的时间，不等于整首诗的时间背景。作者对十二首诗的排列顺序，是根据每首诗的起始时间，而不是结束时间。又或者“粘屏聊以慰重阳”是未来式，是预料重阳的事，而非现在就是重阳节。不过这样解释本人也觉得有些牵强，或者哪里错了。

十二首菊花诗，“菊”出现十二次，均在题目中。紧随其后的是“霜”，出现十一次，湘云的《对菊》、黛玉的《菊梦》中未出现，《访菊》中出现两次。然后是“篱”出现十次，“圃”出现五次，“月”出现六次，“露”出现四次，“雪”出现一次。

“霜”本义指一种自然现象，发生于深秋。“霜”字在古词典文献的释义也多。《说文》：“丧也。”《玉篇》：“露凝也。”《释名》：“其气惨毒，物皆丧也。”《汉书·董仲舒传》：“霜者，天之所以杀也。”《淮南子·天文训》:“阳气胜则散而为雨露,阴气胜则凝而为霜雪。”说“霜”是阴阳之气相互作用的结果。这个释义涵盖了阴阳、雨露、霜雪的关系,阴阳、雨露、霜雪在书中都有出现,而且具有特别含义,阴阳又和癞头和尚有绝对的关系,所以这个释义要特别注意一下。然后,因为颜色白,“霜”常用来比喻白色。从“今朝犹喜带霜开”“攒花染出几痕霜”来看,“霜”在诗中是菊的形象和颜色。从“霜前月下谁家种”来看,“霜”作为菊的形象和颜色,从无到有,是分时间的。那么“霜”的含义和白海棠诗的“缟袂”应是一回事,为老太妃穿孝。“霜”字本就含有“丧”的意思。

下面逐一分析十二首菊花诗。

第一首宝钗的《忆菊》:

怅望西风抱闷思,蓼红苇白断肠时。
空篱旧圃秋无迹,瘦月清霜梦有知。
念念心随归雁远,寥寥坐听晚砧迟。
谁怜我为黄花病?慰语重阳会有期。

“忆菊”也即忆和尚了。时间背景是和尚生气离开后,一个月夜,宝钗思念和尚。很容易和香菱的第三首咏月诗建立联系。“蓼红苇白”的“蓼”字在指迷内容中多次出现,惜春住的“蓼风轩”,紫菱洲歌有“蓼花菱叶不胜愁”,石港名“蓼汀花溆”。联系咏月诗,“蓼红”“红袖”应是一个人,穿红衣的湘云。“苇白”则暗示癞头和尚,平常谁会穿一身白呢?

这夜,宝钗和湘云都在思念和尚。

“空篱”当指和尚在大观园的居所。“旧圃”当指红香圃,大观园里只此一圃。红香圃即芍药栏中的三间小敞厅，红香圃射覆时，宝琴说了个“老”字。香菱一时想不到，满室满席都不见有与“老”字相连的成语。湘云也乱看，见门斗上贴着“红香圃”三个字，便知宝琴覆的是“吾不如老圃”的“圃”字。这是在提醒读者注意“红香圃”。和尚应该在红香圃呆过，如今离开了，“圃”也就成了旧居。红香圃因芍药而得名，芍药是湘云形象，暗示和尚和湘云的关系。

“瘦月”二字，和尚瘦了，操了那么多凡尘的心，不瘦才怪。关于“清霜”，从自然现象上，下霜怎么也要到九月中旬之后，“重阳”九月九之前不大可能下霜，所以这里“清霜”只是用引申义，不具有时间概念。除了穿孝，“霜”字的含义或者还可以延伸一下。和尚也不是天天剃头，头上通常会有些短发。古诗有“一夜清霜满镜中”，“清霜”也可以指癞头和尚长出来的短短白发，看起来像铺了一层白霜。“梦有知”是说宝钗梦里也知道和尚这个形象。

“归雁”指宝玉。“薛宝钗羞笼红麝串”一回，黛玉讽宝玉是“呆雁”。“归雁远”有归来复远离的意思，宝玉刚回来又出远门。联系下一首宝玉的《访菊》，出远门为寻访和尚。

“寥寥”的意思是稀少、几个，宝钗不是独自“坐听晚砧”，身边有一两个人陪着，袭人、麝月的可能性比较大。“慰语重阳会有期”即陪者的安慰了，说重阳节时能见到和尚。

第二首宝玉的《访菊》：

闲趁霜晴试一游，酒杯药盏莫淹留。

霜前月下谁家种，槛外篱边何处秋。

蜡屐远来情得得，冷吟不尽兴悠悠。

黄花若解怜诗客，休负今朝挂杖头。

“霜晴”的字面意思是霜后的晴天。除了说宝玉去的时候是晴天，或者有其他内涵，不解。“酒杯药盏”显示宝玉的健康状况不好，一边吃药，一边喝酒，有心事。这种情况下出远门，可知事态紧急。

“霜前”或暗示癞头和尚去的是他穿孝之前待的地方。“月下”则说那里完全是癞头和尚的地盘，而非大观园这样“园修日月光辉里”，还有皇帝说了算以及种种不便。妙玉因喜欢“纵有千年铁门槛，终须一个土馒头”，自称“槛外人”。“槛外”就是出家人修行之所了。和尚离开荣府，回去他原来修行的“槛外”了。联系“绿蓑江上秋闻笛”，即过长江，在长江以南。

“黄花”即菊花，《忆菊》也说是“黄花”，菊花的称呼很多，只这两首称为“黄花”，联系“霜晴”“霜前”，似暗示和尚离开大观园后，不再穿一身白的孝服，改穿黄色僧服。按佛门说法，僧衣要用坏色，即不能是正色，这个坏色的定义也复杂，各个朝代有不同规定，以及要用小块布料缝缀。如果一身红或一身黄，是特别的僧衣，高阶段的和尚袈裟。

“杖头”指手杖的顶端。不知道“挂杖头”什么意思。宝玉一路拿着手杖，身体确实病弱，虽然一定会有茗烟李贵等人跟着保护照顾。

第三首宝玉的《种菊》：

携锄秋圃自移来，篱畔庭前故故栽。

昨夜不期经雨活，今朝犹喜带霜开。

冷吟秋色诗千首，醉酹寒香酒一杯。

泉溉泥封勤护惜，好知井径绝尘埃。

“携锄”“自移”似说和尚是自己主动回来的，非因宝玉去请他，大概放不下大观园的女儿们。“携锄”有把菊花连根挖了的意思，或暗示和尚要在大观园长住。来自江南的“秋圃”，江南那边也有“翠”。那么从时间上，推断和尚到了江南的“秋圃”后没有停留即刻返回，在长江和宝玉一行巧遇。

“故故”的词典解释是屡屡，我觉得更像是依旧的意思。和尚来到大观园后，还住在原来的地方。

“昨夜”句。宝玉去的时候是晴天，与和尚一起返回大观园，是在一个不期而至的雨夜，这里可以接入白海棠诗的内容了。

“今朝犹喜带霜开”，到了荣府后的次日早晨，和尚又脱了僧衣重穿孝服。所谓“秋阴捧出何方雪”，继续他的一身白。

“冷吟”句。宝玉对和尚说了很多话，是想打动和尚吧。

“醉酹”句。“酹”字的意思是以酒洒地祭奠，只有祭奠逝者才可以用这个字。癞头和尚是先皇，向他敬酒，所以用这个字。敬酒之前，宝玉自己先喝醉了。

“泉溉泥封”句。书中说女儿是水做的骨肉，男人是泥做的。“泥”在其他诗词里就是男人的代称，如妙玉判词“可怜金玉质，终陷淖泥中”。“泉溉泥封”含一水一泥，也即一女一男。或是癞头和尚的形象，又阴又阳，自然不男不女。或者可以理解为，一个女人滋养了他，一个男人给予了身份，暗示老太妃和皇帝。

“好知”句。似说和尚住在这里，要与世隔绝，不可以让外人知道。那是必须的。

第四首湘云的《对菊》：

别圃移来贵比金，一丛浅淡一丛深。

萧疏篱畔科头坐，清冷香中抱膝吟。

数去更无君傲世，看来惟有我知音。

秋光荏苒休辜负，相对原宜惜寸阴。

既是“对菊”，湘云与和尚相对。

“别圃”即上一首的“秋圃”了。这个变化很有意思。古人云“近曰离，远曰别”，“别”与“近”相对，这是引用故典所得的含义，并没有问题。但是，“别”的释义通常是别人的、其他的意思，怎么能说“别圃”不是或没有这个意思呢？那么“别圃”就暗衬了一个“我圃”。能是哪个圃？《忆菊》里的“旧圃”，大观园里的红香圃。和红香圃联系最密切的人正是史湘云，芍药原是她的形象，最有资格说“我圃”了。红香圃又是和尚曾居之所。这就非常暧昧。等于说和尚修行的江南那个地方，也有湘云一样的女子在等待他，但和尚选择了湘云，湘云为此欢欣鼓舞，觉得和尚这样的行为比黄金还要珍贵。

“一丛”句。写相对的和尚和湘云二人，“一丛浅淡”是穿了一身白衣的和尚。“一丛深”是穿了深色衣服的湘云。

“萧疏”二句是这首诗的警句，特别是其中的“科头坐”“抱膝吟”，被作者强调。古代男人常戴帽子，女人通常不戴。当然也有特殊情况。清代妇女特别是满洲贵族已婚妇女，在正式场合也会戴象征身份的帽子。王云英《清代满族服饰》说，清代妇女有风帽，也称风兜，冬季御寒所用，据说自宋代就有。还有一种被称为坤秋的帽子，清代满族妇女秋冬时所戴。大观园里的姑娘也不是绝对和帽子无缘，第四十九回因为下雪，黛玉就“头上罩了雪帽”。但毕竟不是常态，秋天的日常更不会戴帽子，女性主要在乎发型首饰。“科头”的意思是裸露着头不戴冠帽，要常戴帽子才可以这样说，“科头坐”的只能是男人，也就是癞头和尚了。“抱膝吟”的是湘云，也是坐着的姿势。

“数去”二句。湘云欣赏“惟大英雄能本色”、是真名士自风流的人物。在她看来，癞头和尚就是这样一个人，天下第一傲世的人，认为自己是他唯一的知音。从癞头和尚的角度，遇到这么一个诗才敏捷、英姿勃发的小崇拜者，当然也是快意的，所以席地而坐，在她面前毫不掩饰地露出出家人的光头和满头疮疤。那么此前他头上戴着帽子或裹着头巾。

“秋光”二句。“寸阴”指短暂的时间。典出《淮南子·原道训》：“故圣人不贵尺之璧，而重寸之阴，时难得而易失也。”《晋书·陶侃传》：“大禹圣者，乃惜寸阴；至于众人，当珍惜分阴。”癞头和尚是“老圣人”，圣人所惜的当然是“寸阴”。

第五首湘云的《供菊》：

弹琴酌酒喜堪俦，几案婷婷点缀幽。
隔座香分三径露，抛书人对一枝秋。
霜清纸帐来新梦，圃冷斜阳忆旧游。
傲世也因同气味，春风桃李未淹留。

从“对菊”到“供菊”，湘云对和尚更加倾倒了。

“弹琴”可联系第五十四回的一个情节。在谈到以箫管配戏时，贾母指湘云道：“我象他这么大的时节，他爷爷有一班小戏，偏有一个弹琴的凑了来，即如《西厢记》的《听琴》，《玉簪记》的《琴挑》，《续琵琶》的《胡笳十八拍》，竟成了真的了。”显得有意暗示，那些戏曲都在湘云身上成了真的了。《听琴》是王实甫《西厢记》里的一出，写张生弹《凤求凰》一曲，以试探崔莺莺。《琴挑》是明代高濂《玉簪记》里的一出，写书生潘必正暂住女贞观，遇道姑陈妙常，心生爱慕，弹《雉朝飞》一曲，情挑陈妙常。这里不仅偏偏出现了一个“弹琴”的，而且“喜堪俦”。“俦”字的本义是伴侣。贾雨村看到娇杏后，即有“谁堪月下俦”之句。湘云与和尚对酌弹琴，认为两人堪成伴侣。

“几案”即长桌。“隔座”即隔着座位的人。和尚的身边不止湘云，还有一人，在和湘云一起分享菊香。“三径”是典故，指三叉小路。晋赵岐《三辅决录·逃名》：“蒋诩归乡里，荆棘塞门，舍中有三径，不出，唯求仲、羊仲从之游。”喻隐士高人只和意气相投的两三个人来往。也佐证和尚身边不止湘云。

“抛书人对一枝秋”是黛玉认为的妙绝之句，可联系“天上一轮才捧出，人间万姓仰头看”。无论“抛书人”指谁，太上皇在荣府被当作神仙一样供起来是肯定的。

“霜清纸帐来新梦”，“霜”是癞头和尚为老太妃穿孝，“霜清”有除去孝服的意思。“纸帐”指以藤皮茧纸缝制的帐子，稀布为顶，透气又挡风。“新梦”是湘云的新梦还是和尚的新梦？不管谁的梦，睡觉才有。那么这句的意思就是，癞头和尚脱去孝服在纸帐里睡觉呢。下句“圃冷斜阳忆旧游”是警句，也是黛玉认为的菊花诗第一好句。赞这句“背面傅粉”，即事实隐藏在背后但隐隐地透露了出来。“斜阳”指和尚，“圃”指红香圃，湘云的“旧游”当然指宝玉、黛玉等一起游玩的伙伴。但他们怎么成了“旧游”？联系“新梦”，因为有了和尚这个新伴。而且，两人恐怕一起在纸帐里，时间已是八月下旬，红香圃三间小敞厅，夜晚很有些冷的了。

“傲世”句是说两人气味相投、惺惺相惜。“春风”句，似说到春天桃李开花的时候，两人都离开此地了。

第六首黛玉的《咏菊》：

无赖诗魔昏晓侵，绕篱欹石自沉音。
毫端蕴秀临霜写，口齿噙香对月吟。
满纸自怜题素怨，片言谁解诉秋心。
一从陶令平章后，千古高风说到今。

《咏菊》是十二首之冠，辞藻之美不用说了。但夺冠的原因，是这首诗包含黛玉对癞头和尚的态度。评诗时，黛玉道："据我看来，头一句好的是'圃冷斜阳忆旧游'，这句背面傅粉。'抛书人对一枝秋'已经妙绝，将供菊说完，没处再说。故翻回来想到未折未供之先，意思深透。"李纨笑道："固如此说，你的'噙香'句也敌的过了。"我以为，湘云的两句警句，写的是众人特别是湘云，对癞头和尚的到来所表现出来的敬仰以及逢迎的态度。黛玉却是另一种态度，为作者所欣赏，认为敌得过众人的态度。

癞头和尚来到大观园，怎么可能不注意到风流婉转、标致无双的林黛玉以及不起觊觎之心呢？

"诗魔"指白居易。白居易有诗《闲吟》："自从苦学空门法，销尽平生种种心；唯有诗魔降未得，每逢风月一闲吟。"白居易中年开始信奉西方净土，自云是"一诗僧"，一心要去往西方极乐世界。"无赖诗魔昏晓侵"可以有两种解释：一是黛玉自己满腹的话想要说，像白居易一样；二是诗魔暗示癞头和尚，从晚到早语言伤害黛玉，可能想把黛玉纳入自己的后宫。联系黛玉柳絮词"香残燕子楼"所用的典故，也即关盼盼实是死于白居易之嘲讽，应是后者。黛玉"潇湘妃子"之号，也由此而来。

黛玉“临霜写”“对月吟”，与和尚进行了当面的交流。“口齿”的意思是口才、谈吐，面对癞头和尚，黛玉不是折服拜倒，而是展其口齿，似乎发生了争论。“满纸自怜题素怨”或是说黛玉写了一些怨言。“片言谁解诉秋心”或是说和尚对黛玉的想法不能理解。

菊花诗（二）

第七首宝钗的《画菊》：

诗余戏笔不知狂，岂是丹青费较量。
聚叶泼成千点墨，攒花染出几痕霜。
淡浓神会风前影，跳脱秋生腕底香。
莫认东篱闲采掇，粘屏聊以慰重阳。

宝钗能画，从她对惜春画大观园行乐图发表的那篇话以及列出的绘画用具，就知道是个行家熟手，自己也有好颜料，但贾母没有请她画行乐图。

从黛玉螃蟹咏“对斯佳品酬佳节，桂拂清风菊带霜”来看，重阳节和尚见到宝钗了，这里“粘屏聊以慰重阳”不知什么意思。

这首诗看不出特别的地方，没有警句，众人评论的时候，也没有提到，和湘云的《菊影》一样，有凑数的意思。或者说明宝钗此时的情况，闲得无聊，一个人在那儿作画。

第八首黛玉的《问菊》：

欲讯秋情众莫知，喃喃负手叩东篱。

孤标傲世偕谁隐，一样花开为底迟？
圃露庭霜何寂寞，鸿归蛩病可相思？
休言举世无谈者，解语何妨话片时。

《问菊》在十二首菊花诗中排名第二。

警句“孤标傲世偕谁隐，一样花开为底迟？”评诗时，湘云道：“‘偕谁隐’、‘为底迟’，真个把个菊花问的无言可对。”李纨笑道：“你的‘科头坐’、‘抱膝吟’，竟一时也不能别开。菊花有知，也必腻烦了。”可知两者有联系，和尚携谁隐？当然是湘云。“一样花开为底迟”似讽和尚老不正经，老牛吃嫩草。

“鸿归”句。“鸿”即大雁，这是宝玉。“蛩”在古书上指蟋蟀，有时候也指蝗虫，联系宝钗《忆菊》的“我为黄花病”，“蛩”指宝钗。

虽然湘云自认是和尚的唯一知音，和尚这边却认为“举世无谈者”，湘云就在身边，却说举世都没有可谈之人，不把湘云看作知音。

黛玉此番“叩东篱”，又说“解语何妨话片时”，努力与和尚进行沟通。和凹镜馆联诗的“犯斗邀牛女，乘槎待帝孙”，可以建立联系。

第九首探春的《簪菊》：

瓶供篱栽日日忙，折来休认镜中妆。
长安公子因花癖，彭泽先生是酒狂。
短发冷沾三径露，葛巾香染九秋霜。
高情不入时人眼，拍手凭他笑路旁。

“短发冷沾”，人民文学出版社校注本为“短鬓”，庚辰本为“短发”。

评这首诗时，宝钗笑道：“你的‘短发冷沾’、‘葛巾香染’，也就把簪菊形容的一个缝儿也没了。”这两个说法是最需要读者注意的，或者说，这是作者故意给读者的“一个缝儿”，一处破绽。闺阁少女诗中出现“短发”“葛巾”的男子形象，想不注意也难，何况作者又这样强调。

旧时世俗男女都留长发，虽然清代男子的辫子头发型，额头要剃光，终究还是长发。这里却出现了“短发”，除了小孩，那是和尚才可能有的样子，当然尼姑也行，一阵子不剃头，头发长出来一些了。“葛巾”即葛布头巾，清代以前成年男子的常见头饰，不分尊卑贵贱都可以戴。清代男子常见的是戴帽子，罕见戴头巾。葛巾和帽子的不同之处是可以把头部包裹得很严密，此人不能或不愿被人看到他的头，还是任性想怎样装扮就怎样装扮？不得而知，但肯定就是癞头和尚。

“葛巾”可以和稻香村对联“新涨绿添浣葛处”建立联系。“浣葛”出自《诗经·周南·葛覃》，写女子回娘家前洗涤葛衣，旧注说是赞颂“后妃之德”。批语也说“浣葛”句是“颂圣”。探春的命运恰是做“王妃”。

和尚“三径”来往的人，除了湘云，还有探春。“短发”“葛巾”和湘云诗中的“科头”呼应。这样的行为固然是“高情”，肯定“不入时人眼”。只不知谁这么大胆，敢拍手笑路旁。

“长安公子”指宝钗，螃蟹咏篇已分析。

第十首湘云的《菊影》：

秋光叠叠复重重，潜度偷移三径中。
窗隔疏灯描远近，篱筛破月锁玲珑。
寒芳留照魂应驻，霜印传神梦也空。
珍重暗香休踏碎，凭谁醉眼认朦胧。

这首诗写的或是黛玉坠楼之夜，也即和凹镜馆联诗的“寒塘渡鹤影，冷月葬花魂”建立联系。“菊影”对应“寒塘渡鹤影”，“破月”对应“冷月”，“窗隔疏灯”对应“窗灯焰已昏”。具体是写和尚这天晚上的行踪。“潜度偷移三径中”，是偷偷去找人。湘云好酒，“醉眼”应是她，和尚是去稻香村找湘云。

从凹镜馆联诗的“乘槎待帝孙”推断，这天晚上和尚本是留在栊翠庵的，大晚上的又出来找湘云，被妙玉拒绝了吗？湘云白天“助情谁劝我千殇”，喝了不少酒，不知是酒劲未过，还是晚上又喝了，所以醉眼朦胧。和尚虽然“孤标傲世”，夜会湘云也是“潜度偷移”，而非明目张胆。

第十一首黛玉的《菊梦》：

篱畔秋酣一觉清，和云伴月不分明。

登仙非慕庄生蝶，忆旧还寻陶令盟。

睡去依依随雁断，惊回故故恼蛩鸣。

醒时幽怨同谁诉，衰草寒烟无限情。

“庄生蝶”即著名的庄周化蝶故典，出自《庄子·齐物论》。庄子梦见自己变成了蝴蝶，醒来后，分不清是庄子变了蝴蝶，还是蝴蝶变成了庄子。菊、云、月都是和尚形象，和尚似乎和庄子一样，分不清自己是菊是云还是月了。

“雁断”或指宝玉“趋车而远陟芳园”，为黛玉槥棺寻找安葬之地。宝钗难免在和尚面前哭哭啼啼，“惊回故故恼蛩鸣”或写和尚对宝钗的态度也有点恼怒。宝钗这时候已是“衰草”。黛玉一死，一切也就结束了。

第十二首探春的《残菊》：

露凝霜重渐倾欹，宴赏才过小雪时。

蒂有余香金淡泊，枝无全叶翠离披。

半床落月蛩声病，万里寒云雁阵迟。

明岁秋风知再会，暂时分手莫相思。

这首诗“总收前题之盛”，题目用了一个“残”字。小雪时节，寒冬十月，菊花花期已过，自然残败。但癞头和尚何以“残”了呢？当然不是身体残了，是精神状态不佳，因某些原因，渐渐萎靡下来。是不是黛玉之死、宝玉之伤、宝钗之哭，刺激了和尚？硬撮合金玉良姻，造成如此结果，和尚无趣，所以“弹琴酌酒”之类的“宴赏”也就歇了。

“露凝”或是说宝钗之泪凝结成冰，十月天寒地冻，不是没有可能。“霜重”是说又有与和尚关系近的人过世了吗？不得而知。

警句是“蒂有余香金淡泊，枝无全叶翠离披”。

何为“蒂”？本义指花叶或瓜果和枝茎连接的部分，所谓瓜熟蒂落。用在人身上，常与“根”并列，引申义为依仗、牵挂等。班固《答宾戏》：“徒乐枕经藉书，纡体衡门，上无所蒂，下无所根。”陶渊明《杂诗》：“人生无根蒂，飘如陌上尘。”“枝”“叶”本义指植物的枝和叶，传统文化里常作子女、后代的代名词，如金枝玉叶、开枝散叶等。

“蒂”在这里的意思，就是癞头和尚和子女的关系了。“余香”指和尚对子女的恩泽，和尚是一个“死人”，所以称“余香”。菊有个与众不同之处，花叶枯萎后，通常并不凋落。《本草纲目》：“叶枯不落，花槁不零。”南宋诗人郑思肖诗：“宁可枝头抱香死，何曾吹落北风中。”菊的这种特征，是和尚与子女关系的形象写照，和尚虽已出家，对子女的

“余香”依旧绵绵不绝。“金淡泊”的“金”，联系金玉良姻的“金”，宝钗得“余香”，因为她的生母是和尚的金枝玉叶。

“枝无全叶”似暗示癞头和尚的子女有失落或过世的情况，和“霜重”呼应。宝钗一直跟着薛姨妈，她的生母显然过世已久，“枝无全叶”包括宝钗生母，但这里应该不是说她。

“翠”指和尚的女人。“离披”的释义有多种，如繁茂、参差错杂、衰残、分离等。参考第六十七回：“那时正是夏末秋初，池中莲藕新残相间，红绿离披。”理解为参差错杂、衰残、分离都可以。

“半床落月蛩声病”这句可以有多种解释。“月”是和尚形象，“蛩”是宝钗形象。可以理解为半床躺着和尚，剩下的半床是空的，然后宝钗的哭诉声传来。但理解为半床是和尚，剩下的半床是宝钗，也说得过去。并不是说两人有不伦关系，宝钗“洞房花烛”的对象是大马猴。两人只是共处一室，宝钗在向癞头和尚哭诉。此时十月，宝玉还在百日禁足期间，宝钗作为新媳妇守着可笑又可悲的空房，难免日夜悲戚，还泪的日子已经开始了。也可理解为半张床是空的，清冷的月光洒落，是宝钗夜晚独守空床的常态。另外，这首《残菊》出自探春，半床是探春半床是和尚也说得通，那就未免十分暧昧了。不过，两人既有“高情”在前，又有什么不可能的呢?

“万里”句不解。“寒云”指和尚的可能性最大。和尚离开了。“雁”指宝玉。“雁阵迟”似是说宝玉并没有跟和尚去，因为正在百日禁足期间。既是“迟”，后来也是去了。“明岁秋风知再会”的含义也不唯一，谁和谁再会？探春与和尚或宝玉与和尚都说得过去。

探春的贵婿

第六十三回抽花签占花名，探春抽的花签上面是一枝杏花，红字写着“瑶池仙品”四字，诗云：“日边红杏倚云栽。”注云：“得此签者，必得贵婿，大家恭贺一杯，共同饮一杯。”众人说：“我们家已有了个王妃，难道你也是王妃不成。大喜，大喜。”“杏花”是探春的寓意形象不用说了。占花名的八个人，唯有探春的签是“红字”写的，象征喜庆，加上注云“得此签者，必得贵婿”，探春抽的其实是一支婚签。从众人说的“王妃”看，探春应是嫁给了一位王。因为这些信息，对探春的命运结局，红迷们差不多达成了一种共识，即远嫁异域做王妃。

事实恐非如此。

根据前面的推理，“瑶池”主人为癞头和尚。“瑶池仙品”岂非暗示探春落在了癞头和尚手里？加上“多情伴我咏黄昏”“短发冷沾三径露，葛巾香染九秋霜”等佐证，更可以产生这样的联想。事实上远不止这些，关于探春的种种指迷，几乎都指向同一个结果：探春嫁的“贵婿”就是癞头和尚。

从常理上说，得贵婿做王妃，是红尘富贵事，可是关于探春的很多指迷，不仅和红尘富贵不搭边，反而显示了闲居山林的种种迹象，以及和佛门的联系。探春住处名“秋爽斋”，“斋”常指书房，这个字和佛教联系密切，佛教徒吃的素食叫斋，比如斋戒、吃斋等。起海棠诗社时，探春给自己取号“秋爽居士”。“居士”的主要释义有两种，一是出家人对在家佛教徒的泛称，二是古代称有才德却隐居不仕或未仕的人。探春的身份只能是前者。“居士”非出家人，但身份比普通佛众更接近出家，介于出家和不出家之间。贾母、王夫人都信佛，却不是居士。

秋爽斋西墙上当中挂着一大幅米襄阳的《烟雨图》，左右挂着一副颜鲁公的对联：“烟霞闲骨格，泉石野生涯。”无论画还是对联，都是山野景象，完全有理由和探春的命运建立联系。李纹灯谜“水向石边流出冷”，探春给出答案“山涛”，灯谜暗示的含义不解，但谜面的山石流水，已说明问题。探春邀请宝玉起诗社时，写了一张花签，内容非常有内涵。其中有“窃同叨栖处于泉石之间”，“叨”是叨扰的意思，如果是在自己家里住，怎可以说是“叨栖”？哪怕大观园名义上是贾妃行宫，事实上也是探春的家。黛玉、湘云才可以说旅居、客寄之类的话。所以此“泉石之间”不是大观园，暗示某时间客居于某泉石之地。探春最终采用的别号“蕉下客”，恰有一个“客”字。花签上又有“孰谓莲社之雄才，独许须眉”，“莲社”指的是净土宗的创始人慧远所创的团体，这是用典。“莲社之雄才”自是说的信仰净土宗的和尚。那么和癞头和尚建立了联系。

大观园稻香村里有几百株杏花，贾政带领众人游园时，题咏的主题也是杏花，此处的题咏和探春密切相关。这个地方，最终定名稻香村，但除了周围是一带稻茎掩护的黄泥筑就墙，稻香村里所种植的，只有杏花和分畦列亩的佳蔬菜花，并无水稻，宝玉何以“柴门临水稻花香”为由，建议题名稻香村？后因黛玉的《杏帘在望》有“十里稻花香”，贾妃喜欢，把此前赐名的浣葛山庄，改为“稻香村”，“十里稻花香”从何说起？这不是大观园景象。“杏帘在望”“浣葛山庄”“稻香村”等，都是对探春的命运指迷。

宝玉题的稻香村对联：“新涨绿添浣葛处，好云香护采芹人。”上联以及贾妃赐的名字“浣葛山庄”，典出《诗经·周南·葛覃》，有“葛之覃兮，施于中谷”“害浣害否，归宁父母”等，写女子新婚后浣葛制衣，归宁父母。《毛诗序》及朱熹等人都把这首诗歌和后妃相联系，也即浣葛之女子是后妃。下联的“采芹”，典出《诗经·鲁颂·泮水》。《泮水》第一节：“思乐泮水，薄采其芹。鲁侯戾止，言观其旂。其旂茷茷，鸾声哕哕。无小无大，从公于迈。”“鲁侯”即鲁僖公，春秋时期鲁国的国君。在泮水采芹的人，因为国君鲁僖公的降临而欢欣跟随。是一首颂圣诗歌。这就把探春的“王妃”身份，归入“后妃”之列。关于葛衣，有个说法或者也可以参考一下。明末清初学者屈大均《广东新语·货语·葛布》记载：“粤之葛，以增城女葛为止，然恒不鬻于市。彼中女子终岁乃成一匹，以衣其夫而已。其重三四两者，未字少女乃能织，已字则不能，故名女儿葛。所谓北有姑绒，南有女葛也。”在粤地，葛布具有特殊意义，是姑娘专为未来的丈夫所织的。

“云”是癞头和尚和湘云共同的寓意形象，“好云香护采芹人”未免把湘云牵扯进来。

探春有一丫鬟名“艾官”，也是重要证据。

第五十八回遣散优伶时：“贾母便留下文官自使，将正旦芳官指与宝玉，将小旦蕊官送了宝钗，将小生藕官指与了黛玉，将大花面葵官送了湘云，将小花面豆官送了宝琴，将老外艾官送了探春，尤氏便讨了老旦茄官去。”这些小戏子并无自身什么故事，其名字和角色，作者都写得如此清楚，很容易和她们的主人建立联系。归了探春的小戏子叫艾官，在戏中扮演的角色是老外。传统戏曲中的人物角色，分“生、旦、净、末、丑”五类，老外即中老年男子，归属末类。“艾”字本义指艾蒿，也引申为老年人。细究的话还有更具体指向。《礼记》云：“五十曰艾，服官政。”五十岁的老人才称作“艾”。“艾官”岂非等于暗示一个五十岁的老年男子?《杏帘在望》的“桑榆燕子梁”也是一样的暗示，“桑榆”是典故，指日落时光照桑榆树端，因以指日暮，比喻老年。

以上种种，除了“贵婿”即癞头和尚，还能有什么解释呢?探春丫鬟翠墨，秋爽斋的“晓翠堂”，也都可以和癞头和尚建立联系。

第十四年是癞头和尚的整生日之年，和尚这年五十岁。

关于探春嫁和尚，还有一个点睛之说，探春那首谜底为风筝的春灯谜，第二句“清明妆点最堪宜”。清明节是上坟节，祭奠死人的日子，竟是探春梳妆打扮出嫁的“最堪宜”之日，岂不等于说，探春嫁的是一个死人?

从身份上，癞头和尚作为前皇帝，今太上皇，当然尊贵无比，实在是“贵婿”。

探春清明远嫁之地，根据作者给出的指迷，也可以落到实处。

探春判词“一帆风雨路三千”，又有“清明涕送江边望，千里东风一梦遥”，两者结合，探春是从京城到长江，然后沿长江西下的。因为从京城沿京杭运河到扬州的瓜洲渡口、也即长江和京杭运河的交汇处，恰好约三千里水路，“一帆风雨路三千”就是指的这段路程了。瓜洲渡口地处长江北岸，是千年古渡。探春的行程似乎很急，风雨无阻，清明这天，在长江边和家人泣别。然后，从瓜洲渡口，沿长江西去，一千里左右，即到目的地，那么所到之处是江西九江无疑。九江是长江中游区域中心港口城市，历史悠久的江南名城，中国最大淡水湖鄱阳湖有三分之二的水域面积隶属九江。为什么说是这个地方呢?从瓜洲到九江的最东北端彭泽县，也即到九江地界的最近距离，走长江水路约470公里，而到九江市中心区域，约520公里，正好千里左右。

九江盛产水稻、茶叶，自唐宋时就是闻名天下的江南鱼米之乡。商代在九江设艾侯国，武王灭商后，除艾侯国，又设艾监。这个“艾”字，正可联系探春。九江还是书中特别是菊花诗里屡屡提到的文学家陶渊明的故乡，陶曾经做过彭泽县令，所以黛玉在菊花诗里称陶渊明为“陶令”。九江的名山庐山，其西北的山峰叫香炉峰，李白诗《望庐山瀑布》“日照香炉生紫烟”即说的此峰，可以和大观园题词“赛香炉”建立联系。最为关键的是，庐山的东林寺，是佛教净土宗的祖庭。癞头和尚信净土，以他太上皇的身份，恐怕必定占据这个地方，只有在祖庭修行，才两相般配。

清顺治、康熙年间两次重修东林寺。东林祖庭网有署名祥华的文章《东林寺兴衰简史》，说是：“清朝入关以后，东林寺稍有修建。据《庐山志》记载，顺治十三年，僧照忍法师，采善募修五如来殿。推官席教事捐俸复建。康熙五年，僧崇微募修远公影堂，兵巡道蔡协告捐助。”五如来即五佛，又称五方佛、五尊佛等，按照方位的五位佛，正中者是法身佛毗卢遮那佛，南方欢喜净土宝生佛、东方妙喜净土阿閦佛、西方极乐净土阿弥陀佛、北方胜业净土不空成就佛。这个在“西方灵河岸上的绛珠草”篇已经提到。五佛是密教、藏传佛教所供奉之佛。如此东林寺，真的十分适合癞头和尚修行。

探春过去后不太可能住在东林寺里，而且可以想象，会有丫鬟奶妈仆从等许多人跟随，住在寺里，未免乱套，一定另有住处。从“柴门临水稻花香”“一畦春韭绿，十里稻花香”等来看，探春所居之处，是一个山庄，柴门临水，出门望去，一畦春韭正绿，十里水稻正开花。“一畦”指五十亩地。五十亩韭菜可真不少，据说和尚不许吃韭菜，这“一畦”碧绿的春韭，不知都让谁吃了。

探春和湘云的命运纠缠

作者以“红梅”“红杏”分喻湘云和探春，“梅”和“杏”有一个特别的联系。《本草纲目》：“梅古文作槑，象子在木上之形。梅乃杏类，故反杏为槑。书家讹为甘木。后作梅，从每，谐声也。”说二者本是一类，所以古人造“梅”字也即“槑”字的时候，就把“杏”字颠倒了一下。

不仅袭人，探春的命运也是和湘云纠缠在一起的。

怡红院中的布置：“院中点衬几块山石，一边种着数本芭蕉；那一边乃是一棵西府海棠，其势若伞，丝垂翠缕，葩吐丹砂。”游园留题时，宝玉强调蕉棠不可分：“此处蕉棠两植，其意暗蓄红、绿二字在内。若只说蕉，则棠无着落；若只说棠，蕉亦无着落。固有蕉无棠不可，有棠无蕉更不可。”探春自言最喜芭蕉，号蕉下客，芭蕉是她的寓意形像。西府海棠是湘云。“固有蕉无棠不可，有棠无蕉更不可”，岂非是说探春和湘云的命运存在某种联系？

十二钗正册的探春之页，“画着两人放风筝，一片大海，一只大船，船中有一女子掩面泣涕之状”。风筝象征探春的婚姻命运不用说了，但为什么是“两人放风筝”？而且一海、一船、一女子，连着三个“一”，似有意和放风筝的“两人”做对比。不至于是两人放一个风筝，两个风筝又是什么意思？

第七十回众人在大观园里放风筝的内容，可为参考。

探春正要剪自己的风凰，见天上也有一个风凰，因道：“这也不知是谁家的。”众人皆笑说：“且别剪你的，看他倒象要来绞的样儿。”说着，只见那凤凰渐逼近来，遂与这凤凰绞在一处。众人方要往下收线，那一家也要收线，正不开交，又见一个门扇大的玲珑喜字带响鞭，在半天如钟鸣一般，也逼近来。众人笑道：“这一个也来绞了。且别收，让他三个绞在一处倒有趣呢。”说着，那喜字果然与这两个凤凰绞在一处。三下齐收乱顿，谁知线都断了，那三个风筝飘飘摇摇都去了。众人拍手哄然一笑，说：“倒有趣，可不知那喜字是谁家的，忒促狭了些。”

喜字风筝绞住两个凤凰风筝一同远去，暗合探春远嫁的事。两个凤凰风筝和探春之画上的“两人放风筝”，明显可以建立联系。喜字风筝和另一个凤凰风筝是谁的？如果喜字风筝暗示婚事，另一个凤凰风筝，其暗示的，或其主人，必然是和探春一样的正钗。

虽然“众人”说不知两个风筝是谁家的，当时园里放风筝的主子共七个人，探春、湘云、李纨、宝钗、黛玉、宝玉和宝琴。而且，黛玉因让众人来放。众人都笑道：“各人都有，你先请罢。”就是说每个人都有风筝，而恰好写出来天上的七个风筝，怎么可能是巧合呢？作者算是明写了五个人的风筝，探春的凤凰，黛玉的美人，宝琴的大红蝙蝠，宝钗的一连七个大雁。宝玉放的风筝虽不知其名，第二个凤凰风筝出现的时候，他和黛玉的风筝都已经放走了。就只湘云和李纨的风筝，没有写。

期间李纨至少参与说了两句话，可以确定和探春、黛玉等人在一起。两个风筝或者和李纨无关。湘云呢？放风筝之前填柳絮词，湘云是主角，到了放风筝时，忽然消失了一样，作者对她一字不提。湘云是那样喜欢热闹的人，话口袋子，放风筝这样的玩乐，最活跃的应该是她，作者却偏偏不写她，岂不奇怪？喜字风筝非常有特点，像门扇一样大，带响鞭，声音更大，“在半天如钟鸣一般”。“响鞭”即鞭炮，是放风筝的一种附加物，俗称“送饭的”，“送饭的”或鞭炮、或彩带等不一而足。风筝升空后，把“送饭的”挂在线上，随风鼓气，沿线而上，增添乐趣。作者特意写丫鬟们“拿了许多各式各样的送饭的来”。探春等五个人的风筝，均不见带送饭的。带“送饭的”是喜字风筝的独有特点。七个人中，如果说谁会在风筝上挂鞭炮，非湘云莫属，湘云专爱放大炮仗，那响鞭恰是“如钟鸣一般”。喜字风筝最像湘云的。湘云恐怕没有和大家在一起，而是跑去“那边山坡上”和丫头们一起顽了。另一个凤凰风筝也有理由是湘云的，湘云的身份，恰是和探春一样的公府千金。总之无论哪一个风筝和湘云有关，都把湘云和探春的婚姻命运绑在了一起。

指迷湘云命运经历的戏曲

指迷湘云命运经历的，除了十二钗册子上的词画和曲子《乐中悲》、芦雪广联诗、红梅花诗、凹镜馆联诗等，还有很多戏曲。

书中出现频率最高的两部戏，一是《西厢记》，二是《牡丹亭》，这两部戏还具有相当的一致性：爱情戏，男女主角私通和私订终身，有情人终成眷属的大团圆结局。

《西厢记》有金代作家董解元版本和元代剧作家王实甫版本，内容大致相同。王实甫版本全名《崔莺莺待月西厢记》。书生张珙赴京赶考，途径普救寺，偶遇已故崔相国之女崔莺莺，一见钟情。贼将孙飞虎听闻崔莺莺美貌，兵围普救寺，要掳莺莺。崔夫人无奈之下许诺，谁能退去贼兵，就把莺莺许他为妻。张生便写信向镇守蒲关的故交白马将军求救。和尚惠明带书信突破围困，请来白马将军，解得兵围。这一段即书中提到的《惠明下书》。谁知崔夫人反悔赖婚，张生、莺莺二人相思不已，在丫鬟红娘的相助下幽会私合。后张生进京赶考得中状元，有情人终成眷属。

《西厢记》改编自唐代作者元稹的小说《会真记》，又名《莺莺传》，但小说是悲剧结局，董解元、王实甫改变了小说结局，让有情人终成眷属。第二十三回宝黛共读的《会真记》，内容似乎并非小说，而是戏曲。黛玉“不到一顿饭工夫，将十六出俱已看完”。《会真记》作为短篇小说，仅有一篇，戏曲才分多少“出”。黛玉想到的“花落水流红，闲愁万种”，正是王实甫《西厢记》第一本楔子中崔莺莺的唱词，曹雪芹给出的回目也是“西厢记妙词通戏语”。

因宝玉黛玉共读《西厢》，容易让人认为《西厢记》内容影射他们两个。但书中出现的那些具有指迷作用的《西厢记》内容，如“纱窗也没有红娘报”“听琴”等，说的显然是男女双方存在私通行为。宝玉黛玉两人的情感来往都是明写出来的，没有必要借此暗示，两人也不存在实质上的私通行为。用在黛玉宝玉身上的那些简单直白的比喻，比如说黛玉是“倾国倾城貌”，宝玉是“多愁多病身”，以及什么“多情小姐同鸳帐”之类，不能算作暗示。《西厢记》指迷的，不是宝玉和黛玉，是一对身份敏感的私情男女。

《牡丹亭》全名《牡丹亭还魂记》，作者是明代戏曲家汤显祖。女主角杜丽娘，南安太守杜宝的女儿，正值十六岁青春妙龄。某日伤春游园，在芍药栏前小睡。梦见一书生柳梦梅，手持柳枝向她告白，二人在湖山石边结合。梦醒后杜丽娘相思成疾，渐渐病入膏肓。她画了一幅自己的肖像，叮嘱丫鬟梅香，在她死后把画像放在紫檀匣子里，藏于太湖石底。这年的中秋之夜，小姐撒手人寰。杜太守夫妇依照其遗言，将杜丽娘葬在花园的梅树之下。并且起了一座梅花庵观，安置丽娘神位。后柳梦梅来此地，拾得丽娘画像。丽娘魂魄和他幽会，并最终起死回生，一番波折后，有情人终成眷属。汤显祖言："如丽娘者，乃可谓之有情人耳。情不知所起，一往而深。生者可以死，死可以生。"

书中几处有指迷性质的《牡丹亭》内容，同样和黛玉无关，而且作者有意撇清和黛玉的关系。小戏子龄官影射黛玉非常明显。贾妃省亲时，单独点龄官唱戏，贾蔷命龄官做《游园》《惊梦》二出，两出戏均出自《牡丹亭》。龄官是个有性格的女孩子，认为这二出不是她的本角之戏，坚决不同意，一定要唱《相约》《相骂》二出。还有一次是宝玉央求龄官唱《牡丹亭》的"袅晴丝"一套，龄官也拒绝。从这些细节，可以排除《游园》《惊梦》和黛玉的关系，以及《牡丹亭》女主杜丽娘对黛玉的影射。另外，《牡丹亭》并无"游园"一出，《惊梦》是其第十出，游园、惊梦是同一出的内容。这里一分为二，作者似在说明或强调什么。

凤姐探望秦可卿之后点的《还魂》，贾妃省亲点的最后一出戏《离魂》。据批语的说法，《离魂》也出自《牡丹亭》。但《牡丹亭》剧目并无《离魂》一出。有研究者说就是第二十出《闹殇》，可能是吧。也没有《还魂》一出，除了《牡丹亭》，似乎别无联系，或指第三十五出《回生》。"离魂""还魂"的联系非常明显。作者改动剧目名称，或者就是为了让读者产生联想。《还魂》影射秦可卿是明显的。但贾妃省亲时，秦可卿已逝，故事早已结束，何况可卿也不是正副十五钗之一，《离魂》无论如何和秦可卿建立不上联系。如果"离魂""还魂"呼应，那么"还魂"不仅指迷秦可卿，还有一人，一个和秦可卿在感情经历方面相似的女子。非湘云莫属。湘云的白海棠诗又有"非关倩女亦离魂"。"倩女离魂"同样是小说和戏曲，既然"非关"倩女离魂，似指向杜丽娘的

“离魂”。白海棠诗时，“魂”也是被强调的一个字。

第五十四回荣府元宵夜宴，贾母叫芳官唱一出《寻梦》，又叫葵官唱一出《惠明下书》。“文官等听了出来，忙去扮演上台，先是《寻梦》，次是《下书》”。《寻梦》出自《牡丹亭》，《惠明下书》出自《西厢记》。推敲这些细节和作者语气，分明暗示“寻梦”“下书”是一个前后承接的故事。“寻梦”和“惊梦”的联系同样一目了然。《游园》《惊梦》《寻梦》《惠明下书》指迷的是发生在同一对男女身上的事。

《寻梦》《下书》得薛姨妈夸奖。然后贾母指湘云道：“我象他这么大的时节，他爷爷有一班小戏，偏有一个弹琴的凑了来，即如《西厢记》的《听琴》，《玉簪记》的《琴挑》，《续琵琶》的《胡笳十八拍》，竟成了真的了，比这个更如何?”直接和湘云建立了联系。“竟成了真的了”是相当明白的影射，这些戏曲都在湘云身上成了真的。湘云的《供菊》“弹琴酌酒喜堪俦”也是一项佐证。贾母的话还带出了《玉簪记》《续琵琶》以及《西楼·楚江晴》《灯月圆》几出戏，都是指迷湘云命运经历的。扮惠明的大花面葵官，不仅后来归了湘云，湘云还把她打扮成个小子，取名韦大英，暗含“唯大英雄能本色”之意。也是佐证。

《西厢记》的“纱窗也没有红娘报”、《听琴》《惠明下书》等，《牡丹亭》的《游园》《惊梦》《寻梦》《离魂》《还魂》等，均指迷湘云命运。

男主角不用说了，是癞头和尚。

简单说一下贾母提到的几出戏。

《听琴》说的是崔夫人悔婚后，张生月夜弹琴向莺莺表达相思之情。

《玉簪记》，明代高濂所著。南宋年间，书生潘必正应试落第，羞于回乡，便投奔其姑母，金陵城外女贞观观主。在女贞观遇女尼陈妙常，彼此生情，最终幽会私合。《琴挑》为第四出，讲陈妙常和潘必正二人秋夜月下弹琴，潘必正以琴曲和言语对妙常进行挑逗。

关于《续琵琶》，据说清初以来流传的剧目中并没有《续琵琶》，这部戏可能是当时的戏曲爱好者对内不对外的自娱自乐作品，或是作者故意给出的剧目。内容不难判断，《胡笳十八拍》是东汉才女蔡文姬所作，《续琵琶》自然是讲述她的事。东汉文学家蔡邕的女儿蔡文姬，年少时被匈奴掳去，嫁给匈奴左贤王，生了两个儿子。十二年后，曹操一统北方，派使者重金赎回蔡文姬。蔡写下《胡笳十八拍》，记述她的此番人生经历。“胡笳”是蒙古族管乐器。“琵琶”是弹拨类乐器，不专属于某一地区或国家，这里当然指的是中原的琵琶。“续琵琶”有重操旧时琵琶的意思，但更像是说旧爱再续前缘。

谈及《听琴》《琴挑》《续琵琶》之《胡笳十八拍》时，贾母说“偏有一个弹琴的凑了来”。“弹琴的”自是故事男主。“续琵琶”就是“蔡文姬”和“弹琴的”再续前缘了。“蔡文姬”暗示湘云，“弹琴的”只能是癞头和尚。

湘云有一段“文姬归汉”的经历。

《西楼记》也是爱情戏，明末清初作品，作者袁于令。写书生于鹃和妓女穆素徽的故事，结局同样是有情人终成眷属。其中于鹃所作的《楚江情》，是于、穆二人的定情曲。《红楼梦》中作“楚江晴”，改“情”为“晴”，或有内涵。

贾妃省亲时开始点了四出戏。根据批语的提示，第一出《豪宴》，出自《一捧雪》；第二出《乞巧》，出自《长生殿》；第三出《仙缘》，出自《邯郸梦》；第四出《离魂》，出自《牡丹亭》。

《豪宴》指迷贾妃等人对贾家宝玉的意图，《离魂》指迷湘云与癞头和尚，分析一下《乞巧》和《仙缘》。

《乞巧》出自《长生殿》，《长生殿》清代著名戏剧家洪升的代表作，经典昆剧剧目。讲述唐明皇和杨贵妃的爱情。帝妃的爱情固然感人，却是历史上最著名的爬灰事件。杨妃起先是唐明皇的儿媳妇，作为父亲的李隆基横刀夺爱，从儿子手里抢走了他的老婆。

湘云的寓意形象西府海棠，联系可卿卧室的“海棠春睡图”、花签诗“只恐夜深花睡去”等内容，春睡海棠杨妃，既是秦可卿寓意形象，也是湘云的。在男女感情方面，湘云显然不只是“想着你来又记挂着他”那么简单的放荡，有乱伦之嫌。并非孤证。贾珍、贾蓉父子和尤氏姐妹有“聚麀”之诮。《礼记·曲礼上》：“夫唯禽兽无礼，故父子聚麀。”郑玄注：“聚，犹共也。鹿牝曰麀。禽兽不知父子夫妇之伦，故有父子共牝之事。”后以代指两代人的乱伦行为。书中“麀”出现了两次，另一次，就出现在湘云身上。芦雪广联诗时湘云穿“麀皮小靴”。首先这个说法本身就引人注意，一双靴子还能分辨出来用的是公鹿皮做的还是母鹿皮做的？而与湘云存在感情纠葛的癞头和尚，恰被喻为唐明皇。就是说，相对于秦可卿，湘云、和尚二人双双被喻为杨妃和唐明皇，是加强版的影射。那么也就知道了“父子聚麀”的“父”是谁。《乞巧》指迷湘云和癞头和尚。

网上电子版的《长生殿》这部戏，从《传概》到《重圆》，共五十出，并没有《乞巧》一出。“乞巧”只是《长生殿》中的一个重要情节，发生在第二十二出《密誓》里。七月初七日之夜，唐明皇和杨贵妃在长生殿上，向牛郎织女星“乞巧”，祈求彼此爱情的天长地久。作者似故意将《密誓》改为《乞巧》，意在强调“七月七日乞巧”这项内容。此处批语“《长生殿》中伏元妃之死”，不知批书人是怎样理解的以及想表达什么。

《仙缘》出自《邯郸记》，也是汤显祖作品，取材于唐代传奇《枕中记》，就是那个非常著名的黄粱美梦的故事。八仙之一吕洞宾，新修了一座蓬莱山门，门外一株蟠桃花盛开，皓劫刚风吹落花瓣，花瓣堵了山门。本来是由何仙姑天天打扫，因何仙姑证入仙班，需要有人来代替她的扫花之役。因此吕洞宾下到凡间，一枕黄粱，度了卢生来代替何仙姑。

有研究者认为《仙缘》即《邯郸记》第三十出《合仙》。感觉不是很像，或者说，“仙缘”意在强调那个被寻访者“卢生”，并不拘于哪一出戏，才是作者的意图。而且，“仙缘”两个字直接和神仙建立了联系。

宝玉生日时芳官唱的《赏花时》，即出自《邯郸记》，是吕洞宾临行前何仙姑所唱，嘱咐吕洞宾不要多生枝节而误了正事。《赏花时》：

翠凤毛翎扎帚叉，闲踏天门扫落花。你看那风起玉尘沙。猛可的那一层云下，抵多少门外即天涯。你再休要剑斩黄龙一线儿差，再休向东老贫穷卖酒家。你与俺眼向云霞。洞宾呵，你得了人可便早些儿回话；若迟呵，错教人留恨碧桃花。

唱这首曲之前，芳官还唱了一句“寿筵开处风光好”，出自戏曲《牧羊记》。汉武帝时苏武出使匈奴被扣留，因拒不投降，单于把他放逐到北海牧羊十九年。后来的汉昭帝因见到大雁带回的苏武血书，派兵击败匈奴，苏武得以荣归。据《汉书·苏武传》记载，汉朝使者为了让匈奴单于释放苏武，编造了昭帝在上林射雁得帛书的故事。“寿筵开处风光好”是一句祝寿词，《牧羊记》第一出《庆寿》中苏武夫人所唱，为苏武母亲庆祝生日。寿筵刚结束，圣旨就到了，匈奴来犯，汉武帝令苏武出使匈奴讲和。所以此句也近于临行前的别语，和“赏花时”性质差不多。关键是，芳官身上恰有一些指迷，能和出使匈奴的苏武建立联系。宝玉生日的第二天，芳官开始挽头发，宝玉命她剔发改妆。以及描述了芳官的最佳冬装搭配："冬天作大貂鼠卧兔儿带，脚上穿虎头盘云五彩小战靴，或散着裤腿，只用净袜厚底镶鞋"等。又给芳官取男名、番名耶律雄奴。却又骂说"雄奴"二音与匈奴相通，都是犬戎名姓。这些描写不会是无意的，有意指迷。宝玉描述的冬装很有意思。"卧兔儿"是明清妇女冬天所戴的一种毛皮首饰，一般用貂鼠皮等制成。"战靴"则是武将穿的。这么一身不男不女的穿着，很容易联系喜好男装的湘云。芦雪广联诗时，湘云便是男装女装混合装扮。而且黛玉笑她是个"小骚达子"，和"耶律雄奴"呼应。这身衣服暗示湘云后来某冬天的穿着。

《赏花时》给出的一些线索，翠凤、天门、扫落花、云霞、碧桃花等。"翠凤"能和癞头和尚的女人建立联系，可用来辅助判断何仙姑暗示谁。"天门"即山门，这个可以和宝玉建立联系。贾母给宝钗过生日，宝钗点了一出《鲁智深醉闹五台山》，昆曲折子戏，通名《山门》或《醉打山门》。辞藻中有一支《寄生草》，说是："漫揾英雄泪，相离处士家。谢慈悲剃度在莲台下。没缘法转眼分离乍。赤条条来去无牵挂。那里讨，烟蓑雨笠卷单行？一任俺，芒鞋破钵随缘化。"也是写离别的。宝玉拍膝画圈称赏不已，黛玉说："还没唱《山门》，你倒《妆疯》了。"《妆疯》也是昆曲折子戏，讲唐朝大将尉迟敬德因对朝政不满，装疯拒绝领命出征。黛玉的话是把宝玉比作尉迟敬德。《寄生草》的"赤条条来去无牵挂"，也曾被宝玉用来形容自己。联系宝玉出家当和尚之类的话，这首《寄生草》是写的宝玉。"醉闹五台山"也是离别山门，那么和吕洞宾离别山门建立了联系。联系非仅此一项。何仙姑"天门扫落花"，宝玉有一小厮，就叫"扫花"，可以说是宝玉和"扫花"的强联系。何仙姑扫的“碧桃花”，也唯独怡红院里有。“吕洞宾”“鲁智深”均暗示宝玉，《妆疯》也是对宝玉的指迷。

何仙姑暗示谁？探春邀请宝玉起诗社的花签，有“若蒙棹雪而来，娣则扫花以待”，加上这里的“翠凤”，是探春无疑。

以上种种，再联系湘云和探春的命运纠结，《仙缘》指迷的，也有湘云。

影射湘云的几位女子

作者对人物年龄一向遮遮掩掩，十二钗等人的年龄大都不明写，偏偏有几位简单交代并未正面出场的女子，作者直接给出了她们的年龄。

一是十五岁的真真国女孩子，然后是贾赦花费八百两银子买的十七岁女孩子嫣红，刘姥姥口中十七岁一病死了的茗玉以及她十七八岁时梳着溜油光的头雪下抽柴，再就是二十三岁的傅秋芳。单几个“十七岁”，就很引人注意了。这些年龄，这些女孩子，是指迷。有名字的，名字是关键。

宝琴讲述跟父亲到“西海沿子”上买洋货，有一个真真国的女孩子，才十五岁，脸面就和西洋画上的美人一样，满头带的都是珊瑚、猫儿眼、祖母绿这些宝石。身上穿着金丝织的锁子甲洋锦袄袖，带着倭刀，也是镶金嵌宝的。之后湘云来了，笑问：“那一个外国美人来了？”众人回答：“人未见形，先已闻声。”显然有意暗示“真真国的女孩子”指湘云。“锁子甲”是古代战争中穿的一种铠甲，女人是不能上战场打仗的，这女孩子穿的是男装，扮男装原是湘云的喜好，贾母说湘云“到扮上男人好看了”。湘云十五岁时，人在西洋，也即西海沿子。

真真国女孩子的诗也是佐证。“昨夜朱楼梦，今宵水国吟。岛云蒸大海，岚气接丛林。月本无今古，情缘自浅深。汉南春历历，焉得不关心。”提到“月”和“情缘”，也即与癞头和尚的情缘。从“昨夜”到“今宵”，都是晚上，湘云去西洋似是夜行。

显示湘云和“西洋”有关的，还有“金西洋自行船”。宝玉卧室里摆着一只“金西洋自行船”，围绕此船，宝玉、湘云等人说的一些话，显是指迷。话题虽因黛玉而起，黛玉和“西洋自行船”却不能建立联系。参与的人，总不离湘云。宝玉怕林家接黛玉回去，指着船说：“那不是接他们来的船来了，湾在那里呢。”后来湘云打趣宝玉：“快把这船打出去，他们是接林妹妹的。”又打趣黛玉：“快坐上那船家去罢，别多话了。”

据百度百科“西洋”的词条释义，明代以交趾、柬埔寨、暹罗以西，进马来半岛、苏门答腊、爪哇以至于印度、波斯、阿拉伯为西洋。清代中前期时的西洋定义也大概如此，总体在中国的西南方向。

关于“嫣红”姑娘，书中给出的《牡丹亭·惊梦》唱词：“原来姹紫嫣红开遍，似这般都付与断井颓垣”，可以建立联系。《牡丹亭》指迷湘云的命运经历。“嫣红”和唱词，应是指迷湘云十七岁时的情况。“嫣红”跟的贾赦是个老年男人，也是要注意的点。

关于茗玉小姐。“茗”字在诗词等指迷处出现了两次，“侍儿知试茗”和“枫露之茗”。然后就是宝玉的两个小厮的名字，茗烟和焙茗，和“试茗”、茗烟建立联系的话，就等于和癞头和尚建立了联系，以及是男女粗糙婚配的关系。所以影射老太妃的“刘姥姥”说茗玉“也并不是客人”。宝玉说茗玉“虽死不死”，又可联系死而复生的杜丽娘。“茗玉”也是影射湘云的。

虽然“茗”暗示粗糙的婚姻。但“茗”和“玉”组合，又显示了转折，所谓“至坚者玉”，看来“茗玉”小姐的这场婚姻虽然“粗糙”，她自己却有至坚之心。

与嫣红、茗玉不同，“傅秋芳”有姓。“傅”字本义为辅佐。这个名字的意思就是辅佐秋天之“芳”。“芳”字最可联系的人是癞头和尚。但相关证据太少，不太能确定就是影射湘云。

湘云的男人之雪团儿

和湘云有婚姻感情纠葛的男人不少。正面出场的癞头和尚、蒋玉菡和薛蟠三人。没出场的初订婚的那位未婚夫，不知是不是卫若兰，还有“匈奴”某贵族男子，以及“父子聚麀”里的“子”等。本篇分析一下这“子”是谁。

从理论上，“子”和癞头和尚或存在血缘或亲缘方面的关系，是子侄辈；或存在名义关系，比如寄名的弟子。

刘姥姥讲的观音送子的故事，给出了一个最有可能的人。

刘姥姥说：“我们庄子东边庄上，有个老奶奶子，今年九十多岁了。他天天吃斋念佛，谁知就感动了观音菩萨夜里来托梦说：‘你这样虔心，原来你该绝后的，如今奏了玉皇，给你个孙子。’原来这老奶奶只有一个儿子，这儿子也只一个儿子，好容易养到十七八岁上死了，哭的什么似的。后果然又养了一个，今年才十三四岁，生的雪团儿一般，聪明伶俐非常。可见这些神佛是有的。”

“观音”是癞头和尚的寓意形象之一。老奶奶的这个孙子，是癞头和尚“给”的。癞头和尚如此的放荡不羁的一个人，这样的说法未免引人联想。观音菩萨“奏”玉皇也是有趣的说法。臣子对皇帝陈述意见叫“奏”，观音菩萨属佛教（在道教中叫慈航道人），玉皇属道教，本不是一个系统，更没有高低之分，这里观音却成了玉皇的臣子。大观园被刘姥姥认作“玉皇宝殿”，“玉皇”其实也是暗示癞头和尚的。这就等于和尚自己“奏”自己，要给人家一个儿子。最后刘姥姥还说“可见这些神佛是有的”，强调了一下这件事情的真实性以及癞头和尚所起到的作用。“雪团儿”应该是癞头和尚的私生子。雪团儿第十四年“十三四岁”，和宝玉同龄。

并不是孤证。

第十九回：“谁想贾珍这边唱的是《丁郎认父》《黄伯央大摆阴魂阵》，更有《孙行者大闹天宫》《姜子牙斩将封神》等类的戏文。倏尔神鬼乱出，忽又妖魔毕露，甚至于扬幡过会，号佛行香，锣鼓喊叫之声闻于巷外。”

在这段内容里，神、鬼、佛一起出现，联系宝玉把“神佛死人”“神鬼”视为一体，并暗示癞头和尚，这四出戏必和癞头和尚有关。四出戏的内容，没有在书中其他地方出现，不像《牡丹亭》等戏，相关内容出现了多次。因此我以为，四出戏组成的是一个相对独立的整体，并且必然按照所暗示事件发生的时间排列。戏名是关键，与其他三出神仙鬼怪戏不同，排在第一的《丁郎认父》，是一出苦情戏。《丁郎认父》故事大概如下：官宦子弟杜文学，遭人陷害被发配外乡，离家时妻已有孕。这个孩子，也就是丁郎，长大后外出寻父。此时杜文学已被当地的退休官员招赘，一开始拒认儿子。几经波折，终于父子相认。这出苦情戏夹杂在鬼怪热闹戏中，而且排在第一个，惹眼而奇怪。“丁郎认父”能暗示癞头和尚什么？联系“雪团儿”，只能是他和私生子相认的事。

为什么要写这个私生子？

湘云断词“厮配得才貌仙郎”。“仙郎”指癞头和尚吗？似乎太老了点，也不是绝对的，作者下笔常常促狭。分析一下其他的可能。可以肯定不是湘云最初订婚的人，因为“厮配”二字。“厮配”不是一个现成的词，是作者的组合，“厮”字的本义指古代干粗活的男性奴隶或仆役，在这里的意思应为“相互”。如香菱说和宝玉素日都是“厮抬厮敬”的。婚配当然是相互的，但总是男家求配于女方。“厮配”给人一种互动的亲昵感，有私订终身的意思。湘云的初次联姻，是明媒，没有理由说“厮配”。这人既是“仙郎”，推断是皇室男子。如果不是癞头和尚，其他皇室男子怎么可能和湘云“厮配”呢？从《残菊》以及“牙牌令里的神仙故事”篇分析来看，和尚第十五年十月第二次离开荣府，再没有回来。宝玉《冬夜即事》有“松影一庭唯见鹤”，那么此时和尚还在荣府。《冬夜即事》写的应该就是第十五年十月的事，“新雪”是佐证：“女儿翠袖诗怀冷，公子金貂酒力轻。却喜侍儿知试茗，扫将新雪及时烹。”出现了一对关系不一般的男女。“翠袖”即青绿色衣袖，代指女子。“金貂”是皇帝左右侍臣所佩戴的冠饰，借称侍从贵臣。这位金貂公子是谁？宝玉还在百日禁足中，不太可能成“金貂”。“茗”表示粗糙的婚配。“试茗”就更粗糙了，有胡乱试婚的意思。试婚在那个时代根本不可能，只能是私通。所以两人之间的媒介是“侍儿”而非正经的媒妁。这“女儿”是谁？“诗怀”二字，说明她是一个爱作诗的女儿，范围就很窄。加上“试茗”行为，基本锁定湘云。“翠袖”也是佐证，湘云八月下旬守望门寡，不能穿红。“厮配”和“试茗”建立联系的话，金貂公子就是才貌仙郎以及雪团儿了。既然癞头和尚也在，那么并不反对。

雪团儿和癞头和尚相认后，身份也得到了皇帝的承认，成为“金貂”。但他的这个身份，必是曲折地进行封赐，不会正式承认他是先皇的儿子，皇家的脸面比这重要多了。

牙牌令里的神仙故事

牙牌俗称牌九，传统的通常用作赌博的工具。多以兽骨制成，也称骨牌。共三十二张，以牌上的点数计大小和名称，点有两色。每张牌分为上下两部分，上下点数都是从一到六。点数最多的牌是上下全六点，叫天牌，点数最少的是上下各一点，叫地牌。

贾母宴大观园时行的牙牌令并非赌博，是酒令游戏，雅俗共赏却非常高难的玩法。无论令主还是行令者，都须具有相当的知识和敏捷的思维，才玩得起来。规则是令主选取三张牌作为一副牌，简述牌的点数、排列形状、颜色等，按照顺序向行令者发令，有时还附带一些额外的要求，行令者按规则应答，答不出来或答得不符合要求，要受罚。

鸳鸯给出的六副牌，薛姨妈、湘云、宝钗的牌是一种，全副或红或绿一样颜色，第一张和第三张牌相同且上下点数一致，第二张一半的点数和一、三张相同，即相同的点色出现了五次，且称之为主点数。贾母、黛玉、刘姥姥的牌是一种，都是红绿两色，相同的点色出现四次，第一张上下点色相同，第二张和第三张一半的点色同第一张，余下不同点色的数字相加又正好等于主点数。

作者共写了七个人的令，贾母、薛姨妈、湘云、宝钗、黛玉、迎春和刘姥姥。按座次排的顺序，因为是给湘云还席，湘云坐在宝钗、黛玉等人前面。其中迎春答错，未完令，仅一张牌一句诗，贾母等六人均完令。贾母的牌是左六六、中五六、右六幺，主点数绿六。薛姨妈的牌是左五五、中二五、右五五，主点数绿五。湘云的牌是左长幺、中幺四、右长幺，主点数红一。宝钗的牌是左长三、中三六、右三长，主点数绿三。黛玉的牌是左六六、中四六、右二六，主点数绿六。刘姥姥的牌是左四四、中三四、右幺四，主点数红四。

这些数字必然被作者赋予了某种内涵。刘姥姥的牌是切入点。第一张“人”牌，上下各四点。鸳鸯说是“左边四四是个人”，双关义明显，“人”牌的“四”在暗示某人。刘姥姥答：“是个庄家人罢。”进一步说明“人”即那“庄家人”。这些数字，影射人物。

用如此隐晦的方式写出的“庄家人”，当然非常敏感，应该就是刘姥姥的隐身母蝗虫老太妃，别无可选。为什么以“四”这个数字指代她呢？传统文化里，不仅具象的万物分阴阳，如湘云和翠缕的对话，那些“蚊子、蛇蚤、蠓虫儿、花儿、草儿、瓦片儿、砖头儿”都分阴阳，抽象数字也分阴阳，二、四、六、八等双数为阴，一、三、五、七、九等单数为阳。阳数以九为最大，称老阳之数。但不知为什么，与之相对的老阴之数却并不是八，而是六。清代段玉裁《说文解字注》：“六为阴之变，九为阳之变。”以数指代人，从理论上，阴数当指女性，阳数当指男性。但是，书中的阴阳，又有点不同，所谓“因何镇日纷纷乱？只为阴阳数不同”。书中借湘云和翠缕，对阴阳有一番注解。须把两者联系起来进行分析。湘云说“日为阳，月就为阴”，“月”既是“阴”，本应指女人，在书中却指代癞头和尚这个男人，作者又借翠缕之口，说他是“太阴”星。那么数字的阴阳，在遵循传统的同时，要考虑非常理的情况，作者当然会给出提示。

“四”是一个不大不小的阴数，老太妃地位如此之高，却仅仅是“四”，作者或者在传递这么一层意思：她虽然贵为皇太后，却终身甩不了“妃”的身份。

刘姥姥说：“我们庄家人，不过是现成的本色，众位别笑。”似有意讽刺老太妃的做事风格，讽刺她的“一句话”。

湘云的牌是唯一一副点色全红的牌，主点数“幺”，也比较特别。

“幺”虽然指“一”点，准确说并不是一个数字。“幺”的本义是小、幼小。《说文》：“幺，小也。象子初生之形。”“幺”既非阳数，也非阴数，属于不阴不阳又可阴可阳。“幺”的指向也不是唯一的。第一张牌地牌，上下各一点，红色。鸳鸯说是“左边长幺两点明”，在必要的描述之外附加了一个“两点明”的条件，或者叫要求，意味着湘云必须围绕“两点明”作答。湘云答“双悬日月照乾坤”，紧扣鸳鸯的要求，“日”“月”各对应一点红，两者一起照耀乾坤既形成“明”的事实，又恰是一个“明”字。“日”暗示皇帝，“月”暗示太上皇，可知此牌上的两点“幺”，分别影射皇帝和太上皇。日为阳，月为阴，和可阴可阳的“幺”，恰对得上而毫无问题。太上皇一出，也就大概知道牙牌令的方向了。以“幺”为皇帝父子的寓意形象，就很奇怪。从理论上，“九”是老阳之数，阳数的老大，所以古时皇帝又称九五之尊，或九重、九天等。若指代皇帝，九才是最佳之选，作者却选择了一个奇怪的“幺”，原因是什么？如果皇帝和太上皇父子二人都是“幺”，那么就等于暗藏了一个“长”。作者在暗示，这些数字指代的人里，有皇帝父子的长辈。没有别的选择，只能是“四四”老太妃。她的辈分高于癞头和尚。和“绛树两歌之刘姥姥”篇的分析呼应。

皇帝和太上皇都是“幺”，除了身份，似有意衬托老太妃的能力，以及儿子孙子两皇帝，都是她扶持起来的，是为“母皇”。

湘云第二张牌也是地牌。鸳鸯道：“右边长幺两点明。”湘云道：“闲花落地听无声。”这句出自唐刘长卿《别严士元》：“细雨湿衣看不见，闲花落地听无声。”“闲花”指野花。“闲花落地听无声”和“两点明”的关系显然有所不同，花落在地上无论如何成不了“明”。“明”的意思可以是亮，也可以是明确、明了。这里当是后者。这句的意思就是，两朵红色的野花落在地上，是一件明确的事。怎么“听无声”呢？似乎是悄悄“落地”的，不为人知。两朵“闲花”暗示两个女子无疑。日月是“幺”，两朵闲花也是“幺”，相对的都是小辈。从“日月”两个大男人，到“闲花”两个小女子，跨度有点大。

湘云的第三张牌“幺四”，上红一点，下红四点。鸳鸯道：“中间还得幺四来。”湘云道：“日边红杏倚云栽。”“幺”对应“日”，指皇帝。这句诗也出现在探春花签上，“红杏”又是探春的寓意形象。但在刘姥姥牌中“四四”影射老太妃，是不是“红杏”“四”和探春、老太妃都能建立联系？不解。

刘姥姥的第三张牌也是“幺四”，刘姥姥的回答是“一个萝卜一头蒜”。关于萝卜和蒜的组合，民间有一谚语：“红皮萝卜紫皮蒜，仰脸老婆低头汉，都是辣货。”意指蛮横难缠的人。牌上的“幺”和“四”又都是红色，大概有两个辣货的意思。

“幺”也出现在贾母牌中，也是第三张牌，叫“六与幺”。此牌名高桩，也叫蜡烛，上红一点，下绿六点。贾母说是“一轮红日出云霄”。以“红日”对一点，以“云霄”对六点。这张牌上的“红日”和湘云令中的“悬日”不同，“红日出云霄”是太阳初升的景象，只能暗示皇帝出世。那么“六”也即“云霄”就是暗示皇帝的生身父母了。“云霄”可指天空、高位、朝廷等，也指云。《后汉书·张衡转》注：“霄，云也。”虽然“云”也是湘云形象，这里“云霄”却不可能指湘云，只能是癞头和尚。这句大概旨在暗示皇帝和太上皇的亲子关系。“六”是老阴之数，太上皇这个太阴星，又不阴不阳，原是极适合这个数字。所以“六”出现的次数最多，分别是贾母和黛玉牙牌的主数字。对于各自的第一张“六六”天牌，贾母说是“头上有青天”，黛玉说是“良辰美景奈何天”。宝玉诔黛玉，也用了“奈何天”三字。贾母虽然是荣府的老太君，怎么也大不过癞头和尚去，癞头和尚是遮天大王，简直等同于天了。

黛玉的第二张牌，上红四点，下绿六点，名“锦屏”。鸳鸯道：“中间‘锦屏’颜色俏。”黛玉道：“纱窗也没有红娘报。”“锦屏”本义指锦绣的屏风，喻闺阁，妇女的住处。“纱窗”句语出王实甫《西厢记》里张生的唱词：“侯门不许老僧敲，纱窗外定有红娘报，害相思的馋眼脑，见他时须看个十分饱。”害了相思病的张生眼巴巴盼望丫鬟红娘带了小姐崔莺莺来和他相会，也断定小姐会来。但原句的“定有”被改为“也没有”。那么结果就完全相反了。这里是谁在人家闺阁外害了相思病，却盼不来心上的姑娘？以“纱窗”表示绿“六”，是绿纱窗。纱窗是物事，关键是纱窗里的人。既为“六”，是癞头和尚了。红“四”指代“红娘”，应是影射探春。一个“也”字，可见和尚的失望心情。

黛玉的第三张牌。鸳鸯道：“剩了二六八点齐。”黛玉道：“双瞻玉座引朝仪。”以“双瞻”对二点，以“玉座”对六点。“双瞻”句出自唐杜甫《紫宸殿退朝口号》：“户外昭容紫袖垂，双瞻御座引朝仪。”写朝臣退朝的礼仪，但有一字之差，改“御座”为“玉座”。这一改差别就大了。玉座、御座皆可指帝王的宝座，代指帝王，但玉座比御座更多了含义，如用以敬称先皇先后的神床、道观的神座等。杜甫《谒先主庙》诗：“竹送清溪月，苔移玉座春。”这是作者要表达的，以“玉座”暗示先皇。“双瞻玉座”的是谁？既是“双”瞻，是两个人，联系“户外昭容紫袖垂”“纱窗也没有红娘报”，是两个女人。同样的“两点”还出现在薛姨妈令中，说是“织女牛郎会七夕”，也是男女关系，注意“织女”在前“牛郎”在后，以“两点”指代织女，那么是两个织女，或者一个织女一个女配。织女牛郎影射湘云和癞头和尚。“双瞻玉座”的女子之一，是湘云。黛玉对整副牌的总结与此呼应。鸳鸯道：“凑成篮子好采花。”黛玉道：“仙杖香挑芍药花。”“采花”本义是采摘花朵，常用来比喻恶人以强迫手段猎取良家少女。“仙杖”影射癞头和尚无疑，芍药正是湘云形象。第十九回宝玉撞破茗烟和“卍儿”干那警幻所训之事，“卍儿”这个名字一看就值得分析。“卍”字是一个世界范围的古老符号，在中国，它是佛教的一个标志性符号，释迦牟尼佛的三十二相之一。《华严经·如来十身相海品》：“如来胸臆有大人相，形如卍字，名吉祥海云。”为什么叫这个名字？茗烟解释说：“他母亲养他的时节做了一个梦，梦见得了一匹锦，上面是五色富贵卍不断头的花样，所以他的名字叫作卍儿。”“卍不断头”也可以和吉祥海云建立联系。而“茗烟”暗示癞头和尚的粗糙婚配以及和湘云有关。如此，茗烟、卍儿的事岂不等于和尚、湘云的事？因茗烟不知道卍儿年龄，宝玉说：“连他的岁数也不问问，就做这个事，可见他白认得你了，可怜，可怜。”这话更像在指责和尚，和尚已经五十岁了，湘云不过十四岁，怎么下得了手！

“双瞻”“采花”和湘云的第二张“两点”“闲花”，很容易建立联系。湘云虽是公侯千金，但采来的花，无论出身怎样，也只能是“闲花”了。另一朵“闲花”也即“双瞻”的另一人，应是探春。作者以“采花”喻癞头和尚和湘云、探春的关系，对和尚的行为极为鄙夷。而“幺”字，对于一把年纪的癞头和尚，湘云、探春两个十几岁的少女，实在是够“幺”。

薛姨妈的牌。鸳鸯又道：“有了一副。左边是个大长五。”薛姨妈道：“梅花朵朵风前舞。”鸳鸯道：“右边还是个大五长。”薛姨妈道：“十月梅花岭上香。”鸳鸯道：“当中二五是杂七。”薛姨妈道：“织女牛郎会七夕。”鸳鸯道：“凑成二郎游五岳。”薛姨妈道：“世人不及神仙乐。”主点数“五”，分别化身为绿梅花和牛郎，绿梅也即白梅，都是癞头和尚的寓意形象。“五”影射癞头和尚。“五”还出现在贾母的第二张牌“五与六”中，贾母说是“六桥梅花香彻骨”。同样为绿梅花。宝玉生日时湘云的酒令语“梅梢月上”，也是梅花五点。之间必然都有联系。薛姨妈牙牌令内容，可以看出明显的时间顺序，也是需要注意的。

“织女牛郎会七夕”联系《长生殿·乞巧》和巧姐的七月七生日，判断七月七日是癞头和尚和湘云相会之日，只不知道是哪一年。

“凑成二郎游五岳”，这个“二郎”，一般都理解为二郎神杨戬，薛姨妈说是“神仙”。具体含义不解。

“十月梅花岭上香”的“岭”，应指大庾岭，南岭山脉的五岭之一，在广东北部边界，江西的南边。因岭上遍植梅花，又名梅岭。十月，应是第十五年十月，癞头和尚到了大庾岭。

宝钗的牌。鸳鸯道：“有了一副。左边是长三。”宝钗道：“双双燕子语梁间。”鸳鸯道：“右边是三长。”宝钗道：“水荇牵风翠带长。”鸳鸯道：“当中三六九点在。”宝钗道：“三山半落青天外。”鸳鸯道：“凑成铁锁练孤舟。”宝钗道：“处处风波处处愁。”主点数“三”，和薛姨妈的牌一样点色全绿。

“三”化身“燕子”“水荇”“三山”。燕子和大雁一样是候鸟。因雌雄成对，双栖双飞，也常用来比喻爱情。除了这里的“双双”句，书中关于“燕子”的诗句还有不少，黛玉的“三月香巢已垒成，梁间燕子太无情”“菱荇鹅儿水，桑榆燕子梁”“粉堕百花洲，香残燕子楼”，宝玉的“燕泥点点污棋枰”。其他相关的内容，如黛玉交代紫鹃：“看那大燕子回来，把帘子放下来，拿狮子倚住。”傅家的婆子说宝玉“看见燕子就和燕子说话”，怡红院的春燕、春燕的妹妹小燕，等等。被黛玉、宝玉和宝钗三人关注，“燕子”影射的是重要人物。“双双燕子”说明不止男女一对，但其影射的主体人物应该只有一个，其他人作为搭配出现。“燕子”影射的却不是什么好人。“无情”二字在书中属贬义为作者所不齿。红楼梦十二曲《收尾·飞鸟各投林》道是“无情的，分明报应”。“梁间燕子太无情”的贬义当然更甚。“香残燕子楼”则暗示此“燕子”对黛玉不利。“桑榆燕子梁”“双双燕子语梁间”“三月香巢已垒成，梁间燕子太无情”均同时有“燕子”和“梁”，燕子在梁间做巢，“三月香巢”有新房的意味。那么这些句子就包含了这样一层意思，此“燕子”本应三月回归北方和等待的人欢会，却“太无情”而没有来。联系探春三月二日的生日以及三月清明远嫁，以及“桑榆”暗示老年人，也就联系上了癞头和尚。主点数“三”和“五”也有特别的联系，贾雨村吟月诗有“时逢三五便团圆”。

“水荇”句。“翠”暗示癞头和尚的女人，“翠带长”只能理解为一长串的和尚的女人，跟了癞头和尚的女孩子，不仅湘云和探春。宝玉生日玩射覆游戏，“三”出现时牵连的女儿，即有四位。探春道：“我吃一杯，我是令官，也不用宣，只听我分派。”命取了令骰令盆来，“从琴妹掷起，挨下掷去，对了点的二人射覆”。宝琴一掷，是个三，岫烟宝玉等皆掷得不对，直到香菱方掷了一个三。宝琴笑道：“只好室内生春，若说到外头去，可太没头绪了。”探春道：“自然。三次不中者罚一杯。你覆，他射。”宝琴想了一想，说了个“老”字。香菱原生于这令，一时想不到，满室满席都不见有与“老”字相连的成语。湘云先听了，便也乱看，忽见门斗上贴着“红香圃”三个字，便知宝琴覆的是“吾不如老圃”的“圃”字。见香菱射不着，众人击鼓又催，便悄悄地拉香菱，教他说“药”字。但不能仅凭这段内容，就说香菱、宝琴也是翠，需要佐证。

书中“荇”也多次出现。贾家草字辈有一个“贾荇”。秋爽斋附近有“荇叶渚”。第十八回“更兼池中荷荇凫鹭之属”，黛玉《杏帘在望》“菱荇鹅儿水，桑榆燕子梁”。第七十九回紫菱洲，“再看那岸上的蓼花苇叶，池内的翠荇香菱，也都觉摇摇落落，似有追忆故人之态，迥非素常逞妍斗色之可比”。“菱”和“荇”并列，“翠荇”和“香菱”并列，且“素常逞妍斗色”，“荇”暗示的自是香菱一样的美丽女子。结合“牵风”，是“翠带”的领衔人物。应是湘云、探春中的一个。“荇”对应“三”，探春的可能性大，荇叶渚又在秋爽斋附近。

“三山半落青天外”出自李白的《登金陵凤凰台》。通常人们说的“三山”，指的是传说中的海上三山，瀛洲、蓬莱和方丈。晋·王嘉《拾遗记·高辛》：“三壶，则海中三山也。一曰方壶，则方丈也；二曰蓬壶，则蓬莱也；三曰瀛壶，则瀛洲也。”《登金陵凤凰台》中的“三山”指的是南京的三座小山。书中出现“三山”的还有黛玉的“鳌背三山独立名”，这“三山”肯定是指海上三仙山。两处“三山”不会无关。海上三山和金陵三山可以合体。六点在贾母和黛玉的令里指癞头和尚，建立联系的话，“半落青天外”似可理解为一半在佛门，一半在红尘里混。这是癞头和尚的状态。南京应是癞头和尚的主要居住地。

收尾“铁锁练孤舟”句，以绿六点指“孤舟”。宝钗所对“处处风波处处愁”，出自唐寅《题画》诗：“莫嫌此地风波险，处处风波处处愁。”最能建立联系的，是宝玉生日时湘云的酒令，“奔腾而砰湃，江间波浪兼天涌，须要铁锁缆孤舟，既遇着一江风，不宜出行”。然后是宝钗的“丛菊两开他日泪”，出自杜甫的《秋兴》，注意下句为“孤舟一系故园心”，而且时间背景都是秋天。“菊”是癞头和尚寓意形象，“六点”孤舟应是影射癞头和尚的。而且宝钗说“丛菊”句时，捎带说的“水荇牵风翠带长”，恰也出现在这副令里，内容上和上面两处有关“孤舟”的又可以融会贯通起来。再就是妙玉的“箫增嫠妇泣”，用苏轼《赤壁赋》“泣孤舟之嫠妇”之典，不仅暗含“孤舟”，时间和情景也都对应。所以我以为这些都是讲癞头和尚的事，他遭遇了两次很大的风浪险情。

刘姥姥的第二张牌，鸳鸯道：“中间‘三四’绿配红。”刘姥姥道：“大火烧了毛毛虫。”众人笑道：“这是有的，还说你的本色。”毛虫是蝴蝶的幼虫，似乎遭遇了火灾。鸳鸯笑道：“凑成便是一枝花。”刘姥姥两只手比着，说道：“花儿落了结个大倭瓜。”联系“闲花落地听无声”和带“倭刀”的真真国女孩子，应是暗示湘云生子。

湘云咬舌，“二”念作“爱”，黛玉打趣她：“回来赶围棋儿，又该你闹‘幺爱三四五’了。”也可以和这里建立联系。迎春的牌“左边四五成花九”，貌似可以这样理解，四和五这一女一男，搭配起来就是“花九”，威力接近最大。

试析红梅花诗

红梅花是湘云寓意形象，宝琴等三人的咏红梅花，加上宝玉的《访妙玉乞红梅》，共四首诗，女主都是湘云。

第一首邢岫烟的《咏红梅花得“红”字》：

桃未芳菲杏未红，冲寒先已笑东风。
魂飞庾岭春难辨，霞隔罗浮梦未通。
绿萼添妆融宝炬，缟仙扶醉跨残虹。
看来岂是寻常色，浓淡由他冰雪中。

“东风”即春风，“冲寒”“冰雪”说明当时天气寒冷。这首诗的时间背景是初春，梅花开放之时。第十五年正月十五，贾母带众人元宵夜宴，行了一个“春喜上眉梢”的令，击鼓传花传的则是“一枝红梅”，显然可以建立联系，推断这首诗的时间背景是正月十五，第十六年的正月十五。那么元宵夜宴上的一些指迷，比如凤姐讲的关于正月十五的笑话，就要考虑和红梅花诗的联系。

“桃花”是袭人，“杏花”是探春，把梅花、桃花、杏花开放的先后进行对比，而且再次强调“红”字，应是暗示三人的出嫁顺序，嫁娶属红事。三人中湘云嫁得最早。“春喜上眉梢”酒令，即是指迷的这个。袭人、探春虽未嫁，但以三种依次开放的春花进行比喻，是接连发生的事。探春未嫁而将嫁，也证明是第十六年初春。

湘云正经订婚的未婚夫已逝，这是嫁给谁？联系“试茗”，应是雪团儿。

“魂飞”二句，提到了两个地方，“庾岭”和“罗浮”。“庾岭”即大庾岭，即薛姨妈牙牌令里的梅岭。梅岭地理位置特殊，岭南和岭北气候差异显著，有说法是：“梅岭多梅，南枝花落，北枝始花，一样春风，两般景色。”“春难辨”的字面意思大概就是这个。罗浮山的地理位置更向南，在广东南部的惠州境内，靠近南海了。是道教名山，也是梅花胜地。“魂”是白海棠诗里特别强调的一个字，“借得梅花一缕魂”“非关倩女亦离魂”等，指向并不唯一。联系“十月梅花岭上香”，这里暗示癞头和尚。癞头和尚先在庾岭，后又到了罗浮山。

“绿萼”二句。“绿萼”即绿萼梅，即白梅花，癞头和尚形象。“添妆”指向新娘赠送财物礼品，添妆的通常是娘家人。癞头和尚貌似扮演了湘云娘家人的角色。“融”字的意思是固体受热变软或化为流体或气体。“炬”本义指火把，“宝炬”据说是蜡烛的美称，总之是燃烧的火烛类。看来发生了火灾，把癞头和尚给的嫁妆都烧化了。

“缟仙”也是癞头和尚，加上“扶醉”二字，可以联系湘云酒令：“泉香而酒洌，玉盏盛来琥珀光，直饮到梅梢月上，醉扶归，却为宜会亲友。”“醉扶归”似用唐诗《社日》“桑柘影斜春社散，家家扶得醉人归”。癞头和尚得了消息，赶来把喝醉的湘云接走。

“残虹”的含义或者比较深。“虹”本义指雨后天空出现的彩虹。也用来称桥，所谓“虹桥”，指古代一种虹形的木拱桥。杜牧诗：“斜晖更落西山影，千步虹桥气象兼。”《长生殿》李隆基奔赴月宫会杨妃，所走的“仙桥”，也称“彩虹”。似说癞头和尚扶着湘云走过一座木拱桥。不仅如此。《尔雅·释天》：“虹双出。色鲜盛者为雄，雄曰虹；暗者为雌，雌曰霓。”《初学记·虹霓第七》引《春秋元命苞》曰：“虹霓者，阴阳之精。雄曰虹，雌曰霓。”《释名》云：“虹，阳气之动也。虹，攻也，纯阳攻阴之气。”《月令章句》：“夫阴阳不和，婚姻失序，即生此气。”“失序”即次序混乱、失去常规。这些可以联系湘云的情况。湘云和父子乱伦，正是“婚姻失序”。“虹”暗示雪团儿，“残虹”可以指残破的拱桥，也可以指在火灾中烧残的雪团儿，大概是丧生了。湘云也是真够倒霉的。所谓“宜会亲友”，癞头和尚作为雪团儿的生父，是为“亲”；却是湘云的“旧友”。

香菱断词“好防佳节元宵后，便是烟消火灭时”，可以和这里建立联系。是不是香菱也跟着湘云离开了荣府?

“看来”二句。四首红梅花诗，前三首各突出一个字，“红”“梅”和“花”，作者在借这三个字强调一些点。“红”是花色，“花”是花体，“梅”呢？只能是花实也即梅子。本诗的“红”是为强调湘云的红色嫁衣。湘云一身红，和尚一身白，一浓一淡，都不是寻常的装扮。

第二首李纹的《咏红梅花得“梅”字》，意思不太明白，说一点看法。这首诗强调的“梅子”，联系到湘云身上，应该是怀孕了。“误吞丹药移真骨，偷下瑶池脱旧胎”也呼应这层意思，又似暗示流产。这两句又暗含“脱胎换骨”之说，“脱胎换骨”原指道家修道者得道以后，转凡胎为仙胎，换凡骨为仙骨。宋·释惠洪《冷斋夜话》卷一：“然不易其意而造其语，谓之换骨法；窥入其意而形容之，谓之夺胎法。”不知有没有联系。既然“偷下瑶池”，湘云到了和尚在江南的修行处“瑶池”后，又偷偷跑出来。“冻脸有痕”似说湘云的脸被冻伤，留下疤痕。“江北江南春灿烂”，似说湘云回江北去了。

第三首薛宝琴的《咏红梅花得“花”字》：“闲庭曲槛无余雪，流水空山有落霞。幽梦冷随红袖笛，游仙香泛绛河槎。”似说湘云又回到了江南，“流水空山”即和尚修行处。“前身定是瑶台种，无复相疑色相差”，似说湘云的身份和形貌都发生了改变，“色相差”呼应前面的“冻脸有痕”，湘云脸上留有瘢痕，但一般的冻伤瘢痕，时间久了就完全消退，不至于毁容。

只不知瑶台和瑶池的区别是什么？或者“瑶台”暗示皇宫，“瑶池”暗示癞头和尚的后宫？

第四首宝玉的《访妙玉乞红梅》：

酒未开樽句未裁，寻春问腊到蓬莱。
不求大士瓶中露，为乞嫦娥槛外梅。
入世冷挑红雪去，离尘香割紫云来。
槎枒谁惜诗肩瘦，衣上犹沾佛院苔。

题目很关键。既是“访妙玉乞红梅”，湘云人在妙玉处。这个时候妙玉在江南的和尚处，应该是十月里跟和尚一起离开荣府的。荣府人仰马翻，确实很难再待下去了。除了跟着和尚，身份特殊的年轻女尼妙玉也没有其他合适的去处，师父已过世，一个人重回玄墓蟠香寺不妥，将来怎么办？何况她进大观园，本是冲着癞头和尚去的。

宝玉“乞红梅”的原因是作诗时才力不济，“又说韵险了，又整误了，又不会联句了”，因此受罚去妙玉处取一枝红梅来大家赏。这几个理由应是语义双关。和宝玉写作《石头记》有关。在写作中，可以想象会遇到各种困难。湘云作为重要的当事人之一，为人又热情，爱作诗，才思又敏捷，是强力的助手。所以宝玉跑去南方，向她求助。湘云爱酒。第一句“酒未开樽句未裁”，是针对她的这两个特点。此诗也因湘云的提议而起，连题目都是她拟好的。

湘云忙道："有个好题目命他作。"众人问何题目？湘云道："命他就作'访妙玉乞红梅'，岂不有趣？"

"蓬莱"指神仙居所，呼应前面的"流水空山"。观音大士手执玉净瓶，瓶中是可以起死回生的"甘露"。宝玉此来，不是为了观音大士玉净瓶里的甘露，也即非为宝钗而来，又暗示宝钗此时形貌枯萎，是需要甘露滋养的枯草。

湘云成了"槛外梅"，也修行起来了。

末句"衣上犹沾佛院苔"。"佛院"当然是癞头和尚的佛院，题目却为"访妙玉乞红梅"，宝玉寻湘云像是偷偷进行的，和尚并不知情。妙玉偷偷把湘云放给了宝玉，两人不敢走院门，衣服上沾了苔藓，大概是翻墙出来的。

试析芦雪广联诗（一）

芦雪广联诗可能写了几个冬天的事。前二十二联，即从"一夜北风紧"到"谁家碧玉箫"，是第十五年冬到第十六年春。后四十八联，即从"鳌愁坤轴陷"到结束，是后来的不止一个冬天。主角是湘云、癞头和尚和探春，可能涉及宝琴等人。所以分为两部分进行分析。

前二十二联内容的切入点是"价高村酿熟，年稔府粱饶"。上联出自探春，下联出自李绮。上联的字面意思，因为价格高，所以村酒酿熟了。有调侃意味。"村酿"可以和大观园的"稻香村"建立联系，稻香村的招牌正是酒，匾额"杏帘在望"，借的是旧诗"红杏梢头挂酒旗"。稻香村有几百株杏花，"稻香村"是"杏花村"的请名，杏花是探春的寓意形象。那么“村酿”和探春建立了联系。上下联内容连续，都是写探春。“价高村酿熟”暗示探春婚姻事宜的酝酿成熟，对方给的价格是很高的。

“稔”字本义指庄稼成熟，引申为事物酝酿成熟等。“粱”古代指粟的优良品种，引申为美食，寓富贵人家，所谓“膏粱子弟”。“村”是稻香村，“府”自然是荣国府。“价高”一词，显示荣府有卖女儿之嫌。荣府的经济状况在第十四年冬就出了问题，到第十五年秋天更严重，连“府粱”都紧张了。写贾母吃的粳米饭：“如今都是可着头做帽子了，要一点儿富余也不能的。”探春婚事带来的好处之一，是“府粮”的富足。“粱”其实只是一个表象，荣府财政再不济，也不至于吃不上饭，探春嫁和尚，是为荣府平安。判词“奴去也，莫牵连”，探春远去之时，荣府已有危难，不仅是贾政赋闲在家，所以“官媒婆”出入荣府。“莫牵连”三字有自保的意思。

“葭动灰飞管，阳回斗转杓”是时间切入点。

“灰管”是古代候验节气的器具，到某一节气，相应灰管内的灰就会自动飞出。“阳回”即阳气复生，那么冬至到了，俗话说“冬至一阳生”。“斗”即北斗七星，北斗七星形如水杓，其方位随时改变。冬至这一天，北斗杓柄指向正北方。每年的“冬至”具体时间虽不定，基本不出十一月。这是远嫁事宜确定的时间。探春《残菊》有“宴赏才过小雪时”，“小雪”也是二十四节气之一，之后是“大雪”，然后是“冬至”。探春远嫁的事大约是从“小雪”开始商讨，至“冬至”确定，历时一个月。下联是否有暗示荣国府死里逃生的意思？

下面逐一分析联句。

起首“一夜北风紧，开门雪尚飘”。

字面意思不用说了，内涵也容易体会，荣府情况不妙。凤姐和李纨，一个是荣府的管理者，一个是荣府少奶奶，荣府的情况出自她二人之口，最为合适。

“有意荣枯草，无心饰萎苕”二句。

“枯草”指绛珠仙草。宝钗原本身体肥胖，如今却形容枯槁如“枯草”，可以想见从秋到冬这几个月里，所经受的痛苦煎熬。如果“雪”有意让这株“枯草”变得欣欣向荣的话，此“雪”代表的是皇家权势。“苕”古书上指凌霄花，即今之紫葳，“苕”字虽然还有一些其他解释，在这里应该就是指的凌霄花。“萎苕”与“苕荣”相对，“苕荣”喻容貌之美，《史记·赵世家》：“美人荧荧兮，颜若苕之荣。”汉王粲《七释》：“红颜照耀，晔若苕荣。”“萎苕”可以暗示一个人物青春美容颜的枯萎，这人是宝玉。不仅宝钗成了枯草，宝玉也成了萎苕。此时宝玉还在百日禁足期间。

“寒山已失翠，冻浦不闻潮”二句。

“翠”暗示和尚的女人。和尚失去了他的女人，不知指谁，或指警幻仙姑，她是最重要的一个“翠”，总之和尚现在需要补充新“翠”了。“冻浦”即“冻浦鱼惊”，民间所说的王祥卧鱼，二十四孝之一。古时一个叫王祥的孩子，孝顺至极，某年冬天他的继母想吃鱼了，这个孩子不顾天寒地冻，赤身卧在结冰的河面上融冰求鱼，竟然真的求到了。王祥从此孝名远扬。这个典是暗示探春远嫁孝字当头，舍身救父母家人于危难之中，还是另有其他含义，不得而知。

“易挂疏枝柳，难堆破叶蕉”二句。

上联不解。下联是湘云的第一句，直指“芭蕉”探春，像联诗前大吃鹿肉一样，似乎含着一层怨气。湘云喜欢和尚，对和尚“娶”探春大概有点嫉妒。

“麝煤融宝鼎，绮袖笼金貂”二句。

“麝煤”，有说即麝墨，即掺入些许麝香的墨，用这样的墨写字作画，不仅芳香宜人，还能防腐防蛀。也有说“麝煤”指焚熏用的粉末状麝香，联系“宝鼎”，这个说法更贴合一些。“宝鼎”一般用来焚熏，不太可能用作砚台。“宝鼎”是贵族之家的用品。

“绮”本义指有花纹的丝织品，即提花面料。除了“绮袖”，书中诗词还出现了“红袖”“翠袖”。三者的意思在古诗词文学里相近，代指女子，一般指年轻姑娘，才会穿红着绿的。以“红袖”最多见，“红袖添香夜读书”是古时文人的美梦。“绮袖”之说较少见。三者的细微差别，是关键。“红袖”“翠袖”着重点在颜色，“绮袖”不见色，重点是本身花纹和华丽质地。清代贵族服装重刺绣，三镶三滚什么的，但刺绣要在平地面料上，提花面料本身就具有花纹，再刺绣就画蛇添足了。“绮袖”或暗示一身无刺绣的素淡色丝绸衣服。

“绮袖”和“金貂”是一女一男。“笼”的意思也多，这里应是缠绕、笼罩的意思。两人动作亲密，应该就是“女儿翠袖诗怀冷，公子金貂酒力轻”的翠袖和金貂，即湘云和雪团儿。

“光夺窗前镜，香粘壁上椒”二句。

什么“光”呢？如果和红梅花诗的“绿萼添妆融宝炬”建立联系，就是失火了，火光。但“粘壁上椒”含“椒壁”二字，即用椒和泥所涂的墙壁，和椒房一样，通常指后妃居所。似乎是在宫苑里。第一首红梅花诗有“跨残虹”，也即跨桥，更像在水上。不知怎样解释。

“斜风仍故故，清梦转聊聊”二句。

起首“北风”，到这里变为“斜风”，应该有意暗示时间变化。看一些古诗词，“斜风”总是伴随细雨且发生在春天，张志和《渔歌子》“斜风细雨不须归”，苏轼《浣溪沙》“细雨斜风作晓寒”，纳兰性德《醉桃源》“斜风细雨正霏霏”等。到第十六年春天了。这时湘云十四五岁，探春十五六岁。“清梦”即美梦，“聊聊”有无聊、没趣的意思。联系红梅花诗暗示的火灾，如此遭遇的湘云，生活过得当然无趣。

“何处梅花笛，谁家碧玉箫”二句。

“梅花”可联系湘云。“何处”之问，有强调去处的意思。这个时候湘云已到了江南和尚那里。“笛”在各诗词里虽然出现了几次，但都含义模糊。书中除了写荣府中秋夜宴时十番的女孩子吹笛，只写了一个人会吹笛，是柳湘莲，有用意也未可知。

“碧玉”很容易联系“绿玉”芭蕉，也即探春。二者还有一个细节联系，邢岫烟家贫，探春送了一块“碧玉”佩给她。古时女孩子十六岁称“碧玉”之年。唐李群玉《醉后赠冯姬》：“桂形轻拂梁家黛，瓜字初分碧玉年。”第十六年，探春十六岁。

除了年龄，“碧玉”在旧时文学作品中，还指年轻貌美的侍妾或平常人家的女儿。如乐府《碧玉歌》有“碧玉小家女”。而且是一个更常用的寓指。探春是世家贵族小姐，如果只暗示年龄，这个说法不够合适。何以说探春是“碧玉”呢？探春闺房的洋漆架上“悬着一个白玉比目磬”，旁边挂着小锤，刘姥姥的外孙板儿被带来玩，略熟了些，便要摘那锤子要击。作者在强调“白玉比目磬”对探春的指迷。但“白玉”暗示的是王夫人那样出身皇族的姑娘，为什么用来指迷探春呢？除非这样，探春远嫁之前，已被诸如南安王府之类的皇族家庭认作了干女儿，变成了王家的姑娘，不再是贾政夫妇的女儿。“谁家碧玉箫”之问，“分骨肉”三个字，都是佐证。相对于皇家，贾家当然是“小家”。那么探春和癞头和尚就存在长幼辈分关系，难道探春跟和尚是以尽孝为名？“冻浦”其实指这个？

“比目”古代也是爱情的象征，唐卢照邻《长安古意》：“得成比目何辞死，只羡鸳鸯不羡仙。”貌似探春对和尚也有些喜欢。

试析芦雪广联诗（二）

本篇分析，近于乱猜，供参考吧。也只是分析部分联句，其他完全摸不着门道的略去。

“花缘经冷结，色岂畏霜凋”二句。

“花”“结”两个字很容易和开花结果建立联系，结合“宝钗与众人又忙赞好”，似说湘云又怀孕了。下联的“霜”，当然可以和癞头和尚建立联系，但推测不出具体想表达的意思。如果理解为时间，就是九月左右。因九月霜降，古诗词中常用“霜序”代指晚秋。以此为据的话，上一个冬天怀的孕，所谓“经冷结”，此时已到瓜熟蒂落时。

“深院惊寒雀，空山泣老鸮”二句。

描写了一幅惊悚景象。“鸮”即猫头鹰，昼伏夜出。鸮在空旷的山里号泣，那么是夜里。九月的白天，如果不是北方的话，还不算很冷，麻雀也不是怕冷的鸟儿，夜里就比较寒冷了。猫头鹰被认为是不祥之物，它凄厉的叫声更被认为是厄运或死亡的预兆。本应夜深人静的深宅大院，栖息取暖的麻雀何以受到了惊吓？而猫头鹰又在空山里号泣，有不好的事情发生了。或用李贺的《神弦曲》之典：“百年老鸮成木魅，笑声碧火巢中起。”

“阶墀随上下，池水任浮漂”二句。

“阶墀”即台阶，“浮漂”意思是物体在水面上随水漂动。台阶上的人们上上下下，水池里的物体任意漂浮。发生了什么事？水池里浮漂的是什么？

“照耀临清晓，缤纷入永宵”二句。

“照耀”指光芒照射。“清晓”指天刚亮时，比如第五十九回有“一日清晓，宝钗春困已醒”。“缤纷”指繁多而杂乱。“永宵”即永夜、长夜。结合后面的“瑞释九重焦”，“焦”字本义是物体经火烧变成黑黄色并发硬、发脆，原来发生了火灾。火从半夜开始烧起，势头猛烈，不仅烧到天亮，第二天夜里，小的火苗火块还繁多而杂乱地燃着，彻夜不止。台阶上上下下是奔逃或救火救人的人群，水池里漂浮的是失足落水或因为身上着火而跳入水被淹死的人。联诗最后，湘云起身笑道：“我也不是作诗，竟是抢命呢。”就是暗示这个。

“诚忘三尺冷，瑞释九重焦”二句。

除了字面意思，“三尺”的释义还有法律准则、剑和幼儿。这里当暗示“幼儿”。“九重”的释义有天的极高处、帝王居处等。宋玉《九辩》：“君之门以九重。”后也用“九重”称皇帝。那么这是一处帝王所居的皇家建筑，但已完全烧毁，成了一片焦土。更像是说和尚烧焦了，但如果和尚就这样死了，“两眉长”“老君眉”“白首双星”等暗示和尚长寿的内容，就没法解释了。

“僵卧谁相问，狂游客喜招”二句。

上联用“袁安困雪”之典。《后汉书·袁安传》李贤注引晋周斐《汝南先贤传》：“时大雪积地丈余，洛阳令身出案行，见人家皆除雪出，有乞食者。至袁安门，无有行路。谓安已死，令人除雪入户，见安僵卧。

问何以不出，安曰：‘大雪人皆饿，不宜干人。’”湘云的生活陷入困境。下联的“客喜招”的“客”，或指探春，稻香村匾额“杏帘在望”，黛玉应制诗有“杏帘招客饮”，探春花签有“远招近揖”。火灾后的湘云去了探春处。那么此前两人不在一个地方，而且离得很远，是为“远招”。

“天机断缟带，海市失鲛绡”二句。

“断缟带”似说皇帝和太上皇断绝了关系。

“寂寞对台榭，清贫怀箪瓢。烹茶冰渐沸，煮酒叶难烧”四句。

几句似说因皇帝断了供给，湘云、和尚等人的生活非常清苦。为什么寂寞呢？之前人多奢华，如今不可同日而语了。“箪瓢”即“箪食瓢饮”，是故典。《论语·雍也》：“一箪食，一瓢饮，在陋巷，人不堪其忧，回也不改其乐。贤哉回也！”后用为生活简朴、安贫乐道的故典。联系刘姥姥讲的十七八岁的茗玉雪下抽柴，时间应该是第十八九年。

“没帚山僧扫，埋琴稚子挑”二句。

山僧应是和尚，“稚子”是他和湘云的孩子，即前面的“三尺”。和尚也动手干活了，没有闲情弹琴了。下联出自宝琴，“埋琴”或牵涉到她。

“石楼闲睡鹤，锦罽暖亲猫”二句。

上联出自湘云，下联出自黛玉。这两联是作者强调的。湘云笑得弯了腰，忙念了一句，众人问：“到底说的什么？”湘云喊道：“石楼闲睡鹤，”黛玉笑得捂着胸口，高声嚷道：“锦罽暖亲猫。”《秋夜即事》有“苔锁石纹容睡鹤”，《冬夜即事》有“锦罽鹴衾睡未成”“松影一庭惟见鹤”，可以建立联系，但时间不同。下联是黛玉捂着胸口喊出来的，似乎碰触到她的心事。黛玉是宝玉口中的“小耗子”，这里是猫，耗子的天敌，或指宝钗。

末尾“欲志今朝乐，凭诗祝舜尧”，归结到帝王身上。

江南江北一般同

宝琴的柳絮词《西江月》：

汉苑零星有限，隋堤点缀无穷。
三春事业付东风，明月梅花一梦。
几处落红庭院，谁家香雪帘栊？
江南江北一般同，偏是离人恨重。

这是在借柳絮写地方，江南江北，有两处一样的地方，都有“汉苑”“隋堤”“庭院”“帘栊”等景或物。江北的是大观园无疑，江南的那处园林，和大观园“一般同”，那么也是宫苑性质的园林，以及也住着许多裙钗，是女儿国。是癞头和尚在江南的居处无疑。众人看了这首词，都笑说：“到底是他的声调壮。‘几处’‘谁家’两句最妙。”即是作者提醒读者要注意什么。但不知“离人恨重”什么意思，是指探春等人因为离开亲人家园而“恨重”吗？

宝玉的《怡红快绿》，写的应该就是此园林某春日的情景。

“深庭长日静，两两出婵娟”，深庭大院里住着一群年轻貌美的女子，长日静谧，两两结伴而行。“绿蜡春犹卷，红妆夜未眠”，这是探春、湘云两位。这处园林或者就是探春远嫁后所住的山庄。大概好景不长。“绿蜡”是作者强调的，“绿蜡”句出自唐·钱珝《未展芭蕉》，原句："冷烛无烟绿蜡干，芳心犹卷怯春寒。""红妆"出自苏轼的《海棠》，原句："只恐夜深花睡去，故烧高烛照红妆。"湘云的花签诗也是这个。同样是被强调的。它们有一个共同点：蜡烛。不太可能是巧合。为什么强调蜡烛？芭蕉叶子卷曲，湘云夜晚未眠，也似发生了火灾，蜡烛引起的。黛玉的《杏帘在望》，写稻香村的，有"盛世无饥馁，何须耕织忙"。众裙钗似乎织起布来了，织布不比刺绣女红，如果不是在衣食住行方面出现了短缺，不至于这样。

这些"婵娟"或有香菱、宝琴和凤姐。

香菱为夏金桂所不容，无奈之下跟了宝钗，但因气怒伤感，内外挫折不堪，酿成干血之症。香菱的命运就明写到这里，但太虚幻境的副册上有香菱的判词和画，她的命运有相当敏感不能明写的部分，当然绝不是高鹗续书写的那样。

抽花签时，香菱掣了一根并蒂花，题着"联春绕瑞"，另面写着一句诗是："连理枝头花正开。"这些明显在写夫妻关系，却非暗示香菱和薛蟠，两人关系是明写出来的，薛蟠也当不起"瑞"字。"瑞"字可联系的人是癞头和尚，而"春"字可联系探春，何为"联春绕瑞"？和尚身边围绕的其他女人，和探春一起，是不是可以统称为"联春绕瑞"？香菱也只是其中一员。

香菱断词"两地生孤木"，可以是一个"桂"字，但不限于此，画面上已经给出了"一株桂花"，诗里再重复给出一个"桂"的字谜，就画蛇添足了。"孤"在量词上指一个、单个，"孤木"和"一株桂花"对应，"两地"则是两个地方。探春断词"从今分两地，各自保平安"，可以确定"两地"指江南江北。香菱判词里应该也是这个意思。"孤"字的含义不止量词，还指幼年丧父以及作为古代帝王的自称。江北的"孤木”指夏金桂，江南的“孤木”指和尚。

香菱离开荣府是可以想象的。宝钗在荣府的状况如此狼狈，香菱那样一个心地单纯的人，跟着宝钗怎么住得下去？又不能回薛蟠身边。香菱貌美，被和尚看上在情理之中。指迷香菱命运的还有“好防佳节元宵后，便是烟消火灭时”，这个“佳节元宵”不是香菱被拐的那个元宵节，“烟消火灭”说明失火了。判断是跟湘云一起去的。推断香菱去江南不久即香消玉殒，所谓“自从两地生孤木，致使香魂返故乡”。

宝琴怎么也去了呢？宝琴和梅翰林之子的婚事恐有变。第七十八回写梅翰林送宝玉扇子等礼物，那么梅家已在京城，宝琴千里入京为出嫁，却不见梅家有任何迎娶的迹象。特意写出梅翰林的礼物，不差一笔交代宝琴婚事。第五十回：“宝琴披着凫靥裘站在山坡上遥等，身后一个丫鬟抱着一瓶红梅。”这幅情景，众人说是：“就象老太太屋里挂的仇十洲画的《双艳图》。”红梅是湘云形象，且和癞头和尚密切相关，宝琴和湘云是“双艳”，很容易联系到她们都是和尚的女人。宝琴的才貌不用说了。

然后还有凤姐。据“一从二令三人木”“生前心已碎”以及批语的提示，凤姐后来被贾琏休了。这不是小事，凤姐这样身份的人，被休跟要命差不多，更何况贾家和王家都是大家族，休凤姐，等于打了王家的脸。就是作为王夫人的侄女儿，贾母喜欢的人，两人有一个反对，贾琏也不敢休妻。必须是贾母、王夫人、凤姐的娘家人等，统统不起作用或无话可说的情况下才行。

贾赦后来必然获罪了。“赦”字的意思是免除或减轻刑罚，不获罪何以赦免？大概与贾雨村有关，或者因为石呆子之类的事。总之贾赦获罪在情理之中。但未免牵连家人。这并不导致贾琏休凤姐，可能因为查贾赦，凤姐做的一些事暴露了。作者写出来的，比如弄权铁槛寺，让旺儿“假托贾琏所嘱”做成老尼之请，坐收三千两，间接害死两条人命。此类事有多少，用作者的话说凤姐是“恣意的作为”。自然都以贾琏的名义，事发后不免害了贾琏。如果贾琏执意休妻，贾母、王夫人等人也难说什么了。所谓“机关算尽太聪明，反算了卿卿性命”，凤姐是自食其果了。

贾赦一家“家亡人散各奔腾”，因为身份，凤姐大概不会被治罪，终究无处可去，只能“哭向金陵事更哀”。

关于暖香坞的春灯谜

众人在暖香坞雅制春灯谜，李纨姊妹和湘云的灯谜，作者直接给出了谜底，但宝钗、宝玉、黛玉和宝琴四人的灯谜，谜底不知。

李纨灯谜“观音未有世家传”，无论具体想表达什么，“观音”二字，已联系上癞头和尚。湘云的《点绛唇》，众人也有猜是和尚的，也有猜是道士的，也有猜是偶戏人的，更是直接联系和尚。宝黛钗三人的灯谜，宝钗灯谜中出现“梵铃”一词，“梵铃”指的是佛寺或佛塔上所悬的铃铎，“梵”的意思是古代印度的，我国佛教来自印度；宝玉灯谜中出现“鸾音鹤信”；黛玉灯谜中出现“三山”。无一不与和尚建立联系。

最引人注意的是宝琴的十首怀古诗。

看过一些研究者的分析，均认为十首怀古诗写十位女儿。比如认为是十二钗正钗的几位加上一些有特色的女性，尤二姐、尤三姐、金钏等。这是不符合逻辑的。从尤三姐托梦尤二姐的话来看，姐妹俩固然都在册上，但也仅此而已，两人的命运结局都直接交代出来了，再以诗谜的方式暗写岂不画蛇添足？所以十二钗册上不见她们的判词画曲。我的最初看法，也认为写的是十位女儿，但认为是除宝钗、黛玉之外的十位正钗。如果从十二正钗里取十钗，排除的自然是两位女主宝钗和黛玉。或者说，从入册的十五人里选出十钗，归为一类，去掉的一定是两位女主角和三个非正册人物。

后来产生疑问，作者为什么没有给出说明或提示呢？太虚幻境的册子，都明白交代是写十二钗的，如果怀古诗写其中十钗，没有理由不交代或提示一下啊？反观众人围绕十首怀古诗的话，只是一味谈论“古迹”。然后提到了一部叫《广舆记》的书，这是一部地理书，明朝陆应旸编撰，康熙年间经学者蔡方炳增补修订，遂成《增订广舆记》。以及强调末尾《浦东寺怀古》《梅花观怀古》两首的古迹无考，这两首诗取自《西厢记》《牡丹亭》内容，戏曲里的地方，现实中不一定存在，所以说无考。唯一谈到的人，是关夫子。完全不能和“十位女儿”建立联系。联系作者的写作风格，基本可以确定此路不通。

古迹、两出戏和关夫子的坟，是十首怀古诗的切入点。

关夫子即三国时期蜀国大将关羽，以义闻名，人称关公，在中国可谓家喻户晓。关羽死后在民间逐渐被神化，其神化地位得到官方的正式认可是在明神宗年间，朝廷追封他为“关圣帝君”。清顺治时，又追封关羽为“忠义神武关圣大帝”等。也因此，清代的皇家祭祀里，关公和孔夫子一样，受到皇帝的祭拜。正如他被神化的形象，关羽的坟称“关陵”，“陵”在古时是帝王坟墓的专称。关羽坟多庙多，如李纨所说，“那年上京的时节，单是关夫子的坟，倒见了三四处”。

关夫子的坟，恰是“古迹”。作者借关夫子的坟影射什么，其实不难猜测，帝陵、神仙这鲜明的特征，正契合癞头和尚的身份地位。《西厢记》《牡丹亭》两出戏又是指迷癞头和尚和湘云的。

“单是关夫子的坟，倒见了三四处”“不止关夫子的坟多，自古来有些名望的人，坟就不少，无考的古迹更多”。癞头和尚的诈死或误死，有三四次之多。第一次自然是作为皇帝“驾崩”，坟是帝陵。然后两次遭遇风浪险情，大概都被认为死了，还为他修建了坟墓。癞头和尚其实很长寿，书中给出的指迷如老君眉等，都说明问题。

十处“古迹”，除了关系癞头和尚，必然牵涉湘云等众钗，是和尚或某钗足迹所到之处。有理由认为这些诗是按时间顺序排列的。第一首是寒冷季节，末尾一首是秋天，时间跨度不得而知。

有据可考的八处古迹，地理位置跨度很大。第一处“赤壁”，在湖北省东南部的长江南岸，三国古战场遗址。第二处“交趾”，原是中国古地名，今在越南境内，既是各“省内”古迹，应指中国南端和越南交界的地方。钟山、淮阴、广陵、桃叶渡四处古迹均在江苏，钟山在江苏南京，淮阴在江苏北，广陵在江苏中部的扬州，桃叶渡是南京秦淮河上的一个古渡口。青冢在内蒙古的呼和浩特，马嵬在陕西。

《赤壁怀古》写三国时期的赤壁之战。东汉建安十三年，曹操率领号称百万的大军讨伐孙权。孙权、刘备组成联军，在赤壁一带，以火攻之法，烧毁曹军战船，大破曹军。这首诗可以和第一首红梅花诗建立联系，湘云新婚时的那场火灾，应该是发生在船上。

《交趾怀古》有很明显的讽刺意味。指迷宝玉的诗句“此乡多宝玉”，出自岑参的《送杨瑗尉南海》，那么宝玉到了南海一带，可以和“交趾”建立联系。和“此乡多宝玉”同时出现的“敲断玉钗红烛冷”“宝钗无日不生尘”，时间背景均为残春，不大可能是巧合，这些诗句指迷同一事。判断《交趾怀古》的时间背景是春天。宝玉去了交趾，应该还有甄宝玉，才符合“多宝玉”之说。宝玉等人此去海南，一定与和尚有关，和尚去了交趾，原因不知。书中能和“交趾”建立联系的，如贾政奖励宝玉从“海南”带来的扇子，“南安”太妃等。

《淮阴怀古》或写刘姥姥搭救落难的巧姐。《广陵怀古》写离开大观园的妙玉。《钟山怀古》《浦东寺怀古》《马嵬怀古》的女主不好确定。《桃叶渡怀古》《青冢怀古》的女主或是湘云。

《梅花观怀古》的时间背景是秋天，联系“明岁秋风知再会”“到头来，谁把秋捱过”等指迷，或是写和尚和他的女人们一次相对齐全的团聚。

关于谜底。一般谜语的规则，忌底面相犯。清末民初的张起南另有高论，他在《橐园春灯话》中说：“谜之面底字最忌相犯，亦有故意为之者。”以及“则实字亦不必避。盖纯以意为主，不在斤斤计较无关痛痒之字”。所以这种禁忌不是绝对的，别无佳面，有字相犯也无妨。观点类似“貌妍容有颦，璧美何妨椭”。我想这也是作者的立场。惜春的“海灯”诗谜中，即出现了“海”字。黛玉教香菱写诗时说：“若是果有了奇句，连平仄虚实不对都使得的。”“词句究竟还是末事，第一立意要紧。若意趣真了，连词句不用修饰，自是好的，这叫做不以词害意”，意思差不多。因此，猜谜底，并不必纠结于面底是否略有相犯。

每首怀古诗都有怀古、灯谜、指迷三层含义。谜底和谜面，我以为会遵循如下两条规则：其一，谜底俗物和诗谜指迷的人物的命运或事件，一定密切相关，或是故事的参与者，可以称之为命运物证，或代表了人物形象，这样才逻辑圆满。其二，诗谜暗写的，或是人物的命运结局，或是人物命运转折点的某关键事件。可以想象，人物命运出来，谜底也就基本可知。或猜对了谜底，对解开人物命运会有极大的帮助。

钟山怀古之凤姐

湘云出的灯谜《点绛唇》，谜底是“耍的猴儿”。《钟山怀古》的谜底应该也是这个。除了都有“名利”，意思非常相近的“红尘”和“凡尘”，诗本身的内容也符合。能够和这首诗建立联系的，是湘云和凤姐。湘云被称为“孙行者”，凤姐几次被贾母昵称“猴儿”。但这首诗指迷的应该是凤姐而非湘云，在于“他人嘲笑频”几个字。

在书中，风流放荡的女子惹人非议，但并不惹人嘲笑。什么情况下会被嘲笑？或者说，谁会有闲心频频嘲笑他人，除非有仇或嫌隙，幸灾乐祸。湘云虽招蜂引蝶，并未与人结仇，凤姐得罪的人就多了，想看她笑话的人也太多。一朝落魄，可以想见会被怎样“嘲笑频”。

“无端被诏出凡尘”和凤姐的断词“凡鸟偏从末世来”，也能建立联系。

“名利何曾伴汝身”又似和凤姐有冲突，凤姐作为荣府家务的主要管理人，有名利的。或者是说她作为贾赦、邢夫人的儿媳，本来和名利没有关系。

帝王所发的文书命令为“诏”，凤姐是被和尚“诏”去的。

“牵连大抵难休绝”的“休绝”，应该不是一个现成的词，汉典解释这个词时，所举例子，只有这句“牵连大抵难休绝”。作者把两个字组合起来，要表达的是，贾赦获罪时，凤姐已被休，却并没有因此而断绝牵连。

凤姐应该是上吊死的，她的断词“意悬悬半世心”“荡悠悠三更梦”都隐含这层意思。时间在半夜。“忽喇喇似大厦倾”的“大厦”，即上吊之处。“大厦”是非常高大的房子，具体何处不得而知。

灾祸好像是突如其来的，所谓“一场欢喜忽悲辛”。

凤姐是贾赦、邢夫人的二儿媳，贾政夫妇这边缺少人手，贾赦夫妇身边还有长子长媳，所以凤姐和贾琏一直在荣府帮忙管理家务。

凤姐能力出众，性格鲜明，也同样喜欢她一类的人，她欣赏的黛玉、探春、红玉等，都属此类。也以性格和能力度人。敬重和维护鸳鸯，在借当的事情上，为避免鸳鸯的名声受损，宁可不追究是谁走漏了风声。关照雅重的岫烟，否则平儿怎么敢送贵重的衣服给岫烟。有时候甚至还很能做出牺牲，并不只看利益，比如为贾母得罪癞头和尚、宝钗等人。

凤姐真心对黛玉好，非面子情。第二十五回众人在怡红院聚谈，黛玉来了，凤姐道：“前儿我打发了丫头送了两瓶茶叶去，你往那去了?”林黛玉笑道：“哦，可是倒忘了，多谢多谢。”凤姐儿又道：“你尝了可还好不好?”不喊黛玉妹妹或姑娘，以“你”“我”相称，非常亲昵和随意。无法想象凤姐对宝钗、迎春或探春等人会有这样的态度。在凤姐眼里，她和黛玉的关系是亲密而无须防范的。并且没少送东西给黛玉，两瓶上用的茶叶，黛玉还能忘了，是常事，不经心。第七十四回，凤姐带人抄检大观园，说黛玉是“咱们家的”。到潇湘馆时黛玉已经睡下，才要起来，凤姐走进来，忙按住她不许起来，只说：“睡罢，我们就走。”然后和黛玉说些闲话。真的非常贴心，害怕她带着这些人来吓到黛玉。但在相当长的时间里，黛玉并没有意识到凤姐的真心。第十四年夏天宝玉挨打时，黛玉还在心里鄙夷凤姐探视宝玉是打花呼哨。当然，林妹妹成长也很快，到了秋天，因为吃燕窝的事，就说出“老太太、太太、凤姐姐这三个人便没话说”的话来。对宝钗，凤姐就只限于才能的欣赏了。宝钗虽然经常凤丫头、凤丫头地称凤姐，反过来从不见凤丫头有亲昵态度，更别说玩笑了。

凤姐有她精明的一面，也有她的蠢处。首先不肯拉拢人心，对下人严苛，被人怨恨。攒金庆寿时，向着贾母把黛玉和宝玉的份子钱分派给邢夫人和王夫人，岂不得罪了婆婆？王夫人有钱，不在乎多出二两银子哄贾母高兴，邢夫人吝啬，手头又紧，不会太高兴凤姐这样的做法，何况有嫌隙人在一边虎视眈眈的。后来邢夫人向凤姐发难，固然因为下人的挑唆，和凤姐平日的作为脱不了关系。治死尤二姐的事更愚蠢，虽然多少有些情有可原。贾琏纳尤二姐时，凤姐因小产和劳累，一直病体恹恹。尤二姐是抱着“专等凤姐死了好接进去”的心态跟贾琏的，凤姐岂能不明白？换作任何一个女人，都难免恶向胆边生。可是所谓投鼠忌器，如此做法，被丈夫恨上，以至于说出替尤二姐“报仇”的话。这件事还让心腹的人平儿寒了心，实在得不偿失。

第二十八回宝玉向林黛玉说道：“你听见了没有，难道二姐姐也跟着我撒谎不成?”称凤姐“二姐姐”，凤姐在娘家姊妹中排第二，还有姐姐。

淮阴怀古之巧姐

壮士须防恶犬欺，三齐位定盖棺时。

寄言世俗休轻鄙，一饭之恩死也知。

这首灯谜写西汉名将韩信的故事。淮阴人韩信，年轻时不务正业，乃至遭恶人欺辱，被逼从对方胯下钻过。极度贫困时，食不果腹，有漂母可怜他，给他饭吃。韩信帮助刘邦夺取天下后，被封齐王，赠千金给漂母，报答一饭之恩。

“一饭之恩”很容易联系到荣府打抽丰的刘姥姥，以及巧姐的断词“偶因济刘氏，巧得遇恩人”。这首诗写的应是刘姥姥救巧姐的事。

“壮士”即谜底。既是“壮士”，是个结实的大物体；有吃饭及生死的功能，是活物；却又被世俗所“轻鄙”，不是高贵的物种；最高地位体现在“盖棺”时。综合起来，很像祭祀用的猪。“三齐”怎么解释呢？祭祀供品有大三牲、小三牲两种，大三牲指猪、牛、羊，小三牲指猪、鸡、鱼。现在民间也常用小三牲进行祭祀。三样供品备齐，是为“三齐”。刘姥姥有搞笑段子“吃一个老母猪，不抬头”，也是佐证。

巧姐出生的日子不好，凤姐听从刘姥姥的建议，取名一个“巧”字。希望“以毒攻毒，以火攻火”“遇难成祥，逢凶化吉”。这是巧姐命运的指迷。推测贾赦一家获罪后，因为机缘巧合，刘姥姥救了巧姐。所谓“巧得遇恩人”“忽遇恩人”。蒙本对此有批语：“狱庙相逢之日始知‘遇难成祥，逢凶化吉’实伏线于千里。”采信这个说法，是在“狱庙”救的。巧姐落在狱庙，猜测是朝廷对获罪官员家属的一个暂时处置。具体怎么个情况，本人这方面的知识欠缺，不敢多做分析。

如果真是这样，巧姐断词“休似俺那爱银钱忘骨肉的狠舅奸兄”，所暗示的，就不是“狠舅奸兄”要把巧姐卖入青楼，虽然这个说法是得到很广泛的认同的。就是真的要卖，也是官府卖。参考《红楼梦魇》第278页的说法，清代官宦获罪抄家，家眷奴仆也会被官府变卖。所以更为可能的情况是，巧姐需要钱来从官府赎身，荣府贾政、贾母等人自身难保，无力相救。“狠舅奸兄”未受牵连，可以救巧姐，却舍不得银钱，狠心不肯伸出援手。“奸兄”还落井下石，从中使坏。从情理上，“狠舅奸兄”再缺钱，也不太好把外甥女、妹妹卖到妓院，毕竟都是有头脸的人。所以是“忘骨肉”，非“卖骨肉”。

巧姐后来应是嫁给了刘姥姥的外孙、年龄大她几岁的板儿。“板”有多种释义，如果作为一样实物且单说“板”，常特指做棺材的木板，比如秦可卿死后“贾珍寻好板”“木店里有一副板”等，这个名字可以和这诗谜的“盖棺”建立联系，也算是一条佐证。

救巧姐也许是这样一个过程：某日，刘姥姥带伙计用几块棺材板抬三牲到狱庙祭祀，竟然遇见巧姐。必须是刘姥姥，只有她认得巧姐，板儿太小了。起了报恩救人之心，把棺材板重新组装了一下，把巧姐藏在棺材里抬出来了。中间大概放了点火，趁乱救走。

刘姥姥第二次到荣府所得的接济，已不是小数目，加上妙玉那只五彩成窑小茶杯，猜测怎么也值百十两银了，就是说，自那时起，刘姥姥的女儿女婿家已是小康之家了。因此做起了板材乃至棺材生意也未可知，那么雇几个人也不成问题。巧姐判词里的“乘除加减”，也可以和木工的计算建立联系。

板儿的父亲名叫狗儿，诗中有“恶犬”，不知有无联系。

救巧姐和“淮阴”这个地方以及和癞头和尚有什么关系，不得而知。

按巧姐在“荒村野店”纺织的指迷，板儿家是开了店铺。

巧姐断词“幸娘亲，积得阴功”，似说巧姐被救时凤姐已死，如果十首怀古诗以时间顺序，和“浦东寺怀古”就出现了矛盾。或者“阴功”不是这样理解。

广陵怀古之妙玉

蝉噪鸦栖转眼过，隋堤风景近如何？

只缘占得风流号，惹得纷纷口舌多。

从语气看，这是一首别后问候诗，被问候者即诗谜相关的钗。

这首写的应该是妙玉，在于“蝉噪鸦栖”四字。除了字面意思，“蝉噪鸦栖”有深层含义。“蝉噪”喻文风粗劣。韩愈《荐士》：“齐梁及陈隋，众作等蝉噪。”“鸦栖”虽然没有直接出处，“栖鸦”却有特殊含义，类似“涂鸦”，喻文字或画作拙劣，常作自谦语。“蝉噪鸦栖”衬托出一个具有出类拔萃才学的人。十二钗里，宝钗黛玉可算是出类拔萃，但能把其他人比得犹如“蝉噪鸦栖”，非得妙玉不可。作者说妙玉“才华阜比仙”，黛玉、湘云称妙玉是“诗仙”。“占得风流”四字，妙玉也毫无压力当得起。“惹得纷纷口舌多”，是一个招致很多口舌议论的人，也可联系妙玉断词“太高人愈妒，过洁世同嫌”。

“隋堤”是典故。隋炀帝时开通大运河的济渠段，沿河岸修筑御道，道旁植杨柳，后人谓之隋堤。联系“蝉噪鸦栖”，“隋堤风景”指的是隋堤两岸遍植的杨柳，那么谜底是“蝉”“鸦”之类可以栖息于杨柳上的物种。

谜底或是黄莺，即黄鹂，一种被称为大自然歌唱家的小鸟。古人称其鸣叫声为“莺歌”，相关歌咏极多，如“两个黄鹂鸣翠柳”“阴阴夏木啭黄莺”“隔叶黄鹂空好音”等。黄莺是树栖鸟类，不到地面活动。

妙玉离开荣府最早，第十五年十月就跟和尚去了江南。

从内容看，是妙玉离开荣府一段时间后，“我”因为想知道妙玉近况致以的问候。“蝉噪鸦栖”指妙玉在大观园的那一段日子。“隋堤风景近如何”暗含这样一层意思：妙玉一直都是隋堤风景也即皇家风景的一部分，无论在大观园住着还是离开后。后两句似说妙玉跟癞头和尚走，惹人议论。也可能是说妙玉因为得和尚的青睐，被和尚的其他女人谈论。

妙玉比宝玉约大五岁，对宝玉似乎有一点微妙的感情。栊翠庵品茶时，自己日常喝茶的绿玉斗给宝玉用，愿意间接的唇齿接触。宝玉拒绝得很巧妙，说“金玉珠宝”在妙玉这里一概为俗器，妙玉很高兴地给他换了一个大海。但也可能不是男女之情，妙玉作为史家姑娘，和宝玉是远房表姐弟，而且黛玉没吃醋。

有读者以妙玉不喜欢刘姥姥为由，说妙玉势利，看不起穷苦的乡下人。妙玉待人其实极具真情，她在中秋夜对黛玉的温暖，她对贫寒的岫烟的青目，她的小丫鬟可以坐在她的蒲团上打盹，都是明证。妙玉不喜欢刘姥姥，只是不喜欢一个人而已。

湘云对妙玉似有妒意。妙玉判词：“你道是啖肉食腥膻，视绮罗俗厌。却不知太高人愈妒，过洁世同嫌。”“啖肉食腥膻”可联系吃鹿肉一节的湘云。湘云冷笑道：“你知道什么！是真名士自风流，你们都是假清高，最可厌的。我们这会子腥膻大吃大嚼，回来却是锦心绣口。”“视绮罗俗厌”可联系湘云的“纵生那绮罗丛谁知娇养”，有对立意味。“太高人愈妒”也能联系湘云。妙玉、湘云虽都依附于和尚，但和尚更喜欢妙玉，湘云心生嫉妒在情理之中。和尚十月间离开荣府，可能只带走了妙玉。妙玉进荣府原是因为和尚，这个时候也不适合留在荣府了。其他对比还有妙玉的“天生成孤僻人皆罕”，湘云则是“天生成百媚娇”等。

湘云也许就是那“口舌多”中的一个，和她的“话口袋子”呼应。

妙玉判词“辜负了，红粉朱楼春色阑”，其中的“朱楼”，应指和尚在江南的“宫苑”。妙玉或者始终不肯像其他女人一样，住在“红粉朱楼”里，做和尚的女人，而是在“青灯古殿人将老”。

“过洁世同嫌”似暗示和尚最后也嫌弃了妙玉的为人，妙玉的结局可能与此有关。“一块美玉，落在泥垢之中”，“可怜金玉质，终陷淖泥中”，男人是泥做的骨肉，妙玉后来是陷入男人堆里了。曲子写得更明显，“到头来，依旧是风尘肮脏违心愿。好一似，无瑕白玉遭泥陷，又何须，王孙公子叹无缘”。遭男人陷害，做了妓女。

浦东寺怀古之迎春

小红骨贱最身轻，私掖偷携强撮成。

虽被夫人时吊起，已经勾引彼同行。

这首灯谜写《西厢记》故事。“小红”即丫鬟红娘了，诗的主角是小红和夫人，非莺莺和张生，判断和湘云无关。“小红”所指之物显然即谜底。“夫人”则暗示某钗。

题目“浦东寺”首先是一个问题，这个地方不是说在现实中不存在，那当然是可以的，它在故事里也不存在，无论《莺莺传》还是《西厢记》，并没有“浦东寺”之说。张生和莺莺相遇的地方叫普救寺，只是地理位置在蒲地之东。元稹《莺莺传》：“张生游于蒲，蒲之东十余里，有僧舍曰普救寺。”作者放着现成的名字“普救寺”三字不用，却按照地理位置给出一个“浦东寺”之名，什么用意呢？

谜底应是“汗巾”，一条轻薄的红汗巾，“夫人”用的。

书中主子丫鬟都用汗巾。丫鬟们的汗巾系在外面，除了标志下人身份，还可以擦手擦汗等，所以要厚实。主子们用的汗巾不同，从书中特别写出的几条汗巾如茜香罗来看，主子们的汗巾是系内衣用的，属私密物，所以要轻薄，厚大了就不像样了。这一点，也说明袭人那条松花色汗巾的来历可疑。衣服和身体本非一体，被汗巾强绑在了一起，又是内衣，所以叫“私掖偷携强撮成”。汗巾系在腰间，吊垂下来，是为“吊起”。诗的后两句意思很直白，此俗物经常被夫人“吊起”，如今却“勾引彼同行”，也就是把夫人一起吊起了，这是上吊的情景。

这首诗和凤姐、迎春都能建立联系。

和凤姐建立联系，是因为“小红”这个名字。“小红”指红娘这个毫无疑问，但《西厢记》的红娘并没有被叫“小红”，作者这么一改，就显得别有用心了。而怡红院恰有丫鬟红玉，为避宝玉的“玉”，改叫小红。后来红玉被凤姐要去，成了凤姐的丫头。因此“小红”和“夫人”可以对应红玉和凤姐。凤姐是上吊死的，也对应。只有“夫人”这个头衔，和凤姐的身份似乎有些不符。明清时期一二品的诰命才称“夫人”，贾琏捐的同知，顶多四品衔。但这是一个在灯谜中的称呼，不同于“王夫人”“邢夫人”那样的官方头衔，不能过于较真，不然诗谜就难以用典了。通常情况下，“夫人”也是对已婚女性的尊称。所以这个也不算矛盾。

和迎春的联系有：上吊、红汗巾、夫人和“蒲”字。

迎春是宝玉百日禁足期间出嫁的，比薛蟠略晚，推测可能是十一月。断词“金闺花柳质，一载赴黄梁”“叹芳魂艳魄，一载荡悠悠”显然暗示迎春的死。迎春死于婚后一年。有说“一载赴黄粱”用“黄粱梦”的典故。“黄粱梦”出自唐沈既济《枕中记》，“黄粱”即黍、小米。讲述卢生于客店遇道士吕翁赠枕，伏枕入梦，当时主家正在蒸黍。卢生在睡梦中历尽荣华富贵，醒来主家的黄粱米饭尚未蒸熟，卢生因此大彻大悟。“黄粱梦”常用来喻虚幻的事、不能实现的欲望。如果作者用“黄粱梦”之典，意图是什么呢？形容迎春之死如同进入了一场美梦空梦？作者对迎春的死十分悲愤，不可能用这种带调侃意味的轻薄言语。此“黄粱”也非彼“黄粱”，此“粱”是梁木的“梁”，“黄粱”指黄色的房梁。“赴黄粱”结合“荡悠悠”，意思就很明显，是吊死在黄色的房梁上，荡来荡去。

婚后一年的迎春，红汗巾必是有的。

“夫人”也能联系已婚的迎春。孙绍祖骂迎春时说“别和我充夫人娘子”。迎春判词“觑着那侯门艳质同蒲柳”，可以和“浦东寺”建立弱联系。

难以解释的是，在主角为癞头和尚的十首诗谜里，为什么会写一个和癞头和尚没有什么关联的迎春之死呢？或者“浦东寺”与和尚有关，而迎春是在“浦东寺”上吊的？“黄粱”可算是一项佐证。清代建筑中黄、红二色是顶级色彩，黄色的房梁，这就指向皇家建筑或寺庙道观。孙绍祖非宗室子弟，孙家不会有这样的住宅。荣府虽有宫殿，迎春不会在娘家上吊，那等于说娘家逼死了她，不仅连累荣府，孙家说不定会倒打一耙。判断“浦东寺”是和尚修行的寺庙。

不同于黛玉的出身贫民，千金小姐迎春的人生，有着另外的残酷。贾赦是一个非常失职的父亲，他能大把银子要买石呆子的古扇，能花八百两银子买一个侍妾嫣红，左一个右一个小老婆地收，对亲身女儿却不闻不问。可怜的迎春，贵为千金小姐，经济上却捉襟见肘，异常窘迫，甚至被下人欺负。

黛玉初见迎春，看到的是这样的形象："腮凝新荔，鼻腻鹅脂，温柔沉默，观之可亲。"有红迷把这外貌描写理解为美丽和华贵，或者并非那样美好。当时是寒冬十二月，迎春的脸可能冻着了。"新荔"即新鲜荔枝了，是什么样的？果皮是红红的疙疙瘩瘩的。迎春的两腮怕是长了鲜红的冻疮。鼻子也是，所以涂满了"鹅脂"。鹅脂即白鹅膏，具有滋润皮肤、消痈肿治皴裂的作用。反之探春却是光滑的鸭蛋脸。虽然都跟着贾母住，作为贾赦的女儿，迎春大概也得时常去问候父母，虽然距离近，小孩子皮肤太嫩了，还是很容易冻伤。也或者和使用劣质胭脂有关。黛玉觉得迎春"观之可亲"，影射黛玉的出身或生长环境。那个时代普通百姓人家的小孩子在冬天冻脸冻手现象应该十分普遍。我出生在 20 世纪 70 年代的农村，当时生冻疮是哪家小孩子都不能幸免的。

第三十八回一处迎春的细节描写："探春和李纨、惜春立在垂柳阴中看鸥鹭，迎春又独在花阴下拿着花针穿茉莉花。"

这并不是悠闲适意的富贵仕女图，或者不仅仅是，作者想来难有那样的闲情。既然是"又独在"，独自一个人，不止一次地这么做过。迎春要茉莉花做什么？戴在身上作装饰几乎不可能，完全不符合迎春的性格，而且干茉莉花极容易粉碎。或者用线穿起来悬挂放在房间里散发香味，那也是玩赏，貌似没必要一次次穿。按照《本草纲目》的说法，茉莉花可以"合面脂"。迎春很可能是配制面脂或茉莉粉。像怡红院的丫鬟们，就有茉莉粉，而且量很多，芳官可以随意包一包送人。因为荣府买办统一购买的头油脂粉全是坏的，不能用。所以有一半的姑娘要自己拿钱重新买头油脂粉。那么还有一半是不买的，或因为缺钱。怎么办？

自己制作。貌似也不是难事。比如宝玉就会炮制胭脂膏子之类，而且非常热衷于此，每每被人取笑。黛玉的胭脂，袭人等怡红院大丫鬟的胭脂，都是自制的。黛玉也是能人，自己会配制蔷薇硝。怡红院一带篱笆处尽是蔷薇、月季等花，原材料没有问题。迎春每月二两银子的零用钱，奶妈掌管着，并没有额外的补充，绝无余钱去买化妆品，只能自己动手配制。

迎春虽是主子小姐，日子远没有大观园里的很多丫头好过。别说袭人的紫茉莉花种制作的高级香粉了，芳官随便就能包一包打发贾环的茉莉粉，彩云看到也并不经心。宝玉虽细心，也不是处处都能照顾到，怡红院的丫头们和他的林妹妹就够他操心了。姊妹里宝玉最关心的要算探春，但探春用的脂粉还是托奶哥哥买，更照顾不到迎春这里了。何况大观园里住着的主子姑娘比写出来的要多。

迎春性格懦弱，这种懦弱很难说有多少天生的成分，没钱又没依靠，任谁也骄傲不起来。她的父母哥嫂都是强势的人，对她何尝不是一种压迫。除了沉迷在书和棋的世界里逃避现实，还能怎么样呢！

马嵬怀古

寂寞脂痕渍汗光，温柔一旦付东洋。

只因遗得风流迹，此日衣衾尚有香。

唐天宝十五年（756）六月，安禄山叛兵破潼关，玄宗带杨贵妃仓皇逃出长安，逃往四川，行至离长安二百多里的马嵬驿时，六军不前，指杨妃为祸乱之根源，杨妃被迫缢死。次年长安收复，玄宗回京，偷偷派人去马嵬改葬杨妃。《新唐书·后妃·杨贵妃传》："密遣中使者具棺椁它葬焉。启瘗，故香囊犹在，中人以献，帝视之，凄感流涕。"这是这首灯谜的故事背景。

关于杨妃香囊的记载，唐代郑嵎《津阳门》："宫中亲呼高骠骑，潜令改葬杨真妃。花肤雪艳不复见，空有香囊和泪滋。"此处有按："时肃宗诏令改葬太真，高力士知其所瘗，在嵬坡驿西北十余步。当时乘舆匆遽，无复备周身之具，但以紫褥裹之。及改葬之时，皆已朽坏，惟有胸前紫绣香囊中尚得冰麝香。时以进上皇，上皇泣而佩之。"洪升的《长生殿》里也提到了这香囊。

诗中的"风流迹"，就是杨妃这个装有冰麝香的香囊了。

"冰麝香"即冰片和麝香，都是贵重香料。有一种说法是"冰片，其香为百药之冠"。《本草纲目》："龙脑者，因其状加贵重之称也。"龙脑即冰片。所以二物在一起时称"冰麝"。改葬杨妃之时，虽已时过半年之久，"皆已朽坏"，但香囊尚好，因内存冰麝，朽坏的衣衾也还有香气散发。"衣衾"有两种解释：一是衣服与被子，二是装殓死者的衣服与单被。这里是后者了。

唐代笔记小说集《酉阳杂俎·卷一·忠志》，记载同一时期的杨妃和冰片的故事。"天宝末，交趾贡龙脑，如蝉蚕形。波斯言老龙脑树节方有，禁中呼为瑞龙脑。上唯赐贵妃十枚，香气彻十余步。上夏日尝与亲王棋，令贺怀智独弹琵琶，贵妃立于局前观之。上数子将输，贵妃放康国猧子于坐侧，猧子乃上局，局子乱，上大悦。时风吹贵妃领巾于贺怀智巾上，良久，回身方落。贺怀智归，觉满身香气非常，乃卸幞头贮于锦囊中。及二皇复宫阙，追思贵妃不已，怀智乃进所贮幞头，具奏它日事。上皇发囊，泣曰：‘此瑞龙脑香也。’”“瑞龙脑香”即冰片。虽然有传奇色彩，有理由认为，古代冰片的留香时间很是惊人。

冰麝在书中皆有出现，又都有故事。

谜底应该就是香囊。虽然面底犯了一个“香”字，这个字实在不易替代，又是问题的关键所在，提示读者也未可知。

能建立联系的，也有两个人，尤氏和湘云，也都有不能解释的地方。

联系尤氏，一是因为尤氏和杨妃的相似点，儿媳、公公爬灰。二是因为谜底香囊，可联系尤氏那个陷害黛玉的绣春囊。但尤氏和“东洋”无法建立联系。

“东洋”的基本释义有二：东部的海洋和日本。因有杨妃流落日本之说，这里当指日本。“东洋”和湘云可以建立微弱的联系，暗示湘云的十五岁真真国女孩子“带着倭刀”，“倭刀”即日本刀。

香囊和湘云有什么关系呢？如果说没有关系，暗示湘云的妓女云儿出自“锦香院”，绣春囊也叫“十锦春意香袋”，“锦香”两个字，又似“十锦春意香袋”的缩写。难以想象湘云和绣春囊有什么瓜葛。或者湘云有一个香囊，是和尚所赠，然后，这个香囊成为故事发生过程的一件证物？

惜春

抄检大观园时，惜春的贴身丫鬟入画，被查出一大包金银锞子、一副玉带板子并一包男人的靴袜等物，都是她哥哥的东西，私自传递进大观园的。虽然违反了荣府的家规，但仅就这件事而言，不是很严重的问题，不像司棋的男女私情，所以凤姐打算饶过入画。但惜春坚决不同意，说："嫂子别饶他这次方可。这里人多，若不拿一个人作法，那些大的听见了，又不知怎样呢。嫂子若饶他，我也不依。"十分明事理的姑娘，知道凤姐管理大观园的难处，自己主动担当，甚至以强迫的态度让凤姐好做人。后来大约意识到凤姐带不带走入画都为难，入画是宁府的人，涉及宁府的脸面，于是改请尤氏来处理。

第二天，尤氏来荣府，惜春派人把她请到暖香坞，详细告诉她入画的事，让尤氏带走入画。尤氏求情，惜春咬定牙坚决不肯，说："不但不要入画，如今我也大了，连我也不便往你们那边去了。况且近日我每每风闻得有人背地里议论什么多少不堪的闲话，我若再去，连我也编派上了。"惜春的这段话，作者给了一个有趣的评价："更又说的好"。正是这"更又说的好"，惹急了尤氏。或者有人以为，"风闻得有人背地里议论什么多少不堪的闲话"是指宁府的风流韵事。这个一定不是。宁府的烂污之名都多少年了，惜春听到的却是"近日"，即近几天的事。而且，哥哥嫂子的风流韵事，惜春这个闺中少女不会知道，就是知道了也装不知道，绝不会当众去指责。"近日"发生了什么呢？生嫌隙、跳墙人、放绣春囊引发抄检大观园，一系列事搅得荣府人仰马翻。背后操作的，正是尤氏、贾珍两口子。尤氏的所作所为，能瞒过荣府的主子们，却难瞒过众多下人，人多眼杂，所谓世上没有不透风的墙。即便没人敢去告诉王夫人，难免背后悄悄议论，传入惜春耳中。既然是"不堪的闲话"，对尤氏很不敬。

尤氏当然知道惜春在说什么，但装不知道，以及认为惜春应该帮她，质问那些背后议论她的人。惜春答："我不怕你恼，好歹自有公论，又何必去问人。古人说得好：善恶生死，父子不能有所勖助。何况你我二人之间。”认为那些闲话是“公论”，且关系“善恶生死”。等于公开指责尤氏伤天害理，做了“歹”事。并且表明自己的态度，别说嫂姑，就是亲父子，在这样的事上，也不能“勖助”。又说：“我清清白白的一个人，为什么教你们带累坏了我！”惜春的这些话，怎么可能不刺痛尤氏？“尤氏心内原有病，怕说这些话。听说有人议论，已是心中羞恼激射。”终于按捺不住，对小姑子大光其火，赌气带入画走了。

尤氏待人一向有手段，也可以说宽厚，对贾珍和尤二姐尤三姐不伦关系都能若无其事，贾敬之丧这样的大事也能处理得有条不紊，城府极深的一个女人，却被一个十四岁的少女几句没有挑明的话说得把持不住，这就叫做贼心虚。

尤氏大概希望惜春能像探春那样兜揽包庇，然而惜春并不是探春。而惜春这样做，等于和宁国府断绝关系了，所以曹雪芹的标题用了两个字：杜绝。

贾珍尤氏为什么选中入画的哥哥做跳墙人呢？大概还考虑一点，万一被发现了，可以说是因为思念妹妹，想看看妹妹，那么就成了他们兄妹的家事，不至于牵出宁府来，荣府也不好说什么。

很多红迷认为惜春冷傲孤僻，或因为曹雪芹给出的“孤介”的评价，加上她不要入画，被尤氏指责心狠意冷等。事实上，惜春是个很有亲和力的姑娘。比如她和智能儿玩耍说笑，刘姥姥敢拉着她和她说话，听刘姥姥搞笑的说辞她笑得拉着奶母叫揉一揉肠子。刘姥姥虽然忠厚却老到，察言观色的本事是有一套的，试想她敢拉宝钗、黛玉或探春的手吗？

惜春也不像迎春那样软弱可欺，不会有下人敢公然对她有什么不敬。看到入画私藏的东西，惜春的第一反应是：“我竟不知道，这还了得！”

言外之意，丫头的事她都得知道，她的人都得在她的掌控之中。惜春的头脑和性格，当然有天生的因素，或者也说明了贾珍、尤氏对她的态度，不管是不是疼爱她，一定是宽松的，或者说，不怎么管但不会少她的零花钱，她在贾母这边，成长环境又好，所以成就了这样一位姑娘。

惜春对自己的画技很谦虚，或者并不以为自己画得好，但能入贾母的眼，水平一定不错。贾母眼界高，探春那样的才学都看不上，认为也就不是睁眼的瞎子而已。却在刘姥姥面前炫耀“小孙女儿”惜春画画的本事，还交给她一个大任务——画大观园行乐图。然后一次一次地去催画，当作一件正儿八经的事。惜春的画还是写实派，香菱一看画中人物就知道是谁。

惜春最终也是跟了和尚，证据很多。

惜春有一首谜底为佛前海灯的春灯谜。关于海灯，宝玉寄名的干娘马道婆有言：“西方有位大光明普照菩萨，专管照耀阴暗邪祟。”“这海灯，便是菩萨现身法像，昼夜不敢息的。”马道婆本是道教的人，她教赵姨娘的魇魔法也是道家的法术，怎么好像兼职，佛门的生意也接？据《红楼梦大辞典》的解释，“大光明普照菩萨”是指大光普照观音，为天台宗所传六观音之一，即密宗十一面观音，是观音菩萨的六种形象之一。其实，“大光明普照菩萨”也可以指毗卢遮那佛，即密教的大日如来，因“毗卢遮那”即光明遍照之意。但毗卢遮那佛在五佛中居中，为什么是“西方”呢？我以为作者是故意混淆阿弥陀佛和大日如来，就像黛玉念阿弥陀佛，宝钗说是如来佛一样。其实不管是大光普照观音还是大日如来，都可以和密教建立联系，以及都是暗示癞头和尚的。“海灯”既指癞头和尚，就在和尚和惜春之间建立了联系。

惜春判词：“堪破三春景不长，缁衣顿改昔年妆。可怜绣户侯门女，独卧青灯古佛旁。"

这里"三春"当然指探春。"景不长"三字的意思，联系后句，是说探春陪在癞头和尚身边的时间不长。探春远嫁和尚，原是为了父母家族或者自保，信佛做"居士"不过是勉强，所以终究是"客"。惜春"堪破"了这一点。"缁衣"应出自《诗经·郑风·缁衣》，一首描写国君与臣下的良好关系、赞美君王好贤之德的诗歌，"缁衣"即黑色朝服。"顿改"是说身份变换快而决绝。惜春穿上缁衣诀别红尘，"独卧青灯古佛旁"陪伴和尚。"古佛"指和尚，为什么是"独卧"呢？或者是这个意思，其他翠只是跟着和尚，没谁真的出家，而惜春是真正出家。

惜春判词："闻说道，西方宝树唤婆娑，上结着长生果。""西方"联系癞头和尚不用说了。"长生果"也佐证和尚求的是长生不老。"闻说道"三个字，当然是听癞头和尚说的。

通往惜春卧室暖香坞的夹道，西门楼上里外皆嵌着石头匾，向外的匾上凿着"穿云"二字，向里的凿着"度月"两字。"云""月"都是癞头和尚的寓意形象。"度"则是佛门里一个核心的字，佛门的宗旨是普度众生，即广施法力，救众生度过生死迷惑之大海，到达觉悟之彼岸。

根据"到头来，谁把秋捱过"，惜春或是秋天出家的，第十六年的秋天。

惜春离开荣府，不见得是荣府对她怎样，贾母等人不会迁怒于这个清白正直的姑娘。但兄嫂的所作所为，荣府的凄惨情状，让孤介的惜春没有办法待下去是很可能的。宁府她绝不肯回去，于是出家。至于怎么追随或会合的和尚，不得而知。

李　纨

元宵夜宴上，贾母讲了一个吃猴儿尿的笑话。说某家的第十个媳妇，生得聪明伶俐，心巧嘴乖。原来在托生的时候，孙行者正巧到阎王那里去，撒了泡尿在地下，被第十个媳妇吃了，所以变得心巧嘴乖。显见的，贾母在讽刺第十个媳妇，并且有所指。指谁？凤姐口齿伶俐，有人以为是凤姐。贾母十分喜欢凤姐，绝不可能用这样的笑话讽刺她，而且多次以“猴儿”称呼凤姐。吃猴儿尿的不是凤姐。贾母说完后，凤姐儿笑道：“好的，幸而我们都笨嘴笨腮的，不然也就吃了猴儿尿了。”尤氏、娄氏都笑向李纨道：“咱们这里谁是吃过猴儿尿的，别装没事人儿。”从这些人的反应来看，无论凤姐、尤氏、娄氏还是李纨，都明白贾母在说谁。而且必然是四人中的一个。如果只尤氏说李纨“别装没事人儿”，娄氏这个出场一次的人，也冲着李纨说这样的话，就不能不是李纨了。妯娌几个只有李纨一声不吭，也印证了这一点。

“孙行者”是湘云形象，这个笑话不仅仅是笑话，有实际意义。李纨吃了湘云的尿吗？太荒谬了是不是？联系湘云与和尚的关系，以及和尚所修的密宗和密宗的五甘露，或者并不荒谬。湘云的“孙行者”形象也是佐证，密教的双修，即“行者与佛合为一体”。李纨吃了猴儿尿，大概是受了甘露灌顶之类。本人所知有限，不敢妄做分析。

李纨的寓意形象“老梅”，与湘云、和尚的红梅、白梅，也能建立联系。

李纨有她的好处，但为人过于吝啬贪财，到了不积阴骘连累儿孙的程度。这副性情，从起诗社她的表现即可见一斑。

起诗社是大家聚在一起闲玩，不花官中的钱，谁做东谁出钱，一次几两银子。李纨说自己年龄最大，自任了社长，规定每月初二日和十六日为诗社正日，到稻香村由她做东道。一年多的时间里，共起了四次诗社。第一社咏白海棠，探春做东；第二社咏菊，湘云做东，实际是宝钗出钱出东西；第三社芦雪广联诗，李纨做东；第四社填柳絮词，黛玉做东。李纨仅做东一次，这唯一的一次，不仅没出钱，还大赚了凤姐一笔。

除李纨、宝钗外，宝玉等人每月仅二两银子零花钱，很不容易拿出来。第一次诗社后，九月初二日，探春等人去找凤姐，要求凤姐入社监察，不过是拉赞助。虽然探春打头，凤姐却当众分析起了李纨的财产收入，然后说："这会子你怕花钱，调唆他们来闹我。"说给大家听，主要还是说给探春听吧，然后探春不说话了。凤姐终究是入了社，按照她的说法，第二天一早就到任，放下五十两银子给大家慢慢做东道。李纨是社长，银子自然送到她那里。但接下来的九月十六日和十月初二日两个正日，李纨都没有起社。十月十六日有事。直到十月十八日，宝琴、岫烟等人来至荣府，又下起大雪，李纨才发起诗社。却让宝玉、宝钗、黛玉、湘云四人每人一两银子凑份子。凤姐的赞助没到账吗？李纨不仅单给凤姐送了信儿，凤姐来了后还起了第一句，确已正式入社，五十两银子显已送到。

一两银子对宝钗、宝玉来说不值什么，对黛玉就有些为难，湘云更为难。这个时候的湘云，因为叔叔保龄侯史鼐举家外迁上任，被贾母接来长住，想来也如邢岫烟一样，每月能领到二两银子月钱，也不比原来在家每月几串钱好。岫烟的二两银子甚至不能维持日常开支。因为迎春生病、惜春请假，所以李纨只收了四份子钱。迎春所谓的生病，只怕是因为拿不出一两银子而不敢来。那么就有一个问题，明明有宝钗、黛玉、探春、湘云和宝玉五个人，怎么只收了四份子钱？参与此次商议的诗社成员，作者又恰恰“漏”写了一人，探春。三艳事先应该都知道李纨要凑份子起社，所以迎春装病，惜春请假。探春却什么也不说就不来了。李纨心里有数，对这个正经小姑子大概有些忌惮，要不怎么肯出二两呢，那一两是替探春出的。

凤姐不是个饶人的。联诗后，众人在贾母屋里说笑。薛姨妈说起原打算请贾母赏雪，凤姐笑着说：“姨妈仔细忘了，如今先秤五十两银子来，交给我收着，一下雪，我就预备下酒，姨妈也不用操心，也不得忘了。”偏偏是“五十两银子”。贾母接过话说，到下雪的日子自己就装心里不快，混过去这件事，和凤姐各分二十五两。又骂凤姐“还有脸先要五十两银子，真不害臊!”分明是讽刺李纨昧银子的事。李纨依旧没有什么反应，后来照样不起诗社，贪财已经到了不要脸面的程度。

次年三月一日，诗社正日前一天，黛玉、宝钗、湘云、宝琴、探春、宝玉聚在沁芳亭，说是“咱们的诗社散了一年，也没有人作兴”。众人拿着黛玉的《桃花行》，一齐去稻香村找李纨。分明想仗着人多力量大，迫使李纨就范。结果呢？大家议定：明日乃三月初二日，就起社，便改“海棠社”为“桃花社”，林黛玉就为社主。竟然是黛玉做东。拿出五两左右的银子，对黛玉的财政是很大的考验。黛玉起社后，紫鹃要捡取一个放断了线的风筝，探春笑话紫鹃“也学小气了”。想来紫鹃平常是个大方的人，之所以这样，可想象黛玉的经济状况。而探春那个“也”字，在讽刺李纨。

老太妃薨时，不仅薛姨妈，李纨也没有入朝随祭和送灵，同样没有官宦贵族之家正妻所具备的朝廷封号。李纨非贾珠正妻，是妾或房里人之类的身份。但后来从儿或孙那里得到封号，“戴珠冠，披凤袄”了。“凤袄”指绣有凤凰图案的绸袄，古代妇女受皇帝赐封所穿。“珠冠”即装饰有珍珠的朝冠。“桃李春风结子完，到头谁似一盆兰”，是因为儿子争气的缘故。但风光非常短暂，即“昏惨惨黄泉路近”。就曲子内容来看，“一盆兰”的荣耀也不持久，因为李纨的过于贪财，给她的儿孙带来了厄运。“也须要阴骘积儿孙”这句说得很重，或者，在破坏木石姻缘方面，李纨并不是一个局外人。贾母“生日”期间，尤氏偏偏住在李纨的稻香村。尤氏极善于笼络人，又要在荣府做些见不得光的勾当，可以想见会用钱财贿赂李纨。李纨贪财，不见得不进行配合。

李纨判词还有：“如冰水好空相妒，枉与他人作笑谈。”“如冰水好”四字，据“相妒”一说来看，似乎指两个人，两个相互嫉妒的人。嫉妒李纨“结子”的人，应是她的弟媳宝钗。宝钗和丈夫宝玉衾里无缘，“结子”无望，所以妒忌嫂子李纨的“一盆兰”。反过来李纨也妒忌宝钗有丈夫。但宝钗的丈夫不过是摆设，李纨虽有“一盆兰”却无福享受富贵，二人是“空相妒”，成了别人口中的笑谈。

史湘云之文姬归汉

宝钗点的戏《鲁智深醉闹五台山》，也称《山门》或《醉打山门》，有《寄生草》一支：“漫揾英雄泪，相离处士家。谢慈悲剃度在莲台下。没缘法转眼分离乍。赤条条来去无牵挂。那里讨，烟蓑雨笠卷单行？一任俺，芒鞋破钵随缘化。”关于这首词写的是宝玉，“指迷湘云命运经历的戏曲”篇已分析。

既是“谢慈悲剃度在莲台下”，黛玉逝后的某个时间，宝玉的确剃度出家。“醉闹五台山”联系凤姐说的“难道将来只有宝兄弟顶了你老人家上五台山不成”，山西五台山，中国佛教四大名山之首，宝玉应该就是在五台山剃度的。剃度宝玉的长老，联系宝玉赤瑕宫“神瑛侍者”的身份，是癞头和尚无疑。但师徒很快“相离”，宝玉一人“芒鞋破钵随缘化”。“随缘化”应指佛语中的随缘化物，即随机度化人。

按照“指迷湘云命运经历的戏曲”的分析，此“山门”之别，也即《赏花时》的“天门”别探春。“相离处士家”也能联系“秋爽居士”探春。“处士”古时通常指有才德而隐居不愿做官的道家人物，很容易联系“居士”，二者除了分属道教、佛教的不同释义，有相同的世俗释义，书中又常常佛道不分。但探春远嫁所到之地是江西九江，这里是山西五台山，两者相距两三千里之遥。怎么回事呢？

或者时间已是一年之后，探春追随和尚在五台山。

探春宝玉合写的柳絮词《南柯子》，上阕写的显然是第十六年三月，即探春远嫁时的事，“一任东西南北各分离”，即“三春去后诸芳尽，各自须寻各自门”。除了离别，还有第二年的重见。宝玉下阕：“落去君休惜，飞来我自知。莺愁蝶倦晚芳时，纵是明春再见隔年期！”第十七年晚春，宝玉“飞来”，兄妹二人重逢。探春花签有“窃同叨栖处于泉石之间”，彼时兄妹同在和尚处，也即五台山。

宝玉所去之地，据“苏武牧羊”、“匈奴”、“耶律雄奴”等和大北方有关的线索，是内蒙古一带。“匈奴”是古代蒙古大漠草原上的游牧民族。历史上的“耶律氏”则是北方游牧民族契丹族建立的包括内蒙古地区在内的辽国国姓。宝玉的寓意形象“雁”也是一项佐证，大雁在北方的栖息地，是我国东北地区、内蒙古等地。黛玉的丫鬟“雪雁”，这个名字或暗示宝玉在北方雪地。第十九回庚辰本批语“寒冬噎酸虀，雪夜围破毡”，可能与此有关。就是说，宝玉在“匈奴”的境况相当凄惨，如苏武牧羊一般。宝玉此行是和尚形象。贾母给宝玉的俄罗斯的雀金裘，或者也是一项暗示。

宝玉去大北方，是为寻一个代替探春“扫花”的人。联系“文姬归汉”“小骚达子”等，是湘云无疑。

湘云怎么到遥远的内蒙古去了呢？分析湘云的行踪，是非常令人头疼的一件事。只好删繁就简，暂且提供看法。按照“暗示湘云命运的几位女子”篇的分析，湘云十五岁时，人在西洋。湘云离开故国后，最初去的地方并非北方，而是西洋。袭人的绰号“西洋花点子哈巴儿”，这个不会没有来由，袭人应该也去了，“哈巴儿”是她在西洋的形象。联系琪官、湘云、袭人三人一起“夫唱妇随”出逃的事，应该是那次一起去的。

根据《访妙玉乞红梅》的暗示，第十六年春，宝玉去江南寻湘云，湘云在江南的日子过得大概不怎么开心，一听有酒喝有诗作，就跟宝玉回了荣府，再次住进大观园。此时贾赦一家已获罪，荣府风雨飘摇，人心惶惶，大观园管理混乱。许多事务宝玉得参与，并不能进入写作状态。湘云未免无聊，所以在这一时期，和包括薛蟠在内的两个冤家好上。薛蟠原是住在荣府里，有大把的机会。之后因为“择膏粱，谁承望流落在烟花巷”，似乎被择的“膏粱”卖入了妓院。

蒋玉菡带湘云逃出锦香院，锦香院不会白白放走湘云，必然四处追寻。于是两人带上袭人，连夜一起远逃，也只能逃往南方投奔和尚。路途遥远，要走水路。一路上不得已时，卖唱挣点生活费也是可能的。途中遇到“匈奴”“吐蕃”“西洋”的商船或进贡船只，双方有所交集，比如蒋玉菡去献唱，或湘云的形象引起对方注意，交谈起来，湘云是个最爱说话的。首领大约是个汉语通，像那个实际上真真国的女孩子，“通中国的诗书，会讲五经，能作诗填词”，被诗才敏捷的湘云吸引，就带三人去了西洋，湘云也就跟了他。当然，这都纯属瞎猜。另，如果探春画页中大船上掩面哭泣的女子是湘云，湘云是被掠去的也未可知。从宝玉对“吐蕃”“匈奴”的怒气来看，不是没有这个可能。“吐蕃”是古代藏族在青藏高原建立的政权。

湘云在西洋一身珠光宝气的贵妇打扮，冬装“虎头盘云五彩小战靴”等，显示身份不凡，她跟的人是贵族，大概是个王爷，比如蒙古王爷之类，这可能也是她被比作蔡文姬的原因之一。这人大概像宝琴的父亲一样四处游历，湘云也跟着他到处走，所以西洋、西藏、蒙古等地方都去过。

和尚、宝玉等人怎么知道湘云行踪或下落的？或者是湘云让人捎信过来，毕竟有商船往来。宝玉去北方寻她，上演了一出现实版的“文姬归汉”。至于袭人怎么敢见宝玉，异国他乡，也只能一起带回了。

《青冢怀古》或者和湘云有关，“青冢”在内蒙古。

时间上。湘云是第十六年春天去的西洋，书中给出她的“匈奴”冬装打扮，那么至少第十六年冬，她人还在那里。联系十七八岁雪下抽柴的茗玉“大红袄儿，白绫裙子”，已是中原人的装束，第十八年的冬天，已回归故土。如果宝玉第十七年春去“匈奴”寻人，联系“雪雁”的提示，应该是第十七年冬天把湘云寻回的。历时大半年。

为什么是宝玉去寻湘云？首先湘云的离去宝玉有责任，癞头和尚忽然想要湘云回到自己身边，如果宝玉寻回湘云，即可以换得探春自由，所谓代替“扫花”即是暗示这个。和尚当然喜欢探春，但探春是个有独立个性的姑娘，虽然“又红又香，无人不爱”“只是刺戳手”，不像湘云那样崇拜和尚。何况宝玉对湘云有亲情且需要她的帮助。

湘云从“匈奴”回来后，还发生了很多事。

十七岁的嫣红，联系杜丽娘唱词“原来姹紫嫣红开遍，似这般都付与断井颓垣”，应是暗示湘云重回江南癞头和尚的园林所看到的情景。园林已颓败不堪。

十七八岁的茗玉“雪下抽柴”，联系荣府马棚失火，可能也是暗示一场火灾。刘姥姥说茗玉“一病死了”，还有“祠堂”“塑像”，说“成了精”，“时常变了人出来各村庄店道上闲逛”，宝玉说“规矩这样人是虽死不死的”，都是暗示湘云的，湘云十七八岁时，有一次假死或被误认为死的经历，与失火有关。

湘云不止一次离开癞头和尚。她编的谜语《点绛唇》：“溪壑分离，红尘游戏，真何趣？名利犹虚，后事终难继。”关于谜底，众人有猜是和尚的，有猜是道士的，也有猜是偶戏人的。宝玉笑了半日，猜出是“耍的猴儿”，“猴儿”暗示湘云，离开山水仙境之地，就是离开和尚了。和尚、道士可以理解，怎么出现了一个偶戏人？这人扮演了什么角色？难道湘云是跟他私逃的吗？可以联系红梅花诗的两次离开。也容易联系《孙行者大闹天宫》，“天宫”暗示和尚居处不用说了，湘云为什么“大闹”起来？当然是和其他翠争风吃醋，然后一气之下跑了出去。“大闹天宫”和“活神仙离碧霄”也可以建立联系。

湘云的结局是什么？第三十一回回目“因麒麟伏白首双星”，“双星”即牛郎织女星，暗示癞头和尚和湘云的，文中的两个金“麒麟”指代他们二人。“白首双星”是湘云、和尚的最后结局，这个说法却有点奇怪，“白首”指老年，也指相爱的男女白头偕老，那么两人是善终。

牛女双星虽是恩爱夫妻，却银河相隔，虽有一年一度鹊桥会，终是分离状态。这样看来，两人并非厮守，而是分隔两地。两人应该都是长寿的，“白首双星”有这个意思，宝玉的两个名字特殊的小厮双瑞、双寿，所暗示的应该也是这个。

作者费了不少笔墨写金麒麟，这里面有故事。宝玉从清虚观带回来的一个“赤金点翠”的金麒麟，原是要给湘云，却不小心弄丢了，恰巧被史湘云拾到。宝玉说：“倒是丢了印平常，若丢了这个，我就该死了。”这个金麒麟，事关和尚、湘云两人的姻缘。芦雪广联诗时，湘云说宝玉：“你不中用，倒耽搁了我。”不知是否与此有关。

第三十一回庚辰本批语：“后数十回若兰在射圃所佩之麒麟正此麒麟也。提纲伏于此回中，所谓‘草蛇灰线，在千里之外’。”第二十六回甲戌批语：“前回倪二、紫英、湘莲、玉菡四样侠文皆得传真写照之笔，惜‘卫若兰射圃’文字迷失无稿，叹叹！”不知卫若兰扮演了一个怎样的角色。或者这人并不重要，为免生枝节，曹雪芹有意删除了这部分内容。

关于探春命运的一点补充

探春柳絮词“南柯子”，“南柯”取自成语“南柯一梦”，出自唐代李公佐传奇小说《南柯太守传》。唐代游侠之士淳于棼，生日那天和朋友喝酒喝得大醉。被两个朋友扶回家中，在廊下小憩，两个朋友在一旁秣马洗足。睡梦恍惚中，两个紫衣使者到来，接淳于棼去槐安国。淳于棼在槐安国被招为驸马，委任南柯郡太守，二十年间生下五子二女，生活美满富贵。后因领兵战败，加上公主病逝，失去国王的宠信。被允许回故里探亲，仍由两个紫衣使者送回家中。淳于棼醒来，发现自己仍睡在廊上，两个朋友还在那儿洗脚，才知刚刚做了一场梦。这样一个典故用在探春身上，探春后来应是重返故园了，一去一回，如南柯一梦。

是不是宝玉寻回了和尚的崇拜者湘云后，和尚便放手了探春这朵带刺的玫瑰？应该没有这么早就回归故乡，从太虚幻境的断词“一片大海”等指迷来看，探春还有其他故事。书中数次出现“荔枝”。第二十二回贾母的灯谜“猴儿身轻站树梢”，谜底是荔枝。第三十七回给探春送荔枝所用的怡红院的“缠丝白玛瑙碟子”，因为湘云“说这玛瑙碟子好”，后来袭人把它送给了湘云。指迷的意味也明显。我国荔枝的主要产地为广东、广西等地，也即岭南，探春后来应该更往南去了。还有湘云。

总之探春与和尚的关系不长久，犹如做客，是为“蕉下客”。

柳湘莲可能参与了后来的事，看这个名字就知道有故事，可以和湘云、宝玉等人建立联系，何况他又是一个出家的和尚。湘莲有一个小厮，叫“杏奴”，可以和探春建立联系。

探春重返故土后，皇帝怎样安置她不得而知，应该会得到善待吧。但荣府肯定是没法回去了。如果是多年以后，贾家早已物是人非了吧。

秦可卿的风月债

本节其实是一个独立部分。

秦可卿的病不是因为和贾珍的关系。

秦可卿未入十二钗正册，故事也在第十二年早早结束，她没有被参与到宝玉的姻缘纷争里，她的故事完全是自己的。

关于秦可卿的病和死，很受认可的一种说法是，因为和贾珍的不伦关系被发现，没脸活着了。可卿是不是真的和公公乱了伦理，从贾珍的表现看，很像是。可卿死了，“贾珍哭的泪人一般”“恨不能代秦氏之死”，完全不顾嫌疑和羞臊，丧礼又极尽铺张浪费，对可卿的确是有真感情的。两人的乱伦应该确有其事，但秦可卿对贾珍并无深情。第五回宝玉在秦可卿卧室午觉，梦中喊“可卿救我”，秦可卿很奇怪：“我的小名这里从没人知道的，他如何知道，在梦里叫出来?”“这里”就是宁府了。如果可卿对贾珍有相应的感情，两情相悦，贾珍没理由不知道她的小名。所以与其说两人相好，倒不如说是贾珍对儿媳妇一头热。假设两人的奸情被发现了，可卿会不会因此而羞惭至死呢？恐怕不会。可卿是个可人儿，但她的道德感或自尊心显然没有那么强，不然也不会和公公暧昧了。宁府的生活环境又一点也不严苛，不同于荣府，大家都知道宁府乱账，宁府的主子们也并没有怎么当回事。而且，事实上，两人的“奸情”在宁府早已上下皆知。焦大醉骂的时候，那句“爬灰的爬灰”，凤姐、贾蓉、宝玉在车里远远都听到了，尤氏、可卿当然也听在耳朵里，一家子还不是过得好好的。贾蓉也说了，谁家没有风流事，宁府主子们开放得很，秦可卿绝不是死于淫，她的病和贾珍没半点关系。

可卿死后，她的两个丫鬟，瑞珠和宝珠，一个触柱而亡，一个愿为义女。就两人的行为看，她们肯定是事件的知情人，是可卿的贴身丫鬟。有说法是贾珍和可卿偷情时，被这两个丫鬟撞破，于是导致了可卿羞愧而死，俩丫鬟出于对贾珍的畏惧，一个自杀，一个愿为义女服丧。这个观点很难成立。贴身丫鬟是什么？是心腹。可卿有什么秘密，最先知道的就是心腹丫鬟。或者，贾珍要和可卿私通，首先得买通她们，以及通过她们来传信、放风等，瑞珠和宝珠只能是同谋，而不可能撞破了主子的秘密而导致主子羞愤自尽。你看冯梦龙《蒋兴哥重会珍珠衫》里王三巧的私情，《水浒传》里潘巧云的私情，身边的丫鬟都是最先要买通的。

可卿确实是自尽身亡的。

第十六回："那秦钟魂魄那里肯就去，又记念着家中无人掌管家务，又记挂着父亲还有留积下的三四千两银子，又记挂着智能尚无下落。"秦业很寒素，宦囊羞涩，秦钟到贾家义学读书，二十四两拜师礼还是"东拼西凑"借来的。可是，秦钟死时，家中忽然已有了三四千两银子的财产。从秋天到次年初，大约半年时间，古稀之年的秦业，如何一下子得到这么多银子留给儿子？只能说明一件事，秦可卿不是好死的。所谓人命关天，这三四千两银子，是宁国府安抚秦家的。鲍二家的和贾琏偷情被闹开后上吊死了，贾琏还给了二百两银子发送，又帮着办丧事，还许鲍二一个好媳妇。鲍二是贾府里面毫无地位的下人，老婆和贾琏的奸情败露自尽，贾琏还这样花钱托关系甚至威慑，才能平息事件，安抚了结，何况秦可卿这少奶奶身份的人。

秦可卿是怎么死的，从作者写瑞珠"也触柱而亡"来看，似乎是"触柱而亡"。

秦可卿到底得的是什么"病"，以及为什么要自尽呢？

病倒的原因很奇怪。第十回尤氏说："他可心细，心又重，不拘听见个什么话儿，都要度量个三日五夜才罢。这病就是打这个秉性上头思虑出来的。"第十一回尤氏道："他这个病得的也奇。上月中秋还跟着老太太、太太们顽了半夜，回家来好好的。到了二十后，一日比一日觉懒，也懒待吃东西，这将近有半个多月了。经期又有两个月没来。"

尤氏这两段话能建立联系。秦可卿病倒，是因为中秋之夜跟着贾母、王夫人等人玩了半夜，听到了一些话。回宁府后，当时好好的，没有显示出什么，但度量了三日五夜后，支持不住，一病不起。张友士也说是“忧虑伤脾”。秦可卿并不是一个脆弱的人，焦大那样当众揭她和贾珍的丑，都没有“忧虑伤脾”，在荣府能听到什么话，让她遭受如此大的打击？

对于可卿的病，丈夫贾蓉愤怒，而婆婆尤氏，却显示在嫉妒。尤氏说：“连蓉哥我都嘱咐了，我说，你不许累掯他，不许招他生气，叫他静静的养养就好了”。“累掯”的意思是强制、逼迫等。秦氏都病成那样了，贾蓉怎么还会逼迫她？但这恐怕是一个事实。凤姐和宝玉去探视可卿，进屋后，贾蓉叫：“快倒茶来，婶子和二叔在上房还未喝茶呢。”这话并不是说给下人的，对下人应该说“二奶奶和二爷”在上房还未喝茶。这是在对妻子秦可卿说话。贾蓉以这样命令和急躁的语气让病中的妻子倒茶，看起来十分不合情理，然而凤姐并不诧异或责怪贾蓉，那么可知是合情理的，以及凤姐是了解内情的。婆婆尤氏的感受更显奇怪。尤氏说：“我想到他这病上，我心里倒象针扎似的。”直觉上，这是女人的嫉妒。尤氏是个对丈夫都不吃醋的人。她的两个妹妹尤二姐尤三姐，都和贾珍暧昧不清，尤氏这么精明，如果不知道，那她就是个傻子了，但都没有吃醋。何况她自己又养小叔子，又有冯紫英，对可卿的病，尤氏竟然吃醋了！秦可卿死时，尤氏的反应非常大，“谁知尤氏正犯了胃疼旧疾，睡在床上”，以至于“不能料理事务”。她这“旧疾”是什么岂不引人遐想？

秦可卿病中拒看大夫。

古时男女有大防，年轻女子轻易不能被近亲以外的男子看到，特别是主子身份的年轻女子。丫鬟晴雯看大夫，还要遮挡得严严实实，仅把手露出来，甚至还用帕子盖上手。尤二姐也是，胡君荣要观观气色，还得向贾琏特别要求说："医生要大胆，须得请奶奶将金面略露露。"秦可卿呢？

到了贾蓉居室，见了秦氏，向贾蓉说道："这就是尊夫人了？"贾蓉道："正是。请先生坐下，让我把贱内的病说一说再看脉如何？"那先生道："依小弟的意思，竟先看过脉再说的为是。我是初造尊府的，本也不晓得什么，但是我们冯大爷务必叫小弟过来看看，小弟所以不得不来。"（第十回）

年轻貌美的宁府少奶奶，没有任何遮挡，直接暴露在大夫眼皮底下。不是说多年熟悉的老大夫，张友士第一次进宁府，完全的陌生男人。此前的一群大夫，也都是面对面给秦氏诊脉。"三四个人一日轮流着倒有四五遍来看脉。他们大家商量着立个方子，吃了也不见效，倒弄得一日换四五遍衣裳。坐起来见大夫，其实于病人无益"。秦可卿的病，和别人有极大的区别。张友士也不是一进来就诊脉看病，他先站在那儿看人，他的话，他和贾蓉的交谈，更缺乏对当事人的尊重和礼数，他俩当着病人的面谈论她。想象一下这是什么情形？秦可卿并没有被当作一个正常的、和他们对等的人看待，指精神方面。张友士的言辞城府，分明是一个老于世故的人，如此失礼的事，正常情况下是不可能发生的。那么，只能说，病人秦可卿呈现出的是异于常人的状态。张友士还说自己"本也不晓得什么"，除非看到了不适合看到的，否则何出此言？

被诊脉时，秦可卿又是什么样的状态呢？

第十回："家下媳妇们捧过大迎枕来，一面给秦氏拉着袖口，露出脉来。"

短短的描写包含的内容却不少。"迎枕"是中医切脉时，垫在病人手背下的小枕。很小的东西，用来支撑起手腕，大夫自己随身携带的。有“大迎枕”这种东西吗？而且显然是宁府自备之物，所以是家下媳妇们捧过来的。屋里有一群家下媳妇也是奇异。内帏规矩，没有主子的召唤，家下媳妇、婆子们不能进主子卧室。可卿看病，有“贴身伏侍的婆子”在旁边伺候也就够了，家下媳妇们被召唤进来做什么？她们的确有事可做。除了捧过大迎枕，还动手拉着秦可卿的袖子。这完全是冒犯兼羞辱。王善保家的掀了一下探春的衣襟，就立刻挨了探春一巴掌。可卿并没有病到奄奄一息，她能坐、能站、能长时间和凤姐说衷肠话，难道不能自己把手腕露出来？就是真没有力气，也有贴身服侍的乳母、嬷嬷之类，轮不到一群家下媳妇来拉她的袖口。瑞珠、宝珠不便现身，因为她们是未婚姑娘。所以，真相只能是，秦可卿整个人都处于癫狂状态，她不肯诊脉看病，让家下媳妇们进来，是让年轻力壮的她们制住她。所谓的“大迎枕”，就是大枕头，可卿的手臂被媳妇们固定在上面，以让大夫诊脉。“露出脉来”是很惊心的几个字。让人想起小孩打针时，经过一番激烈的挣扎哭闹，终于被大人抓牢，动弹不得，露出屁股来。但可卿是一个少妇，被人拉着衣袖“露出”大夫需要诊视的地方，读之让人心里极不舒服。可卿此前看大夫，每天都要换几次衣服，大约就是因为，每次都把衣服挣扎得不成样子了。

癫狂不是一直的，凤姐、宝玉等人探视可卿的时候，她又显得平静理性，和凤姐说了很多入情入理的话。

进了房门，悄悄地走到里间房门口，秦氏见了，就要站起来，凤姐儿说：“快别起来，看起猛了头晕。”于是凤姐儿就紧走了两步，拉住秦氏的手，说道：“我的奶奶！怎么几日不见，就瘦的这

么着了！”于是就坐在秦氏坐的褥子上。宝玉也问了好，坐在对面椅子上。(第十一回)

情景其实也相当凄惨。作者说凤姐“坐在秦氏坐的褥子上”，除非所坐之处仅有褥子，非床非榻非椅，是不可能这么写的。卧室地上铺着褥子，秦氏就坐在或躺在上面。宝玉坐在“对面椅子上”，这张椅子，大概是为大夫们诊脉准备的。

可卿可能还被众媳妇日夜看守着，以防寻死。宁府对可卿也算得尽力尽心了。

凤姐支走了宝玉和贾蓉后，和秦可卿低低地说了很多衷肠话。对于自己的病，秦说“任凭神仙也罢，治得病治不得命”。凤姐回到宴席上，点了两出完全不符合她本人性格的爱情苦戏。

凤姐儿立起身来答应了一声，方接过戏单，从头一看，点了一出《还魂》，一出《弹词》。递过戏单去说：“现在唱的这《双官诰》，唱完了再唱这两出，也就是时候了。”(第十一回)

《还魂》只能是汤显祖的《牡丹亭还魂记》。《弹词》是《长生殿》的第三十八出“弹词”。讲述安史之乱时，万民流离，宫廷梨园教师李龟年也流落江南，卖唱为生。在鹫峰寺大会上，怀抱琵琶流泪弹唱，慨叹国家兴亡，把唐明皇如何宠爱杨妃，以及因安禄山叛乱，杨妃吊死马嵬坡等，说唱一遍。《牡丹亭》和《长生殿》都是哀伤缠绵的爱情戏，两对有情人经历了生死，却因情比金坚而超越生死，得以长相厮守。按照凤姐的性格和学问，她不可能喜欢这类文绉绉的戏。而且，凤姐点戏时，邢夫人、王夫人说：“我们和亲家太太都点了好几出了，你点两出好的我们听。”邢夫人、王夫人更不可能喜欢这样的戏。可是一向致力于讨上面欢心的凤姐，竟然点了这么两出，既不合自己的口味，又和两位太太作对。唯一的解释是，凤姐刚从可卿处来，心有所感，两出戏因可卿而起，因秦可卿的病而起。

秦的病，在一个情字上。

秦有一个爱恋的男人，两人的事情凤姐都是知道的，而且深深同情。《牡丹亭》共55出，并不见有“还魂”一出，作者应该只是告诉这部戏，旨在突出“还魂”两个字。“还魂”指人死而复生。《弹词》则是爱情的见证人李龟年讲述爱情之殇的过程。像秦自己说的，她需要的，不是治病，而是“治命”。结合起来看，可卿思念的那个男人，已经死了。唯有此人“还魂”，秦可卿的病才可能痊愈，所以凤姐点“还魂”一出。秦可卿为一个死去的男人害相思抑郁以致求死，才是让贾蓉愤怒和受不了的。

前一出《双官诰》当然也与此有关，“双官诰”很容易和秦可卿的朝廷封号建立联系。

秦可卿灵幡上写的是：“诰封一等宁国公冢孙妇防护内廷紫禁道御前侍卫龙禁尉享强寿贾门秦氏恭人之灵柩。”“恭人”是朝廷封号，具体说是四品官妻子的封号。但贾蓉临时买的官职是“五品龙禁尉”，妻子的封号应该是“宜人”。这个封号显然和贾蓉无关。有人说是因为贾珍，贾珍是“三品爵威烈将军”，如果暗示秦和贾珍的暧昧关系，应该写“淑人”而不是“恭人”。而且，作者围绕这个朝廷封号，围绕龙禁尉，费了许多笔墨，贾珍和贾蓉的品级都明白给出，如果就是为了暗示可卿和公公的暧昧关系，实在令人怀疑，太过雷声大雨点小了。从焦大口里，贾珍的表现，两人的暧昧关系早已再明白不过。何况本回的标题为“秦可卿死封龙禁卫”，似有意告诉读者可卿的“恭人”之号就是来自“龙禁尉”之职。而“死封”还包含有这么一层意思：“龙禁尉”之妻的封号原属于她，却在生前不可得，死后才得到封号。这个“龙禁尉”另有其人。而且，请注意那一长串名词前面有“一等”两个字，龙禁尉分等级，最高级别是一等。这个是“一等御前侍卫龙禁尉”，品级好像也是三品，但也有四品。某“一等御前侍卫龙禁尉”，才是秦可卿爱恋的男人，是她“恭人”之号的来由。

“一等御前侍卫龙禁尉”是谁？作者写的其实不算很隐晦，而且指迷内容相当多。

秦可卿中秋之夜听到的“什么话儿”是谁说的？肯定不是荣府下人，不但下人的话刺激不了可卿，荣府也没有焦大那样敢放肆的下人。凤姐道：“我成日家说你太软弱了，纵的家里人这样还了得了。”“我何曾不知这焦大。倒是你们没主意，有这样的，何不打发他远远的庄子上去就完了。”以凤姐之威，有那样的早打发了。所以出言者必是一位主子。因为跟着老太太玩的，那么是一位女主子。是谁？秦可卿病倒期间，荣府一边的主妇们贾母、王夫人、凤姐，以及邢夫人，都很关心。在大夫说有危险的冬至前，天天差人去看视。连不适合看病人的大年初一，也派人送去了枣泥山药糕。只不见一个人的反应，就是李纨。她是唯一的嫌疑人。什么原因让寡妇李纨对秦可卿出言不逊呢？

可卿的小名宁府上下无人知晓，丈夫贾蓉、公公贾珍、婆婆尤氏等人，都不知道。荣府的宝玉却知道，从梦里喊出来。古时女子的小名，具有一定的私密性，除了父母和兄弟姊妹，如果说还有谁会知道，最可能的就是她心爱的男人。宝玉怎么知道的呢？除非那个男人，和可卿、宝玉都关系密切，宝玉从他那里获知了秦氏的小名。宝玉梦里喊“可卿”时，还不认识秦钟，不是从秦钟那儿知道的。在宝玉和可卿之间，有一个人，和两人的关系都非常亲近。那是作者想要告诉读者而难以明言的。

第十三回的秦可卿之丧，“这四十九日，单请一百单八众禅僧在大厅上拜大悲忏，超度前亡后化诸魂，以免亡者之罪”。所谓“前亡后化”，指先后死去的人。就是说，此番超度的，还有一个先于秦可卿死去的人，以及暗示两人都有罪。这人是谁？第十五回秦可卿的葬礼中，北静王看了宝玉的通灵玉后，将腕上一串“鹡鸰香念珠”卸了下来送给宝玉。第二回甲戌本有批语：“盖作者实因鹡鸰之悲、棠棣之威，故撰此闺阁庭帏之传。”两处可以建立联系，以及是用典。《诗经·小雅·常棣》：“常棣之华，鄂不韡韡。凡今之人，莫如兄弟。死丧之威，兄弟孔怀。”“鹡鸰在原，兄弟急难。每有良朋，况也永叹。”是一首歌唱兄弟友爱的作品。郑玄笺：“死丧，可畏怖之事。维兄弟之亲，甚相思念。”秦可卿之死，何以暗写宝玉的兄弟之亲情之死丧？而且宝玉确实有个“一病死了”的哥哥贾珠。等于把贾珠和“前亡”人建立联系。

结果其实已经出来了。还有更明显和具体的指迷，是秦可卿两个贴身丫鬟的名字。

贾家四春的贴身丫鬟分别以琴棋书画为名，各影射主人的一个特点，贾妃的琴，迎春的围棋，探春的书法，惜春的画。可卿的两个丫鬟，一名瑞珠，一名宝珠，围绕的是一个“珠”字。这个“珠”字，令人想到谁？书中名字里带“珠”共四人。三个是丫鬟，除了瑞珠、宝珠，还有袭人，她从前的名字叫“珍珠”。后补的贾母丫头珍珠可忽略。只有一个男人，就是王夫人的长子、“一病死了”的荣国府大公子贾珠。而且他就叫“珠”，贾珠之“珠”，如宝玉之“玉”，王夫人称贾珠是“珠儿”，宝玉被贾母呼为“玉儿”，李纨诗中有“珠玉自应传盛世”。

“珍珠”“瑞珠”“宝珠”三个名字，一起来看的话非常有意思，它们还具有另一项统一性，都是偏正式结构，前一个字作为后一个字的修饰或辅助而存在。真的很容易令人产生联想，或者建立联系。三个名字分别是贾珍和贾珠的并列，贾瑞和贾珠的并列，以此类推出的贾宝玉和贾珠的并列。贾珍、贾瑞、宝玉三人作为辅助形象而存在，而作者在借他们三人，影射贾珠身上三个与众不同的特点，也即和并列者的共同点。贾珠和宝玉的共同点一目了然，贾政夫妇的嫡子。贾珍、贾瑞两人和贾珠的共同点，因为书中对贾珠的描写极少，对比发现是不可能的，作者也不会给出那么多，但肯定会考虑周全，所以，从贾珍、贾瑞单个人身上找与众不同就可以了。他俩的与众不同之处显而易见，一个和儿媳妇爬灰，一个死于腌臜病。这就是贾珠和秦可卿的关系，以及贾珠的死因。

秦可卿爱恋的男人，是荣国府大公子贾珠。

贾珠是秦氏叔公，两人相好，和贾珍、可卿之好同类，属爬灰。瑞珠和宝珠是秦可卿、贾珠私通的参与者，特别是大丫鬟瑞珠，从名字就知道了。可卿一死，贾蓉等人难免拿她俩出气，两人可能会被卖掉。这才是一个触柱而亡、一个甘为义女并且在家庙守灵不肯回府的原因。

说贾珠是像贾瑞那样害相思病死的，有其他证据吗？

病中的晴雯，在王夫人看来有“春睡捧心之遗风”，并因此而怒不可遏。看似用到杨妃春睡和西施捧心两个典故。其实不是，或者不仅是故典。遗风、遗迹之类，前面已分析，西施、杨妃虽是古人，却和死去的人完全是两个概念，只是用典故的话绝不会用“遗”这样的字眼，在影射现实中死去的人。因为晴雯眉眼有几分像黛玉，黛玉又被喻为西施，好像在暗指黛玉，这个绝不是，何况还有“春睡”一词。书中恰有一个人，不仅兼具杨妃宝钗、西施黛玉之美，即“春睡捧心”之风，而且死去数年，就是可卿。病中的晴雯形象让王夫人想到的，或者说暗示的人，是秦可卿。王夫人说晴雯“有一个水蛇腰、削肩膀，眉眼又有些像你林妹妹的”，就王夫人的语气，“眉眼又有些像”黛玉只是外貌形象的其他特色，“水蛇腰、削肩膀”才是主要的令她嫌恶的，而且另有所像的人。王夫人的语气对黛玉还是相当的亲切。晴雯的身材其实像可卿，所谓的“袅娜纤巧”。王夫人对晴雯像可卿如此大动肝火，说明什么呢？

瑞珠、宝珠两个丫鬟和贾珠建立联系可以解释，作者为什么在袭人“珍珠”和贾珠之间建立联系？

第三十四回袭人和王夫人的长谈，王夫人恰提到贾珠，“我何曾不知道管儿子，先时你珠大爷在，我是怎么样管他？难道我如今倒不知管儿子了？”从王夫人说话的语气看，袭人知道贾珠的事。以及说宝玉，“若管紧了他，倘或再有个好歹”，也就是说，贾珠之死是王夫人管得太紧的原因。袭人和王夫人关于宝玉的对话，是在贾珠死亡悲剧这个背景之下。

袭人说：“倘或不防，前后错了一点半点，不论真假，人多口杂，那起小人的嘴有什么避讳，心顺了，说的比菩萨还好，心不顺，就贬的连畜牲不如。二爷将来倘或有人说好，不过大家直过没事；若叫人说出一个不好字来，我们不用说，粉身碎骨，罪有万重，都是平常小事，便后来二爷一生的声名品行岂不完了？”

听了袭人的话，王夫人“如雷轰电掣一般，正触了金钏儿之事”。说是因为金钏儿，金钏儿算什么？如果只是金钏儿这件事，以王夫人的天真烂漫，完全没有理由出现这么大的反应，除非有一个让王夫人痛彻心扉的男女关系悲剧的前车之鉴在那里。联系到两人对话中提到的贾珠，贾珠之死和女人有关，而且恐怕就像袭人说的，因为“前后错了一点半点”“就贬的连畜牲不如”“一生的声名品行岂不完了”。那么就和贾瑞对上了。袭人不但了解贾珠和秦可卿的事，更非常了解王夫人的心理。

贾珠和秦可卿的私情，从伦理道德上是孽缘，从感情上或者深可同情。两人的情缘由来已久。

婆子答道："可不是，从没有缩过，或是长两日三日，以至十日都长过。"先生听了道："妙啊！这就是病源了。(第十回)

张友士说的病源，曹公也在强调，本回的标题"张太医论病细穷源"，张友士也是太医。张友士还说："要在初次行经的日期就用药治起来，不但断无今日之患，而且此时已全愈了。"秦可卿的心病从月经初潮之前就开始了。应该可以确定当时还是未嫁少女。秦家虽是薄宦，攀上了宁府长孙这么个贵婿，也不至于把女儿嫁得那么早。早在少女时期，秦可卿就和贾珠有了情感纠缠。第八回："长大时，生的形容袅娜，性格风流。因素与贾家有些瓜葛，故结了亲，许与贾蓉为妻。"说秦家与"贾家"有瓜葛，就包括了荣府。不知什么原因，却嫁给了贾蓉。推测因为贾珠有妻，当然不是李纨，贾兰都那么大了，贾珠年龄不小，肯定是有李纨之外的正妻。秦可卿只能做妾，怎么能和宁府长孙正妻的身份相提并论呢？或者秦业不同意，或者遇到贾珠之前可卿已和贾蓉定亲，那就难办了。可卿因此埋下重重心事，郁结于心，导致月经后延。

从"前亡后化"来看，秦可卿死时，贾珠死去的时间并不长。而秦可卿的病，是从这年七月开始严重的。第十二年九月半，尤氏说秦可卿"经期又有两个月没来"。那么两个月前，也即第十二年七月，秦可卿由经期后延转为闭经，必是受到了严重打击。第十二年九月初凤姐卸妆见王夫人，也说明问题。第七回："至掌灯时分，凤姐已卸了妆，来见王夫人回话……当下李纨、迎、探等姐妹们亦来定省毕，各自归房无话。"旧时富贵人家的姑娘奶奶们，在日常里要打扮得粉光脂艳，花红柳绿，以示吉祥欢喜。所以荣府专门有买办来置买姑娘奶奶们所需的脂粉头油，每个人每月要支出二两银子，相当于普通人家一个月的生活费。因此，妆容是轻易卸不得的。凤姐因被邢夫人当众给难堪，回房痛哭。到了晚间已经是卸妆睡觉时间了，贾母临时有事找她，凤姐还要重施脂粉才去见贾母。凤姐有一次日间没有化妆脸儿黄黄，是因为头一天和贾琏大打了一架，有资格在众人面前任性。但这个傍晚，凤姐见王夫人，回话兼定省，为什么会卸妆？只能因为贾珠的事。判断贾珠死于第十二年七月或略前。

但第二回冷子兴演说荣国府时，说贾珠“一病死了”，那时贾蓉十六岁。至秦可卿死时，贾蓉二十岁，那么贾珠至少死了四年了。第三回黛玉进荣国府时，贾母介绍贾珠的妻子，说“这是你先珠大哥的媳妇珠大嫂子”，也符合。这就矛盾了，无法解释。

贾政夫妇非常喜爱这个长子，宝玉如此出类拔萃，王夫人却说如果有贾珠在，死一百个宝玉她也不管了。贾政听王夫人提及贾珠便泪如滚瓜。李纨对贾珠也很有感情，听王夫人哭贾珠的名字，也禁不住放声哭了。

第七章
贾家和纳兰家对比

说　明

本章将从时间背景、家庭成员、才学情感生平等方面把纳兰揆叙和“贾宝玉”进行对比。

这个对比非常容易。揆叙和父母兄弟等人的墓志铭文均存世，家庭情况清晰。而且揆叙之父纳兰明珠是康熙朝重臣，清代正史和文人笔记等多有提及。揆叙兄一代词人纳兰性德不仅当时天下闻名，在现代也极受欢迎，拥趸无数，研究他和他的家族的学者非常多，提供了丰富的参考资料，给对比带来了极大便利。揆叙自己有《益戒堂诗集》《隙光亭杂识》《鸡肋集》等作品留下，他的两位授业老师查慎行和唐孙华，也都是有名气有作品传世的文化名人，相互间多有唱和，很多人生细节和情感经历也有迹可循。

清朝前期满族人的姓名常常没有固定的汉字写法，只要音似，不像汉人姓名那么严格。像纳兰也作纳腊或纳喇，揆叙也作奎绪等，这里说明一下。

有一种说法，认为除非有直接证据，如某人说《红楼梦》是自己的作品，或某人的亲友等记录某人写了《红楼梦》，才能证明《红楼梦》作者是谁。这基本是不可能的。作者既不得不将真事隐去，在书中声明了隐写，他的名字直接和《红楼梦》联系起来的可能性，不能说没有，未免太小了。写作过程必是隐秘状态，唯有深得作者信任的人才能了解内情，以及自然会为作者隐瞒，不会在个人笔记等方面直接说出此事。

另外，非是要为自己的观点做辩护。《红楼梦》和历史的对应，将永远无法圆满无缺，即便判断正确，百分百对应也是不可能的。太多东西早已化作了历史的尘埃而无影无踪，抄录、记录或记忆方面的某些失误想来也无法避免，无论是包括批语在内的《红楼梦》本身还是史料的记载或民间的传言，一语之差可能就谬之千里。何况还有沟通和理解力的局限。

本章所参考的资料有：纳兰家族墓志铭、揆叙的诗词杂记、长白女子的《绣余诗稿》、纳兰性德作品、查慎行的《敬业堂诗集》、唐孙华的《东江诗钞》等，《康熙起居注》《清史稿》《清实录》《八旗满洲氏族通谱》等清代史，以及《王文靖公年谱》《名媛诗话》《历代妇女著作考》等相关书籍。

对所有资料均抱持谨慎的怀疑态度。墓志铭、悼诗之类，客观方面难免会扬长避短，主观方面则会对逝者多加溢美之词。曾巩《寄欧阳舍人书》：“夫铭志之著于世，义近于史，而亦有与史异者。盖史之于善恶，无所不书。而铭者，盖古之人有功德材行志义之美者，惧后世之不知，则必铭而见之。或纳于庙，或存于墓，一也。”是说墓志铭不同于史书，不可尽信。其实史书也不能尽信，特别是清史。虽然有些历史时期的朝廷和史官颇值得称道，史官能真正记录事实，甚至有史官为记录事实而丢掉性命也不改变的。清朝却不属此类。清代朝廷十分爱面子，刻意维护自家的高大全形象，史官只能记录允许记录的。所以有学者认为，清代正史最为粉饰太平。

满汉文章第一纳兰揆叙

纳兰揆叙，满洲正黄旗人，纳兰明珠和正室夫人觉罗氏所生次子，字恺功，自号惟实居士。生于康熙十三年二月二十四日（公元 1674 年 3 月 30 日），卒于康熙五十六年正月初七，病卒于任，年四十四岁。可以说一生富贵，仕途顺利，官至左都御史兼翰林院掌院学士，虽不长寿，但善始善终。

第二章得出的历史时间切入点“康熙二十六年”宝玉十四岁，于揆叙身上怎样？揆叙生于康熙十三年，康熙二十六年正好十四岁。彼时父亲明珠五十三岁，母亲觉罗氏五十一岁，长兄性德已逝，三弟揆方八岁。除了明珠夫妇的年龄略有出入，其他和宝玉当时的家庭情况一致。

《红楼梦》这样一部伟大的作品，不是随便一个才子就能写出的，哪怕他有贾宝玉那样的人生经历，须具备极深厚的文化知识和高超的写作技术。曹公虽能对《石头记》进行一些完善和修改，要他自己去初始写作，怕也难为他。《红楼梦》用到了太多的典故，作者即便有天才的记忆力，也不可能准确无误地储备下那么多内容，所以，还要有得天独厚的写作条件，或生于藏书之家，或身处方便查阅古籍的地方。这些，落到揆叙身上，都完全没有问题。

关于揆叙之才，有一个极好的证明人：康熙皇帝。揆叙二十六岁时，康熙赞说：“揆叙极是小心老成，居官甚好，学问文章满洲中第一。”二十九岁时，揆叙奉命当庭作《宋高宗不复仇论》。“草稿甫成，上命内侍取阅，令速誊，勿易一字，谓‘议论识鉴辞藻压倒诸人，朕昔知为满洲第一，今日汉人中亦推第一矣。'"对揆叙的才学和写作能力十分推崇，认为在满人汉人中都是第一。因此，在这一年的十二月，尚未而立之年的揆叙，即"擢拜翰林院掌院学士兼礼部侍郎"。入谢时同朝啧啧叹赏，"谓其官其文可及，其年不可及"。明清时的翰林院，是国家的最高学术机构，精英知识分子集中之地，负责起草诏书、修书撰历乃至担任科举考试之职等朝廷事务，有点类似皇帝的私人秘书。初进翰林院学习的人称庶吉士，由皇帝从进士三甲之中挑选钦点，入选者会被认为前途无量。对于知识分子来说，入选翰林院成为学士是非常荣耀的事情，更别说成为掌院学士了。揆叙执掌翰林院长达十五年，从二十九岁始，直到四十四岁病卒于任上，在康熙朝可谓唯一。

历朝历代皇帝，康熙算得文韬武略的一个，身边有才能的臣子无数，作为帝王，也用不着奉承任何臣子，所以这个满汉第一的看法，应该十分接近客观事实。

文学作品中，诗词常常不怎么写实，以夸大的手法求得感觉冲击的效果，是认不得真的作品。但揆叙的诗词作品不在此列，他的写作风格很像苏轼，甚至比苏轼还要写实，很琐碎，正如他的号"惟实"。大概受三位授业老师吴兆骞、查慎行和唐孙华的影响。明珠非常重视教育，一概聘请名师教习儿子。"年八岁，受业于吴江孝廉吴兆骞"。后来吴过世，揆叙又师学"清初六家之一"著名诗人查慎行，查著有《敬业堂诗集》。唐孙华字实君，别字东江，康熙二十七年进士，著有诗集《东江诗钞》。几位老师的才学没得说，作品都注重写实。看了一些他们的诗作，清代的文字狱似乎不像历史课本里描述的那么可怖，如戴名世，一言不慎就招来杀身之祸。《敬业堂诗集》里哀民生发牢骚的诗很多。还有一些诗句，似乎比"清风不识字，何故乱翻书"还严重，如"莫道如龙难画得，真龙又值几多钱?”照样可以刊布发行。揆叙在诗词方面并没有显示超越他的两位老师。但写文章和写诗词不同，叙事能力卓越不等于诗词就能写好，而且好像相反，长篇作家和诗人常常存在某种奇怪的相抵，就像长跑运动员和短跑运动员无法兼任一样。揆叙虽是官宦子弟，却不喜仕途。查、唐两位老师曾向明珠建议：“公既以勋阶服官，不必更事科举，盍令肆志古学，俾为一代名儒耶。”后来入主翰林院，官儒两得，倒十分合适。

以揆叙之才之能，在后世却寂然无名，或因他参与了朝廷的储君之争。揆叙结党八阿哥允禩，与四阿哥胤禛对立，遭到忌恨。胤禛登基的第二年，揆叙虽早已病逝，还是不肯放过他，“发揆叙及阿灵阿罪状，追夺揆叙官，削谥。墓碑改镌‘不忠不孝阴险柔佞揆叙之墓’”。可见积怨之深。被雍正皇帝如此评价，清代文人们对揆叙之名自然避之唯恐不及。

写作证据之终望桓谭异代知

揆叙的写作证据不难找到。在揆叙本人以及他两位老师唐孙华、查慎行的作品中，均直接或委婉提及他撰写隐僻作品的事。

揆叙十九岁时的《岁暮书怀二首》，其二：

幽居寂历苦无邻，敢望桓谭赏绝伦。

习俗平时憎俊异，篇章近日少清新。

临书闭暗徒脂塞，落笔迂疏尽腹贫。

事出南华非隐僻，枉将狐穴笑诗人。

“临书”意思是面对所写的书文或临摹别人的书法，这里显然是写作。既“临书”又分“篇章”，揆叙在写长篇作品，是著书。住在一处幽静之地，已写了一段时日，但近来有点找不到感觉，落笔迂疏。

桓谭，东汉哲学家，著名的无神论者。在古代中国这样一个膜拜笃信各种神仙鬼怪的国度，无神论学者非常罕见。揆叙希望得到桓谭的欣赏，那么他的作品里涉及神仙，但不是真的神仙，唯有不信神者才能读懂。

说自己的作品“绝伦”，非常自信。如果揆叙是个狷狂型文人，此说法当然要存疑，但揆叙少年老成，十分谦逊温和，是容易让人相信的。十多年后，唐孙华在回复给揆叙的诗中用了“敢望桓谭赏绝伦”原句，对揆叙的看法完全认同。

“南华”即《庄子》。“狐穴”是典故。元周达观《诚斋杂记》：“唐末有乔子旷者，能诗，喜用僻事，时人谓之狐穴诗人。”后因以“狐穴”喻僻典。揆叙的这部著作写得非常隐晦，却不是像狐穴诗人那样因为喜欢而用僻事，是不得已而为之。呼应“敢望桓谭赏绝伦”，以及和《红楼梦》既有神仙又“将真事隐去”的情况一致。

二十一岁时，揆叙有《题顾六纪册子》四首，记述自己请一位叫顾六纪的画师给他思念的一位女子画像。

其二

冥坐含毫写洛神，踏歌疑欲动朱唇。

倾城消息无从问，只有崔徽卷里人。

其四

微波一点即天真，恐被摩登累戒身。

半展秘辛终掩卷，莫将彩笔写横陈。

揆叙自注：“六纪工描亵景，故有讽止之言。”“亵景”指春宫之类。

“洛神”“倾城”都是有名的典故，无须解释，只解释一下“崔徽卷里人”。唐代有歌伎崔徽，长得非常美丽，她和一个叫裴敬中的男子相爱。分别之后，有画家为崔徽写肖像，崔徽托人把画像给裴捎去，并且说：“崔徽一旦不及卷中人，且为郎死矣！”最终抱恨而死。后多用崔徽代指美丽多情的女子。既然“无从问”，揆叙思念的这位姑娘，已经过世了。

“摩登”出自佛教故事。《楞严经》：“尔时，阿难因乞食次，经历淫室，遭大幻书，摩登伽女以娑毗伽罗先梵天咒摄入淫席，淫躬抚摩，将毁戒体，如来知彼淫术所加，斋彼旋归。”据说摩登和阿难原本是五百世的恩爱夫妻，该于今世悟道。后在如来的点化下，摩登女果然看破红尘，悟道成佛。

“戒身”是佛教语。佛家认为人有三种业障：身业、口业和意业。“业”即业报，善行恶行的报应。身业亦有三种：杀生、偷盗和淫邪。揆叙自言“戒身”，戒佛门之身业，那么已皈依佛门。但没有脱离正常的社会生活，是在家居士。

“横陈”即“玉体横陈”。南北朝时北齐第五位皇帝高纬，宠爱妃子冯小怜，到了近乎癫狂的程度。据说他曾让冯小怜脱光衣服躺在朝堂的案几上，和大臣们一起欣赏她美艳无双的玉体。“玉体横陈”由此而来。

“秘辛”的汉典解释是隐秘不为人知的痛苦内情。

顾六纪善写人体，在画作过程中或者有写人体的意图。揆叙给顾看了一些文卷，就是前面所写的“篇章”了，让他知道不可画亵景的原因。篇章的内容是隐秘而不为人知的痛苦内情，当然是关于揆叙和这位“卷里人”的。

揆叙三十岁时有长诗《读秋笳集有感即效吴夫子体》，结尾四句：

我昔从游骑竹年，遗编展玩泪潸然。

休言塞外心颜苦，剩有人间著作传。

这首诗写于康熙四十二年夏（1703 年）。“塞外”古时指长城以北的地区。揆叙当时正出使朝鲜，所以说“塞外心颜苦”。《秋笳集》作者吴兆骞，是揆叙的老师，算是一位边塞诗人。揆叙写读后感，感慨吴兆骞的人生遭际，语调十分感伤，用典很多，最后笔锋一转，转到自己身上来。

“从游”意思是相从出游或因志趣相投而交往。“骑竹”出自李白诗句：“郎骑竹马来，绕床弄青梅。”后“青梅竹马”被用指男女幼年亲密无间的感情，通常暗示自幼而起的爱情。“遗编”指前人留下的作品或散佚的典籍等。“著作”这个词的汉典解释是：撰述。古代专指撰写诗文，包括文学与学术作品。白居易在《与元九书》中说：“自登朝来，年齿渐长，阅事渐多，每与人言，多询时务，每读书史，多求理道，始知文章合为时而著，歌诗合为事而作。”就是说，“著”的对象是文章，“作”的对象是“歌诗”。

揆叙年少时，有一个青梅竹马的女伴，是位才女，但斯人已逝，就是那位“崔徽卷里人”了。多年以后，三十岁的揆叙翻看她的遗编，还会流泪不止，感情极深。出使朝鲜还把她的遗编带在身边，大约是不离身的。“剩有人间著作传”也即前面所说的“篇章”“秘辛”。“人间著作”的语气很大，像“绝伦”一样，如果是普通的几卷诗文，以揆叙的谦逊老成，不会这么说，是大部头的书。并且有了具体内容，写从游骑竹年纪的往事。

康熙五十三年元旦，揆叙四十一岁，有诗如下：

甲午元旦

藏舟夜壑语空传，行阴由来念念迁。
曾恃朱颜轻度日，渐催白发惧增年。
银函金氎偿初愿，岸柳山桃谢夙缘。
拟学维摩开丈室，就中原有散花天。

“元旦”即大年初一，现在的春节。

“藏舟夜壑”出自《庄子·大宗师》：“夫藏舟于壑，藏山于泽，谓之固矣，然而夜半有力者负之而走，昧者不知也。”后“夜壑”用以比喻事物的变化出人意料。“藏舟夜壑语空传”等于说，写了如藏舟于壑般隐蔽的文字，担心世人不能理解，终成一场空。但又觉得有希望，再隐蔽的藏匿，也保不准“夜半有力者负之而走”。“行阴”句的意思与此呼应。“行阴”是佛教说法，意指事物生灭的关键。“念念迁”也是佛家语，是说人的思维片刻不停，前念灭而后念生，一直在发生着变化。这句意思应为：既然人的思想念念迁，那么大千世界，思维类同的人一定有，自己的作品完全有可能被读懂。

与此呼应的，是揆叙《隙光亭杂识》里的一段话：“庄子云：‘藏舟于壑谓之固矣，然而夜半有力者负之而走，昧者不知。’信浮生之不足把玩矣，及读《楞严》月化日迁刹那不住，微言精义，胜妙独出，恍然如更上一层楼也。”

“信浮生之不足把玩矣”这句话，除非把自己的人生经历写出来给人把玩，是不能表示这样的谦虚的。

揆叙去世后，他的老师唐孙华写了四首七律《揆总宪恺功挽诗》，提供的内容非常重要。

揆总宪恺功挽诗其三

百尺寻橦自古危，彭殇同尽是前期。
功名终始宁非福，似续萧条却可悲。
虚寝竟无燕姞梦，绕堂只欠衮师儿。
锦囊诗卷谁收拾，终望桓谭异代知。

只分析末尾两句。

“锦囊”指锦缎制的袋子，常用来存放密件或诗卷。单凭“锦囊诗卷谁收拾”一句，当然不能联系锦囊妙计之典，不能说揆叙遗留的诗卷是机密的东西。关键是后句的“异代知”，揆叙的锦囊诗卷，在本朝本代是不能为人所知的，只希望在改朝换代之后，有一个如桓谭那样的无神论者看懂。那么就是前面所写的隐晦作品，作品内容干涉朝廷。

唐孙华了解那部书，担心它最终会落入谁手。

揆叙去世后，查慎行也写了四首五律表示哀悼，但内容倾向于应酬话，内涵不多。后来朝廷谥揆叙“文端”，查闻讯后，作《阅邸抄知副相揆公奉特旨予谥“文端”感赋一律》，这首七律的内容深可玩味。如下：

易名大事敢轻论？忽听纶褒下紫阍。
两字克当何愧色，九原可作讵孤恩。

本师君不忘胡震，受业人终笑孔播。

却望寝门遥破涕，借将朝典慰吟魂。

这首诗整体给人的感觉，查老师虽然表现得很一本正经，却早已忍俊不禁，满肚子的嘲笑嘟嘟地往外冒。这样的诗唐孙华是写不出来的，查的性情为人和唐孙华不同，唐显得忠厚老实，查则圆滑世故得多。圆滑世故是生存技能，非贬义。

第一、二句。一边说易名大事怎么敢轻易议论呢？一边还是议论了。那么实在不能不议，言外之意，“文端”这个谥号，用在揆叙身上，得议论议论。

第三、四句。“愧色”指羞愧的脸色。“孤恩”指忘恩负义。虽然在一本正经地称颂，但“愧色”“孤恩”这样的词，未免刺眼，让人觉得别有用心。就像赞一个贞妇，却说她不是淫妇；赞一个正直的君子，却说他不是一个贼。你能相信查老师是无心之语？

第五、六句。“孔播”是“青出于蓝”典故里的老师，学生为南北朝藏书家李谧。查慎行把自己比作孔播。这个典故原是好的，夸学生的学问胜过老师。可加上“终笑”两个字，就变了味。得到“文端”之谥号的揆叙，最终可以笑他这个当老师的了，或者说，至此，作为老师，他才真是自愧不如了。岂非在拐弯抹角吐槽朝廷谥揆叙“文端”之号非常滑稽？揆叙的文，其实是“不端”的。

末二句。因为这个谥号，遥望揆叙的坟墓破涕而笑。一首悼念类诗两次写笑，要么这老师太无情，要么这谥号太搞笑。“吟魂”指诗人的魂魄。这样的事件背景下，称呼强调学生的作品而非身份，也让人觉得有深意。

在家和尚

揆叙和耿氏是不是“空对”的夫妻？按照墓志铭的说法，他俩佳偶无匹，相敬如宾，犹如天作之合。但墓志铭之类总是报喜不报忧，情感方面更不用说了。揆叙夫妻之间实在有严重的问题，相敬如宾不过是表面，耿氏根本在守活寡。从揆叙和他老师的一些诗篇来看，揆叙早早就处于独居状态，后来更成为在家居士，所以自号惟实居士。其实比居士更甚，他过的完全是和尚的生活，就像《题顾六纪册子》之四说的“戒身”，一直到生命的最后。

揆叙和耿氏这对夫妻，和其他夫妻最明显的不同是，他们没有孩子。不必作种种猜测，说他们的身体有问题，上述唐孙华的《揆总宪恺功挽诗》其三直接给出了答案。

主要在于“虚寝”二句。“虚寝竟无燕姞梦，绕堂只欠衮师儿。”“虚寝”即一人独睡，那么揆叙不和耿氏同房。“燕姞梦”是典故。《左传·宣公三年》：“初，郑文公有贱妾曰燕姞，梦天使与己兰，曰：‘余为伯修。余，而祖也。以是为而子，以兰有国香，人服媚之如是。’既而文公见之，与之兰而御之。辞曰：‘妾不才，幸而有子。将不信，敢徵兰乎？’公曰：‘诺。’生穆公，名之曰兰。”后以“燕梦徵兰”为妇人怀孕生男之典。“燕姞”亦泛指姬妾。揆叙也没有妾以及生子之心。唐孙华虽知内情，但还是有些不能理解和体会，所以用了个“竟”字。当然，也可能只是表达这个人如此与大众不同。“衮师”是李商隐之子的名，似有意以李商隐喻揆叙。李商隐诗以隐晦难懂出名，揆叙的回忆录隐僻如藏舟夜壑，两人确实有共性。

揆叙和耿氏的分居状态，至少在康熙三十一年，他十九岁时，就已经开始了。此年秋揆叙有诗《蛩声》如下：

声声哀怨定何音，床下方知入夜亲。
片月浸帘天似水，孤灯照壁影随人。
渐依清漏吟还细，乍闻寒砧响更频。
生性自宜凄紧候，肯随莺燕竞鸣春。

和耿氏成婚四年的揆叙，孤灯照壁，独影随人，入夜和哀怨声声的蟋蟀相亲，已是“虚寝”的状态。揆叙说这是随从本心的选择，境况固然凄冷迫人，也绝不肯追从人世间的花花绿绿。这一年的揆叙，还显示了向佛之心，他接连访洪光寺、碧云寺、隆教寺，和僧人频繁交往，有《次韵和轮菴和尚》等诗。

揆叙二十一岁时，刚过弱冠之年，本是风华正茂的年纪，揆叙却不仅“虚寝”，如《题顾六纪册子四首》之四所说，已是“戒身”，在家居士。

二十三岁时，有诗《次韵酬沈竹西》如下：

萧然丈室静于僧，曲盝床空拥氍毹。
绕舍溪喧闻洗马，隔墙风紧任呼鹰。
少工篆刻真堪悔，醉觉杯铛不易胜。
剩有沧浪诗法在，独从妙悟比传灯。

“丈室”即维摩丈室。“维摩”指佛教著名居士，在家菩萨维摩诘。相传毗耶离维摩诘大士以称病为由，与前来问疾的文殊等讨论佛法，妙理贯珠。其卧疾之室虽一丈见方而能容纳无数听众。揆叙说自己的卧室比真正的出家人还静寂萧然。“曲盝”即曲形的食品盒。“毾㲪”指有花纹的细毛毯。

三十多时有诗：“初偿佛国三生债，容易僧房半日留。”“露下柏堂双鸽去，烟迷萝径一僧来”等。四十一岁时有诗：“银函金氎偿初愿，岸柳山桃谢夙缘。拟学维摩开丈室，就中原有散花天。”依旧是维摩丈室。“银函金氎”指佛家经卷。三年后，即康熙五十六年正月初七，揆叙去世，他的生活状态，应该不会有什么改变了。

家庭成员

《红楼梦》第七十八回“老学士闲征姽婳词”，有一句“不系明珠系宝刀”，非常平淡的一个句子，既不新奇更非引经据典，可是，围绕这句，作者却写了两百多字，用了六个“一句”。众清客更是“拍案叫绝”。这句诗真可谓风光无限了。必有内涵。说出这句后，宝玉显得非常不安，不待众人有反应就“忙问”父亲，可还使得？贾政很淡定，表示先放着，可以续下句了。宝玉仍不放心，继续追问行不行。把贾政惹火了，呵斥了他几句，才算完。“不系明珠系宝刀”有何奇特之处？从书中完全看不出来，联系揆叙，就有很好的解释了。“明珠”是他爹的名字。封建时代对君主和尊长的名字要避免直接写出或说出，以示礼敬。黛玉写母亲的名字时添减笔画，读的时候转音，就是这个原因。做儿女的倘若当众说出父亲的名字，可不是一件令人“叫绝”的事？是作者故意给出的书本和现实的一个连通点。贾政对此的反应很有意思，写下来，看着笑，不予置评。

揆叙的父亲明珠是康熙时期名臣，权倾一时，人称相国。但明珠的起点并不高，因其兄郑库为长子，世袭是轮不到他的。明珠十七岁时，被朝廷授以“銮仪卫云麾使”，一个朝廷小职员，却凭借非凡的个人能力和学识，步步高升，最终位极人臣。明珠的仕途经历简直就是一部升迁史。明珠墓志铭：“今上登极，改内务府郎中，充总管，迁内弘文院学士，擢刑部尚书，历都察院左都御史、兵部尚书兼佐领、吏部尚书，拜武英殿大学士兼礼部尚书，加太子太傅晋太子太师，充太宗文皇帝《实录》总裁、经筵讲官，特授议政内大臣，立朝凡五十有八年，居内阁十有三年。”在议撤三藩、统一台湾等重大政治决策中，都起过关键作用。在官场五十八年，善始善终，中间虽然有小插曲，因河工的事被弹劾撤职，大概是吧，正史是这样写的，但很快又复职，跟随在皇帝左右。这个人物，他的形象，他的一生，如用一个字概括，“政”字是不是非常恰当呢？

明珠礼贤下士，门客众多，颇有战国四公子之风：“好施予，尤喜寒士。严绳孙、朱彝尊、姜宸英、唐孙华之属，时延于家，多致显名于朝；吴兆骞戍关东，赎以归，厚□给之，士类多诵义者。”以及“羽翼善类，将掖寒士，卓然有古大臣风。”和贾政一样的。

揆叙生母觉罗氏，皇姓，努尔哈赤第十二子英亲王阿济格嫡出第五女，明珠原配，一品夫人。觉罗氏信佛，“平日皈心释氏，晨起必焚香膜拜，诵梵经一卷”。

觉罗氏的父亲英亲王阿济格，骁勇善战，原是清朝的开国功臣，但狂妄自大。顺治七年冬，趁摄政王多尔衮病死之机，试图发动兵变，因被告发而失败。顺治八年被赐死。和王夫人、王家及“义忠亲王”的情况一样。但找不到阿济格和“东海”“金陵王”说法的联系。

第二章推算出的贾政的年龄属相，和明珠不能完全相符，差了两年，反而和明珠的妻子觉罗氏相同。是不是有这样一种可能，明珠五十大寿虽在 1684 年，因出官差或某种原因而无法庆祝，1685 年又遭遇丧子之痛，所以在 1686 年，觉罗氏五十举办大寿的时候，家人便同时为明珠补办了五十之庆？夫妻二人同庆大寿，未尝不可。当然这是乱猜。

明珠长子纳兰性德相关内容多，另篇分析。

明珠第三子纳兰揆方，生于康熙十九年四月二十四日，比揆叙小六岁。揆叙和性德的墓志铭，都写明生母是明珠的原配夫人觉罗氏，高贵的皇家郡主，当然是值得炫耀的，也正是当炫耀的时候。揆方的墓志铭却回避了这个问题，不像性德和揆叙的墓志铭那样，称觉罗氏为“母”或“妣”，而是称“太夫人”。判断揆方是庶出。揆方真是一个不受重视的人物。看他的墓志铭，特别是有他的父亲和两个哥哥的在那儿对比着，备显寒碜。铭文字数比父兄的少一半还多，撰写人年羹尧，絮絮叨叨，仿佛努力再努力，绞尽脑汁要写几句溢美之词，以及试图告诉大家，他不是一个无所事事的人，终究还是只能借其父兄的存在和光芒而照耀他的暗淡。

揆方死于康熙四十七年正月十四日，年仅二十九岁。四月明珠病逝。这一年于纳兰家来说是悲伤的一年。

在姊妹方面。按照明珠夫妇墓志铭的记载，他们有三个女儿。觉罗氏墓志铭：“女三人，一配温郡王，一适一等伯李天宝，乃宗勋之后也，一未字。”恰有一个女儿嫁给郡王，是王妃。明珠夫妇人到中年才生揆叙，觉罗氏死时，揆叙只有二十一岁，这位温郡王妃应比揆叙大不少。但十几年后，明珠墓志铭关于他的三个女儿的说法，有了细微的变化，“女三人，长适一等伯李天保；次适哆罗贝勒延寿；次先卒。”哆罗贝勒延寿应就是温郡王，看来遇到了什么事，降了级，清代常有的事。温郡王妃是明珠夫妇的二女儿。

宝玉有四位姊妹，揆叙只有三位，是不是对不上了？恰恰这样才对。明珠夫妇如果有一个女儿成为“白玉”，然后嫁给“先皇”，她就必须从纳兰家消失，无论父母的墓志铭还是家族的族谱，都不会出现她。

按照明珠墓志铭记载，“公考倪迓汉，金太石中子也，以佐领累赠光禄大夫；妣墨尔齐氏，累赠一品夫人。子男四人：伯郑奎，官至资政大夫，仲、季俱夭，公其叔也，幼而颖异。六岁母夫人卒，十二岁光禄公卒，为资政公所抚，以孝友闻。”明珠六岁丧母，十二岁丧父，是由长兄郑库抚养成人的。那么“贾母”是谁？在纳兰家族的墓志铭里，何以不见这样一位人物？

不说事实上怎样，从理论上，倪迓汉也必有一位“贾母”那样的夫人存在。

《八旗通志》初集：“初次袭，郑库，倪迓汉子，顺治三年袭，恩诏加至阿达哈哈番，今汉文改为二等轻车都尉。二次袭，安泰，郑库子，顺治十五年袭。”顺治三年，也即明珠十二岁时，他的哥哥郑库袭世职。倪迓汉死于顺治三年，公元1646年。《八旗通志》初集还有这样的记载：“骑都尉倪迓汉，顺治二年以军功授牛录章京，今汉文改为骑都尉。”倪迓汉在死前一年，还因立下战功受封，应尚在壮年。他的原配夫人，也即明珠生母墨尔齐氏，却早在六年前就去世了。六年时间里，倪迓汉的婚姻是一个什么样的状态呢？从贾母、王夫人等人和王妃诰命夫人们的往来看，清朝官员的夫人们，不仅要管理家务，相互之间的人情应酬也很频繁。倪迓汉家里少不了一位掌管家务的夫人。何况当时明珠才六岁，教养照顾孩子也是离不了的。

事实上纳兰家正有这样一位老人家。上引唐孙华的《揆总宪恺功挽诗》其三：“百尺寻橦自古危，彭殇同尽是前期。”“彭殇”是用典。“彭”指彭祖，一位据说活了八百岁的古人。“殇”指未成年而夭。合起来的意思指寿夭。这句的意思是，长寿和短寿的人同时去世，像先前期望的那样。揆叙四十四岁而终，“殇”自然指他。和他同时去的，还有一位长寿老人，是谁？以及为什么期待“彭殇同尽”？

揆叙二十八岁时的一首田园诗，写到了一位老亲。

园中杂咏四首其四

春风何习习，春日何迟迟。

吾亲幸强健，晨昏相娱嬉。

偶憩花间亭，或临柳下池。

春光佐人欢，处处添融怡。

老亲笑且言，此乐不可支。

得此盖有由，仰荷圣主慈。

幸逢明盛代，勿负芳春时。

这首诗写自己和一位“老亲”在园子里游玩。“老亲”指祖字辈的亲人。揆叙又称其为“吾亲”，很亲近的称呼。单一个“亲”字，不加别的称呼，常常指至亲，如父母可称“吾亲”“双亲”等。

“晨昏相娱嬉”句。“晨昏”当指晨昏定省。《礼记》：“凡为人子之礼，冬温而夏凊，昏定而晨省。”也即儿女早晚要向父母请安问候，是为定省。祖父母当然也在定省之内。《红楼梦》里宝钗住在荣府，虽然是亲戚，作为晚辈，也每天去王夫人、贾母处定省，是礼数也是尊敬。却不向薛姨妈早晚请安，因为薛姨妈是“妈”不是“母”。那么老亲的身份范围很小。即便“晨昏”不是指晨昏定省，早晚都膝下承欢，也能确定老亲是揆叙生命中最亲最重要的人。

“老亲笑且言，此乐不可支。”老亲能笑能说，真叫人快乐得不能撑持。就老年人而言，活到了相当大的年纪，却还不老糊涂，能说能笑，是难得的事，会令儿孙快乐欣慰。这两句说明老亲年纪非常大了。

“相娱嬉”“憩花间亭”“融怡”“乐不可支”，揆叙和老亲的关系十分亲昵，这种亲昵，即便天伦至亲之间，也得从幼年时形成，只有儿时撒娇耍赖过，长大后才能放任自然地亲近。最符合这些情况的，莫过于祖孙之间。揆叙祖父早已过世，男人之间也不大可能那样，只能是女性长辈。判断“老亲”是揆叙祖母。

这样一位老亲，揆叙必然希望能够伺候到她寿终正寝，才能安心。既然符合期望，老亲之逝应略早于揆叙。揆叙逝于康熙五十六年正月初七，猜测老人逝于康熙五十五年冬。寒冬时节，原是对高龄老人身体的一种考验。

如果“老亲”即贾母，可有底气对抗皇家择配的婚姻？纳兰家和皇家深有渊源，皇太极生母高皇后孟古是纳兰家的姑娘。她是倪迓汉的姑母，明珠的姑奶，顺治的亲祖母，孝庄的婆婆。老亲和当时的孝庄太后是很有意思的表亲关系。而顺治作为外甥，对舅妈也要礼让三分吧。不会太好意思下狠手。

明珠夫妇的墓志铭上为什么没有提这位“老亲”呢？明珠墓志铭是揆叙托付王鸿绪所撰，所谓“次揆叙，工部右侍郎管翰林院学士事，即属余铭者也”。故意不写的可能性很大，太容易和贾母建立联系。

推测一下作者写“贾母八旬之庆”的原因。“贾母”生于明万历四十七年，到清康熙五十五年，也就是揆叙病逝之前的一年，已九十八岁高龄。的确非常长寿。既如此，八十岁九十岁的整生日按说都要大庆，作者为什么写八旬而不是九旬大庆？后者岂不更能说明问题。可以有一个解释。“贾母”九十岁是康熙四十七年，这一年于纳兰家来说，非常的不幸，正月十四日揆方病逝，四月十七日明珠辞世。当然不适合庆寿。八十大寿或者是“贾母”最后一次做生日。

荣国府有大观园，明珠家呢？

公元1687年，也即揆叙十四岁时，明珠在京城西郊建私人别墅自怡园。觉罗氏墓志铭：“相国乃于西郊之外，畅春园之后，诛茆结庐，为自怡之园。”

自怡园和皇家园林畅春园相邻而建，书中大观园的西邻即皇家园林，也对应。

自怡园依山傍水，地理位置优越，邻着皇家园林，风景肯定没得说。园中有二十一景：筼筜坞、桐华书屋、苍雪斋、巢山亭、荷塘、北湖、隙光亭、因旷州、邀月榭、芦港、柳浒、芡汊、含漪堂、钓鱼台、双遂堂、南桥、红药栏、静镜居、朱藤迳、野航。很多都相当容易和大观园建立联系，比如筼筜坞之于潇湘馆。

揆叙十九岁时的一首《夏日园居杂兴》，提及自怡园的建造师叶洮。

夏日园居杂兴其七

指点园林旧画师，天涯孤棹再来迟。

伤心盛夏成迁逝，回首芳春忆别离。

累石崚嶒犹故物，种桃夭袅又新枝。

羁魂零落知何在，归向华亭鹤泪时。

揆叙自注：云间叶洮为余家筑园，归后至京师，殁于涿州。

“崚嶒”本义指高耸突兀，园子里有高耸突兀的石头景物。“羁魂”指客死异乡不得回归故土者的魂魄。“华亭鹤”是一个著名典故。西晋陆机是吴郡华亭人，年少时在家乡观鹤舞闻鹤声，过着优哉游哉的生活。后入仕途，因参与八王之乱而被杀。临刑前说：“华亭鹤唳，岂可复闻乎！”痛悔没有重回快乐时光的机会了。后人常用“华亭鹤”表达痛悔不已的心情。这首诗虽然首先伤悼了画师叶洮，但并非悼诗而是杂兴，蕴藏了其他的思想感情，叶洮不是主角。

叶洮是康熙年间著名的园林大师，据说叶常自称“山农”。“山农叶洮”不仅很容易和大观园的建造师“老明公山子野”建立联系，他还是自怡园旁边的皇家畅春园的建造师。《清稗类钞·宫苑类·畅春园》：“叶洮，字金城，青浦人。胸有丘壑，大内畅春园一树一石皆其布置。”

揆叙诗词中能和《红楼梦》中风景和物品联系上的很多，如黑水、烧山、虎丘山、漂母祠、佛手柑、玻璃镜、自鸣钟、冻石、乳酪、木瓜、秋海棠、红白梅、荔枝、东篱菊、南华经、缟袂等等。揆叙诗词中涉及最多的古代文人是苏轼、李商隐、庄子等，也是《红楼梦》中特别提及的人物。

揆叙和耿氏的婚姻及耿家

康熙二十七年，十八岁的耿氏嫁给十五岁的揆叙。耿氏比属虎的揆叙大三岁，属猪。

耿氏的生母和硕柔嘉公主，原是顺治帝堂兄安郡王岳乐的女儿，被顺治和宠妃董鄂妃收为养女，十分宠爱。耿氏的父亲耿聚忠，靖南王耿继茂三子，康熙二年娶柔嘉公主为妻，柔嘉公主当时仅十二岁，两人是政治婚姻。康熙十年耿氏出生，康熙十二年柔嘉公主去世，年仅二十二岁。康熙十三年，揆叙出生的那一年，靖南王耿精忠起兵谋反，耿聚忠、耿昭忠率子侄请死，因此叛乱平定后未受牵连，康熙二十六年耿聚忠去世。

关于两人的婚配，耿氏墓志铭的一段话，或者说明些问题。

“年十一，春正月，上召夫人进大内纵观灯火。上语及公主都尉事，夫人历历奏对志称旨，妃嫔贵人皆极怜爱，抚惜备至，是日即拜赐首饰文绮。此圣恩下逮之始也。自此以后，上笃念懿亲，且嘉夫人容止静慧，赏赉叠加，为留意择配。”

说耿氏十一岁“进大内纵观灯火”。“观灯火”确定无疑是托词。当时三藩之乱已处于收尾阶段，耿氏的伯父靖南王耿精忠在押，至年底，三藩之乱平定，次年正月耿精忠被凌迟处死，子孙皆斩。从“此圣恩下逮之始也”来看，耿氏之前并不在京城，应该和耿家大家族住在一起。不然作为顺治的外孙女，康熙的外甥女，三岁就没了娘，耿氏没有理由直到十一岁才开始得到皇帝的恩典。皇帝彼时召耿氏进宫，是要在处置耿精忠及其家眷之前，把耿氏等人先分离出来，才好下手。

和《红楼梦》中皇家“降不世出之隆恩”、宝钗十一二岁入京“待选”，大同小异。那一年薛家人很多莫名其妙地消失，和耿精忠一家被处死，更是完全对应。

皇家为耿氏“留意择配”，或者出于歉疚，或者出于宠爱，或者其他什么原因，但那被选择的人，可能就要身不由己了。

金玉良姻有两个后台人物，太上皇和老太妃。太上皇故事多，另篇分析。只说老太妃。老太妃的特点不少。她是宝钗的姥姥，又不是正宗的姥姥；她生育能力强大，像“母蝗虫”；她是老太后，地位犹如“母皇”，又难摆脱“太妃”身份；她在康熙二十六年七十五岁，属牛，薨于康熙二十七年前后，丧礼异常隆重，皇帝亲自领丧。耿氏身后，皇宫内苑，是否存在这么一个强大的女性支持者？确实有的，就是大名鼎鼎的孝庄太后。

孝庄太后是顺治生母，和硕柔嘉公主的养祖母，对耿氏来说，当然是姥姥，但确实也远了点。

孝庄生有三女一子，是皇太极后妃中生孩子最多的，可谓“母蝗虫”。孝庄作为皇太极的妃子，没有被册过皇后，可谓“太妃”。她能力强大，皇太极死后，辅佐儿孙两代帝王，声名显赫，地位崇高，孙子康熙对她尤为感情深厚，可谓“母皇”。

孝庄生于明万历四十一年，属牛，康熙二十六年正是七十五岁。

孝庄的丧礼由康熙亲自领丧，隆重空前，正如《红楼梦》里那样迁延日久。据《康熙起居注》，孝庄死于康熙二十六年十二月二十五日，最初停灵于慈宁宫。次年正月十一日，梓宫移到朝阳门外殡宫。正月二十一日，康熙等人除去丧服，丧礼暂时告一段落。此后到百日，康熙仍不时带领群臣凭吊孝庄的殡宫。一月二十五日行一月礼，三月二十五日行三月礼，四月初三行百日礼，这样的日期，不仅亲王、贝勒、贝子、公等、大臣、侍卫、文武大小官员、外藩王、台吉等都去，王妃、公主、君主以下、一品以上官员之妻也都齐集举哀。四月初七发引，康熙皇帝每天步行数里送灵，这些人都跟着送灵。四月十九日，由康熙亲手把梓宫“奉安于宝座”。四月二十二日，康熙又到孝庄梓宫奉安殿，亲眼看着封掩完毕，至此丧礼才算结束。第二天康熙在蓟州城剃了头发。

孝庄太后薨后，康熙皇帝本打算持服守孝三年，在群臣的再三劝阻下，遵从孝庄太后以日易月的遗诰，持服二十七日。服满之日为“正月二十一”。

孝庄太后与“庄”字有缘，为妃时叫庄妃，和牙牌令中刘姥姥的“是个庄家人罢”以及又两次说自己是“庄家人”，可以建立联系。

耿氏本人以及耿家的种种情况，也和宝钗及薛家对应。

耿氏非常有才。耿氏墓志铭：“生而聪慧，颖悟绝伦，幼稚时端庄凝静若成人。少长读内则诸书，咸过目成诵。作字端楷，兼通国书，精于翻切，为专家所不逮。终日焚香观书，寒暑无间。家人咸礼惮之，然心极慈和，御下以宽恕。奉佛持斋，无绮罗嗜好。”虽然墓志铭之类往往有许多言过其实的溢美之词，但在学问方面说得这样确切，耿氏的学问没有问题。行为、待人等方面，也是宝姑娘的做法。

耿氏的管家能力很强。耿氏墓志铭：“文端公一生清分而荫藉高华，家富丁众，夫人寂坐内室，皆烛照计数，了如指掌。家众持筹抱牍，纵横不可究诘，夫人发一语辄中款的，虽千里百里传命奉行，罔敢欺隐。”

有人劝耿氏写诗，她却说写诗不是女子的事。耿氏墓志铭：“夫人贵为一品命妇，谈经说诗，与文端若同研生。或劝以盍一事吟咏，夫人曰：‘读书所以明大义，作诗非女子事也。’”正如宝钗教导黛玉的。耿氏和揆叙像同学一样谈经说诗，两人的才学貌似可以相提并论。

耿氏也有一兄。耿聚忠死后，耿氏墓志铭：“夫人与兄执丧尽礼，每以不逮养为憾。”耿氏当时还是深闺未婚少女，却和哥哥一起执丧尽礼，她哥哥似乎比较没用。

书中第十四年四月二十五日，作者以“这么大的大西瓜”暗示宝钗的年龄。耿氏生于康熙十年五月初一，到康熙二十六四月二十五日，十六岁的瓜龄就只剩下五六天。

书中把芒种节称为“饯花节”，说这一天过去后，百花退位。并没有一个所谓的“饯花节”，但联系耿氏的话，却可以有一个解释。耿氏生于康熙十年五月初一，按照汉典电子万年历，是那年芒种节的第二天。

耿聚忠死于康熙二十六年春，也即书中第十四年春天。书中第十四年五月初薛蟠被冤大闹，而后反省“如今父亲没了”，娘儿仨一起伤心掉泪。可以建立联系。

顺治的女儿不少，但长大成人的仅四人，亲生的恭悫长公主，养女和硕和顺公主、和硕柔嘉公主及和硕端敏公主。柔嘉公主在姊妹四人中排行第三，却最先去世，死时仅二十二岁。冷子兴说：“老姊妹四个，这一个是极小的，又没了。”可以建立联系。

书中元、迎、探、惜的名字不从玉字辈，巧姐的名字不从草字辈，唯独贾敏的“敏”从男性的文字辈，且贾敏的女儿读至凡书中有“敏”字，皆念作“密”字，于耿家可有解释？柔嘉公主的丈夫耿聚忠谥号“悫敏”，公公耿继茂谥号“忠敏”。对耿家来说，“敏”是一个具备男性、政治含义的重要的字。“密”的本义是“山如堂者”，引申义有隐蔽的地方。

宝钗即耿氏，第七十八回她劝诫王夫人的话，“说不得当日的话。姨娘深知我家的，难道我们当日也是这样冷落不成？”用心是何其险恶？在拿大伯父被凌迟处死、其子孙皆斩的事对王夫人进行心理暗示。虽然那些人被处死是因为叛乱，和荣府的奢侈或俭省完全不是一个性质，但得罪皇家所引发的可怕后果，足以令王夫人心惊肉跳了。何况王家还有黑历史。宝钗和袭人影响王夫人的方式是相同的。其实从探春管理大观园后，园子就可以自给自足了，这个宝钗也参与的，怎么又担心起园子的费用来？

揆叙的闺闱师友长白女子

揆叙青梅竹马的恋人，起初以为只能在揆叙诗中找到她的踪迹。

偶看赵秀亭的《纳兰丛话》，说明珠有一位能诗但身份不确定的“女儿”纳兰氏，英年早逝，著有《绣余诗稿》，是揆叙的“闺闱师友”。不禁十分振奋，觉得很可能就是“林妹妹”。辗转寻求《绣余诗稿》很久，都没有找到。网购胡文楷《历代妇女著作考》，也仅得到如下信息：“《绣余诗稿》一卷，纳兰氏撰。谦牧堂刻巾箱本，无刊刻年月，卷首题‘长白女子纳兰氏著侄永寿仁山父谨录。’凡诗一百二十首。每半叶六行，行十六字，前有永寿序。”不管怎样，这册诗集和这姑娘是肯定存在的，只看彼此的缘分。后来国家图书馆开通网上微缩复印，通过联系，终于得到诗稿的前三分之一。虽然不全，好在得到了关键的序言部分。虽然有些地方字迹已模糊难辨，甚至有空白，内容也非常隐僻，但足以证明，长白女子就是那位“崔徽卷里人”。

序言出自纳兰永寿。永寿是揆方之子，揆叙嗣子。也是一位才子，对养父感情深厚。原文为竖排繁体字，本人自己断的字句，希望没有太大的问题。全文如下：

盖闻彤史才人自是闺中之秀，兰心士女多标林下之风。然而芝草稀生，香花易萎。岂淑性厌尘寰之氛浊，遽返瑶池；抑天心忌黼组之才华，遄□月府。彼苍谁问？此事谁知？先姑赋性幽……识之无，甫……先大夫文端公，闺闱师友，唱和埙篪。斑管常操，写出芙蓉之锦；银笺时启，开来芍药之花。垂翡翠之帘栊，纠云绣紩；拂琉璃之砚匣，澡雪缫冰。豳雅可与同音，周南于焉叶奏。咏雪才高于柳絮，裁诗面赏于枫宸。诚哉，续史之大家；允矣，熙朝之盛遇。乃：三星未赋，竟郁郁以埋香；二竖时侵，遂深深而葬玉。一时罕遘，千古同嗟。惟彼家人犹说闺中之懿范，翳余小子徒窥笔底之遗芬。……成异采零绡碎锦……人用彰闻德德。

永寿称这位女子“先姑”，她和明珠存在父女关系，但又不是纳兰家的姑娘，因为永寿称她的家人为“彼家人”，“惟彼家人犹说闺中之懿范”，只有你的家人还在说着你闺阁中美好的道德风范。或是明珠养女，或存在抚养关系，也可能是其他原因。长白女子和揆叙关系非常亲密，是揆叙的“闺闱师友”，两人诗词唱和频繁。而且相恋了。“斑管常操，写出芙蓉之锦；银笺时启，开来芍药之花”。芍药是古代男女之间两情相悦的信物。《诗经·郑风》：“维士与女，伊其相谑，赠之以芍药。”这位姑娘是揆叙青梅竹马的恋人无疑。

两人不仅相恋，且有未成的婚约。“豳雅可与同音，周南于焉叶奏”。“豳雅”指《诗经·豳风·七月》篇。《周礼·春官·籥章》：“凡国祈年于田祖，吹《豳雅》，击土鼓，以乐田畯”。郑玄注：“豳雅，亦《七月》也。《七月》又有‘于耜’‘举趾’‘馌彼南亩’之事，是亦歌其类。谓之雅者，以其言男女之正。”“男女之正”指符合礼制的婚配。“周南”喻德化地区或人的良好道德教养。两人可以有符合礼制的婚配。以及似说两人发乎情止乎礼，恪守着礼教规范。

但未及成亲，长白女子就香消玉殒了，所谓“三星未赋，竟郁郁以埋香”。“三星”应出自《诗经·唐风·绸缪》。《绸缪》原文如下：

绸缪束薪，三星在天。今夕何夕，见此良人？子兮子兮，如此良人何！

绸缪束刍，三星在隅。今夕何夕，见此邂逅？子兮子兮，如此邂逅何！

绸缪束楚，三星在户。今夕何夕，见此粲者？子兮子兮，如此粲者何！

这是一首描写新婚之夜的诗歌。通过天上三星的位置移动，写从黄昏到深夜的时间变化，进而写新婚的男女二人的幸福心情和女子对爱人的赞美喜爱。“良人”是古代女子对丈夫的称呼，也有人说是夫妇间的称呼。“束薪”因此也被用来寓指爱情婚姻。纳兰性德原配卢氏的墓志铭中，关于两人新婚盛况和琴瑟和谐的描写是：“乌衣门巷，百两迎归；龙藻文章，三星并咏。”也是用“三星”之典。“百两”即百辆车，言婚礼之隆重热闹。

永寿既称长白女子为“先姑”，又说是揆叙的“闺闱师友”，二人并没有正式的婚约。

长白女子怎么死的？这个是关键。

“二竖时侵，遂深深而葬玉”。“竖”是古时对人的蔑称、贱称。“二竖”是典故，出自《左传·成公十年》。“公梦疾为二竖子，曰：‘彼良医也，惧伤我，焉逃之？’其一曰：‘居肓之上，膏之下，若我何？’”后以“二竖”引申指重病。但这里显然不是指重病，人不可能时常得重病，也和前面说的“遽返瑶池”矛盾，常得重病怎么能说突然就死了呢？长白女子是非正常死亡。永寿还用了两问：“彼苍谁问？此事谁知？”谁能问问苍天，这件事又有谁知道？那么长白女子的死是敏感事件，不能为外界所知。“二竖”用的是本义，指两个坏人。长白女子是被两个坏人侵害而死的。永寿以“二竖”相称，可见对这两人的蔑视和愤怒。

“二竖”当然是女性。从《绣余诗稿》的风景描写来看，长白女子住在明珠府花园中无疑。其中一首《园居即事》，内容如下：

晴川一带漾微波，两岸翩翩鸥鹭多。

隔浦只闻喧笑语，不知谁唱采莲歌。

对比揆叙的园居诗，应该就是自怡园，两人都在园里住，否则他们的联系也不能如此密切。我得到的诗稿内容不全，也曾从网上去搜，看到一些据说是出自《绣余诗稿》的诗，从发布者的文风修养来看，应该是可信的。其中有一首《园居杂兴和兄原韵》，如下：

一见新诗至，心怀觉稍宽。

幽斋书万卷，曲径竹千竿。

碧藓红英点，清波翠叶摊。

旧时吟好在，烟树共盘桓。

这显然是住在园子里的。然后接到揆叙遣人送来的新诗，有感而发。“幽斋书万卷，曲径竹千竿”二句完全就是翠竹掩映、“书架上磊着满满的书”的潇湘馆，所谓“竟比那上等的书房还好”。

一个闺阁少女，以“女儿”的身份居住在相国家的私人花园，和外界男子是不可能有接触的，侵害她的“二竖”，必是女人。且同样住在明珠家，日常相处时常接触，才有这样的机会。谁会时常侵害她，谁又能时常侵害她？以及能得到什么？作为揆叙，心上人被其他女人侵害至死，造成他终身的痛苦，却只能哑忍，还娶了不爱的女人。作为耿氏，大家闺秀，皇家为留意择配，如此有利的身份条件，何以却和揆叙这样一个心有所属的少年联姻，以致终身守活寡？作为后辈，永寿多年后出版遗编，也只能表达愤怒和鄙视，而不敢吐露实情。这一切的疑问，联系《红楼梦》金玉良姻和木石姻缘，都可以得到圆满的解释。

揆叙三十五岁时有诗《钟声》，其中两句是："晨飚半偈心犹记，斜月楼高梦欲回。"熟悉《红楼梦》的读者，对书中第二十二回黛玉续宝玉偈的事，应该都有深刻印象，那偈续得实在精妙。因为给宝钗做生日，发生了一些小摩擦。当晚宝玉气愤地写了一偈一词就睡了。黛玉不放心寻来，袭人悄悄拿了给她看，黛玉又拿了给湘云看。到"次日"，又与宝钗看，然后三人一起来宝玉屋里找他理论。林黛玉当场续"无立足境，是方干净"两句，思想意境完全压倒了宝玉。作者虽然没给出具体的时间，但以黛玉对此的热切和回应，哪里还会再多等一刻，必是次日早晨刚起来时。因宝玉、黛玉这时在贾母处住着，宝钗来此给贾母晨省。

黛玉好雅谑，说出一句话来比刀子还尖，长白女子的雅谑水平毫不逊色。清沈善宝的《名媛诗话》中，记录了"长白纳兰氏"的两首咏史诗《咏四皓》和《孟尝君》。书中说这两首诗出自《绣余吟稿》，和《绣余诗稿》有一字之差，或是误印。《名媛诗话》版面略显粗糙，或难免错别字。网上也有人指出这两首诗出自《绣余诗稿》。摘录如下：

咏四皓

商山四皓复何求，羽翼空为老雉谋。

产禄尚存如意死，只成安吕未安刘。

"商山四皓"是秦末汉初四位信奉黄老之学的学问家，分别是东园公、夏黄公、绮里季和甪里先生。秦亡后四人隐居商山，因为年纪大了须发皆白，得“商山四皓”之名。四皓后来被吕雉聘请出山，帮助吕雉阻止刘邦废除太子刘盈，当然是成功了的。这首诗指责商山四皓被吕雉利用，成了她的帮凶，所作所为害了刘家而帮了吕家。

说吕雉是“老雉”，“雉”即野鸡，“老雉”就是老野鸡了。实在是骂人的话，可又怎么能说骂人呢？明明一个脏字也没有，“雉”字不过是称呼其芳名，“老”也是实情，促狭又亲切。相较于书中林妹妹称刘姥姥“母蝗虫”如何？宝钗评价母蝗虫之号的那段话用在这里真是十分合适：“世上的话，到了凤丫头嘴里也就尽了。幸而凤丫头不认得字，不大通，不过一概是市俗取笑。更有颦儿这促狭嘴，他用‘春秋’的法子，将市俗的粗话，撮其要，删其繁，再加润色比方出来，一句是一句。”

“老雉”和孝庄太后建立联系又如何？

荣府四个著名门客詹光、程日兴、胡斯来、单聘仁，可以和商山四皓建立联系。

孟尝君

幸舍空存说好贤，画堂食客满三千。

鸡鸣狗盗皆能用，只少高人鲁仲连。

明珠秉政时，宾客满门。这首诗似讽刺明珠家空有食客三千，不过是些鸡鸣狗盗之徒，没有真正的高人。

“黛玉”的绝技慧绣，有没有可能流传下来呢？从文本看，至少有两件作为贡品献给康熙皇帝，这就相对容易存世。本人曾在网上看到过一幅康熙时期的衣线绣《山市晴岚》图轴，清雅干净，会不会就是慧绣呢？

纳兰性德的小家庭情况

明珠长子，一代词人纳兰性德，生于顺治十一年十二月十二日，卒于康熙二十四年五月三十日，终年三十一岁。性德是病逝的，病症却有些蹊跷。按其墓志铭记载："孰意其七日不汗死也！"一个壮年男子，好好的忽然七天不出汗而死，近乎暴卒，未免引起了一些猜疑之声。据说是寒疾。明珠很爱这个大儿子，性德去世后的几个月，"（明珠）每退朝，望子舍必哭，哭已，皇皇焉如冀其复者，亦岂寻常父子之情也"。

作为文人，纳兰性德成就非凡，他的词集《饮水词》极受欢迎，所谓"家家争唱饮水词"。作为官场中人，性德并不得志。二十二岁中二甲第七名，据说他的理想是入翰林院成为庶吉士，却没有被皇帝点中。性德中进士后，选授三等侍卫，到三十一岁病逝，近十年的时间，也只升至一等侍卫。完全无法和弟弟揆叙相比。揆叙二十一岁授三等侍卫，二十九岁即任翰林院掌院学士兼礼部侍郎。

纳兰性德有三子四女。性德墓志铭："男子子二人，福哥，女子子一人，皆幼。"性德生母觉罗氏墓志铭："孙三人：傅哥、傅尔敦、傅森，俱成德出。"成德即性德。明珠墓志铭："孙五人：长福哥，早卒；次富尔敦，康熙三十九年进士；次福森，皆性德出；次永寿，次永福，皆揆方出。孙女四人：长适翰林院侍讲高其倬，次适翰林院侍讲学士年羹尧，次适马喀纳，皆先卒，次未字，皆性德出。"性德过世时只有三个子女，后来的四个，或遗腹，或外室所生的孩子，都有可能。三人中明珠去世最晚，所以他的墓志铭可以记述详细。纳兰性德研究者常指出他有外室姓沈。这样的话，和第十四年贾珠有三子二女，也并无矛盾。

性德有两任妻子。原配卢氏，两广总督兵部尚书都察院右副都御史兴祖之女。继室官氏。

性德和原配卢氏的感情很好，可惜卢氏成婚仅三年就病逝了，“康熙十六年五月三十日卒”。夫妻二人都死于五月三十日，也真是够巧。性德写了很多悼亡词悼念卢氏。

性德死后，守节的却是一个叫颜氏的，那么颜氏是妾。赵秀亭先生《纳兰丛话》分析，官氏在性德死后应是改嫁了，因为她不仅未葬在纳兰祖茔，性德墓志铭刻石上的官氏之父的名字也被凿去。颜氏虽然是妾，守节持家，教养儿女，极符合当时对女性的要求。性德长子富格，为颜氏所生。富格神道碑文：“公为颜氏太夫人所出。”“颜太夫人苦节持家，茹荼集蓼，赖前膝有此佳儿，差以自慰。”关于富格的神道碑文，还有些故事，富格卒于康熙庚辰年，也是英年早逝，仅二十六七。他的神道碑却撰立于三十七年之后的乾隆二年。皆因为他的儿子瞻岱。富格之子纳兰瞻岱，雍正时授正红旗满洲副都统，二品武官，一直平平淡淡的。乾隆登基后，年已四十不惑的瞻岱却忽然红了起来。乾隆元年即被皇帝派去兴建绥远城，乾隆二年晋升直隶提督，一品武官。年轻的新皇帝对纳兰瞻岱的封赏，简直就像在发神经。瞻岱的祖父母三人，父母三人，妻子儿子，均获诰赠或诰封。性德这么样一个人，他和妻妾的最高头衔，竟都来自他那算不得出色的孙子瞻岱，原配卢氏、妾颜氏，均被诰赠一品。颜氏至此得见青天，成了一品夫人。乾隆三年，瞻岱改陕西甘肃提督。据说此间瞻岱曾遭遇到直隶总督李卫的参奏，说他根本没有做提督的能力。乾隆不以为然，批评李卫是出于私心。乾隆五年，瞻岱病逝。

本人发挥一下想象，乾隆皇帝会不会因为看了《红楼梦》并且以为是明珠家事而特别关照了纳兰性德的后人呢？

颜氏和李纨的情况符合。但按照李纨的断词，她生前就已凤冠霞帔，得到了朝廷的诰封，颜氏却是在逝后才被诰赠为一品夫人，是不是有矛盾？这应该算不得矛盾。过世后因孙子而获得一品夫人的诰赠，不等于此前没有其他的朝廷诰封。性德最出息的儿子非富格，而是原配卢氏所生的次子富尔敦，康熙三十九年进士。颜氏因富尔敦而获得朝廷诰封的可能性是很大的。这位富尔敦，可对应贾兰。

纳兰心事几曾知

纳兰性德生命中有一个“秦可卿”吗？

在纳兰词中，的确有一个“天然绝代”的女子，是纳兰性德十分爱慕渴求却得不到的，至少在名分上得不到。有相当数量的纳兰词，有理由认为是写给这个女子的。把这些词排列出来，能清晰地看到一个故事的发展过程，从初识的惊艳，到彼此相思，到对方的身份变化，到心惊胆战的甜蜜幽会，到认为对方变心，感情纠结迁延了数年之久。相比那个女子，性德更为痴情。

减字木兰花

花丛冷眼，自惜寻春来较晚。知道今生，知道今生那见卿。

天然绝代，不信相思浑不解。若解相思，定与韩凭共一枝。

性德在一群姑娘里，看到了一个“天然绝代”的少女，对她一见钟情。

“自惜寻春来较晚”，似说这位美丽的少女已经许配了人家，或性德自己已经成婚而不自由了。“冷眼”当然不是冷漠，只能保持冷静的目光，因为身份或当时环境的原因。所以非常的懊恼可惜，哪里知道这辈子能遇见你？

少女对性德并未生情，从“相思浑不解”来看，对方年纪还小，情窦未开。但不管怎样，在性德看来，如果对方也爱自己，“定与韩凭共一枝”，就一定要和她结为夫妻。“韩凭”是典故。《搜神记》记载，战国时宋康王夺取了舍人韩凭的美貌妻子。韩凭夫妇十分相爱，双双自杀殉情。康王恼怒，把两人分葬。谁知一夜之间，两座坟墓上分别长出两棵大梓树，十天就长了一抱粗。树干弯曲，互相靠近，根交于下，枝错于上。树上有雌雄两只鸳鸯，交颈悲鸣。宋国人都为此悲哀，称之相思树。

画堂春

一生一代一双人，争教两处销魂。相思相望不相亲，天为谁春？

浆向蓝桥易乞，药成碧海难奔。若容相访饮牛津，相对忘贫。

这首《画堂春》非常出名，特别是第一句“一生一代一双人”，常被恋人们用来表达感情。

此时少女也爱上了性德，陷入相思之苦。才貌双全的贵族公子，魅力是无疑的。而且两人已有沟通联络，彼此知道对方的心意。却无法相亲，以及娶她太难了。难到怎样的程度，或者说性德为此付出了怎样的努力？

“浆向蓝桥易乞”用裴航遇仙的典故，出自唐代裴铏小说《传奇·裴航》。唐长庆年间秀才裴航，路过蓝桥驿，口渴，见一老婆婆在搓麻绳，向她求水。老婆婆扭头喊：云英捧一瓯浆来。裴航见云英姑娘姿容绝世，十分爱慕，想娶她为妻。老婆婆说：“昨有神仙与药一刀圭，须玉杵臼捣之。欲娶云英，须以玉杵臼为聘，为捣药百日乃可。”裴航不辞辛苦，找到玉杵臼后，重返到蓝桥，捣药百日，终于得娶云英。婚后夫妻双双成仙而去。既说“易乞”，那么少女本人和她的家人，都是愿意的，性德达到了他们的要求。既说“药成”，性德家里方面似乎也没问题。可还是不行，有难以克服的阻碍，是什么？说得很模糊，如“碧海难奔”，除非他像神仙那样奔过碧海，才能和她联姻。“碧海”传说中的海名，也指青天，形容无限遥远。

“饮牛津”即天河。把自己和对方比喻为被天河隔开而无法相见的牛郎织女。性德连去少女家探访都不行，只能“相思相望不相亲”。

“相对忘贫”四字有内容。性德出身富贵，那么“贫”的是女方，原来是一个贫穷人家的姑娘。性德《采桑子·塞上咏雪花》：“非关癖爱轻模样，冷处偏佳，别有根芽，不是人间富贵花。”可能就是写的这位姑娘。“别有根芽”四字显示这位姑娘的性情气质真是很特别的。

根本原因或在于少女的夫家，从后面的内容看，那也是不同一般的富贵人家，显然也是看中了这“天然绝代”的姑娘才不计贫富而定亲，所以退婚基本是不可能的。如果那家和性德家再有什么宗族或亲戚瓜葛，性德想娶这姑娘，就更难比登天了。怎么知道的呢？性德至少有四首词写及“红楼”，如“望里家山云漠漠，似有红楼一角”“因听紫塞三更雨，却忆红楼半夜灯”“此夜红楼，天上人间一样愁”这不是思念红楼，而是红楼里的女子。按照前面的分析，皇家建筑才是“红楼”。考虑在诗人的笔下，常有浪漫的成分，不能仅仅因为建筑色彩的级别，就断定“红楼”是皇家建筑。但最低限度，也指富贵人家。若非性德移情别恋，另爱上了一位红楼里的富贵女子，就是这少女嫁入了豪门。从这些纳兰词的连续性及彼此呼应来看，是后者。

别意

独拥余香冷不胜，残更数尽思腾腾。

今宵便有随风梦，知在红楼第几层？

拥衾独卧，残更数尽而思绪翻腾，想她念她，要在梦里看她，却不知道她睡在红楼的哪一层？那么此红楼有数层之多。联系“此夜红楼，天上人间一样愁”，把“红楼”比作天上，也说明是高楼。高楼建筑在清代住宅建筑中很不常见。那么是皇家建筑的可能性很大，很容易联系宁国府的天香楼。

临江仙·谢饷樱桃

绿叶成阴春尽也，守宫偏护星星。留将颜色慰多情。分明千点泪，贮作玉壶冰。

独卧文园方病渴，强拈红豆酬卿。感卿珍重报流莺。惜花须自爱，休只为花疼。

性德因收到某人的樱桃，作词答谢。但饷樱桃者何人？却没有说。这也是纳兰词研究者争论的一个问题。答谢用了一个“饷”字。传统的交际应酬一类的动词，往往包含有身份等级等，可透露双方的身份和关系，所以推敲一下这个“饷”字。

“饷”字本义为给田间劳动的人送食物，后引申为赠送、招待等。这里显然是赠送的意思。赵秀亭老师《纳兰丛话》引用唐太宗以樱桃“饷”隽公的典故，认为：“所谓‘饷’，于人，则尊长者赠卑少者，于情，则尊长者见礼于卑少者也。”推测饷樱桃者是性德的老师徐乾学。实在不能赞同这一观点。唐太宗要送樱桃给隽公，在以怎样的名义送的问题上为了难。觉得用“奉”字则贬低自己抬高对方，未免虚假。用“赐”字又完全显示了双方的地位高低，未免缺乏敬重。有人出主意说，“昔梁帝遗齐巴陵王，称‘饷’”。唐太宗便用了“饷”字。从这个典故看，“饷”字应当是一个没有身份含义的泛泛的字。事实上，古代文学作品中，“饷”字作赠送、招待之解时，用途的确十分广泛。尊长可以“饷”卑少，如梁帝饷巴陵王。卑少也可以“饷”尊长，《孟子·滕文公下》“有童子以黍肉饷，杀而夺之”。兄可以“饷”弟，《韩非子·五蠹》“故饥岁之春，幼弟不饷；穰岁之秋，疏客必食”。等等。唐太宗看中“饷”字，显然是因为它没有身份含义。所以，单从一个“饷”字来看，给性德送樱桃的人，有各种可能的身份，不能确定所指。

这种模糊反而说明些问题。从词意来看，性德和饷樱桃者情深意浓，是非比寻常的关系。且词中牵涉许多情事，令人怀疑，对方身份敏感，性德只能用这个字，或者再心机一点，用这个字来掩饰对方的身份。

如果是徐乾学或其他什么可说的人，干吗弄这哑谜让人猜？

“绿叶成阴”句，当用杜牧“叹花”之典。据说杜牧早年游湖州时，见一少女，惊为国色。与其母约定十年之期，十年若不来娶，再自行聘嫁。谁知直到十四年后，杜牧才出为湖州刺史，该女已嫁人生子。杜牧感叹，遂作《叹花》一首：“自是寻春去较迟，不须惆怅怨芳时。狂风落尽深红色，绿叶成阴子满枝。”性德以“春尽也”替去“子满枝”，如果写女子，意思应是，已嫁人，但尚未生子。

“自是寻春去较迟”和前面初遇的“自惜寻春来较晚”，也能建立联系。

“守宫偏护星星”句。“守宫”有两种释义：一指壁虎，二指女子守处子身。第一种释义不沾边，但第二种解释却和第一种有关联。旧说将饲以朱砂的壁虎捣烂，点于女子肢体以防不贞，谓之“守宫”。晋·张华《博物志》卷四：“蜥蜴或名蝘蜓。以器养之，食以朱砂，体尽赤，所食满七斤，治捣万杵，点女人支体，终身不灭。唯房室事则灭，故号守宫。”似说她虽然嫁了人，却不肯和丈夫同房。至于“星星”两个字，除了牛女双星，还能联系什么呢？

“留将颜色慰多情”是说她保留着红色的守宫砂，是对性德这个多情人的一种安慰。

“分明千点泪，贮作玉壶冰”二句，或糅合了薛灵芸、杨玉环两个故典。

《太平广记》卷第二百七十二《妇人三·薛灵芸》：“时文帝选良家子女，以入六宫，习以千金宝赂聘之。既得，便以献文帝。灵芸闻别父母，歔欷累日，泪下沾衣。至升车就路之时，以玉唾壶盛泪，壶中即如红色。既发常山，及至京师，壶中泪凝如血。”遂有“红泪”之典。五代王仁裕《开元天宝遗事·红冰》：“杨贵妃初承恩召，与父母相别，泣涕登车。时天寒，泪结为红冰。”讲的都是姑娘的嫁时泪。也佐证对方是新婚嫁人了，以及是性德爱慕的那位姑娘。

“独卧文园方病渴”用“文园病渴”典故。司马相如曾任孝文园令，“常有消渴疾”，因此称病闲居。见《史记·司马相如列传》。后人用此典，似旨在表达一种抑郁无奈，就是因为郁闷或某种难以启齿的原因而假装生病，窝在家里不出门。宋贺铸《罗敷歌》词之二：“河阳官罢文园病，触绪萧然。”清曹寅《怀高澹人学士》：“易痼文园病，曾分萧寺灯。”性德此时称病闲居，或不是真的身体生病了，而是一种郁闷状态。能不郁闷吗？

“强拈红豆酬卿”句，以“红豆”比喻樱桃。红豆是相思子树的种子，色鲜红，古代文学作品中常用来寓意相思，因此也叫“相思子”。这个意思不用分析了。

“感卿珍重报流莺”句，“流莺”即莺，“流”谓其鸣声婉转。虽然谢饷，又十分关心对方，这些缠绵话却只能说给流莺，期待它报送给对方，而不是自己去或派人去表示。佐证了饷樱桃者的身份敏感。

最后“惜花须自爱，休只为花疼”，一个“疼”字，差不多算点睛之笔，或者说和全词呼应。对一个大男人来说，这个字极罕用，且使用范围太窄了。对方是性德的女性长辈吗？显然不是，就只能是另外一种情况，夫妻或情侣间的肉麻和撒娇，像徐志摩的那句“别拧我，疼”。

新媳妇不肯和新郎洞房，竟然能达成意愿，新郎似乎不错。新媳妇能送樱桃给性德，当然不会只送给他一个人，否则就成话题了，仍然是一个重大的信号，她的夫家和性德家，不是泛泛的关系。这恐怕正是性德称病在家的原因，本应该去贺喜的，可是无法面对心上人嫁给别的男人的情景，不去又失礼，只好称病。现在新媳妇送来了樱桃，送的是相思啊，但又能怎么样呢，写了答谢辞也不能送递，满腹的珍重叮咛只能托付流莺。

两人最终私通了。性德有一首《山花子》，写幽会，内容相当露骨。

昨夜浓香分外宜，天将妍暖护双栖。桦烛影微红玉软，燕钗垂。

几为愁多翻自笑，那逢欢极却含啼。央及莲花清漏滴，莫相催。

昨夜欢会，桦烛影微，温香软玉，鬓乱钗垂。所谓一刻千金，喜极而泣的两个人，恨不得央求莲花清漏滴得慢一些，不要催他们。

约会有时会泡汤。

临江仙

昨夜个人曾有约，严城玉漏三更。一钩新月几疏星。夜阑犹未寝，人静鼠窥灯。

原是瞿塘风间阻，错教人恨无情。小阑干外寂无声。几回断肠处，风动护花铃。

“严城”指戒备森严的城池。南朝梁何逊《临行公车》诗：“禁门俨犹闭，严城方警夜。”就是两人的约会地点了。时间约在“三更”，半夜十一点。他去了，但没有等来她。不禁恨她无情失约。后来才知道是遇到了阻拦。“瞿塘”即瞿塘峡，为长江三峡之首。两岸悬崖壁立，江流湍急，是极险之地。唐刘禹锡《竹枝词》：“瞿塘嘈嘈十二滩，此中道路古来难。”李白《荆州歌》：“白帝城边足风波，瞿塘五月谁敢过?”看来女方此夜遭遇了一场惊险。

但女方似乎慢慢有了变化，甚至若即若离起来，让性德大受折磨。《虞美人》：“几番离合总无因，赢得一回僝愁一回亲。”《鹊桥仙》：“是伊缘薄，是侬情浅，难道多磨更好?”《浪淘沙》：“暗忆欢期真似梦，梦也须留。”特别是那首广为流传的《木兰花令·拟古决绝词谏友》，更指对方已变了心。

人生若只如初见，何事秋风悲画扇？等闲变却故人心，却道故人心易变。

骊山语罢清宵半，泪雨霖铃终不怨。何如薄幸锦衣郎，比翼连枝当日愿。

这首词真的是太有名了，特别是前两句。

上阕没有什么需要分析的。都说痴心女子负心汉，通常被抛弃的是女子，性德这个得众人青眼的富贵公子，竟然被女方给抛弃了。自喻秋天被丢弃的画扇，却“终不怨”。

下阕全用唐明皇和杨贵妃的典。《杨太真外传》：“昔天宝十年，侍辇避暑骊山宫。秋七月，牵牛织女相见之夕，上凭肩而望。因仰天感牛女事，密相誓心，愿世世为夫妇。”白居易《长恨歌》：“七月七日长生殿，夜半无人私语时。在天愿作比翼鸟，在地愿为连理枝。”《杨太真外传》：“于栈道雨中闻铃声隔山相应，上既悼念贵妃，因采其声为《雨霖铃》曲，已寄恨焉。”

貌似完全把自己和她比作唐明皇和杨贵妃了。明皇、杨妃的爱情虽然感人，这样的比喻却不怎么好，因为那是历史上最著名的爬灰事件，公公娶了儿媳妇。

两人也曾海誓山盟，只是如今故人的心已经变了。“薄幸”有薄情、薄命、冤家等意思。这里应是“薄命”，纳兰自叹是薄命锦衣郎，无福得到爱人的心。“比翼连枝当日愿”，联系初相识时的“定与韩凭共一枝”，性德对这友实在用情专一。称对方为“友”，有使性子的意思。

两人的情感纠结一直持续到性德生命最后。

虞美人

曲阑深处重相见，匀泪偎人颤。凄凉别后两应同，最是不胜清怨月明中。

半生已分孤眠过，山枕檀痕涴。忆来何事最销魂，第一折枝花样画罗裙。

既说“半生已分孤眠过”，半辈子都过去了。一个人怎么也要到三十岁上才能说过了“半生”。性德逝时不满三十一岁。这首词大概写于他生命的最后一年里。“曲阑深处重相见，匀泪偎人颤”。两人在弯弯曲曲的栏杆深处再次相见，隐在“深处”，当然是怕人看见，女方因为害怕或激动而颤抖。那么是白天。哪里的“曲阑”？不可能是别人家，或者性德家，或者女方家，当然是她婆家。女方娘家是贫穷人家，不会有曲阑的。最大的可能是在性德家的花园里。从《红楼梦》内容来看，非本家男性，单独进人家花园基本是不可能的。如果女方可以到性德家的花园里，又说明两家的亲缘关系。

这些纳兰词中的女子，用“秦可卿”来解释毫无问题。性德的一等侍卫也符合贾珠。但性德两任妻子卢氏和官氏分别被赠封淑人，也即三品封号，秦可卿的四品恭人如何解释？对此本人有一个大胆的猜测。贾敬原本白衣，死后却被赐五品之衔。贾蓉原无官职，为妻子丧礼体面而买了一个五品龙禁尉。如果性德生前是二等侍卫，那恰是四品，死后被赐或家里买个一等侍卫头衔，是不是情理之中的事？按性德墓志铭记载：“太傅入秉钧，容若选授三等侍卫，出入扈从，服劳惟谨，上眷注异于他侍卫。久之，晋二等，寻晋一等。”查阅其他相关资料，均不能找到纳兰性德晋升一等侍卫的时间。所以，这个猜测有相当大的可能。

性德逝后，好友曹寅有诗《题楝亭夜话图》：“家家争唱饮水词，纳兰心事几曾知。”这个“纳兰心事”，是否就是指的“秦可卿”这件事呢？

康熙惠妃

康熙惠妃，纳兰氏，郎中索尔和之女。

关于惠妃和明珠的关系，按《永宪录》记载，惠妃是明珠之妹。但据《八旗满洲氏族通谱》记载，叶赫东城贝勒金台石，生有二子德尔格尔和尼雅哈。德尔格尔有三子，次子索尔和。尼雅哈有二子，次子明珠。惠妃既是索尔和的女儿，就是明珠的堂侄女了。这一说法显然更为可信。那么惠妃和贾妃非常接近，但还是不能完全对应，宝玉和贾妃同高祖，揆叙和惠妃却是同曾祖。不知问题出在哪里？

惠妃初为“庶妃”，没有任何名号的皇帝的女人，那么是以宫女身份入宫的。康熙十六年八月封惠嫔，康熙二十年十二月晋封惠妃。生二子承庆、允禔。承庆生于康熙九年，早夭。允禔生于康熙十一年，本是康熙帝第五子，因前诸皇子早殇，成为皇长子。和“榴花开出照宫闱”对应。

贾妃的父亲贾敬“白衣无功于国”，死后被追赐了一个五品之职。关于惠妃的父亲索尔和，《八旗满洲氏族通谱》只记述他的身份等级从一等男革为二等男，不知具体职务。陈晓东《胤禔与明珠关系考证》：“查阅《清皇室四谱》可知，惠妃纳喇氏之父为二等男、郎中索尔和。”郎中是五品职。可以对应。

元春断词“二十年来辨是非”，联系惠妃，有一个很好的解释。康熙“二十年”，因为平定三藩，除去心腹大患，于清朝廷来说，是标志性的一年，于明珠家，则是欣欣向荣的一年。明珠辅助平定三藩之乱，成为最受康熙帝倚重的朝臣。纳兰家族的这位姑娘，从惠嫔晋升为惠妃，相对她的低微出身，真是巨大的跨越。这一年，可谓纳兰家的“元春”。

如果惠妃即贾妃，第十八回这段如何解释？“当日这贾妃未入宫时，自幼亦系贾母教养。后来添了宝玉，贾妃乃长姊，宝玉为弱弟，贾妃之心上念母年将迈，始得此弟，是以怜爱宝玉，与诸弟待之不同。且同随贾母，刻未暂离。那宝玉未入学堂之先，三四岁时，已得贾妃手引口传，教授了几本书、数千字在腹内了。”

揆叙生于康熙十三年，惠妃的第一个孩子承庆生于康熙九年，那么早在揆叙出生的五年前，惠妃已进宫当宫女了，就不可能在进宫之前教习揆叙。这一情况，可以从性德身上得到解释。性德比揆叙大十九岁，二十二岁中进士，选授侍卫，开始出入扈从，此时揆叙正好三四岁。纳兰性德墓志铭：“后容若入侍中，禁廷严密，其言论梗概，有非外臣所得而知者。”是不是可以这样认为，教习了揆叙三四年的“元春”，实际在暗示性德？“入侍中”后就不自由了。

从省亲时的贾妃反应来看，她见过宝玉，或者此前省亲过宁府谕见过宝玉。

顺治皇帝之于癞头和尚

癞头和尚，金玉良姻的始作俑者，宝钗最忠实的后台，太上皇兼先皇，对应的人是顺治皇帝。

从年龄上，书中第十四年即康熙二十六年，这年癞头和尚五十岁。顺治生于公元 1638 年，到康熙二十六年即公元 1687 年，虚岁刚好五十。癞头和尚的假托生日，四月二十六日，在顺治身上也可以得到解释。顺治二年四月二十五日，清军攻破扬州城，进行了惨无人道的大屠杀。有说屠杀是在破城几日后因遭遇反抗，但按照王秀楚的《扬州十日记》，二十五日夜即已耳闻杀人声，二十六日已眼见尸横遍地。巧姐生于大屠杀之日，所以凤姐说日子不好，用刘姥姥给取的一个“巧”字，以毒攻毒，以火攻火。从关系上，耿氏的生母和硕柔嘉公主，是顺治和宠妃董鄂妃的养女，耿氏是顺治和董鄂妃的外孙女。

封建社会，皇帝是九五之尊，拥有至高无上的权力，大约是所有男人的终极梦想吧。为争夺皇位，兄弟反目父子相残的事不知发生了多少。顺治有可能丢下皇位出家当和尚吗？顺治出家，恰是民间传得沸沸扬扬的清初三大悬案之一，据说是因为遭董鄂妃之死的巨大打击而万念俱灰。

董鄂妃是顺治宠妃，她的来历却有些问题，据说本来是顺治同父异母的弟弟襄亲王博穆博果尔的福晋，顺治兄夺弟妻。此事不见于清代正史记载，也不可能见于正史。

博穆博果尔，皇太极第十一子，生于崇德六年十二月，比顺治小三岁。董鄂妃，内大臣鄂硕之女，生于1639年，比顺治小一岁，十八岁入宫。清代八旗贵族女子通常通过选秀入宫为妃，但选秀年龄为十三到十六岁，十八岁的董鄂氏不大可能由选秀而直接进宫。顺治亲写的《御制孝献皇后行状》，说她“以德选入掖庭”。“行状”是一种记述死者世系、籍贯、生卒年月和生平概略的专门的文体文章。也称状、行述，一种相对少见的悼文，不像墓志铭那样普及。清代后妃里貌似仅董鄂妃一人有行状。亲写行状，固然说明顺治对董鄂妃感情之深，但特意说明进宫原因，有点欲盖弥彰的意味。

清初有命妇轮番入侍后妃的制度，顺治十一年四月，董鄂妃入宫的两年前，忽然停止了这一制度。《清实录顺治朝实录》：“谕礼部：历代以来无命妇更番入侍后妃之例，所以严上下之体，杜绝嫌疑也。”难免让人疑心有上下不严的嫌疑事发生。董鄂氏这年十六岁，应是参加过选秀了的。选秀入选的女子，或入宫为妃，或指配给宗亲。博穆博果尔是宗亲，这年十四岁，两人成婚完全有可能。顺治和董鄂妃也就有足够的情爱发展空间。次年，即顺治十二年二月，十五岁的博穆博果尔被封为和硕襄亲王。

顺治十三年，董鄂妃入宫之年，非常热闹的一年。

大年初一这天，顺治离开了皇宫。《清实录顺治朝实录》："庚辰朔，上避痘南苑，免朝贺。"正月初一，中国传统上最重要的团圆节日，顺治皇帝免朝贺，离开太后和嫔妃们，跑到离紫禁城几十里外的狩猎行宫南苑"避痘"去了。非得这天吗？这一避就避了七个多月，直到七月初六才回皇宫。因为当年闰五月，所以是七个多月。其间顺治出过京城，往返过紫禁城西侧的行宫瀛台，只是不回皇宫。闰五月时，乾清宫、坤宁宫、交泰殿等完成了修建。六月初三，孝庄太后提出册妃的事。《清实录顺治朝实录》："皇太后谕内大臣公鳌拜巴图鲁遏必隆伯索尼曰：今闻乾清、坤宁、景仁等宫殿俱已告成，册封皇后，已颁册宝，妃嫔尚未册立，应照例举行。尔等启知皇帝。鳌拜等随以皇太后上□日奏闻。上命会同礼部议。是日鳌拜等议，宫殿不应久虚妃嫔礼，宜册立，请遵皇太后上□日，敕礼部察应行典礼详列具奏施行疏入。"顺治的第二任皇后，博尔济吉特氏，顺治十一年六月册为皇后。但东西二宫还虚着。董鄂妃册封，都是顺治转述孝庄太后的意思给礼部。其他后妃的册封，却是孝庄太后让内大臣转奏顺治，不仅说明顺治对这件事有多冷淡，应该也说明，半年多里，孝庄可能完全见不着儿子。四天后，顺治同意了册妃的事，礼仪也很快举行。

册妃之后不久，发生了一件可以说是匪夷所思的事，居于郊外的顺治，竟然准备让内大臣侍卫等全都移居皇城外。《清实录顺治朝实录》："都察院奏言：近闻内大臣侍卫等欲令移居皇城外。窃念诸臣向因叨恩侍从，心切近光，各毁旧居，迁入城内。今复令外移，未免劳苦耗费。

且皇城重地，扈卫需人，宜仍环居左右，俾得朝夕侍从。”经此一奏，顺治才作罢。

这年的七月初三，十六岁的博穆博果尔死去。丧礼给予破格待遇，于定例外加祭一次。两天后，即七月初五，顺治准备起身回紫禁城了。“辛亥，上以移居乾清宫，遣官祭告天地、宗庙、社稷”。于七月初六回到乾清宫。“以和硕襄亲王丧，免行庆贺礼”。七月初九，即开始准备册封董鄂妃的事。“礼部择吉于八月十九日册妃，上以和硕襄亲王薨逝，不忍举行，命八月以后择吉”。立妃的日期很奇特。顺治否定了八月十九日，于八月二十二日立董鄂氏为贤妃。博穆博果尔死于七月初三，当年七月小，八月二十二日正好是第四十九天，断七之日。祭七是传统丧俗，古人认为，人生四十九日而魄生，亦四十九日而魄散。七七就和人间了断了。偏选在这一天立妃，未免让人浮想联翩，好像多一天也等不下去了似的。公布消息是在三天后，八月二十五日，顺治向礼部下谕宣布这件事，同日派遣内大臣又去祭奠博穆博果尔。这次册封并不能令顺治满意，一个月后，九月二十九日，便拟立董鄂妃为皇贵妃。《清实录顺治朝实录》：“甲戌，谕礼部：朕前奉圣母皇太后谕，内大臣鄂硕之女董鄂氏，立为贤妃。本月二十八日又奉圣母皇太后谕：式稽古制，中宫之次，有皇贵妃首襄内治，因慎加简择，敏慧端良，未有出董鄂氏之上者，应立为皇贵妃。尔部即查照典礼，于十二月初六日吉期，行册封礼。”皇贵妃与贵妃是两种名分，皇贵妃次于皇后而高于贵妃。虽是皇贵妃，却完全以册皇后的礼仪进行。隆重的册封典礼，以及破格颁诏大赦天下。同样的，这次册封之前，九月二十五日，也没忘了遣伯索尼致祭和硕襄亲王。

如此种种，如何让人相信董鄂氏和博穆博果尔没有绝大的牵涉？而两人除了夫妻关系，还能有其他什么解释呢？

顺治和董鄂氏的不伦之恋从什么时候开始的不得而知，但在董鄂氏进宫前的两年多里，孝庄、顺治母子俩分明一直都在较劲，以孝庄的失败而告终。顺治的心思，不仅要纳董鄂氏为妃，还要立她当皇后。这一点显然遭到了孝庄的激烈反对。清朝才定鼎不久，根基不稳，可以说内忧外患，皇后的册立关系到朝廷的稳定。让董鄂妃进宫为妃，已经是绝大的妥协，册后这一点上，是再无让步的余地了。最后采取折中的方法，皇贵妃，实质上的皇后。有这么一个任性的儿子，孝庄大约也无可奈何。

可惜红颜薄命。顺治十七年八月十九日，入宫四年，年仅二十二岁的董鄂妃香消玉殒。顺治悲痛万分，追谥为孝献庄和至德宣仁温惠端敬皇后，亲写行状，款款讲述生活的种种细节，极赞董鄂妃如何贤德。葬礼也是超规格的。董鄂妃青春早逝，与其说死于疾病，不如说死于重压。从顺治写的行状来看，董鄂妃是个礼数非常周到性格十分温婉的人，这一点应该没有水分，顺治任性急躁行为自我，这样的女人才能以柔克刚。人既细致，对自己那不怎么正大光明的来历难免心存压力。加上爱子的夭折，宫廷里的繁文缛节，精神崩溃都很有可能。董鄂妃曾以死反对顺治废后的事，被夸赞贤德爱人，不如说是心理压力造成的。

顺治和董鄂妃的确可以作为风月宝鉴来警示贾瑞之类的后来人。

把耿氏比喻为两人之间的“蘅芜”之香，也毫无问题。

董鄂妃逝后四个多月后，顺治“驾崩”，需要好好分析一下。

《清实录顺治朝实录》记载：“十八年春正月壬子，上不豫。丙辰，大渐。赦死罪以下。丁巳，崩于养心殿，年二十四。”大年初二生病，初七驾崩。后葬于河北遵化孝陵，庙号世祖，谥号章皇帝。但民间纷纷传言说顺治未死，而是出家五台山了。康熙数次亲临五台山，原因即在这里。顺治笃信佛教，特别是藏传佛教，也即喇嘛教。张爱玲《红楼梦魇·红楼梦未完》说“清室信奉喇嘛教”。陈晓敏《清代喇嘛教》：“顺治九年，为迎接五世达赖喇嘛进京朝见，在北京建造了西黄寺，开了清朝在北京建造寺庙的先河。”“顺治十年，正式册封五世达赖为西天大善自在佛所领天下释教普通瓦赤喇怛达赖喇嘛。”“是清朝统治者对喇嘛教首领首次使用封赠权。”“顺治年间，清朝政府还多次对五台山原有寺庙进行修葺和增饰。”董鄂妃入宫后受影响，也开始礼佛，按照顺治的说法，董鄂妃临终时竟然高呼佛号不止。顺治与僧人往来密切，僧人憨璞聪、玉林琇等均是他的座上宾。还请玉林琇为他起了法名“行痴”，号“行痴道人”，很奇怪的号，正如《红楼梦》里的亦僧亦道。不止顺治，清朝的皇帝们如康熙、雍正、乾隆等，也都信奉藏传佛教。

有一首流传很广的顺治出家偈，内容有：“黄袍换却紫袈裟，只为当初一念差。我本西方一衲子，缘何落在帝皇家！十八年来不自由，南征北战几时休？朕今撒手归西去，管你万代与千秋。”当然，这些都很难作为顺治出家的确凿证据。现代严正的学者们，基本倾向于采纳正史的正面内容。所以，至少目前看来，学界认为顺治的确是死了，得了天花不治。天花是一种烈性传染病，即《红楼梦》巧姐所得的痘症。

其实有一个关键的知情人，顺治时期的翰林院掌院学士王熙。

王熙是汉人，却深得顺治宠信，是顺治遗诏的撰写者，也是顺治“驾崩”前的密切接触者。顺治“驾崩”前的一个月里，王熙几乎不离左右。在其个人的《王文靖公年谱》里，对此有一些记录，极具史实价值。

按照年谱的记载，顺治十七年十二月二十日，王熙跟随顺治“幸浑河西八戒坛潭柘寺，晚驻跸石经山”“二十八日奉召入养心殿讲经史各一段”“除日奉召入养心殿，一鼓始出”。就在除夕这天，顺治对王熙大加封赐。授王熙资政大夫、礼部尚书兼翰林院掌院学士。母夫人赠夫人，两位原配均封夫人，儿子封为荫生。十八年大年初一，“元旦因不行庆贺礼，黎明入内，恭请圣安，召入养心殿，赐坐、赐茶而退”。因为顺治十七年十二月小，二十九日即除夕，所以中间并无间隔。这日王熙在黎明被皇帝召入养心殿，坐着喝了些茶，然后离开，肯定也交谈了，两个人不可能只干巴巴坐着。初二又入宫。“翌日，入内请安，晚始出”。这次在宫里待的时间长，直到晚间才出来。初三又去。“初三日，召入养心殿，上坐御榻，命至御榻前讲论移时”。连续五天，如此密集地召见同一大臣，是不是很可疑？这天顺治坐在御榻上，身体应该并没有什么异样，这几天应该都没有任何小恙，否则王熙没理由不在私人笔记里记录一下，这又犯不着什么。顺治命王熙靠近身讲论问题。对于讲论内容，王熙写道：“是日，奉天语面论者关系重大。并此前屡有面奏及奉谕询问密封奏折，俱不敢载。惟自念身系汉官，一介庸愚，荷蒙高厚，任以腹心，虽举家生生世世竭尽犬马，何以仰答万一？岂敢顾惜身家不力持正论以杼诚悃耶！吾子吾孙其世世铭心镂骨，以图报效也。”没有具体写什么，但显然已经写了什么。顺治有一个秘密说给他知道了，那么这段时间一直在参与的，必然与此有关。因为顺治待他十分高厚，比如除夕之日给了他一家许多封赐，他代表全家发誓世世代代保守这个秘密。而后在自己的《年谱》里记述这个秘密的存在，或者因为忍不住，一个人知道一件天大的事儿，是外人都不知道的，那肯定是憋得难受。或者因为个人的操守以及治学态度，顺治是帝王，替他保守秘密意味着掩盖重大历史真相，若采取这么一个圆滑的不说而说的方式，则既不辜负顺治的信任和恩典，也给了后世一个交代。

过了两天，“初六日，三鼓，奉召入养心殿，谕朕患痘，势将不起，尔可详听朕言，速撰诏书，即就榻前书写”。顺治说自己得了天花，快要死了，命王熙速撰诏书。就是那著名的顺治罪己诏。可是，除了顺治自己说的“势将不起”，不见任何他身体有恙的描写。如果真有病，皇帝自己都说了，还有什么不敢写的？就顺治这说话的态度，也不像有病。“三次进览，三蒙钦定，日入时始完。至夜，圣驾宾天，泣血哀恸”。当夜顺治就宾天了。罪己诏罗列十四条“朕之罪”，历述自己为人子为人君的种种过错，比如“子道不终”等，好像死是他自己的责任。

顺治的那个秘密，肯定不是遗诏上的罪己、立储等，也不是王熙具体透露的得了天花不起，不然王熙不会说“俱不敢载”。还能有什么？整个过程的疑点，结合民间传言，是诈死出家无疑。民间传言顺治得了天花，顺治自己也如此说。天花的症状之一，是皮肤长出成批的脓疱疹，俗称疮，治愈后留下瘢痕，俗称麻斑。正和癞头和尚“满头疮”的情况符合。

癞头和尚费了很多劲也没有促成金玉良姻，反而不如老太妃的一句话，于顺治身上怎样？

康熙皇帝是敬业又孝顺的，顺治如此任性而为，为得到一个女人不顾家庭伦理，再丢下祖宗基业、孀母和年幼的儿女自顾自出家，父子两人根本不可能合拍。何况当时清廷定鼎不久，孝庄带着小皇帝面临的困难可想而知。据说顺治连皇位也是属意于另一个儿子，是孝庄为康熙争取的。顺治如果想撮合耿氏和揆叙，不说这是牛不吃水强按头的事儿，耿家和纳兰家的关系也有些尴尬，平三藩、凌迟耿精忠等事，明珠都功不可没，从这层意义上，两家简直可以说是大仇家。两家联姻对朝廷也没什么好处，康熙怎么可能太热心？但如果孝庄太后发话，甚至临终交代康熙怎样，事情就不一样了。康熙对祖母感情深厚，会对纳兰家施加压力也未可知。

《清史稿·列传一·后妃》记载孝庄临终遗言："太宗奉安久，不可为我轻动。况我心恋汝父子，当于孝陵近地安厝，我心始无憾。"给人很大的想象空间。不肯和丈夫合葬，一定要葬在儿子寝陵旁，更像放不下儿子的安危，而对她的孙子施加压力，她一直在那看着呢，似乎担心康熙会做出不利于顺治的举动。

贾瑞死于风月宝鉴时，贾代儒夫妇大骂："是何妖镜？若不早毁此物，遗害于世不小。"此处庚辰本批语："凡野史俱可毁，独此书不可毁。"顺治这一件属实，批语也就所言不虚了。其实很多野史也是不可毁的。

那如知己解温存

至此说《红楼梦》是纳兰揆叙自传，我想不算是自以为是的看法。

本篇将把揆叙、宝玉合而为一，就揆叙的写作时间、揆叙之死等，做一个简单的综述。

揆叙的《益戒堂自订诗集》成于康熙四十二年冬，收录从康熙三十一年初春到康熙四十二年冬，即从揆叙十九岁到三十岁时的诗作。更年少时的作品，按照序言里的说法，因为写得不好"都不存稿"。非常遗憾。但十五岁到十九岁之间，也就是揆叙和耿氏成婚后的三四年，却不是不存稿的问题。十九岁之年的初春，揆叙和老师唐孙华久别重逢，写有"容易三年重对酒""诗课久抛须补和"等诗句，可知之前的数年，并没有写诗。那是揆叙生命中最艰难的时期。之所以挺过来，除了前面分析的原因，或者还有一个原因是得到了高僧的帮助。十九岁之年初春，揆叙游园、郊游，接连访洪光寺、碧云寺、隆教寺等。

身体复原不是容易事。揆叙二十岁时所作《书感》："力少已甘输健妇，性慵终拟作闲人。撑肠书要穷千卷，试手弓难挽六钧。"此时力气还不如强健的妇女，试身手已不能拉开六钧之弓。一钧三十斤，六钧一百八十斤，"六钧"弓指强弓。"已甘"是今不如昔的感叹。那么从前，十四五岁时，是能拉得开的。揆叙自幼并不是文弱的孩子，少年时臂力很惊人的了。

有一个问题是，揆叙何以要对这个十二年的人生段进行总结？而且此后写诗，据永寿所言，都"随手散去"，不再存稿。后来的《益戒堂诗后集》所录作品，是耿氏收拾保存的，"每一脱稿，即藏之箱箧"（见《益戒堂诗后集》永寿识）。我疑心这十二年即写作《石头记》的时间。康熙三十一年末，有"临书闭暗徒脂塞，落笔迂疏尽腹贫"等句，显示写作。康熙四十二年夏，有"剩有人间著作传"等句，显示写作完成。自订诗集的最后一首有"从此偷闲还结课"，也是佐证。联系《红楼梦》给出的线索，第一回："竟不如我半世亲睹亲闻的这几个女子。"甲戌本凡例："已至今日一事无成、半生潦倒之罪"，以及"字字看来皆是血，十年辛苦不寻常"。作者是在"半世"这个年龄完成的《石头记》。何谓半世？古人认为人生七十古来稀，所以活到六十岁即属正常寿命，而人们在三十多岁时，通常自认为过了半辈子。揆叙这年又恰好三十岁。

揆叙的病死很是可疑，"彭殇同尽"未免太巧了点。唐孙华对揆叙之死也持怀疑态度，《揆总宪恺功挽诗》之一："久信平生断三惑，却疑消渴病何因？"猜测他所病有因，并非真的身体出了问题，而是在祖母过世后对人世再无留恋，有心求死。比如不再保养身体，作践自己等。就是说，虽然心向佛门，最终还是没有走出来，至死没有得到真正的解脱。揆叙在三十九岁时写道：“流光过隙皆如梦，欢笑何曾出梦中。”终其一生也不能或者不愿走出往日。

情为何物？或者正如某批书人所题：“旷典传来空好听，那如知己解温存。”两情之深，是只有当事人才能体会的。

中国传统思想，男尊女卑，男人是中心，女人是附属，成全男人为男人牺牲，既是自己的荣耀，也是男人的荣耀。反过来，如果男人为了女人做出了怎样的牺牲，则是男人之耻，女人也会被骂为祸水。《扬州十日记》作者王秀楚，看到清兵挟裹猥亵汉人女子，便惊慌地叮嘱身怀六甲的妻子，如果被兵卒污辱了，就自杀。他的妻子毫无异议地答应了。不知道该怎样评价。揆叙是异类。某批书人对宝玉的痴情就绝不欣赏。第二十一回庚辰本批语：“宝玉之情，今古无人可比，固矣。然宝玉有情极之毒，亦世人莫忍为者，看至后半部则洞明矣。此是宝玉三大病也。宝玉有此世人莫忍为之毒，故后文方有‘悬崖撒手’一回。若他人得宝钗之妻、麝月之婢，岂能弃而为僧哉？此宝玉一生偏僻处。”这位批书人认为宝玉情毒到忍心舍弃宝钗这样的妻子、麝月这样的婢女，是一种性情的偏僻。然而对很多人，或者不是这样，一个内心执着且有如此成就的人，是有光芒和治愈力的。

揆叙逝后数月，耿氏就病倒了，一年多后去世。“昨岁九月，上自口外回銮，夫人于圄门迎接，上见夫人面瘦削，令原任常州守章文镄诊视，医治稍痊。今年五月，旧病复作，七月益剧”。十一月初二卒。耿氏虽然得到了皇家的恩宠，作为妻子，这样的一生，只能说自食其果吧。作为养母，被嗣子骂为“竖”，也彻底失败。

揆叙外貌很好，个子高，皮肤白，腰细背厚，腿长臂长，鬓若刀裁，眉如墨画，从体型到身高到颜值，都无可挑剔，标准的美男子。唐孙华《揆总宪恺功挽诗》有："皎然玉树见风神。"何况才华横溢，出身富贵，一副温柔体贴的性格，这么样一个人，也就怪不得别人惦记。

揆叙常年扈从皇帝，写了很多应制诗，还有相当数量的田园诗及应和、咏物等，作品内容丰富。吟咏近乎琐碎，花草虫鸟一饮一食都入诗。又似乎很难靠近，内心是闭合的。诗作也不算特别出色，重记事而不是抒情，或者本来就是记流水账，没有把热情放进去。宝玉的诗词也是弱项，和众钗比写诗，总是他垫底。但他擅长长篇叙事，姽婳词、芙蓉女儿诔都是明证。《红楼梦》里的大部分诗词，其形成过程也许是这样的：最初是黛玉、湘云等众人写的，作者在把它们放进《石头记》的时候，已做了一番大改动，之后曹雪芹又进一步精修。诗词之外的文字，曹改动的应该不多。

空空道人之于惜春

研究者推断曹雪芹生于公元1715年到1724年之间，纳兰揆叙1717年病逝，两人没有谋面交往的机会。和书中第一回交代的情况相符。空空道人、吴玉峰和孔梅溪三位是两人之间的桥梁。

本篇分析一下空空道人。

吴、孔二人显然和曹雪芹一样，以真实姓名或字号出现，只有空空道人的姓名被隐去，而且恰恰是直接和作者"石头"接触的人。那么空空道人的姓名，严格来说是姓氏，会暴露作者的身份，因为名号可以随意取一个，姓氏是唯一的。以及，空空道人的姓不会是张王李赵遍地刘等常见姓。

《石头记》主场景是大观园，主要描写“家庭闺阁琐事”。空空道人既看出“实录其事”，除非亲眼见识过大观园里女儿们生活琐事的人，才能得此结论。她/他是一位亲历者。大观园是女儿国，宝玉是唯一一个混在女儿队里的男子，空空道人是女子。

《石头记》干涉时世，不能排印发行，只能以私下传抄的方式传世。抄录传播这样的书，是要冒风险的，甚至于生命危险。作者既把自己的心血之作托付给空空道人，对她是完全信任和欣赏，包括人品、勇气、担当和能力方面。空空道人早已看出风险所在，什么都明白，但这却不在她的考虑范围，她只担心世人的欣赏兴趣，担心这部书传世的可能性。也证明她的确堪当此任。

她很有才能，这是必须的。对宝钗、黛玉等人的才能，表现得很淡然，并不恭维或推崇，说她们“不过几个异样女子，或情或痴，或小才微善，亦无班姑蔡女之德能”。这不是男子应该有的反应，难免赞赏一番，也佐证她是女子。她的才学和钗、黛、湘、探等人在一个层面上，才敢这样说，否则就太自大了。以及她正是其中之一，才自谦一下。

她性格沉稳谨慎，有自己的主见和判断。虽然石头洋洋洒洒地劝说了半天，也不是就被说服，仍然“思忖半晌”，再检阅一遍，才决定抄录。

她言谈简单直接，不奉承，不调侃废话，无丝毫张扬，一本正经，是什么就是什么。

她是一个出家人。

这些，无不指向一个人，贾惜春。

关于惜春和《石头记》传世的关系，书中还有一处内容，可作佐证。

第十九回，宝玉说黛玉身上有奇香，黛玉便拉扯上宝钗的冷香丸，说自己身上的香是俗香。然后问宝玉："我有奇香，你有暖香没有?"理由是："你有玉，人家就有金来配你；人家有冷香，你就没有暖香去配?"这是二玉的嬉闹，对于《红楼梦》，却不是随意的文字，不仅牵涉到金玉配和冷香丸，大观园里还恰有个"暖香坞"。"暖香"是有内涵的。"暖香"之于"冷香"，有相克对峙的意味。冷香丸治的是"热毒"，暖香治的就是"寒毒"了，宝玉对宝钗的热毒，以一生寒毒回报。

暖香坞是惜春的屋子。作者进行介绍时，专门描写了通往暖香坞的夹道西门的石头匾，向外的匾上凿着"穿云"二字，向里的凿着"度月"二字。"穿云""度月""暖香"，那么它们是一个整体。"穿云""度月"有突破障碍暗度陈仓的意思，"云""月"又是太上皇的寓意形象。这就和"将真事隐去"建立了联系。"穿云""度月"终抵达"暖香"，我想作者的意思是，"暖香"指《红楼梦》传世的事，而这件事的达成，因为惜春。

某批书人，判断是脂砚斋，虽然同为亲历者，却不知道空空道人是谁。因见空空道人对于抄录《石头记》十分谨慎，便批评说："这空空道人也太小心了，想亦世之一腐儒耳。"相当的自大。也不想想空空道人可是作者第一个信任和托付的人！曹雪芹肯定知道空空道人是谁，但没有告知这位批书人，不够认可对方。

曹雪芹、批书人及其他

空空道人抄录的《石头记》，经吴玉峰、孔梅溪二位之手，辗转到了曹雪芹手里，具体怎样的一个过程不得而知，但曹其人其才，必然获得了后两位的完全认可，书中那些辞藻精妙内涵丰富的诗词，一定有曹的心血付出。另外，曹家和纳兰家的渊源，可能也是一个原因。

曹雪芹纂目录、分章回，做的是编撰完善工作，用了十年时间才基本完成，人们传抄以及批书人点评，应该就是从这个时候开始的。但之后还一直在进行修补，比如中秋诗什么的，终究没有彻底完成。

编撰过程中，曹并不是一个人，除了一些往来的朋友，最重要的，还有作者故人，某些事件的亲历者，脂砚斋、畸笏叟、梅溪、杏斋等人。这些亲历者和曹就文本内容的取舍进行着沟通，在编撰基本完成时，又抄录和加以批注。批注以脂、畸两位最多，特别是脂砚斋，偶有梅溪等人的几笔。有助于读者了解《石头记》的前因后果。

脂砚斋不仅给出大量批注，以及以“一芹一脂”自居，“至脂砚斋甲戌抄阅再评，仍用《石头记》”这件事还入了正文，大约能说明，相比畸笏叟等批书人，这位和作者最为相熟，对《红楼梦》故事所知最多，感触也最深，因而最有资格。洋洋洒洒地写下如此多的批语，固然证明其文采见识和书法水平，也能说明些性格，以及当仁不让的自信。

第一回，甲戌眉批：“能解者方有辛酸之泪，哭成此书。壬午除夕，书未成，芹为泪尽而逝。余尝哭芹，泪亦待尽。每意觅青埂峰再问石兄，奈不遇癞头和尚何！怅怅！今而后，惟愿造化主再出一芹一脂，是书何幸！余二人亦大快遂心于九泉矣！甲午八日泪笔。”

这显然是脂砚斋在曹雪芹病逝后写的一条批语。因为给出了“壬午除夕”“甲午八日”两个时间，关系到曹雪芹病逝之日，所以很受研究者重视。本人历法知识几近于零，但查过汉典电子万年历，对此也有一个看法，可能是错的，会贻笑大方，但不写出来又不甘心，决定写出来。

这两个时间，也许不是故意的，总之不那么容易确定。像公元纪年和农历纪年不能完全重合一样，皇帝年号纪年和干支纪年也不完全重合，皇帝年号纪年以正月初一为起点，干支纪年以二十四节气的立春为起点。大致来说，乾隆二十六年为辛巳年，二十七年为壬午年，二十八年为癸未年。可以肯定批语中的“壬午除夕”对应乾隆二十七年。但这一年里，严格来说，并不存在“壬午除夕”这一天，因为闰五月，壬午年起于正月十一，止于十二月二十一，整个都在乾隆二十七年里，两头的两个除夕，都是十二月三十日，均未被包括在内。从人们容易把皇帝年号纪年和干支纪年混在一起来说，较为可能的是后一个除夕，毕竟在一年之内。但“甲午八日”该如何解释呢？有研究者以落笔为“甲午八月”，查看甲戌影印本，批语笔迹很清楚，是“甲午八日”。也是一个奇怪的表达。“甲午”不可能是指年，没有这样年加日的组合法，且壬午年之后，超过十年才到一个甲午年，和批语内容对不起来。按现代人的习惯，似有理由认为是“甲午月”初八日。但就我看过的不多的文学古籍，用干支纪年纪日都常见，纪月却少见，通常都是数字。干支纪月一般在星相类书籍中出现，如生辰八字。而且，此壬午年后，要三四年，直到乾隆三十一年五月，才出现一个甲午月，同样和批语内容对不起来，又毫无任何理由记录这么一天。到底是怎么一回事呢？因乾隆二十六年“除夕”，也就是“壬午年”前的那个除夕，正好是“甲午”日，不太可能是巧合。如果“壬午除夕”即是指这一天，“甲午八日”的意思就可以理解为，距曹病逝已经过去了八天，以示整整哀痛了八天了的意思。

由此判断曹雪芹逝日，是乾隆二十六年十二月三十日，即公历1762年1月24日。批书人之所以给出不严谨的表达，或因其年事已高，情绪又极低落，且刚过新年未适应年代变更，我们在新一年的初期可是经常把年代写错；或者当时人们的表达习惯如此。

上面批语里，对于《石头记》编撰传世的作用，脂砚斋只把自己和曹雪芹并列，无视畸笏叟、梅溪等人。其自信应该有充分理由，虽然许多批语并没有署名，从整体的连贯和联络来看，那些涉及荣府内壶的，必出自脂砚斋，她是一位女性，且是书中人。

第二十二回贾母为宝钗做生日，让凤姐等众人点戏。庚辰眉批：“凤姐点戏，脂砚执笔事，今知者寥寥矣，不怨夫?”应是说，众人点戏的时候，谁点的什么戏，各人要用笔写出来，然后把戏单交给戏班子去预备。凤姐虽然识字，却不会写，她点的那出《刘二当衣》，是由脂砚斋执笔写上的。这样一个细节，没有理由认为，作者写了而曹把它删除了。应是脂砚斋本人想起来的，说给了曹以及其他批书人听，当日如何云云。另一批书人，如果根据靖批补充的内容，就是畸笏叟，批书至此，忍不住写了这么几句，似有温和的调侃之意。脂砚斋必是当时一同听戏的宝钗、黛玉、探春等主子姑娘中的一员，其他人毫无可能为凤姐代笔。

第三回黛玉进荣府，贾母的丫鬟们看黛玉来了，“三四人争着打起帘笼”，甲戌侧批：“真有是事，真有是事!”一副触动了往日记忆的感叹语气。是批书人眼睛看到的，而且留下了深刻记忆，几十年后，还能想起来。看见此情景的主子姑娘，只有迎春、探春、惜春三人，因为当时跟着贾母住。

第十八回省亲，贾妃来在贾母正室，贾政在帘外问安时，说："臣，草莽寒门，鸠群鸦属之中，岂意得征凤鸾之瑞。"庚辰侧批："此语犹在耳。"脂砚斋当时亲耳听到了贾政的话。彼时贾母屋里，除了贾母，邢、王二夫人，李纨，王熙凤，共有五位姑娘在场，迎、探、惜三姊妹和宝钗、黛玉。脂砚斋是她们中的一个。

第二十三回，写贾政"忽又想起贾珠来"，脂砚斋却"批至此，几乎失声哭出"。脂砚斋对贾珠的感情十分之深，这就很像探春，因为他们是亲兄妹。

第二十六回，宝玉在怡红院等贾芸来，穿着家常衣服，靸着鞋，装模作样倚在床上看书。甲戌侧批："这是等芸哥看，故作款式者。若果真看书，在隔纱窗子说话时已经放下了。玉兄若见此批，必云：老货，他处处不放松我，可恨可恨！回思将余比作钗、颦等，乃一知己，余何幸也！一笑。"这段批语非常说明问题。"老货"通常是对老年人的贬称。这里显然是戏称，须得极亲近的人，才可以使用这样的说法，相互调侃。脂砚斋点破宝玉的装模作样，即是因为彼此的亲近关系。曾被作者比作宝钗、黛玉等样的人，可说明脂砚斋的女子身份，但"乃一知己"只怕就是这批书人的一厢情愿了。因为宝钗从来都不是宝玉的知己，连知音都远远不是，两人"琴边衾里总无缘"。这位脂砚斋对宝玉精神方面的理解，是非常有限的，虽然他们很熟悉。

第七十七回，王夫人抄检大观园，庚辰本夹批："况此亦是余旧日目睹亲闻，作者身历之现成文字，非捏造而成者，故迥不与小说之离合悲欢窠臼相对。"亲历抄检大观园。

综上，脂砚斋必是三艳之一。迎春早逝，"脂砚斋"之号又排除了惜春，惜春后来出家，伴的是青灯经卷，与胭脂砚台书房无缘，倒不管她是不是空空道人。所以只能是探春。而且砚台是探春挚爱，其居处名“斋”，都符合。探春和袭人关系好，比如袭人和探春称“咱家”。

第二回，贾雨村和冷子兴谈论宁荣两府，说：“就是后一带花园子里面，树木山石，也还都有蓊蔚洇润之气。”甲戌侧批：“‘后’字何不直用‘西’字？恐先生堕泪，故不敢用‘西’字。”这位“先生”自然是指脂砚先生。人们对于有学识的女性，也尊称先生。书中人们口头称宁府为东府，荣府为西府，所以脂砚斋看到“西”字会掉泪。

关于《红楼梦》的历史背景，有一个观点，这里反驳或表达一下自己的看法。

书中第十六回凤姐和赵嬷嬷谈论“当年太祖皇帝仿舜巡”、江南甄家“接驾四次”的内容，被许多研究者用来确定《红楼梦》的历史背景。这个非常有必要分析一下。

凤姐笑道：“若果如此，我可也见个大世面了。可恨我小几岁年纪，若早生二三十年，如今这些老人家也不薄我没见世面了。（此处甲戌本批语：“忽接入此句，不知何意，似属无谓。”）说起当年太祖皇帝仿舜巡的故事，比一部书还热闹，我偏没造化赶上。”

凤姐和赵嬷嬷谈论的内容，显然是历史上康熙皇帝南巡、曹家接驾四次的事。康熙有过六次南巡，时间分别是1684年、1689年、1699年、1703年、1705年和1707年，其中四次由江南曹家接驾。把最后一次南巡的时间往后推二三十年，那么就到了雍正年间。有研究者认为这就是《红楼梦》的历史背景。本人不能赞同。

首先请注意一个细节，文中那一条表示茫然和否定的批语。虽然简短，意味却不简，包含了两个态度：疑问和否定。而且明显的不是针对书中人凤姐，是针对写作的人也即曹雪芹的。就我看过的批语，批书人对作者和曹一直都赞不绝口，这样的批评绝无仅有。其次，曹雪芹生于1715年或1724年，如果早生二十年，能赶上后面的几次，早生三十年，便几乎能赶上全部。就是说，凤姐说的自己的人生遗憾，放在曹雪芹身上，再合适不过。然后，请设想一下，在曹和批书人“这些老人家”之间，是不是有这样的可能，其实简直可以确定，发生过这样的对话，谈论关于康熙南巡曹家接驾四次的事情，批书人曾惋惜曹雪芹生得太晚，没赶上昔日的繁华。而所谓“接入”，也似暗示写作者把另外的、不属于此的内容硬接过来。“此句”两个字，则未免让人以为，批书人是知道“此句”的。所以，我觉得真实情况应该是这样的：书中关于南巡的对话，就是曹雪芹和批书人“这些老人家”之间的对话，曹把它们嫁接到了书上，属于他交代的“增删五次”里所“增”的内容。当“这些老人家”中的一位看到凤姐口中竟然说出他们和曹雪芹之间的交谈来，也就懵了。也说明曹和他们之间的沟通，是有保留的。

书中的江南甄家，即历史上的曹家。

关于第一回的“三劫”，这里再分析一下。

第一回有“三劫后”一干风流孽鬼会齐了同往太虚幻境销号，给出一个九十年的时间延续。“三劫”的起始时间是宝玉成胎，即1673年，对照现实，有一个惊人的巧合，曹雪芹病逝于1762年，两头算上，正好是一个三劫之数。当然，我想这真的是一个巧合，“一干风流孽鬼”的本意，应是说的是太虚幻境册上有名的人，脂砚斋是一个，或者还有其他人。现存的最早抄本脂砚斋再评《石头记》，抄录时间是1754年。曹给出这个三劫之期时，应在1754年或之前。脂砚斋和作者同龄，彼时年届八十，大约身体康健。畸笏叟似乎比脂砚斋年长一点，八十好几了也未可知。畸笏叟甚至可能活到了九十岁以上的高龄，他的批语持续到

1767年。若按靖本，1771年还有批语。曹给出这个“三劫”之数，把文本内容和他身处的现实连接起来，对《石头记》的前因后果，对那些批书人，算作最后的交代。曹很可能就是在1754年前不久完成的十年改编，八十年差不多算“三劫”的底限了。

甲戌凡例诗：

浮生著甚苦奔忙，盛席华筵终散场。
悲喜千般同幻渺，古今一梦尽荒唐。
漫言红袖啼痕重，更有情痴抱恨长。
字字看来皆是血，十年辛苦不寻常。

这首七律出自何人之手，有两种看法，一种认为是曹雪芹写的，一种认为是批书人写的。本人倾向于认同是前者。即使这首诗出自曹，“字字看来皆是血”只能对《石头记》原本的评价，而非对《石头记》编撰本的评价，否则，将作者和原本置于何地呢？“十年辛苦不寻常”倒像是说的曹自己。其实，说这首诗出自作者本人，也是说得通的。

关于程甲本和程乙本。

早期的《石头记》，以带批语的八十回手抄本形式流传，就是曹的改编本了。现今发现的最早抄本为1754年的甲戌本。到了乾隆五十六年，即1791年，也即传抄了几十年后，一个叫程伟元的红迷，给出一百二十回之说。以《红楼梦》为书名，活字排印发行。次年又以一些理由，进行修改，再次排印发行。两次的印本，被胡适分别称之为程甲本、程乙本。曹雪芹的改编，可以相信，不会有任何恶意的改动。但一百二十回内容的提供者，程伟元及其同好高鹗，就大不相同了。程甲本对八十回抄本动的还不多，主要是删了批语，增加了改变故事走向的四十回，勉强可以说是无心之举。次年再次修改排印的程乙本，对八十回抄本就十分不客气起来。粗略对比了下，太多细节的改动，人物语言的生扭，几乎让整体的文风都变了味。以及令人恶心的，比如多次写凤姐在大庭广众下，对贾蓉进行暧昧表示，又是心软，又是脸红，又是红了眼圈儿，又痴痴地说些幽怨的怪话，这是想暗示凤姐和贾蓉有男女私情呢！可是把凤姐写得太不堪了，真心看不下去，忒卑鄙！还有大段的删除，如第五十七回宝钗自述七八年前的自己，第五十八回宝玉论神佛死人的一番话，第七十回放风筝一节三只风筝绞在一起断线飘去的大段情节，无一不是关键内容，或与历史人物事件建立联系的重要线索，或直指“佛”等同于死人，或暗写朝廷机密。这样有的放矢，让人不得不怀疑，程伟元等人被授意改书。

《石头记》故事和程、高没有什么关系，却和皇家的脸面有关，和当时的乾隆皇帝有关。乾隆继位后对纳兰家做的一系列事，对明珠的肯定评价，给纳兰揆叙恢复名誉，对明珠重孙纳兰瞻岱青眼有加，以及出自他的“明珠家事”之说，或者都可以说明一些问题。

图书在版编目(CIP)数据

纳兰揆叙与红楼梦/率秋玲著．—长沙：岳麓书社，2018.5
ISBN 978-7-5538-0691-4

Ⅰ.①纳...　Ⅱ.①率...　Ⅲ.①《红楼梦》研究
Ⅳ.①I207.411

中国版本图书馆 CIP 数据核字(2018)第 046242 号

NALAN KUIXU YU HONGLOUMENG

纳兰揆叙与红楼梦

作　　者：率秋玲
责任编辑：杨云辉
责任校对：舒　舍
封面设计：风格八号　花景勇

岳麓书社出版发行
地址：湖南省长沙市爱民路 47 号
直销电话：0731-88804152　0731-88885616
邮编：410006
岳麓书社网址：www.yueluhistory.com

2018 年 5 月第 1 版第 1 次印刷
开本：890mm×1240mm　1/32
印张：19.5
字数：464 千字
印数：1—3 000
ISBN 978-7-5538-0691-4
定价：78.00 元

承印：长沙市宏发印刷有限公司

如有印装质量问题，请与本社印务部联系
电话：0731-88884129